黄裳集

创作卷Ⅴ

榆下说书　银鱼集

山东人民出版社·济南
国家一级出版社　全国百佳图书出版单位

1981 年黄裳（右一）与黄永玉（左二）、王丹凤（左一）等友人在杭州

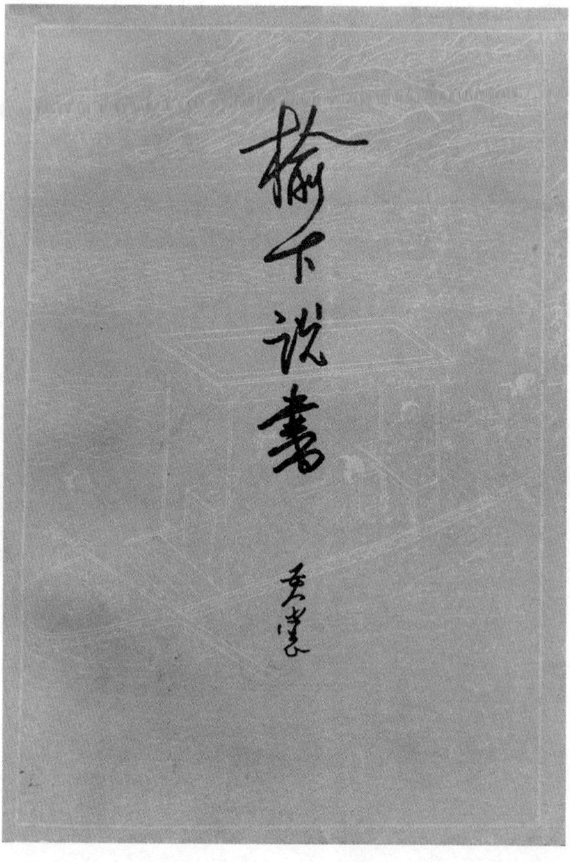

《榆下说书》1982 年生活 · 读书 · 新知三联书店初版书影

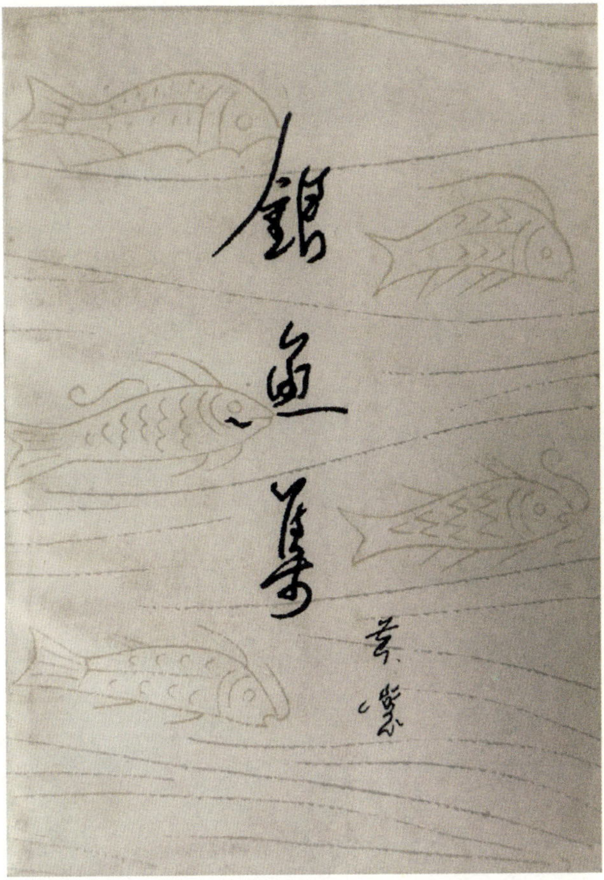

《银鱼集》1985 年生活·读书·新知三联书店初版书影

目 录

榆下说书

银鱼集

榆下说书

《榆下说书》，读书记，1982年2月生活·读书·新知三联书店初版。

据初版本编入。

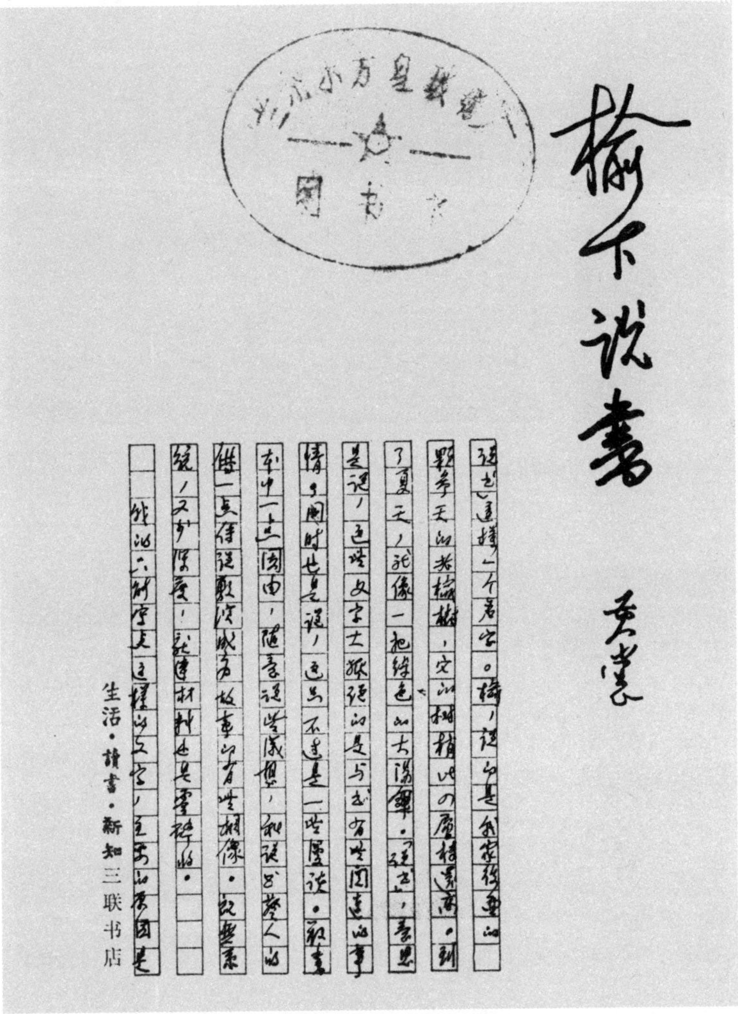

榆下说书

黄裳

说起这样一个名字。榆，说的是我家后面的那参天的老榆树，它的树梢正对着我的书窗。到了夏天，就像一把绿色的大阳伞。"说书"，意思是说，这些文字大抵说的是与书有些关连的事情，同时也是说，这不过是一些废话。"说书本中一些闲白，随意说些感想，和说书人的做一点传说故事有些相像。既然要说，又有深意，就使材料也是零碎的。

我的不能写这样的文字，至于的原因是

生活·读书·新知三联书店

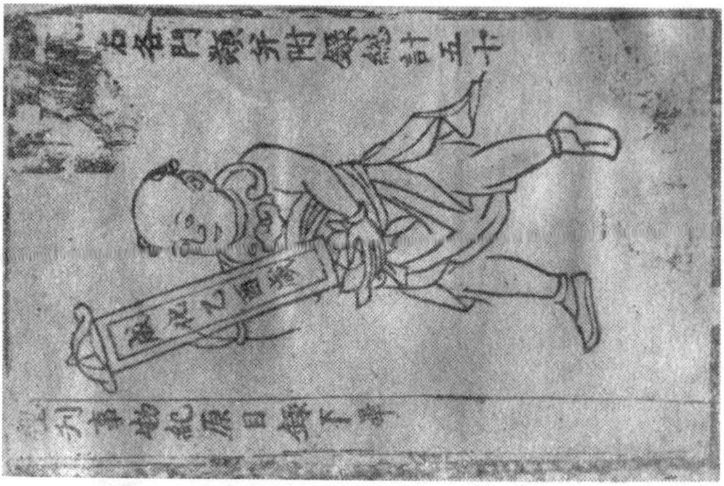

图二

图一

图三

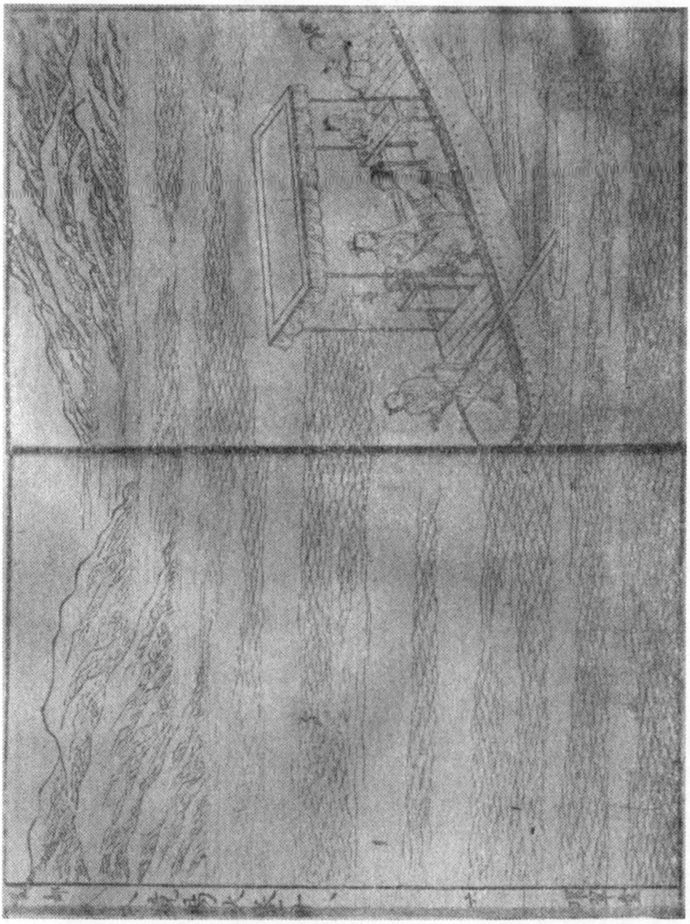

图四

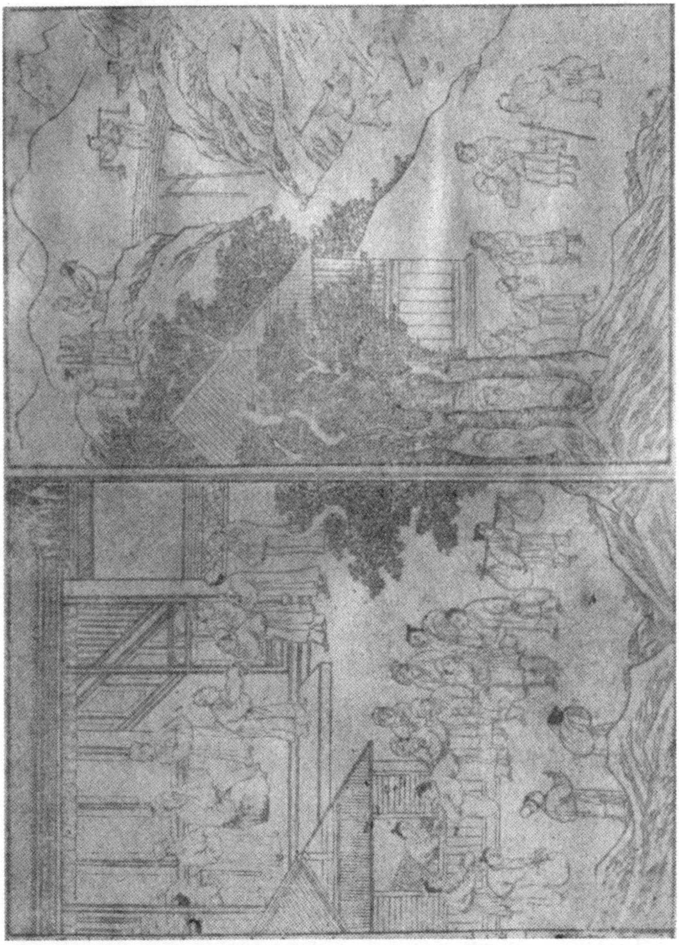

图五

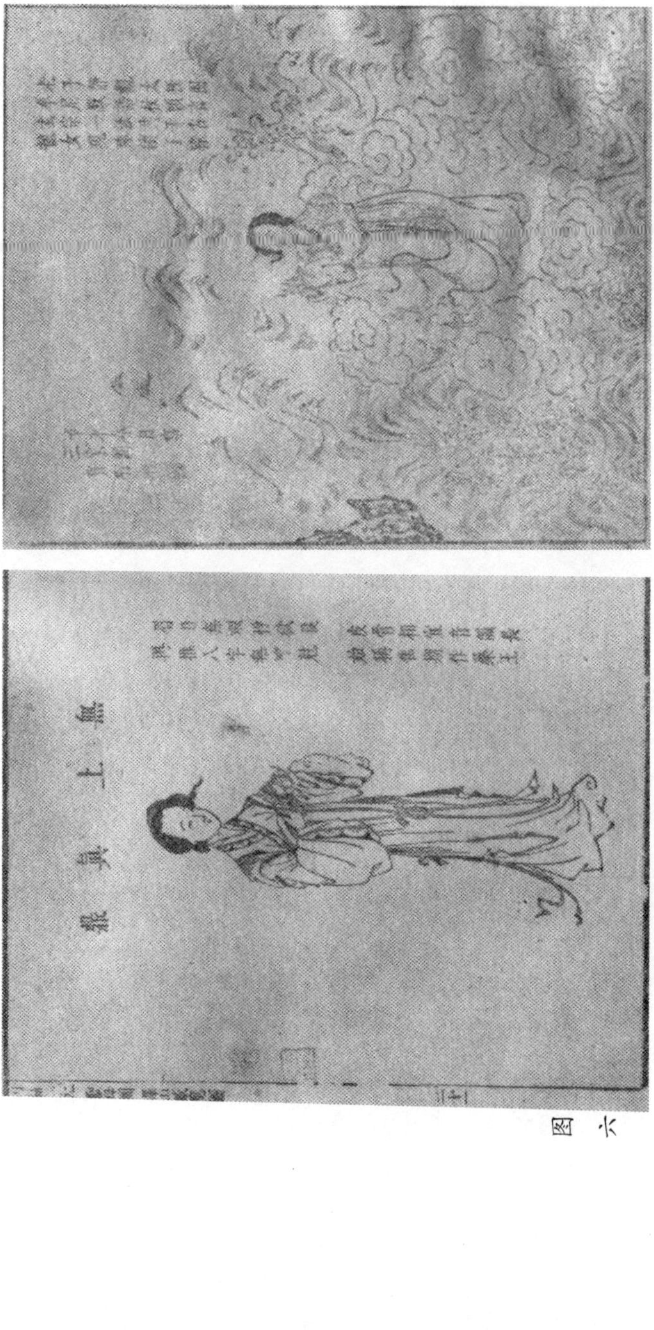

图六

图八

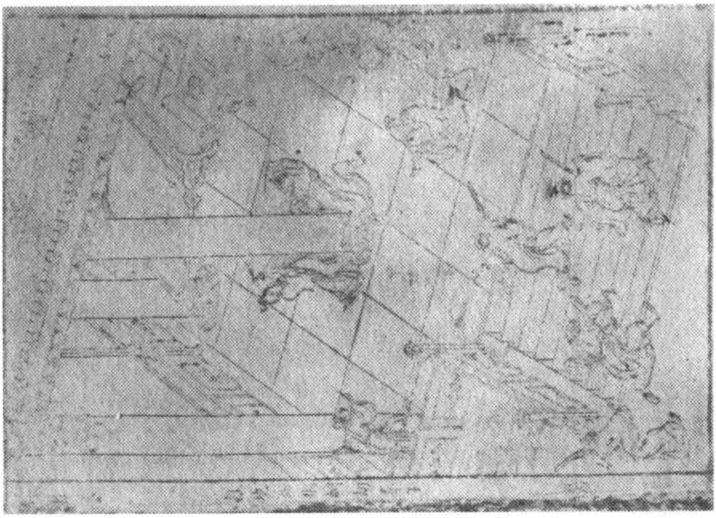

图七

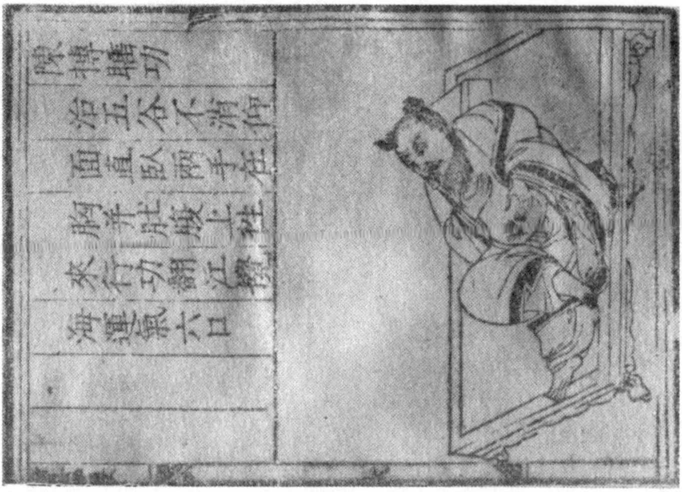
陳摶睡功
治五谷不消仰
面直臥兩手在
胸并肚腹上往
來行功翻江攪
海運氣六口

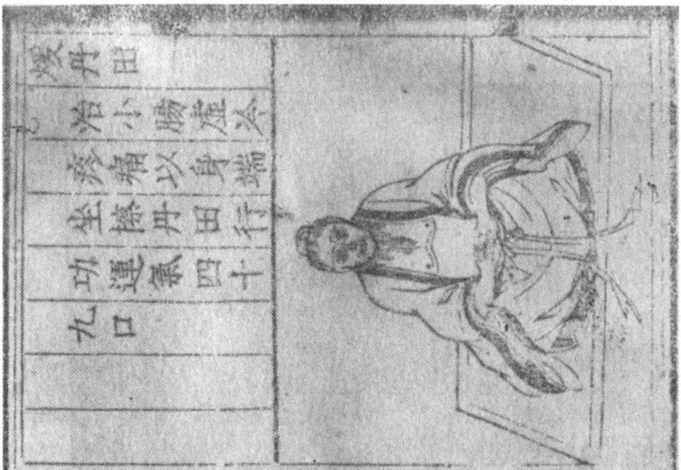
煖丹田
治小腸虛冷
疼痛以身端
坐擦丹田行
功運氣四十
九口

图九

图十

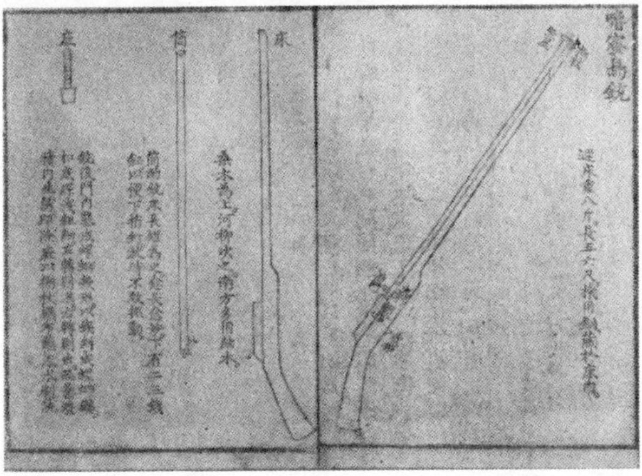

图十一

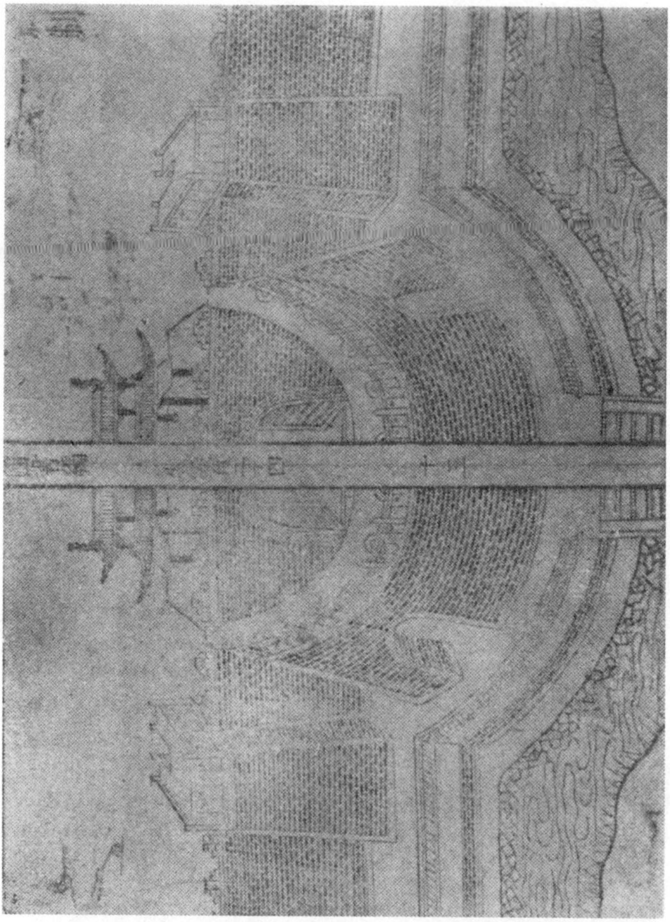

图十二

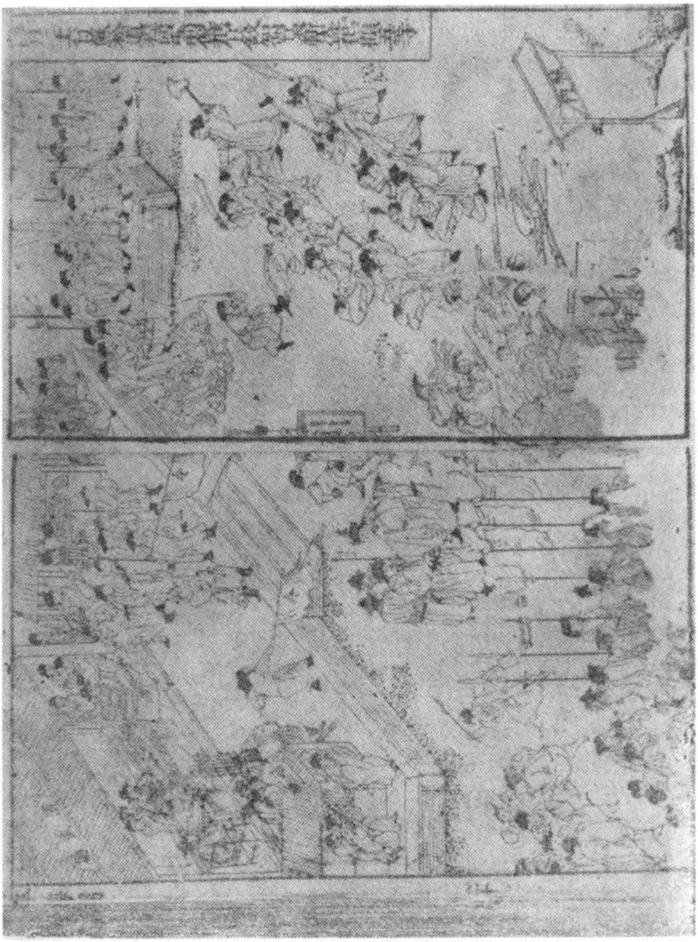

图十三

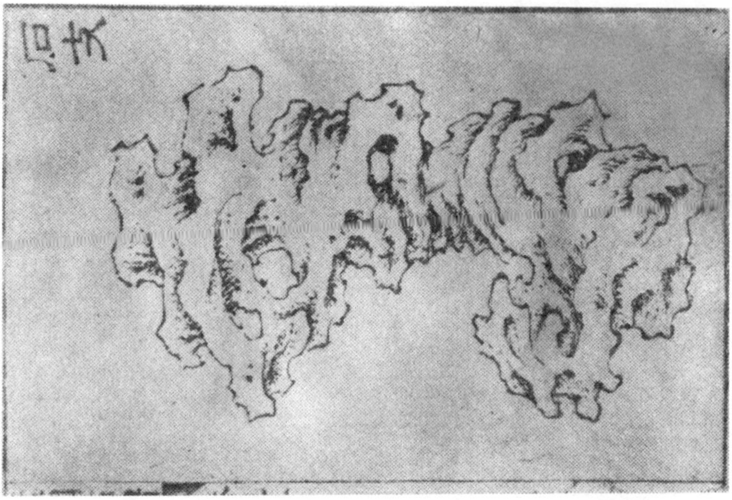

图十五

图十四

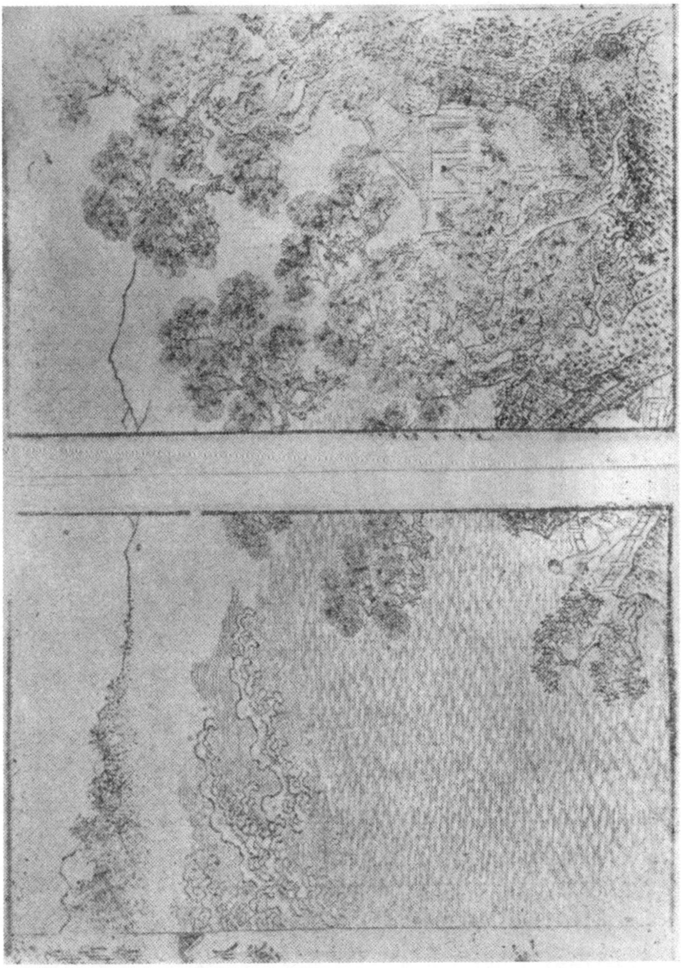

图十六

图十七

图十八

图十九

图二十

图二十一

书的故事

从小就喜欢书，也从很小起就开始买书。对于书的兴趣多少年来一直不曾衰退过。可是六年前的一天，身边的书突然一下子失了踪，终于弄到荡然无存的地步了。当时的心情今天回想起来也是很有趣的。好像一个极大极沉重的包袱，突然从身上卸了下来。空虚是感到有些空虚的，不过像从前某藏书家卖掉宋版书后那种有如李后主“挥泪对宫娥”似的感情倒也并未发生过。我想，自己远远不及古人的淳朴，那自然不必说；就连自己是否真的喜欢书，似乎也大可怀疑了。

最近，这些失了踪的书开始一本本又陆续回到我的手中，同时还发给我一本厚厚的材料，是当年抄去的书的部分草目。要我写出几份清单来，然后才能一本本的找出、发还。这可是个艰巨的任务。面对厚厚一本残乱、错讹的草目，灯下独坐，慢慢翻阅，真是感慨万千。每一本书的名目，都会引起我一些回忆，述说一个故事。它们是在什么时候，什么地方，经历了怎样的周折才到了我的手中。自己曾经从中得到过怎样的知识，据以写过什么文字，获得过怎样的悦乐，……这样的故事，如果一一回忆，写下，那将是另外一本厚厚的有趣的书。当然，有趣也只是我自己觉得有趣，在旁人看来到底怎样，那可一点都没有把握。

如果说多年来从买书中间曾经有过一些经验的话，自然也可以这么说。这种“经验”，是否对今天的读者还有什么用处，倒是值得考虑的。如果只是搬出一些“掌故”“趣闻”，虽然也多少会有些资料价值，但到底过于无聊了。今天书店里已经很难看到线装书，如果按照这些“经验”企图加以实践，那也不免是笑话。因此，我不打算写什么“书林清话”之类的东西。此外，我开始买书时，本来是以搜求五四以来新文学书为目标的，不过后来不知怎样一来，兴趣转向线装旧书方面去了。旧有的一些新文学书的“善本”也陆续送给了与我有同好的朋友。因此这里所谈的大抵以买线装书的“经验”为主。

说起“经验”，其实也是平凡无奇的，甚至有些可笑……也说不定。我首先想说的第一条“经验”是，如果希望买到好书，在过去，只有肯出善价才是唯一的办法，其他种种门径，说来说去都是无效的。

如果说这也算是“经验”，在有的朋友看来，是不免过于可笑而且沾染了浓重的铜臭气味了。这样的话，就连过去以附庸风雅为要旨的达官大贾也不肯说出来的。然而它却是实在的，没有法子想。

我过去曾经一直不肯相信这一条，而且事实上也无法照办，因为我毕竟不是达官、大贾。我倒是一直跑小铺、逛冷摊，总希望能有好运气，会遇见什么宝贝。不过实践的结果是，巡阅书摊二十年，好像只买到过一册较中意的书。那是王国维的诗集《壬癸集》，薄薄一本，开本却很大，用的是日本皮纸。这是王国维住在日本时用古江州木活字所印。书中有墨笔小楷校字，是王观堂的亲笔。估计这书是他送给况蕙风的，因为卷中有蕙风的儿子又韩的印记。不知怎样流落在地摊上了。除了这本书以外，好像就不曾从摊上买到另外什么好书过。

事实上所有比较好的书，毫无例外，都只能从书店里得来。有一次我在一家书店里看到一部张宗子（岱）的手稿《史阙》以及康熙原刻的《西湖梦寻》，不禁为之激动了。书店主人告诉我这些书是从浙东山中收来的，是张氏家传之物。说得也真历历如绘。没有办法，只好预支稿费，多方设法，终于买到手中。等我捧着书又路过书店前街的书摊时，才知道这些书原来就睡在这里的地上。是被书店发现了买去的。什么浙东山中云云原来不过是书店老板创作的美丽的故事。

这件事给我颇深的印象与教育，从此逛地摊时就再也没有了过去的那种好兴致。

我还有一次难忘的经验，是买到了崇祯刻的《吴骚合编》。这书按照今天的标准，是要列入“善本”书目的，但实在也算不得什么孤本秘笈。少具规模的图书馆大抵都是有的。不过我所遇到的一部却不是平常的东西。这是最初印的本子，项南洲、洪国良这些徽派名手的木刻插图，真是锋棱毕现，飘举的衣袂的线条、人物眉眼的细部刻画都清晰生动，和画本几乎没有区别。那张棉纸蓝印的封面，附有朱印牌记，起着三百年前出版广告以及版权叶作用的扉页也完好地保存着。这种印本，是连“四部丛刊”续编的底本也是望尘莫及的。看书上的藏印，知道是九峰旧庐王氏的旧藏。当年此书从杭州出现，郑振铎曾与王授珊争购。最后结果不问可知，教授当然不是盐商的对手。为了此书，我除了付出一笔现款，还贴上装了两部三轮车的线装书，这中间不少是明刻和清初刻本。这件事很快就为书店中人哄传，认为我是干了一件“蠢事”，也算是一桩“豪举”。这以后他们有了好书就总希望让我看到，虽然那结果是看得很多而买得甚少，但为我提供了极好的学习机会，却是不容抹杀的。

这两个小故事都发生在解放前后那段日子里。当时，书坊的景况很不好，几乎连维持都困难。旧书又大量从乡下、城镇流出，最大的出路是进入还魂纸厂。一个常到浙东收书的老店员一次向我叹气，说他在某地看到一大批旧书被当作爆竹的原料。其中很有不少明版的白棉纸书，还有一部初印的朱竹垞的《曝书亭集》。他想买了新的纸张向爆竹作坊换下这些旧书，结果被拒绝了。理由是新的“洋纸”在质量上远远赶不上旧的棉纸、竹纸，做起爆竹来卷不紧也没有韧性，放起来也不响。

我又听到一家书店的店主说起，从上海城里一个旧人家称出了一大批旧书，都已捆好堆在旧纸店里了，第二天就要送到造纸厂去。我就要求他去选一下，答应他以“善价”收买。他很不情愿地终于去了。第二天我去找他时，他递给我两本旧书，同时叹气说，旧纸店不情愿打开已经扎好的一捆捆旧书，因为每捆能选出几本是毫无把握的。他费尽唇舌，也只打开了一捆。他选出的两本书是万历新安诸黄所刻的《罗汉十八相》，大方册，是最精的徽派版画，和另一册黑格旧抄的《续复古编》，是顾氏秀野草堂的藏书。扎成一捆捆的旧书一直塞到纸店的天花板，难怪他们不肯一一打开，重扎……据藏印知道这家人家姓奚，藏书室名“铸古盦”。关于这个藏书家，我也一直没有能查出更多的底细来。

这件事给我的震动更大。不久，郑西谛路过上海，当时他是中央文化部文物局的局长，正在视察各地文物图书的保存情况，我就将这些反映给他，同时提议，人民政府保护文物图书的法令和宣传教育工作都是极为重要极为迫切的工作，此外，必要的经济措施也是不能忽视的。国家应该用“善价”来收买有价值的古书。在当时，所谓“善价”，也不过是比废纸的价格高出若干而已。这样做的好处是，可以运用经济规律阻止一切应该受到重视、保存的书籍进入还魂纸厂。这样做了，宣传效果可能比一纸公文更大，很快就能收到不胫而走、家喻户晓的成效。而这将起保护全国城乡直至每一角落留存下来的古文献的作用。在国家来说，花费看来是极为有限的。

郑西谛确是一位对祖国文化遗产抱有极浓挚热爱的好同志。我至今还记得他听到反映以后的焦急和激动。他立即采取的措施是组织了一些旧书店的店员拣选即将投入还魂纸厂的“废纸”；这种关心以后又发展到将投入冶炼厂的“废铜”……我不曾继续了解这些新开展起来的工作的细节，只记得曾被邀参观过一些拣选出来的旧书。有一册宋版宋印的宋人别集，书名忘记了，给我的印象极深，这是“残本”，但却是几百年来未见著录的书。①

这些都已经是旧话，也是历史了。不过我想，也许至今它还有一定的意义，还不失为一种小小的“经验”。在着重进行宣传、教育的同时，恰当地辅以适度的经济措施，实践证明是有效也有益的。不只在经济战线上，在文化战线上也同样是如此。

一九七九年四月十三日

① 这书是宋葛洪撰《蟠室老人文集》。宋刻、宋印，只剩下了十四、十五两卷。今在南京图书馆。《中国板刻图录》著录。

一九八〇年十一月补记

古书的作伪

对于版本目录之学，过去有一种流行的片面理解。不少人是干脆把它看作版本鉴定学的，这自然很可笑。不过这种看法的产生，也自有其特定的历史背景。古旧书籍本身一旦成为商品，价值规律就必然发挥作用。一切在市场上出现的通常现象也必然随之而来。买书的人和书店构成了既同一又斗争的矛盾统一体。“斗争”的焦点就集中在商品的质地和价值上面。时间久了，买书的经验积累渐多，逐渐形成体系，这就是所谓版本鉴定之学。

现在，情况已经有了很大的变化。上面所说的那个“矛盾统一体”几乎已经邻于解体。旧书店的招牌，在一些大城市里虽然偶然尚能看到，但旧书，特别是旧刻、旧抄本书却基本上消失了。因此所谓版本鉴定学似乎已经失去了存在的依据。然而不然。既然这已经成为带有科学性的东西，就已有了存在下去、并进而丰富提高的理由。目前，我们伟大的社会主义祖国确实积累了极为丰富的文化遗产，其中属于古文献的图书部门，就迫切需要大量有一定专业知识的人员关心、整理、保存、利用。这可不是一个轻松的任务。要提高全民族的科学文化水平，是万万离不开这一环的。

今天，依然健在的版本学老专家真的已经是屈指可数了。中青年的接班人的培养，已成为极为迫切的课题。我们现在有极为优越、为旧社会所不可想象的学习条件，在国家图书馆里藏有大量珍贵的古刻本、抄本书，用来比勘、研究的条件是前人所不可想象的，按理人才的培养是并不困难的了。不过事情往往又并不如此单纯。记得我曾听到一位老专家向我诉苦，他曾把着手教过一些青年，把宋元明刻的实物放在面前，细细地讲解那区别、特征……，说得舌敝唇焦，但效果却并不理想。过两天试试看，依旧还是分不清什么是清刻，什么是明刻，……自然更不必提更细致的问题了。他最后喟然说道："当年我出了××元，买进了一部染纸充宋的假宋板，回来经人说穿，有好几夜睡不好觉。从此就懂了这一手，再也不会上当了。"这故事很可笑，所以今天也还记得清楚。不过我想，这应该不是笑笑就完的事。

要取得学习的成绩，付出学费是必要的。学费的付出也有种种方式的。那位老专家的取得了优异的学习成绩，对事物取得了比较深刻全面的认识，归根结底是由于他付出了"创痛巨深"的学费的原故。这还不只从经济意义上说是如此，像他所犯的那种错误，对一个"收藏家"的声誉，损失也是巨大的。

今天我们当然不会再用这种方式来培养专家，但它依旧不失为一种能够引起人们思考的思想材料。同时，我也并不想作为一个庸俗的笑话介绍给读者。

像这一类的“经验”，每一个买过旧本书的人都会遇到好多起，应该说是并不奇怪的。同时有一点也应该指出，过去有许多著名的收藏家，尽管他们藏有大量好书，有的还在版本目录研究上作出过很好的贡献，他们的著录，也不是完全可以凭信的。他们也会犯错误，也会做出一些不可思议的事来。

季振宜是清初著名的藏书家，有《延令宋板书目》，读起来也真使人为之向往而佩服。不过我却买到过他所藏的《汉书》，那是明代正德嘉靖之间汪文盛的刻本，一些都不难识别的。但在卷前却珍重地钤了“御史之章”等三方大印。以后在每卷卷首，又钤了“季振宜藏书记”朱文长方印。细看那钤印之处，恰在“唐颜师古撰”一行的所在。而颜氏衔名之下却有挖补的痕迹，原来汪文盛的衔名被挖去了。那用意是明明白白的，是企图灭去明刻的痕迹，冒充宋刻的，而作伪者恰是季振宜自己。这就使我对他的“宋板书目”产生了怀疑，不再相信那一册书目所收全都是宋刻了。

同样的情形还出现在曹寅的外甥堇斋昌龄那里。我买到一部《七经图》，棉纸初印大册，用鹅黄的腊笺作面，书页里用宣纸作衬，全是康熙中内府的豪华装。每册卷前都钤了昌龄的藏书印。过了不久，又得到同书的残册，却是没有重新装池的明代原装，是四明卢氏抱经楼的旧藏。等我将两本进行对照时，奇怪地发现昌龄的藏印却钤在原来刻有新安吴继仕熙春楼字样的所在，原来也是挖补过的，和季振宜改造《汉书》是用了同样的手段。类似的情况我遇到过好多起，这两件却出之于著名的收藏家，所以记得格外清楚。

杜诗的版本可谓多矣，不过多半是注释本，白文的比较少见。我有一部八卷的杜诗白文本，板心下有“净芳亭”三字，前面有序，也不记刻者姓氏。但据板刻风气可以断定是明代嘉靖中所刻。前有阳城张氏省训堂的藏印。后来却发现，松江韩氏读有用书斋在书目里却指之为宋本。有一种韩氏书目，还附印了书影，对比一下，就正与我所藏的一本相同。看来这不像作伪，只是鉴定上出了差错了。后来又知道，“净芳亭”是许宗鲁的斋名，许刻的《国语》、《尔雅》等流传颇广，板心下题“宜静书屋”，知道的人不少。但这“净芳亭”却少见。细看一下，字体之古怪方板，也确是许刻的风气。像这种情况，一个鉴定者所能做到的也只是断定书册刊刻的大致时代，要了解更多的情况，就只有多看，多作对比研究，留心书目、题跋以及有关的一切记载。到现在我们还没有一部系统记述这一类知识的著作。我们今天的条件到底比前人好了不知多少倍，避免再犯韩应陛那种错误的保证也更充分，不过重要的还是艰苦的研究，没有这一条，别的条件都将不起作用。

过去在古书作伪的勾当中玩出种种花样来的大抵是旧书坊。染纸充宋、割去牌记、伪造印记、挖补缺卷、用旧纸伪造旧抄、临仿名人校跋，……创造发明也多得很。不过买主付过“学费”，就像传染病患者的产生了免疫力，也会变得聪明起来的。要取胜就得别出心裁。我曾遇到过这种崭新的花样，虽然上了当，到底也还是爱他的本领。

有一次从苏州的某书肆看到一种题为《烟花小史》的书，是明代万历刻本。它包含了八种书，记得有《秦淮四媺诗》、《薛涛集》、《仙仙集》等种种名目，十分别致。回来查《千顷堂书目》等多种书目，都找不到那名目。书中还有昆山叶氏的藏印，确是未之前见的怪书，赶紧出重价买了回来。仔细研究，发现其中一种在版心下面有“右编”二字，编者属名有“澹云王路”字样。前面那张扉页，大书《烟花小史八种》，用纸确是明代竹纸，但较厚实；刊刻字体也极似明人风气，但到底微觉板滞。几经研索，我断定这其实是一种残本。王路曾刻有《花史左编》，这大抵就是所谓“右编”了。王路是晚明出版业向资本主义急遽发展时期出现的一个出版家兼编辑人，是马二先生的前辈。不同的是他经营的并非举业书而是迎合时尚的“通俗文艺”，看那作风是要算作明末的鸳鸯蝴蝶派的。这八种，除了薛洪度集份量较多以外，其他大抵是小册子。至于前面的扉页，则是书坊新刻的，那名目也取得好，完全掩盖了原来残本的面目。

我想，作为晚明通俗出版物的一种标本，即使是残册，也还是值得重视的。马湘兰、郑如英、朱今燕、赵彩姬等的诗集，也由于王路的介绍得以流传。书坊的花样玩得十分巧妙，可惜的是，原书前面想来原有总题和细目，却因此湮灭了，这自然是版本目录研究中的一种损失。

我之敢于断定这是一种新的作伪的花样，因为我还从这家书店买到过用同样方法炮制出来的书，祝允明的诗、文、词、曲杂集。前面也有一张崭新的扉页，题曰《枝山先生柔情小集》，下面还刻了一个葫芦，中题“四全”两字。这回是从《千顷堂书目》里马上找到了那破绽，祝允明这样的著作有七种，不是四种，总题也并非什么“柔情小集”。

也是这家书店，又曾发现过二本《陈大声散曲三种》，万历刻本。陈是明代著名的散曲作者，这书也是不见著录的。此书曾引起藏书家的很大兴趣，不记得最后是被郑西谛还是傅惜华买去了。那扉页，不用说也是新刻的，那风格和我所得到的两种完全一致。这样看来，原书一定也是一个残本，也必不只三种。傅、郑两位都是著名的戏曲收藏家，我猜他们都不会知道这里是玩了花样的。

傅、郑两位同志都已逝世，陈大声这部散曲集如果历劫尚存，在编目的时候，我希望添加一个附注，说明《三种》云云是值得怀疑的。

一九七九年六月四日

西泠访书记

一九五七年四月中旬，我到杭州游览，曾访问过坐落在里西湖的浙江图书馆。这里是清乾隆中所建的七阁之一——文澜阁的旧址，是著名的江南藏书胜地，那抄写了七部之多的“四库全书”复本之一，遵照“十全老人”的意愿，就藏在这里。杭州是江南文风兴盛之区，大批的读书人都到这里来借抄、借读经过删削、改造、加工的钦定典籍，颇发生了一些影响。这无疑是清代文化统制政策取得的一个不小的成功。后来经过太平天国的战争，这里的“四库全书”损失了一部分，也流失了一些。地方上一些有钱的读书人就又来辛辛苦苦地补抄，后来不知道终于补全了没有。不过那时的人力物力到底远远不及“乾隆盛世”，补抄本无论纸墨、抄工、装潢比起原本来是天差地远了。

在过去，浙江图书馆在全国公私藏书家中是没有什么地位的地方性图书馆。解放以后，浙东故家藏书大量流出，一些地方上的藏书家的藏书也先后聚集在这里。它的收藏丰富起来了。一九五七年我访问时，曾经被接待到楼上看了一些旧本，还带回了两部新印成的“特藏书目”。细细检阅，发现新入藏的书籍中间，其实也并无值得注意的宋元旧版，精华所在倒是一此明清以来的浙人著作的刻本、抄本和稿本。这中间颇有未之前见的秘书，而这恰恰是全国性的重点图书馆无法相比的特色。当时曾摘记了一些名目，想什么时侯再到杭州来借读。可是“人事栗六”，一展眼二十年，没有机会再到湖上，而且后来这愿望好像也成为一种荒唐的梦了。

当时我所希望借读的群书之一是“明季刻本、抹云楼旧藏”的柳隐如是撰的《戊寅草》一卷一册。这是一册异书。关于柳如是这个人物，我很早以前就发生了研究的兴趣。曾经搜罗了她的《湖上草》和《尺牍》的旧抄本，她的《事辑》，还有附在钱谦益文集和清初诗词总集中的她的作品，此外就是大量散见于清初文集、野史、笔记中有关她的记述。可惜的是，一直没有看到明末原刻的她的诗集。我只在王闻远的《孝慈堂书目》中看到过著录，还注明“棉纸”印本，可证是明末原刻无疑。此外，在马叙伦的《读书续记》卷六中看到一段详细的记载。那是高欣木旧藏的《柳如是尺牍一卷、湖上草一卷》，一共二十四页，不只是原刊，还有林云凤的题诗，许多名人题跋、印记，和王国维的三首题句。据马夷初说，这书曾经张元济与高野侯“竞购”，最后高以五十银元买得。这在当时，应该说是相当可观的高价了。这书后来不知流落何许。现在见于浙馆书目中的《戊寅草》，是怎样的书呢？可能就是《湖上草》的改题重刻之本，也可能是另一种未之前知的诗集。戊寅是崇祯十一年（1638），正是如是下嫁钱牧斋之前活跃于湖上的时候。

为了一决此疑，1962年曾托到过湖上的陈凡代为探询此书，后来还承他亲笔抄了一卷副本见赠。可惜他所见的并非《戊寅草》。而是张宗祥手抄的《湖上草》，一些都没有与通行本不同的地方。

这次在睽隔了十多年以后重游杭州，特别是看到陈寅恪教授《钱柳因缘考证》的序言以后，心里一直记挂着这书，终于在一个春晨又来到了文澜阁的旧地。庭院依然，只是更增添了一些萧寂。一般的游人是不会到这里来的。走进去看，那楼房，楼梯，还有管理图书的人员，好像与过去都没有什么变化，到处都充满了一种古意。我说明了来意，还取出了一位过去浙江文化界领导人的介绍信，并出示了工作证。不过这一切都没有什么用。那位老同志是二十年前担任过领导职务的，是一位不折不扣的“故将军”。要看“善本”书，这些都无用。还得向领导机关申请，得到批准才行。

后来经我说明住在上海，来一次杭州不容易，可否给予通融，这才打了电话，向领导机关请示。最后的指示是必须指定一位馆员在旁监视，才能阅读。这使我异常高兴了，监视就监视吧，这又有什么关系。我被安置在会客室里等待管理员登楼取书。大约过了半小时，我得到了答复，“找不到”。原因是专门负责善本的同志下乡调查善本去了，原有的善本因为编目的原因被打乱了，这里没有人能摸得清。“什么时候熟习善本的同志才能回来呢?”答曰，起码半年。要想快，就只有申请、批准，打电报叫回来。

这时，我终于最后地断念了。我既非长官，又非学者，想看一本旧书也算不上什么“要公”。打电报调人，这样的提议是真的使我吃了一惊的。

这就是过了二十多年，几经努力，终于还是看不成一本小册子的始末。

走出图书馆，坐在湖滨的石凳上，面对春光明艳的西子湖，不禁想起了许多事情。

多年以来，我对跑图书馆一直缺乏勇气，尤其是去看善本书。在旧社会，只有专家学者如胡适之之流才有看善本的福气，不必说了。解放以后，情况大大改变，但善本书的神秘性却又增添了新的成分。为了保藏善本所制定的新办法也更完备而丰富了。在阅读国家藏书的权利上，如陈伯达和那个“理论权威”以及十年来崛起的林彪、“四人帮”写作班子的大小头目……，简直形成了一个新的“特权阶层”。他们不但可以无视一切规章制度，任意取阅藏书；甚至还发展到了动用国家力量任意劫掠公私藏书，任意迫害读书、藏书人的地步。

在“四人帮”覆灭前夕，私人藏书已经成为一种“罪恶”的、罕见的现象。连新华书店也开设了租书部，这就说明了个人买书一事已经不合时宜，甚至连新华书店本身的存在似乎也发生了疑问。这大抵也是张春桥念念不忘要加以消灭的“资产阶级权利”的一个方面吧。在这种情况下，有谁还想到“善本”呢？就是在梦里也难。

善本书是国家的瑰宝（在日本是叫作“文化财”的），应该尽最大的努力加以保护，这是毫无疑义的。但它也不单纯只是一种“宝贝”，只要锁在保险箱里就好了；还得想到利用，使之为人民作出更大的贡献。粉碎了“四人帮”以后，大家知道重视书籍了，这是非常好的现象。但办法却不多，看来唯一的措施就是锁在什么妥当的地方。说“妥当”好像也不尽然，有些胡乱堆了十多年的书库，据说就已经发了霉，不可救药了。林彪、“四人帮”非法劫掠来的书物，发还的积极性也不高。与其还给原主去研究利用，好像总不及锁在图书馆这样的地方来得稳妥。理由么，有好多条，而且都十分堂皇，可惜的是都和实际有不短的距离。

保护善本，古今中外都有一套办法的。为了满足查找资料的需要，象显微胶片那样的设备，是若干年前就已经在使用了。为了其他的理由，必须接触原物时，就要另有一些严格的规定。怎样读书，其实也是衡量文化水平高低的一种尺度。记得孙从添在《藏书纪要》里就有着详细的说明。最常见的一种必须避免的手法，是用右指给舌头一舔，然后去掀那书叶。古书用纸以棉料、竹料为多，哪里禁得这样的掀弄呢？好像这在过去还是颇为通行的办法，相传《金瓶梅》的“作者”，就将书页下角浸了毒药，送给严东楼，当他用那种手法读得津津有味时，就不觉地中了毒。可见即使是大官，看书时也往往采用此法。此外，如用指甲去划开书面，翻动书叶，也是要不得的。一切书，不只是善本，都受不了这样的待遇。诸如此类，必须订定一种规程，即使有些烦琐，也还是省不得。

现在全国的图书馆都在进行善本编目的工作，这是完全必要、亟应完成的。不过也不可忘记同时还有其他方面的工作要做。为了编目，连书都找不到了，事实上等于关门。这可不是好办法。

好像这也不只是图书馆里才存在的独特现象。最近报上在讨论传统剧目的推陈出新，有人就主张当前最重要的是“总结”，然后再来“选择”“改革”“提高”，最后才是为人民提供醇正无疵的优秀剧目。这是不能不称之为高论的。依了它，戏院就得先行关门，等待这个伟大的过程的完成。这和图书馆的有些情况有些类似，但也有不同。善本书睡在那里，只要不火烧、水湿、霉蒸……，什么时候打开门来都不成问题。传统剧目则不然，它们多半活在一些仅存的老艺人身上，现在就来抢救还嫌有些晚了，哪里等得到那伟大的“总结……”过程的完成。老艺人还会有多少活下来；即使没有死光，还有多少能工作呢？

这样的高论，其终极目的不过是取消而已。希望在对待善本书的问题上，不出现这样的倾向。

一九七九年七月十三日

谈“善本”

“善本书”这名目，现在知道的人不能算少了，但要具体地下定义、立界说，就不大容易。自有书籍之日起，应该说就已经发生了善本与非善本的争论，异说纷纭，莫衷一是，如果一一流览，是会使人头昏脑涨的。但仔细一想，争论之起，总是由于标准的不同。而标准在抱有不同目的的人眼中，又总是不一样的。以古书而论，它既是文献，又是商品。这就基本上划清了两种不同标准的界限，一切争论，大抵总是由此而起的。

清代中叶有一位著名的藏书家，黄丕烈（荛圃），以收藏宋版书著名。他有一个别号是“佞宋主人”，可以想见他的主张的坚决与真挚。他主张一切古书，以宋板为最好，因为它古。他校起书来，即使宋版书中明显的错误，也必据以“改正”非宋板的并不错误之处。他是主张越古越好的，可惜唐板还不曾发现，否则一定改号“佞唐主人”无疑。黄丕烈收集、鉴定、流传古书的功绩是不可否定的；他主张古本可贵，也并不错。不过他把事情搞过了头，终于弄得可笑而荒谬了。

黄丕烈并不是这一主张最早的发明者，在他以后这种主张又有了惊人的发展，一直到今天也还不曾消失。黄丕烈是藏书家，但后来又开了“滂喜园”的书铺，经营旧书交易。在古书商品化的过程中，在资本主义经营方式萌芽的浪头中，他都很有些代表性，因此在这里提出他来作为一种典型。

留心书市风气变迁的人，可以看出一种有趣的现象。在不同时代，人们对书籍价值的评断是不同的。从很早的时候开始，群经的地位一直占据着最高的宝座，那原因是容易理解的。到了清末，才发生了明显的变化。那时晚明野史、清代禁书的身价突然上升了。这是民族主义思想风起云涌的结果；紧接着是群经地位的一落千丈；再以后是小说戏曲书变成了珍品，这自然是五四运动以后，俗文学研究兴起的必然趋势。再后来，是过去无人过问的地方志大行其时，这与帝国主义者的大力搜罗是密切相关的，他们为了不可明言的目的，想尽力占有资料，对中国进行详细的调查研究，不过往往美其名曰人文科学的学术研究。

以上粗略的勾勒，是就书籍门类横断面观察的结果。大致说来，发展趋向还是健康的，那就是知识界摆脱了经义和道学，逐步走向实际，眼界也开阔得多了。其间每一变化，都有着深刻的社会变革的原因。越古越好的教条终于打破，“善本”的定义有了新的内涵。

如果我们拿宋人明人的藏书目录与清初、清末、晚近的目录书加以比较，是会发现很有趣的差异的。宋人不必说，明人目录中也大抵不记版本。从清初以毛氏汲古阁为代表的常熟派藏书家开始才有版本记录。同样，过去的藏书家很少记载地方志，但范氏天一阁与祁氏澹生堂是例外；记载小说的，除明人《百川书志》外，只有钱遵王曾加以注意；戏曲的命运尤为寂寞，只有也是园、祁奕庆藏书楼曾加记载。这都不能不使人佩服他们特异的眼光。如果谁收集了清末以来旧书店作广告用的目录，那就能看得更为清晰，因为照例在这些目录中都附有定价，不但可以看到书籍流转的踪迹，也能看到书市风气、供求关系的变化。这些，照我看也同样具有文献价值，不可忽视的。

前面提到的黄丕烈，一方面在藏书家中有重名；但同时也为讲求实用的学者所讥嘲，他们给他加上了“古董家”、“赏鉴家”等徽号，大加调侃。我想余嘉锡先生的见解可以作为代表（见《论学杂著》），那意见不能说是没有道理的。不过也不可说过了头，否则也会向反面转化的。有些旧时代的学人，由于条件的限制，没有可能看到丰富的古刻、旧抄的实物，他们讲求目录之学，往往是从目录到目录，缺乏实践经验，因此也容易发生不应有的谬误。版本学是一种科学，到底离不开实践。

说到这里，我想在为“善本”作界说时，至少要考虑两个方面，它们的文献的和文物的价值。

有些书籍，不只因为它古、稀少（所谓“孤本”、“罕本”）而可贵，还确是极可贵的工艺美术品。韩愈和柳宗元的文集，当然算不得罕见的东西，但宋世彩堂刻的韩柳文则无疑是国宝。那纸墨、刻工，就绝非后来别的刻本所能比拟。

这两种书都有明万历中郭云鹏的翻刻本，也算是刻得好的，但与原书一比，实在是天差地远了。这样的古书，珍藏在国家图书馆里，是人民珍贵的财富，我们就绝不应讥之为“佞宋”。

过去有一种可笑的办法，就是在时代上画一条线，作为判别“善本”的标准。这条线大抵又是随着时日的流逝而逐渐后移的。清初的《汲古阁秘本书目》中就没有明版书，到了解放前，就将崇祯以前刻本通通算作“善本”，后来觉得不够妥当，就把一些清刻列入“乙目”，实在是形而上学的方法，其实还是逃不开尊古的旧框框。好像至今那影响也还没有完全消失。真的照此办理，明人所刻大量草率的“书帕本”……也将全部列入“善本”。自然，即使是明人的恶刻，也是值得保存的，但保存是一事，“善本”是另一事，没有混淆的理由。

如果真有这样一条线，则太平天国刻行的书，以及大量近代的刻本、稿本、抄本又将怎样看待呢？鲁迅、西谛所印的《北平笺谱》，成书不过四十余年，其文献、艺术、版本上的价值，难道是什么通常明刻所能比并的么？似乎文物出口的规定中也有这样一条线，同样也是极不科学的。这些，看来都是在上层建筑领域推行的“一刀切”作法的例证，都是值得重新考虑的。

和这个问题有关，可以看看当前出版机构印行古籍方面的一些问题。已经证明是伪书的李卓吾的《史纲评要》，被印成了精致的大册，这是叛徒江青的“杰作”，不必大惊小怪，但至今还被人们当作必读的历史课本，就值得注意了。朱彝尊的《词综》、沈德潜等的《五朝诗别裁》都不是什么“善本”。特别是《清诗别裁）（原名《国朝诗别裁》)，沈德潜为了逢迎清朝皇帝，竟将一些明遗民的作品，改得一塌糊涂，连他自己祖父沈钦舆的诗也改得俯首帖耳、吞吞吐吐（可惜我所藏的沈钦舆集尚未发还，这里举不出例证），真是令人发指而且气短。印行这样的选本，而且浪费了人力物力大册精印，看来实在没有什么必要。

曹寅的《楝亭集》列入“清人别集丛刊”影印了，而且有两种版本。曹寅的著作是有印行的价值的，但是否影印，似乎也还值得考虑。当前纸张和印刷力量都还较为紧张，像这样的书，看来还是排印为宜，为读者的负担考虑也应该如此。听说还要印行纳兰容若、朱彝尊、金冬心等的别集，这些书之为“善本”，是无疑的，但它们究竟并非孤本，在雕版上也并没有影印的突出特色，排印之余，附加两张原刻的书影也尽够了。

我是赞成搞好影印的工作的，国家所藏的重要善本是大量的，值得影印的也是很多的。过去一些学人以个人的力量印行过一些古书；商务印书馆那样的企业也印行过大量的古籍。但印制水平还不是令人满意的。今天，我们应该努力用最好的技术、有选择有重点地印出有代表性的国藏善本来，这在保存珍贵的文化遗产、提供研究资料、进行国际文化交流上，都有不可忽视的重要意义。

数十年前，日本静嘉堂文库曾经影印过我国归安陆氏旧藏的《东京梦华录》等书，质量是不坏的。但在我们看来，也还有可以大加改进之处。我相信，我们完全有可能印出更精美、更能体现我国悠久雕版事业优异成果的复印本。这无疑是我们在出版战线上应该进行的一种重要工作。

一九七九年六月三十日

谈“题跋”

一向喜欢读藏书题跋，买旧书时遇到书后有前人跋文的尤为高兴，辑录跋文的专集也搜罗得不少，好像对这个题目很有些话可说。可是稍稍过细一想，就感到要谈出些较有系统的意见还是很不容易的，例如题跋与后记之类应该怎样区分就不大说得清楚；又如“四库全书”的“提要”，事实上也是一些题跋的汇编，不过它是“钦定”的，过去的读书人一向对之采取敬鬼神而远之的态度，即使发现了其中有错误，也不敢指出；斗胆想提些意见，一开始也还是得先写上“伏读……”再进行声述，这可不是“百家争鸣”应有的气氛。因此，谁也不敢把《提要》当作题跋来考虑。此外，题跋本身也是五花八门，内容多样，有涉及考证、校勘的，有广告性的，有杂记琐事有如日记的，……总之，大别之不外两类，即学术性的与文学性的两大类。我所喜欢的则是后者。

题跋小文，是从宋人才开始注意并大量写作的。影响最大的应数苏轼和黄庭坚。他们所写也还不是书籍的跋文，过去一向被视为散文小品，这是与他们集中的大篇正宗文字对比而言的。此外，欧阳修、叶石林等也都写题跋，陆放翁更是此中名手。他们的流风余韵可以说一直延续到晚近也还不曾消歇。南北宋之交的著名女词人李清照所写的《金石录后序》更是突出的作品。这并非小品，而是她为丈夫赵明诚的三十卷学术著作所写的跋文。《后序》详细记录了他们夫妇从青年时代起辛勤收集古文物书籍的经过，以及靖康之变转徙流离中藏物损失的过程。李清照是文学家，《后序》的文学性也特别强烈，是写尽了家国身世之感的名作。《后序》留下的影响也是巨大的，影响主要不是表现在学术性，而是在文学性方面。

长夏理书，随手翻得一些实物例证，现在就依次引录，少加说明，也许可以对题跋这一品种，略窥涯略。

《陕西四镇军马数》一卷，后附《会兵御虏》，明嘉靖刻本。收藏有季振宜三印，又“姑苏吴岫家藏”印。这是一册官书，也就是当时官刻的一种内部文件，应该算是机密的。因此流传不多，好像只在“近古堂”、“绛云楼”、“传是楼”的书目中有记录，那名目也多少有些不同。这是难怪的。推想此书一定不只刻过一次，每换一任主管官员大约都要重刻几次。那些见于旧目的本子也都找不到了，无从对校。这本书是明代苏州著名藏书家吴方山（岫）的藏书。在吴岫看来，这并非古书，而是崭新的出版物。但他却在卷中留下了五行手跋：

> 陕西设总制，自石淙杨公始。嘉靖七年春召归。晋溪公王琼继之，撰为此书。公由谪所起用，一平吐蕃，

再平套虏。实以兵马素练，钱粮敷足，根本已固故也。下有会御事宜，乃其经略，故并刊焉。继其政者，当珍藏检阅勿忽。姑苏末学吴岫题。

此书原不著撰人，从吴岫跋中可以知道作者是王琼。所谓陕西四镇是“陕西镇”、“延绥镇”、“宁夏镇”和“甘肃镇”。书中详记各镇所属卫、所、堡设官及兵马数量，陕西一省民屯夏粮秋粮数目，以及《会兵御虏图》等，后面所附帖、札付等文件则是嘉靖七年冬至八年夏所发出。吴岫的跋算不上什么考据，这在他看来原不过是一本新书。但从他的看重此书，可以知道明朝中叶的藏书家还是重视当代文献的，并不像清初的常熟派藏书家，一味地追求古。其实也难怪，清初的政治气候已经不允许读书人留心当代政治、经济、军事等等事物，他们的一头钻进古书堆里，是应予原谅的。

《老子全抄》一册，竹纸绿格写本。版心上有“聊尔编”三字。书衣有墨笔跋：

此先夷度府君手自点阅之书也。计其时尚为诸生。先人手泽，子孙当世珍焉。不肖男骏佳谨识。时辛亥孟春，已七十八岁矣。

夷度是祁承㸁，明代浙江著名藏书家澹生堂的主人。祁骏佳是他的长子，彪佳的哥哥。辛亥是康熙十年。乙酉清兵下江南，祁彪佳自沉死。祁家诸子图谋兴复故国，组织抗敌力量，被人告发，破家。澹生堂的藏书就在此时散佚了。那详情在黄梨洲和全谢山等人的著作中都有记载。祁氏诸子佞佛，骏佳尤甚，常常把家藏书籍随意送给和尚。不过一些先世手泽还珍重保藏在家里。这一本《老子全抄》和另一本《易测》，就因为是承㸁少年时的读本，保存下来了。这两书写手都极精，不像是抄书人的手笔，应是万历以前写本。卷中有朱笔、蓝笔圈点，是出于祁承㸁之手的。八千卷楼曾有澹生堂抄本《蝶庵道人清梦录》一卷，卷首有“旷翁（承㸁）题，男骏佳书”的跋语，就都是这一类的“澹生堂抄本”书。

这两行跋语，中间隐藏着一段残酷的斗争故事，但跋文本身却一些都不曾透露，这是当时政治情势下必然的产物。祁骏佳不像李清照，虽然逃来逃去，到底还在南宋的版图之内，所以还能畅所欲言地发挥家国之痛；这在祁氏诸子就不可能，他们只能“奇沉痛于悠闲”，说两句“淡话”。

清代著名藏书家留下的题跋是很多的。如何义门、吴尺凫、鲍以文、黄荛圃、顾千里、吴兔床、陈仲鱼、钱竹汀……这里只是随手拈来，自然还有很多漏略。不过由于上面所说的原因，他们都已将兴趣集中在版本、校勘上面，学术性的成分在他们的跋文中空前增大了。他们的劳绩是值得重视的。至今，在涉及版本目录之学时还不能不时时求教于他们的著作。这中间自然也有一二位是别有特色的。如鲍以文，他平生收藏、刊刻了大量的古书，但他并非完全是书呆子，他爱刻宋元人集，如汪水云的诗，这中间并不是毫无用意的。他也是个有风趣的人物，我有他所校的元人集，不只是卷中朱墨杂下，在每卷之后，还记下了何时、何地校毕此卷，还随手记下了气候、风物、人事……，是很有文学意味的随笔，较早的严虞惇也喜欢这样做，他在川江舟中读苏诗，每卷后的跋文，几乎就是一篇小小的游记，集在一起，就是一卷很好的出蜀日录。

黄荛圃也喜欢在题跋里记琐事，买书经过，书肆、书估、书价、藏家……，包括日常生活，都随手记在跋文里。虽然有些学者很不以这样的作风为然，加以讥笑，但我却喜欢读这样的题跋。他的题跋已经被搜辑汇刻为厚厚一叠，他曾经跋过的书的身价也被抬高到不可思议的荒谬高度。不管是怎样的破书，只要有他一两行题跋，就会身价百倍（其实百倍也不止），这则是很没有道理的。

我记起了二十几年前偶然得到一部《王注苏诗》，是万历刻本，是很普通的书，印本也很不好。不过这是翁同龢的批校本，从常熟翁家散出的，书中有许多跋语特别有趣，曾随手抄下，也至今不忘。这书先有虞山钱简臣的批语，翁常熟又借得严思庵的评本，用紫笔过录下来。翁的题跋是这样的：

光绪庚子四月朔，邑子翁同龢获观。

评点极矜慎，而于鄙意有未尽合者。余粗疏任气，老将至而未知所裁也。雍正辛亥距今百六十六年，展卷兴感。龢记。光绪庚子五月。

光绪庚子首夏，得此书于邑中书估。有雍正九年钱公简臣批点，丹黄烂然，颇极矜慎。是年六月汪柳门侍郎由吴门寄示严思庵先生手批本，前后数过，最后为康熙五十年辛卯，则又在此评本之前廿年矣。钱公于严先生为乡里后进，而手眼各别，因以紫色笔移写严评并圈点于册内，以证吾虞诗派之同异。

思庵先生古之狷者也。其罢官居京师时，至于绝粮，得人馈青钱二千始济，非其人必不受也。余削籍归田，生计日迫，然犹有书画数箧、墓庐一区，仰愧先生多矣。龢记。

批本中题记，往往涂抹过半，意当日文字之禁严耶？卷末有味闲居士鎏者，先生长子也。

庚子六月，北方有警，讹言纷然。回望神京，魂神飞越。此岂吾读书时耶？然舍读书又何为也。嗟乎，嗟乎！以庸流参大计，以华士谈诗书，以沾沾格律绳古仙之奇作，同一憾事！是月望，松禅。

自十六以后，无雨。几于流金铄石矣。余假菉卿侄舍以居，书室如斗，蚊雷轰然，临圈点毕，因记。六月廿九日。

在这十册书中，翁同龢用紫笔过录了严思庵的全部圈批，还在每一卷尾过录了有时长达数百千字的跋语，一色小行楷，这是翁氏晚年书法极好的代表作品。在这一切之外，更值得注意的是在几段题跋中透露出来他的内心活动。

翁同龢是光绪帝的师傅，人所共知的“帝党”。康有为就是经他的保荐得到重用的。一般都把他看作戊戌政变的重要人物。其实他在四月二十七日就被罢斥了，而变法的诏书是五月初一日才颁布的。翁罢相后并未出京，在西太后重新垂帘“训政”，杀了六君子以后，才来追究他保荐康有为的罪案，终于被驱逐回籍，“交地方官严加管束”，“懿旨”中并有“毋许滋生事端”字样。据马叙伦记，“常熟循故事，月具文投地方官云，‘具禀奉旨驱逐回籍严加管束原任协办大学士翁同龢禀知：本月同龢在籍并未滋生事端’云云，皆亲笔”（《石屋余渖》）。这大约就是“四人帮”横行时“思想汇报”之类花样的先河，不过比起清朝故事来，后者可是要严厉、紧张得多了。翁同龢幸而早生七十年，不但可以虚应故事地交差，还敢在旧书上白纸黑字大发牢骚，看样子他是并不担心抄家或追查“黑材料”的。翁同龢在乡下读苏东坡诗集时，正好是义和团起事的庚子年（1900）。他虽久已退归林下，可是还念念不忘“神京”，并痛骂“参大计”的“庸流”（我不相信这是他的自我批判），他的心情是可以理解的。不过他自己是否就不是“庸流”，在当时却是有争论的。他的同乡曾孟朴就在《孽海花》里为他绘制了大体上颇为传神的画像。他和李鸿章是政敌，甲午之役，他是主战派的首领，与主和的李鸿章是对立的。不过他也并非什么值得佩服的政治家，并没有什么远见。充其量不过是平庸的“状元宰相”而已，不只是书生论政的典型，也是将派别利益放在国家利益之上的人物。这在同时人的评论中是可以找到不少记录的。不过即使如此，他的那些题跋，依旧不失为有意义的文献。他的关心国事，自然也是不错的。

与翁同龢同时或少后，也有一些值得注意的题跋作者。如沈曾植，收入《海日楼题跋》中的藏书题跋，大半论及版本源流，应该归入学术性一类，不过他的文字写得好，有一些是可读的散文。他是“遗老”，文章中带有浓烈的遗老气与寒酸气，有时十分可笑。如后来成为“四部丛刊”底本的《中兴闲气集》和《河岳英灵集》，就是他的旧藏，但在影印时，他的题跋却被删去了。收入《海日楼札丛》的也不完整，查原书，在“甲寅三月……”之前是被灭去了“宣统”二字的。甲寅是1914，已在辛亥革命后三年了。沈曾植和其他一大群遗老，躲在上海的租界里，还在奉着“逊清”的正朔。又过了七年，许多遗老在“宣统辛酉正月万寿节”（按即溥仪的生日），又在沈的家里聚会，还在这两部书土写下了“观款”。遗老的名单是“冯煦、王秉恩、邹嘉来、余肇康、吴庆焘、朱祖谋、郑孝胥、王乃征、章梫、杨锺羲、胡嗣瑗、陈曾寿、陈曾任、沈曾植”，共十四人之多。这些，在商务印书馆影印时，就都灭去了。显然是出于政治上的原因。不见原书，是不能发现这种有趣的差异的。从这里，我们又可以得到两条经验：一，一切影印本，不只是“四部丛刊”，都是靠不住的，多少总有些有意无意地删削、改动，作为历史资料，还不是可以完全凭信的。二，看来版本还是值得研究的，因为它有助于提供真实的历史资料。

最后，不能不提到郑振铎。西谛是有名的藏书家，也喜欢写题跋。从他的题跋文中人们可以接触到他对书籍爱好的真挚的心。他在题记中经常会写下“大喜欲狂”、“为之狂喜”、“惊喜过望”这样的词句，只要与西谛相熟的，都会知道这些都是他得到一本满意的书以后真实心情的写照，不是做作出来的。他为《天一阁抄本录鬼簿》所写的长跋，可以算作标本，原文已收入《西谛题跋》与影印本《录鬼簿》了。我在这里想介绍的是他的另一篇题跋。这是他自己手书上板的《西谛所藏善本戏曲目录》后面的一篇手写跋。此书刻成于一九三七年秋，共二十二叶。刻成后只印了少量的蓝印本。那木板就寄存在上海的来青阁书店里。书店的老板怕这篇跋惹祸，就把刻了跋的那块木板毁掉了，剩下来的二十一块木板却还在。抗战胜利以后，来青阁又曾用这旧版印过少量的蓝印本，但已经没有原跋了。我的一册是书友郭石麒所赠，还是宣纸的最初印本，时间已经过去了四十年，书口处两行的蓝色都已退掉，但字迹还清晰，现在就转录在这里。

余性喜聚书。二十年来，节衣缩食所得，尽耗于斯。于宋元以来歌词戏曲小说，搜求尤力。间亦得秘册。唯一书之获，往往历尽苦辛。有得而复失，失而复于他时他地得之者；有失而终不可复得者；有始以为终不可得，而忽一旦得之者；有初仅获一二残帙，于数月数年后始得全书者。盖往往有可喜之奇遇焉。人声静寂，一灯荧荧，据案披卷，每书几皆若能倾诉其被收藏之故事。尝读黄荛圃藏书题跋记，于其得书之艰，好书之切，深有同感。二十一年正月，丁上海之役，历年友好贻惠之著述，与清末以来之印本，胥尽于一炬，而所藏他书，以别皮北平，获免于难。收书之兴，亦未少衰。五年来所获滋多于前焉。前夏举室南迁，藏书亦捆载而南。以所寓湫狭，将非所日需之图籍万数千册移储东区。不意今乃复丁浩劫，其存其亡，渺不可知。连日烟焰冲天，炮声动地，前方将士正出生入死，为国捐躯，区区万册图籍之存亡，复何足萦念虑，而歌词戏曲小说诸书，以藏于蜗居，独得幸免。抗战方始，此区区之幸免者，又安能测其前途运命之何若耶。唯中不乏孤本稿本，历劫仅存者。先民精神所寄，必不忍听其泯没无闻。爰竭数日之力，先写定所藏善本曲目如右。通行刊本千余种，均摒去不录。呜呼！书生报国，不徒在抱残守阙。百宋千元之弘业，当待之驱寇功成之后。中华民国二十六年八月二十四日，郑振铎跋。

这是一篇文情并茂的跋文。可贵的是，在一般藏书家照例要感叹唏嘘的场合，作者却表现了十分昂扬的气概。而这就正像他的为人，他就是这样一位热爱祖国文化典籍，生气勃勃，努力工作至死不息的人。

一九七九年七月二十一日

谈“集部”

我不知道，藏书到底有没有什么秘诀。按照简单的逻辑，只要有一间房子，若干资本，到书店里买下、运回、摆好，就行了。事实上当然没有这样简单。从前有不少藏书家都曾写下过他们的心得，读起来也头头是道的。可是想照抄照搬几乎都行不通。社会环境、经济条件……一旦变化，即使是头等的经验，往往也只不过成为美丽的空想而已。

回想自己的买书，也不是一年两年了。但足以称为经验的东西是没有的。例如，藏书家大抵都有自己独特的搜求目标，或戏曲、小说，或方志、杂史，版画、禁书、弹词唱本……都可成为一种专藏的特色。我这里说的是二三十年前读书界的风气或“时尚”。像这样特定的目标，在我说并没有。我的最早跑跑书坊，原也不是完全没有目的，那就是想找点晚明野史看看。后来发现，当一些通常习见的册籍一旦粗备，就再也难以发现什么新奇可喜之物。当然，有也还是有的。如傅节子抄的“明末五小史”，原也不过是百来年前抄成的东西，但从“九峰旧庐”拿出来时，就已装在特制的楠木匣子里，用大红洒金的书皮装订，成为十足的“宝贝”

了。我诚惶诚恐地翻了一下，连价钱也没有打听。

买书是时时需要有新鲜事物的刺激的。不只是新书，旧书也一样。不必说十年前，就是现在，我们也还没有达到想读什么，就能在书店里买到什么那样理想的境地。只能从书架上幸运地偶然发现，并买到自己所欢喜的东西，完全不能掌握自己的命运。逛书店的乐趣，看来恰恰也就在这里。过去我的走走旧书坊，采取的就是一种“人弃我取”的“方针”。这样做的理由是不言而喻的。不是众矢之的，就可以摆脱竞争的麻烦，也免去了力不能及的高价的威胁；更重要的是，不为人们注意的东西，数量往往较大，新鲜的、未之前见的书本可能出现的机会也较多。而这正是十分重要的，读者最不能忍受的是那种一片荒漠、没有生机的可怕景象。

这样，我多年胡乱买书所得，比例最大的就只能是明清人的集部。

集部书是一直不为人所重视的，特别是那些并非“名人”的作品。这当然也不能说没有道理。不过事物往往有另外一面。非“名人”的作品，未必就不足观；如果我们能进一步从“艺术第一”的偏见中解放出来，就可以从作得不一定怎样“漂亮”的诗文中发现值得珍重的东西。我这里所指，就是思想史、社会史的大量纪录与素材。

其实这也不是什么新发现，古人在很早以前就开始注意及此了。如果说计有功的《唐诗纪事》还没有摆脱诗的范围，到了厉鹗作《宋诗纪事》、陈田作《明诗纪事》……就大踏步地离开了“文学史”的樊篱。但能注意到这种变化的人是不多的，人们往往总是离不开“文学”、“文学”。钱谦益作《列朝诗集》并撰集“小传”；朱彝尊作《明诗综》，也写了“小传”，后来为人辑成《静志居诗话》。方式不同，用意则一。这都不是什么纯文学的著作。一九六五年出版的邓之诚《清诗纪事初编》，就是最晚出的一部出色著作。邓先生有许多精彩的论述写在序言中。他首先揭出黄宗羲“当以诗证史，不当以史证诗”的意见，进一步说道，“诗有异于史，或为史所无者，斯足以证史，最为可贵”。邓先生这书，与其说是一部文学史的著作，还不如说是一部历史学的著作。他为每一个“诗人”所写的评传，也显示了非凡的功力，虽然某些见解不无可以商榷之处，但总的说来是极好的一种开山之作。读了以后，使我们对那个动乱的大时代的面貌能获得一个大致的理解。虽然限于作者的识见与原书的篇幅，所入选的作品还是太少了。

还不能不提到的是阿英同志。阿英是藏书家，但却不同于藏书家中的“庸流”。他也是对清人集部有浓厚兴趣的一人。他的收藏目标集中在鸦片战争前后直至清末这一历史时期。这种书在二三十年前真是汗牛充栋，没有受到图书馆的应有重视，被划在“善本”的线外，大量地落入了还魂纸炉。阿英以个人的微力，经久地、孜孜不倦地收集、研究，那结果就是“鸦片战争”、“中法战争”……几部“文学集”，还有《晚清文学丛抄》。这些著作的学术价值今天是有目共睹的了，但在他进行收集、研究的当时，是很少有人懂得那意义的。阿英走着一条寂寞的路，他也终于走出了一条路。

刚才看到许涤新同志的《百年心声》，如作者所说，这是一部“中国民主革命诗话”，当然是一部新型的“诗话”，那办法似乎也可以为上面的说法张目。

现在就来随手找两本书谈谈。说随手，一以说明这只是一点漫谈，没有系统；此外也想向读者告罪，目前还只能在随手发还的几本旧书里找一点材料，即使想有些系统，事实上也困难。

最近因为重新上演了京剧《恶虎村》、《连环套》（只“拜山”一折），人们对施不全和彭鹏关心起来了。纷纷议论他们是不是“清官”，他们的业绩是“除暴安良”呢还是“镇压了农民起义”？泛论了好半日没有什么结果。恰巧这两位不但都在历史上实有其人，而且都有“作品”传世。晋江施世纶撰《南堂诗钞》十二卷，有雍正中刻本；“闽中莆田彭鹏无山”有《中藏集》和《古愚心言》八册，康熙刻本。“诗人”施世纶的集子我没有见过，无法评论；彭鹏的集子我是有的。可惜现在回到手里的只是《心言》的第七册，所收都是“详文”，是康熙二十六至二十八年他任三河县令时审理案件的文稿。但只这一册，也多少反映了当时京东一带阶级斗争的面貌。这里收有旗人争地，庄民失盗，番役诬民为盗，详革勾旗乡耆，投旗邑民捏讼，驻防领饷等等有关案件的文件。可以看出，清初京畿一带因为出现了圈地、驻防这些新情况，新兴的满洲贵族庄田经济出现了，投旗、勾旗之类现象大量发生了，驻防的供养也成为人民的沉重负担。“盗贼”的蜂起，自然是不足怪的。彭鹏是一个“能吏”，他的担子不轻，责任重大。虽然不过是个小小的县令，却曾受到康熙帝的殷殷“垂询”。皇帝问道：“地方旗下庄头何如?”彭鹏回奏：“臣赋性戆直，从不徇私。四载以来，毫无姑容。旗人皆谅臣心，一一遵法。”这当然是官话，但也可以看出皇帝还是明白的，他知道主要的矛盾所在。彭鹏在皇帝面前，敢于吹嘘自己性情戆直，不徇情面，可见所谓“清官”的称号，也不是没有来由的。

彭鹏说：“若使洵邑保甲不行，道里蒙混，旗民杂糅，当时天语下询，臣何辞以对。”可见他是忠心耿耿并十分看重保甲的作用的。在“详稿”的开头又说：“为弭盗首、严保甲，旗民势必均编等事。”这就透露了当时复杂的斗争情况。“八大拿”中“霸王庄”的“皇粮庄头”黄龙基，看来就是这一类贵族庄田的主管，与《红楼梦》里的乌进孝是一流人物，与于六、于七是不能同日而语的，他们之间又存在着某种联系，情况实在复杂得很。不彻底弄清这些错综迷离的情况，只凭几条原则是做不出使人信服的结论的。

还有一本书是“江南程庭且硕”的《若庵集》，康熙刻本。原书六卷，现在只剩下卷四一册，是《停骖随笔》，内容却全的。程庭是原籍安徽久住扬州的大盐商，康熙五十二年癸巳（1713）“六旬万寿”，他也跟随地方官员进京祝嘏。这随笔就是行旅日记。特别有趣也有史料价值的是对畅春苑等处的描写和祝寿觐见经过的记载。记畅春苑说，

按畅春苑乃明季武清伯李皇亲园亭旧址，今上因之，

置为御苑。苑周遭约十里许，垣高不及丈，苑内绿色低迷，红英烂熳，土阜平陀，不尚奇峰怪石也。轩楹雅素，不事藻绘雕工也。垣外行人于马上时一窥见。垒垣以乱石作冰裂纹，每至雨后，石色五彩焕发，耀人目睛。玉泉山之水走十余里，绕入苑河内，复作琤琮戛玮声，流出宫墙。苑后则列诸王池馆，花径相通。东则有悟真庵，尼僧也。西北则永宁观，羽士处焉；圣化寺，喇嘛处焉。正西则广仁宫，西南则万寿寺，皆缁流处焉。其余梵刹颇多，惟此数地为上所常驻跸云。苑门南向，匝以红栏。栏内立铜狮二，遍身作翡翠色。每当朝期，群臣方由此出入，其于平日，则有东红门二，西铁门二，惟视上所临御焉。

祝寿的内容之一是由宝华僧众在西顶寺礼忏。此寺距西苑约五里许，“一水湾环，直达寺门，夹岸长堤，尽植桃柳”，关于“西顶”，程庭说：

帝畿四隅，各有一顶，以寓四岳之象，西顶其一也。敕名广仁宫，内供女像三。中坐碧霞元君，右光明菩萨，左送子菩萨。珠冠龙帔，皆自大内所出者。今上五十年特发内帑修造，轮奂巍然，丹雘焕然，御制满汉字碑文各一座，令内务总管大人一员，游击、千总、拨什库各一员，率披甲四十名，昼夜防护，其慎重也如此。

康熙帝由畅春苑回宫，“庭等跪迎于西直门道上。已刻，皇太后銮舆先入城，舁用阿监十二名，后车十二乘，悉皆朱轮黄幰，窗嵌玻璃，每一辆用阿监八人，居前挽辀者三，夹翼扶轮者二，殿后推毂者三，皆团花茜袄，绛帽黄缨，簇拥而行。少顷，则有华旗芝盖，月扇云麾，隼旟翠节，豹尾金幢，按队分镳，鱼贯鹤列，不敢少紊。执持者披天青纻袍，遍排织金寿字，次则教坊全部，象管龙笙，箫韶缓奏，融融怡怡。次则侍卫从官，蟒衣名马，各捧彤弓卢矢，宝剑鸾刀，金交椅、金几案各一，金盆、金盒、金提炉各二，瑞烟缭绕，香霭缤纷，中露赭黄曲柄小盖。夹道臣民，咸知圣天子将临，一时尽屏气调息，肃容伏谒。上御大辇，金碧璀璨，绮疏玲珑，舁用三十六人。诸亲王服团龙绣袍，珠冠玉带，徒步扶辇，和缓雍容”。

第二天，午门朝贺毕，帝后又返回畅春苑，“皇太后及诸后宫车乘驰过后，卤簿銮仪，若斧钺戈戟旌旄旗节之属，较昨陈列者迥乎不同，持仗宿卫皆乘骑矣。铙吹画角，嘹呖悠扬，则有绣服诸郎，各手控御马，共二十骑，骃骊骅骝，无色不备。……雉尾团扇中，御驾肩舆，舁者十六人，舆四面不施轩棂，就日瞻云，尤为亲切。伏见上服织金赭龙袍，外笼石青团龙缎褂”。

这些相当详尽的记录，出自亲历，写来真是历历如绘。如果与故宫现存描写清代诸帝活动的大幅画卷对照研究，则两百多年前皇家的具体仪制、服饰……是可以掌握得较为精确的。这对写历史小说、摄制历史电影，都将有不小的帮助。在读以上这些片段时，不由得想起《红楼梦》里所写元妃省亲等场面，觉得那几乎全是写实，而非虚构。两者反映的正属同一时代的现实。程庭还仔细描写了他在畅春园里参观“皇会”和“买卖街”的详情，帝后乘船到西顶寺礼忏的场景，都是颇有文献价值的记录。程庭在《若庵集》外，还有一部笔记《蓉槎蠡说》，也是刊刻精美的康熙本。这位盐商，有许多著名文士的朋友，又喜欢刻书。在曹栋亭作江宁织造兼两淮盐政的时候，程庭这样人物的出现，不是偶然的。

甘泉林苏门撰《邗江三百吟》十卷，嘉庆刻本。这是有关扬州的一部诗集，分“播扬事迹”、“大小义举”、“俗尚通行”、“家居共率”、“周挚情文”、“新奇服饰”、“趋时清赏”、“适性余闲”、“名目饮食”、“戏谑方言”等十个门类，共三百题。每题后有小序，然后才是诗。作者是阮元的舅舅和老师，曾经参加过四库全书的校勘工作。他对扬州这个地方的风俗、饮食、服饰……有非常浓厚的兴趣，仔细加以考察、记录。在地方性的“竹枝词”中，这是很有特色的一种，不像别的作者，只将兴趣集中在古迹、名人上面，他关心的却是当代的事物，特别是与城市平民有关的平凡琐事。这就很是难得。作者生活在乾嘉之际，正是扬州从极盛转趋衰颓的时会，恰好可以与曹栋亭那个时代衔接。如与李斗的《扬州画舫录》加以比较，就分明可以看出一个是庙堂或出林的，一个则是市井的。我觉得，这书有些像关于扬州的小型“百科全书”，当然只是在大体上相像，深广都还远远不能使人满足。但比起一百多年后出现的各种导游书，还是好得远。

在“新奇服饰”中，有“长耳挖”一题，注云：“此即俗名一丈青也。金银不一，妇女头上斜插之。”诗共两首，都不高明，但这注却可贵。原来《红楼梦》写晴雯用来向小丫头手上乱扎的就是这东西。曹家在南京、扬州前后住了几十年，雪芹的家庭里习惯使用江淮方言是毫不奇怪的。未必一搬回北京就上下一律改说“官话”。不料这却成为一种“把柄”，使雪芹的著作权都变得可疑了，实在不能说不是出于“意表之外”的。

此外在“蝴蝶履”条，详细说明制作方法，鞋帮“或全仰素缎，或杂色洋呢羽毛线绉宁绸等”；“趋时清赏”记“厅上闹钟”云：“自鸣钟以定时刻。扬城趋时之家，间亦用之。近日有用闹钟设于厅上者，时刻周流转换。未换之先，隐隐声如击柝，一换则如撞洪钟声，时刻之分，原以钟声之数为定，此钟惟于时刻欲换之际，忽铿铿然如奏乐一般。闹毕即撞，撞亦以数定。厅上乃宾客往来之地，借以骇人见闻。”“带三针表”云：“此亦定时刻之物也。用铜胎磁面，再加玻璃罩。内皆螺丝篆攒之，全借法条为准。面上画如八卦，另嵌以针，走时罩内一望，针向某处，则知某时刻，正末几分。洋人一针表售出价不过数十金。近日面上三针，校定更准，其价更昂。扬城趋时人借定时名目，亦多于腰间佩带，以为饰观。”

这些时髦的“舶来品”，都曾在《红楼梦》中出现过。

嘉庆中市面上还算是稀罕的东西，在织造府里大约若干年前就已在使用着了。

作者在“真宋板藏书”条，推崇马佩兮、秦敦夫，而对自己的外甥则颇不客气，他说：“阮伯元中丞，历年刊刻固多，收藏不少。试问盈箱满架，宋板耶？明板耶？真者能有几十函耶？”他还提到当时扬州的名画家，有郑板桥、罗两峰、张桂岩、奚铁生、王椒畦、李复堂等，他对板桥的评论是：“郑板桥先生燮，兴化进士。以庶常改山东潍县令尹。晚年乞休归里，往来扬郡，字画易钱。时人但以字之怪、画之随意，不惜分金而换易之，而不知所擅长者则在闲言戏语题幅中多妙趣耳。”“郑公行世之字，皆尚古怪。余闻其中年学欧，因不能取炫于世，改而自成一家。小斋现藏‘竹疏烟补密，梅瘦雪添肥’一联，板桥楷书真迹，笔笔中锋，迥非行世一路，可以证矣。”

这是同时人对板桥的看法，也是有趣的文献。特别赏识板桥题画的一点，则是颇有眼力的。

无论是彭鹏、程庭还是林苏门，都算不得诗人，在文学史里是找不到他们的名字的；也为此，他们的集子经过一两百年之后也都邻于消灭。这是不公平的。他们的著作也自有其应该存在下去的价值。中国自古以来就一直十分重视诗和文章，几乎成为判断文化遗产首先考虑的重要标准。太史公的《史记》在文学史上的地位就远远高出它在史学史上的地位。无论是哪一门类的著作，想流传下去，首先的要求是文字好。《水经注》和《洛阳伽蓝记》这样的著作，也不能逃出这一通例。影响所及，古代的知识分子人人都想做文学家，留下了浩如烟海的集部书。其中当然绝大部分是劣作，日就湮灭原也是难怪的。胡乱买了许多诗文集，翻阅的结果，像上面提到的几种，实在也真是凤毛麟角，这也是事实。

在什么地方看到过史学家郑天挺教授的一个意见。他认为史料应该不只局限于“史”的资料，还应深入到各个人的文集之中，深入到方志、笔记之中去寻找。有许多到处找不到的历史资料，往往是被当作文学作品的成绩保留在文集中间的。这是很好的见解。现在，组织起更多的人力，有领导有步骤地深入到更深更广的领域中，发掘、分析、整理出新鲜而有质量的史料，制成索引，编作长编，这样的时机的确是已经来到了。这将使我们的研究工作出现一个崭新的面貌，从苍白无力状态下解放出来。

谈禁书

不记得是谁曾经说过，“雪夜闭门读禁书”，算是人生一乐。我想这是说得不错的。要选一个下雪天，还得是晚上，外加关门上锁。这样的典型环境实在刻画得好，没有切身体会，怕是万万想不出的。

因此读禁书也就被赋予了一重浓重的神秘色彩，寥寥七字，包含的内容实在丰富得很。

溯本穷源，发明了禁书的手段并严格付诸实施的还是不能不首推秦始皇帝。这以后就有很长一段时间继起无人。虽然提起“图籍之厄”，烧书的事确曾不断发生，但那大都是战乱之间不问青红皂白一把火通通烧光，与嬴政的有目的、有纲领、有明确规定而且著之律令的焚书还是不能同日而语。禁书与文字狱发生关系，较早也较著名的是宋代苏轼的“乌台诗狱”，清代的张秋水有《眉山诗案广证》，就是专论此案的。张鉴的《冬青馆集》里收有许多有关南明史事的论文，他生于嘉、道之间，正当清代中叶文字狱盛行之后，他的特别关心宋代诗人苏东坡的命运，应该不是没有缘故的。

清代的乾隆皇帝，确是遥遥继承了秦始皇的传统，并后来居上的。论手段、论规模，也都远远超过了他的前辈。单是“禁毁书目”就先后修了几次，成书若干册。“禁书”成为一种通行的术语，也就从这时开始。不过有清一代，人们明明知道这一客观存在，但口中、笔下却谁也不敢提。一直到了清末民初，旧书店的商人才公然堂皇地把禁书字样标在书目上，同时售价也就相应飞快地提高，终于在有些图书馆的目录上也逐渐露面，作为审定“善本”的一种根据了。

为了习惯与方便，这里谈到禁书，也姑且以此为限断。

“禁书”虽然已经成为宝贝，但我居然也先后得到过若干种。这就使我悟出，禁书者，不论是有着无上威权的封建统治头子还是别的什么聪明人，也不论他们用尽了怎样的心机，到头来也终于是无效的。书是禁不绝的，因为有无数正直、公平的读者的保护。

唐末的词人韦庄，写过一篇著名的长诗《秦妇吟》，诗中涉及黄巢起义军攻入长安时的一些情况，有“内库烧为锦绣灰，天街踏尽公卿骨”这样的句子。韦庄自己后来觉得不大好，“公卿”们看了自然不舒服，新朝的头目也不会喜欢的，因此就自行“抽毁”，从《浣花集》中删去，还给家属留下了禁令。这以后一千多年中人们都无法看到这篇著名的作品。不料终于从敦煌的石洞里发现了那抄本，而且有三卷之多。韦庄用心良苦的安排终于还是无效。那原因就是很有一些读者喜欢它，作品还是被传抄、保存下来了。

韦庄后来虽然贵为蜀相，他到底只是一个个人，与能动用国家机器，在全国范围内搜查禁毁的皇帝是不能相比的。

不过皇帝又怎样呢？事实证明，成绩也并不理想。不过两百年，清代禁毁的一些作品，也还是陆续出现了，并没有禁得一干二净。那原因也并不两样，也是得到了人民保护的结果。

近三十年前，我看到过从浙江绍兴梅市流出的一些山阴祁氏澹生堂的藏书。这是一批由祁氏子孙深藏密锁了三百多年的先世著述。大半是抄本与稿本。其中绝大部分是符合禁毁的条件的。经过清初的残酷镇压，祁氏遭到了家破人亡的惨祸，但还是冒着杀头、灭族的风险保存下了这些著作。事实本身就是极为悲壮的。

这批书中有一部祁承㸁的《澹生堂集》，是崇祯刻本，在禁书目中是有著录的。仔细一看，凡是集中“奴”、“虏”、“酋”等字，都已用浓墨仔细地涂去了。同时我还看到一部清初抄本的《澹生堂诗文钞》，是祁氏子孙选抄待刻的稿本。原书中那些涂掉的地方，都经过细密的修改。这些工作，想来都是在“雪夜闭门”的情况下进行的吧？

后来在苏州又得到过一部刻于崇祯甲申（也就是典型的弘光刻本）的钱栴撰《城守筹略》，则是南明政府官员为了抵御“北虏”南下而提出的作战方略。奇怪的是这样的书，禁书目中也并未收入。可见清初统治者花了如许气力搜索、审查，工作也还是粗疏得很。原书卷一第一页的书名和作者名字都被什么人撕去了，撕得很马虎，卷一以下都还好好地保留着书名和撰人。这就不能不使人揣测，藏书者要应付即将到来的大搜查，他所藏的这种违碍书又很多，在惶急中只能这样马虎地处理一下的吧？那时代可能就在钱栴被捕杀头的前后。

我还有一部清初刻的《新乐府》，是吴炎、潘圣樟（潘耒的哥哥）的作品。这两位都是在庄史之狱中被杀头的。书前的作者姓氏也同样被撕去了。这样的残迹，好像意在提醒后来的读者，书册曾经历过怎样的命运，才终于保存下来，好像直到今天也还能隐隐嗅到血腥气，以文献论，是非常可贵的。

提到庄氏史狱，就不能不联想到偶然得到的一册稿本，《私史纪事》（这是经过修改的，那原题是《史祸纪事本末》）。这可是一册很有价值的稿本。作者是范骧，与陆丽京等三人都受到“庄史”的牵连。他们大概都曾为此书写过序或曾列名参校。案发以后一起被逮，被押解到北京刑部听审，后来总算放还了。这书详细回忆记录了起解途中，下狱审讯……以及如何打点营救，被释还家的全过程。浙江离开北京有一千多里，天气又是严冬，范骧等都是六七十岁的老人，他们的身份是逆案的“钦犯”，在押解兵丁的驱赶下赶路，后来到了刑部狱中，前后半年光景，过的是怎样非人的生活，都有十分动人的描绘。不只是文字狱的珍贵史料，作为社会风俗史，这也是难得的原始记录。尤其使我吃惊的是，这本回忆录记下了三位老人在遇祸以后，彼此间曾经发生过的一些猜疑和互相责难。在书册的上端，有陆丽京的后人属名“宗楷”的墨笔批注，都是驳斥范骧、为丽京辩诬的。他们被释放归以后，不用说，家都已破了，陆丽京的结末是离家出走，不知所终。看来与这种纠葛是不无关系的。封建统治者的残酷迫害，在明遗民内部散布的矛盾……这一切都是不能不引起人们深深的思索的。

《读书堂诗集》，原刻的黑格纸，精抄，无疑是康熙中的清写稿本，不题撰人也没有分卷，后面还有许多空白页，可证尚未编定。这是钱塘汪无己的诗集，无意中得之市肆，也是一种当然必禁而不见于禁书目的异书。无己名日祺，后改名景祺，是钱塘汪东山（霦）的儿子。此集所收都是少年时的作品，后来他投入年（羹尧）幕，因《西征随笔》一书获罪，“律以大逆不道立决枭示”。《西征随笔》的原件后来在故宫里发现，曾经有过新印本。作者是有才华的，笔记中有些纪事的篇章，其实是很好的短篇小说，此外也有一些揭露官场丑行的纪事，我读过以后始终未能发现获得如此大罪的根由。其实汪景祺最大的过错是成为年羹尧的亲信。当时议政大臣所定年羹尧的“大逆罪”的第三条就是“汪景祺《西征随笔》，见者发指。羹尧亦云曾经看过，视为泛常，不行参奏”。后来查嗣庭文字狱发，雍正在“上谕”中还念念不忘于景祺，“去年正法之汪景祺，文稿中有‘历代年号论’，指‘正’字有‘一止’之象”。雍正作为一个“伟大”的“作家”，完全可以和他的继承人乾隆之为一个“伟大”的“诗人”媲美。他写起“上谕”来，往往下笔万言，反复声说，终于使臣民陷入五里雾中不得不承认皇帝的“权威”而后已。他运用种种奇怪的逻辑，惊人的捏造，将他所选中的对象一个个罗织入文网之中，又一个个杀掉，还要罪及妻孥亲属朋友和简直毫不相干的人。雍正是清代文字狱事业的奠基者，他提供了整套的纲领、理论和实践范例。可惜他的统治只持续了十三年，剩下的工作不得不由乾隆来最后完成。

据《永宪录》记，汪景祺“伏诛”以后，妻子照例要“发黑龙江披甲人为奴”。“景祺之妻，巨室女也。遣发时，家人设危跳，欲其清波自尽。乃盘躃匍匐而渡。见者伤之。”简单的几句话，写尽了一场阴森的闹剧的阴冷凄凉的结末。

汪景祺的《读书堂诗集》不过是少作，并无可观，全书充斥着封建文士无聊生活的描绘，但书前却有七八通诗序，作者都是当时的名家。除了朱彝尊、韩菼，现在已经记不起还有谁了。我曾经查过这些作者的文集，发现没有一篇序是保留下来的。这是难怪的。朱竹垞的《曝书亭集》卷二十，还保留了与景祺在西湖“夜泛”的五首诗。这是因为朱集刊成在景祺获罪之先。但后印的本子，“日祺”两字就已经削去了。出于同样的原因，朱集卷二十三“喜青宫再建”诗，在康熙五十一年再废太子以后，重印时也削去了。一个作者的文集，由于政治情况的变化，不同时期的印本就会有不同的面貌。这就是藏书家重视初印本的理由之一，也是判断重印时期的重要根据，也算是版本目录之学的一点小小的知识。

上面随意想到的几个例子，几乎无一不是清初文网的漏网之鱼，这就说明，尽管皇帝雷厉风行，作为头等政治任务来抓，效果还是很不理想的。当时各省的封疆大吏和中枢的文化官员实在值得同情，他们担着身家性命的干系，一字字地读着汗牛充栋的书本，又实在捉摸不透皇帝老倌的定案标准，他们的为难是可以想见的。手边有四册《无闷堂集》，闽张远超然撰，康熙刻本。四库未收、禁书目也没有著录，照我看也是一条漏网之鱼。只要看卷中有许多地方都开了天窗，就可以知道了。文集卷七有一篇《徐烈妇小传》，照例这样题目的文章我是不大看的，但因为篇中挖去了将近一行而引起好奇，终于发现这实在是一篇很有意义的文字。传末“野史氏曰”以下的一节是：

> 甲寅之变，生灵涂炭。身污名辱，终于不免者，不独女子也。女子为尤惨。楚蜀两粤，不可胜数。以予所目击耳闻者，独浙闽江右。其死于锋镝、盗贼、饥饿、损伤、老弱废疾者不具论。其姿容少好，骡车马背辇之而北者，亦不具论。惟其弃载而鬻之者，维扬、金陵，市肆填塞。（以下挖去十五字）累累若若，若羊豕然，不可数计。市之者值不过数金，丑好老少，从暗中摸索。

甲寅是康熙十三年（1674）。这里所说的是三藩之变，干出种种惨绝人寰的兽行的正是平定三藩的清军。其在浙闽江右一带作战的则是讨伐耿精忠的部队。扬州、南京的人肉市场，竟与奴隶社会无异。不见旧记，是无从想象的。那挖去的几句也不知道说的究竟是怎样的事物。但仅此一节，难道就不该劈板禁毁、追究作者吗？可惜的是乾隆一伙竟自轻轻地放过了。

乾隆肚皮里的标准，捉摸起来是困难的，但只要翻翻“文字狱档”，就可以约略知道那大概。不是连测字先生的方法都已采用了么？又还有什么标准可言？其实这也正是一种标准。运用之妙，也未必全出自“圣心独断”，大小臣工的努力也是万万不可忽视的。

皇帝也自有他的聪明，早已发现这样蛮干下去不是事了，必须转变作风，采取新的积极措施。这就是《四库全书》产生的背景。聚集群书，暗暗改削，写成“正本”，颁示天下。既得“稽古右文”之美名，又收统一思想之实效。确是一条好计。但这也并非乾隆自己的发明创造，列祖列宗早已有见及此并付之实施了。入关以后首先为崇祯帝治丧；康熙下江南专程去孝陵致祭，他写的“治隆唐宋”的“御碑”，到今天也还完好无恙。已死的明臣给以美谥，尚存的就用“博学鸿词”的办法招徕。这原是一整套政策的两个侧面。不懂这一手，是不能理解禁书的全部奥妙的。

禁书是一种历史现象，非常丑恶的历史现象。人类社会本来是没有这种事物的，但后来出现了，在某些时候还颇行时。我相信，它终究是要消灭的。前些时曾经就此进行过一些讨论。我自己是赞成读书无禁区的主张的。当然，一时实行起来并不那么容易。只要具有健康、正常的头脑的人，我想都应该赞成并努力创造条件把禁区彻底打破，并最终消灭这一丑恶历史痕迹的吧。那种一听见要取消禁区就不舒服，惟恐这种宝贝事物断种、失传的精神状态是奇怪的，不正常的。

“神农”尝百草，在他心目中本来就没有禁区。后来发现了毒药，他也只是向人们提出警告，同时写入本草，研究利用。他设了“禁区”然后又用科学的方法打开了“禁区”。假使一开始“神农”就是满眼“毒草”，不敢触动，科学的本草学、药物学是不可能出现的。

三十多年以前，在中国的许多地方，马列主义曾是“禁区”里的“禁书”。多少人如饥似渴地“雪夜闭门”读之，后来终于诞生了新中国。“禁”的后果往往却是相反的宣传，这是反动派所不及料的。这些事过去了还不算太久，大概我们总多少还有些印象吧。

一九七九年十一月二十八日

书痴

看题目，这好像是从《聊斋志异》上抄了来的。一个年青的读书人废寝忘食地在书斋里读书，半夜里，一张少女漂亮的脸在窗外出现了，……后来，自然要有一段曲折、甜蜜的恋爱生活，然后，书生得到少女的帮助，终于考中了状元，作了大官。……

自然，这不过是说笑话。蒲松龄的思想境界是不至如此低下的。但在风起云涌继《聊斋志异》而出现的什么《夜谈随录》、《夜雨秋灯录》之类的作品里，这样的故事就不只是可能、而且是必然要出现的了。在那样的社会里，“书中自有黄金屋；书中自有颜如玉；书中自有千钟粟……”的“美妙”幻想，在读书人的头脑里，简直是独霸着的，这就使他们不能不整天价做着此类的白日好梦，也自然要进而写进他们的创作中间。

不过关于读书人真实的并非捏造的故事，也是有的。如果图便捷，不想翻检许多书本，我想，叶昌炽的《藏书纪事诗》是可以看看的。

叶昌炽辛苦地从大量原始记录中搜罗了丰富的材料，依时代次序，把许多著名藏书家的故事编缀在一起，是煞费苦心的。他的书在这一领域不愧是“开山之作”，过去还没有谁就此进行过系统的研究。

叶昌炽的书另一值得佩服的特点是，他在取材时尽量选取的是那种“非功利性”的读书人的故事，因而也较少封建气息的污染。当然这也只能是相对而言。和“为艺术而艺术”一样，百分之百的“为读书而读书”是不存在的。读书，无论在什么时代，总都有他的目的性。但取舍之间，不同作者的眼光是大不相同的。我想这和叶昌炽自己就是一个生性恬淡，习惯于寂寞的研究，因而热爱书本的书呆子不无关系。

如果想探索一下，是什么促使人们热爱书本，那原因看来也只能归结为强烈的求知欲。司马光是爱书的，他所藏的万余卷文史书籍，虽然天天翻阅，几十年后依然还像“新若手未触者”一样。他对自己的儿子说过，“贾竖藏货贝，儒家惟此耳。”这是很坦率的话。书是知识分子的吃饭家伙，是不能不予以重视的。这里我把“儒家”译为知识分子，和“四人帮”的论客的解释是不同的。虽然在政治上司马光和王安石是对立的，但他这里所谓“儒家”看来也只是封建社会读书人的泛称，并没有什么格外的“深意”。

司马光自然并不是“为读书而读书”的人，他编写《通鉴》的是为了“资治”，一点都不含糊。他的得力助手刘恕也是一位藏书家，他受司马光的委托，经常走几百里路访问藏书家，阅读抄写。一次，他到宋次道家看书，主人殷勤招待。刘恕却说，“此非吾所为来也。殊费吾事”，“悉去之，独闭阁昼夜口诵手抄，留旬日，尽其书而去，目为之翳”。

也是宋代的著名诗人尤袤，则公然声明他的藏书的目的是，“饥读之以当肉，寒读之以当裘。孤寂而读之以当友朋，幽忧而读之以当金石琴瑟也”。这个著名的声明，出之诗人之口，很有点浪漫主义的味道。他是道出了“为读书而读书”的真意的。近代著名学人章钰为自己的书斋取名“四当斋”，就是出典于此。

书籍是传播知识的工具，在知识还是私有的时候，知识分子对书的争夺是不可避免的。于是有许多见不得人的勾当干出来了。有一些还被传为“美谈”，其实正是丑史。过去的藏书家喜欢在自己的藏书上加印。除了名号之外，也还有一种“闲章”，有时要长达数十百字，就等于一通宣言。从这些印章中，很可以窥见藏书家的心思。

陈仲鱼有一方白文印，“得此书，费辛苦。后之人，其鉴我”，这是很有名的印记，读了使人有一种无可奈何的印象，觉得陈仲鱼是挺可怜的。他这里所说的后人，并非指自己的子孙，而是后来得到他所书籍的人。在这一点上，他还是明智的，比有些人要高明得多。风溪陶崇质“南村草堂”蔬书，每每钤一楷书长印，文云：“赵文敏公书跋云：‘聚书冀书，良匪易事。善观书者，澄神端虑，净几焚香。勿卷脑，勿折角，勿以爪侵字，勿以唾揭幅，勿以作枕，勿以夹策。随开随掩，随损随修。后之得吾书者，并奉赠此法。’陶松谷录。”这也是很通脱的。爱书，但私有观念并不怎样浓重，是很难得的。明代著名藏书家、澹生堂主人祁承㸁的印记则说："澹生堂中储经籍，主人手校无朝夕。读之欣然忘饮食，典衣市书恒不给。后人但念阿翁癖，子孙益之守弗失。"则已明显地露出了贪惜之念，而且要向子孙乞怜，把希望寄托在他们身上，结果当然是失望。祁家的藏书后来被黄梨洲、吕晚村大捆地买去，吕还为此作了两首诗，其一云："阿翁铭识墨犹新，大担论斤换直银。说与痴儿休笑倒，难寻几世好书人。"说了一通风凉话，却料不到他自己连同所藏书籍的命运比祁氏还要来得悲惨。

清末浙东汤氏藏书也有一方大印："见即买，有必借，窘尽卖。高阁勤晒，国粹公器勿污坏。"说得更是开脱，而且毫不讳言，必要的时候尽可卖掉。这就分明可以看出，到了封建社会的晚期，"子孙世守"那样的观念已经日趋淡薄，而书籍作为商品，在读书人心目中的地位也已大大改变了。

但在明代或更早，这种通脱的意见是难以遇见的。著名的天一阁，就历世相传着极严格的封建族规。藏书应怎样保管，要经过怎样烦难的手续才能看书，……都规定得十分明确。有清一代，有许多著名的学者想登阁观书都被回绝，这样的纪事是很多的。约略与范钦同时的苏州著名藏书家钱谷有一方印记则说："卖衣买书志亦迂，爱护不异随侯珠。有假不返遭神诛，子孙鬻之何其愚。"就大有咬牙切齿之意。钱叔宝是一位贫老的布衣，也是真正爱书、懂得读书的人，他的这种愤激的言辞是可以理解的。说得更为可怕的是明末清初宁波的万贞一（言），他是万斯同的侄辈。我买到他的藏书，读到他手钤的藏印时，是吃了一惊的。他说："吾存宁可食吾肉，吾亡宁可发吾椁。子子孙孙永勿鬻，熟此自可供饘粥。"在我浅薄的见闻中，像这样说得斩钉截铁、血肉淋漓的可再也没有了。

为了保护藏书，一方面是训斥子孙，另一面则是威胁买主。可以作为代表的是另一方大印，不过已说不清是否是钱叔宝的手笔了。"赵文敏公书卷末云：吾家业儒，辛勤置书。以遗子孙，其志何如。后人不读，将至于鬻。颓其家声，不如禽犊。苟归他室，当念斯言。取非其有，无宁舍旃！"

话虽如此，有些人肚里明白，他们寄以殷切期望的孝子贤孙往往是靠不住的。明代的杨仪吉年老时就将所藏书散给了亲戚、故旧，同时还恨恨地声明："令荡子爨妇无复着手，亦一道也。"他大概看够了官僚地主家庭子孙"不肖"的实例，才想出了这一条计。他是隐约地看出了"君子之泽，五世而斩"的规律的，自然并不明白那原因。

以上通过几方藏书图记，约略勾画了藏书家愉快、痛苦交错的矛盾心情。这些位，如称之为"书痴"，大概是并无不合的。当然具有较为高明的识见者也不是没有。明末的姚叔祥就说过"盖知以秘惜为藏，不知以传布同好为藏耳"这样的话，是很有见地的。可惜的是并不多见。

"嗜书好货，同为一贪。"这是并非藏书家的极平凡的常识性见解，恐怕事实也确是如此。旧记中常常有人们千方百计搜求书籍的故事，有些自然是使人佩服的，有的就难说，比如朱彝尊买通了钱遵王的书童，把《读书敏求记》的手稿偷出来传抄，就被当作“佳话”写入了序文。这其实就是孔乙己著名的自我辩护的蓝本。“佳话”与“笑柄”的区别，完全以是否“名人”为准，事物的本质往往是被忽略了的。在阶级社会里，人们的行动是不能不受社会阶级地位的制约的。孔乙己如果没有落魄，或有朝一日又阔了起来，他就会使出不同的手段来抢，人们也不但不敢笑，而且还要眼睛望着地面了的。

关于《清明上河图》或“一捧雪”的故事，人们是熟知的。因为有戏曲和小说的宣传。严嵩、世蕃父子的收藏，详细记录在《天水冰山记》里的，恐怕无一不是用同样手段取得的。但很少有人知道，严家父子的前辈，秦桧父子早已玩过同样的花样了。

陆游《老学庵笔记》记：“王性之（名铚，是作《挥麈录》的王明清的父亲）既卒，秦熺方恃其父，气焰熏灼。手书移郡，将欲取其所藏书，且许以官。其长子仲信名廉清，苦学有守，号泣拒之曰，‘愿守此书以死，不愿官也。’郡将以祸福诱胁，皆不听。熺亦不能夺而止。”这是八百多年以前的故事，但今天听来也还面熟得很。同时还不能不叹息古人到底“淳厚”，王廉清顶了一下，秦煌也就算了。如果换了陈伯达或那个“顾问”，你顶一下看，谁都知道那后果是什么。

中国历代皇帝有一种高妙的创造发明，好像一直不曾引起过怎样的注意。那就是“抄家”。一个奴才，受到主子的宠信，逐渐爬起来了，一路上贪污、受贿，巧取、豪夺，终于积累了一大笔家私。到了一定的时机，皇帝就将面孔一板，抄家问罪。既平了“民愤”，皇帝自己也在“山呼万岁”声中写写意意地将贪官的辛勤集聚搬到内库里来。这实在是极为巧妙的一举两得的方法，比起自己出面接受“孝敬”要干净得多也省力得多。因此一代代继承下来照办无误，不过一直心照不宣，也从不写进什么总结里去。到了十年浩劫之时，“四人帮”之流就全盘继承了这个办法，并加以发展、提高。原来只限于几个贪官的，现在就推广到全民中去。原来的口号是惩治贪污，现在就改为破除“四旧”。在深度、广度的变化上，都不能不说是受了清代文字狱的启示。一切书籍、文物、艺术品……只要用“四旧”的尺子一量，就再也没有地缝可钻，一股脑儿被抄了去了。

奇怪的是，当时作为“罪证”的“四旧”，今天在许多人的眼睛里又有了完全不同的意义。当党和政府三令五申、拨乱反正，责成清理发还时，有的人就很不愿意。在他们看来，“四人帮”的反革命掠夺，在理论上是非法的，在实际上却是一种“成果”。

我不敢确说这样的思想状况有多少普遍性。因为即使抱有这种想法的人大抵也不肯坦白表示，他们嘴里说的往往倒是更为动听的词句。不过从具体的现象中可以知道它是确实存在的。我自己的几本破书被“四人帮”的爪牙抄去，已近八年。有些书就放在上海图书馆里，我也早就看到了那详目，知道是完整地保存着的。可是至今也还没有发还的讯息。偶尔去打听一下，就会听到全套公文程式的答复。最后这种繁复的套话浓缩成一句，是“尚未清理完毕”，而且已经重复了若干次了。真是奇怪，难道那几本书就一直是点不清楚的么？

一九七九年十二月二十日

祭书

时令还没有进入农历己未年的腊月，不知怎的忽然想到了“祭书”。过去时代的读书人，特别是藏书家，到了一年向尾的某一天，总要举行这样一种仪式。把自己心爱的书陈列在案头，藏书很多的，大抵只是选取少量有代表性的书本，多数还要用鲜花酒醴作供，可能还焚香，然后大礼参拜，口中念念有词，不外是“长恩默佑”、“子孙永宝”之类的虔诚吉利话。这样的仪式常常要请好朋友参加。仪式结束后就大家一起赋诗。会画的朋友也许还要画一张画，接下去就是吃酒，再就是将有关的诗文刻进自己的集子里去。

过去我经常从诗文、题跋里看到这种纪事，觉得很有趣也很可笑。买了几本破书，居然还要玩出这许多花样。地主阶级也确是空闲得可以。

这种仪式所反映的思想也是明明白白的。首先是“知识崇拜”。过去是只有地主阶级有文化，要占有文化就得依靠书本。因此书就成了他们稳稳站在统治阶级内部、对被压迫的阶级实行统治的必要武器，即宝贝。而对宝贝是必需表示充分的敬意的。

其次，在旧社会，书籍也和其他物质财富一样，流转无常，易遭毁失。一般的说法是书有五厄，什么水火兵虫之类。仔细想想，其实又何止于此。如果每种书印出以后，一本都不毁失，那就真正不得了，现有的图书馆无论怎样扩充也将装不尽，而善本这名目也就不存在了。经验教训了读书人，他们为了免除这种厄运，也只能采取一种迷信的手段，祭。

我在这里讲起这样的故事，自然不是想来推荐什么封建迷信。其实用不着推荐，在我们这里，封建的事物还多得很，至少在目前，还用不着担心它会断种。同时，物质基础也到底不同了。把什么《基度山伯爵》之类供在桌上，对之顶礼膜拜的喜剧，用不着担心，是肯定不会出现的。

我的忽然又想起了祭书，自然也有自己的原因。那就是，最近我又时时想起了我的几本破书，情不能已，这才产生了这样古怪的念头。仔细回忆，在过去的十多年中，这样的念头确是从来也不曾出现过。不过近来不同了，又开始动笔写写文字，也必然要想到过去曾经思索、考虑过的一些问题。有时想有所引据，或企图更过细地加以钻研，或想为久已酝酿的主题搜寻较完备的资料，往往只能掷笔而起，叹口气完结。明明知道自己有哪些书，所需的材料就在某卷某页，可就是看不到、摸不着。明明知道这些书都安然无恙地放在图书馆里，“蓬山此去无多路”，但还是没有法子想。

已经是八年以前的事了。当时我正在干校里当泥水小工。一天，换上了劳动服正准备上工，忽然一位头头来通知了，要我马上回上海去，第二天一早到单位里去报到。这是出乎意料的，是吉是凶，完全不能预卜。但自己明白，八成不会是好事。第二天遵命去报到了，先是受到大声呵斥，坐在门外，接着那位头头出现了，简单地说了一句，“今天要按政策没收你的全部藏书”。这时我就立刻省悟，为什么采取了如此神秘而迅速的手段，那是防备我会进行私下的转移。

在这简单的宣布之后，就是立刻出动。三十多条大汉、两部运纸卡车，浩浩荡荡向我的住所开去。车上带了几捆麻袋，人们花了一个整天又一个上午，总算把我全部印有黑字的本本全部运走了。我这样说，是因为到底还给我留下了几卷高丽笺，有的还是乾隆时的旧物，就因为那上面没有字迹。后来我就拿来一张张都写满了字。明知自己不是书法家，也不配用这样的旧纸，但还是写了。我想，除了检查、交代、汇报之外，我还应该有些另外白纸黑字的东西。

在查抄过程中，还有许多有趣的细节，但在这里，略之。

我向另一位头头提出，是否留下一份目录呢？他向我大喝一声，道：“嚣张！”这是当时习用的词汇，我们都明白那意思。但今天出版的辞书里的解释却是不完备的，至少没有反映那特有的丰富而微妙的涵义。我想这是有些可惜的。

真是出乎意料。第三天，头头来通知了，决定要编一本目录，而且要我也去参加。我不明白，我的“嚣张”的建议是怎样终于被采纳的。但这种神秘的决策过程，也还是不去研究的好。

到了机关的一间大房间里，发现我所藏的白纸黑字的东西都堆在那里了。更出乎意料的是，发现了已经坐在那里的顾起潜先生。他是研究版本的老专家，是清代苏州著名藏书家顾氏秀野草堂的后裔。二十多年前就刊行了“明代版本图录”的，我过去在图书馆里也曾看见过他。我想，在当时，他应该是一名不折不扣的“反动学术权威”，可是竟被弄来参加审定编目的工作了。那细节，我自然也没有打听。

我的工作是编目，但只是一些被认为够不上善本资格的书才由我来处理。专家们自己动手的对象当然是不同的。我按照常规努力地编着，记下了书名，版本，册数，编成一种不折不扣的书帐。但到第三天上，头头来训斥了，说我在搞繁琐哲学，要我更加紧、简化地编。我想，单是杜诗，我就有十多种不同的刻本、抄本，用简化法怎么能行呢？但这样的“繁琐哲学”头头怕是不要听的，解释起来又太费口舌。因此什么也不说。这样，我自己只负责编了极小部分的目录。到了第五天，头头下令了，我还是回到干校去当小工。以后那些白纸黑字的事物的命运，就一些都不知道了。

这以后一晃就是五六年。说一些消息都没有也并不准确。曾经有好几次得到朋友通知，“写作班”里出现了我的藏书；图书馆里也有我的目录书在任人翻阅；甚至有些人从不知什么地方弄到许多画册在看，上面也有我的签名。这也是我的一种坏脾气，买到一本书，随手要写上自己的名字或题跋，有时还要钤印。因此也就成了这些消息提供者的依据。当时，听了这些消息，我也只是“一笑置之”。并不是真的看破了“红尘”，只是觉得愁眉苦脸或痛哭流涕都并不雅观也于事无补，还不如淡然处之的好。这也是我的一种坏脾气，二十多年前，一位头头就曾指出我这是“强颜欢笑”，自然就是不认识错误罪行的表现，因而给了我加重的处罚。

一直到一九七八年的年末，我才又去拜访了顾起潜先生。从他那里得到的消息是令人鼓舞的。他告诉我，我的藏书中间的线装书部分，都很好地保存在图书馆里，没有什么散失。同时因得到他的照顾，有些残破的书册，还修补装订过。只要等政策确定、发布，立即就可以发还。

此外，我还在另外的地方看到了顾先生手制的我的藏书中间属于“二类书”的一份详目，并奉命照抄了三份。我还好奇地打听过，怎样的书才算是“一类”呢？回答是并没有。我想，那大概是指宋板元抄之类的国宝吧。

我的几本破书够不上“国宝”的资格自然用不着多说。但对我却是珍贵的。因为它们被辛苦地买来，读过，记下札记，写成文字，形成了研究构思的脉络。总之，是今后工作的重要依据。没有了它，就只能束手叹气，什么事都干不成。

一年以来，也曾为此奔走过许多回，遇见过各种人物，经过的细节不想在这里细说了，总之是没有什么结果。人们的论调、手法，也都是极平常的，我们大家都非常熟习。如实写下，就难免要犯“公式化”的错误。在这里，我只想以一个遭受“四人帮”无情掠夺的受害者的身份提出一点卑微的愿望。何妨让我有条件继续工作下去呢？何妨落实党的政策使物归原主呢？今天，我能说出这些平庸的看法（在大批

“资产阶级法权”的日子里，这就不只是“嚣张”而是“反革命谬论”）是不容易的，很需要一些勇气。因为想到古人祭书的故事，牵连讲了这许多废话，连我自己也觉得不免过于饶舌了。

一九八〇年一月十五日

再谈禁书

在《谈禁书》里讲了一点有关禁书的故事，意有未尽，想来补充一下。其实哪里说得上“未尽”，简直是差得远，真的不过只是碰到了一点皮毛而已。即以禁书的性质而论，曾经碰到的一点是属于政治性一类的，此外还有另一个大宗则是属于“道德性”的。例如一般所说的淫书、猥亵书、色情书、黄色书……就都是。这最后一个名词是十年前才时髦起来的，是集大成的，意义更为“广泛”、“深刻”的一个专用词。就连过去最正统的道学家听了也会为之吃惊，好像世道人心之“古”，再也没有逾于此日者矣。我至今也还弄不清楚那真切的定义，除了几本确凿无疑的正经书之外，简直就不敢保险哪一本不是“黄色书”。

我还曾经表示过，我是赞成读书没有禁区的。我想，如果要受到质问，极可能出现的问题将是，是否对“黄色书”也主张不设禁区呢？甚至是，是否主张公开发行《金瓶梅》呢？这不是过虑，我想不少同志是必然会有此一问的。我想，我的回答依旧只能还是那样，当然，我也曾说过，“一时实行起来并不那么容易”。早已安下了必要的“伏笔”了。

为什么会有这样迹近“离经叛道”的坚定信念，这就不能不追溯到四十多年以前，当我还在中学里读书时从报上看到的一条消息。那是报导新上台的希特勒在德国的“政绩”的，详细内容已经说不清楚，但那要点倒是记得的。那时在纳粹党的鼓动之下，德国的一些大学生捣毁了一位德国著名科学家和教授创立的一间图书馆，把所有的藏书（自然是“黄色书”）都搬到柏林大学，定期焚毁，同时还大声唱歌，那歌词因为是译成古诗形式的，因此至今还约略记得，他们唱道，“日耳曼妇女兮，今已得到保护兮”。

在当时一个中学生的头脑里，这消息确是引起了极大的震动。大学生烧图书馆，一也；烧了“黄色书”女性就得到了保护，二也。这疑团一直维持了很久，后来总算逐渐明白了一点，但最后的恍然大悟，是在过了四十多年，“前中学生”看到了在林彪、“四人帮”恶意煽动之下的一些“今中学、大学生”们的烧书“壮举”之后。论规模、论气魄，都远非当日的纳粹希公所能望其项背，这就是直到今天我依旧敢于坚持自己的看法的一个重要的根据。

照例要讲一点自己的经验。可惜的是这种经验并不多。因此发言权也就很有限了。记得也已是三十多年前了，商务印书馆新出版了据明刻本排印的“古今小说”，买来看了，其中有些篇中出现了一些□□，虽然数量不多，但读了究竟不免气闷，就写了一封信给张菊生先生。张先生当时是商务印书馆的“董事长”，年纪也有八十多岁了。但第三四天就收到了他一封亲笔回信，作了详细的答复，还请馆员把缺文抄下来附给我。这就使我对这位“戊戌”一役仅存的老新党非常佩服。已经近九十的高龄，又是德高望重的学者，但头脑并不冬烘，也不道貌岸然，依旧恪守着一位板本学家的好品质。比起另外一些年纪不比他大，但患得患失，说话荒唐，举止失态的老人来实在是好得远了。

一九五〇年初，我在北京住了一个多月，无事闲逛琉璃厂，在一家书店买到一小册抄本《痴婆子传》。这是我买的第一册黄色古书。抄本并不旧，只是书坊制造的假古董。但却使我看到了一种久闻其名的“名作”，长了见识。后来到清华园去访问钱默存教授，谈起此事，被他大大地取笑了一通。后来还写了一联诗相赠，那上联就是“遍求善本痴婆子”。又过了几天，我到北京大学的图书馆去看书。在办公室里看到穿了大衣索索地坐在那里的向觉明。承他的好意，允许我到书库里去随意阅览。在这里，不但翻阅了李氏木犀轩旧藏的许多宋板明抄、顾批黄跋，后来竟又闯入了“不登大雅之堂”文库。这是北大故马隅卿教授的遗藏。大约有两间房间，深绿漆的钢书架上满满的放着线装书，其中有许多就是这类该死的东西。没有好久，门外有人探头进来问讯，原来是来参观的一队中学女生。她们大约以为我是图书馆的管理员，问我这间书库藏书的特点。这真使我大吃一惊，立即颇为粗暴地采取了挡驾的措施。回想起来，当时我的举止神情，就俨然是一位标准的卫道的道学家。

提起马隅卿（廉），现在知道的人恐怕不太多了。他是五四前后就在北大工作的一位著名的小说戏曲研究者。喜欢并努力收藏着这方面的书籍。他的书斋取名为“不登大雅之堂”，用意也在此。要收集旧小说，就必不可免地要包括了黄色小说，也许这倒是“不登大雅之堂”的真义。当然，正人君子看了是要摇头的，后来马隅卿因为中风，死在讲台上了，有人就说这是他收藏这类坏书的“报应”。

那天我随意翻阅了大量的这种坏书，收获真是非常巨大。在旧日记里，还记下了所见的部分书名，现在就抄在这里：《迷史》、《奇缘记》、《蕉叶帕》、《花阵奇》、《比目鱼》、《桃花影》、《定情人》、《醉春风》、《牡丹奇缘》、《觅莲记》、《意外缘》、《归莲梦》、《杏花天》、《绣屏缘》、《警寤钟》、《催晓梦》、《双缘快史》、《如意君传》……我当然并未一一通读，只是凭着作编辑的经验，少少一翻就明白了这些完全是用“三突出”的方法生产出来的标准公式化、概念化的“作品”。那些“英雄人物”，都是非常“高大”并“完美无缺”的。他们的本领也真大，譬如常人一顿能吃四五碗饭就已了不起了，这些“英雄”就有吃一百几十碗那样的“天才”。依此类推，这些一眼就能看出是极端虚假的捏造，无论作者反复声说是如何美妙、快活、圆满也都是完全无效的了。当时读后的感觉也完全不是“味如嚼蜡”所能形容的。我想，我后来的没有变为一位黄色书收藏家，主要要归功于那一次的见识了这许多“样板”。我又想，这些书之所以变为“珍本”、“秘本”、“孤本”，并非由于历代皇帝以至“道德家”们的努力禁毁，而是事物本身判了自己的“死刑”，正如前些年的“样板戏”、“样板小说”……一样。历史是真正无情的，这里又有了一个例证。因此至今我也不能理解为什么有些人仍旧不能忘情于“样板”，一部《红楼梦》里据说有几十条（?）人命，在“样板戏”……背后又有多少条人命呢？人民群众之所以热烈欢迎近三年来涌现的大量优秀小说、话剧……，那原因又是什么呢？人们终于不能不得到这样的结论，想要真正打倒一种事物，只靠口号、声明、命令……是无效或收效甚微的，最聪明的办法莫如让它表演，彻底地公开地表演，请它自己打倒它自己。

顺便说说，在已出版的北大书目和“西谛书目”以及其他图书馆的目录里，都是把这些宝贝驱逐出境了的。这种做法并不一定妥当。出借可以慎重，但名目却应该保留。就如前面开列的一大堆书名，我大胆地抄了下来，因为这许多原已早见于公开的出版物，如一九五八年作家出版社出版的《元明清三代禁毁小说戏曲史料》里就收了清代官员“销毁淫书目单”等文件，那里就有着更为繁多的记载，使我们知道曾经有过这许多名目，也是不为无益的。

我还曾被邀到“碧蕖馆”去看过书。惜华非常好客，事先做了准备，找出来准备给我见识的“秘本”也有数十百种。不过因为有了在“平妖堂”（也是马隅卿的斋名）里的经验，对这些专讲“妖精打架”的故事丧失了兴趣，因此不但没有细看，连名目也不曾抄。后来听说这些宝贝一股脑儿都被那个“顾问”抢了去了，不知道现在还无恙否？著名的明刻《素娥编》也是那次在惜华家里看到的。书前有许多幅板画，人物长大，但图绘和雕版却不精，比起同时看到的一套“风流绝畅图”的照片来差得远了。这图是明代万历中刻本，还是彩印的。现藏日本。从板画史的角度看，是重要的作品。此外，也可以使我们知道，明代末叶社会上弥漫着的是怎样的一种风气。这样的文字和绘画，就是那么大量地、公开地刻印发卖着。人们一些都不以为怪，就好像火山爆发之前的庞贝古城里的情景一样。

如果要问这些该死的东西到底有什么用处？我想这就可以算作一条。我们平常看历史书，遇到讲起一个朝代到了没落衰亡前夕时，往往只能碰见一些原则性的义正辞严的分析批判，而且无论哪个朝代都几乎完全一样。结果只能得到一些虽然正确但却模糊的概念。在这种场合，这些宝贝实物就能给我们一点小小的帮助。

我的知识浅薄得很，见闻也不广。此外曾经见过的这类古书，除了景印的《金瓶梅词话》以外，就只有叶德辉所刻的《双梅景闇丛书》、排印的《宋人话本两种》等。丛书里所收几乎全是道士的胡说八道。我还买到过一厚本棉纸黑格抄的药方，是明代正嘉之际“卧云山房”抄本。从中居然发现了许多西门庆之流曾经使用过的配方，可见小说里所写也并非全是子虚乌有。还有就是从阿英同志的《小说闲谈》之类著作中，得到过一点零碎的知识。外国文献，同样也知道得极少。在印度，我曾买到过一本 Nefzaoni 所作的《香园》(*Per-fumed Garden*)，是十六世纪阿拉伯著名的古典作品。印度这类书还多得很，买不胜买，只得了这一册。此外，就是 Havelock Ellis 的七卷两大本性心理学。这也是名著，在外国也曾是禁书，后来作为医学院学生的读本，公开发售了。无论是古典文学还是学术研究，都是很有价值的读物，给了我很多知识。我知道外国的道学家也并不比中国少。有一位著名的研究这种学问的学者死后，他的妻子就将他的全部手稿都烧掉了，认为只有这样做才算是尽了一个合格妻子的天然职责。像莎士比亚，也曾被斥责为“猥亵作家”。更不必提左拉和劳仑斯了。还曾有人做过规定，以尾巴骨为中心，画一个尺半左右的圆圈，禁止谈论圈内的一切东西，只赦免了胃。这样的事，我们也应该知道一点。于是对许多奇怪的议论也就不必大惊小怪了，“外国也有的!”

没有什么人会来主张无原则地开放诲淫诲盗的坏书，我想这一点是可以放心的。看来现在问题所在倒是我们应该有怎样一种精神状态。是应该解放思想向前看，努力打破一切束缚人民思想的旧框框，日益进步呢？还是抱残守缺地向后看，拼命维护今天看来已是奇谈怪论的“道德规范”，以至胆战心惊、不知所措呢？

至今也还是有不少同志把一切上层建筑的力量看得过于不可思议了。一有风吹草动，就向这里来找原因。小孩学坏了，是看了外国影片的结果。不能说没有关系，但只有这是唯一的原因么？思想混乱，是讨论引起的恶果，好像只要大家闭起嘴来，思想就会自然而然地趋于一致与纯正了似的。这样看问题的同志把我们的人民和青年到底放到怎样的位置上去了呢？他们又是怎样看待经济这个基础的呢？我们学习了很久的唯物史观怎么一下子都忘记了呢？

一九八〇年二月廿一日

《鸣凤记》

最近在“俞振飞演出生活六十年”的纪念活动里，幸运地看到周传瑛、张娴两同志演出的《写本》。这是《鸣凤记》里的一折，是写杨椒山（继盛）的故事的。演出给人带来很大的震动。不久前我写过一篇小文章，谈到心有余悸，引用了一个老故事，说明这是一种古已有之的现象。看了《写本》，就进一步知道，不只在笔记小说里记有这类事，在几百年前的舞台上也早已存在着逼真而痛切的深刻描写了。同时这里写的还是真人真事，艺术夸张自然有，却并不多。这就使今天的观众在欣赏号称我国现存最古老剧种的演出时，感受到并不比描写当前现实的戏剧稍逊的震撼。真正的艺术品，正确反映了时代真实的艺术品，那生命力必然是长久的。只要类似（有时还几乎是全同）的社会现象没有完全消失，它的生命力就不会减退。即使有朝一日人们都已在非常理想、完美的社会里生活，我相信，它的艺术魅力也将依旧存在。

我又想，长久以来，人们对昆曲有着一种并不准确的印象（或偏见），以为这只不过是一种旧时代士大夫欣赏的红氍毹上浅斟低唱的玩意儿。什么《游园》、《惊梦》、《酬简》、

《偷诗》，都是“无病呻吟”的事物。其实这是一种误会。《游园》、《惊梦》所反映的也并不只是简单的儿女私情，且不去说；就是酣畅淋漓地暴露了李隆基荒淫无耻的《小宴》，下面不就紧接着来了《惊变》么？一阵“渔阳鼙鼓”，立即惊醒了他们的好梦，紧接着就是马嵬的《埋玉》了。细想一下，除了大量随生随灭质量低劣的剧本，至今仍然流传（可惜多半只在案头，不在场上了）下来的作品，绝大部分都是非常勇敢的“干预生活”的戏文。

看戏回来就找出《鸣凤记》来看，是收入《古本戏曲丛刊》中的汲古阁本，可惜未能看到藏在北京图书馆里的万历读书坊的刻本，我想那应该是更接近于原来面貌的。

《写本》就是原书第十四出的《灯前修本》。这与今天的舞台本是有些不同的，也不清楚那演变的过程。

我又找到了一本破烂的《李卓如评选杨椒山》，还是万历或少后所刻。看那名目，就知道这是一种坊本，极可能是嫁名于“卓吾老子”的，因为他是当时著名的选家和批评家。这书收有诗集、文集、奏疏和自撰的年谱等。卷首大题下属“吴山俞允谐汝钦正”。这才是真正的编辑，也从而知道这是杭州书坊刊印的一种供一般读者阅读的小册子。这是颇值得注意的。这本书出版时距离杨椒山就义已经五六十年了，但出版家还感到有重新编印的需要。这是很可以说明杨椒山及其业绩历久不衰的影响和广大读者的心理的。

同样值得注意的是一些见于旧记的传说，使我们知道直到明末，《鸣凤记》一直是一出演唱不衰的保留剧目。严东楼的家优兼内宠，在严家父子事败之后，还常应邀在《鸣凤记》中扮演严东楼。侯方域作《马伶传》，记明末南京有两家著名戏班还曾以《鸣凤记》打对台。“华林部”扮演严嵩的马伶演出失败，“易衣遁”，失踪三年，后来又在安徽大商人的宴席上突然出现，要求遍请旧时的观客看他重演《鸣凤记》，结果是三年前扮演严嵩的胜利者、“李伶忽失声，匍匐前称弟子”。原来马伶在这段日子里在北京当了三年现任相国的门卒。“日侍相国于朝房，察其举止，聆其语言，久乃得之，此吾之所为师也。”这位马伶自述深入生活的正确态度，是大可佩服的，他深深懂得只有生活才是艺术唯一源泉的道理。尤可佩服的是他挑选生活原型的方法与眼光。“我闻今相国某者，严相国俦也。”到了封建时代的后期，腐朽透顶的剥削机器总是无可救药，一个严嵩垮了台，他的“俦类”却依然在，这情形，马伶明白，当时的老百姓也都明白。

这就是《鸣凤记》终明一代始终传唱不衰的根本原因。

《明兵部武选司员外郎容城椒山杨继盛自著年谱》是很可贵的一件历史记录。这是杨继盛杀头之前在狱中完稿的，《年谱》的最后一句是：“凡此皆据桎床书也。”这是一篇正气凛然，浸满血泪的文字。

（嘉靖）“辛亥（一五五一）年三十六岁。……赴京考满，投文日即升兵部车驾司员外。予虽不才，然素妄以天下事为己任，况此时虏患最急，又官居兵部，志欲身亲兵事，扫除胡雾。岂意一入兵部之后，见其上下所行，俱支吾常套，不得着实干事。”这时，正碰上了马市的争议。

嘉靖二十九年，俺答寇大同，又攻古北口，取道通州，威胁着当时已经成为国防前线的北京。明朝自成祖以来保卫京城的兵备体制这时已几乎完全废弛，兵部尚书丁汝夔点查结果只剩下五六万残兵。率兵勤王的咸宁候仇鸾不敢开战，派人和俺答议和，一切条件都可以答应，只要不来攻城。后面策划主使的严嵩拒绝了兵部尚书请战的要求，等俺答饱掠以后退出长城，却把丁汝夔作为替罪单，由明世宗杀掉，“振作纲纪”了。第二年大将军仇鸾又不敢开战，坚主开马市以羁縻俺答，那就是每年用若干币帛粮食，换取一批无用的马匹，还美其名曰进贡。杨继盛坚决反对马市，结果是：“下八臣会议。……此时鸾之宠势甚盛，而诸老亦无有实心干天下事者。……虽徐公（阶）亦中慑之，不敢异。会议本上，遂下予锦衣狱，拶一拶，敲一百敲，夹一夹。后命下，降予陕西临洮府狄道县典史。”

嘉靖三十一年，明世宗忽然罢了马市，收了仇鸾的大将军印，中国与勒靼之间又恢复了战争态势。杨继盛也在半年之中，四次升迁，被任命为兵部武选司员外郎。杨继盛说：

> 先是，得刑部报，即图归家，以敕命事焚黄祭先父母，期告病不出。及得兵部报，则翻然思曰：“一岁四迁其官，朝廷之恩厚矣，尚何以有身为哉。”舟中秉烛静坐至四鼓，妻问其故。予曰：“荷国厚恩，欲思舍身图报，无下手得力处。”妻曰：“奸臣严阁老在位，岂容直官报国邪？当此之时，只不做官可也。”予闻其言，乃知所以

报国之本。……遂欲因元旦日食，奏劾大学士严嵩。稿成，恐过家则人事缠绕，或不能元旦抵京，乃由别路，于十二月十二日到京，十八日到任。

他终于在嘉靖三十二年癸丑（1553）正月十八日，递上了本章，第三天就得到了预料必然得到的后果。

上面抄的这一节，应该就是《鸣风记·写本》一折的本事。焦循《剧说》有一条说：

《弇州史料》中杨忠愍公传略与传奇不合。相传《鸣凤》传奇，弇州门人作。惟“法场”一折，是弇州自填词。初成时，命优人演之，邀县令同观，令变色起谢，欲亟去。弇州徐出邸抄示之曰，“嵩父子已败矣。”乃终宴。

这故事也很有意思。那位县令不用说是心有大悸的人物，他的情报工作也做得很差，看了邸抄以后，虽然勉强终席，但不待说肯定是心有余悸的。

《鸣凤记》一般都认为是王世贞或他的门客所作，这应该是没有什么疑问的。《李卓吾评杨椒山》卷四，首列“杨忠愍公行状”，就是“同年生吴郡王世贞谨撰”的。他们是同年，又是志趣相同的好友。曲本填词也确是文采斐然，还喜欢掉弄书袋，处处都显示了弇州山人的特色。原本写杨继盛灯下修本，先上小鬼，“隐灯下，作叫介”，继盛说，“我晓得了，是我祖宗的亡灵，恐有祸临，教我不要上这本了”。这鬼不听劝说，最后还现了形，扑灭了灯。然后张夫人才持烛上场。

今天的演出本则是先上张夫人，她在等候继盛，又提出同饮数盅庆祝复官之喜。继盛却紧张地在灯下修本迟迟不去。张夫人知道修的是参劾严嵩的奏疏，就婉转劝阻，不听，才假扮被迫害死去的杨母亡灵，扑灭了灯，最后被继盛发现，接下去则是夫妻之间的一场辩论。张夫人的理由是：“妾闻皋夔稷契，优游无事，谓之良臣；龙逢比干，因谏而亡，谓之忠臣。妾愿相公为良臣，不愿相公为忠臣。”“况相公职非谏官，事在得已。纵然要作忠臣，养其身以有待如何?”最后还分析了严嵩的“宠固君心，贿通内监”，劝他“投鼠必忌其器”，这许多都不能使继盛回心转意。周传瑛同志演到这里，说道，“夫人，你是明白事理的，”接下去脸一板，说明再没有商量的余地了。

我看这是改得好的。不只是避开了一个真的鬼魂，同时作为一个独立演出的单折，情节交代也更清晰、完整。这一场，无论原本或改本，都尽力从正面刻画了采取重大政治决策之前尖锐的思想斗争，写出了舍身捍卫正义的正面人物形象，而一切都是真实、可信的。是许多生活在今天的人曾经普遍有过的经验。演出在今天依旧有非凡感人的力，那原因也正在此。

中国戏曲从来就有着非常鲜明的反映现实斗争的传统，这当然是一个值得骄傲的传统。元曲如此，明人传奇也如此。特别是当明代后期阶级矛盾日益尖锐、民族矛盾也更加突出时更是如此。借古喻今的作品出现了，再后来，以真人真事为题材的“现代戏”也大量出现了。象《鸣凤记》这样的作品正是不折不扣的“现代戏”。它创作于这场尖锐政治斗争尚未全部结束之前，初演于严氏父子刚刚垮台之日。我们完全可以理解当日万人争看、经久不衰的热烈情景。我们今天看到的穿了明代衣冠的演出，在当时也正是一种“时装戏”。

这以后，反映与魏忠贤斗争的剧本大量出现了，如《鸣冤》、《磨忠》、《请剑》、《喜逢春》、《广爰书》、《秦宫镜》诸记都是。我们还从旧记中知道，当时在每次大的政治斗争之后，反映这斗争的剧作总是大量出现的。当然这中间有些是粗糙的甚至是“赶任务”的作品，但这不也正好说明人民群众强烈的政治感情和对戏剧的要求么？

像写海瑞故事的《十五贯》和《朝阳凤》、谴责严嵩父子的《冰山记》和《一捧雪》，都是在这前后出现的“现代戏”。袁于令作《瑞玉》传奇，是写逆珰魏忠贤徒党毛一鹭和织造太监构陷周顺昌故事的。也是赶写赶排，随即上演。上演之前，还缺太监的一段引子。袁于令赶来看戏，要过笔来就填了一阙《卜算子》：

局势趋东厂，人面翻新样。织造频添一段忙，待织造迷天网。

这是很尖锐的讽刺。毛一鹭听到消息，托人带了“厚币”来说情，袁于令就把一鹭的名字改作了“春锄”。（《剧说》）看来当日这些文士不但没有什么顾忌，甚至还要敲一点竹杠。这对我们理解少后出现的著名“现代戏”《桃花扇》中所写名士与阮大铖的种种关系，也是有帮助的。

借名影射、作为政治斗争手段的剧本也出现了。有一本已经失传的《绿牡丹》传奇（不是粲花轩五种的那一本），据张秋水《冬青馆集》，说是“吾乡温氏启衅于复社之原”。其中的角色各有所指，如复社张天如、周介生和王玄趾、陈章侯等。“大致如《风筝误》、《燕子笺》，亦明季文字风气所趋。而语语讥切社长，极嬉笑怒骂之致。宜愧庵当日按试，械时相阘人，究及书肆贾友，而毁板厉禁之。”这剧本据说是买雇了剧作家写出的。张秋水说：“如以为三百年国社所关，则一茎草现丈六金身，又焉得以宋元杂爨少之。”这话说得不错，他是看出了文艺与政治的关系，也能认识到戏剧的作用的。

清初著名的剧作家苏门啸侣李玉写过一本《清忠谱》传奇，在戏剧史上有着重要的地位。它不只写了魏阉与清流的激烈斗争，更可贵的是反映了苏州以纺织工人为主体的市民暴动，后来一直演唱不衰的《五人义》就是本于此剧。此书的顺治原刻本前面，有吴伟业的一篇序文，后来刻《梅村集》时删去了。这是一篇非常重要的文字，简直可以说是一篇东林、复社的政治宣言，也是他们对晚明历史的一份政治总结。难怪易代之后，梅村不敢在集子中保留这篇著作。按照封建社会的习惯，戏曲不过是“小道”，是“倡优”之流的玩意儿，士大夫偶然高兴填词，也只肯属一个笔名。象《清忠谱》的直书剧作家姓氏，并冠以大字的“梅村吴伟业题”序的，可以说是绝无仅有。

吴梅村的政治观点，在今天看来，当然有许多根本性的谬误，不过他指出了朱明一代宦官（以魏忠贤时期为代表）的罪恶，他说：

> 上自宰辅禁近，下及省会重臣，非阉私人，莫参要选。时倾险之士思逞志于正直者，亦愿为之爪牙，供其走噬，甚至自负阿父养子而不惜，而东林之难作矣。故自辛酉至丁卯七年之中，在朝诸贤，无不遭其坑戮，而国家之气以不振。

这些话说得却相当深刻，今天读来，也还觉得新鲜。吴梅村还称赞了民变的义士："事闻。诏捕首乱，颜佩韦等五人，毅然诣官府，自列赴死，无改容。"

又说，"逆案既布，以公（指周顺昌）事填词传奇者凡数家，李子玄玉所作《清忠谱》最晚出。……而事俱按实，其言亦雅驯。虽云填词，目之信史可也"。这一段话，指出了当逆案公布以后，立即出现了反映这一政治斗争的多种剧作，直到二十多年以后，还有人进行再创作。这许多都是按照历史真实写出的现代戏。

李玉虽然是有名的剧作家，但在当时的文坛上并没有什么地位。吴梅村说他"言亦雅驯"，是带有一些居高临下的奖掖之意的。不过他肯出面写这一篇序，也是不容易的。这也反映了当时文化阵地出现的统一战线的一个侧面。

一九八〇年四月二十一日

残本·复本

大部书，因为种种原因，不完整了，只剩下几本或孤零零的一册，这就成了残本。在线装书中这情况尤其容易出现。除了单本书之外，即使是小部头的也大抵有两本、四本或六本，因而极易拖散。过去的藏书家和书坊店，都很看不起残本，认为这是不值得收藏的，价钱因此也定得便宜。我开始买书，所得就往往是残本，后来也一直采取着这种人弃我取的策略。

试去翻翻过去的藏书目录，时代愈早，所记的残本就愈少。似乎到了明代的内阁书目，才大量出现了残本。不过那是账簿一类的东西，是向皇帝报账的，性质不同。到了毛子晋的秘本书目，才偶有残本出现，不过大抵是绝无仅有的宝书。黄丕烈的“百宋一廛”中所著录的宋版书，就有许多是不全的；到了三十年代的《宝礼堂宋本书目》，则绝大部分都是残本。并不是藏书家们忽然思想解放，而是宋版书日渐稀少下去的原故。除了宋元以外，明刻的残本他们还是不屑一顾的。到了解放后编印的一些书目，如北京图书馆、北京大学……的，才不计钞刻，不论时代地著录了大量的残本，这当然是一种进步，是读书界实事求是作风有了长足进展的标识。

经过十年浩劫，旧书剩下来的不是很多了。除了彻底消灭不留痕迹者以外，残存下来的残本是大量的。它们大抵被堆集在仓库这样的地方，保管的条件有些也很不理想，听说发霉变质的情况也不是个别的。这是应该引起足够的重视的。应该组织足够的人力，抓紧抢救。首先防止仅存的书籍进一步毁灭；然后再来进行整理编目。必须彻底打破旧时代藏书家心中的“完缺之见”，重视残本、保护残本。把一切有历史文献价值的书籍保存下来。不这样做，不积极抢救，那在客观上似乎就是在继承着林彪、“四人帮”未竟的“事业”，这可有多么荒谬！

前些时到富春江上去了一次。经过桐庐时承有关同志的好意参观了县文化馆。他们还珍重保存着一些线装书。但无论数量还是质量，都是贫乏的。我翻检了一过，明刻本和旧写本也不过只有几种，其中有的就是残本，是明代晚期浙江作者的诗集，颇罕见的名目。像这样的残本，极可能同时也就是孤本，当然是应该保存下来的。他们仅有的一部地方志是乾隆刻本的《桐庐县志》。这部书可帮了他们的大忙。他们正在修复桐君山和钓台，都从这书得到了极有用的参考资料。最近新发掘出来的游览胜地“瑶林仙境”，是明初诗人徐方舟（舫）曾经游览过的地方，但徐舫的诗集和事迹却知道得很少。他们想恢复钓台被毁的碑碣。县里本来保存得颇完整的钓台碑石的拓片，在前些年被当作“四旧”一股脑儿烧掉了。我有一本《选刻钓台集》，原四卷，现在只剩下了前二卷，也是残本。不过残佚的只是历代名人的题诗，“碑记”、“论”、“辨”等却完全保存了下来。前面有“上章摄提格”（庚寅，即顺治七年，公元1650年）钱谦益的大字序。请钱牧斋来作这书的序文，实在不大合适，他只得说：“尘容俗状，觍然挂名于斯集，贻逸民遗民之羞，亦所不暇计也。”倒还是比较坦率的。

五十年代初期，在北京琉璃厂、隆福寺的许多书坊里，都还藏有大量的残本。像来薰阁、修绠堂这些书铺，大抵都在后进的许多间屋子里满满地藏着残本。一九五〇年一月，我在来薰阁买到的《平海图》就是很有趣的一本书。

这是一本被老鼠咬掉了下半的残册。前面有两通大字序，撰人姓名都啮掉了。下面就是“图”，板心上面题“平海图”三字。开始是六叶“北至莺游门，南至普陀山沿海地形图”。整幅都是大海波涛，中间点缀着山峦、岛屿、城池，都标着名目。再下面就是二十七开好象连环画似的板画。在每幅的左上方都写着“标目”。例如“贼髻王四等淮河谋抢漕船”（一）；“三月二十九日贼犯新开河王百度死难”（五）；“苏松道程请抚院方略”（八）；“抚院黄移镇江阴出师”（九）；“四月二十二日高家嘴官兵大捷”（十二）；“擒获张海山报功”（十四）；“五月念六日北洋新港烧盗船六十二只”（十七），“苏松道程移驻金山抚贼”（廿三）；“洞庭山计擒髻王四”（廿六）等等，可以看出这是按了时间顺序采用大事记形式记下了这次镇压活动的全过程，前后大约三个月。这是非常精细的板画，可以与晚明最好的板画相比而毫无逊色。更可贵的是，它不同于一般戏曲小说的插图，是写实的作品。其中描绘海战、会议、行刑等大场面的画幅，往往人物多至数十百人，也都工整细致，绝不潦草。从中可以得知明末的战船形制、人物衣冠、礼节仪制、战斗实况、旗帜器械、枭斩场面等等，这对了解真实历史事件面貌都是可靠的资料。这里所详细描画的一切与今天我们在戏曲舞台上所见大致是一致的，从而可以证明今天我们所说的古装戏，在明代，则正是时装戏。而明人在搬演更古的历史题材时，也大胆地运用了时式衣饰，并不事事遵古。

得到这残本以后五年，又偶然从苏州旧书肆里得到这图的残叶十二幅，虽然也有破损，到底是较完整的全幅，就重装在一起。此外，不曾见到过第二本。

偶然读王重民记在美国国会图书馆所见我国善本书的文章，知道有“《壬午平海记》二卷，活字本”一书。猜想可能就是同一部书，这一册序和图，因为残损，却幸运地留在国内了。

关于这历史事件的记载，却只在谈迁的《国榷》中有简略的几行。那是在崇祯十五年的三月，“盗犯太仓新开河，杀把总王百度”，同年六月庚戌又记：“崇明盗平，岳道程恂（当作峋）散其党二千余人，籍其兵四百四十人。”

关于此书，谢国桢据《美国国会图书馆藏中国善本书录》著录于《晚明史籍考》中。书录则又据《永丰县志》转录程峋事迹。“峋初名士凤，字垣公。童试时知县瞿式耜大奇之。登崇祯甲戌进士，为部郎，升镇江守，有治声。报最。擢苏松兵备道，迁江南督粮道。闻闯贼陷京师，吐血盈斗，死而复苏。值留都裁督粮道缺，奉亲入粤，升惠潮巡抚。寻遇刺。”“峋官苏松兵备道时曾剿平海鯮，此即当时往来书札及檄揭也。”

彭士望在《耻恭堂诗》自序中记他在崇祯庚辰在镇江曾受到程峋的接待，作诗说，“此邦妙山水，主人逢李邕”。彭士望后来还记下了程峋的死事，列入“王事兵乱死”的项目中。

封建时代的作者，根据当时的政治立场和道德准则，把程峋写成了一个“高大”的形象，这是不足怪的。不过，我又在明遗民徐树不的笔记《识小录》中看到有关程峋的另一则“逸事”：

> 兵备程峋者，永丰人。其在京师，与窠妇杜氏有情。此妇后嫁吾苏缙绅彭某。彭痴蠢人也。娶时为一武弁主婚，武弁认为妹故也。甲申春，武弁来吴，至彭家，与妹坐谈间，兵道适至。虽避屏后而以目送情，种种慕恋。程遂寄柬送之。中称“永丰人顿首”及“可怜相思救命”诸话，贿彭仆妇诸人以达。杜作回书，仍用官封。而衙门人不晓其故，遂直致。进时程方与粮道庄者对坐。庄见官封，意紧急事，促程启封。程亦叵测。才启而红汗巾角露矣。上有诗八句并情语。程不能隐，面发赤。遂对庄笞来人六十。乡绅者闻之，遂一一根究。知此事

起于程，乃大张告示于关庙前，欲同程诅于神，一时哄传，笑破吴人之口。程虽强辩，究竟以此去官。

这记事实在太生动了。看来不可能是假造的。这件公案就发生在明亡的甲申年，也正是程峋得意地镇压了农民起义并编印了纪功的小册子之后。什么吐血盈斗、死去活来，八成是十足的鬼话。他是被苏州的士绅贴大字报赶走的，并非为了粮道缺的被裁。这故事好像颇为稔熟，似乎曾经写入过什么戏文里。那情节也实在很妙，比“玉堂春”的“会审”还要来得奇突。程峋寄给情人的信虽然只剩下了片言只语，也不愧为三百年前“古情书”的好例。

从这里我们更可以明了过去正经书里的官话都是很靠不住的，而野史则往往比较真实。程峋后来怎样死去，不详。但只要纳入“王事”一类，就可以算作好人了。当然这也是靠不大住的。过去晚明史册中常常有一大堆“殉难”、“殉节”的名单，情况非常复杂，真实性更是值得怀疑，需要清醒地对待。

即使如此，这一本《平海图》也还是有价值的。被程峋镇压了的“海盗”，是一支很了不起的农民起义武装。他们抢了漕船和福山营的哨船、刘河的营船，杀掉了哨官、把总，惊动了抚院、总镇、参将等文武大员，被官军在北洋新港一次烧掉的“盗船”就有六十二只，可见这不是一支微弱的力量。这就不能不使人们想起清初纵横海上的张煌言、郑成功的水师，看来他们之间是有着一定的关涉的。

我举这个例子说明残本值得重视。下面想顺带谈到复本。这也是不应忽视的。

周密的《绝妙好词》，是宋人著名的诗余选本，现在已经算不得什么“秘籍”了。但在清初，却是湮没了好几百年、许多人想看也看不到的东西。第一个把它介绍给读书界的是和朱彝尊一起编选《词综》的嘉善人柯崇朴。他所根据的底本是常熟著名藏书家钱曾家的抄本。崇朴序中说，“余从子煜为钱氏族婿，因得假归”。这是此书清代的第一刻，时在康熙乙丑。

得到这原刻之后，我又买到另一个吴枚庵的批本，底本也就是柯本，不过印本较后了，面貌也有所改动。那变动是，一、抽掉了柯崇朴的大字序；二、武唐柯煜序的最末一行“康熙乙丑端阳日”也被删掉了；三、原刻卷首大题下“小幔亭重订”五字被挖改为“清吟堂重订”；四、卷首大题第二行原作“弁阳老人辑”五字，在“老人”下添刻“周密”二字；五、书前新增“康熙戊寅夏五”高士奇序一通。经过这样的改变，过了十三年，“小幔亭本”变成了“清吟堂本”，版片还是旧版片，主人却换了。

也许这些细节只是研究版本的人才会发生兴趣的吧。然而不然。这一具体事例提供了一个作伪的标本。买到前人雕椠的板片，改头换面，就算是自己的业绩了。这是一种不折不扣的剽窃行为，不过在“清吟堂主人”高士奇说来，却是不值得大惊小怪的事。他是连皇帝都敢骗的。传说他收藏的法书名画，记入《江村消夏录》的，多数有真伪二本，许多假货后来都入了“内府”。在高士奇看来，掠夺一下柯氏的劳绩，又算得了什么呢？旧书板片易手的事是常见的，比较老实的人，会说明板片源流的大略，也不没原刻书人的名字；比较调皮的就笼统地说一下什么旧版漫涣，重新墨板之类的话，仔细一看，其实还不过是旧版；最无耻而霸道的就是像高士奇的这一手。这些小小的常识，研究版本学的人是应该知道的。在鉴定板刻时代……的过程中，有许多错误就都因此而产生。

《绝妙好词》雍正中还有过项氏所刻一本，写刻精绝。我前后买到二本，第二本是最初印本，原来的扉页尚在，题“群玉书堂”刻。过去以为是“玉渊堂刻”的，现在知道不对了。这都是多收复本才能得到的知识。

聂晋人、曾道扶所纂的《百名家词钞》是清初词人总集中著名的著作。刻于康熙中，金阊绿荫堂梓。此书我先后买过三部残本，最后才得到叶誉虎旧藏的一部全本，共一百家。但这书是“随到随刻，未及次序”的，所以不能说最后的“全本”就是真正的全本。就我所得残本保留的总目细校，当日所刻，至少也在一百二十家以上。别出“全本”之外的就还有米汉雯、严曾渠、陆菜、周金然、彭桂、丁澎、吴岩、徐吴升、侯文耀、沈季友、钱芳标等家。而吴秉元的作品，“全本”题“摄闲词”，而残本则作“慎庵词”，内容也完全不同。这部《词钞》的价值，不只在于收集了许多没有单刻传世的词人作品，即使已有专集的，内容也大有不同，足资比勘。它所提供的知识，也不只是文学史上的，更多的是政治史、社会史上的。编者收集的原稿有许多都是钞稿本，到后来刻入全集时，往往有删削改动。如有名的词人顾梁汾，他有许多作品都经过仔细的修改，有只存原作一两句的。这种删削、修改，有出于艺术上的考虑，也有出于政治上的考虑，至今还没有研究者注意到这种情况。又如曹寅的《荔轩词》，就有许多不见于《栋亭词钞》和《别集》的。余怀的《秋雪词》，也与《玉琴斋词》不同。

萧山来集之是明末清初一位值得注意的作者。他从事过抗清斗争，写过剧本，留下了诗文集。约二十年前我在杭州曾看到过他的一大叠稿本，写在黑格的稿纸上，已经忘记了那名目。他比较著名但传世很少的著作是《倘湖樵书》十二卷。这是一部读书笔记，选集若干内容相近的资料，写入一个专题，有时也发一点议论。后出的《蓉槎蠡说》以及俞理初的《癸巳类稿·存稿》等，可能都从他那里受到过影响。三十年前我买到一部原刻，但已较后印了。过了些时，又买到一本“卷一”的残本，却是刻成以后最早的印本。和旧有的一本对读，不禁大吃一惊。板片无疑是同一板片，但内容和序次大大两样，原刻每卷前的目录第二行的题属是“倘湖樵人来集之元成父著，男燕雯拂云校阅”，后印本则大抵铲去了“男燕雯……”的半行，有几卷连来集之的名字也铲去了。原本文中有圈，后印本也没有。有许多篇目见于原本的，后印本削去了。如一条题目“忠义强直之人不死”，后印本就只剩下“忠义强直”四字。卷二“甲申十同年图”一条，变得有目无文。其他改削之处还很多。来集之是明遗民，书中常记明太祖和明代诸帝事，语意恭谨，遇“上”字必空格。虽然也有的地方奉承着清朝皇帝，但遗民的立场还是很鲜明的。这部书刻成以后一定经受过不少磨难。如果不是偶然得到初印残本，就不会知道中间还有这许多花样。

一九八〇年五月三十日

陈圆圆

我最爱读的鲁迅杂文中间，有一篇是《阿金》。回忆在那“史无前例”的日子里，手里什么书都没有了，却意外地还“藏”着一本《且介亭杂文》，破破烂烂的，倒是初版本。记得这是先生逝世后一年左右，我跑到上海四马路的开明书店买来的。这本书前后读了不知道有多少遍了，可是每次一上手，总还是兴味盎然。而且每次总要读一遍《阿金》。后来又忍不住向“硕果仅存”的一两位朋友去推荐。他们不置可否，只是给我一个鬼脸。我想，他们大概都是读过的，不但读过，也许同样读了不只一两遍了。

《阿金》里有一段文字，我一直极佩服，而且这佩服的历史也有了三十年以上了。鲁迅先生说：

> 我一向不相信昭君出塞会安汉，木兰从军就可以保隋；也不信妲己亡殷，西施沼吴，杨妃乱唐的那些古老话。我以为在男权社会里，女人是决不会有这种大力量的，兴亡的责任，都应该男的负。但向来的男性的作者，大抵将败亡的大罪，推在女性身上，这真是一钱不值的

没有出息的男人。

鲁迅先生接下去说，不料阿金的出现却动摇了他的“宿信”，使他“连对于人事也从新疑惑起来了”。这是别一个问题。我在这里想说的，只不过是曾经由前面那一节话引出的一些奇怪想法。

我曾想，中国历代的诗人、文士，大抵都是很喜欢对历史人物发表各种意见的。这当然不只是诗人才如此。可惜一般老百姓有的只是口头意见，不曾录音，也自然没有文集流传下来，因此只能由文士们逞强。诗文集中有“史论”和“怀古”这样的门类。遇见历史上的名人，人们大抵总是不肯放过的。最近我翻过一些诗集，发现几乎每本都多少有一两首钓台诗，说明着他们对严子陵的意见。而早在明代前期，就已有人搜罗了这样的诗文，汇编了一部《钓台集》了。严子陵是“隐士”，人们对他的兴趣尚且如此浓烈，更何况西子、王嫱这些赫赫的绝代美人。譬如，在明清之际有关西施的《苎萝志》（还不止一种）就早已编印了，而且有厚厚的四大本。当然也有漏略，关于王昭君的专书就至今还没有人来动手编辑，我想这工作还是值得做的。我们现在要开王昭君讨论会，规模搞得大些也许可以邀请一百来位专家作者吧。可是好好编一本《青冢集》（姑妄名之），就等于邀请了两千年来不同时代不同观点的人物来开大型座谈会，七嘴八舌，议论纷纷，成绩将更为可观。

照我想，这样的名单是可以开出一长串来的。

三十多年前住在昆明，无聊得很，也许是偶然记起了鲁迅先生的话吧，忽然想起三百年前一位有名的女人——陈圆圆。她的最终归宿就在昆明。同时起劲地寻访起她的遗迹来，最后还写了一篇杂记。说来可怜，当时手边几乎没有什么参考书，想借也借不到。我知道有人编过一本《畹芬录》的小册子，却是隔了十来年之后才在昆明市上搜到一本。后来又看到了一册《陈圆圆事辑》，“临桂况周颐夔笙辑”。于一九三一年由李根源在苏州刊成，后面附有李氏的“续辑”一卷。这书收集的资料并不算怎样完备，不过一些有关系的文件，是大致都在的。一晃又是多少年，最近看到《李自成》的作者、小说家姚雪垠的《论〈圆圆曲〉》（《文学遗产》季刊一九八〇年第一期），立即拜读了。作者下了很大的功夫，对围绕着陈圆圆活动的种种人物、展开的历史事件进行了探索，对历史的真实与评断说出了自己的看法。一位小说家肯下这样的功夫做研究，首先就是可贵的。因为这是创作的基础与出发点。记得也是鲁迅先生曾经说过的，像这样花了极大气力写成的历史小说，虽然会被人讥为“教授小说”，其实倒是很难组织之作。先生是深知、也说出了此中甘苦的。

除此以外，在我看来，姚文还提出了以下一些问题：历史小说的创作原则；“野史”与小说的分野：史诗与“政治传奇抒情诗”的区别；诗人吴梅村的评价等等。更为重要的是对大顺农民起义军及其主要领导人的看法，以及由此而来的创作思想、方法问题。这许多，也确是非常重要的问题。

姚文的“结论”说，歌妓陈圆圆是被皇亲田宏遇从苏州买下，带到北京的。不久，田死。吴三桂“闻陈圆圆艳名，派人随吴襄到京，从田府将她买去，送往宁远。她到了宁远后，心情悒郁，又过不惯关外生活，不久病死。”“大顺军进入北京时她已在宁远早死。关于她被李自成或刘宗敏所得，以及刘宗敏为索她拷掠吴襄，全是胡说。”

这个“结论”与吴梅村的《圆圆曲》、《鹿樵纪闻》及清初的许多记载是全然不同的，不失为崭新的研究成果。研究者的方法是一方面分析批判了旧说的许多矛盾、错误之处；又从正面举出了“有较多参考价值”的史料，加以推论而成。姚文举出的正面史料是钱䡵的《甲申传信录》，引据的重要章节是：

> 闯入京师，伪权将军刘宗敏处田宏遇第，闻寿（按：同为田宏遇买来的著名姑苏歌妓）从优人潜遁，而沅（按：即圆圆）先为襄市去，乃枭优人七人而系襄索沅。襄具言遣送宁远，已死。宗敏坚疑不信，故掠襄。

陈圆圆不但早已到了宁远，而且随即死掉。这是在刘宗敏逼索之下，吴三桂的父亲吴襄的招供。“结论”中的主要判断都是据此推论而来的。但最重要的基本内容，刘宗敏的逼索陈沅，则被作者断为“误传”而舍弃了。既然刘宗敏不曾为了陈沅而逼问吴襄，那么吴襄的招供也是“莫须有”的“误传”无疑了，怎么又可以据以作出结论呢？

这里就提出了一个问题。怎样实事求是地看待和使用野史，对史料的取舍应该采取一种怎样的态度，当然，也不只是在“野史”上才存在着这样的问题。

有一部题为《庭闻录》的书，作者刘健的父亲在吴三桂开藩云南时曾任云南府同知，吃过很大的苦头，有许多见闻。这书是康熙五十八年刘健“追忆趋庭所闻”的笔录。是时代较早见闻较切的有关吴藩的重要史料。光绪中武进庄士敏又据以增删改定为《滇事总录》二卷。这里据《事辑》转录涉及陈沅的几节：

> 陈沅之事，言者多殊。陆次云《陈沅传》以夺沅者为李自成，不知其为宗敏也。传文虽详，考究来确。其点缀处尤多已甚之词。
>
> 崇祯辛巳年，田宏遇进香普陀，道经苏州，购沅以归。三桂奉命出镇，宏遇饯之，出沅佐觞。三桂悦之，以为请。宏遇许俟终年。后果送至襄宅，襄不敢受，仍归田氏，而客以报三桂。时有入卫之命，疾驰赴京，欲乘便取沅。中途闻刘宗敏踞宏遇宅，挟沅日事酣宴，遂大怒，出关乞师。
>
> 吴妓陈沅顾寿，并名噪一时。田宏遇以重价市寿，而沅名更高，不易得。会其婿以细故得罪，欲求好，无以通媚。百计购沅以献。宏遇善之如初。未几，宏遇卒。襄入都。三桂使人持千金随襄市沅。既得，襄遣送宁远。京师陷，刘宗敏踞宏遇宅。闻沅、寿名索之。寿从优人私逸，而沅先为三桂购去。宗敏于是斩优人七，而系襄

索元。襄具言送宁远已久。宗敏不信，拷掠备至。

关于《甲申传信录》，姚文说：“此书在清代经过长期手抄流传，错字和后人整段加入的地方都有。”可见并不是保持了原貌的旧本。我们试就《甲申传信录》和《庭闻录》所记陈沅被送到宁远的传说对比，可以看出两书大体上是一致的，甚至字句都颇少差异，可证同出一源。惟一的不同是陈沅到宁远后，《传信录》说“已死”；《庭闻录》则说“已久”。这可不是一般的字句微异，因为姚文的主要结论，就建筑在“已死”两字上面。还有一种理解，这是吴襄应付刘宗敏逼问的胡乱推托之词，那么不论“已久”还是“已死”，自然都不关重要了。

野史读起来有时也真令人头痛。异说纷纭，破绽时有，令人为难。造成这种局面的原因也是多种多样的。例如关于陈圆圆的记载，前人是早就发现了这种复杂错乱的情况的了。《事辑》在引录《庭闻录》的原文时就说：“二说彼此微异。至谓三桂入卫之时，方欲取沅，与谓沅在宁远者皆非也。惟吴梅村《圆圆曲》为得其真。当日梅村诗出，三桂大惭，厚赂求毁板，梅村不许。三桂虽横，卒无如何也。”

值得考虑的是，一旦出现了这种错综复杂的情况，是否就能从中得出结论，连主要的基本事实都不可信了呢？当然不应该如此。我们不妨回忆一下十年动乱中间广为传播并为“四人帮”所严密追查的小道新闻。有些确是经过辗转流传，渲染夸张，言人人殊的。不过后来事实证明，尽管传说的种种细节都经不起细密的考证，但那重要事实却大抵是“基本属实”的。我们也绝不会因一些细节的出入从而否定“四人帮”人神共愤的如山罪案。在判断三百年前的吴陈事件时，我觉得也理应使用此法。

人们认为吴梅村的《圆圆曲》是最可信据的诗史，自然也有他们的理由。梅村此诗和《杂感》诗第十八首、《鹿樵纪闻》中的有关记载，基本上是一致的。可以证明诗歌的创作有一定的史实根据，自然是得之传闻。以吴梅村当日的身份，没有可能自由运用国家的档案。他只能像谈迁那样在民间做些调查研究。何况像这样牵涉到有名歌妓的政治“丑闻”，正史是不记的。正统派的史家也不屑记，吴三桂的同伙就更不肯记，畏惧吴的权势者也必然要多方回避。清初有关记载的稀少，是完全可以理解的。不过，有清一代，我们也不曾看见有谁站出来否认过这个传说。

吴梅村一生写了许多以明清易代之际史事人物为题材的长诗，他写了许多重大的历史事件、战役，写了杨机部、吴昌时、陈之遴……出现在他的诗中的还有公主、老妓、歌僮……各色人物，很久以来就有不少人对吴诗作过笺注，证明诗篇都有史实依据，颇少捕风捉影的悠谬之说，因此称之为诗史，梅村也以此自许。不能想象，他在吴三桂身上会栽赃诬陷，他是想敲“平西王”一笔竹杠么？却又坚决拒绝了吴三桂的“厚赂”。如果陈圆圆果然早已死于宁远，声势炙手可热的吴平西是不会听任吴梅村“诬蔑”，而甘于缄默的。

吴梅村的诗只写到“斜谷”、“散关”为止，没有涉及圆圆在云南的故事。不过陈其年《妇人集》说："李自成之乱，（圆圆）为贼帅刘宗敏所掠，我兵入燕京，圆圆归某王（按指吴平西）为次妃。"陈圆圆的同乡、曾经亲自看见她演剧的邹枢（贯衡）也说："陈圆，女优也。少聪慧，色娟秀，……后为田皇亲以二千金酬其母，挚去京师。闻又属之某王，宠冠后宫，入滇南终焉。"清代前期昆明著名诗人王思训（康熙四十二年，吴次尾的孙子吴铭道游云南，曾与思训过从。思训为吴的《滇海集》、《京雒尘集》撰序。）有《野园歌》，原诗注云："吴三桂筑野园滇城北，以处陈圆圆。穷极土木，毁滇人庐墓无算，以拓其地。缙绅家有名花奇石，必穿屋破壁致之，虽数百里外不恤也。"《野园歌》中就有"浮云渺忽春城限，乐游谁拟姑苏台。夷光未去走麋鹿，红墙碧树乌栖哀。（原注：滇城破，圆圆犹在。）……亡魂徒结分香恨（原注：吴死衡阳，念圆圆不置），月冷荒台觅燕钗"这样的句子。

王思训还写过一首《圆圆歌》：

东海真珠溷泥滓，多情宜为将军死。
将军留剑不轻施，怒惜红颜投袂起。
燕山定后丽人归，千队万骑西南飞。
玉女城连巫峡水，迷离妖梦春风围。
春风正奏霓裳曲，锦洞天荒新草绿。
风高南渡雁无声，望断香魂悲小玉。

出于清代前期昆明诗人之手的这些诗篇至少可以说明一

个事实，陈圆圆后来是随吴三桂到了云南的。如果她早已死于宁远，吴三桂为什么还要为她起造庭园宫馆呢？乾隆刻仪封张裕穀《滇中消日集》有《滇中秋兴》诗，作于乾隆四十三年，诗注说：“（昆明）悯忠寺侧尚存圆圆妆楼，半就倾欹。”道光刻乌程范锴《苕溪渔隐诗稿》卷一有《安阜园杂事诗》，也有同样的记事。凡此，都可以说明，清代前期中期，许多人都知道，圆圆曾经到过云南。

姚文用了很大力量辩驳存在于许多纪事中的矛盾、错误。其中一些重要的问题，是前人已经发现并作过分析判断的。《事辑》收有被大顺农民军俘虏的明朝内监王永章的《甲申日记》，保存了吴三桂给吴襄的五封家书，又记：“四月初九日，闯下伪诏亲征三桂。十二日起程。太子定王、代王、秦王、汉王、吴陈氏、吴氏、吴氏、吴李氏、伪后嫔妃皆从行。吴陈氏即圆圆，两吴氏皆三桂妹也。念五日战于一片石，闯大败，退入关。太子与圆圆遂皆至三桂军中。”下面的分析大概是况周颐所作：

> 按延陵复得圆圆，钮云，驻师绛州，将渡河时，陆云得之京师。据王氏日记，闯败于一片石，圆圆遂至三桂军中，其说独异。吴梅村《圆圆曲》云，“若非壮士全师胜，争得蛾眉匹马还”。又云，“蜡炬迎来在战场”，由钮之说，驻师绛州，追闯未及，无所为战胜；由陆之说，京师觅得，非战场迎来。延陵之师，唯一片石一战，可云全胜。永章身陷贼中，见闻较确，其说固有可信之

道。"若非壮士"二句，勃勃有英气，似乎乃公马上得之。梅村诗工于体物，傥由寻觅而得，词意必不如是。其"遍索绿珠"二句，言圆圆被掠，下即紧接"若非壮士"二句，可见当日珠还，未尝甚费周折。其言"箫鼓秦川"在"蜡炬迎来"后，可见迎圆圆一时一事，向秦川又一时一事。再下"画楼""妆镜"云云，则是延陵追闯，圆圆随军，道途供张之盛也。昔贤长篇名作，通篇有层次，即数句亦有层次。虽极抑扬跌宕之致，而条理不紊，事迹可寻，所以为诗史也。

况周颐是站在地主阶级的立场上的，问题讲得也不免有些琐细，但他的分析是清晰的，对吴梅村诗的解剖也是细致的，对读者颇有帮助。如果不能证明王永章的日记是伪作，那么这里的分析将难以推翻。

姚文也对《圆圆曲》做过一些分析。"按照这一节诗（指'前身合是采莲人'以下三十句）看，陈圆圆的出身并非妓女，而是良家少女。诗中先说她'前身合是采莲人，门前一片横塘水'，后边又说'教就新声倾座客'，这是说陈圆圆原是良家少女，被买到田府以后才教会歌唱。后边又有'教曲妓师怜尚在，浣纱女伴忆同行'。前一句的'教曲妓师'是指在北京'教就新声'的师傅，后一句的'浣纱女伴'是指苏州家乡的女伴，不是妓女。……"下面还有许多引证，主要是说，吴诗说"陈圆圆是良家姑娘，完全与事实不符"。这逻辑是非常奇怪的。世界上恐怕没有天生的妓女

（除了明朝某些生下就被指定是“淫贱材儿”的政治敌手的后裔），只有卖入娼门的良家少女。为什么指出陈沅在堕落风尘之前的民间少女身份，就完全与事实不符了呢？“传来消息满江乡，乌桕红经十度霜。教曲妓师怜尚在，浣纱女伴忆同行。旧巢共是衔泥燕，飞上枝头变凤凰。长向尊前悲老大，有人夫婿擅侯王。”这一节诗是一个小的完整段落，是描写经过十年左右的岁月之后，圆圆家乡姑苏的女伴（女妓）和妓师得知圆圆在这段日子中的经历、后来终于成为平西王次妃的消息以后的反应。女伴、妓师，都是姑苏的旧侣。羡慕圆圆的“好运”而在“尊前”悲叹自己年长色衰的凄凉身世的更绝不是良家；幸存的也只能是当年教过圆圆习曲的姑苏妓师。这是明明白白的。中国传统的古诗写法，绝不可能在整个抒写江乡的章节里突然插入一个在北京“教就新声”的师傅。这种不谐和的跳跃手法，是不可能在中国古代诗人笔下出现的。

姚文在很多地方，援引明代的法令、规制以及宫廷制度等等，给予非常的信赖；同时对野史则并不尊重，采取了任意取舍的态度。两者之间，对照是鲜明的。野史固然有许多异说、破绽，但经过正确的分析辩证（不是任意草率的处理），其可信据的程度，恐怕要远远超过封建统治阶级的高文典册。这是不待说的。崇祯是著名的“励精图治”的皇帝，十七年中发了无数宣言，颁布了如毛的法令，有多少是兑现了的呢？更何况明代列祖列宗制订的那些规章制度？不知道曾经有过这样的文件、规制……是不行的；完全接受它的制约，捆住了自己的头脑、手脚就更危险。

姚文说，“不但甲申春天吴三桂没有到过北京，而且在甲申前几年内也没有进京机会”。理由是明朝的总兵官不奉召不能进京，和“我们从文献上找不到这几年中，吴三桂曾经奉召进京的任何资料”，吴三桂本来只不过是八总兵之一，直到甲申二月间才被封为平西伯，成为崇祯心目中的救命稻草。在这以前皇帝召见轮不到他，史官也没有为一个小小的总兵作起居注的责任。虽然甲申前数年中东线军事紧张，但是也不是完全没有间歇。吴三桂因公因私回到北京的机会是不能完全排除的。象吴三桂这样的小军阀，不能相信他竟能恪守法制、甘居艰苦的军中，长期不到首都来“度假”。吴诗“白晰通侯最少年”一句的“通侯”二字，姚文说是隐喻平西伯，是不错的，下面又进而指实吴诗所写三桂赴田府家宴的时间必在三桂始封平西伯的甲申春。（这是非常重要的一个前提，许多结论性的判断都是从此开始的。因此姚文不能不进行这一考证。）用这样的方法论诗，恐怕最谨严的史诗也将招架不住。诗人到底还剩下了多少自由，用一个“通侯”的泛指廋词，还要查年表、排时辰，诗人的工作也未免太枯燥也太苦了。

“尝闻倾国与倾城，翻使周郎受重名。”一节诗，姚文的解释是“诗中的周郎指吴三桂，是说他在田宏遇宅中听陈圆圆歌唱而爱上了她，使她后来出了大名”。实在不大好懂。我看《圆圆曲》中这六句诗，确是说出了吴梅村自己的意见，这意见是不错的。也就是“兴亡的责任，都应该男的负”的意思。“重名”是反话，指的当然是吴三桂背在身上、一直背进棺材、千秋万世永远摆脱不掉的“好名声”。

姚文对吴梅村的身世评论，所据也是一些传统的意见，同时还指出了梅村和钱牧斋的区别，说“钱在政治上是一个投机分子，而他则不是”。对吴梅村死前的一诗一词也寄以同情，我想在这里作一点补充。

吴梅村自然和钱牧斋不一样，不过是不是政治上的投机分子？怕也一时不好论定。

人们说梅村诗是诗史，不是没有因由的。他的作品中的故事最多，不只是关系家国兴亡的大事，个人的遭际、感慨也都随处可见。要了解诗人的生平和心事，他的作品是十分可贵的第一手资料。梅村集中有一篇《鸳湖曲》，是为吴昌时而作的。此人在晚明政局中是一个重要人物，他是复社成员，后来又成为首辅周延儒的心腹。梅村自己也是复社的重要分子，参预党魁张西铭决策的少数核心人物之一，他们策划了周延儒的再相，希望利用周施展复社在政治上的抱负。结果失败了，周延儒和吴昌时都被杀。《鸳湖曲》隐约地写了吴昌时的故事，情绪上特别沉痛，说明梅村自己在这场政治斗争中牵涉很深。这是明朝覆亡前夕发生的事。

清初，吴梅村应诏出山，在清政府中任职，通常的说法是他被荐之后不得已而就道，其实真正的原因并不如此简单。其间委曲梅村自己也曾在诗篇中有所透露，不过言辞闪烁，不易索解而已。投降了清朝的陈之遴是梅村的儿女亲家，陈之遴在政府里攫得了很大的权势，为了培植自己的势力，和以冯铨为首的北方政治集团较量，迫切希望复社重镇的吴伟业出来参加政府。这才是梅村出山的真正动力。梅村出山以后就一直不曾得意过。谈迁在《北游录》里常常有到梅村住处谈天的记事，那正是他坐冷板凳的时期。这一次政治活动不幸又失败了，结局几乎和前一次同样悲惨。人们看到他写的“误尽平生是一官”的诗句，是会引起同情的，却不知道他的“悔恨”远较一般人所了解的还要更深切得多。其实梅村在《咏拙政园山茶花》、《赠辽左故人八首》等诗中都接触到了这件公案，诗之沉痛也颇不下于《鸳湖曲》。“一官误汝高门累，半子怜渠快婿才”，就是对随陈之遴全家遣戍辽左的女儿和女婿说的。从这些事实看，吴伟业实在是一个不能忘情于政治的人。他遗嘱在墓前树碑，要求只写“诗人吴梅村之墓”数字，并非声明自己不是政治家，只是说是个失败了的政治家。

对于吴梅村，清代前期人还是比较了解的，批评、讽刺他的很不少。后来离开那个时代愈来愈远，旧事也日益模糊，难怪慢慢糊涂起来。现在介绍仁和王曾祥的一种意见，在我所见种种批评中，要算是清醒、严正的一类。

> 胜国之际，乾坤何等时乎！梅村甲申以前，无一忧危之词，见于豪牍。其出也，以陈海昌之援。既而陈以权败，遂置不任用。呜呼，天下之恶一也。陈父子（按指祖苞、之遴）负贰于昔，而窃柄于今。他日沈阳之窜，不待智者而可决矣。又足附乎哉！或犹以病中一词为原

心之论。夫梅村惟不用也，斯沮丧无聊作此愧恨语耳。梅村而用，则阳和回斡（梅村颂海宁语——原注），梅村且有以自负矣。抑请发陵寝者为谁（按，这是陈之遴向清政府上的条陈），独无一言相正乎！于旧君故国乎何有！（《书梅村集后》二首之二，《静便斋集》卷八）

批判是严酷的，但也不能不说是深刻的。

姚文所力图论证的，归结到一点，就是陈圆圆和李自成、刘宗敏没有发生过任何关系。在大顺军进入北京之前，圆圆早已到了宁远，而且立即死掉了。因此，一切有关的传说，都只能是胡说。不只此也，“所谓吴襄因陈圆圆被拷掠，全家被抄，也是无稽之谈。各种野史所提供的追赃拷掠的名单中没有吴襄，只在谈到陈圆圆故事时提到此事。陈圆圆故事既属虚构，此事也就没有”。

这里说的可谓斩钉截铁。但在姚文曾引用过的赵士锦《甲申纪事》（中华书局据叶景葵旧藏抄本重刊）后面，附有据辽东海州卫生员张世珩探报的“塘报”一件，开头就说：“三桂差人进北京打探老总兵圣上消息，有闯贼在北京捉拿勋戚文武大臣，拷打要银，将吴总兵父吴骤□打要银，止凑银五千两，已交入。……吴老总兵已受闯贼刑法将死，吴总兵闻之，不胜发竖。……”就是一个例外。

一切记录，不论出之何人，只要提到陈圆圆被刘宗敏掠去，姚文对之都一概否定。连著名的以毕生精力研究晚明史的全祖望所记当日与圆圆同被宗敏掠去的名妓杨宛的叙述，“据杨宛叔言，与沅同见系于刘宗敏，既而沅为宗敏所携去，不知所往”也判定为“大概是得自辗转误传，不应作为信史看待”。全祖望尚且不足信赖，其他的野史作者就更不在话下了。

即使把陈圆圆从刘宗敏身边拉开，看来形势也未必会有什么好转。杨宛不是曾被刘将军掠去过的么？还有《甲申纪闻》里所记：“是日，予在宗敏宅前，见一少妇，美而艳，数十女人随之而入，系国公家媳妇也。”（三月二十日）名妓杨宛和美艳的国公媳妇与陈圆圆之间有一条怎样的鸿沟呢？唯一的区别只是她们没有使吴三桂“冲冠一怒”而已。随便什么女人都不妨抢来，只有陈圆圆碰不得。似乎她有一种神力，能使历史发展为之停滞，倒退。

姚文还责怪“郭沫若同志在这个问题上又继续作了宣传，扩大了错误影响”。这指的是《甲申三百年祭》一文。姚文说，这是“完全上了清朝一部分谣言的当，制造那些谣言的动机既是鞭挞吴三桂，同时也诬蔑刘宗敏。诬蔑刘宗敏也就是诬蔑大顺军”。

这种推论方法非常面熟，看来作者是适可而止了，本来是还可以继续推论下去的。不过时至今日，绝大多数的中国人民都已懂得，尽量使英雄人物高大起来、纯洁下去的方法，并不是真心诚意歌颂英雄的好方法。

三百年前的大顺农民军和它的领导人物，和历史上多次发生过的农民起义一样，必然会带有他们的历史局限性，他们会作出这样那样的错事，也毫不奇怪。按照历史的真实进行艺术的反映，是会带来应有的良好效果的。比起人为的、离开了真实的画像效果要好得多。沫若同志的论文写于一九四四年。他看到了并大声提醒革命者警惕存在在李自成、刘宗敏身上的局限性和弱点，大胆地摸了他们的屁股，这样做对人民有好处，理所当然地得到了人民的喝彩。当然也有人不舒服，在当时就曾引起过一场“轩然大波”。这些往事我们还记得的。在这个问题上沫若同志是看得远，说得对的。今天我们重读此文，依旧感到它有力、有益，也就是说，还不曾过时。

《甲申三百年祭》问世迄今，已经过去了三十六年。在这段时间里，我们一直在起劲地反对并企图消灭“资本主义”。待得背上吃了狠狠的一枪，这才回过头来，发现那里站着一个“封建主义”。怎么办呢？也还只能一刀一枪地作战，没有别的办法。

过去读古人的“史论”，在结尾处常常看见类似“不禁掷笔三叹”之类的话头，觉得很可笑。现在，我可是多少理解了古人的这种心情了。

还有一些小问题，如谈迁在吴梅村处见到《绥寇纪略》，是顺治而非崇祯十一年中事；《宛署杂记》是万历中临湘沈榜撰，不是孙承泽的作品。这里不一一细说了。

一九八〇年八月四日

附记：

明兴化李清，崇祯辛未进士。历官刑吏兵科给事中，撰

《三垣笔记》。“附识”下记，“李自成陷京师，……传吴帅三桂已上表请降，止因闯党权将军刘宗敏闻三桂所娶妓陈沅色艾，……至是刘宗敏系三桂父襄，索沅不得，拷掠甚酷。三桂闻之，忿而中改。……”（嘉业堂本）

卢生甫《东湖乘》卷一：“先辈钱稺枳（应作稺农）尝至京师，为吴梅村所重，遍为延誉。值甲申之变，杂记其事，作十种。尚记其四。其一曰‘赤眉兵变’，言闯贼之乱；一曰‘大行骖乘’，言怀宗死节诸臣；一曰‘槐国衣冠’，言弘光时马阮奸邪；一曰‘女戎召祸’，言李贼破京师时，吴襄为经营督，子三桂从其舅祖大受于辽东，有爱妾圆圆者，国色也，为贼权将军所得。三桂闻之怒，遂东入本朝乞兵讨贼。钱牧斋吴梅村皆有《圆圆曲》，为道其事。”（《戊寅丛编》）

以上两条所记是同时人的见闻、纪录。说明陈吴事件在当时家喻户晓，广泛传说的状况。在辗转流传中，有种种不同异说，有明显的误说，但基本事实是一致的。

《众香词》六集，康熙二十九年庚午吴绮序刻本。其第五“书集”收陈元词三首，前有小传：

陈元，字圆圆。初为女优，名擅吴中，与某公子有生死盟。田皇亲购得之，公子遣盗劫之江中，误载他姬以还。盗再往，已有备矣。力战易归。已而事露，祸且不测。公子度不能争，遂以献。既至，无宠，杂配梨园中。三桂以父荫入觐，皇亲出家伎侑觞，一见陈元，问乡里，遂属意焉。酒半，则供奉者已易人矣。盖家伎有上次两班，初出供客，犹其次也。三桂频问陈元，皇亲知其意，辇送旅中。时边报益急，三桂一宿驰去。既而流贼陷京师，陈元已为贼部权将军某所得。三桂入关，首遣亲骑四出，悬重赏购归，宠之并嫡，宫中呼陈娘娘。壬子以前时，达官解饷至滇。官本吴人，娘娘召见便殿，问吴中某某无恙乎，皆平昔所交厚者。盖犹未忘情也。太仓吴梅村祭酒有《圆圆曲》纪其事。有《舞馀词》。

《众香词》，玉峰徐树敏、金阊钱岳同选辑，每集前有阅、定者八人的姓氏，都是当时著名的文士。选者在“凡例”中评论一些通行的女性作者选集“不免沿袭谬误”，标出此书的选录标准，在清初诗馀总集中算是较为严肃的一个选本，采录也比较丰富。陈元的小传所提供的史实细节，与通常的记载又自不同，可供研索。但基本事实则是大体一致的。关于圆圆入滇以后的记事，更不见于他书。圆圆还曾有词集名《舞馀词》，也是仅见的著录。所选入的三词，有《送人南还》的《转应曲》、《丑奴儿令》，后者下片说：“声声羌笛吹杨柳，月映官衙，懒赋梅花，帘里人儿学唤茶。”题为《有所思》的《荷叶杯》词是：

自笑愁多欢少，痴了。底事倩传杯，酒一巡时觞九回。推不开，推不开。

这些都是颇有个性的作品，与通常的“闺词”不同。

钱唐汪景祺的《读书堂西征随笔》，作为罪证被雍正罗织为年羹尧大逆五罪之一。原稿后来在懋勤殿奉旨封锢的箱子里发现，印入“掌故丛编”中。原书有作者雍正二年序，其中有“女子之祸”一条，文略云：“吴三桂饮田皇亲嘉遇家。嘉遇出歌伎有酒，其中有陈沅者色艺冠伦。三桂醉，长跪向嘉遇乞沅。嘉遇曰，‘吾老矣，谢世后当以持赠。’李自成陷京师，三桂方镇山海关。自成遣人招之，三桂已纳款矣。时嘉遇已死，遗命家人送陈沅至三桂所，以兵戈载道，未遑也。三桂侦知陈沅为刘宗敏所得，闻之自成。自成谕宗敏以陈沅还三桂，宗敏不可。三桂遂不降，自成竟灭。女子之能祸人家国如此。五月二十八日。”

汪景祺出身于杭州世族，在雍正初发生的年羹尧案中受到牵连被杀。他所提供的李自成曾下令退还陈沅，为刘宗敏拒绝的细节，也不见于他书。

以上，是陈吴事件发生以后不久的当代人记事，可以看出这件哄传一时的新闻在社会上辗转传播的一些情况。

临桂况周颐《阮庵笔记》据《武阳志摭遗》记陈玉汝与圆圆事，亦在入滇以后。又记四印斋藏圆圆画像三帧：“一明当翠羽，一六珈象服，一缁衣练裙。名人题咏甚伙。”

一九八〇年十一月廿二日重校记

杨龙友

好久没有读《桃花扇》了，回想四十多年前接触这部名作时为之颠倒的情景，直到今天也还使人激动。在中学的课堂上第一次读到“余韵”里“哀江南”……一套曲子。语文教员孟志孙先生用浓重的天津口音在讲台上高声朗读，他念到“眼看他起朱楼，眼看他宴宾客，眼看他楼塌了”时，真的是激楚苍凉、声泪俱下。这是不能不使听讲者动容的。因此，这一套曲子不只在当时，就是直至今天我还能背诵得出。当时正是“九·一八”之后，平津几乎已是华北前线，人民的感情和三百年前身处金陵的人的心情是必然会有某些可以沟通之处的。于是《桃花扇》重新成为使大家激励奋发的古典作品。不只是一般的知识分子如此，就连号称国学大师的梁启超也在前不久出版了《桃花扇》的新注本，还用话剧的形式重行排印。这并不是偶然的事，梁启超晚年整理印行了两部古典作品，另一部是《稼轩词》。这就说明，直到晚年，他还保留了尖锐的时代、政治敏感。“《桃花扇》热”一直延续到抗战和战后的一段日子。这中间，史学界起劲地研究南明史；戏剧界编演了不少以南明历史为题材的戏剧；还出现了与《桃花扇》同样题材的小说。这种“热”到新中国成立以后才逐渐平定下来。一直到一九六五年，才又掀起了另一个高潮，对《桃花扇》及其作者的无情围攻。孔尚任变成热衷于功名仕进的无耻文人，《桃花扇》也成了适应清朝统治者政治需要的大毒草。这次“批判”带有此后延续十年更为火炽的“大批判”的声势和作风，具有某种预演的性质，只差不曾为马、阮公开翻案。不过不久以后，一大批新马、阮是确实在政治舞台上出现了。

《桃花扇》可以说是中国古典历史剧的一个标本。作者在书前首先介绍了剧本的“本末”、“考据”、“纲领”，在每出之下还注明了事件发生的年月。可以看出作者是相当注意历史的真实的。“纲领”其实是一张人物表，但用分类排列的方法表明了作家自己的立场、观点。在全剧中，作者花了最多经营力气的人物也许是杨龙友。他被安排在“右部”中“间色”的位置上。作者说：“男有其俦，女有其伍，以左右别之。”“右部”里确实大部是女性，仅有的例外是位于李香君之下的杨龙友，和苏昆生、蓝田叔两个“合色”人物。一个唱曲的，一个画画的。在孔尚任看来，都是只配和娘儿们为伍的角色。这道理是值得想一想的。

杨龙友在《桃花扇》第二出《传歌》里出场。出场之前，先由李贞丽作了简单的介绍，然后龙友自报家门。接下去就是龙友介绍侯方域与李香君相识，并为他们作伐。下面的“眠香”一折中，写龙友“受圆海（阮胡子）嘱托，送来梳笼之物”；不过随即在“却奁”一出中为香君识破、退还了。在作者笔下，侯方域和杨龙友都像糊涂虫，都不及香君的清醒、严正。当然，两个糊涂虫彼此也是很不一样的。接着写复社会文的“闹榭”，则没有杨龙友出场，虽然他确是社盟中人。以下的情节是杨龙友说服侯方域写信给左良玉，阻其发兵东下，这是为马、阮服务的勾当；清议堂议事，杨又赶到媚香楼通风报信，促方域避祸出走，似乎是作了一桩好事，但随即把香君出卖了，让她给田仰作姨太太去。不但建议，还要用强“逼嫁”，同时还说出了四条应该去当姨太太的道理。李香君以死相拒，血溅扇头。后来龙友却利用了这血污，点染成几笔折枝桃花。风雅确是风雅，但在风雅背后隐隐飘来的血腥气是无论如何也掩盖不掉的。孔尚任这一笔写得深刻，构思也奇突新颖。但他还是对这个细节作了反复申明：“此则龙友小史言于方训公（孔尚任的族兄，崇祯末在南京作‘南部曹’）者。虽不见诸别籍，其事则新奇可传。《桃花扇》一剧感此而作也。南朝兴亡，遂系之桃花扇底。”

李香君被弘光掠进宫去。方域来访不遇，只能捧着扇子叹气。此时，杨龙友又在方域面前说了他百般维护香君的经过。

这以后形势急转直下，新任“苏松巡抚”的杨龙友，在选了出行吉日，束装起马之际，却意外地遇见仓皇逃走、被老百姓痛打得半死睡在地下的“马阮二位老爷”。结局当然是各自作“鸟兽散”。杨龙友说了一句“竟回敝乡贵阳去也”以后就“竟自去了”。其实这是不确的，孔尚任出于戏剧结构的需要，在这里放弃了“历史真实”，就和写侯方域“入道”的并不遵照“历史真实”一样。孔尚任在处理杨、侯的结局时都改变了事实的原貌，但对他们的态度是不同的，从而显示了他的立场和爱憎。综起来看，孔尚任把杨龙友写成了一个清客、高级篾片、两面派和丑角。有时候也作点“好事”，但总的趋向是坏事有余的。因此我们也就可以明白，孔尚任为什么要把杨龙友安排在“右部”里的真实用意。在作者看来，他是只能与旧院里的娘儿们为伍的。也就是“倡优蓄之”的意思。但毕竟笔下留情，没有把他算在“戾气”里面，还要算是客气的。

杨龙友（文骢）一生的主要成就是绘画，同时他又是一位颇有成就的诗人和散文作者。他本人是一位贵公子，崇祯后期只在江南一带作过几任小官，但是很喜欢交游、结客，朋友多半是社盟中人。只是因为有马士英这样一位阔亲戚，因此在弘光小朝廷里爬到高枝上去了，但高兴了没有多久，就碰上了厄运。他最后是在抗清战争中受了重伤，被俘，不屈而死的。这就和马、阮有很大的不同。陈垣在《明季滇黔佛教考》中为文骢立传，多据徐鼒之说，立论持平，简而有法，传文最后说：“文骢跌宕风流，豪迈自喜。好推奖士类，其戚马士英当国，干士英者辄缘以进，故为世所诋；然其不屈也，世亦亟称之。”这些话是说得很好的。关于杨文骢的事迹和他的绘画作品、诗文著作，我们一直知道得很少，那原因也正在这里。

杨文骢的著作，过去我只见过陈夔龙所刻的《洵美堂诗集》九卷，这是按照崇祯原本复刻的，使我们借以得见原本面目。陈筱石是清朝的遗老，对他这位抗清死难的同乡有深厚的感情，他在重刻序中说：“（文驄）徒以与瑶草有连，致为世所诟病。实则侍郎全家殉国，大节孤忠，凛然于南都播迁而后。百世之下，闻者莫不兴起，非乡人所得而私也。”可见他的感情是建筑在超越一切的“孤忠”上面的。《洵美堂集》前有吕阳、陈立政、邢昉、史玄的序文，后三人都自称“社晚生”或“社盟弟”。看诗集的酬赠对象：钱牧斋、张天如、陈眉公、张受先，王月生、王烟容、陈卧子、方尔止、顾子方、郑超宗、董玄宰、杨宛叔、吴次尾、夏彝仲……不是东林复社的巨公，就是有名的山人、伎女、画师。约略可以看出他的交游、声气之广。

杨文驄的另一部著作《山水逘》，前不久我才在北京图书馆看到。这也是崇祯刻本，刻法非常秀整，在晚明刊本中要算是很精致的。卷首署名是“夜郎杨文驄龙友著”，这就很特别，很显示了一种特色。书不分卷，内容是《赤城山赋》、《台荡日记》、《画江行十二幅小记》和《腐侯传》。书前有三篇序，作者是邹嘉生、越其杰和马士英。越其杰是曾在《桃花扇》里出现过的人物，《拒媒》一出开场，杨龙友道白说：“下官杨文驄，因叙迎驾之功，补了礼部主事。盟兄阮大铖，仍以光禄起用。又有同乡越其杰、田仰等，亦皆补官。同日命下，可称一时之盛。”越是贵阳人，能诗文，作过河南巡抚，是货真价实的马党。马序结尾处是“崇祯庚午首夏，题于符离客舍。社弟马士英具草”。三篇序后面是“诸社长送游赠言”，一共有二十五人之多，多半是吴越之间名士。这样，不但杨文骢，就连马士英，原来也是社中朋友了。但这两位，后来自然都被开除了社籍。南陔堂本吴翻《复社姓氏录》里就没有文骢的名字，只在最后贵州省项下著录了一个杨鼎卿（爱生），这是文骢的儿子。但在一本黑格旧抄的陆世仪《复社纪略》里，首引张天加的“国表”，那最后一名却正是“贵州杨文骢”。张天如是在甲申以前死去的，他手定“国表”的时候杨龙友还是社盟中间一位活跃分子。从这些小小的变化中间也可以看出，为什么今天我们所能见到的有关杨龙友的记载竟如此之少。他有了马士英那样的阔亲戚，经过弘光一局，许多老朋友连躲还躲不迭，哪里还肯记，恐怕连过去写下的诗文也都赶紧删去了。

不过不肯删削，终于还保留着一鳞片爪的也不是没有。多年来流览所及，只有邢昉的《石臼前后集》，方文的《涂山集》，杨补、杨炤父子的《怀古堂诗选》里还保留了一些颇为珍贵的材料。

吴梅村在《画中九友歌》中提到杨龙友，那四句诗是：“阿龙北固持戈矛，披图赤壁思曹刘。酒酣洒墨横江楼，蒜山落月空悠悠。”这是说他在弘光中以职方监军京口时的故事。梅村又在《读杨文骢旧题走马诗于邮壁漫次其韵二首》里，更全面地对他进行了回忆、评价：

数卷残编两石弓，节生摇笔壮怀空。
南朝子弟夺诸将，北固军营畏阿童。

江上画龙图割据，国中指鹿诧成功。
可怜曹霸丹青手，衔策无人付朔风。

君是黄骢最少年，骅骝凋丧使人怜。
当时只望勋名贵，后日谁知书画传。
十载盐车悲道路，一朝天马蹴风烟。
军书已报韩擒虎，夜半新林早着鞭。

这两首诗是写得沉痛的。这和他们同属社盟中人一事应当不无关系。诗里讲到南明覆亡的原因，也提到龙友在短暂的一年中飞快的超擢。还提到了他的韬略。旧时代的文人有一种相当普遍的癖好就是谈兵。连只会“锦衣素蟒、临师江上”的阮胡子，也写过什么“谈兵夜雨青油幕，买笑春风锦瑟房”的诗，不知道杨龙友的韬略是否也属于此类。不过邢昉在诗里确也多次谈起他这方面的才能，和早在永嘉令任上就在海上用兵中作过监军的经历。这可能就是后来监军京口的张本。不过就邢昉诗中所说：“杨子好文亦好武，乞得闲官一尺组。堂前日日罗众宾，左染丹青右挥麈。……白日腾腾气亘无，杨子拔剑怒起舞。马前止列一健儿，马后更带两强弩，千人一呼城门开，观者如墙声如雷。……”也还差不多是做戏。可以推想，他在弘光防江一战中，也无法有怎样更好的表现。不过也不像吴梅村所说那样的一溜了事：“福王时擢右佥都御史，巡抚常镇，兼督沿海诸军。清兵破南京，命鸿胪丞黄家鼒往苏州安抚，文骢袭杀之于嘉定，遂走处州。”

他是袭杀了降敌的说客以后才出走的。这以后，“唐王立，进浙闽总督。顺治三年七月，清兵入闽。文骢急移军卫仙霞关，清兵已间道先入，不能御。负重创，退至浦城，被执，不屈死”。(陈垣)

清军入闽，阮大铖扮的是投降并带路的角色，最后“鞠躬尽瘁”死于仙霞岭上。杨龙友在这关键时刻是站在他的“盟兄”的对立面上的。

龙友死难的消息，过了很久才传到江南一带。我们今天还能读到不多几篇悼诗，就弥觉珍贵，不只因为这是难得的史料，同时也由于这是出色的诗篇。

长洲杨补字无补，是明末著名的诗人、画家，入清以后则是突出的风骨高峻的遗民、隐士。他和杨龙友是好朋友，龙友在浙东作小官时，杨补和邢昉都是他的亲密诗友、画友和游侣。杨补的诗集《怀古堂诗选》，清初刻，流传很少。我所见的是王乃昭旧藏的一本。杨补的儿子杨炤字明远，有诗集十二卷，康熙刻，名称也是《怀古堂诗选》。在杨明远的诗集里有一首长诗，诗题是“岁丁未（康熙六年）六月二十四日，夜梦少司马杨龙友先生入室。角巾素袍，颜色如平生。余跪而奉其手曰，不意此生复得见先生也。失声一哭而觉，旋睡去，梦呈先生令永嘉时画赠先君子兰卷曰，将持此作西台恸哭。忽而觉，又复梦去。歌载驰之卒章曰，我行其野，芃芃其麦，控于大邦，谁因谁极。歌未竟而又觉。声琅琅犹在耳也。家人闻余寐而哭，哭而歌，屡呼余问故，悲不能答。起而识之，复哭以诗”。诗是五古长篇：

先生贵阳秀，弱冠登贤书。胄既承华膴，身复挟才谞。当时出其技，海内谢不如。人知擅三绝，是以得士誉。谁知抱英略，廿载困公车。头白始监军，社稷将为墟。姻娅虽秉国，志业卒未舒。仅能右正人，缓急借吹嘘。不使挟仇怨，善类肆诛钽。君子免钩党，小人恨切肤。三江既失险，八闽奉銮舆。督师建宁州，勠力效驰驱。拉拶天柱倾，几见只手扶。成仁惟一死，庶不负心初。被执义不屈，不愧烈丈夫。桐城瘗其首，建宁葬其躯。孙临桐城侠，慷慨捐头颅。挺身认都督，鼎卿遂得速。两首并函归，实借孙氏奴。化碧垂二纪，血食斩诸孤。魂今千里来，风波越江湖。巾带宛平生，不改颜色腴。江山文藻留，高价重珊瑚。西台越江滨，洒泪迷榛芜。正气公则有，得士皋羽无。小子荷提挈，忆昔在留都。勤学蒙奖借，文会偕凤雏。许附元礼舟，考试还姑苏。率我谒文靖，徒步到吴趋。付托既得所，问讯时双鱼。厚意欠衔戢，未尝忘须臾。梦见最分明，昨夜倍欷歔。桐城与建宁，何时抚坟呼。

诗后有双行小字注：“鼎卿，先生长子也。登武进士。历官都督。建宁城陷，先生谓其郎官孙临曰，‘吾受国厚恩，此而不死，非人矣。子可速去。’临曰，‘如此好事，让公一家作耶?’先生被执，复索杨都督。临曰，‘我杨都督也。’亦被害。临给事晋之弟，素善鼎卿，遂代之死。”

这是我所见有关杨龙友结末最详尽的记载。孙临，字克咸，桐城人。也是复社的成员。杨鼎卿，字爱生，文骢子。唐王时加左都督，太子太保。见《复社姓氏传略》。

在杨补的诗集里也有两首悼念龙友的诗。《有美》两首，题下小注“怀杨少司马龙友也”，这是南都倾覆以后，消息未定时所作，在怀念之余还抱有万一的希望：

有美春江别，东风又绿波。
崎岖遭国难，消息畏人讹。
幽愤应如病，贞心洵匪他。
莫将青翰舫，徒拥越儿歌。

未觉桑榆晚，还收浴日勋。
勉旃尝胆苦，感激枕戈勤。
长夜几时旦，忧心方坐焚。
西倾如再起，不死会逢君。

少后，无补“得龙友死节实信，哭而挽之”：

擅名君最早，才气实超伦。
士论推机岳，时危见远巡。
国存犹尽瘁，事去独成仁。
大汉恩如海，无多似若人。

方文的诗集里也有《闻杨龙友孙克咸同日死难，诗以哭之》和《高淳晤黄叙百，得杨龙友李卓如死难消息》诗。又有《与程穆倩感旧》诗：

> 万岁楼前司马台（杨龙友先生以职方监军润州——原注），与君觞咏日悠哉。惊沙一起秋风乱，故里重寻晚角哀。湖海相逢犹历落，肝肠不语自崩摧。南徐以后无知己，薄俗谁怜樗散才。

方文和程穆倩都曾是龙友监军京口时的座上客，此诗最能写出龙友对朋友的热情，不只作县官时如此，在出任方面大员以后也还是如此。“南徐以后无知己”、“不死会逢君”这样的句子，都不是敷衍应酬话，而是诗人出诸胸臆的真实感情。杨补和方文都不是作应酬诗的人，他们作这些诗时，龙友已被杀，写这些诗除了可能招来横祸之外，别无好处。这就使我们能借以认识龙友的为人。

在杨补诗集卷前，保存了七篇序文、寿序、行状、墓志、传记、诔。其中徐俟斋枋所撰《隐君杨曰补先生六十寿序》，记录了一段故事：

> 弘光时，权奸构党祸，杀戮名贤。遂煽蜚语染逮先文靖（徐汧），势岌岌殆矣。亲戚交游，畏祸观望。而先生独策蹇至金陵，语所知曰，天下事可见矣，而尚欲杀大贤以快己私耶？先生旧居金陵，金陵之名公贵人，无非先生友者，故其言足重，而事亦寻已。

杨补到南京营救徐汧所访问的“名公贵人”，就是杨龙友，不过徐枋不肯明白说出。在吴门法柄撰的《杨隐君传》里，就记得更为详尽：

> 时贼臣构徐文靖公甚急，而杨文骢为柄国者至亲，官武部郎，贵用事，所言无不得当于柄国者。隐君闻之曰：“龙友不言，可以绝交矣。”龙友，文骢字也。乃立起如金陵，语文骢曰：“天下以文章声气推君，垂三十年。天下之所以交重君者，以君能右善类、附正人也。君于柄国者为至亲，君言无不得当者，天下莫不闻。徐公负天下苍生之望，天下方倚望之为相，以佐中兴。君居能言之地，而不为推毂，天下故失望。今事急，君固何以谢天下。”语未卒，文骢曰：“子责某是也。微子言吾已谒之相君。此非相君意，寻当解耳。”于是隐君即出金陵而归。

这里的记事不但更详密，也更真实。像杨补那样的旧交，对处身南明小朝廷中的新贵杨龙友，也不能完全没有疑虑。三十年来，杨文骢在清流中的交游、声望，是为马士英所深知、重视，也必然要加以利用的。不过在政治斗争中，起决定作用的并不是个人之间的交游、情愫。杨龙友生活在夹缝中间，心情的矛盾、痛苦，可想而知。他虽然努力作一点调和补救工作，又能有什么作用呢？事实上从迎立福王开始，甚至从更早的《南都防乱公揭》开始，他就已从清流中分化出去了。《桃花扇》中有些复社的集体活动，都不让他参加，是符合历史真实的，但因此也失去了更深刻地刻画这个充满了矛盾的人物的机会。全部《桃花扇》中的人物，论性格的复杂恐怕没有谁超过杨龙友。他既非正生也不是净，“脸谱决定论”者在他面前是会踌躇无策的，只要一看面色就能决定人物好坏，这样“岂不快哉!”的便宜事，可惜这里并没有。

我想杨龙友不可能是个两面派，这从杨补父子的悼念诗篇中可以推知。杨补和龙友是老朋友，但在去南京营救徐汧时曾对龙友产生过疑虑，这也是完全真实的。说了要说的话以后就立即告辞回家。这以后杨补（包括更多的人）必然会密切注视龙友此后的言行。直到得知他殉难的确讯后写了沉痛的悼诗。这说明，即使杨龙友是那样一个复杂的人物，他的一些老朋友最后还是拥抱了他。象杨补那样的人，是不可能热情拥抱一个两面派的。

龙友的死难，自然会给他带来好名誉，不过这也不像是杨补判断事理的惟一根据。应该指出，这一条确曾为某些人奉为检验人物的重要标准。如卓尔堪在选《明遗民诗》的“凡例”中就说：“遗民惟重末路，苛求其他，吾则何敢!”这就是把死难或隐遁作为首要标准的意见。还有一位在弘光小朝廷作礼部主事的黄端伯，不肯迎降清军，后来被豫王捉去，两人之间有一段对话，是很有趣的。“王问，‘弘光何君?”曰，‘圣君。’问，‘何以指昏为圣?’曰，‘子不言父过。’问，‘马士英何相?’曰：‘贤相。’问，‘何指奸为贤?’曰：‘不降即贤。’遂下狱。”（《小腆纪年》卷十六）这个黄端伯是不怕死的，他也是主张只要不怕死、不投降就是好人的。不过他在大是大非的政治问题上死抱着“子为父隐”那样古老的封建教条，就不能不闹出绝大的笑话。人一旦死掉，就会变成一个毫无缺点的完人，何况还是光荣地死于“国事”，这种评价人物的习惯，也确实有了长久的历史。只是到了最近，我们才发现这方法不够妥当。杨补、方文等自然十分看重“死难”，但我相信，这也不会是他们所持的唯一标准。

毛氏汲古阁刊《八唐人集》，前面有文骢一篇序，手书上板，作于崇祯己卯。这是今天所能见到的他仅有的一篇论文。他提出声情、风味之说，补充前人“气格、神韵”论之不足。他认为这是唐诗宋诗之间、唐诗初盛中晚之间，“密移潜换，关纽甚细”“界画分明”的重要原因。

龙友的主要成就是绘画。但作品传世甚少，研究者也几乎没有。只能举出周亮工《读画录》中的一节：

> 杨龙友文骢，一字山子。贵州孝廉，家秣陵。工画，善用墨。初为华亭学博，从董文敏精画理。然负质颇异，不规规云间蹊径也。后贵阳（指马士英）之势渐张，急于功名，不复唱渭城。人有求者，率皆虚伯舍、林玉兄弟及施雨咸捉刀。董文敏题册中一幅云：“意欲一洗时习，无心赞毁间作生活者。”……

周亮工指出，龙友从董玄宰学习，但并不墨守家法，又引释无可的评论说："同辈墨妙，推龙友、超宗、子一，皆以苍秀出入古法，非复仿云间毗陵，以濡弱为文澹也。"也指出了他努力打破云间派的樊篱，跳出濡弱一路。我没有看过他的山水画，只在多年前见过一帧墨兰，真是笔墨纵横，似乎早在百来年前早已开辟了扬州画派的道路。在画苑中他也应该是一位豪杰之士。吴梅村《画中九友歌》中与他"酒酣洒墨"于北固山前、横江楼上的姿态，很能传出画家的风貌。

过去曾写过一篇《贵阳杂记》，根据手头的几本旧书，粗粗勾勒了杨文骢的始末。以后随时注意有关的新史料，荏苒三十年，今天才能写出这一点，算是前文的一个补充。这是不能不使我感到惭愧的。同时回想当年对南明史事人物的热衷，真的也好像是很难追寻的旧梦了。

一九八〇年八月五日

插图

人人都从儿童时代经历过，也都有一些直到老年也不易忘却的记忆。好吃的东西，好玩的事物，可爱的人，有趣的游戏……都会留下这样的记忆。这中间，最早接触到的美术作品留下来的印象，也是极重要的，往往还能准确地透露出一个人毕生生活情趣的趋向。从前小孩生下满了周岁，要举行一种“抓周”的仪式，用意也大抵在此。据说贾宝玉在抓周时一下手就抓住了胭脂不放，引起贾政老大的不高兴，认为这是没有出息的预兆。贾政不能理解“抓周”，不足深责。曹雪芹指出了这是一种“爱红的毛病”，很有些哲理性了，但这是后来才作出的“总结”。在只不过刚满岁的宝玉看来，胭脂只是红得可爱而已，至于这是女儿的专用品这一节，恐怕当时还是莫名其妙的。

近三年来，为儿童所编写的出版物，确是有了很大的成绩。非常惭愧，不但没有很好地留心，也不曾买过一本半本，我的印象只是从新华书店门市部里得来的。每次走过儿童读物的柜台，总会面对琳琅满目、色彩缤纷的书本画册而吃惊。觉得今天的儿童，比起自己的童年时代，实在是阔气多了。

这时我就想，当年自己曾经有过怎样的喜欢的事物呢？除了过年时新贴上的一两张花纸，几件粗拙的要货，大约最有趣味的就是香烟画片了。父亲那时吸的是一种“大联珠”牌号的纸烟，每包中间藏着一张彩印的《封神榜》人物画片，在我看来，确是了不起的杰作。什么哪吒太子、申公豹、土行孙，都是首先从这画片上认得的。年纪稍大一些，又冒险取来父亲藏着的《红楼梦》、《聊斋志异》偷看前面的插图。这都是老同文的石印本，绘图印刷都相当精工。故事看不懂，但宝哥哥、林妹妹却立即从这些“绣像”上认识了。至于对“熊夫人的幼稚园”发生兴趣，那是更后来进了小学后的事了。

这些从人生中最初得到的经验，使我明白，文学作品中间的插图，是很重要的一种美术形式。它并非只是专家学者眼里的“小人书”，或正经人心目中的“玩物丧志”、有害无益的东西。这种今天看来不免古怪的看法，在过去却正是正统的社会舆论。

直到今天，我觉得国家出版社的文学出版物，对插图还是不够重视，不能令人满意的。绝大部分是根本就没有插图；即使偶有一些，用心设计绘制的也不多。

鲁迅先生是非常重视书籍插图的，他的有关议论，搜集起来，恐怕数量不少，并具有颇完整的系统性。他一生中在这方面付出的精力也是惊人的。鲁迅先生重视外来的经验，也不忘记、可能还更看重民族的、传统的经验。他指出过在我们的出版史上，在插图的制作上，曾经有过辉煌的时期，他不懈地进行着保存、介绍、继承、创造的工作。今天，我们实在应该郑重接过先生未竟的遗愿努力工作下去。

在过去中国，书籍的插图基本上是木刻版画。最早、也是迄今最重要的研究著作是郑振铎的《中国版画史图录》，事实上也就是中国古代书籍的插图史，而且是以小说戏曲的插图为主干的。除了年画和以图为主的一些画谱、笺谱以外，中国古版画也确实以小说戏曲的绣像、插图内容最为丰富。它的黄金时代是在明代后期万历以后的短短七十年中间。

由于种种偏见，过去的藏书家没有人肯收藏这种带有插图的书，似乎只在缪荃荪的书目上见到过一两种，这是很大胆也很了不起的破格作法。这种局面得以开始扭转好象也是蒙受了五四运动的余荫。从那时起，旧小说开始公然走入文学的殿堂，紧跟着以戏曲为首的俗文学也得到了重视。学者在努力搜求旧本小说戏曲的同时，又发现并爱上了它的插图。在短短的时间内，这一类书变成了“奇货”，价钱也飞涨起来。经济规律在起着作用，奇书、异本不断地涌现了，使长久沉湮的珍贵文献得以重见天日，打开了人们的眼界；更重要的还有，在那个时代里，要求发布保护文物的全面政策是不可思议的；即使有，也不过一纸空文，不会发生怎样实际的作用。但书市上价值的涨落却是非常有效的一种宣传，使人们有可能最大限度地避免随意毁弃这些带有图画的破旧书。可以毫不夸张地说，如果没有那一阵子的小说戏曲热和版画热，郑西谛就不可能编成他的《版画史图录》和“古本戏曲丛刊”。

谈到古版画的搜集，我们不应该忘记吴瞿安、王孝慈、马隅卿、郑西谛、傅惜华等先生。在抢救、保存这一笔珍贵遗产的工作中，他们都投入了毕生的精力。如果没有他们的努力，只靠一两家图书馆，就不可能有这样的成绩，也许今天研究中国版画史的学者，就非得远渡重洋去寻找资料不可了。他们都是私人藏书家，有两位还一直生活、工作到五六十年代。最近曾与几位同志谈起，虽然条件已经有了很大的改变，但个人收藏的风气还是应该鼓励的。只有在人民中间普遍存在着收藏文物的爱好与习惯的基础上，国家的收藏事业才有更广阔、美好的远景。我们必须少做以至杜绝一些杀鸡取卵式的蠢事。最近报纸上报道的某些“文物仓库”里收藏的大量古书画霉坏报废的新闻是触目惊心的，同时也并不是个别的。事实上人民可从来没有放弃过这种良好的习惯。他们热心地收藏着新出版的书籍，现代画家的作品和一切美好的事物，并不因为曾经有过康生那样的恶棍的叫骂与恐吓而减少自己的兴趣。康生曾经指责收藏家们垄断资料，不肯化私为公，甚至投机倒把。但最后将人们收集的文物一股脑儿抢回家去的也正是这个康生。这中间就包括了傅惜华所藏的大量古版画。

明代后期大量出现的版画作品，以小说戏曲插图为最多，但绝不只是仅在这些地方才有版画的踪迹。它的范围其实是非常广阔的。粗略地想想，诸如宗教宣传品、出版家的广告、科技图书（包括医书和动植物、武备、建筑、营造等等）、连环图画、人物肖像、名胜导游、通俗读物、美术专著（如画谱、笺谱、墨谱等等）、赌具（如叶子）、酒牌、进行封建道德教育的读物、黄色画册……，必然还有漏略，但仅此种种，也可见当时的版画的应用之广，它的影响所及也绝非仅限于知识阶层，它的力量比起圣经贤传来也不知道要大到多少倍。

曾经有过的几种版画史，都是以时代先后为经的；我想不妨也可以用“横”的方法来试试看。按照版画应用的不同方面，选取一二实物，加以考查。

我国地方志的编纂，有着悠久的历史。它的文献价值不久以前才得到较充分的认识。作为地方志的支流，又出现过一些山志、名胜志。一座名山、一个名人、一所祠庙，以至书院、乡镇等等都可以有志。在这种书的前面，也往往附有人像、风景画、导游图之类。这类版画不只因雕刻时代的先后而显示出风格的衍变，更因为它们多系刊成于特定地区，故而又能表现地方特征。说起明代版画，人们大抵都知道有徽派、金陵派、建阳派、杭州派等等，但就全国范围论，这只不过是一些重点。要想有更全面的了解，就不能不求之于刻于不同地区的插图书。

有一部《文潞公轩诗》，三卷，翼城王泰编辑，是成化二十二年（1486）山西刻本。这书是纪念宋代的文彦博的，他在宋仁宗天圣六年曾在翼城作过县官，在河边造过一座亭子。这书就是收集了许多诗文题咏编成的。前面有一张图，古拙朴茂，可以作为明代前期北方山西地区版画的标本。

这是一张鸟瞰图，仿佛是一幅坐在飞机里拍摄下来的照片。作者撇开了实物的远近距离、大小比例，只是按照要求突出表现了应该突出的东西。城外的山水树木，是用传统的山水画法表现的。城内的“轩”就不同，那是更写实、更细致的。有趣的是穿了公服的文彦博，神态宛然，案上放着纸卷。他大概并不在办公，而是欣赏山川云树，在作诗。下面的空白处补了一丛竹枝。刻法、刀工都是粗犷的，但并不草率，那几笔竹枝就刻得很好，表现了画家的笔情墨趣。

同样也是地方名胜专集的就还有《钓台集》。

这是为了纪念严子陵富春江畔的祠庙而编刻的书。我见过两种明刻，但其实是一副板子。书二卷，看前面的旧序，最早有弘治元年（1488）的纪年，但看板刻，也不过嘉靖、万历之间的东西。署名校刻的是桐庐知县杨束、曾振宣，不过这是算不得数的。在过去的时代里，作地方官的人都有附庸风雅的习惯。为当地修复几处名胜，刻点书，把自己的名字也塞进去，以为这样一来，就也可以“不朽”了。那用心与趣味和今天在许多名胜遗迹上放手涂写“某某到此一游”的正是一脉相传。这样的书刻成以后，板片就留在衙门里。后任官上任，就加上一篇序，挤上一个名字，刷印送人，算是也有一点微劳。久而久之，署名的地方挤不下了，就索性换刻第一叶，只写上自己的大名，将前任官名一概取消，书也成了自己的创作。明刻书中，往往有同为一副版片，却只有第一页（或末叶）不同的，原因大抵如此。这样的书著录的时候是必须留意的，很容易上当受骗，发生错误。

在这本《钓台集》前面，有一张《严先生遗像》和一张

《钓台图》。图版的风格也是非常古朴的，但从板心、画上的题字看，依旧不过是万历中刻。但肯定有更古的一个底本无疑。如果拿这两张版画作为明代中叶浙江严州开板的标本，大概是不会错的。

过去没有去过钓台，只从图上看，觉得“奇山异水”确是“天下独绝”（梁吴均语），世上真有这样古怪的风景么？近来去富春江上走了一转，这才明白，这图是一张颇为“忠实”的“导游图”，也是采取了突出重点的手法，将“次要”的、哪怕是真实的峰峦树木，都一概略去了。最有趣的是两座山峰中间蜿蜒上升的曲线，不必说，它指示的是登山的路径，不过必须“攀藤附葛”才能登涉的山路。从图上看，竟与马戏团里所走的钢丝无异，不到现场，恐怕是无法领会此中奥妙的。

“严先生祠”的牌坊，客星亭还有那座祠堂，今天都没有了。富春江水被刻成波涛滚滚的样子。全部构图风格，与明代地图或方志插图的刻法没有什么两样。可见画家、刻工都不像是后来突起的虬村黄氏那样专业的木刻工人，他们还不曾掌握那种圆熟的技巧，也没有将插图作为美术作品进行考虑。

几十年后，到了清初的顺治六年（1649），又出现了一部严州知府钱广居编的《选刻钓台集》。这次没有沿用旧板片，是全新的刻本，前面也有两幅图。严先生像看得出是照旧本抚刻的，但《钓台图》则是崭新的作品。钓台之外，还写出了上游的部分江景。比起旧图，是更为真实也更近于山水画的版画了。显而易见，这是经过了晚明版画的鼎盛时期以后的作品，明代前期那种粗犷、简略的风格已经不再有一点余迹了。

这里又有一种奇怪的现象。上距明亡虽不过六年，但这里的两图却纯属清代版画的风格，与晚明的作品显然不同。清初的版画并非不精工，制作方法继承的也是旧有的传统，但风格、面貌确是不同了。有经验的人很容易看出两者的区别。清初有些带圆图的曲本（即所谓“月光图”）、清初雕工名手鲍承勋所刻的一些版画（如《杂剧三编》及《秦楼月》等）都是优秀的作品，但确已非复晚明的风貌了。这种雕版风格上的变化，有时不必改朝换代也会出现。如明代嘉靖与万历之间，只不过有一个短暂的过渡期——隆庆，风格就截然不同；清初康熙与雍、乾刻本的差异也几乎一样。这种现象，还没有人进行细密的研究，给以科学的解释。

一九八〇年十月五日

晚明的版画

版画作为一种艺术品，最早给以重视的却并不是专业的艺术家，也不是封建社会的上层人物。从诞生时开始，它就一直是普通人民群众的恩物。它是人民自己创造、在人民群众的支持下发展起来的。它是土生土长的艺术。虽然早期版画有不少出于佛经，而佛经正是外来的东西，一定的影响自然不是没有，但从历史实物看，这影响小得很。在风格、技法上佛教版画自成一个系统、一个相当完整的流派，与其他门类的版画是泾渭分明，很少牵涉的。既然社会上对版画有着强烈的需求，它的产生、发展就是不可阻挡的。在发展过程中也有过盛衰、兴替，这中间起着重要调节作用的是封建社会里的手工业和商业。不管中国封建社会资本主义萌芽问题争论得如何激烈，经营雕版、印刷的手工作坊的产生肯定很早，而版画的出现，肯定也迟不了多少时候。

一切人民创造的美好事物，当它一旦出现并受到热烈欢迎以后，士大夫就要看中、眼红，要拿过来加以利用了。这种热心的“艺术爱好者”甚至包括地主阶级的头子——皇帝在内。我举不出哪位皇帝曾经下过提倡版画的诏书，但实例证明这并非毫无根据的揣测。跟着起劲的是大臣与各级官员，以至地主阶级中的种种头面人物。至于有名画家的挤进版画创作者行列，那是颇晚的事了。如丁云鹏、陈老莲、萧尺木都是人所共知的版画画家，他们是应邀客串参加这一工作的，向他们发出邀请的则大抵是出版商人。画家自己发现了这一艺术形式的魅力，以饱满的热情投入创作，他们的眼光、魄力是值得佩服的，他们不愧是画苑里的豪杰之士。至于唐伯虎、仇十洲似乎自己并未参加过这工作，出版家有时借用了他们的粉本，有时简直只是打出了他们的招牌。如有些据说是唐寅作的版画的题属就写着“吴趋风魔解元”。唐伯虎无论怎样“风流”、“浪漫”，这样的别号怕是不会采用的。

附有版画的出版物绝大部分是通俗读物，售价是低廉的。日本的尊经阁文库藏有明万历中闽建书林拱唐金氏绣梓的《新调万曲长春》，书前扉页上有一方朱文印记，“每部价银一钱二分”。使我们约略可以知道这类书当时的市价。读者对象大抵是文化不高或只是多少认得几个字的市井小民。“万曲长春”是一种戏文唱词选本，每叶分三栏，上下都是曲文，中间一栏则是“汇选江湖方语”，也就是江湖黑话大全。所收条目有些我们可以在明人话本小说上看到，是研究古代市语和俗文学的极好参考资料。此外就是精致的插图。可以揣想，在市镇的茶楼酒肆旅舍里，在走南闯北小商人一类人物手上会出现这种书本。它们的毁失也是极平常极容易的。没有哪个收藏家会保存这些东西。它们幸存到今天的怕也不过千百分之一二，而偶有所见也几乎都是“孤本”。这就给研究带来了很大困难。现存明刻插图本的一般情况大抵就是如此。

《养正图解》，是明万历中曾经担任过皇太子讲官的焦竑编著的。经理镌刻的是“南京吏科给事中”祝世禄，于万历中刻于金陵。全书凡六十图，每图后有故事说明，大抵从古书中节取。接下去是焦竑的讲解，间用口语，并有所发挥。祝序中首先提到“高皇帝尝命诸臣绘农业艰难图、古孝行图进太子诸王”，可见朱元璋是注意用形象教材对皇位接班人进行教育较早的一位皇帝。接受了朱元璋的意旨并进一步发展为大型图说的则是焦竑。他认为：“盖讲读止于析理，图说兼以征事。理之用虚，虚故隐约言之而不必有所指；事之指实，实故览之者易竟，而愈以明理之用。”（祝序）这大约可以算作古来一切看图识字类读物的理论说明。焦竑“仰遵祖训，采古言行可资劝戒者，著为图说”。他宣传的当然是封建道德规范与家法、教条。这书不同于一般民间通俗读物，是为皇太子准备的教材，所以刻版十分讲究，祝世禄在序中特别指出了“绘图为丁云鹏，书解为吴继序，捐赀镌之为吴怀让，而镌手为黄奇”。在序文中郑重介绍画家、书手、刻工，这办法就不多见。金陵是明代的留都，也是出版中心之一。丁云鹏是安徽人，黄奇是新安诸黄的先辈，这许多，就都使《养正图解》在版画书中占有重要的地位。

《爱惜郎官》，写的是汉明帝与妹子馆陶公主的故事。公主在皇帝哥哥面前为儿子讨一个郎官的职位。明帝不肯，只赏了她一千万钱。明帝的理由是，郎官虽小，可也是天上的星宿（传说天上太微垣里有二十五颗“郎位星”）。到了地方上，起码也是一个县官，要管一百里地方的百姓，这可不是随随便便的事。所以不能答应。看来，汉明帝还是比较清醒的一位封建皇帝。他懂得不能把权轻易交给亲近人，在经济上马虎应付一下却不要紧。这种对“大节”“小节”灵活掌握的道理，今天看来当然不足为训，不过在两千年前要算是难得的了。

另一幅《克己任贤》，画的是有名的唐玄宗照镜子故事。照范文澜同志的说法，这是玄宗还不曾变为昏君时的著名故事。这里引一节焦竑的说解，从中多少可以领略一点给皇太子讲书的气氛。

“玄宗一日临镜，照见貌瘦，默然不乐。左右便逢迎说，‘自韩休为相，凡事违拂上意，以致陛下消瘦如此，何不逐去他，以自快乐。’玄宗说，‘韩休乃贤相，每事规正我。我得他为辅，百姓都阴受其福。我貌虽瘦，天下必肥。……’”焦竑把古书译成接近口语的文字，读起来有些像小说，这与“朱子语类”之类都是难得的古白话文标本。焦竑说完故事，抓紧时机对未来的小皇帝进行了教育，将开（元）天（宝）作了对比，说道：“一人之身，而敬肆不同，治乱相反。人心之难保如此，可不畏哉！可不戒哉！”自然不免有点英雄创造历史的气味。不过这些话是面对特定对象讲的，所以不能不如此，也不能说没有一点道理。

和《养正图解》性质相近而规模更大，读者对象也更广的可以举出祝世禄的弟子汪廷讷编刻的《人镜阳秋》。汪廷讷是徽州休宁著名的富商，环翠堂主人。除了《人镜阳秋》以外，他还写过十几种传奇，是个剧作家，有名的《狮吼记》就是他的作品。《环翠堂乐府》在明刻附图的曲本中也是非常有名的。此外，他还有《坐隐先生全集》，其中有《棋谱》，也附有插图。

汪廷讷的社会地位，除了经营土地和商业以外（后来还出任过盐官），他对文化事业的非凡兴趣，他在版画发展史上的推动作用，都是值得研究的。一般的著作都把环翠堂刻本算作金陵产品，其实这并不一定准确。南京是汪廷讷经常往来的地方，但他活动的基地应该仍旧是安徽。《人镜阳秋》是黄应组刻的，这是一位虬村黄氏著名的雕手，他为环翠堂主人长期服务，刻了大量版画作品，因为他们是同乡。环翠堂诸种所附的版画与同时金陵版画的风格是完全不同的。应该说，是他为金陵派版画带来了一种全新的风格，带来了徽派版画的风格技法。环翠堂诸种的风格是工整、富丽的，一扫初期版画那种粗犷的风习。人物形象也逐渐变得长身玉立起来，这在女性身上特别显著，后来就逐渐发展到所有人物都是修长美丽的。初期版画经常出现的阴刻、即利用大片木板黑地的方法不见了。同一风格的作品还有起风馆刻的《王李合评北西厢记》和《元本出相南琵琶记》。画工是歙县的汪耕，也是绘制《人镜阳秋》插图的画家。在他的笔下，屋宇地面的花砖、屏风的配景、窗格的雕花、衾枕帷幕、桌帔绣墩，无一不带有浓重繁复的装饰味，就连花草树石也有着图案气息。这一切，与汪廷讷那样的社会地位和欣赏趣味都是密切相关的。汪耕笔下的人物，女性往往是丰腴的，近于唐画，与后来流行的纤弱苗条的风调完全不同，就连老年妇女也不例外。反面的或凶狠武勇的人物也并不加以丑化，只在眉目须髯间少作点染。这许多，与汪廷讷及其朋辈的好尚也有很大的关系。

以环翠堂为代表的版画，必然会产生它的缺点，那就是公式化。一切仿佛都有了一定的规格，精致是精致的，但生命力却消失了。特别是像《人镜阳秋》那样有几百幅插图的大型画册，这缺点就更显得突出。环翠堂的版画是有独特的风格的，它使我们联想到清代的皇家版画如《耕织图》、《万寿庆典》，都是工致富丽但缺少生命力的作品。这是民间艺术到了封建统治者手中必然会发生的变化。他们只着意于歌舞升平，企图把现实装扮得尽可能理想，不过艺术的生命却完结了。这一流派不能说没有给明末版画带来影响，不过并不严重，现实主义的传统仍旧在发展、进步着。可能一般的书坊及其读者，没有那样的财力制作、购买这样的出版物，也并不怎样欣赏这种离开生活太远的美术品。

《人镜阳秋》分忠孝节义四大部，每一部又分若干类。汪廷讷希望通过宣传，巩固、发扬封建道德的用心是清楚的。书前请了许多名人作序，还刊出了"就正姓氏"一百零五人之多，都是当时著名人物。可见这是得到广大封建上层人士的批准、同意的。如"国史编修、经筵讲官、充起居注"的黄汝良在序中就说，"余初观其像，窃怪近于传奇，非经史善本，谓其无当也"。就代表了某些头脑僵化者最初接触这书时的反应，不过他随即醒悟了，不禁连声赞叹："昌朝兹编一出，见者莫不警惕。万古纲常，昭昭在目，是大有功于名教也。"终于得到了完全的批准。

现在从《人镜阳秋》里选取了两图，都是描画在开阔场景中的人物活动的，在全书中要算是一种别格。第一幅写的是范蠡与西施的故事。无无居士（汪廷讷的别号）说："范蠡灭吴霸越，功成而载西施泛五湖。卓哉，擅千古之风流也。"可见他对范大夫的结局，是非常羡慕而且佩服的，这也正合于汪廷讷的身份，因为他自己就是一名兼作官僚的商人。看图中所写，范蠡与西施虽然过着逃亡生活，但依旧颇为阔气而悠闲，除摇船人外，还有三名僮仆。小船也挺讲究，案上还有瓶插珊瑚和书卷，这许多，正是无无居士自己理想生活的描画。范蠡的打扮也像一位道士或仙人，和同书中庄周与诸葛亮的形象没有什么区别。"想其洞庭橘熟，江乡蟹肥，维艇白蘋渡口，垂钓红蓼滩头。友者白鹭沙鸥，瓦盏蓬窗，独斟浊酒。向之戟姑苏而刎壮士首者，尽付之五湖烟水中矣。回视文种，鸟尽弓藏，难共欢乐者，越绝哉。"这不只可以作为图版说明，汪廷讷的思想境界也表达得明明白白了。

另外一幅是刊于"义部"、"惠爱类"之末的汪仕斋事迹图。这是编者的父亲。廷讷在自序中曾反复声明，由于"乡人"的坚持，才不得不添入的。读者却借此得以了解仕斋是怎样一位能"得万货之情"并使人们"无不骇且神之"的能干商人。这图的经营也很别致，退休林泉的老封翁坐在堂上，大概正在施舍棉衣；下面的粮仓里则在放赈。远处的民工则正在取土、运土和打地基。两名雅人正悠闲地负手参观，他们是在监工也说不定。在这一幅中出现的人物有四十个。动作不同，神情各异。把繁复的内容，组织在一幅之中，画家是费了心思的，刻工也显示了出色的功力。使用的只是简单但有力的线条，却能成功地传达出各不相同的神态。这是明代后期徽派刻工的真实本领。几十年以后，这种手段就已经不再可见。雕工可以做到更为工细，画面可以更为繁复细腻。为皇家服务的雕版业无论在人力、物力哪一方面，都不是民间艺人所能比拟的。但作品的神态却差得远了。

关于汪廷讷，陈垣先生《跋明季之欧化美术及罗马字注音》一文中曾有所记，可以使我们知道他是怎样一位达到了可笑程度的好名者：

> 汪亦徽人，其书（《坐隐棋谱》）刻于万历卅六七年，亦遍征当世名人题赠。据自跋，此则为万历卅三年利玛窦所赠。《坐隐集》并有酬利玛窦赠言一绝。然试译之，词句不可通，盖割裂《墨苑》利玛窦赠文及图说而成，殊可笑也。……信手剪裁，任意联缀；不顾其汉音文义如何，欺当时识罗马字者希，特取其奇字异形，托之利赠，以惊世炫俗，可见当时风尚，士大夫以得到利玛窦一言为荣也。

自从颜之推在“家训”里斥责了教育儿子学习鲜卑语、弹琵琶作为“服事公卿”的手段的齐国士大夫以来，中国历史上这一类记载多半出现于国势陵夷，强敌窥伺的年代。在明末，为某些士大夫所艳羡的是“远西诸儒”带来的近代文明成果，这与齐国士大夫的出发点是不同的。不管怎样说，佩服是一件事，摇头摆尾地讨好则是另一件事。对此，人民大众是看得清楚的。

封建统治阶级很懂得利用版画为自己服务。明代政府的出版机构——经厂，曾经刊行过大量书籍，其中就有附有大量插图的。如《释氏源流应化事迹》，全书有四百四十叶之多，是先图后文的劝善书。雕版之精，图像之多，都是惊人的。这种明初北京出版的版画，带有浓厚的宗教画气息，与民间的版画几乎没有任何共同之处。可以推测，一些专刻佛经扉画的工人，当时已被吸收到经厂中去，因而切断了与民间出版业的联系，也没有给坊刻留下任何影响。民间版画也有以佛教题材为主题十分出色的作品，风格就完全不同。这里可以举出万历中新安诸黄所刻的《罗汉十八相》作为代表。

这是一种白棉纸印的大方册。共十八番，每叶正面是图，背面是赞，大字隶书，六行，六字。最后一赞末属《海阳汪圣脩书》。每叶板心下有刻工姓名，有“黄应瑞刻”、“黄应泰刻”、“思桥”、“应道”、“伯符”、“应绅”等。现在选刊的第九幅，是一位“托钵持杖、偏袒衲衣”的罗汉。伯符是黄应瑞字，这位雕版名手在这一帧里确是表现了非凡的技巧。衣袂的飘举，神态的从容，眉目的安详，袈裟的富丽，这一切都是用极纤细的线条表现的，但纤细决不等于纤弱，线条似乎是带有弹性的金属丝，构成的人物体态、肢体、颜面轮廓，都饱含着跳动的活力。连袈裟的厚重与内衣的轻柔都有明显的差异。这是晚明版画所能达到的极高境界。

这种大方册的版画，似乎是万历中开始出现的一种习见样式。它们大抵是极为精美的作品，比一般书本插图的要求更高。近三十年前我曾在济南市上见到一厚册《东方三大图》，也是这种类型的大方画册。刻工是徽州汪志高，书前有万历甲寅朱延禧序，《东方三大赋》，谢在杭序，杨檟序。所谓“三大”是东海，泰山和孔丘。全书一百八十页。可以算作一部皇皇巨制。

不只是堂皇重大、宣传封建道德最严正的事物，连最赤裸、淫秽的题材也是这种大方册版画的内容之一。它们同样是徽派版画刻工最精心的作品。这一奇特现象是很能尖锐地反映晚明社会的本质的。一方面是无比的正经，另一面则是极端的腐朽。在明代后期，徽商在全国是最活跃的商人，典当是他们经营的重要业务。徽州的朝奉就是非常有名的专业人员，可以与绍兴的师爷媲美的。当铺最怕失火，而据说这种内容的版画画册是有非凡的避火功能的。这就是徽派版画出现这一品种的原因。在二三十年前，北京、山西的一些几十百年历史的老典当、钱庄往往就神秘地收藏着这种画册。我在傅惜华的家里曾经见过几种，后来是被康生一股脑儿抢了去了。这些版画，在艺术史、社会史、民俗学上都是珍贵的文物。但过去一直没有人肯著录、议论。

在漫长的封建社会里，儒释道三家地位的排列虽然时有上下，但道家的努力无疑是最弱的。不过它也不甘示弱，时时企图巩固、扩展自己的阵地。他们在进行宣传的时候，也没有放过版画这一重要武器。

《道元一气》五集，俞俞道人曹士珩元白撰。崇祯中刻于金陵，也是一种同型的大方册。全书有四十几张插图，画者是曹元白自己，刻工无属名，看风格也是徽派名手无疑。书前有芝岳老人序；龙眠学仙童子燕胎道人郭士豪序（崇祯九年）；惺惺道人张延誉序（九年）；弟子汪瀚序（崇祯七年）。作者和校订者都是新安一带人，他们请了徽州工人来雕版是很自然的。在全书前面，有作者隶书上版、蓝印的一篇告白，是很有趣的文献：

> 是书也，独畅祖真秘旨，合阐性命微言，渐顿咸明，始终毕举。允为后学章程，远作丹经印正。年来自揆圜中，甲戌行携白下。偶为诸宰官鉴阅，遂命精梓流通，用开后觉，以求外护。俾读是篇者，发欢喜心，破贪悭想。独助三千，同登八百。倘有无知利徒，影射翻刻，誓必闻之当道，借彼公案，了我因缘云。

这是中国出版史上难得的“版权所有”广告宣言的实例。它告诉我们几件事实。首先，这书的刊行是得到留都贵官的大力支持的，其次是这类书会有“无知利徒”企图翻印，可见是一种颇有销路的商品。作者维护版权的意图则不明确，似乎不大像是为了保护版税收入。至于前面讲到书的优点，所发挥的秘旨、微言，我虽曾翻看过一遍却终于不能懂。

释、道都是宗教。佛家宣传轮回，寄希望于来世或虚无缥缈的西方净土，总难免虚幻、空无的缺点。这对性急的人来说，不能算是怎样有力的宣传方法。这就是后来某些佛教大师提出顿悟说，提出不必念经、修行照样能成正果捷径的原因。但到底还是比不上道教的“现实”。道士主张长寿，力求获得眼前的享乐，允许养妻子，还可以进行烧炼，这是既能取得金银，又能得到长生的妙法。这样看来，佛家“出世”，道家则是“入世”的。按理道家会在宣传上占有优势，但实际却又不尽然。我想这是因为道家所用的一些方法过于自私也过于神秘了，实际效果并不显著。活了几千百岁的神仙至今只存在于武侠小说之中，人们不相信，这就反而不如和尚所宣传的来世、天堂之虽然蒙胧却较有吸引力。以上这些完全门外人的臆测，与哲学范畴中的释道理论没有什么关系，记得多年前我在青城山上遇见过一位有名的道士，曾向他打听过有关炼丹、采补……的秘密。结果受到了一番委婉的驳斥。他说那些都是旁支、外道，不是道教的正宗。我想这大概也是事实。但在《道元一气》这样的书里，所见的却大半是后者。这类书之出现于晚明并受到欢迎，当然也是毫不奇怪的。

《三家图》是两张合幅的图。左面的一张写老子手里拿着一张太极图，释迦手里执了禅杖，在悬崖上对坐。手捧宝珠的龙女凌波而至。龙女的衣襟和鬓发都迎风飘拂，映衬了汹涌的波涛，是很美丽的形象。我不能明白这中间暗示了怎样的哲理，只觉得这是一张高妙的版画。另一张是《内篇》《金液还丹次第》中的一图，这是道家说教中最为反动荒谬的一个部分，是赤裸裸地把女性看作一种器具的“理论”，是真正抓住了封建主义的精髓并发出强烈诱惑力的一个部分。那些“宰官”们之所以欢迎并大力支持道士，他们希望通过道士的帮助获得的往往不是发财，而是纵欲的法门。从很古的时候起，道士们在这方面的“研究著作”就大量出现了，叶德辉刻过一部《双梅景闱丛书》，其中所收大半是这种货色。谁想真正了解封建主义的实质，只从儒家的教条中寻找是远远不够的，还必须懂得一些释道二家的花样。《三家图》这个题名倒颇能说出一点内幕。

但以版画而论，这两幅却是很好的作品，都是新安派刻工技巧烂熟时期的作品。不过与通常的戏曲、小说插图比较，风格还是有所不同，我想这是因为不同画家的不同画风所引起的差异。中国的古版画，大抵总是画工一人，刻手又是一人。在雕版事业发达的地区，大抵有着一些专为书籍绘制插图的作者。他们熟习业务，和刻工合作得久了，积累了丰富的经验。知道怎样的线条适于刻刀来表现，对传统绘画技法上有所舍弃也有所创新，这样就逐渐摸索出一套方法，与雕工配合形成了一种特异的风格。

状元，是封建社会由科举制度进身的最终优胜者，也是人们（特别是读书人）一致羡慕争夺的对象。最初发明这方法的不愧是聪明的统治者，他所运用的大约是和发明彩票的商人相同的策略，但更为巧妙而成功。皇帝已经消失了七十年，但到今天许多人还知道状元这名称和它所代表的涵义就是一种明证。

早在明代中期，“昆山顾氏”就已编成了一部纪录明代历科状元的书，这之后又陆续出现了“京省诸刻”多种不同版本，可见这是很受欢迎的读物。到了万历后期，海阳吴承恩又增补重编为《状元图考》五卷，精雕行世。这是一部受到当时读书人高度重视的书，是各地书坊和举行种种科举考场的书棚里都必然陈列的畅销书。这书传世著录有几种刻本，重要的是万历丁未所刻一本。刻成后又陆续添上新科状元，补刻行世，其实并非都是新版重刻。我所有的一本所收状元共七十七人，每人一图。目录至钱士升止，但实际最后一图是周延儒，可见印刷已在书刊成九年之后了。这书所附的图绘是极精工的。在卷首大题之下，编校姓氏之后还特列“黄应澄兆圣父绘图”一行，可见编者的重视。吴承恩的凡例中有两条说：

> 图者像也，像也者象也。象其人亦象其行。……得良史黄兆圣氏，以像属焉。……
>
> 绘与书双美矣。不得良工，徒为灾木。属之剞劂即歙黄氏诸伯仲，盖雕龙手也。

明刻附图书中像这样在卷前大书特书，表彰画人、书手、雕工的，这是仅见的一例。那位绘图的黄应澄显然与虬村黄氏应字辈诸人是兄弟行，他是专职的画家，也许自己也能刻。雕工姓氏保留在书中的有应瑞、河清、惟乔、伯符、兆元、元吉、德脩、应泰、黄应渭等凡九见。其中有的则是别字。

《图考》的编辑方法是每人一图，后附详考。图画的题材是撷取有关本人的一件故事或传说。而这往往是梦兆、阴德之类。因此包含了大量的因果报应迷信内容。但也暴露了一种思想。在当时，大约没有谁相信状元是靠真才实学得来的，重要的是运气，宿命因果是起着决定作用的。其实这是对封建统治者抡才取士政策的一种清醒的判定。皇帝大约没有料到也看不到这些副作用。

不过以版画而论则确是出色的。因为题材广泛、画家又费过一番心思，所以虽然是近百幅的大型画册，也毫无单调雷同之感，比起《人镜阳秋》来要好得多。刻工更是极高明的，它工致，但毫不板滞。线条是细腻的，但不排除重笔。山石、堤岸、花树、发髻，都有用重笔渲染的地方，比起一色细线条来是一种进展。从初期板画的粗线条，到一味工细，再回到粗细并采以细为主，版画发展的痕迹是很清楚的。

这里用作例证的是卷三嘉靖二十三年状元秦鸣雷的一幅。描写的是他常常会有的一种梦境。“骑马上天门”。构图非常别致，它的写梦也与后来连环画中运用的手法近似。现实与幻觉组织在同一画面之中，奔马的描绘也是出色的。

说到连环画，不能不想到《壬午平海图》。关于此书我在《残本·复本》一文中曾做过介绍。这是明朝覆亡前夕江南苏松道程峋镇压了一次“海盗”起事之后的“纪功”之作。共有双面合幅版画二十七张，“沿海地形图”六张半。用连续画卷的形式介绍了“平海”的全过程。现在介绍的一张“枭斩盗犯图”，正是封建统治者残酷镇压起义者血迹斑斑的实录，是难得的历史文献。行刑的刑场是演武场，坐在堂上的就是程峋和理刑推官知州三位官员。平台上有手执“行刑”号牌和挥动令旗者。左面悬着帅字大旗的台上有一群吹鼓手，他们手中的锣上写着“金”字，说明这就是“鸣金”的用具。刀斧手们就在辕门里面进行屠杀，许多“盗犯”已经身首异处了，还有的则正在“开刀”，等待处决的都跪在左侧一边。平台下面还另有一面“犯由牌”（?），一个役卒手里拿着不知什么名色的东西，正向大堂赶去呈验。旁边站着两个佩剑的武官，正在议论着什么。一个衙役正用树枝赶走看热闹的人群。左右两侧则是手执武器旗帜的兵丁。

这些图没有在画面上留下刻工姓名。不过看刀法风格并不像是徽派，它是更为自如奔放，更有生气的。人物之众多，神态动作之生动，比起只着意刻画少数人物的徽派版画显然需要特有的圆熟技巧。这是可以代表明末苏松一带雕版水平的作品。《平海图》的出现，说明晚明版画施用之广，说明封建统治阶级对这一宣传形式的重视已经达到了很高的程度。

以版画形式出现的名副其实的连环画，应该说是大部头小说中的“绣像”或“出相”。三国、水浒等著名长篇小说的明刻本多有绣像，有时它们分别被插入各卷或各回之前，有时就合订在卷首。如果故事是连贯性的，这就应该说是连环画了。有些插画较多的曲本自然也有相同的特点。其中成就突出的作品大抵到晚明才大量出现。影印本《金瓶梅词话》所据的原本是万历刻本，但书前却附有一厚册插图，是从崇祯刻《金瓶梅》中借用的。《词话》原本无图，有的研究者却误会插图与《词话》同出一书。

《列国志》在明代有许多不同的刻本。但成为后来刻本的祖本的则是冯梦龙改编的不分卷、一百八回本。这书的原本是明末金阊叶敬池所刻，刊刻甚精，有五十四叶，一百八幅插图。也可以算是一部皇皇巨制。这里选取一张“献地图荆轲劫秦王”作为代表。所写是“图穷而匕首见”以后紧张的顷刻。屏风已被推倒，地图还留在案上。荆轲手执匕首绕柱而走，秦王急切间拔剑不出。闻警来救的武士们正登上殿陛，而殿上诸臣则张皇失措出尽了丑。只写了十个人物，但在事变发生的俄顷，他们的不同反映都准确生动地再现出来了。画家刻工都是值得称赞的。看那雕版风格，与新安诸黄也不尽同，可以看作姑苏版画的标本。

明代版画除了美术作品的功能以外，在科技、医药种种应用图书插绘方面的作用也是不可忽视的。但注意的人却较少。当时最著名的雕版名手很少参加这种工作，大抵只由普通雕版工人担任。但数量却是很大的。

明人喜欢编写篇幅巨大的类书，有一些还附有大量插图。如《三才图会》、《图书编》都是。后者有一百二十七卷之多，章潢编。他根据“左图右书”的原则，尽量利用插图，对种种事物加以说明。照四库馆臣的意见，这书的学术价值比《三才图会》还要高些。如《城制》一图，刻工说不上工致，但却是忠实于实物的。不过也不是某一座具体城池的写实，而是一般的概括。这是中国古代百科全书类型出版物插图的范例。就世界范围来说也是先进的，至今依旧有参考价值。

医书、本草学、植物学（如《野菜图谱》）、茶书（如《茶经》）、兵书、科技书（如王徵的《远西奇器图说录最》），这类书都附有数量可观的插图。因时代先后、刊书地域的不同，这些插图之间往往有精粗美恶的差异。但判别高下的尺度却应与美术作品的版画有所不同，在这里，忠实于客观事物的要求应是第一位的。例如李时珍的《本草》，原刻附有插图，虽然有些粗拙，但我相信是力图忠实于草木金石的实物的。我曾见过一部崇祯后期刻印的《本草》，插图要精致得多，刻工是有名的武林项南洲。我想，遇到这种情况，怕还是原刻初印的本子要来得可靠一些。因为这不是美术品，漂亮起来的翻刻本就很可能会走样，没有从李时珍手稿抚出的本子可靠了。但这也只是一种揣测，我不懂植物学，也没有用两本进行过比较。

有一部叫作《修真秘要》的书，断不定应该归入子部道家还是医家，也许都不是。这是一种很有趣的现象。中国的传统文化中有许多现象是复杂的，是多种因素交错糅合在一起，成为一种似乎不伦不类的东西。想用一种简单的方法来分类，是无效的，前些年有人企图举办儒家法家大排队，就是想用“清理阶级队伍”的办法来给古人做鉴定，每人发给一张身份证。用心不能说不是良苦的，但效果很不理想。李白据说是法家，可是又和道士打得火热，希望长生；常常喝得大醉，可是一醉就能写出出色的诗来。他有时嘲笑孔丘，但也并不全部拒绝圣经贤传中的道理。这就使许多专家发生了困难。对此，李白是不能负责的。这本《修真秘要》是明嘉靖中赵府味经堂刻本，上文下图。共二十三叶四十六图。初看，这应当是一种健身运动的图说。但常常说到运气行功，似乎又讲的是气功一类的东西。再看看那些古怪的名目和示范表演者的形象，该是道家著作无疑了。开卷以后七幅都是以吕祖为主的，如“吕祖养精”之类；以下是陈抟，共四幅，都是“睡功”；下面就轮到“李白玩月”，可见在道士们眼中，李白的地位是很高的，仅次于吕、陈二祖。此外还有“仙人指路”、“龙扳爪”、“鸣天鼓”、“双手拿风雷”种种稀奇名色。《修真秘要》前面有“前后卫生歌”，后面有“医家秘传随身备用加减十三方”（版心下有“味经堂”三字。）那是不必踌躇就可以列入医家的了。

明太祖分封诸子于全国要害地区，是为藩府。用意自然是要他们拱卫中央。不过有时也会弄巧成拙，如明成祖（永乐）就以燕王起兵“靖难”，夺取了政权。因此，中枢往往又对诸藩多方加以限制，设立了许多禁例。只给这些藩王在指定地区内以肆无忌惮地剥削残害人民群众，尽情过荒淫享乐生活的自由。有些藩王在这种环境下喜欢刻点书，算是一种消遣。所刻也大抵是曲本、棋谱、画谱、占卜书之类。地处中州的“赵府”所刻书要算是较多的。使用了“居敬堂”、“味经堂”两种牌号。前者所刻多半是正经书，后者所刻则以医家道家类书为主。这里所选的两幅版画，则是典型的明代中期北方雕版风格。可以看出，这与南方版画是全然异趣的两种不同作风。

明代科技书中有关武备的著作比例颇高，这与时代社会背景有密切的关系。明朝的统治阶级先是要对付、镇压起义、反抗的农民和少数民族，随后又增加了“倭寇”的侵扰与“东夷”的威胁，直至最后席卷朱明王朝以去的明末农民大起义。这个一直受着威胁、打击的阶级必须重视武器的研究与改进，是不奇怪的。早期的这类著作中所收绝大部分还是传统的武器，自明代中叶以后，从不同渠道传来的外来新式武器就逐渐出现了。至于比较系统的、由传教士带来的西方科技知识，那是要到很晚才开始传播，还来不及运用到武器制造上面去。

《利器解》一卷，万历刻大方册本，是陕西西安前卫指挥佥事温编的著作。书中所收种种火器，有威远炮、迅雷炮、万胜佛郎机。噜蜜鸟铳……照郭子章在序中所说：“顾此二器（佛郎机、鸟嘴铳）国初未有也。嘉靖间一来自佛郎，一来自倭，皆东夷器也。”这书里记录的是简单的仿造方法。看那所附噜蜜鸟铳的图样，也只是粗疏的示意图，后面还有前口、火门、机等的细部图。在“上轨”、“下轨”中间的“转轮”，是一种可在两轨之间转动的齿轮，也画得草率，和实际相去很远。还有一种“绷子”，其实就是弹簧，书中的说明是：“绷子用黄铜片，两头交钉。折叠意若锁簧，钩来，则绷子折叠，下轨关轮而上轨至前燃火。放手，则绷子撑开，下轨推去，火管自回。”这种解说是早期科学器械说明书的标本，讲得虽然并不准确而且烦琐，意思则是清楚的。

《利器解》是万历庚子（1600）刻于西安的官书，是明政府军事部门的内部文件，它的插图应该可以代表当时西北地区雕版的应有水平。事实上二十七年以后刻于北京的《远西奇器图说录最》所附的许多插图，水平也并没有多少进步。这几乎是按照当时“西海耶稣会士邓玉函”带来的欧洲物理教科书上的图样照式翻刻的，连原有的罗马字也照样翻刻了过来，不过那里的齿轮也同样是很可笑的。西方的科学文化，在闭关已久的中国人看来是一种新鲜事物，是完全陌生的，但表示了应有的好奇与欢迎，也有的人在拼命地抗拒。这就是它在中国大地上开始落种、生根时的状况。雕版工人同样也不熟习这些，他们生产了并不理想的作品，是可以理解的。尽管如此，这些三百年前的科技书的史料价值还是很高的。

画谱、花草谱、墨谱、笺谱……都是大量使用了版画的图谱。一些著名的谱录都为人所熟知并艳说，如郑振铎的收藏《程氏墨苑》，鲁迅先生的翻刻《十竹斋笺谱》。还有十多年前在浙江发现的《萝轩变古笺谱》，是海盐张氏涉园旧物。此谱刊于天启丙寅，早于《十竹斋笺谱》几乎二十年。黄棉纸精印。饾板、拱花这些技巧在这部笺谱里已经使用，套色有至五六种者。说明这些都不是胡正言的发明创造。这是非常重要的发现，是经过徐森玉先生的鉴定主持收归国有的。我只隔着玻璃柜看见过陈列的一两页，读过一点简单的介绍。

多少年来没有人再提起过，实在非常可惜。这是可以导致改写中国版画史有关章节的重大发现，可以据以纠正过去某些研究结论的。其中也包括了日本关心并研究中国古版画的学者的某些结论。现在一些美术出版机构又在开始复印一些古版画了，这是使人高兴的。那么为什么不设法把这书也重印出来并加以研究呢？

关于古版画的复制，我想也应该根据具体情况区别对待。一些重要的、有突出特色的作品，就要求我们使用珂罗版或更先进的印刷手段，石印、锌版、胶版都是不足取的。过去人们也曾尝试过用木板重刻，但成绩并不总是理想的。鲁迅、西谛主持重刻的《十竹斋笺谱》是非常成功的。但荣宝斋曾经翻刻过一种古版画集（书名记不真切了）却是一种完全失败的作品。它告诫我们，只凭工细的线条是不能使某些并不只是依赖线条的纤细而成功的原作复活的。有时得到的却是完全相反的效果。荣宝斋的雕版艺术家们可以成功地用几千百块套板复制一张古画，但却不能用一块木板重现一张明代版画，在这个问题上，他们一定总结过一些重要的经验，在刀法、工具上都会引出可贵的思索，而这正是研究古代版画应该花大气力的地方。有的中国版画史在书后的附图中就有用了一些可疑的插图，如《青楼韵语》、《三才图会》等可能就是展转取材于并不成功的翻刻本，却不加以注明，这种做法当然是不足取的。

萝轩、十竹斋两种笺谱，都开版于江浙出版事业兴盛的地区，但都独树一帜，与盛极一时的新安黄氏刻工没有什么关系。这是值得注意的。在百花竞放的形势下，流派层出不穷，人才也像雨后春笋那样地涌现出来。万历癸丑（一六一三），在松江刻成了一部“云间林有麟仁甫辑”的四卷本《素园石谱》，就是很值得重视的一部版画名作。此书过去故宫博物院曾经有过石印复本，但比起原书来是大为逊色了。在原书作者自序第一叶板心下方，留下了“云间周有光刻”一行字，可以证明此书刻于松江。这书值得注意的地方在于画家企图表现石块的形与神，它的玲珑透漏与种种不同形态。在一百多幅图版中，运用了笔墨的各种功能，尽力传达出石块千变万化的形貌。刻工则用刀完美地再现了画家的意图，这与新安派用细腻的刀法制造的工丽风格是完全不同的。刻工不只再现了实物的形态，同时还表现了浓重的笔情墨趣，没有一整套精湛的刀法，是做不到的。这里只能介绍一幅“石丈”，可以约略看出，画家怎样用笔，刻工怎样用刀，完成了他们希望达到的效果。只靠工细，完全不可能做到这程度。

金陵，明代的留都，雕版事业非常发达，确是可以算作一个出版中心。今天所知以汇刻曲本知名的书坊就有好几家，留下来的实物也还不少。经营这种出版业务的几乎都是唐氏一家。金陵三山街唐氏富春堂，有时属名唐对溪，可能就是书坊的主持人，他有时也用寿德堂的牌号。唐振吾的书肆名广庆堂。世德堂的主人则是“绣谷唐氏”，还有一位书林唐锦池。文林阁的主人也姓唐，所刻曲本数量之多可以与富春堂相比。在当时的金陵，除了陈大来经营的继志斋，曲本的出版似乎都被唐氏一家包办了。

在诸唐中间，富春、世德两家是较早的老辈。富春堂诸种的版式与插图都是异常古朴的，是元末以来通俗读物的直接继承者。到了唐振吾就开始出现改革的迹象，插图风格逐渐趋于工丽。这是市场竞争的结果。徽派版画的发展给出版业带来了新的刺激，同时也是 种威胁，不改进就不能生存下去。不过唐家似乎并未直接聘用徽派的雕工，而是走着自己的路。这就是后来形成的金陵派版画风格。文林阁和少后的继志斋（刊书于万历三十六年前后）的作品可以作为这种风格的代表。

《观音鱼篮记》是文林阁所刊诸曲之一，这个故事和今天仍流行于地方戏中的《追鱼》是有些关系的。“包公鞫妖”一图在构图、刻工上都算得是成熟的作品。与徽派版画不同的是，还不曾全部使用细线条。人物的巾靴、发髻和树木枝叶，仍旧利用了木板的黑地。从构图上看，画家想象的天地，还较多受着舞台的限制。这是一个尺度，可以有效地判断插图产生时代的先后与成就的高下。正如将舞台剧改编为电影，改编者的高明与否取决于摆脱舞台框框，尽意驰骋自己的想象能力。这在晚期许多有名的插图中，可以看得非常清楚。如陈老莲的画《西厢》有时简单到抛却背景，只写人物；有时又使人物做梦，在梦境里表现舞台上根本无法表现的情境。在画家头脑里，舞台实际上已经不复存在了。

版画的成就愈高，它在出版物中所占的地位也更重要，也愈受到出版家的重视。前面曾经介绍过《状元图考》编者对图像的评价，这种趋势，到了明代末期，可以说已经达到了惊人的程度。刊于万历丙辰（1616）的《青楼韵语》，编者张梦征在“凡例”中就郑重声明：“图像仿龙眠、松雪诸家。岂云遽工。然刻本多谬称仿笔，以诬古人，不佞所不敢也。”书前又有郑应台所写的“韵语画品”，可见出版者对插图的重视。天启中刊《彩笔情辞》，明虎林叔周甫张栩选次，张氏在自序中也说：“图画俱系名笔仿古。细摩辞意，数日始成一幅。后觅良工，精密雕镂。神情绵邈，景物灿章。”崇祯丁丑（1637）杭州刻《吴骚合编》前凡例说：“清曲中图像，自吴骚始，非悦俗也。古云，诗中画，画中诗，开卷适情，自饶逸趣。是刻计出相若干幅，奇巧极工，较原本各自创画，以见心思之异。”短短二十年中间，杭州书坊先后刊印的这几种书无疑是可以作为晚明版画的代表作品写入美术史的。这是出版者极端重视、刻意经营的成果。我手头的一本《吴骚合编》，原书的扉页还保留着，棉纸蓝印，中间大字双行题“新镌出相乐府吴骚合编”，右上方有“白雪斋点定”五字。上端有龙凤纹大圆印，左下角是小字朱记一方，文云：

词余之传，其来尚矣。佳本之获，世顿罕焉。往刻吴骚诸集，海内风驰，坊刻效颦，终难继武。第流行日久，积渐模糊；选帙屡分，未称合璧。兹特审音选订，精心删补。写丽情而务除俗套，搜旧曲而博览新声。更加画意穷工，增一编之景色；点板合法，师九宫之渊源。敢云大雅之复兴，实彰骚坛之全盛云尔。 白雪斋谨识这方小字宋体刻成的印记，事实上是一则广告，加上上端极为工巧的朱文圆印，都在证明着这是原版初印的本子。但又不曾声明“翻刻必究”，那是因为雕版之精，不是“效颦”者轻易所能“继武”，因此也就不怕冒滥。保留着这样原扉页的印本，是很少见的，它本身也是出版史上的一种文献。

还有一种《绿窗小史》，共收丛著四十七种，前有秦淮寓客序，后有印记二方，“蕙若”、“白雪斋”。前面有精图多幅，看来也是同一书肆刊行的。又曾见《绿窗女史》十四卷，碧蕖馆藏书，前面也有大量精图，可能是较早的一本。《小史》之出，当已在崇祯中了。《小史》前面的插图，也正与《合编》是同一风格的版画。

《韵语》的插图，由武林张梦征摹像，黄桂芳、黄端甫等刻成。“玉斝漫飞淮浦月，锦筝还趁郢人歌”是马湘兰的诗句。原题是《春日诸社丈过小园赏牡丹，各赋绝句见投，用韵和答四首》。画面所写，几乎与今天苏州园林中所见的光景无异。溪流、小桥、湖石、花树都是写实的，三位雅人对花、焚香、吃酒，一面入神地欣赏着“佳人”指上传出的琴声。小桥上一个跑着送来一盘石榴的小童正和同伴在答话。六个人物的神情动作各不相同，真是栩栩如生。刻工的技巧也完全体现出了画家的意匠。

另一幅写的据说是桂英的诗意，那题目就是《送王魁》：“灵沼文禽皆有匹，仙园美木尽交枝。无情微物犹如此，何事风流言别离。”《焚香记》、《情探》里的女主角竟自有作品流传，真是不可思议的事。当然我们不必浪费精力去考证那真伪。这幅画描写的是情人在分离之前依依惜别的情景。画家用浓墨重笔尽情渲染了蓊郁的林荫，枝叶交柯，仿佛有一种浓重阴凉的草木气息扑面而来。执手无语、双目交视的一对情人，与桥头整顿着琴囊书卷的小童，溪中戏水的鸳鸯，互为映衬。小桥一过，就是咫尺天涯，离别的情味真是浓极了。

这两幅风格完全不同的版画，可以使人们消除一种误解。新安诸黄并非只能刻细若游丝那样木刻线条的名手，他们也善于再现另一类笔墨，制造别一种气氛。

《韵语》的插图是当时和后来都公认的名作。它甚至比原书的文字部分还有更强的生命力。我曾见到过一部题为《闲情女肆》的书，看纸墨，也是明末的印刷品，但其中的插图正是《韵语》的原物，只不过一起订在了卷首而已。这是《韵语》旧版落入别一书商之手以后，文字作废，但舍不得那精致的版画，才使它在另一部书中重现的。

《彩笔情辞》的插图是古歙黄君茜刻，也是精丽绝伦的作品。这里复制一幅“斜阳江上烟波疾，怎对却西风立。”这是梁伯龙作品中的摘句，原作前有小序，略云：“癸丑之岁，南游永嘉，道经兰溪，徘徊江岸。凌丽樵之孤耸，见塞羽之长征。川原迢递，旧会难同；云树周遭，故园不见。情来饮泣，事往会悲，因动仲宣之怀，敢拟登楼之什。”画面力图表现的正是这种特定情景。

这也是一幅不同于虬村黄氏典型的典雅绵丽风格的作品。画家与刻工根据主题的要求，用几乎接近粗犷的劲健笔锋、线条，勾勒了江水、波涛、山石、虬松。气势之雄浑，韵致的苍凉，在满眼水软山温和好女如花、柔情似水的画面中间，不能不是一幅难得独特的精品。画面上仿佛真的隐隐传来了阵阵潮响、松声，吹来了使人站脚不住的天风。劲挺的松枝、汹涌的江水几乎占却画面的绝大部分，画家构图的胆识，也是无双的。

当多少领略了晚明版画的种种不同风格之后，最后还是不能不回到它所表现的最普遍的题材和最有代表性的典型作品。《吴骚合编》中项南洲所刻的《寻芳缓步闻鶗鴂，柳畔黄鹂声弄舌》就是会使人着迷的这样的作品。一位春日游园的少女，迷醉地微侧着头恣意享受着和煦的春风的吹拂。风儿在哪里？在杨柳的柔条上，在少女和女侍的衣带中，也在那扑腾着双翅的黄莺身上。最主要的怕还是在她那惺忪的眉眼之间吧。

洪国良刻的《良宵院落沉沉，立尽梧桐清影》，几乎是同样的人物，但环境变了，情调也变了。清秋、月夜、桐影，此外就是静，静。也许还有秋虫的鸣声，也许并没有。她不正在那里凝神谛听么？画家、刻工既然提供了充分想象的依据，读者自然就有权利运用自己的想象。美好的艺术品的功能不就正在这里么？

杂七杂八地说了许多，有些方面还是来不及考虑，漏掉了。譬如建阳这个雕版中心，也曾产生过丰富的版画作品，有着浓重的地方色彩，就没涉及；明刻书籍有许多扉页、牌记，出版者也常常用版画加以装饰，也来不及讨论。譬如《重刊事物纪原》，是一部宋人编辑的通俗小型百科全书，颇受欢迎，一直传刻不绝，在明代就有天顺、正统、弘治诸本。其实多半是旧版在书坊中辗转流传，多次修版重印的。我所见的一本有“成化乙酉岁”（1465）的牌记，画面是一个童子，刀法古朴而生动，是明代早期版画极好的标本。又例如萧云从的《离骚图》，弘光元年（1645）刻本，是非常重要的版画作品，《中国版刻图录》说：“《离骚图》为汤复刻，与刻太平山水图画之汤尚、汤义，疑是一家。封面镌汤用先绣梓。”这汤氏也是一个雕版世家，是明末安徽地区的刻工。我所藏的《离骚图》、《天问图》，还是棉纸最初印本，原封面中间篆书“离骚”二字，右上方题“萧尺木先生手授图画”，左下方是“汤复上绣梓”。这应该是最早的款式。可惜此书被掠至今未归。

我国明刻附有版画的书籍，在日本还保存着大量实物。内阁文库、尊经阁文库、宫内省图书寮、东京帝大、早稻田大学、无穷会等处都有所收藏。其中建阳书坊刻本尤为重要，往往是国内已佚的孤本。日本私人藏书家也非常重视明刻插图书，研究中国版画史，如薄井恭一先生所藏后来就曾选印为《明清插图本图录》一书。近年他们的研究情况，所知很少。我想在中日文化交流的这个方面，前景是广阔的。

郑振铎主编的《古本戏曲丛刊》收入了大量的明刻插图本，事实上这也是一部可供参考的明刻版画汇集。不过想做研究还是应该根据原书实物，《丛刊》只能作为一种参考。石印复制的美术作品不是完全可以信赖的，何况还有修版的工序，许多真实面貌都被修得失真了。《丛刊》的选材也不是没有缺点，有些重要的本子，因为种种原因就不曾被采用。如《西园记》是有明末原刻的，但采用的却是清两衡堂本，无图；沈采的《千金记》用的是富春堂本，却舍弃了万历二卷本的《仇实父绘画千金记》。一些重要的作品，实在无妨多收几种异本。这二卷本是傅惜华的旧藏，有十张插图，是非常出色的金陵派前期作品。其中《鸿门》、《夜宴》、《追信》、《别姬》诸图，都是使人不易忘记的名作。希望这书历劫之余依然无恙，能早日复制，呈献于读者的面前。

从明代晚期版画的发展过程看，一方面是技巧上的趋于高度成熟，同时也带来了繁缛、纤弱、琐细的缺点，早期的雄健、刚劲风格消失了。内容上的变化则更为严重，这种趋向从大量新创作的剧本中也可以看得清楚，描写儿女私情作品的比例迅速增大，对一些重大的国家社会问题的关心减弱了。赤裸裸的黄色图画也大量出现，如《金瓶梅》的插图，描写男色的小说《弁而钗》的插图……都公然在书坊中发售。当时的“长官”们也视而不见，不予干涉。这当然并不能证明他们是一些“开明”的“长官”。真实的原因是他们自己就是这种腐朽文化的欣赏者与支持者，同时在那种社会风气之下，他们没有扮演两面派的必要。只有糊涂虫才会要求这类作品为明朝的覆亡负责。这一切并不是使社会趋于腐朽、灭亡的根本原因，只是它的一种病象。

一九八〇年十一月六日

关于柳如是

过去随便翻阅晚明野史，经常遇到有关柳如是的故事，逐渐引起兴趣。不过这和许多旧时代的诗人文士的出发点并不相同。

柳如是在她的同时侪辈中间，无疑是声势最煊赫的一位。无论是“秦淮四嬔”还是李香君、卞玉京，她的这些前辈或姊妹行，都远远比不上她的气派。不但在当时，就是在身后，三百年来，一切大小文士只要碰到与她有些牵连的事物，无不赋诗撰文，感慨一番。一张小像，一颗印章，一面镜子，一只笔筒，都是发泄幽情的好题目。这些雅人的动机说穿了无非是想吊死去了若干年的这个小女人的膀子，却完全不顾在辈分上说，她该是他们的祖母、曾祖母……行，在实际上说，她又是一位“女吊”（女性的吊死鬼），竟忽略了她会在半夜里跑来“讨替代”。

古今有些才子的有些设想，确是十分古怪的。譬如一个人，死了以后变鬼，这自然没有问题。但变鬼之后，会不会一年年也老下去呢？一般的意见又并不以为如此。牛僧孺作《周秦行纪》（或云这是旁人托名所作，用以进行政治陷害的，是颇古的“阴谋文学”，这里姑不具论），说他夜宿汉薄太后庙，会见了戚夫人、王昭君、杨贵妃、潘淑妃、绿珠等一大串不同时代的古美人，一律朱颜绿鬓，宛如当年，饮宴倡酬，最后由昭君伴寝。（在别人都推辞了以后，薄太后选定昭君伴寝，那理由也是非常有趣的。说她嫁给了呼韩单于，后又改嫁，“且苦寒地胡鬼何能为！”所以尽可自由行动，不要紧的。）实在风雅极了。不过想想戚姬后来是成了“人彘”的，杨贵妃缢死，潘淑妃杀头，绿珠跳楼自杀，都是血肉模糊的形象，但牛僧孺却一概不见。自然，这是小说，是才子们的白日梦，但也确实生动地刻画了他们的精神世界。迄今有关柳如是的许多诗文，大半即属于此类。自然，在这中间，有些议论还是不无可取之处的。我这里所指的是总的倾向。

为了“研究”（姑且这么说说吧），我搜集过一些资料。托朋友从图书馆里抄来了她的诗集，从清人文集、笔记中搜集了一大堆有关文献，几乎有编成一册“蘼芜集”的本钱了。又搜集了她的一些逸诗，还买到过一张朱野云所抚的小像，正是如是初访半野堂的小影。画幅四周，题满了吴山尊、费屺怀、严几道等数十位作者的题诗。可惜的是，还没有来得及研究，这一切就都“迷失”了。大概是“有一弊必有一利”吧，摊书满前，未必能写得出文章；面前只剩一张白纸时，倒也会胡乱写下些意见。自然，距离“研究”的要求，那可是越来越远了。

三十年前，我组织过梅畹华写他的传记，我的希望是通过他个人的经历、纪录或表现出清末—解放这个历史时代的一个侧面。他后来写出了一部未完的《舞台生活四十年》。有些人的意见是生活谈得多了，也就是说艺术谈得少了。不过我想，这本书的价值所在似乎多半还是谈生活的那些处所吧。

不管类比得怎样不伦，柳如是和梅兰芳，无疑都是很典型的历史人物。一个生活在封建社会的后期，一个则活动于半封建半殖民地社会的末期，在新中国还活跃了十来年。两者都是天翻地覆的大时代，社会的变革都是激烈而巨大的。两人的具体身份又都有可能接触十分广阔的社会面。通过他们的个人活动，具体地、深刻地认识当时的社会，那条件都是十分优越的。

柳如是也是有艺术才能和表现的吧？她写过一些诗词，留下了一卷尺牍，都很有特色，也都是不会磨灭的。她作为一个“名伎”，应该也有些吹弹歌舞的本领，不过我说不清。她有一幅《月堤烟柳图》的卷子流传下来，后面还有钱牧斋的题跋，我见过照片，却实在幼稚得很。不用说，这一切比起她的生活实践来，都是微不足道的。

正如“学成文武艺，货与帝王家”是封建社会读书人的口号一般，学得吹拉弹唱，“普天下服侍看官”，则是妓女、歌女……一切最下层的受迫害者的呻吟。两者之间，有被迫与自愿的不同，相同的是都有货色“出卖”，男的卖“艺”，女的就只有卖淫。卖淫也有三六九等的。明末秦淮就分旧院和宁院、猪市（或作朱市）许多等级；解放前上海也曾有长

三、幺二……许多名色。柳如是是属于高级的名妓，虽然身份不同，但努力方向是并不两样的。她们都要想方设法，早日跳出火坑。说得好听些就是“选婿”。

明末名妓选婿的故事，人们是并不陌生的。象“杨云友三嫁董其昌”，至今川戏里还保留着这样的节目。她们大抵要选择怎样的对象，她们采取一些怎样的手法去捕获对象……这一切，如果加以细密的研究，是会发现许多有价值的启示的。首先，依据当时的标准，怎样的对象，才算得上是头等的？大致说来，不外乎官僚、地主、名士，但当资本主义萌芽已有相当发展的时会，商人也挤进来了，不过地位还是虚弱的。名士的得以跻身其间，原因是他们或则本身就是大地主，或则可以向大官僚转化。“名士”本身倒并没有什么分量。

记得野史中记如是最早出身于盛泽的归家院，她本姓杨，名爱，柳则是“寓姓”。最早见于记载和她关系亲密的腻客是复社党魁的张西铭（溥）。这是很重要的线索，说明在她开始进入社会之际就和晚明的政治圈子发生了关系。接下去又一个著名的故事是，如是儒生打扮，到松江去拜访陈卧子，递上名片自称“女弟”，她是想下嫁给陈子龙的。这一段因缘又没有成就。“野史”说什么陈子龙“性严峻不易近”，看来并不是真正的原因。

张溥和陈子龙都是晚明党社中举足重轻的人物。他们掌握操纵着舆论阵地，发表政论，组织文社，左右着清流的政治主张，对当时的朝局有很大的影响。他们是地主阶级的改良派，其对立面则是以阉党为代表的大地主阶级中极端没落腐朽的势力。在统治阶级内部的矛盾斗争中，他们的政治倾向是正义的代表，有颇广泛的政治基础。张溥先死，陈子龙在南明弘光一局以及后来浙东抗清起义的斗争中都起了重要作用，最后死于清师的镇压。柳如是最初相好和选择下嫁的对象，是这样两位“名士”，确是很值得注意的。

王国维有题如是《湖上草》三绝句，其第三诗云：

> 幅巾道服自权奇，兄弟相呼竟不疑。
> 莫怪女儿太唐突，蓟门朝士几须眉。

过去女人写信作文，不是自称为“侬”就是自称为“妾”，这里换上了一个“弟”字，在三百年前，可实在非同小可，难怪士大夫要目瞪口呆，为之哗然了。在古今妓女中间，这样毫不气馁地与士大夫平起平坐，蔑视一切的，柳如是是仅有的一例。这是对封建礼法的愤怒抗议，断然将它踏在脚下，勇敢地挣脱身上的枷锁，争取“人”的地位的行径。绝不能仅视之为有趣的“佳话”的。

柳如是《湖上草》中有“我是华亭旧时客”之句，顾苓《河东君传》也说“君初适云间孝廉为妾”，这不知何指，大抵总不是陈卧子。如是在下嫁钱牧斋以前，活动地区，不外松江、杭州、吴江一带。徐野君士俊有《菩萨蛮》词，题《初三日与柳姬闲话》：

仙源隐者应如是，桃花引惹渔郎至。一笑不相亲，再来何处寻？春城寒食句，青满章台路，休道柳如眉，月痕今似谁？（《今词苑》卷上）

词中所咏当是如是，试看第一句，作者就将“柳隐”、“如是”字样都组织了进去。此词当作于湖上，别无其他故实，只“一笑不相亲”两句，勾勒了如是若即若离的姿态。因是同时人的投赠之作，十分可贵。

更难得的是在李因《竹笑轩吟草》里，有《赠柳如是校书》二首，题下小注云，“工诗文临池”：

不解长条系别离，一声折柳正相思。
秋风犹恐成憔悴，好护青青似旧垂。
昼掩章台自著书，十离诗就寄双鱼。
扁舟三泖烟霞迥，觅得莼芽伴索居。

龛山亦史是庵李因，也是一位名妓，后嫁葛征奇，是有名的女画家。她的《竹笑轩吟草》共三集，初集刻于明末清初。所收都是甲申以前的诗。集中颇有投赠同时姊妹行之作，如是之外，尚有赠王玉烟、王畹生（玉烟女弟，工弈棋画兰）、李淡生（工诗，善弈棋、音律）、章韵先（善杂剧、画兰）的诗。这两首诗尤可珍重，描绘了如是寄居九峰三泖之间的生活情况。多年来收集如是同时人的投赠之作，仅此而已。

如是另一位密友是为她刻了《尺牍》和《湖上草》的汪然明。他是住在杭州的徽州富商，有《春星草堂集》，收在《丛睦汪氏遗书》中。可惜我不曾仔细看过，现在说不出其中有无与如是投赠的诗文了。《柳如是尺牍》一卷，收三十一通小札，都是寄给汪然明的。从其中透露的情况看，她和汪然明的关系是很密切的。如是来到湖上，就借住在汪的湖庄里。时间当在崇祯十二年己卯。在这些信里，如是自称"弟"而称汪为"先生"。汪对如是的生活，多方照顾，还为她的归宿细心规划。汪和钱牧斋也是相识，如是访牧斋于半野堂，在崇祯十三年庚辰冬，给汪然明的最后两封信都提起过。王国维诗第二首说，

> 华亭非无桑下恋，海虞初有蜡屐踪。
> 汪伦老矣风情在，出处商量最恼公。

就说的是此事。国维又一诗说，

> 羊公谢傅衣冠有，道广性峻风尘稀。
> 纤郎名字吾能意，合是广陵王草衣。

静安自注云："尺牍二十五云，'承谕出处，倍见恺切。特道广性峻，所志各偏。久以此事推纤郎，行自愧也。'纤郎疑即王修薇字，号草衣道人，广陵人，后归许霞城给事。"

这是汪然明为如是撮合，如是辞谢了，而举"纤郎"以

自代的一例。这种例子不只一端，如她给汪然明的另一信说：

> 接教并诸台贶，始知昨宵春去矣。天涯荡子，关心殊甚。紫燕香泥，落花犹重，未知尚有殷勤启金屋者否？感甚，感甚。刘晋翁云霄之谊，使人一往情深，应是江郎所谓神交者耶。某翁愿作交甫，正恐弟仍是濯缨人耳。一笑。

她这里又一次把某些人的殷勤轻轻地回掉了。她甚至不能不向汪然明呼吁，“望先生速图一静地为进退，最切，最感”。因为“浮谈谤谣”不能不逼使她考虑“避迹”。后来她终于离开了杭州，避居何处不详。她有一封给汪然明的谢信，写得极动人：

> 鹃声雨梦，遂若与先生为隔世游矣。至归途黯瑟，惟有轻浪萍花与断魂杨柳耳。回想先生种种深情，应如铜台高揭，汉水西流，岂止桃花千尺也。但离别微茫，非若麻姑方平，则为刘阮重来耳。秋间之约，尚怀渺渺。所望于先生维持之矣。便羽即当续及。昔人相思字每付之断鸿声里，弟于先生，亦正如是。书次惘然。

从这封信里，似乎可以看出，她对汪然明的以平等相待、尽情维护，是从心底感激着的。这个饱尝人间辛酸的女人的心，真的被打动了。细味全信，友情更深于爱恋之情。这不只是一篇漂亮的简尺，还凝聚着真挚的情谊。

《众香词》收柳如是词六调，其《踏莎行·寄书》云：

花痕月片，愁头恨尾，临书已是无多泪。写成忽被巧风吹，巧风吹碎人儿意。　　半帘灯焰，还如梦里，消魂照个人来矣。开时须索十分思，缘他小梦难寻你。

这一阕《踏莎行》，恰好可以作为她的尺牍的“代跋”。

柳如是选婿的结果，选中了钱牧斋。钱柳的结合，不是基于爱情，那是明明白白的。对照我前面所列举的三个条件，钱牧斋是全部合格的。他是“东林领袖”、“文坛祭酒”、大地主、大官僚。据崇祯七年温体仁指使张汉儒揭发的钱谦益居乡不法四十款罪状，他有上百个奴婢，夺人田宅妻女，把持官府，操纵考试词讼，其实是个大恶霸地主。尤其值得注意的是，钱谦益还经营出洋兴贩，获利巨万。这可是个“新生事物”，为一般大财主滥乡绅所望尘莫及的。柳如是亲访半野堂，做了调查研究，决定下嫁给这个老头儿。除了满足于这些条件之外，还看到三年以前，钱牧斋在一次你死我活的政治搏斗中，走了司礼监曹化淳的门路，击败了政敌，使温体仁罢相，压服了浙党。政治前途充满了希望。这个小女人是很有野心和才干的政治活动家，她下了决心，嫁给了钱牧斋。

钱柳结合以后，确实过了一段“好日子”。钱牧斋为如是起造了绛云楼、我闻室，和她一起到浙江去旅行，回常熟时被看不顺眼的人们追着赶打，满船都是砖头、瓦块。可见他们的结合，是很不为“公论”所许的，一致认为“谦益愈放废”了。钱牧斋还为她写了无数艳诗，其中就有十分下流的长诗。这些诗被魏雪窦等所编选的《吴越诗选》选入，但另列一卷曰“艳体诗”。朱鹤龄说，“见一越友选时贤诗，嗤薄艳体，另为一编”，即指此事。这就说明了钱柳结合在当时引起的“清议”。

如是下嫁后写了不少诗篇，如《奉和小岁日京口舟中之作》：

首比飞蓬鬓有霜，香奁累月废丹黄。
却怜镜里丛残影，还对尊前灯烛光。
错引旧愁停语笑，探支新喜压悲伤。
微生恰似添丝线，邀勒君恩许并长。

就颇费思量，不知道她到底表现的是什么情感，横直不是十分满足的。那首著名的《春日我闻室作》也同样流露了浓郁的惆怅之情：

裁红晕碧泪漫漫，南国春来正薄寒。
此去柳花如梦里，向来烟月是愁端。
画堂消息何人晓，翠帐容颜独自看。
珍重君家兰桂室，东风取次一凭阑。

（数诗皆据《吴越诗选》卷二十二“名媛诗”，朱朗诣评：“如是骨理皆妍，故是艳宗。”）

其实这也没有什么奇怪，嫁给这样一个年已六旬的老头儿，是很难期待有什么“闺房之娱”的。《柳南随笔》所记的钱柳闺房对话，“我爱你乌黑头发白个肉。”“我爱你雪白头发乌个肉!”就是出色的特写。这一组“警句”由如是写进了《奉答牧斋》一诗，化为“春前柳欲窥青眼，雪里山应想白头”。

外面的流言，多起来了。明清易代之际，野史笔记特别喜欢记载有关如是的佚闻逸事，她一时竟成了新闻人物。大抵和牧斋关系密切的人还肯说些好话，此外大量的则是丑闻。我想，这也不一定全是造谣。

黄淳耀这位老夫子，在钱牧斋家里作西宾，如是要和他诗筒唱和，吓得他要卷铺盖逃走。曾经刻过《绝妙好词》的柯南陔（煜）在《舟中读牧斋先生初学集得一百四十字敬题卷后兼寄孺饴行人》这样的诗里也有“松圆邀翰墨，河东媚房栊”的句子。看那全诗，对钱牧斋是倾倒备至的，但写到钱牧斋闭户著书，就要说左有清客程松圆，右有爱妾柳如是，可见当时士大夫中间的一般印象了。这些还要算是比较“蕴藉”的，赤裸裸的丑闻更是不少。野史中记柳如是养着不少“面首”，随时更换，一旦厌倦了就赶走甚至杀却。又有一次她的一个相好被捕下狱，钱牧斋十分不安，立即出面保了出来，说不然就会使柳夫人不欢。我想这些故事即使有些夸张，但却假造不来的。它们倒是揭露了钱柳之间的真实关系。

不久，就是甲申国变。南明弘光小朝廷在金陵筹建，钱牧斋马上带了柳如是赶去，捞到一顶礼部尚书的纱帽。这是他极力讨好马、阮的结果。钱牧斋以“东林领袖”的身份，替冯铨和阮大铖讼冤，又要翻“三案”的旧案，说得嘴响，却不顾清流的齿冷。柳如是此时也有很“精彩”的表演。钱牧斋请阮大铖吃酒，要如是陪坐，阮胡子高兴极了，送给她一顶价值千金的珠冠，钱要柳如是道谢，还要她“移席”近阮。这些，柳如是都照办了。她陪钱牧斋来到金陵时，穿了“戎装”，头上插着野鸡毛，作“昭君出塞”装束，也着实出了一阵风头。顾云美（苓）《秘图斋存稿》诗（撰于崇祯癸未至弘光三月）稿本有《道中寄钱牧斋先生》一题：

赌棋墅外云方紫，煨芋炉边火正红。
身是长城能障北，时遭飞语久居东。
千秋著述欧阳子，一字权衡富郑公。
莫说当年南渡事，夫人亲自鼓军中。

顾云美是《河东君传》的作者。他这首诗把牧斋视为威望崇高的障北长城，可能是代表了弘光中某些士大夫的意见的，尤可珍重的是他记下了柳如是的一次重要活动。当阮圆海锦衣素蟒临师江上之际，柳如是也穿了昭君装到江防部队里去活动过，大概是搞什么犒师之类的把戏的吧。但此事顾云美后来不曾写入“传”中，可能是出于避忌之故。

这一切都说明了什么呢？如果仅只把它看作是这个“结束俏俐，性机警，饶胆略”的小女人的喜欢出风头，荡检逾闲的胡闹，那可就不免目光过于短浅了。她不惜出卖色相，讨好阮大铖，目的是为牧斋挣得礼部尚书的官位；她走到部队里去，是想拉拢抓着枪杆子的军阀。这一切，都是她想在南明弘光小朝廷中，搞政治活动的手法。我想，弘光一局，牧斋的一切动作，幕后都有她在指挥。这决不是什么忽发的“奇想”，是有事实根据的。

宛平查为仁心谷《莲坡诗话》卷上：“钱虞山之于柳如是，龚合肥之于顾横波，同类燕人之惑易，惜无兰汤以洗之。宣城梅耦长（庚）有题顾梅生画兰云：‘半幅双钩楚泽春，南朝旧部总伤神。蘼芜诗句横波墨，都是尚书传里人。’（原注，上有钱宗伯姬人柳如是题句，蘼芜柳小字也。）托讽遥深，亦属实录。耦长刻有《漫与集》。”

《鱼计轩诗话》记黄小松赠邱学勄“两尚书墨”，一丸阳书“秋水阁”，阴书“门人吴闻诗上牧翁老师珍赏”；一丸阳书“门人范琦上芝翁龚老夫子珍藏”，阴书“北山堂”，合装一匣。因赋三诗，其一云：“北山秋水名相亚，古墨生香一样新。记取芝香拈素手，尚书传里两夫人。”

多少年来，人们对柳、顾总是“相提并论”，但其实这是不合适的。在甲申、乙酉之际，多少士大夫都要经受一次严峻的政治考验，而钱、龚又都有故事流传。据说有人曾责问龚鼎孳当日为什么不殉难，龚答道：“我本欲死，奈小妾不肯何！”这就是郁达夫诗“莫怪临危艰授命，只因无奈顾横波”的出典了。龚芝麓把责任一股脑儿推在顾横波身上，是典型的无耻之论。这在钱、柳就大不同。据野史记，乙酉五月之变，柳劝钱跳水殉明，钱试了一试，水冷得很，不敢下去。如是却“奋身欲沉池水中”。当然，这也是野史传说，难保没有出入。但我总想这也是假造不来的。钱牧斋的走下水池，试了试又走了上来，是典型人物的典型动作，不是任何“天才”所能想象得出的。

柳如是与顾横波，她们对政治的兴趣、看法，恐怕是大相径庭的吧。这两人虽同是“名妓”，又同是“相国夫人”，但完全不宜相提并论是无疑的。

乙酉，清兵南下，钱谦益竟靦颜迎降了。柳如是在这当口有过什么表示呢？野史、正史都无记载，不敢悬拟。但野史中还记下了另一小故事。

一次，钱、柳出游，看到一处泉水清澈，钱牧斋想脱鞋袜洗脚，柳如是站在一旁冷笑道：“你当这是秦淮河么!”

这个故事无疑也是真实的。柳如是实在严冷得很。只一句话，就完全吐露了她对钱牧斋的鄙视，厌恶。秦淮河是旧院长桥所在之地，封建地主阶级残酷蹂躏穷苦少女，过着荒淫无耻生活的地方，也是柳如是出身的地方。

钱牧斋投降清朝以后，打着为先朝修史的招牌，到了北京。蒙“恩”赏给“秘书院学士兼礼部侍郎、明史副总裁”的官衔。不知怎的，过了半年就“以疾归”了，大约总是混得不太得意。第二年，又因淄川谢升案而锒铛北上。家人都不敢出头，只有柳夫人单身带了一个包袱，随行护送。在押解兵卒的刀头剑铓之间，照顾牧斋。牧斋的好友、德州程先贞家有“杜亭”，历城王秋史（苹）杜亭诗“红袖裁诗临妙墨”句下注，“虞山河东君题诗亭中”。可能是此次如是陪牧斋北上经过时所题。这一次，据传说是行贿三十万金才得无事放归。牧斋对如是感激涕零，作诗说，“从行赴难有贤妻”。当时有人看了还觉得不舒服，因为柳如是到底还是“妾”，不能就这样说的。

这以后，牧斋的经济情况似乎与先前大不相同了。在《尺牍》中常常叫穷，珍重收藏的宋本《汉书》也卖给了宁波的谢三宾。很可能是由于几次官司打点花费了不少。顺治五年，又因黄毓祺案逮系江宁，吃了一次官司。

在这种局面下，钱牧斋并不曾闭门韬晦，还是与南明桂王的大学士瞿式耜有联系，和抗清的郑成功、张名振、张煌言有联系。与山阴祁氏兄弟破家结客密图抗清终被杀头的魏耕（即《吴越诗选》的编者之一）其也有联系。在《雪翁诗集》卷五中有《欲谒虞山钱大宗伯，途中书怀先寄柬呈览》诗，中有句云：“前岁纵横计不成，仰天大笑还振缨。授书恰思下邳去，采药乃向玉山行。”诗意也十分显露。魏耕是说他抗清起义未成，要找钱收斋去筹划兴复方略。从这一类诗中可以看出，当时牧斋似乎还不是怎样的不齿于明遗民，还要和他一起计议抗清的大计。贤如黄宗羲，在《八哀诗》中也对牧斋特致好感。这一切都说明当时斗争的尖锐、复杂。

柳如是这期间的活动，今天知道的细节不多了。那原因是可以理解的。这一类故事，正是干犯新朝大忌的政治问题，野史笔记也无人敢记，即偶有记者，在后来的文字狱浪潮中也大半毁失了。不过也还可以找到一鳞片爪。

上面提到牧斋曾逮系江宁，是由于黄毓祺狱的牵累。黄于顺治三年在舟山起义抗清，据《江阴祝氏孤忠录》，如是就曾亲自到舟山去慰劳过义师。钱牧斋《后秋兴》诗之一有句：

> 闺阁心悬海宇旗，每于方罫系欢悲。
> 乍闻南国车攻日，正是西窗对局时。

据考证此诗就是咏黄毓祺事。闺阁是指柳夫人无疑。可见他们在红豆山庄里过着饮酒下棋的悠闲岁月时，还无时无刻不关心着政局变化与战局发展。柳如是一直没有脱身于政治漩涡之外，是明明白白的。

钱牧斋《后秋兴》诗，题注："八月初十日，小舟夜渡，惜别而作。"其第三诗：

> 北斗垣墙暗赤晖，谁占朱鸟一星微。
> 破除服珥装罗汉，减损齑盐饷佽飞。
> 娘子绣旗营垒倒，将军铁矟鼓音违。
> 须眉男子皆臣子，秦越何人视瘠肥。

钱牧斋在诗中有自注，"装罗汉"句下注："姚神武有先装五百罗汉之议，内子尽橐以资之，始成一军。"这是说神武伯姚志卓兵败，想再度起事，装五百罗汉是当时的隐语，柳如是卖尽金珠，帮助姚恢复了"一军"。"营垒倒"句下注：

“张定西谓阮姑娘，吾当派汝抱刀侍柳夫人，阮喜而受命。舟山之役，中流矢而殒，惜哉！”这是明说如是曾入海犒师。“鼓音违”句下注“乙未八月，神武血战死崇明城下”，乙未是顺治十二年，正是张名振舟师纵横海上之时。“视瘠肥”句下注“夷陵文相公来书云云”。

到了顺治十八年，吴三桂杀桂王，瞿式耜殉难桂林。郑成功也死去了，抗清复明的希望消灭殆尽。《后秋兴》诗就作于此际，但不敢刻入文集。我曾见到过抄本。这些诗当然不能说全无夸饰，但事实大抵是事实。在作历史研究时是应该加以考虑的。

还有两个小故事，也是可以说明柳如是的政治态度的。

白耷山人阎古古被清廷追捕得急了，如是曾将他藏在家里。

黄宗羲年青时曾游虞山，住在钱家。牧斋想留他下来读书，怕宗羲因家累不肯。一天夜里，宗羲已经睡下了，牧斋提着灯来到床前，摸出七两银子来相赠，作安家之用，说：“这是内人的意思。”这内人就是如是。黄宗羲后来作《八哀诗》，其一即是“钱宗伯牧斋”，特致感念。有两句是“红豆俄飘迷月路，美人欲绝指筝弦。”原注：“皆身后事”，美人当亦指如是。

柳如是对年青的黄宗羲持这种态度，自然因为他是黄尊素的儿子，在明末就和阉党做过斗争，是《南都防乱公揭》的起草人之一，乙酉以后又曾多次参加抗清起义活动的缘故。

柳如是的政治态度，是鲜明的，一贯的，几乎找不到什么反面的材料。乙酉以后她对牧斋还是关心的，但这关心总是表现在政治方面。她没有赞成过他的无耻叛降，而是在清廷逮问时给他帮助，在抗清活动中主动地参与并亲身实践，给他以巨大的影响。随着恢复故国希望的逐渐破灭，她和牧斋之间的共同点也终于不复存在，于是就演出了“入道”的一幕。

钱牧斋曾大肆宣传过柳夫人的“入道”，作了不少诗。其实柳如是是永远不会看破红尘的。照我看，如果不是一种政治姿态，就是在生活上对牧斋表示的一种厌绝。

柳如是到钱家时，牧斋的正室陈夫人还在。此外大约还有几房妾侍。现在只知道其一即孺饴（即前引柯煜诗诗题中的“孺饴行人”）的生母。但二十多年中间钱家的经济大权是掌握在如是手里的。这在钱氏家族中人看来实在不可容忍。牧斋一死，攘夺家产的斗争必然要爆发也果然爆发了。这就是所谓“钱氏家变”，有专书纪事。但，恰恰在这时，如是又一次，也是最后一次，显示了她的“政治才能”。她把这些族人请了来，好言相向，盛筵相待，在酒酣耳热之际，她宣称要到后楼上去取人们望得眼红的财物。她最后扫了这帮吃得酒臭喷人的家伙们一眼，上了楼，关好门，一根绳子吊死了。

在这之前，她早已安排妥帖，派人去县里告状，关紧了大门，准备好绳索，等她一投缳就把这帮家伙捆起来送官。果然，这帮家伙在封建法条之下，因家主新丧，迫死主母而服罪了。

她又一次极为成功地运用了她一向鄙视并加以践踏的封建礼法，反戈一击，制伏了想把她活活吞下去的对手。这是如是一生对封建主义的最后一战，也最后一次地“胜利”了！

但一些野史的作者，许多诗人文士却把它看作柳如是为钱牧斋殉节，真是十足的昏话！

综观柳如是的一生，大抵包括两个侧面。露在外面，为大家所看见的是她的“风流不检”；掩盖在底下，很不惹眼，但确实存在而且极为清晰的是她的强烈的一贯政治倾向。结合起这两者，才能使我们对她能有一个较为完整的认识。在她那些“不检”的行径中间，处处浸透了对封建制度的抗议、蔑视与践踏。柳如是荒淫无耻的故事，在晚明那个社会里，并不罕见，倒毋宁说是一种典型现象，是在没落的地主阶级中产生出来的市民等级的疯狂破坏性的表现，是它消极的一面。柳如是从封建社会的最下层挣扎出来，当她一旦挤进地主阶级上层以后，随以俱来的消极腐化因素就进一步进发、加强了这种疯狂性。而这种疯狂性是会无情地破坏旧社会封建的、宗法的、田园诗般的关系，加速旧的上层建筑的解体，促进了新的社会形态的发生的。我们说这里有消极的一面，是和一切大小卫道者的哗然不满完全不同的，他们是在拼死地保护旧事物，他们把柳如是视为敌人。

在旧社会的文士所写下的大量有关柳如是的诗文中，即使是较有见解的，也很少能看出她那强烈的政治倾向。他们至多是把她看作一个值得同情的美丽的怪女人，加以咏叹。如此而已。

柳如是的作品，《湖上草》一卷，《尺牍》一卷，有明末汪然明的刻本。高野侯曾得到过原刻，是虞山赵氏旧山楼的藏书。原书历经林云凤、车秋舲、贝简香、潘椒坡、徐子晋收藏。今不知流落何许。我过去曾买到一个旧抄本，为嘉业堂故物，卷中别增附录诗文不少，为管庭芬手辑。收藏家所收也大抵是传抄本。原刻少见，只见王闻远《孝慈堂书目》著录一本，注明是“明刻，棉纸”，当是原刻无疑了。此书当刻于崇祯十三年以前。浙江图书馆目有“戊寅草一卷一册，明刻本，抹云楼旧藏”，未见。又张宗祥传抄《湖上草》一册，也在浙江图书馆。

叶昌炽《缘督庐日记》癸丑五月十一日条记，“金陶庐函寄赠《玉台名翰集》，集禾中女子徐范、蹇媛所刻，仅存汉魏茂漪、唐吴彩鸾、薛涛，宋胡惠斋居士（黄由之妻）、元管仲姬、明叶小鸾、自然居士张净妙、河东君共八家。后有冯柳东跋。”因知如是集曾有此汇刻本。

长洲章钰《四当斋集》有《柳如是遗集序》一篇，为常熟张南褫所辑柳集而撰。说是“尝从赵氏旧山楼传录汪刻，复辑补诗词若干首，而附以康雍以来纪载文字，定名曰《柳如是遗集》”。此本似未刻行，今亦不知仍在人间否？

此外，我曾见过传抄的《旧山楼书目》，其中有如是所作《红豆山庄杂记》等数种，当是稿本或旧抄本。赵氏藏书于抗日战争前后流散，著名的《也是园杂剧》即于丁初我家散出。据说，这本《旧山楼书目》中的书，仍在虞山一带。不过这已是二十余年前的旧话了。我希望这批书仍在人间，则可能使我们见到柳如是更多的作品。

过去我也搜集过一些柳如是的佚作。《柳絮集》、《吴越诗选》、《众香词》、《明诗归》（顺治刻，非锺惺本）等书中都收有一些如是诗词。书已不存，无从引录。谢翠霞和席佩兰《重修河东君墓纪事》诗中有句下小注云："君寒柳词云，'待约个梅魂，黄昏月淡，与伊深怜细语'"，又注云："君有'酿花酒酌桂郎'诗，桂郎君家孙，早殇。"（《天真阁集》）又见道光刻仁和李堂《缘庵诗话》卷三有一则云：

> 吾杭之西溪，奥区也。梅花之盛，不减铜坑。明季江浙耆旧多遁迹于此。故某尚书尝往来其间，今永兴寺犹藏柳如是手书小笺，题云：《次韵永兴寺看绿萼梅作》："乡愁春思两欹斜，那得看梅不忆家。折赠可怜疏影好，低回应惜薄寒赊。穿帘小朵亭亭雪，漾月流光细细沙。欲向此中为阁道，与君坐卧领芳华。"后署河东柳隐，当是和尚书之作，诗字皆婉媚。

这是手头仅存的两则柳如是佚作了。

清人集中多有题咏柳如是遗物的，据所见条列如下：

（一）柳如是砚，背镌"秋水阁"印，印上有"如是"

小款。砚右有“壬午”二字。（休宁戴延介《眉妩》词注。砚藏“吴竹桥仪部”处。）

（二）柳如是印，“消寒第八集席上，眉卿出一印章，云得之赵秀才家。朱文如是二字，旁刻癸未春楚秀镌赠，其为绛云楼中物无疑。癸未崇祯十六年也。”（孙原湘《消寒词》注。）（又见潘介繁《晓梦春红词》）

（三）红豆山庄玉杯：“江静萝明经（曾祁），予乙卯同年也。自言高祖处士某，工俞柎之术。陈确庵先生集中有传。处士曾为河东君疗疾，宗伯以玉杯为赠。上镌红豆山庄款识，属子孙世宝之。后为他氏所得。静萝踪迹赎还。今夏值君六十寿辰，出以觞客，属予作。”（孙原湘诗题注，《天真阁集》卷二十三）

（四）唐镜：“周南卿得柳如是所藏唐镜，背铭曰：‘照日菱花出，临池满月生。官看巾帽整，妾映点妆成。’”初白老人有诗云：“宗伯歈清世莫知，歈花映日月临池。点妆巾帽俱新样，不用喧传挽镜诗。”见《金陵杂咏》。“南卿拟拓柳本装册，并摹河东小像于左，索同人题句，爰赋四绝。”（钱唐张云璈《知还草》卷五）

“镜背铭曰：（略，上下两联误倒），其旁刻‘蘼芜’二篆文，极遒劲。中为夔螭，刻画飞动。小折叠架，上刻‘绛云楼印’四字。……”（邓之诚《古董琐记》七）

（五）青田石书镇：“石长二寸有半，广二之一。刻山水亭树，款曰‘仿白石翁笔’，小篆颇工致。面镌：‘崇祯辛巳畅月柳蘼芜制。’今藏王砚农处。”（张鉴《冬青馆乙集》二）

（六）柳如是沉香笔筒："陈文述《碧城仙馆诗钞》卷六，有此题七绝四首，无注。其第二首云：'也合裘锺记小名，沉香禅味悦温馨。真珠四面泥金字，留得尚书旧日铭。'约略可知原物形状，其上并有牧翁铭记也。"

丁巳小雪前四日写毕。

后记

十多年前曾写过几篇有关柳如是和她的诗集《湖上草》和尺牍的小文。后来泛读明清人集部，注意收集有关材料，更集得资料一小册。凡此种种，前些年都被劫掠以去，至今存亡莫卜。偶于劫余丛杂中检得手抄数叶，皆有关柳如是事。盖后来陆续抄得者。去年闲居无事，即据此重写为一文。观点还是过去的观点，不过少加条理。资料贫乏，但有些却不多见，怕更因我而散佚，所以也一并写入了。看了以上的叙述，可以知道，这是完全说不上什么研究的。

大约两月前，偶然得知故陈寅恪教授有《柳如是别传》的著作，都五十万言。真是空谷足音，跫然以喜。今天于《学术研究》中得读其第一章，十分高兴，也颇有感触。陈先生是著名的历史学者，其专门著述多涉及南北朝隋唐史。陈先生读书极多，又能突破旧史家樊篱，"旁涉梵夹道藏"，运用域外资料，为比较之研究，遂多创获新解。但有一点是很特别的。他虽然是一位专业的历史学者，但在著述中却随时随地流露出对文学的偏爱。早年的论《桃花源记》，后来的研究元白诗，继以论述弹词《再生缘》，都是证明。而其最终的研究对象乃是柳如是，尤其使人感到绝非偶然。从《柳如是别传·缘起》一章，可以看出他对柳如是的同情与重视，称之为“女侠名姝”，尤看重她的思想、品质。陈先生说：“披寻钱柳之篇什于残阙毁禁之余，往往窥见其孤怀遗恨，有可以令人感泣不能自已者焉。夫三户亡秦之志，九章哀郢之辞，即发自当日之士大夫，犹应珍惜引申，以表彰我民族独立之精神，自由之思想，何况出于婉娈倚门之少女，绸缪鼓瑟之小妇，而又为当时迂腐者所深诋，后世轻薄者所厚诬之人哉！”这些话说得十分痛切，也是有卓越的史识的。对于女性的同情，尤为难得。陈先生《题牧斋初学集并序》诗有“谁使英雄休入彀”句，自注云：“明南都倾覆，牧斋随例北迁，河东君独留金陵。未几牧斋南归。然则河东君之志，可以推知也。”这是说，柳如是和钱牧斋在政治问题上的立场是有鲜明的差异的。我没有读过全稿，不能确说，但从“缘起”看来，陈先生因为同情柳如是，是很想为她“辨诬”的。他说：“牧斋事迹，具载明清两朝国史及私家著述，固有阙误，然尚多可考。至于河东君本末，则不仅散在明清间人著述，以列入乾隆朝违碍书目中之故，多已亡佚，不可得见。即诸家诗文笔记之有关河东君而不在禁毁书籍之内者，亦大抵简略错误，剿袭雷同，纵使出于同时作者，亦多有意讳饰诋诬，更加以后代人无知之虚妄揣测，故世所传河东君之事迹，多非真实。殊有待发之覆。”有关柳如是的传说、记载，确实存在上面所说的种种复杂情况，但是，这中间并不完全的“诋诬”，有些倒是真实的。柳如是是一个被侮辱、损害的女性，但她后来地位变了，挤进了封建地主阶级的上层。她的叛逆的性格，使她蔑视践踏封建礼法，因而作出许多使正人君子攒眉怒目的事来，但这许多，终究是地主阶级腐朽本质的表现，历史的真实，不能曲为之辩的。同样，对待钱牧斋的态度也是如此。历史上有不少人对钱牧斋采取宽恕态度。如黄梨洲，魏耕……例子不少。这些人往往自己就是明遗民，但并不反对“二臣”钱牧斋，当然其中有种种复杂的因素，但归根结底，他们都属于封建地主阶级，他们的基本利益相同，这是起着决定性作用的因素。陈先生对钱牧斋的态度与对柳如是的不同，但总还是不无“温情”。他说“明南都倾覆，牧斋随例北迁”，这就是说钱谦益的迎降、出仕，都不过是难免的，这就和陈先生大声疾呼的“三户亡秦之志，九章哀郢之辞”发生了矛盾。而这种矛盾自然也是可以理解的。

清金溪蔡上翔撰《王荆公年谱考略》，是一部为王安石辩诬的专著，也可以说是一部旧史学“辨诬”的代表作。其中自然有丰富的材料，也有许多精辟的论证。但其中也有大量十分可笑的“考证”。蔡上翔以同乡之谊，费尽九牛二虎之力，按照封建道德的标准，把王安石打扮成一个“完美无缺的高大形象”，作了不少愚蠢的努力。那是不足为训的。这本书前些年被捧上了天，那是“四人帮”别有用心的把戏，出版者是有责任将真相告诉读者的。《柳如是别传》是否也会有类似的倾向，未读全书，不能确说，这里不过是对“辨诬”问题谈一点看法而已。

明清之际是一个重要的时代。钱、柳则是在这个特定时代中产生的有代表性的历史人物。《柳如是别传》的意义当然不只局限于一本人物传记。作者是很重视这部著作的，他集中了晚年的精力加以研究，而且自述其开始研究的经过说："然自此遂重读钱集，不仅借以温旧梦，寄遐思，亦欲自检所学之深浅也。"这绝不是泛泛的谦词。明清易代之际的著作，是很不易读的。除了某些作者研究方面广、运用典实丰富之外，尤为困难的是，同时流辈的生平出处、种种关涉，每每不易索解。困难不在古典，而在"今典"。古典不论如何僻奥，总是存在于古书之中的，可以查。今典则往往只存在于同时人的口耳之间，间有记述，也往往十分隐晦，而且多半毁失了。读起来有时简直就和猜谜相差不远。在这方面，陈先生的研究工作是很可贵的。这里需要的不只是素养，更重要的是实事求是的态度和艰苦的钻研精神。"缘起"中有一两个小例子，说明他的治学方法和成果是会使读者信服的。起决定作用的往往并非天才，而是实干。当然，对考证的是否烦琐，无论什么时候是都会有不同意见的。我以为，只要以实事求是的精神力求解决实际的课题，应该都是允许的。虽然对具体课题的现实意义，会有不同理解。但这也应该允许不同的看法并存。

我非常希望这部五十万言的著作能早日出版。我相信，将有大量使我"瞠目结舌，不知所云"的疑难处所，因之获得解答，对这一时代和一些具体人物获得更全面、深入的理解，使我得以修正、补充过去认识的偏颇、错误。

一九七八年七月廿一日

书之归去来

知识分子和书的关系是很难用一两句话来加以形容的。从古以来，读书人曾用种种方式来表达他们对书本的感情。有些话是说得几乎有些可笑了的，但我相信这都是真实的，也没有什么不可告人的企图。因为尽管人们宣传他们如何爱书，也做不成学者，当不了大官，更发不了财。最多也只能使人留下一个书呆子的印象而已。

但在十多年前，“知识越多越反动”的高论上市以来，情形就有些不妙了。一个人如果有书×册以上，就无疑要成为“反动”的铁证。这个×的界限也并无明确界说，要看老爷的高兴而定。我并不是什么“藏书家”，但旧书是有几本的，其为“反动”自然已无疑义。紧急措施是将书橱、书箱……一律贴上白纸封条。好像这里面装的都是什么带放射性的毒物。每天回家看见这些交叉着的十字封条也真使人不舒服。后来，“荣幸”得很，那个和“四人帮”有密切关系的“大人物”说了话了，给了我“以伪乱真”四个字的考语，于是大小喽啰一拥而上，内查外调，翻箱倒柜，威迫劝诱，想方设法要找到我投机倒把的证据。不幸我没有学项子京的样，没有在每件书画上标明进价几何的习惯，满足不了他们的要求。于是就又动员“专家”写了洋洋数千言的“大字报”，将古今伪造书画、古董的法门统统搬了上去。不过提到我的却只有最后一句，就是说我统统继承运用了这全套本领。还把我常用的几十方藏书印钤在一大张白纸上，在大会上示众。这样我就不只是“藏书家”，而且也是“假古董制造者”了，那个“大人物”的“指示”也因而得到了“证实”。

又过了几时，索性将凡是白纸黑字的东西都从我这里扫数取去，承情只给我留下了几本，以供闭门思过之用。从此我就和书本告别，于今五年。

我至今参不透那个“大人物”在百忙之中何以会对我寄以如此的关注；同时也悟出了过去读书人说的那种以书为性命之类的话，也是夸张过分了的。书去之日，我固然没有感受到“挥泪对宫娥”的李后主式的感情；没有了书，我也生活得很好，并不失魂落魄。但有时会偶然想起，那自然也是难免的。

衷心感谢党中央，粉碎了“四人帮”，从此知识不再是罪恶了；又逐步落实了知识分子政策，最近我收回了一点木版书以外的藏书。虽然只有原来的三分之一光景，也还是非常高兴的。

大部头的，精装的，画册，小说……都大抵失踪了。这是可以理解的。“四人帮”及其爪牙，口头上虽然痛恨书本，实际上却是区别对待的。他们对“洋、名、古”也自有其偏爱，不过那取舍的标准有些不同。小说、图画，自然是有趣的事物，这是易于理解的。还有一个标准则是“定价”，在这里，他们到底也不曾逃开他们所深恶痛绝的价值规律。这样，我所能收回的大抵只是一些单本小册，对他们没有什么吸引力的东西。但即使如此，这些历劫归来的书册，还是给我带来了很大的愉乐。

《金瓶梅词话》的故事

我无论如何也料想不到，在我的藏书中间，引起了轩然大波的是一部《金瓶梅词话》。

四十年来，我曾经有不少机会在书商手里接触到真正的黄色书籍，不过我不想搜罗这种“宝贝”，因此在我的藏书中间，这种“宝书”所占的比重大抵也只有万分之几吧。就我的记忆，我藏有木刻的《双梅景阇丛书》和铅印线装的《金主亮海陵荒淫》两种，都是叶德辉刻印的。还有四本木刻的《杏花天》，大约是道光前后所刻的，要算作比较少见的本子了。此外就是这《金瓶梅词话》，影印线装本，是近时出版的。

在我的印象里，《金瓶梅》实在也算不了什么僻书。一九五〇年春,我在北京逛琉璃厂，在一家书店的架子上，就看见满满一架各种版本的《金瓶梅》。崇祯本就有两部，清初的张竹坡本好像有十多部，后来的各种翻刻本就更多。那胖胖的掌柜对这些“宝贝”也毫无居奇之意，价钱也很便宜。不过这些都不是万历刻的《词话》本。自从北平图书馆从山西发现了原刻《词话》之后，曾在当时的北平引起了轰动。有一个“古佚小说刊行会”借来影印了，郑西谛还将一册初印崇祯刻金瓶梅图附在前面。这就是我所藏的本子的祖本。记得《鲁迅书简》里就收有代友人购买此书的一信，对这种影印古本小说的工作，鲁迅先生也是赞成的。就在当时，北平的学者（记不清是不是马隅卿了）还将金瓶梅图选了几幅翻刻制成大幅宣纸信笺。二十年前沈尹默给我的一封信就是用这信笺写的。沈尹默用浓墨行草写在一张这样的笺纸上，实在可以算得一件“名物”。当时及少后，学人利用此书进行研究的，有吴晗发表在《文学季刊》上的研究《金瓶梅》与《清明上河图》关系的论文；冯沅君女士的《金瓶梅词话中的文学史料》等。

我记下这些旧事，意在说明早在四十多年前，学术界已经开始注意运用《金瓶梅词话》进行科学研究。同时也可以说明在“五四运动”后一二十年中间，知识分子思想解放的一个侧面。至于我买得此书，目的只不过是为开手了的一部晚明历史小说搜集一些资料，希望从《词话》里得到一些晚明的风俗习惯、服饰、饮馔、宴乐、仪节等知识而已。

我虽然并无什么名贵的善本，但这《词话》在我的收藏中实在也算不了什么。但出奇地是它却是唯一受到许多人重视的“宝书”。十年前一个春天的下午，一位“小将”找我谈话了，拐弯抹角了好半日，言归正传，问我是否藏有一部《金瓶梅》。他知道了我确实有，而且还是附有精图一册的影印本时，就“激动”起来，反复申明不该保留这样的东西，这对思想改造不利，这种义正词严的责难当然是“无可非议”的。结论是应该由他取去保管。他若无其事地撕去了封条，从书橱里取了去了。后来这位“小将”因为种种原因，从“风云人物”一下子变为“寻常百姓”，虽然常有见面点头的机缘，但也从来没有想到打听这部《金瓶梅》的下落。一直过了七八年，在清查过程中，有人揭发了此事，又有人告诉我对此进行了详细的调查，还有人对我表示了极大的同情。这些朋友的好心我是十分感谢的。但却产生了奇异的感想。一部影印的《金瓶梅词话》竟成为我被劫去的两卡车书籍的代表，这实在是我完全不曾料到的。

这次取回了劫余的书册时，一位经管书籍的朋友首先捧出来的也还是这两函“宝书”。他告诉我这部书后来终于被发现的经过，真有些像一个惊险故事。对这位朋友的好意，我是真心感谢的。

这很引起了我的一些思索。

像《金瓶梅》这样的书，大概在无论什么时代，也不可能成为公开的、普遍的读物的吧？它带有一定的神秘性是不足怪的。不过在几十年中间，尤其是最近的十多年里，它的神秘性却飞跃地增长了。特别是青年一代，他们对祖国的文化传统知道的实在不多，但偏偏记得有这样一部“宝书”，千方百计想看到它，……其实也不只是青年，这就是《金瓶梅词话》变成我的藏书的代表的原因。

这实在是值得好好思索的。

萧珊的书

这一篇本来是早已写好了的。今天读了巴金怀念萧珊的原稿，觉得文章不能不重新改写了。三十年前我和萧珊曾经是很熟的朋友。对于她的死，我是应该用文字来表示自己的悲痛的。除了文字（尽管它是那样的无力），我还能有什么别的手段么？由于人所共知的原因，从十二年前的秋天开始，我就不再能到她家去做客，后来连她们的消息也不知道了。记得一九六七年春天的一个清晨，我到报社去上早班（当时我是一名运输卷筒纸的装卸工），在圆明园路北京路的转角处曾经看见过她一次。当时她和另一位中年妇女在一起，匆匆地向外滩方向走去。我发现她憔悴得多了，但灵活的举止还是旧样。她大约没有注意我这个穿着劳动服的装卸工，我自然也没有去打招呼。现在想来，这是我最后一次看见她了。

她的病和死，我还是过了很久以后从人们的谈话中听到的，当然也不可能打听那详情。直到最近，我也一直没有向巴金打听过。很早我就知道他在写这篇文章，后来他曾几次谈起，文章只是开了个头，写不下去了。在这样的场合，我不想接口，总是岔到别的事上去。我明白他的心情。我担心他禁不起这样感情的重负。直到从他手里接过了原稿，才算舒了一口气。我为老人的坚强而高兴。我相信他为我们社会主义祖国努力工作的诺言不只是说说的。通过这一篇浸透血泪的文字，我得到的是激励与鼓舞。我相信，阴暗的过去带来的必然是阳光璀璨的未来。在人类的历史上毫无收获的牺牲还从来不曾有过。

《怀念萧珊》记下的是充满了悲痛的故事，我倒想在这里写下一些欢快的记忆。自然我所知道的并不多，也不过是一九四六年以后十年中间的一些往事。当时，霞飞坊巴金的家——只是三层的一间书房兼卧室和二楼的一间客厅兼饭厅——曾被朋友们戏称为“沙龙”，萧珊就是这“沙龙”的女主人。每天下午和晚上，这里总是有客人，有时客人多得使这间正中放了一张圆台的屋子显得太逼窄了。客人当然绝大多数是巴金的朋友，但也有萧珊的一些搞文学的大学里的同学——她曾经是昆明西南联大的学生。不过不管是老一辈或同辈的，她都接待得好，客人们都喜欢这个女主人。她是宁波人，不过我好像没有听见她说过家乡话，她好像也不会说四川话，她说的是普通话，不够纯正的普通话。她高兴的时候，用不够标准的普通话和朋友谈笑时，真有一种生气，同时也极大地显示了她的善良、单纯、愉快的性格。她一直生活在这样的环境里。熟朋友如靳以见面时总要对她讲两句笑话，有时还打趣她，靳以是把她当作小妹妹看待的，叫她的名字时总要把尾音提高拉长，巴金也总是这样叫她的。

在“四害”横行的日子里，我一点都不了解她的处境，但那一切却都是可以想象的。我担心，她怎能忍受得住那些超出想象的折磨和侮辱？她能挺过来吗？事实已经证实，她没有能挺过来。

有时候她会显得有些神经质。那是弄文学的人所不可避免的。她常常捧着一小册屠格涅夫或别的欧洲作家小说的英译本在读，蹺着双腿偎在长沙发里细心地长久地读着。这时她就会跟着小说里人物的命运走，有时会提出玄妙的饱含哲理的问题或见解。这一切和窗外的现实是隔得多么辽远，但她提出这些来时是认真的。当她自己发现这一切不免有些突兀可笑时，就腼腆地一笑，合上书，又回到现实生活中来了。

就是在这前后，她开始译一点屠格涅夫的小说。我曾读过她最初的译稿。她还要我给她的译文润色一下。可是我哪有这样的狂妄。她有她自己的风格，她用她特有的纤细灵巧女性的感觉，用祖国的语言重述了屠格涅夫笔下的美丽动人的故事，译文是很美的。

这就是一九五三年夏出版的屠格涅夫的《阿细亚》。前面附有五幅精美插图的一本小书。正因为这是一本小书，它又幸运地回到我的手里。紧接着她又译出了同一作者的《初恋》、《奇怪的故事》，和普希金的《别尔金小说集》。现在这几本书的平装本和精装本都已回到我的手中，这是使我感到非常高兴的事。

这些书的译成和印制都曾为人们带来很大的愉乐。平装本是毛边的，这是有意继承五四以来最早的新文学出版物的传统。从《奇怪的故事》开始，又印了特印本。是蓝绸硬面烫金的，每种印的不多。我在印《旧戏新谈》时曾买了一些重磅木造纸做封面，还剩下了几十张，这时就献出来。巴金笑说，这拿来印书一定不好看。但印成的一百零五页的《初恋》，却实在不坏。米色布面烫金，封面是两匹马和一个坐在雪橇上的人。

……………

我很惭愧，只能用这样的文字来给萧珊作纪念。我希望，她的遗译还会有重印的机会。我相信，喜欢、感谢她的劳动成果的人，在我们可爱的社会主义祖国里，并不只是一个、两个。……

《先知》

在我开始买线装书以前，曾经有好几年热衷于搜集五四以来新文学的版本书。现在，这当然已经不成问题，但在四十年前，如果有谁提出新文学书也有版本问题，大抵是必然会引起哄堂非笑的吧！记得最早的同道就有《书话》的作者唐弢。当时我还是个中学生，唐弢就住在我家附近的一个弄堂里。我用母亲给的日用钱从旧书摊上搜得的鲁迅、周作人、郁达夫……著作的初版本、毛边本、签名本……就曾引起唐弢的浓厚兴趣。几十年来，唐弢一直锲而不舍，不但辛勤收集，而且专心研究，有了很好的成绩。新文学版本书的重要性也为学术界所公认。我自己则早已洗手不干。不过“零珠碎锦”也还是剩下了一些的。

这次归来的旧书中间，有一本叙利亚诗人凯罗纪伯伦的哲理散文诗《先知》，是一九三一年九月新月书店初版的精装本。这是黑布硬面装的一本小书，别无任何装饰，只在书脊上端粘有一块小纸片，印着“冰心：先知”。这是冰心女士的译本。

值得爱重的是，这是译者的手校本。在扉页上还有冰心用钢笔写的一段题记。

> 这本书送给文藻，感谢他一夏天的功夫，为我校读，给我许多的纠正。——这些纠正中的错误，都成了我们中间最甜柔的戏笑——我所最要纪念的，还是在拭汗挥扇之中，我们隔着圆桌的有趣的工作。
>
> 十一，十七夜，一九三一　冰心

书是用米黄色的道林纸印的，中间插有铜版纸印的插画。校改是用紫色墨水写的。记得还夹着一些用紫藤花编的精巧的小小花环。这次却找不到了。这是抗战初期在上海的地摊上买到的。可以算作我所藏的新文学书中的“白眉”。它的回到我的手中，实在不是我能梦想到的。

不久前，我把这本《先知》托巴金寄还给它原来的主人。后来收到了复信，信中说：“收到巴金转来的您‘还’给我们的那本附有题字的《先知》，真有意外的欢喜和感激！几经离乱，赠书人和受书人的脑海中，都早已没有了那片帆影。为了晚年的慰藉，我们向您深深地致谢。”信是写在一张诗笺上的。三十多年前我曾得到过一张写在同样笺纸上的墨迹，写的是《憩园》里的一段话。后来被抄没了。

一九八〇年十一月十九日重校记

江湖

从归来的旧书中间，往往也夹杂着另外一些有趣的东西。如旧信，残稿，……有些就会引起我久久的思索。

我有个坏习惯，接到朋友的来信，从来不加销毁，有时就随手夹在书本中间。这坏习惯的恶果，在前些年可就完全显示出来了。它们落在“四人帮”爪牙手中，就变成了非凡的宝贝，成为他们罗织罪状，搞瓜蔓抄的资本。

八年前的冬天，在海滨的干校里，当我们这些“审查对象”冒着刺骨的寒风在田里苦干的时候，两位“爪牙”就坐在向阳的宿舍门口，披着棉大衣，一面负暄，一面细细“欣赏”我的日记和信件……每次路过，偶然看见他们脸上漾出一丝得意的微笑时，我的心里就一冷，不知道又被他们找到了什么“罪案”，也不知道哪个朋友又要遭殃，……

不过网罗虽密，漏网的鱼儿也并不是没有。这次偶然发现了一封永玉给我的信，看看邮戳，还是一九五七年三月十一日寄出的。信里还附有一幅小画，是应我的请求，为我打算结集的一册散文所制的封面。画面写的是一个少数民族少女用担筒汲水的一刹那。不用说，这张画是白画了。它幸而逃脱了“爪牙”们的眼睛，不然在“黑画”展览里，大约是会占一席地的吧。

今天，我就要求编者将它发表；同时也希望它仍能作为封面，给我带来光宠。永玉的信，我也想抄两段在这里，今天看看这些历史的陈迹，可能也是有趣的。

> 封面画了几张，选一张，由邮挂号寄上，附信寄上的，只是给您看看，请不必考虑派用场。
>
> …………
>
> 上课把人累得厉害，今年只刻过一幅小木刻。暑假回凰凤一事亦因旅费过巨，不成行了。但颇想您们二位能到北京来玩一趟。
>
> 我的生活较单调，少出门。在家做不了什么事，功课忙且烦，到了一趟学院，回来也就晚了，有机会做专业的或可好些。
>
> 想来上海一趟。想虽想，是很难来的。

今天，画家的这些苦闷，大抵都不存在了。想到这里，不能不深切感到政府为文学艺术工作者带来的温暖。

写到这里，我还想将永玉给我的一首词抄在下面。我希望能得到他的同意。

> 与裳兄久无音问。月前至际垌处，得见一函封为裳兄笔迹，惊喜失态。忆一九四七年曾相约裳兄同游姑苏，

惜稿费为绿衣所误，未能成行。今与梅溪同来，思及旧事，不禁怆然。以金缕曲记之。

年少风情惯。太疏狂，每误青蚨，负我游伴。木叶秋光三十载，涕泪平生抛贱。依旧是缸酒呼唤。问姑苏，长街水巷，谁记得慷慨林冲传？过阊门，愁肠断。
有情莫怕朱颜变。小百年，两岸猿声，芥舟如箭。划到绝处原是梦，梦也烦听归雁。曾几次船头站遍。如幸逢纳兰太守，且看我拼醉倾巨盏。君安否？问来燕。

永玉癸丑初冬于苏州南林旅舍

这是用小楷写在一张皮纸上的小条幅。癸丑是一九七三年，正是风雨如晦的日子。永玉从苏州来沪，我从干校回来相见。拿到这张词稿时，读了，半晌没有话说。接着永玉就和我大谈其当年同游苏州不果之事，我却一些都没有印象了。永玉当时在上海靠卖画为生。所谓画也只不过是木刻。我则是他的大主顾。说也可怜，在报上发表一幅木刻，大约也只能换得二十只大饼吧。有一次我做成了他一笔“大生意”，请他刻了一大批“头花”，给副刊作装饰。在他词里说什么为绿衣人所误，怕也是冤枉了邮递员。我怀疑那笔能玩一次苏州的“稿费”，根本就是虚幻的。

永玉是绝顶聪明的人。记得那次他告诉我，在干校时，夜里在被筒里用手电筒偷读唐宋词的故事。这首金缕曲填得好。好就好在写出了一九七三年秋人们的沉重的心。这可不只是一个两个人的心。同时词里又是洋溢着乐观的调子的。

正如永玉当时也还是滔滔不绝地说着的无数绝妙的笑话。他对那一切，是充满了蔑视的。

这以后，紧接着就是那场铺天盖地的“批黑画”运动。又是长久地没有消息。又过了些时，他给了我一大幅荷花，这可真正是一幅“黑画”。在风雨如磐的荷塘里，在枯枝败叶中间有三朵大红荷花，花瓣上钩了金。画上有小楷长跋，大大称赞了一通《红楼梦》里林姑娘所激赏的李义山的诗句，留得残荷听雨声。

这以后，又是“久无音问”。不过和过去的情况完全不同了。这可真正是值得高兴的事。庄生有言：“泉涸，鱼相处于陆。相濡以沫，相响以湿，不若相忘于江湖。”

相濡相响的日子是值得怀念的。可是到底不如大家在四个现代化的江湖里“相忘”的好。

阿英的一封信

这次收回的藏书中有几册阿英的著作，但六七种大部头的书都不见，这都是他签名见赠的本子，是很可惜的。阿英受到林彪、“四人帮”的残酷迫害，终于死去。在他逝世之前，始终没有能看到收回被抄去的藏书。据说陈伯达得知阿英“靠边”的当天，连夜派了车子到他家去把所有的善本书劫去了。陈伯达是知道阿英的藏书情况的，因为过去阿英曾接待他参观过。陈伯达和那个和林彪、“四人帮”有着密切关系的“大人物”就是这种挂着“风雅”招牌的大坏蛋，他们的行径比起钤山堂主人严嵩来是尤有过之的。象《一捧雪》那样的故事，三四百年以后还依样重演，不能不说是一件触目惊心的事。

阿英在文学研究上的业绩，很重要的一个方面是对新文学史料的搜集、整理、研究。《新文学大系》中的史料索引卷就是一个证据。他收集的五四以来新文学出版物是非常丰富的。抗战中他出走苏北根据地之前，藏书都留在上海，后来全部星散了。有一个时期，上海的旧书店、旧书摊上，到处都可以看到他的藏书，书上都钤有一方《阿英》两字的朱文小印。我也曾买到过一些，可惜的是当时没有有力而又好事之徒为他抢救下来。

解放以后，阿英的研究兴趣似乎已经转移到戏曲、弹词、版画和晚清文学、社会史料方面来了。虽然多病，而兴致一直不衰。这次在一本书里发现了他一九六一年给我的一封信，也要算是不无价值的史料了，现在就摘抄在下面：

很久想写信给你，却拖了下来。

大样转给郭老（他在外地休养）后，昨接他回信，说“勉仲一文很好，□□一文，尚值得商榷。焦理堂《云贞行》是否作于乾隆五六——五七年，未见原稿本，不敢肯定。稿本不知是否焦之亲笔。如为别人所抄，则纪年未必可信，不然，何以刻本《雕菰集》却无纪年的”。另一名字我看不清，故以□□代。不知你能代查讯一下否？

《绘声阁正续集》（我有正集），《碧城仙馆集》（他已看过，但没有见到原刻），已转寄郭老，并请其翻阅时小心。他带回后，当即日寄回给你。

…………

近来工作情况如何，极念。何时还有机会偕尊夫人北来一游否？

数年来一直在病中，近已能开始工作。买书癖日甚，数年来，已聚鸦片后清人集五千余种。戏曲可说无所得。弹词近又续收乾嘉本及旧抄本，但来源似甚枯竭。不知沪上情况如何？如时逛书店，不知能否代注意一下。

我的地址你可能记不得了。是北京交道口南棉花胡同甲二十四号。

匆匆即请

双安

英　十六日

这是我们分手七年以后的第一次通信。当时郭老正在以很高的兴致研究《再生缘》的作者陈端生，而我正好藏有端生妹长生的诗集正续集，为“织云楼合刻”的两种。就托阿英寄给郭老，后来郭老又写了一篇长文论定。那两本“合刻”是我在来青阁买得的，已经蠹吻如丝，郭老在阅读过程中还手为粘补。现在这两册书，却已有目无书，不知何往了。

一九五四年我曾到阿英的棉花胡同住所去访问过，他以非常好的兴致搬出书来给我看。记得看了许多明刻本，留给我颇深印象的是，其中颇有一些是他在新四军转战苏北时，抢救下来的。由于时间匆促，没有能够看到他藏书中的精品，我想，他的“善本”，不一定是明刻本，倒应该是晚清罕见的别集和俗文学史料吧。但陈伯达之流是肯定不会理解这一点的。

到了一九六二年，他还有那么好的兴致搜书，“书癖日甚”，这一点确也不易为人们所理解。我希望将来他的藏书能集中在一起，作为一个专藏，将是给他留下的一个很好的纪念。

《革命者的乡土》

从发还的藏书多半只是零星小册，而开本大、册数多的，就往往“迷失”的情况看，“四人帮”的爪牙们的取舍标准是非常严格的。在他们的头脑里起决定作用的，恰恰是那个该死的“价值规律”。当然，书，不过是印上了黑字的一堆纸而已，就是论斤，也是大的、厚的、重的价值来得高。这是除了白痴都明白的道理，不必大惊小怪的。

不过在留下来的小册子当中，却正有我所十分爱重的东西在。一本《革命者的乡土》，一九四六年六月时代社出版的，就是不折不扣的一本小册子。扉页上有作者一九四七年十一月在上海题赠的手迹。这正是我们的“论交之始”，距今已是三十一年了。我们是同行，也是同道，不过那时我已被打破了饭碗，而他却不曾。我读了这本小册子，产生了一种肃然的心情，就保存了起来，和一些喜欢的书本放在一起。这次又重翻了一遍，这已成为不折不扣的历史，不过肃然的心情依旧不曾改变。

同一作者的诗集《往日集》，印成于一九六一年，纸墨讲究得多了，不过依然是一本小册子，所收的诗也还是以四十年代的作品为多，这次也一起回到我的手中，那么就和《革命者的乡土》做伴，重新藏在书柜里。

商务印书馆出过一套文学研究会丛书，装制颇精，也全是小册，这次回来了三本。朱自清的《你我》，卞之琳译的《西窗集》和郑振铎的《西行书简》，全是我喜欢的书。特别是那后一本。记得那是上海成为孤岛之后不久，当时还是中学生的我，打听到郑振铎的住址，就跑了去访问。果然在静安寺“庙弄”的一座小洋房里找到了他。这是第一次相见，也并无人介绍。他穿着一身半旧的西装，就在他家的小花园里和我这个年青的读者谈话，我说完了准备好的几句话以后，就从袋里摸出了《西行书简》，请他题字。他就站在花园里，取下钢笔在扉页上写道：“旧游之地，今已沦为孤兔之窟，何日得重游？郑振铎。”他那“龙飞凤舞”的钢笔字，特别显露出一种凌厉之气，使我今天还能记起当时被激起的敬佩之情。

…………

书的故事是说不完的。这回真的是写倦了，且待下次有机会再接下去吧。

日记·日记文学·日记侦察学

多年来的习惯，临睡之前，枕侧一定要摆几本书，好像不翻看几页，总不肯安然入梦。有时白天有什么事，当天的报纸有重要的文章来不及看，想在枕上补课，但效果往往不好。不是失眠就是弄得头脑发胀，引人入胜的小说也要不得，它会使你不能掩卷，就算下了决心熄灯，也还是要辗转反侧……我的经验，枕上读书，最好是短篇的散文、杂文，郁达夫的日记尤佳，简直是找不到更好代替物的了。

达夫的《日记九种》和后来的《达夫日记集》我都是多次读过的。说来可笑，二十多年前要写纪念上海工人三次武装起义的文章，缺少参考资料，《达夫日记》就曾帮了大忙。这怕是无论谁也想不到的。

不久前遇见刚从富春江上归来的苗子，闲谈中听他说起，达夫的日记手稿还安然保存在富阳的老屋里，由他的儿子珍藏着。最近这日记曾整理了一些陆续发表在浙江的刊物上，我曾草草翻阅过一点，说不出什么。据说，这日记的原稿和《日记九种》中所载，颇有不同。原来，达夫在发表之前，是曾加过工的。我这才恍然大悟，仿佛摸到了从“日记”到

“日记文学”的途径。达夫先生在《再谈日记》一文中说起他发表自己日记的经过时，也没有透露这一节，这就使我非常高兴，因为又学到了一点过去所不知道的知识了。

日记，大抵总是写了给自己看的。不过当然也有例外。有些作者，当下笔之初，就已经打定了传世的主意了。如李慈铭，当写好了半年或一年的日记，就装订起来，准备旁人来借钞。不过《越缦堂日记》里常常会遇到大片大片用墨笔涂得一塌糊涂的地方，使人看了气闷。可见他老先生在借出以前，曾经仔细地检查过一番。这可不是我心目中日记的正宗。此外，如曾国藩的《求阙斋日记》、翁同龢的《翁文恭公日记》……大抵都有类似的气味，不过这些到底都是名人，他们日记的手迹，也都早已影印出来，而且研经治史，朝章国故，以至封建教条的种种内容也各已辑印行世，当然也都有其参考价值的。但这毕竟不是我所向往的读物。

不知从什么时候开始，写日记竟成了一种危险的恶习。特别是过去十年，不少人弄得家破人亡，妻离子散，往往只不过是在日记里被发现了什么把柄。因为是白纸黑字，是定罪的头等证物，因此也更为某种人物所重视与欢迎。如此这般，我发现，一门崭新的学问，姑且名之为“日记侦察学”吧，已经产生。这确实不是我的耸人听闻，而是有确凿的事实根据的。

我是有写日记的“恶习”的，而且也已持续了数十年之久。解放前写日记，虽然因为年青，阅世未深，不知此中利害，但到底心存顾忌。即使如此，今天看来，违碍之处着实还是不少。但上帝保佑，竟平安地保存下来了，没有出什么乱子。解放以后，放心大胆地记日记了，每年总有一本或几本。除了日常活动，书信往来，也记些读书笔记，创作意图，山川风物，文物图书。在我，是记得津津有味的，自然做梦也想不到有出版或辑录成书的好运。但事情往往就是这样奇怪，这些日记，十年前的一天，一股脑儿被拿去了。我还清楚地记得“英雄”们发现它们时得意的神色。当时我还奇怪地想，这又不是银行存折，有什么值得高兴的呢？可证执迷不悟之深。

不久以前，这些日记又回到我的手中了，足足装了一麻袋。有趣的是，每本日记中，都有几十百条夹签，上有红笔批注；在日记里面，又划满了红杠子，也就是夹签指出的要害所在。每本日记的封面上，都贴上一张纸，上写编号，年月，“已抄”等等字样。此外，就又发现了扎得整整齐齐的一大捆“抄稿本”。这就是根据夹签的指示，恭楷抄下来的分门别类的“日记摘抄”。这实在不能不使我惊异、佩服，而且感激了。真是做梦也不曾想到，竟变成了如此伟大的人物。在“四人帮”的爪牙们看来，我大抵是有被“宣付国史馆列传”的资格的。不知道到底应该放进“黑帮传”还是什么传里，反正是一展卷而材料皆备矣。真是不胜其惶悚屏营之至！

至今我还不敢擅自整理，夹签也一张都不敢抽去，也没有时间仔细研究。现在只能举几个例在这里。如日记中记与友人吃饭，就被归入“腐化生活”类；有记买书事就归入

“进书”类；（按，这是执行那个所谓“理论权威”的“指示”，搜集我“以伪乱真”的“罪证”的。）记写了什么文章，就归入“炮制毒草”类；记采访荣德生、郭棣活事，就归入“吹捧资本家”类；出版了一册新书分送朋友，就批“从赠书名单看黄的关系人”……我只不过多少翻了一下，就发现我的平凡生活竟是如此丰富多彩！真使我开了眼界，重新发现了自己。

从一个角度看，这正是新兴的“日记侦察学”的发展与实践的一个好例。那用心之细密，分类之严谨，着实使人吃惊；从另一方面看，这又是“四人帮”的道德观、是非观……总之是世界观的极丰富、全面的展览。我想什么时候稍有闲空，就要加以整理、研究，这是完全有可能成为一篇有分量的学术论文的。这可实在并非什么笑话。

一九七九年三月廿三日

春夜随笔

自从“半个红学家”江青垮了台，《红楼梦》研究的空气又浓厚起来了。报刊上出现的这类文字风起云涌，有些还是皇皇巨著的摘要，殊使人有目不暇接之势。鸿篇巨制自然不是咄嗟可办的，那么是早经着手的无疑了。可见在过去的十多年中，也还有不少人闭户研究，并不跟随“半个红学家”起哄。也许，此中还有着与清代乾嘉考据之学盛行相同的因素，也说不定。

我见闻有限，消息不灵。不过也曾浏览过部分论文，有些感想，当然这只能是一个读者的读后感。

总的来说，研究的深度与广度比过去大不同了。对曹雪芹的家世，已经探索到他的远祖；通过几个古钞本的比勘研究，探索原本面貌的工作，也有人着手了；对作品产生的时代背景的研究，也铺展得较宽了；有关作者传记材料的新发现，也时有所闻，而曹雪芹的文学传记也开始出现了。连曹寅的《楝亭集》也已影印出版。至于分析研究作品人物、创作思想、文学技巧的文章就更多一些。当然不能说全部都是精彩之作，这怎么可能呢？不过质总是建筑在量的基础上的。

如果只准许一两个人发言，而且声明只有这才是唯一正确的，那可实在危险得很。万一这不幸而是昏话，后果如何，不问可知矣。盖不只“红学”一事为然也。

如果要说一点意见的话，那么我想指出，有些论文，水平是不能说怎样高的。例如有的作者在研究有关红楼梦研究中的“随笔论著”，这自然是很好的。但所举出的不过是几种极少参考价值的小册子，而且花了很多篇幅来介绍那些明明是无聊、荒谬的论点。曹雪芹画像真伪问题，又有人重新提出了，但说来说去不过是重复十多年前已经提出过的论点，使人读了意兴索然。有些学术刊物，好像不编入一两篇研究《红楼梦》的文章，就不够时髦似的，但后果如此，不能不使人感到白报纸确也使用得可惜。

清初禅悦之风和《红楼梦》有没有关系呢？当然是有的，可能还很密切。这是个出色的研究题目。从作者排列的目录章节看，也是很吸引人的，但读下来的感觉是有如在灵隐山门外面摸了一下冰凉的石柱础；蒙胧地望了一眼大殿的影子，终于没有能得到些微向往已久的知识。只好叹口气，废然掩卷。此外，还有一些过于“高深”、“细腻”的考证之作，是我所看不懂的。当然也要怪自己缺乏闭户读书的功夫与耐心。这样的研究也许是必要的吧，但可以大胆地说一句，它与大众的关系是不大的。

由于读者对曹雪芹的尊敬与因此而产生的关心，有关作家的遗事、遗物、遗作……一直成为研究者搜求的重要目标，而这种搜求是日益困难起来了，因此凡有发现，也必然要引起注意。在这方面吴恩裕的努力是不可忽视的。三十年来，他曾提供过不少有关资料，至今还为研究者所运用。最近的消息是他又有新的发现了，曹雪芹的遗稿和遗物。不过对这些发现目前正在进行着颇激烈的争辩，真伪尚无定论。不过这种争论究竟还是比较实在的，不那么虚无缥缈，因此读者是多的，也更为人们所理解和关心。此外，就是所谓大观园的遗址，也是争论得非常激烈的问题。我见过一篇有趣的论文，是反对大观园实有其地的。当然这也是一种意见，说出来也并非难事，但文章却花了极大力气，从宋代范仲淹《岳阳楼记》起，下至《大观堂文集》、《大观录》……，凡有“大观”字样者一一排比而罗列之。其实这对作者的论点并无若何关涉。而且我想，这种排比，也肯定仍是挂一漏万的。我看，这倒应该算是《红楼梦》研究中出现的一种别格。

《红楼梦》研究成为一时风气，人人争做红学家，这自然是一种盛况。不过作为一个读者，我想冒昧地提出更加切实些的要求，避免花拳绣腿，虚饰浮夸；少争个人闲气，多下实在功夫。学术文章，特别是“红学”，不一定非做得那么神秘、复杂不可。科学研究是需要深入、细致下去的，但绝非“八阵图”，使读者进去以后就钻不出来，难怪有些人只是在阵图门口探头张望一下，立即避开了。大概这并非作者的本意，不过也难说，可能倒正是本意也说不定的。

以上，只是一些极为粗略的印象，也一直不曾有过写下来的意兴。同时，也没有看到过有关《红楼梦》研究风气、趋向的意见。最近，先是从报纸上得到介绍，继而从《北方论丛》上读到了戴不凡《揭开〈红楼梦〉作者之谜》的文章，这才深切感到我所一直抱有的某些“隐忧”，确已公开化了。因为论文作者不但提出了新的论题，而且表现了空前英武的姿态。他宣布过去的《红楼梦》研究，有的“大概也就全部完蛋”，有的就该“相应予以报废”，有的要让它们“见鬼去吧”。……而他的论断将使某些研究者“满头冒汗瞠目结舌”或“暴跳如雷”。总之，在他看来，干脆彻底得很，包括我上面所列举的那些研究文字在内，统统无非是“胡(适)说”，或诸如此类的东西。

“新”“旧”“红学家”

——春夜随笔之二

在我们的《红楼梦》研究者中间，似乎长久以来就存在着一种“不平等”的关系了。有些作者，或是自封，或经指定，是要比另一些研究者“高出一等”的。不知从什么时候开始，出现了一个“红学家”的专称，这是个半开玩笑，带有嘲讽意味的头衔。第一个发明者大概对“小说家流”抱有一定程度的蔑视，认为这种不登大雅之堂的东西居然有人会来研究，居然又七嘴八舌弄得如此热闹，真是咄咄怪事。没有办法，跟“臭老九”一样，在九流之末，姑且为之安排一个座位，也算做一“家”，又不知从什么时候起，“红学家”又有了新旧之分。那标准也颇为模糊。一般的看法，是王梦阮、蔡元培等算是“旧”的，而从胡适开始，就是“新”的了。（戴不凡称俞平伯为“老红学家”，是为特例。）另外一个虽不成文但有特定意义的标准则是，凡是注意研究作者家世、版本源流、注意脂砚斋批、探索原稿、残稿面目的总都被视为“不大正派”、“邪门歪道”；只有一空依傍，专论微言大义者才是正经的“文学评论家”（他们是从来不肯厕身

“红学家”之列的）。又不知从什么时候开始，本来是非常分明的分界线竟又有些模糊起来，“评论家”也开始引用“脂批”，真是纡尊降贵，面子不小；“脂戚本”、“脂京本”……这些令人头痛的代号也在“评论家”的文章中出现了，……总之，在研究工作中，较多地有了共同语言、学术交流，这是很可喜的现象。但身份还是马虎不得。“评论家”们似乎是“天生的”，写起文章来，必称对方为“先生”，采取一种“高屋建瓴”的架势，在气势上就先已压服了对手。虽然也要引用一些“红学家”发掘出来的成果、资料，但必多方表明不屑之状，反复撇清自己并不掌握任何“珍秘史料”，好像研究资料是什么不干净的事物，沾不得。当然一扭头就来夸说自己如何目光如炬，在“红学家”视而不见之处，发现了可贵的真理。这与某些“长官”以“大老粗”自豪的精神状态是很有些相通之处的。至于写起论文来，无疑就要势派惊人，一鼓作气，形成势如破竹的击溃局面。

这种形势的逐步形成，大抵始于批判胡适之时，至十多年前而“发扬光大”，登峰造极。因为那时所谓“新红学家”大半都已被打翻在地，连呻吟也不敢了。

这种局面，看来是有打破的必要的。不然就谈不上什么学术民主。两年来学术界出现的一个团结的萌芽，争鸣的气氛，在戴不凡的文章中一些都不见，他霸道得比任何“评论家”还要霸道。

与此同时，在“新红学家”群中，又存在着相当严重的文人相轻的现象。有时争论起来，竟自面红耳赤，失去常态，难道他们是百分之百地为真理而争辩么，好像又不是。在这种公开争辩之外，在字里行间，笔锋所及，更多的是“微言大义”，不是细心的读者，往往是不易察觉的。这不能不涉及在我们的文学史上早已有之的一种并非怎样高明，也不宜全面继承的“传统”。人都希望进步，这是很好的事；在前进的道路上有竞争，这也是必然的。大家都是“新红学家”，好像都觉得不够光彩，谁都希望能够摆脱这种身份，爬到“评论家”的高枝上去。这可能也是产生矛盾的一个重要因素。我不是“红学家”，新、旧都不够格，这不过是我的猜测。

向上，是无可非议的。向上，一定要有一个标准。因而这个“标准”就值得研究。希望达到一个新的“标准”，同时也就希望摆脱一个旧的“标准”。是怎样的“标准”呢，这在戴不凡的文章中不是无迹可寻的。

戴不凡用来“克敌制胜”的重要或唯一的武器就是“胡（适）说”论。借了一九五四年批判胡适主观唯心主义的余威，把《红楼梦》研究者的工作，不论是正确还是错误、有益还是有害，一股脑儿都拿来与胡适挂起钩来，使之统统具备“完蛋”的条件。也不过就是这样一种简单的方法。

你说脂砚斋是史湘云，这是“自叙”说，是该死的；我说“曹頫基本上可以确定他实即畸笏。评（疑当作‘详’）拙作《脂批考》”。这是工作需要，无可非议的。

《红楼梦》中有过这样的话：“所以蓬牖茅椽，绳床瓦灶，并不足妨我襟怀；况那晨风夕月，阶柳庭花，更觉得润人笔墨。”戴不凡用并不烦琐的考证方法，证明了“坐于窗明几净房子中的红学家”所不曾考虑到的事物。“蓬牖”只能用于南方，在北京可万万用不得，要冻死的；“瓦灶”呢，那是“缸缸灶”，“是吴越贫民以及职业乞丐、小庙僧道的日用必需品”。不是“博物君子”，哪里知道得这么仔细呢？不敬得很，将这种随手点染的四六对仗句考证坐实，实在不能算是什么严肃的做法。这一切都是为一个论点服务的，是证明《红楼梦》的作者是久居南方的，是为了这个假设而求证的需要。记得严绳孙给纳兰容若的信里就曾有嵌入“朱门”、“蓬户”的一组对句，也是用来作贫富对比的。而当时住在北京明珠室内的严绳孙也的确并未冻死，他不过是说两句俏皮话而已。

一切必须服务于自己的论点，客观实际是不必顾及的。这就叫作实用主义。

支持着这实用主义的，恰恰正是“胡适的自叙说”（即“胡说”论）这根大棒。

关于“自叙说”

——春夜随笔之三

先引用一点鲁迅先生在《中国小说史略》中有关《红楼梦》的论述。

> 而世间信者特少（按指“明言雪芹之书，所记者其闻见”），王国维（《静安文集》）且诘难此类，以为“所谓‘亲见亲闻’者，亦可自旁观者之口言之，未必躬为剧中之人物”也。迨胡适作考证，乃较然彰明，知曹雪芹实生于荣华，终于苓落，半生经历，绝似“石头”，著书西郊，未就而殁；……

又评论《红楼梦》云：

> 盖叙述皆存本真，闻见悉所亲历，正因写实，转成新鲜。而世人忽略此言，每欲别求深义，揣测之说，久而遂多。

先生此书之成，距今已近六十年。在这中间，对于《红楼梦》的研究，有了许多新的发现和论辩成果。《史略》中个别具体结论，也有些需要进行修改了。但我们所应注意的是先生立论的精神。《史略》于一九三〇年重校刊行，先生撰有题记；《史略》又于一九三五年译为日文，先生为撰序文，对新发现的资料可以纠正旧说者，都声明改正，而不及有关《红楼梦》的论断。这是足以证明在先生的晚年，也依旧保持原来的论点的。此外，在别的地方，先生又曾数数批判胡适的政治立场并指摘“特种学者胡适之”的“自传说”谬见。凡此种种，都值得我们今天慎重的考虑。

“自叙说”，是一种从简单平实的看法发展到荒谬地步的错误论点，是应该反对的。导致这种错误论点的主观唯心主义，是应予批判的。这统统都没有疑义。但这不是说胡适及某些研究者的研究成果，从一开始就统统要不得。这样的论者，终于还逃不脱形而上学的牢笼。而鲁迅先生就不是这样。

鲁迅根据自己写小说的经验，深信“亲见亲闻”是现实主义创作方法的基础；同时作为参考，并记下了王国维的“间接经验”说。他的肯定胡适的考证结论，也正在此，也仅在于此。至于一旦恶性发展成为自然主义，鲁迅就坚决地加以反对，斥之为“特种学者”。鲁迅是清醒的唯物论者，他的敏锐，他的实事求是，都是最可宝贵的品质。如果我们因为反对自然主义的“自传说”，就将一切研究作者家世生平……的工作都与“自传说”等同起来，一棒打杀，事实上就连王国维也不如，不能不落入最不光彩的“境由心造”的营垒里去，成为彻头彻尾的现实主义的对立面。

写小说不是写历史，曹雪芹也没有录像机和录音器，怎么能要求他的小说无一事一字无来历呢?

曹雪芹也不是魔术师，怎能要求他在一张手帕下面变出一座“大观园”来呢?他必须看见过实物，这才能综合取舍，创造提高。写出一座大观园，没有“蓝本”是不行的。至于这“蓝本”在北京或在南京，原型是一个园子或是多少园子的综合，这些问题尽可由研究者自由探讨，各自摆出自己的论据来。我们不是不可知论者，相信正确的结论终于是会做出的。

这些也真无非是老掉了牙的老生常谈，但今天还要来重复则是可悲的。

从戴不凡的长文里可以知道，他确是下了功夫的，还写了《脂批考》。但他在运用脂批的时候是很谨慎的。他也不是完全没有回避的。例如和《风月宝鉴》及黄色小说都有密切关系的天香楼事件的脂批，就不引。原因何在?无非因为这些脂批说明了一个事实，天香楼事件是确曾发生过的“历史真实”，不论曹雪芹是作家还是编辑，也不论已删的小说有关天香楼事件原文与原状有怎样的差异，都脱不了真人真事的干系，自以不提为是。“因命芹溪删去”，这种白纸红字批语，在现实主义反对者看来，是过于刺目、过于可恶了。“雪芹自叙”是该死的，难道“石兄自叙”就要得么?

戴文主张“石兄生平亦需重新研究”，我是很赞成的。只要不是信口开河，与小说产生有关的一切人物（姑且承认

"石头"是个生物吧）的事情，我们都盼望能多知道一些。不过又不能不想到，还有那位"空空道人"呢，那位居然为小说改了书名的东鲁孔梅溪呢？"世法平等"，我们也要求知道一些有关他们的事情，自然愈详细愈好。按照小说的铺叙，着眼于他们与小说的关系，这些"人"的地位殊亦不在曹雪芹之下。

曹雪芹由于种种客观条件，在写作这本伟大的小说时，在笔头上是弄了不少狡狯的。我们自然应该原谅，并寄予深厚的同情。同时我们也务必保持一个清醒的头脑，防止走上两个极端。一方面不可将孙悟空的颈后毫毛一一当真，顶礼膜拜；一方面也必须停止"禹是一条虫"故事的重演。我很担心，曹雪芹由作家化为编辑，怕还不是最后的结局，弄不好连这个人也会考成"乌有先生"的，这可不是笑话。

一九七九年三月二十六日

论焦大

焦大可以算得是贾府的屈原。焦大不过为了看不惯贾门不肖子孙的行径，酒后发了几句牢骚，就被捆了起来扔在马圈里；又为了防止他讲出更不好听的话来，给他塞了满嘴的马粪。其实焦大的原意是要贾府好，不忍看它陷入破败的境地，动机原是可嘉的，但结果如此，因此他演出的应是一出悲剧。这些意思记得都是鲁迅先生曾经说过的。

归结起来就是，焦大不去为贾府歌功颂德，反而借发酒疯，暴露了贾府的缺点，实属缺德，理应得到如此这般的处分。

这是谁人的观点呢？自然是爬灰、养小叔子的那些老爷、太太、少爷、少奶奶们。下令捆起焦大来的就是凤姐。至于坐在祠堂里的太爷，怕是站在焦大一边的，但对发酒疯，可能也不大赞成。宝玉的态度不大清楚，因为他不懂“爬灰”……这些字眼的奥义，还不识相地向凤姐打听。这也是戴不凡所主张的有大小两个宝玉的一条根据吧？岂有在“初试云雨情”之后很久，还听不懂这些话的道理呢？不过也很难说，封建时代的贵公子有时确实是有些古怪的生物，很难以常理论。

不是作了多年皇帝的溥仪连穿衣、吃饭还不大熟练么？这不是造谣，是他自己说得明明白白的。我想如果宝玉真的懂得焦大说的其实是什么，他也不会主张捆人，呆若木鸡，甚至发起呆病来，都有可能。当然他也不会痛哭流涕，当众检讨，或到祠堂里去请罪。总之，宝玉和凤姐是不同的。

凤姐向盘根问底的宝玉进行恫吓，不许再提了，不然连你也要打死。曹雪芹写得实在深刻，使我们懂得为什么有些人一听见写真实就要吓得灵魂出窍。老爷、太太、少爷、少奶奶们就全靠这层朦胧的、柔情脉脉的纱幕保护了作戏，雾里看花，一切荒淫无耻看来似乎都是高贵文雅的。谁来动一动他们这命根子，可了不得，他们必然站出来誓死保护，原是完全合情合理的行为。

凤姐下令原不过是“捆起来”，塞上满嘴马粪可就是站在一旁的小厮们的发明创造了。这一创造也实在不能不说是天才的。不过无论怎样天才横溢，小厮们还想不到要切断焦大的喉管，看来这只有归因于“时代的局限”了。

一九七九年九月五日

话说乌进孝

《红楼梦》第五十三回上半写“宁国府除夕祭宗祠”，是小说前八十回中最有艺术光彩的篇章之一。可以说是笔酣墨饱、仪态万方。细节安排极为精妙，使用非常简约、精确的笔墨，写出了十分繁富的内容。不只限于出色的平面描写，更具有厚重的烘染暗示效果。至于人物的生动凸现，语言的神情逼肖，在全书中也应该算是最出色的部分。

前些年，这一章曾特别受到了重视、也遭受到可惊的歪曲。除了别有用心者不论外，另一重要原因是出于许多人的焦急。写下满纸富贵繁华、儿女嗔痴的曹雪芹，为什么不写“阶级斗争”呢？为什么还不正面描写农村中的斗争场面呢？等了好半日，到底盼来了一个乌进孝，一个贾府田庄的奴隶总管，怎能不高兴，惊呼，吹捧……这一切原是可以理解的。

象乌进孝这样的人物，在清初人的文集、官府案卷甚至戏曲小说中间，原是多次出现过的。但足以使人念念不忘，成为一种艺术典型者，还只有曹雪芹笔下的这一个。贾珍，无疑是个大大的坏种，但他也有道貌岸然的一面，他训斥贾芹的一场，就是最好的标本，但又决不同于贾政。贾珍对

“老砍头的”乌庄头的几节话，那身份、那口吻、那志得意满，真是活画。曹雪芹写贾珍倒背着两手，细看由贾蓉展开捧起的红禀帖时，那神情，简直就与京戏“法门寺”刘瑾从贾桂手里看状子一般无二。伟大的艺术家曹雪芹早已把表演艺术家在舞台上创造的身段、神情，移到纸上了。

“又来打擂台了。”“不和你们要，找谁去！”只是寥寥数语，实在也并未吹胡子瞪眼，但那效果，不是远较用“三突出”法造出的“阶级斗争”高出万分么！

在这“闲闲写来”的一节中，又写出并暗示了多少内容呢？皇家“恩赏”的作用、光禄寺“穷官儿”的觊觎、贾府请吃年酒的排场……以至铺在石阶上的大狼皮褥子等等。作者特别着意透露的是已经走在下坡路上的贾府现状。凤姐与鸳鸯设法偷老太太的东西当当的绝密小道新闻的传播，和贾珍的估计，极巧妙地暗示了贾蓉与阿凤之间的关系。这一切，正如古代文学评论家所说，“手挥五弦，目送飞鸿”，实在是妙透了。

至于乌庄头的那张单子，当然也是十分珍贵的，不过那是社会科学研究者应加注意的事物了。

以上，就是我对这一章节的内容深度的极为浅薄的蠡测。同时也觉得，怕不一定只有细节描写一种方法才能达到反映现实的目的。特别是在作品的具体结构要求有所限制时是如此。

一九八〇年一月二十二日

古槐书屋

古槐书屋是俞平伯的书斋，知道的人不少。不过他曾有《古槐梦遇》一书，由世界书局于一九三六年出版，恐怕收藏者就不多了。世界书局是很少刊行新文学作品的，这也是此书不为人注意的一个原因。书刊行后不久就抗战了，这就为它的流传带来了极大的限制。全书收近似语录的一百则纪梦小文，前有序："梦醒之间，偶有所遇，遇则记之，初不辨醒耶梦耶，异日追寻，恐自己且茫茫然也，留作灯谜看耳。古槐者不必其地也，姑曰古槐耳。"可以见其风格之一般。其中也颇多辛辣语，不一定全是"闲适"的东西，如第十九则云：

> 站起来是做人的时候，扒下去是做狗的时候，躺着是做诗的时候。

看来这也不大像是梦话。书的扉页上又注明曰"三槐之一"，其余二槐，我也不知道是什么。

我又收到过一本《古槐书屋词》，是一本木刻的小册子，大约只有二十几叶，由作者手写雕版。也是少见的。

此外又有一本《遥夜闺思引》，恐怕流传就更少。这是作者的一首五言长诗，通三千七百馀言，前有自序。全书由作者用极漂亮的小楷写在“仿绍兴本通鉴行格”的纸上。卷尾题“岁次乙酉九月二十四日写于北平　德清俞铭衡平伯”。自序后钤一印，白文，“僧宝”二字。此书于一九四八年在北平由彩华印刷局用玻璃板影印，不过用的乃是洋纸，而装订法甚古，用黄丝线于上下串订，可以说是相当别致的。记得我曾向作者购买初版再版本各一册。现在手头只剩下一九四八年五月再版本一册。再版共印三百本，价十二万元。

诗写得极美，小序用四六文。这些姑不论。我从此知道他写得一手极美的褚河南《枯树赋》。真是漂亮透了。因此前后请他写了大小若干张字。可惜一张都未剩下，而仅存的一张条幅则被“英雄”们在那上面打了一个大大的红笔叉子，不能裱了。这怕是代表了若干年来对俞平伯的评价的吧。

解放以后，俞平伯大概只出过一本《红楼梦研究》，而此书正是一本著名的书。我还藏有一本，未遭祖龙之厄。我还存有一封他一九五〇年十一月二日的来信，信中说：

> 《红楼梦辨》拟改版，名《红楼梦研究》。……先君于上月十二日逝世。弟本无心做文，但与出版方面既有成约，不得不勉力删改旧稿也。……弟俞（在苫）平伯顿首。

这封信恰好说到《红楼梦研究》，而且记下了俞陛云先生逝世的日子，应该是有些文献价值的。一九五四年秋我偕内人到北京游览。友人在全聚德请吃饭。俞先生恰在隔座单间内，曾一招呼。以后不久，以他为靶子的大批判开始，从此就更无音问，以迄于今。

在手边又找到几封他的旧信，都是解放初期所寄。当时我曾向他数数约稿，结果却寄来了三首绝句，是写在洋纸上的。也还是颇认真地用了《枯树赋》的字体写成的。他在信中说："近少作文，却多赋旧体诗，亦可笑也。"又一信则说："弟近来颇作诗，皆七言绝句，以文章不大好做，非诗兴之佳，实文思之窘耳。承加谬赞，如何如何。……尊嘱写件可如命，……惟先生于海王村肆访得之佳楮，乃以鸦涂涴之，岂不可惜欤。盖旧制笺纸，实用一张少一张了。"

记得我寄给他的是在琉璃厂买到的"内用"笺。那是一尺来长的镜面高丽发笺，折成几叠，装在特制的小封套内。据说是乾隆时物，是"十全老人"用来做便条的。当时市价大约是一元一枚。这张字写得颇精，现在是不知道流落到哪里去了。

一九七九年三月卅一日雷雨之夕

碧蕖馆

碧蕖馆是傅惜华的书斋。惜华以收藏戏曲小说，特别是附有精图的本子著名，他的收藏在近代藏书家中间是有重要地位的。

搜求古本戏曲小说的风气起于五四以后，在北方，最早注意及此的是董康，他的《书帕庸谈》是最早出现的专门性的著作。其后有陶兰泉、王孝慈、马隅卿诸位。在南方，就有吴瞿庵、郑振铎、周越然等。

惜华久居北京，他和哥哥芸子都努力收藏俗文学书。解放后惜华入中国戏曲研究院，在元明杂剧传奇著录方面写有专著。我承他招待曾到碧蕖馆看过他的收藏。和马隅卿的“不登大雅之堂”一样，惜华的藏书中也有一大批所谓黄色书，上海的周越然也是如此。作为一种社会文化史的资料，这些东西自然也有它们的文献价值，应该收集保存的。事实上，这种书艺术价值较高的是很少的。大部分是千篇一律，不近人情，只要翻看一两本，就早已知道即将出现什么花样，味如嚼蜡的事物。真正是典型的公式化、概念化作品。有一种名为“性心理学”的科学分支，好些年没有人提起了。著名的英国学者霭理斯的七大册巨著中就采录了不少实例，有一些也援引了文献记录，据我多少年前读后的记忆，那内容实在远不及我们的同类作品的奇突和花样繁多。如果外国学者能看到这些作品，大抵是会为之惊异的吧。这些作者的变态心理活动，明白无疑都是社会压抑的结果，不过其反射采取了特殊的渠道形式而已。

写到这里是必须有例的。那么就来试举一二。

有一种著名的《素蛾编》，本来是周越然的藏书，后来转归惜华了。这是万历刊本，长方板框大册，人物都是“长身玉立”，与《人镜阳秋》的风格相似，而实不太精。前面有小引与近似唐代传奇文的故事一篇，插画就是故事的图解。这是极有名的“宝书”，我有幸得见了，其实也不过如此。

另外还有几种棉纸精印的大方册页，却实在是精妙绝伦的板画。这是万历中新安刻工最精的作品。左图右文。题辞用四体书写成，形式有诗、词或小记。画面出于技巧高绝的画工。与通常此类册页不同的是，故事展开的场合，绝非通常的庭园居室，而是更为平凡也更显露了非常特色的普通生活场景。记得其中一幅是描写渔家生活的。在芦苇丛中，一叶扁舟之上，天空悬着一轮素月，环境的描绘极幽美。无论怎样的事物，在这里也就完全净化了。这确是艺术精品，虽然是不能公之于众的。我自己也有同样形式的出于新安诸黄之手的万历刻本，但内容却不同，是《罗汉十八相》。可见当时这种形式的画册也是颇为流行的。在画工雕手看来，降龙伏虎的道行与“妖精打架”也并无任何高下文野之别。在俗人看来，大约是不可思议的吧。

惜华告诉我，这些画册，都是从北京的旧典当里买来的。它们有一个专用名，曰“避火图”。往往被供奉在账房内隐蔽而神圣的地方，据说可以防止对当铺说来最可怕的火灾。藏有这样“宝贝”的典当大抵都有三四百年的历史，店东与朝奉大抵是安徽人，他们就从家乡带来了这种作厌胜之用的板画。中国的火神也是道学家的好朋友，不愿看见不登大雅之堂的事物，人们利用了火神爷的这一洁癖而获得了意外的平安。这种“常识”好像过去的书本里还不曾记载过。

惜华是有高血压的。久久得不到他的消息，存亡莫卜。最近向北京来的朋友打听，才知道他已故去了。在“文化大革命”中间，他倒还是平安的，书籍也没有损失。但在他死后不久，一天晚上，突然来了几部卡车，把所有的藏书，当然也包括那几卷“避火图”在内，片纸不剩地统统运走了，至今一些都不知道它们的下落。朋友过去曾听惜华说起，康生是常常到他家里看书的。因为这位“理论家”也在“研究”《西厢记》，惜华还曾将一种罕见的《西厢》刻本送给他。“碧蕖馆”藏书的踪迹，看来大约可以从这里找到。

一九七九年四月二日

《版画丛刊》及其他

下面是阿英一九五四年十一月廿五日给我的一封信。

《猎人日记》收到，深谢。

以为还有机会和你们夫妇同游碧云寺，没想到你们竟未曾留，殊以为憾。

不知最近仍有机缘来京否？

其实最近几天，我倒逐渐闲了。

有两个问题想和你谈一谈。

你们编的版画究竟是否出版并出下去？我主张最好能印出。前嘱作序，我早告惜华同志力不胜，他说供给全部材料，我答应代为整写。后来问他要材料，他又说没有，我就无从下笔了。也许我当时听错。我意只要有一个简单例言，也就可以了。若决定不出，我认为与出版家也应结束一下。不知以为何如？

尊藏女性词集，不知是否将罕见者开示一目，李一氓同志很想看看。

兄常跑书店，我很想找几部光绪同文印本的小说，如《水浒》、《红楼》之类（有石印图的），因为想搜集一点石印插图材料。我现只有《聊斋）一种。光绪其他有好插图的石印书也想选存一点。望你为留意。同文《三国》也要。北方很难找。如有，望将书价示知，当即寄来。本子，至少图页要干净一些的。此事不必急急。

最近有何著译？精本小说、传奇，有所得否？

请代问你爱人好。匆请俪安。　阿英

十一月二十五日

一九五四年秋天，我和妻到北京住了一个多月，遇见许多朋友，那些日子是过得很愉快的，至今想起也还难以忘记。阿英先是在缀玉轩里遇见，后来又招待我们吃饭，还约我们一起到西山去看红叶，但我们终于没有践约，就匆匆回沪了。阿英是我所尊敬的前辈，年纪也要比我大好几十岁，但在他身上没有一点前辈的架子。他是极诚挚的人，有时甚至使人觉得他忠厚得过分了。其实他革命半生，在旧社会过着长期艰苦、危险的战斗生活，理应“深于世故”了，至少是有些警惕性的吧，可是并不。在这封信里提到的编印版画的事就可以作为很好的例证。

我在北京时曾到傅惜华的“碧蕖馆”去欣赏过他的藏书。惜华是缀玉轩的旧友，我在梅家与他相识，早就知道他是有名的藏书家，他收藏的明刻戏曲小说是一个非常重要的书藏。我几乎看了他所藏全部插图的精本，真是为之震惊了。当时郑振铎编的《中国版画史图录》早已出版，这是一部开山之作，所收之富和印制之精都是了不起的。但由于此书编刊于抗战中，北方的私家藏书没有能充分利用。因此惜华的藏书几乎都为郑氏图录所未收。我当时年少气盛，也完全没有考虑许多复杂情况，就贸然提议将这些精美的古版画编为《版画丛刊》，陆续印行。大致以新安、金陵、杭州……不同地域的作品为经，以时代先后加以贯串。并无另起炉灶编为全史的野心，只想早日把这些珍贵资料提供出来，使之化身千百，可期垂远。惜华慨然赞同。我提议请阿英写一总序，因为他是内行，同时也是极有资格的美术史论的作者。我以为我这想法是不错的。阿英是谦虚的，也是实事求是的。匆促中不可能进行全面的论述；材料固然丰富，但还不能说是全面的，……这些因素他都考虑到了。即使如此，他还是答应有了材料，来做整写的工作。这就说明他没有任何个人考虑，他盼望此书能够刊行，甚至比我们还要焦急。

后来我们接受了他的意见，把简单的例言，化为在一定程度上详悉的提要，尽可能使之在学术上有一定的深度。稿子写好了。珍贵的样书也寄来了，一起有十几大包，而且都是头本，也就是全部精图所在的卷首。微型照片也拍好了。我和出版家交涉了很久，跑了不知多少趟，但最后也还是不成功，终于功败垂成。甚至直至最后我也没有从出版者那里得知明确的印或不印的决定或理由，每次都被一副笑嘻嘻的面孔挡了回来。今天想来，我原应早就悟出那道理了，但当时就是那么天真，那么一厢情愿。今天想来，阿英对我的信赖，也实在使我感动，他的天真也不下于我这样一个幼稚的年青人。后来我将一包包书样重新寄回给惜华，再一次欣赏那些珍贵的古版画时，那种憾惜之情，到今天也还是如在目前。更令我抱憾的是辜负了阿英真诚、善良的热望。他自己，还为搜集石印的插图资料而独力奔忙着。比起明刻版画来，晚清石印插图算得了什么呢？这就是我当时的看法。我是应该在前辈面前脸红的。因为没有这些“晚近”的资料，也就没有了完整的插图史，我竟连这样基本的事实都没有认识。

一九七九年四月一日

往事回忆

在信堆里又找到了两封阿英的旧信。窗外下着淅沥的春雨，灯下独坐，翻阅着这些发黄变脆的纸张，蓝墨水早已变黑。我于是想到，日子像流水似的过去，一转眼已经快三十年了。

我还是想把它们重抄下来。

《西厢记与白蛇传》收到，谢谢。前寄金石书一帙，亦收到，讫此补谢。

《曲品》原稿，前在文物局见到。兄将此记发表，真是功德无量，惜论断评介未能全部发表。不知你曾否录有副本，如有，甚盼能一借钞也。(如有并可以，请交慧珠同志，她今日返沪，二十后来。)(到后一周，即可寄回。)

前托之方所觅，系嘉业堂本《武梁祠画像考》，后又托人在苏寻觅，亦未找到。拟托兄代为留意买一部，需款请随时示知即寄上。

不知你何时能再北来了。

一年来写了一部反官僚主义的话剧——《模范段》，除此发表了几篇研究性的东西。最近写了一部《中国年画发展史》（人民美术出版社）。下月，拟从事第二话剧写作。此外别无可告。

姬老想常晤见，看通讯，你要去体验生活，不知何时离沪？匆此敬礼。弟阿英　八月十三日

此信写于一九五三年。信里是有一些故事的。我买到祁彪佳的《曲品》《剧品》原稿后，先是将摘要发表在《西厢记与白蛇传》里，作为附录。随后就将原书赠给了北京图书馆。阿英说他在文物局看到此书，那是在团城郑振铎的办公室里。阿英西谛都是古本戏曲的热烈爱好与搜集者。《曲品》的出现引起他们怎样的狂喜是可以想象的。他立即想要借抄，拳拳之心，到今天也还灼然如见。我的校注本，在两年后也印出了。当时曾写信告诉他。我知道，这书寄到北京以后，必然是当作宝贝“深锁琅嬛”，无论谁想借抄也很困难，那就还是先设法印出为妙。

《武梁祠画像考》是《嘉业堂丛书》的一种，不知何故，流传极少，我终于也不曾为他找到。嘉业堂是刘承干的藏书处。鲁迅先生曾称刘为傻公子，虽然行事有许多可笑之处，但他确也刻过一些别的聪明的阔人所不肯刻的大书。这就是傻公子的可爱之处。

从这信里特别使我感动的是他那生气勃勃的战斗、工作精神。他当时担任着全国文联极为繁重的工作，可是写了一

个反对官僚主义的剧本，还想另写一个。又写成了年画史的著作，还在搜集汉画像，戏曲资料。真是了不起旺盛的精力和工作意志。从这里不是可以清楚地看到一九五三年老一辈革命作家的精神面貌吗？这种极为可贵的精神面貌在不久以后就开始受到摧残，到了十几年后索性被彻底搞垮，终于只剩下了魔鬼的舞蹈了。

信里还提到了言慧珠。

慧珠的追悼会是前些时和徐森玉等五位合并举行的。那天我去参加，大厅里已经挤不进去，只好站在门口“吃柱子”。面前的柱子上就正好挂着姬老写给她的一副挽联。我一直念着挽联上“惊变埋玉”、“还巢失凤”的字样，望着厅里挂着的她的照片，听着悼词，想起了许多事情。慧珠当然够不上江青所鼓吹的什么“高大完美”，不过作为一个演员，她是优秀的。她聪明，肯向前辈虚心学习；她继承了梅兰芳身上的某些可贵的艺术素质，她也有自己的特色，不过还来不及凝聚、融化，形成自己的风格就去了。而且去得那么凄凉。听说她是在某一天受尽了侮辱折磨之后，回家，上理发店，上饭店，回家，盛装，然后……“惊变”“埋玉”不只是她曾演过的两折曲子，她的结束，也和“埋玉”里的杨玉环没有什么两样。我想起了鲁迅先生在《女吊》里的几句话，觉得好像正是说的她。

…………

一九七九年四月一日

陈寅恪

中国历史学界，曾经有过著名的南北二陈。北陈是陈援庵（垣），却是广东新会人；南陈则陈寅恪，江西义宁人也，晚年则久居广州。所谓南北，可能是指他们掌教登坛之地而言。两位陈先生都有专精的学养，门弟子满天下，在中国历史研究领域有深远的影响。现在两先生都已谢世，虽然晚岁荣枯颇有不同，不过现在都已得到正确的评价，遗著也都先后陆续刊行了。这是使人非常高兴的事。

抗日战争中，寅恪先生辗转来到昆明教书，援庵先生则留居北平，著作不辍。所作多含有深痛的民族意识与家国之感。其《明季滇黔佛教考》一种，于一九五七年重刊。前有陈寅恪所撰一序，重刊时照样收入。其时援庵已参加中国共产党，而寅恪方大受批判。我得读此序，深感援庵先生的风义，同时也发现寅恪先生虽然以“资产阶级学者”著名，而其言论却颇新颖而正确，并不如举世哄传之谬。此文为我所最爱读的文字之一篇，现在忍不住想重录一过，以飨读者。

中国史学，莫盛于宋。而宋代史家之著述，于宗教往往疏略，此不独由于意执之偏蔽，亦其知见之狭陋有以致之。元明及清，治史者之学识，更不逮宋，故严格言之，中国乙部之中，几无完善之宗教史，然其有之，实自近岁新会陈援庵先生之著述始。先生先后考释摩尼佛教诸文，海内外学者咸已诵读而仰慕之矣，今复以所著《明季滇黔佛教考》远寄寅恪读之，并命缀以一言。……抑寅恪读是书竟，别有感焉。世人或谓宗教与政治不同物，是以二者不可参互合论，然自来史实所昭示，宗教与政治，终不能无所关涉。即就先生是书所述者言之，明末永历之世，滇黔实当日之畿辅，而神州正朔之所在也，故值艰危扰攘之际，以边徼一隅之地，犹略能萃集禹域文化之精英者，盖由于此。及明社既屋，其地之学人端士，相率遁逃于禅，以全其志节，今日追述当时政治之变迁，以考其人之出处本末，虽曰宗教史，未尝不可作政治史读也。呜呼！昔晋永嘉之乱，支愍度始欲过江，与一伧道人为侣，谋曰："用旧义往江东，恐不办得食，便共立心无义。"既而此道人不成渡，愍度果讲义积年，后此道人寄语愍度云，"心无义那可立，治此计权救饥耳，无为遂负如来也。"忆丁丑之秋，寅恪别先生于燕京，及抵长沙，而金陵瓦解，乃南驰苍梧瘴海，转徙于滇池洱海之区，亦将三岁矣，此三岁中，天下之变无穷，先生讲学著书于东北风尘之际，寅恪入城乞食于西南天地之间，南北相望，幸俱未树新义，以负如来。今先生是书刊印将毕，寅恪不获躬执校雠之役于景山北海之旁，仅远自万里海山之外寄以序言，藉告并世之喜读是书者。谁实为之，孰令致之，岂非宗教与政治虽不同物，而终不能无所关涉之一例证欤！

此序写于一九四〇年七月。今天读来，则不但陈援庵一九五七年不抽去此序为不可及；一九四〇年初刊时竟登此序也是要有很大勇气的。寅恪所说宗教与政治不可分割的道理，自然是正确的。他引支愍度南渡事，更是对动乱社会与人民心理有深刻理解的表现。序文写得更是文情俱胜。这在寅恪先生晚年著述中更是一个特色，也许可以称之为“历史学与文学虽不同物，而终不能无所关涉之一例证”的吧。

上面一抄就抄了许多，自己也感到有些不大合适。不过我还想更抄一段另外的文件，这是从我过去的一个抄本里转录的。那是陈寅恪先生为冯著《中国哲学史》下册所写的“审查报告”，也已是四十年前的文献了。

窃疑中国自今日以后，即使能忠实输入北美或东欧之思想，其结局当亦等于玄类唯识之学，在吾国思想史上既不能居最高之地位，且亦终归于歇绝者，其真能于思想上自成系统、有所创获者，必须一方面吸收输入外来之学说，一方面不忘本来民族之地位。此二种相反而适相成之态度，乃道教之真精神，新儒家之旧途径，而二千年吾民族与他民族思想接触史之所昭示者也。寅恪平生为不古不今之学，思想囿于咸丰同治之世，议论近

> 乎（曾）湘乡（张）南皮之间。承审查此书，草此报告，陈述所见，殆所谓“以新瓶而装旧酒”者。诚知旧酒味酸而莫肯售，姑注于新瓶之底，以求一尝可乎？

幸亏这一段并不太长，抄起来还不费力。可是其意见之尖锐、犀利，态度之坦率、风趣，也正不易企及。虽然他的某些见解是属于百家争鸣的范畴，可供讨论批评的；但他在四十年前的意见，在向“四化”进军的今天，也还是可以作为参考的。几十年中间，有多少学人、志士曾经为此事而反复考虑。即使不能称之为先进的中国人，但敏锐的中国人这一称号，在陈先生是可以当之无愧的吧。

我抄下这两节并不太长的文字，用以介绍寅恪先生思想的一两个侧面，看来比我吃力地说许多废话效果要好得多。

一九七九年四月八日

昨天看到新刊《中国史研究》中收有陈垣的《治史遗简》，是从援庵先生的家书中选录出来的。其中有许多精语。一九四〇年七月卅一日一信中说：

> 前日接到十七日函，并寅恪先生序。第六卷将印毕，正好赶到，喜出望外。兹有复先生一函，便寄去。《佛教考》稿现在何处？寅丈看过后，口头有何批评，至紧告我。

这里所说，就是寅恪先生为《佛教考》所写序文从昆明寄到北平的事，援庵先生的欣喜之情，溢于言表。他对寅恪先生的尊重，对诤友的指摘的竭诚欢迎，都是极为动人的，因附记之。

一九七九年五月十二日

“寒柳堂”的消息

陈寅恪教授的遗稿《柳如是别传》的“缘起”已由广东《学术研究》发表，他的《论〈再生缘〉》也已由上海“中华文史论丛”刊出。“论丛”本较五九年香港印本多“校补记”一节，系一九六二年对《再生缘》作者陈端生的身世有了新的发现并考证之后作的补充研究。

这两种著作是寅恪先生晚年用力最多的研究成果。它们的一种共同特色是应该指出的。这虽是两篇学术论文，但《别传》的“缘起”和《论〈再生缘〉》的结尾都有作者近于自传性质的叙述，并附载了十多首诗。陈先生的诗写得极好，这些诗多成于抗战期间流离转徙之中，感情尤为深挚。他虽自嘲“论诗我亦弹词体”，但这实在是笔端沉痛，声韵凄楚，写尽了时代声音和家国之感的一组好诗。象“钟阜徒闻蒋骨青，也无人对泣新亭”这样的句子写于“九一八”事变之际，确是吐露了当时广大人民的心声，不只是诗人的个人慨叹而已。

陈先生在“文革”中间，也无例外地遭到林彪、“四人帮”的残酷迫害，不幸于一九六九年十月七日逝世，陈夫人也在同年十一月廿一日死去，前后相去不过一个半月。身后遗下三个女儿。

寅恪先生的著作，生前付刊的不过三四种。多年来散见各大学学报及学术刊物者都还可以收辑，这是不成问题的。晚年用了十多年工夫写成的五十万言的《柳如是别传》现在已经交给上海的出版机构，正在付印，出版可期。这部原稿共有三十余册，是他在多年失明的情况下，由助手协助写成的。此外还有几种重要的遗稿，则前后遭到抄家劫掠，至今下落还在若明若昧之间，不能不使我们感到忧虑和关切。这些遗稿是《寒柳堂集》、《金明馆丛稿》初二编、《寒柳堂纪梦》（未定稿）和由陈夫人手抄的《诗稿》三册。

其中值得特别提起的是《寒柳堂纪梦》，这是一部分六个部分的带有自传性质的著作，据说这不只是个人身世的叙述，而是作者对他所生活的时代的带有评论性的回忆，自然更偏重于清末以来数十年间学术文化变迁的看法。我们悬想这可能是寅恪先生有意识写下的一部学术总结之作，而且并不只是局限于个人。据说这部“未定稿”曾抄成两份。陈氏家属保留了一张当时抄没时的收条，收条的签署人现在也还可以踪迹得到。

《诗稿》据说是还保存在什么地方的保险箱中，至今尚未还给家属，其他的几种著作遗稿也是如此。这些情况已经由寅恪先生的门弟子向国家有关部门领导人做了汇报，相信不久必然会得到妥善的处理，这是应该向关心寅恪先生遗著的读者报告的。

我们重视陈先生的研究成果，当然不是说他的业绩是完美无缺的。无论是论点或史料搜集以及考据方法等方面，都也还有可以商榷之处，这是毫不足怪的。在出现了新的材料和研究成果时，他自己也在一直进行着补正的工作。《论〈再生缘〉》如此，《元白诗笺证稿》也是如此。从《柳如是别传》的“缘起”可以看出，他在各观地评价柳如是这个人物的同时，也不免流露了为她“辨诬”的迹象。对钱牧斋也是如此，在指出他的丑恶一面的同时，也还不免有回护之词。例如他说，“明南都倾覆，牧斋随例北迁”，就对钱谦益的迎降，视之为难免的“通例”，这和他自己大声疾呼的“三户亡秦之志，九章哀郢之辞”不免发生矛盾了。这里我也只不过是随便说说，陈先生的全稿我还未得通读，这些感想也可能是片面而不正确的。无论如何，这是一部极重要的著作，而实在也并非专门研究“钱柳因缘”，其实倒是涉及明清易代之际政治思想斗争的极重要的一部著作。史料十分丰富，同时又是十分缺略的。由于特定的政治特点，他在大量复杂、矛盾惝恍迷离的素材之中，进行探索，他的劳动其实是为我们提供了一种研究方法，提供了一条门径。读者也自然应该从中得到应有的结论，学到有用的东西。

一九七九年四月十日

《寒柳堂集》和《金明馆丛稿》已陆续出版。可惜的是《纪梦》依旧是一部残稿，而《诗存》也是很不完备的。即使如此，出版社还是作了很好的工作，值得感谢。同时也希望，那些至今没有下落的遗稿，能早日找到，印行。

一九八〇年十一月廿日记

槐聚词人

——一篇积压了三十年的报道

真的是在很早以前就想写这样一篇报道了，可总是由于这样那样的原因被延宕下来。这其实并不是出于主笔、编辑……的作梗。在这里我愿意先抄下一封旧信：

> 北来得三晤，真大喜事也。弟诗情文思，皆如废井。归途忽获一联奉赠。（略）幸赏其贴切浑成，而恕其唐突也。如有报道，于弟乞稍留余地。兄笔挟风霜，可爱亦复可畏。（如开会多、学生于文学少兴趣等语请略。）赵家璧君处乞为弟一促，谢谢。即上裳兄文几。徐、高二公均候。弟钱钟书再拜。内人同叩。三十一日

这信写于一九五〇年一月末。当时我正在北京小住。一天去看吴晗，他约我到清华园去玩，去住了三天，就住在西园十二号他的家里。我当时是一名记者，到了清华园这样的地方，是决不肯放弃机会，入宝山而空手回的。吴晗陪我访问了一大串名教授，收获是相当丰富的。后来也陆续写了一

些通讯。但也有一些很精彩的见闻没有写，只好忍痛割舍。例如我去访问梁思成、林徽音，在他们住宅的晒满了阳光的客厅里坐了好半日，听梁思成谈古建筑，谈北平解放的故事，……那时林已病得很厉害了，一直睡在一只小沙发上，也没有说几句话。就在那只沙发后面的墙上，挂着一张她盛年时的一张着色照片，真是一位非常、非常美丽的少妇，无论如何也不能使人相信就是睡在沙发上的那个人。

对于梁、林，我是非常钦佩的。并不因为他们是梁启超的儿子和林长民的女儿，其实他们夫妇都是有非凡成就的古建筑学家，我早就拜读而且爱读过他们发表在“营造学社”学刊上的许多篇论文了。同时，林徽音又是一位才华洋溢的小说家，《大公报》印过一本《小说选》就是她选编的。我觉得在编写现代文学史时，无论如何也不应该忘记这位出色的女作家。当时他们谈话的内容已经统统忘记了，但当时那间小客厅里的氛围、情调，和作客的我的心情，到今天也还是新鲜的。那天在他们那里还遇到了金岳霖教授，冬天，还在室内戴着一副绿色的打网球时用的遮阳，给我留下的印象很深，他似乎连一句话也没有说过。

住在清华园里的名教授，算来算去我只有一位熟人，就是钱钟书。第二天吴晗要赶回城去，因此我就把访问安排在第二天的晚上。吃过晚饭以后我找到他的住处，他和杨绛两位住着一所教授住宅，他俩也坐在客厅里，好像没有生火，也许是火炉不旺，只觉得冷得很，整个客厅没有任何家具，越发显得空落落的。中间放了一只挺讲究的西餐长台，另外就是两把椅子。此外，没有了。长台上，堆着两叠外文书和用蓝布硬套装着的线装书，都是从清华图书馆借来的。他们夫妇就静静地对坐在长台两端读书。是我这个不速之客打破了这个典型的夜读的环境。

他们没有想到我会在这时来访，高兴极了。接下去，就是快谈。听钱钟书谈天真是一件非凡的乐事。这简直就是曾经出现在《围城》里的那些机智、隽永的谈话，只是比小说更无修饰、更随便。那天晚上几乎是他一个人在谈笑，我也没有拿出笔记本来，一直谈到深夜才告辞。谈话的内容全忘记了，可惜。唯一记得的是，当他听说我到琉璃厂去逛书店，只买了一小册抄本的《痴婆子传》时，大笑了。这就是他赠我一联的上半，“遍求善本痴婆子”的本事。

第二天我还碰到他一次，后来他又进城来回访一次。这就是“三晤”。当时我真想把他的话记下来，就是因为这封信，没有写。当时我头脑里也确有不少清规戒律，其实，开会太多之类，算得了什么呢？有什么可避忌的呢？可是我终于遵从了他的告诫，没有写。我向他约稿，他说自己诗情文思都如“废井”。反而说什么“笔挟风霜”，那自然是涉笔成趣。东坡诗“舌有风雷笔有神”，实在应该赠给他才对。

他的《围城》在晨光图书公司出版，销路很好，但没有拿到过一文版税，他托我向晨光的主持者赵家璧催问此事。可惜的是我没有能完成他的委任。

一九八〇年四月三日

关于《管锥编》的作者

还是先抄下一封信来。

奉书失喜。年光逝水，世故惊涛。海上故人零落可屈指……契阔参商，如之何勿思也。弟无学可讲，可讲非学。访美时绝未登坛说法。彼邦上庠坚邀，亦皆婉谢。报章煊染，当以疑古之道疑今。兄旧是个中人，美言不信，必不受眼谩耳。明年或尚须远役，自知不舞之鹤，难为伏枥之骥，贻讥腾诮，且食蛤蜊。拙选初非惬意，本勿欲灾祸黎枣……未及细校，讹错殊多，重劳齿及，徒增颜汗。有小集一种，月内问世。差如韩陵片石，君堪共语也。×君美才，通函以少作相询。弟老而无成，壮已多悔。于贾宝玉所谓“小时干的营生”，讳莫如深。兄不为锦被之遮，而偏效罗帏之启，薄情忍心，窃有怨焉。弟此番在美，睹博士论文，及拙作译本小传，语多不经。一作者自加拿大来见，问之，则云曾至港台，遍访弟师友，采撷轶闻，弟乃知自传不可信，相识回忆亦不可信。古来正史野史，均作如是观。Voltaire 所以言

Pyrrhonisme de l'histoire，身外是非谁管得，隔洋听唱××××可矣。佳笺玷污，愧甚。即颂近祉。弟钱钟书上，杨绛同候。四日

此信距离“北来得三晤……”函，中间正好隔了三十年。简尺中的风调、才情……却依然如昔，这是使我极高兴的。中国社会科学院访美代表团的《访美观感》中收有他的一篇报告，关于访美的种种都谈到了，这里也并没有更多的东西。此外，讲到了他的《宋诗选注》、《旧文四篇》、《管锥编》，又提到了一些海外学人辛勤搜集资料，对他进行专题研究的事。这种研究态度曾经是令我吃惊过的，看来简直就像乾嘉经师对待先秦诸子一样。吃惊之后也不免发生一点小小的感慨。三十年来，记得他的人是不多的。新文学史研究者忘记了这位惊才绝艳的小说家；选了一本别具炉锤的宋诗，又几乎成了“白旗”。记得一九六二年他到上海来过一次，出席大学文科教材会议。我设法挤进会议室去看他。在会议桌前相对，没有讲话，不过至今我还记得他当时眉宇之间的瞬息变化，“年光逝水，世故惊涛，”这一切，都在不言中进行了尽情的表述、交流。那次的经验也是奇妙的。没有问他“文革”中的经历，最近从一篇文章中知道，他在干校中当过信差。这在那种场合已经算是一种“美差”了，也许是对我们的学者的特殊照顾。几年以后这位“信差”拿出了一百万字的《管锥编》，海外学人热情地研究他的身世、著作……这是正常的、应该的。我并不完全同意他悔其少作的

那些意见。

《管锥编》是一部有趣的著作。我说“有趣”，也许有人会不同意；也许我还没有读通这书的必要功力。但我还是要说，这是一本有趣的著作，比起我过去读《义门读书记》、《潜研堂集》、《二初斋读书记》、《读书脞录》……来有趣得多了，而广博深厚当然又不是能期望于过去的学者的。《倘湖樵书》、《辨讹类编》、《癸巳类稿·存稿》都是可观的著作，但与《管锥编》都不是一类。更不必提不可能出现于过去的著作中的新方法与新材料。此书出后，我想，有些史学、文学以至辞书工作者可能都会考虑增订、修改他们的研究成果的吧。

三十多年以前，我曾劝过一些亲近的朋友，宁可作一个“才人”也不要去作“学人”。今天看来，这意见当然是过于偏颇了。不过当时那样说也有一定的理由。因为那是个完全没有作学问的条件与可能的时代，而学人的道路也确是艰苦、寂寞的。在默存先生身上，才人与学人却得到了十分理想、完美的结合，这可并非常见的现象。

他写给我的两首诗，都是旧作。《蒲园且住楼作》一律是我特别欢喜的。

夹衣寥落卧腾腾，差似深林不语僧。
捣麝拗莲情未尽，擘钗分镜事难凭。
槎通碧汉无多路，梦入红楼第几层。
已怯支风慵借月，小园高阁自销凝。

像李义山么？有些像。但义山没有这种深微、细密、凸现的写法。产生于不同时代的诗，当然不会有完全的一致。这是一篇精致的短篇，却只用了五十六个字。如果学他的研究方法来分析，这诗是会使我们联想起玉溪诗中坐在“隔雨相望”的“红楼”中的那位穿了白夹春衫的少年诗人的吧？这应该就是作者自己。不过研究诗比研究《管锥编》还要更困难得多，我不想更深入下去了。

一九八〇年四月四日清明

绣鞋

三四个月前在朋友那里看见一叠旧扇面，其中有两幅出于明末的周延儒和马士英之手，就借了回来。想写两篇小文章，因为手头无书，无从着手。荏苒至今，已将半载，而朋友却已逝世了。人事变幻，真不能不使我兴慨。扇面不能久留，文章必须赶写。资料查起来实在也太费事，好在三十年前曾写过一篇《鸳湖曲笺证》，那里面就有颇为丰富的故事，足够引用，乐得偷懒，想想也不能不惭愧。

我有一部万历刻的《状元图考》，有大量极精美的插图。自明初开科以来每位状元公都有一张图，另附说明，大抵记着他们曾做过什么好事，上帝见喜，终于中了状元之类的“故事”。这种书大抵在“考棚”之类地方发卖，每逢大比之期，就要重印，自然也趁此增入前科新状元的材料。我所有的一部最后一张就是周玉绳（延儒），可见书的印行，已在他高中之后。画面画的是怎样的故事也已记不清，反正还来不及预言他被崇祯帝赐死，则是无疑的。

这位宜兴相国的故事说起来也话长。这里只能简单地讲一下。他本来是和东林作对的，但后来却为张溥所争取，将他捧上台去，作了首辅。但结局却不好，赐死。周延儒并不是什么好人，可以说是劣迹多端。他那第二次出山的前后，就是一篇极精彩的故事。《霜猨集》有一首诗咏之：

新来艳质可怜身，绣幕留香别作春。
再召东山为国计，画船箫鼓闹江滨。

诗后有小注曰：

洞庭山富家娶妇，少而美。夫死，妇独居，一日闻街头鼓乐声，谓侍儿曰，谁家娶亲？盍往观之。遂出门，坐花轿中，下太湖而去。富家讼之县，县申道，下檄缉捕甚急，娶亲者惧事泄，以其妇盛妆送宜兴周延儒，大见宠悦。无何，太仓张溥为门户计，鸠金赂要津，宜兴得再召，然无行意，曰，不如在家安乐。溥进见张道台，令以硃单捕妇，语侵相国。溥见宜兴，出单于袖中，宜兴大怒。溥曰，此小事不足介意，今高卧不起，将来祸有大于此者！宜兴悟，遂行。坐楼船，树大纛，上绣“东山再召”四字。乃赛江神，酣饮弥月，始进京。

这真是出色的故事，大约也是当时的所谓“小道消息”之类，后来就统统称之为“野史”，以区别于道貌岸然的“正史”。不过古往今来的经验都告诉我们，小道新闻，往往倒十九是正确的，其价值有时要超过正史万万。明末的政治、社会，已经腐朽到了怎样的天地，从这里是可以看得清清楚楚的。张天如（溥）是复社党魁，一般都看做好人的，然而那手腕却如此。不过我们还不能不承认他是个政治家，他用来说服周延儒的恰恰是政治上的利害。

周延儒私纳民妇，对百姓的态度可谓淫横绝伦；他对皇帝的态度又是怎样的呢？这是不问可知的。也是《霜猨集》，有另一首诗：

花为容貌玉为床，椒殿承恩卸却妆。
三寸绣鞋金缕织，延儒恭进字单行。

下有注曰：

上昼幸妃，见妃（田妃）绣鞋精巧，举而视之，有细书一行曰“臣周延儒恭进”。上不悦，由是薄延儒。

这个故事简单，但刻露。我相信大抵也不会是捏造。像这类款式的贡品，真是千千万万，如“御墨”、“御用瓷”……，简直数不胜数。不过把名字绣在妃子的绣鞋鞋底上，那就只能出之于“天才”，常人是万万想不到的。崇祯帝发现此事以后的反应，则殊非周相国所能料及。因为照常规说来，这样做是会格外讨得皇帝的欢心的，不然他为什么要在妃子鞋底绣上自己的大名？十拿九稳的马屁的穿绷，在古往今来的历史上还并非常见的特例，我们应该从此体会出人民的苦难是如何的深重。

一九七九年五月二日

春灯燕子

阮胡子（大铖）写过四本有名的曲本。它们是《十错认春灯谜记》、《燕子笺》、《勘蝴蝶双金榜记》、《马郎侠牟尼合记》，今天都还有明刻本传世。大铖写这四种曲，有意和汤显祖的“四梦”争胜，这在《春灯谜》前的手书自序中可以看出。他说：

> 余词不敢较玉茗，而差胜之二。玉茗不能度曲，予薄能之，虽按拍不甚匀合，然凡棘喉殢齿之音，早于填时推敲小当，故易歌演也。昭武地僻，秦青何戡辈所不往。余乡为吴首，相去弥近。有裕所陈君者，称优孟耆宿。无论清浊疾徐、宛转高下，能尽其致；即歌板外，一种嚬笑欢愁，载于衣褶眉棱者，亦如虎头道子，丝丝描出，胜右丞自舞郁轮远矣。又一快也。（此序写于癸酉即崇祯六年三月）

他指出了汤玉茗的弱点两条：不懂歌唱；没有老伶工的合作，不能有很好的演出实践。这两条都是实在的。

阮大铖在《双金榜》序中还提到他的创作经验。

此传梗概，胎结久矣。一针未透，阁笔八年。偶过铁心桥，一笑有悟，遂坐姑孰春雨，二十日而填成。平生下水船，撑驾熟烂，此不足言，……

所说也确是写戏的人的经验之谈，而用语又是那么俏皮，并带有浓厚的禅宗语录味道。此外，使我大吃一惊的，《春灯谜》前面，赫然有“山阴友弟王思任”的题叙。王思任正是大骂马士英，提出“吾越乃复仇雪耻之乡，非藏垢纳污之地”响当当口号的名人，他却对大铖极力称赏，序中说：

时命偶谬，丁遇人疴。触忌招詈，渭泾倒置，遂放意归田，白眼寄傲。

这里所说，正是大铖因投在魏忠贤门下，列名逆案，落职归田的事了。王思任对此寄以同情，实在不能不使我惊奇。《牟尼合记》前面又有“香草垞禅民”的题词，看那印记，知道就是文震孟。他是启祯之间东林眉目，天启二年状元，有极高的声望。文震孟在序里虽然不谈政治，但对大铖剧本的成就则推崇备至，这又是不能不使我吃惊的事。作《石匮书》和《梦忆》的张宗子，也说“阮圆海大有才华，恨居心勿静”。这和“小人无不多才”是一致的，而惋惜之情更是溢于言表了。此外还有抗清死节的邝露，是大铖的学生，在诗集《峤雅》卷首还刻入了大铖的诗话，极尽尊重。我举出这些事实，倒不是想为阮胡子翻案，只是希望提醒《桃花扇》的读者，不可将明末党争政局看得过于简单。孔尚任是在写戏，而戏剧矛盾是必须集中、鲜明，不可能将许多细节都写进去。杨龙友这个人物，就是有意安排了来作为依违于两者之间的代表的。在杨的身上就有着文启美、王季重……的影子。《桃花扇》写阮胡子叫自己养的班子排了精采的戏本，请清流名士们来看，最后讨了一场大大的没趣。戏是写得极好的，也符合历史真实，不过也确有简单化的倾向，阮大铖被写得近于《借东风》里的蒋干，他的阴鸷险狠的本质就被削弱了。而四公子们也真写得像一群不通世事的大少爷，不问青红皂白就应邀跑来看戏吃酒，竟连主人是谁都不清楚。这其实是不大可能的。阮胡子当年想请酒看戏，象文震孟那样的名人，绝不会不肯赏光，他实在也用不着那样鬼头鬼脑。

我们如果要求孔东塘严格依照历史真实，做到无一事无来历，那是过于天真了；但看了《桃花扇》就以为彻底了解了南明的历史，也不免头脑简单得可怕。天下哪里有这等便宜事！

一九七九年五月六日

马瑶草

明末的马阮，即马士英与阮大铖，已经成为历史上著名的坏种，是久有定论的了。从晚明以至今日，出现于史学家和诗人之口的斥责声，一直都没有停歇过。只是在五六十年前，出现了一位姚大荣，以同乡的身份写了一本《马阁老洗冤录》，为士英辩诬。我曾翻阅过这本“奇书”，但并未被姚先生说服。其实就是在当时，在清流中间，对士英的评价，也并非一面倒的，在大方向一致的前提下，也还有过不同的分析。具有代表性的是夏完淳在《续幸存录》里的意见。他是将士英与鼎鼎大名的史阁部对比立论的，也的确大胆：

> 史道邻清操有余而才变不足，马瑶草守己狼藉，不脱豪迈之气；用兵将略非道邻所长，瑶草亦非令仆之才，……

夏完淳的意见和曹孟德有些相近，他并不否认史马两人在道德人品上的巨大差异，但从当时的客观具体情势出发，主张两人的职务应该调换一下，不能说完全没有道理。不过终于还只能是书生的迂阔之谈。他没有通盘考虑南明弘光小朝廷的全局，这实在并非一两个个别人物所能左右的。他的这议论也不能不引来清流人物的许多不满。

另外还有一种议论，就是“小人无不多才”（樊樊山语）。那是在否定了马阮之流的大节之后，进而指出他们虽是坏种，也还有其“才能”。这才能，是指他们的诗文词曲字画而言的。这自然也不能说完全没有根据的。人间坏种多矣，但能做出大大的坏事，给民族、国家、人民带来特大灾难的，也还要靠他们的“才能”。

阮大铖有诗集，有《春灯·燕子》的曲本，知道的人颇不少。但马士英的诗、画流传下来的就很少。马士英是能画的，清初的刘大山（岩）有《题马士英画》一诗，在《大山诗集》卷四中：

> 福人醉不醒，幕府凯歌休。君臣鸟兽散，兹事羞千秋。断续焉中看字样，凤扬提督金陵相。尚有闲情作画师，六代山川恣跌宕。小部新翻燕子笺，吴绫细楷朱丝缠。司马填词宰相画，孝陵王气飞灰烟。吁嗟鼠子金衢走，人间尚惜迂痴手，看画君须掩姓名，画工莫问为谁某。

刘岩的诗集流传很少，还是康熙时所刻。作者的诗笔也何让于梅村！真是慨乎言之，马阮并论，弘光一局，在他看来简直是一场奇耻大辱。诗末透露了一点消息。在清初，马士英的画还是流传得有；作为画人，也不是凡品。不过人们看见那署名就觉得可耻。乾隆中吴兴姚世钰也有《题马士英画》一诗：

剩水残山信手为，百年留得墨离离。
与人家国浑闲事，那不常称老画师。

可见百年以后，马士英的画迹也还是有流传的。忘记是谁的诗了，有“××青楼冯玉瑛”之句，诗注说，人们讨厌马士英的为人，但又不忍毁弃他的作品，于是就把画上题属的“马士英”加上点画改为“冯玉瑛”，而且指实为一位善画的名妓。这诗的作者是晚清人，不过今天冯玉瑛之作好像也从来没有发现过。

至于马士英的诗文，那就流传得尤少。我只在阮大铖的《咏怀堂丙子诗》前面看见过马士英所作一篇小序。文章写得是不坏的。记得他特别抓住了阮大铖诗里的“禅味”加以发挥，而且引用了他自己的一联断句：“深机相接处，一叶落僧前。”也确表现了一些禅宗的意蕴。当时阮胡子正在南京祖堂山献花岩畔避风头，同时埋头写剧本。

这回是从燕赏斋主人的藏扇中看见了马士英的一幅草书金扇，草书有颇深的功力，使人想起张瑞图、王铎等明末书家，那风气是一致的。原扇失去一行，诗云：

□□□□□，渐比鱼龙乡。

流止同一观，湖山敦低昂。
晨昏瞻蓄泄，王气聊相当。
荷芰接松楸，映带生空香。
夏深水鸟散，莫乱澄湖光。
即事尽幽赏，蒲风生夕凉。

属款是“为维城词丈书　马士英”，“马士英印”（白文方印）。

这诗，和上面所引的断句风格是一致的。放在《咏怀堂集》中，也毫无愧色，不但禅味颇浓，而且气象比起阮司马还要来得雍容阔大一些。看来，“小人无不多才”这话还是不无道理的。

据燕赏斋主人见告，若干年前叶玉虎（恭绰）看见此扇，曾为之惊赏。叶玉虎说他曾藏有阮大铖的字幅（按，已影印入盋山精舍本《咏怀堂诗》）但平生不曾见过马瑶草的墨迹。我想，作为反面人物的遗迹，这种事物也自然有其文献价值，殊不必义愤填膺、拉杂摧烧之的吧。

一九七九年五月五日

消夏录

长夏无事，以读书自遣。陶渊明说："每有会意，便欣然忘食。""忘食"不一定办得到，多少忘掉一些暑热，倒是可能的。近来记忆力衰退，有许多从前看过的书，还曾写下过批注，几乎都全然忘却了。重读时就会产生一种新的愉乐，也不免有些惘然。想想还是多少记一点下来的好。古人著作中笔记一项特别丰富，那部分原因就在此。作这样的工作，重要的是见识。不只是议论，就是选材，也往往可以看出读书者的见解。这是很不容易的。也是暴露自己思想，趣味……的一个非常危险的渠道。不过我想，只要采取老老实实的实事求是态度，一定是会得到读者谅解的罢。

钱大昕论诗

钱竹汀（大昕）是我所佩服的作者，我有一部原刻的《潜研堂文集》，还是马笏斋的藏书。随意翻阅，很有兴趣。钱竹汀是著名学者，他的主要成就是在文史考证方面。不过他也作诗，他有一种非常难得的老实态度，他知道作诗不是自己的特长。他在诗集自序后面，写了一段附记：

予既以有韵之文，受知圣明。然性不喜噉名，检点箧中，所作亦无甚称意者。故从未敢刻以问世。而江南书肆选刊近人诗，往往滥收拙作，真赝相半。偶有一客过予，诵所见佳句，听之愕然，谢以非某作，句亦殊不佳，客怃然而退。予于诗虽非专门，而寸心得失之故，要自知之。固不欲掠它人之美，亦岂可以恶诗冒为己有。兹取前后所作，钞为一集。不敢自以为是，亦欲存庐山之真面云尔。

这篇短文写得好。表面看来，钱大昕是一位彬彬有礼的儒者，但实际他是很严肃的，还有点厉害。那位想来奉承的“客”，碰了一鼻子灰而逃去，在钱先生笔下，是活生生的。这自然并不是小说，但确是写出了社会上的一种典型。很真实，很有深度，因而也就很有意义。

钱大昕的严厉，使读者不易觉察，固然与他的修养、文字有关，但主要的原因还是他采取了“实事求是”的态度。不吹胡子瞪眼，声音也不奇怪而高，只讲道理，不学泼妇。看似平易，其实是比一切“英雄”们都厉害得远。他还很有点幽默感，他并不曾有意丑化，但那位“客”的脸谱我们是看得清清楚楚的。因为我们都有同样的经验，一下子就联系起来了。

沈德潜选过一部《七子诗选》，其中就有大昕的诗。沈是钱的前辈，但作风很坏，大有那位“客”的气味。我怀疑，附记里的有些话，就狠狠刺了他一下。自然这不过是推测，但我相信，并不是完全没有根据的。

诸葛亮与魏延

《三国志演义》描写诸葛亮与魏延的故事，把魏写成一个“脑后有反骨”的角色，暗示只有诸葛亮能掌握、使用他；诸葛一死，魏延就再也无人能加以制驭，最后还是靠了诸葛的“遗策”才杀了这个“祸害”。不能说完全没有史实根据，但确是大大地小说化了，也大大地歪曲了事实的真相。

魏延是个很有见识才干的将领，比马谡高明得多。他在伐魏的战略上，与诸葛有明显的分歧。他主张出子午谷直取长安，诸葛亮不予采纳，却选择了兵出祁山的迂远路线，而且前后试了六次之多，结果还是失败了。一般人都把这作为诸葛谨慎小心的证据，陈寿还批评诸葛，“应变将略，非其所长”。其实这是一个很不易为人理解的悲剧。

魏延的作战方针是一条出色的奇计，诸葛不会不理会、赏识。但他不能采纳；又不能明白讲出自己的理由来。魏延当然想不通，难免对丞相有意见。这就是悲剧的实质。

王船山是多少看出了那秘密的。他认为，刘备死后，阿斗糊涂无用，在敌强我弱的形势下，只能采取“以攻为守”的策略。明知出祁山不易完成北伐大业，但还是先后六次执行了同样的战略。碰了壁要转弯，这是猪都懂得的道理，难道诸葛就不懂么？

诸葛亮苦在明明知道在客观条件限制下，只有采取积极防御的战略，才能争得生存，但又不能公开宣布；相反，在口头上还必须高唱“北定中原”的调子，否则人心就有瓦解的危险。他当然不能向魏延推心置腹地说明。而魏延自然也摸不出诸葛的心思。这真是一个悲剧。

诸葛亮的《出师表》虽然提出了伟大的战略目标，但却缺乏必胜的信心。通篇充满了悲壮气氛，但缺乏誓师的雄壮气势。过去读来总觉得有些奇怪，其实，那原因也是不难理解的。

马士英与杨龙友

我在《春夜随笔》中曾经谈到马士英和他的画，其实清人文集中有关的材料还有的是，只是手头无书，记忆不济，不能广为征引而已。今天翻阅张商言（埙）的《竹叶庵文集》，在卷八中又发现两诗，原题云《题马士英画二首》，题下小注云“即王阮亭尚书所题诗之帧，今陆丹叔同年藏之”。

此君作画题辛未，门馆清闲消夏宜。
尚是江南无事日，未曾庐凤督师时。

一般不骂杨龙友，桃叶江声骂汝多。
剩水残山能几笔，六朝难画画陂陀。

张商言的诗写得不坏，特别是那第二首，道出了清初文士中间流行的一种批评尺度。诗人还是明白的，大约也多少知道一些杨龙友的底细。

杨是马的亲戚，是典型的清客。他是“画中九友”之一，会画两笔画，也会作诗。看来他在马贵阳身边是负责联络清流的工作的。成绩似乎也还不坏。他实在应该感谢孔尚任，一曲《桃花扇》帮了他的大忙。观众大抵是同情他的。但他在南明一局的政治漩涡中到底起了怎样的作用，也还是不甚清楚。说他是个中间派，也不一定恰当。杨龙友不只是“画中诗酒”而已，他还会抓枪杆子，当然也是借了马士英的权势，不过实在糊涂得很，在金陵瓦解的混乱中，左冲右突，毫不讲究策略，最后终于糊里糊涂地死于乱军之中了，这当然也是他毕竟和马阮不同的所在。不过吴梅村早就指出了他望风先遁的不光彩纪录。过去研究南明史的人有一个十分简单化的标准，不论一个人为何而死，如何死法，只要是在甲乙之际丢了性命的，就一概称之为死难的烈士，丝毫不作具体分析，这是很可笑的。南明史至今留下来的，在很大程度上还是一笔糊涂账，着实有必要加以清理。

杨龙友的画流传下来的也很少，三十年前我曾看到过故宫所藏的一幅墨竹，上题有“龙友墨戏”四字。虽然是文人画，到底也还有一些功力的。推想他的绘画成就也不一定就在马士英之上。

我还藏有杨明远的《怀古堂诗选》，其中有不少有关杨龙友事迹的第一手史料。不过此书至今还没有回到手中，因而无从征引。记此备忘。

武则天的结末

《资治通鉴》实在是一部好书，也是我的爱读书。当然我并不想从这书里学到什么政治斗争手段与统治经验，我是多少当它做文学作品读的。前人说“六经皆史”，不无道理；我也想说，诸史皆文，当然这中间有高下之别，但《通鉴》确是上乘之作无疑。

偶然翻到了唐中宗神龙元年，宰相张柬之等人玄武门杀二张的一节。这时武则天已经病得很厉害，她的两位面首张易之、张昌宗乘机用事。张柬之等定计，抱持太子到玄武门，“斩关而入”，杀易之、昌宗，然后来到武则天长生殿病榻之前。“太后惊起”，先问，“乱者谁耶?”后来看见太子，又命他回东宫去，无效。人们反而提出“天意人心，久思李氏”，要她交出政权，传位太子。武则天此时大抵已经明白大势已去了，也不想再作无益的挣扎。只是她还对两个人发了两次牢骚。一个是武则天所信任的宰相李义府的儿子李湛。武则天对他说，“汝亦为诛易之将军邪?我于汝父子不薄，乃有今日!”另一个是崔玄暐，武则天对他说，“他人皆因人以进，惟卿朕所自擢，亦在此邪?”

这些真是所谓十足的废话，一些作用都没有的，只能表示她在事变面前束手无策与软弱。崔玄暐的回答是“此乃所以报陛下之大德!”一句话把她顶了回去。这以后武则天还说了些什么，司马光没有记下来，大概是些更为无聊的谈话。不过《通鉴》不删上面的两段对话，却是有见识的。这不但极精炼地刻画了武则天的虚弱，同时也还说明她直至此刻还对杀了她的面首恨恨不已，以及对“任人惟亲”政策的极大的幻灭感。她实在没有料到，她最后的精神支柱，竟自如此地垮掉了。读者也清楚地明白，武则天这时是彻底完蛋了，她的一切倚靠，一切希望，都不复存在了。

如此看来，这两节都不是什么“淡话”，加以记录是正确的。同时也可以使我们明白，一些论者称赞武则天有知人之明，任人惟贤，到底有多少说服力。

又过了将近一年武则天才最后死去。但实际上她此刻已经死掉了，无论在精神上或肉体上都是如此。

与二张一起杀掉的还有张昌仪。昌仪刚造起了一所“逾于王主”的新宅第。有人夜里在大门上写下“一日丝能作几日络?”的话，就是说“能作乐几日?”擦去了，又写上；一连六七次，“昌仪取笔注其下曰，‘一日亦足。’乃止。”

这也是很有意思的故事，用不到在这里再作多余的分析了。

一九七九年八—九月

关于《随想录》的随想

听说《随想录》要印成一本书了，很是高兴。这些文章陆续发表时，我曾先后读过，作者大概说了些什么话，是有个约略的印象的。为了印证旧有的印象，我又找出旧报翻了一下，旧报并不完整，但可以证明我的印象还是准确的。这是一本真实的书。

我还有过另一种奇异的感觉，这又是一本悲壮的书。我这样说，因为我的确感觉到这些文章中的每一句话都是通过作者自己的心写下来的，都经过自己良心的检查。“良心”，按照一位著名诗人的意见，“就是人民的利益和愿望”。我同意这个说法。

作者写的其实也不过是一些“身边琐事”，不过由于作者生活的时代是不平凡的时代，因此“身边琐事”也就往往有了更深广的内涵。作者在许多地方都说过，因为他可以利用的时间不多了，因此就不能随意浪费，要抓紧时间讲自己所要讲的真话。而讲真话，不论在什么时候，都是不容易的。需要勇气，有时还需要非凡的勇气。这就是为什么会使我感到这是一本悲壮的书的原因。

作者要讲的真话，很重要的一个部分是讲到了自己的毛病。例如，作者讲了他在一些场合真诚地讲过一些“豪言壮语”；在另外一些场合又曾“响应号召”对一些人和作品作了并非出自本心的“批判”。这样做，是需要勇气的。其实有些情形，读者、人民心里是明白的，并不需要作者自己站出来解释。但他这样做了，说明他是承认实践是检验真理的唯一标准的，而且并不将自己除外，不是直到今天我们还能看见有些自命“一贯正确”者，为了自己“形象”的“完美高大”，花了许多力气，而得到的往往只是相反的效果吗？

作者最近经常说起，一个人的思想是时时在变化的，这当然也包括他自己。有时回顾两年、一年甚至半年以前写的文字，有些认识就又有新的发展变化了。这自然说明了我们今天所生活的时代是个飞速进步着的时代。两年以前作者为《家》的新版所写的“后记”中说过：“我的作品已经完成了它们的历史任务，让读者忘记它们，可能更好一些。”我当时就觉得这个估计不够准确，但所能举出的论据也只是书店门口长得出奇的队伍。今年年初我写过一篇短文《补课》，也是想说明这点意思，不过吞吞吐吐地说得很不清楚。现在，经过全国人民的努力，总算初步弄清了林彪、“四人帮”一伙卖弄了十多年的其实不过是从旧货店里找出来的“出土文物”。作者在一篇《随想录》里，也只能得出这样的结论：“没有办法，今天我们还必须大反封建。”而且承认，在今天的马路上，也还会时常遇见在散步的高老太爷。

作者很喜欢讲当他还是小孩子的时候，在作县官的父亲的衙门二堂里偷听打小板子的故事，这已经写在《随想录》里了。作者还记下了他在巴黎瞻仰卢骚的石像时的感想：“我从《忏悔录》的作者这里得到了安慰，学到了说真话。”看起来，这些好像都已经是“陈旧”“过时”并不时髦的思想，但是没有办法。正如我们有了共产主义的远大理想，依旧不能不一步步脚踏实地地从新民主主义、社会主义社会走过去一样。想一厢情愿地跨越时代，那结果已经是人人都看得清清楚楚了的。

作者还告诉我们许多故事，发生在前些年的稀奇古怪的故事。这些故事我们大抵是稔熟的，也许在有的朋友听来不免有些陌生，以为是讽刺。不过，“‘讽刺’的生命是真实”，这些故事也正有着强盛的生命力，一时半时不会为人们所忘记。就像曾经在上海这地方不可一世过的两位“长官”，（可惜其中的一位已经不在人世了，而我们至今也还不能不“姑隐其名”，使读者读起来也难免气闷。我们实在对这群恶棍宽容得过于长久了。）一位给作家规定了严格的时限，超过规定一天所发生的事也不许写，用的是比科学家还要科学的方法。另一位则主张出版社要出人才，大约是指跟“走资派”对着干的人才吧。这些都是《天方夜谭》的作者也想不出来的“妙计”。不过我希望读者不只当作笑话来读，必须想到，掩盖在这些“笑话”背后的是无数善良的人的血和泪；并且关心还要多久，还需要经过怎样的努力，我们才能最后杜绝这样的“笑话”在我们居住的这块地方重复发生。

不能不想起鲁迅先生。在先生的杂文中间，很有一些是论及三十年代旧中国的那个文坛和作家的。我还曾经有过这样的疑问，为什么先生要把许多精力花在这些地方呢？后来逐渐悟出了一点道理。作家不是遗世独立，文坛也并非与世隔绝的处所。“剧场小天地，天地大剧场”的原则还是可以适用的。记得鲁迅先生曾指出过去许多人挤进文坛的方法。有靠太太的奁资的，有先做官的，也有“捐班”的；这样，坐着金子或其他材料制成的坦克车的×品文官或“诗人”就凯旋而归了。也有的人变了一通戏法也取得或保持了“作家”的桂冠。先生指出的这些“文坛登龙术”，虽然已经是五十年前的往事，好像到今天也并未完全失传。《随想录》里记下过一个真实的故事，不，不止一个，像这样的故事绝不只有一件两件。一些过去起劲地“批邓”、“批走资派”的“作家”，在“四人帮”倒台以后遇到了很大的困难。有些“聪明人”很快想出了办法，用“四人帮”替换“走资派”，只要请排字工人抽换几个铅字，连人和作品就都是崭新的了。于是他们照样在文坛上走来走去，点头微笑，好像什么事都没有发生过。有的人还堂皇地在会上介绍“深入生活”的“经验”，我怀疑这是弄错了讲题，应该更正为魔术家的心得才对。

《随想录》的作者却告诉我们：“人们经常通过不同的道路接近文学，很少有人只是因为想做作家才拿起笔。”可见他走的是一条另外的道路。作者在很多地方表示了他对读者的信赖与感激，使人读了十分激动。他感谢读者给予他和他的作品的保护；他声明他的作品没有给骂死，是因为读者有自己的看法。他说："没有读者，就不会有我的今天。"这些话是真诚的，在谈天中，我听见过更多同样意思的话。我以为，靠了这些，他才没有走一条"既保险、又省事"的道路，因而有着比一切"既得利益者"都高尚的灵魂。

从他这里的有些叙述以及过去的作品中很容易留下一个并不准确的印象，仿佛作家的命运是寂寞的，孤独的。事实是恰恰相反的。读罢《随想录》引起了很多很多新的"随想"，但我想说的，主要就是这个。

一九七九年十二月六日

涉江词

去年秋天到南京旅行，借住在南京大学的招待所里。朋友送给我一册新出版的《古诗今选》（上册），是南大自己印行的。晚上回到宿舍，灯下翻看。《今选》所收是从汉乐府诗起讫于唐代前半期的作品，大半都是名篇，但也有一些不常见于通行选本，选者的手眼很有一点特色，诗后所加的案语，也多有一些使人耳目一新的意见。觉得是一本颇有意思的书。

第二天朋友陪我出游，走到玄武湖边，看见墙上贴着这本书的广告，自然要看一眼，不料却发现编选者之一的沈祖棻的名字四周加了黑边，就向朋友打听，才知道她不久以前（一九七七年夏）在一次车祸中死去了。听了不禁怅然。

后来在一次座谈会上认识了程千帆教授，他也是《今选》的选者之一，是沈祖棻的爱人。当天晚上他请同学送来了两本书——《涉江诗词稿》。附来的信中有两句说："今送上亡妻遗集二册，可见一女性在抗日战争中（词稿）及'文化大革命'中（诗稿）的心灵活动。"这就使我忽然想到，文学史上很有一些作者是在某个时期突然搁下了习惯使用的文艺武器，换了另外的手法进行创作的。这原因自然很复杂，我想，最主要的可能是觉得某一形式已经不适宜抒写自己的情感了。在《涉江诗词》的作者，是不是也是这样呢？我不知道。我还是先来读她的词。在外面跑了一天，时间很晚了，也有点疲倦，不过还是读下去了，在灯下竟一直读到夜深。

过去我也喜欢收集一些词集，特别是女词人的集子，数量也很不少，不过总是失望的时候居多。以清代女词人而论，除了徐灿（湘苹）之外，似乎就没有发现过什么值得注意的作者。如季娴（季振宜的姊姊）、顾文婉（顾梁汾的姊姊）、吴藻（苹香）这些作者，也都没有写出过怎样出色的篇什，她们共有的特色似乎都是那种邻于公式化的吟弄晨风夕月、花鸟闲愁。这几乎已经是一种公例，只要一开卷就能知道的了。《涉江词》也是出于女词人之手，也同样写的是一位少女、少妇直至中年的心情变换。《涉江词》五稿，起一九三三，迄一九四九。是作者二十四岁到四十岁中所作。但不同的是，作者生活在一个大时代里，她无法摆脱时代现实的震撼、感染。应该说这是作者的幸运，因而使她得以高出于三百年来的女词人。何况，即使是同样的传缘题材，她那枝灵秀的笔，也会写出完全不同流俗的句子。

开卷第一首《浣溪沙》的最后一句就是“有斜阳处有春愁”。似乎一开始，作者就已在“鼙鼓声里”吟唱了，时代的脚步声从这里就已经开始了。

接下去就是一连串的乱离、迁徙的日子，作者写得最多的也是思乡、念远的心情，在她的笔下似乎总是摆脱不开浓重的离愁。“一别巴山棹更西，漫凭江水问归期，渐行渐远向天涯。”《浣溪沙》这是从重庆去雅安之作，在船上，她怀念苏州的故园：“家近吴门饮马桥，远山如黛水如膏。”接下去，“门前芳草连天碧，枕上花枝间泪红”；“明朝还怕，剩水残山，春归无地”；“轻寒莫放重帷下，万一江南有雁来”；“登楼欲尽伤高眼，故国平芜又夕阳。”多么浓挚的离愁，但这不是千百年来词人笔下摆弄了无数过的那种离愁，是在民族抗战中一位女词人梦里的呼号，它们是有千钧的重量的。

词人的笔灵巧得很，词人的心更是灵巧，似乎只有女性才能有如此细致、微妙、变幻的心情，也只有这样一枝女性的笔才能加以描绘。“一点愁心无处寄，付与杨花，洒作弥天泪。”“才道这回，遣得愁心，又被两眉留住。”“何苦，连梦也不如休做。”“风中乱絮旧情轻，雨后零红残泪坠。”“飞红宛转托春波，流尽年光桥下水。”像这样的句子，是抄不尽的。其中有许多，正是词家的典故，但一经经营，就都成为自铸的新词。下面抄一首《浣溪沙》，正是俊句如云，放在旧选名集中也毫无愧色之作：

向晚东风拂面温，天涯旧月映眉颦，谁家玉笛怨黄昏。似酒浓春都化泪，如花坠梦旋成尘，梅边空忆去年人。

记得那天晚上在旅寓读《涉江词》，读到“丙稿”，几乎使我惊唤起来的是，在这里竟自发现了我三十七年前在重庆土纸印的《大公晚报》上读到过的一组《成都秋词》《虞美人》和《成渝纪闻》(《减字木兰花》)。当时我曾将题为“涉江近词”的这两幅剪下来，一直带在身边。这两张剪报一直跟着我到昆明、桂林、印度……，一直跟着我回到重庆。在写《关于美国兵》时，禁不住抄下了其中的几首。当时，我不知道这词的作者，也无法去打听，这个悬了三十多年的谜底，竟自在今夜揭开。而这位女词人竟已在一年前不幸逝世，终于失去了向她致敬的机缘。为了真实地叙述我当时读后的感触，请允许我抄下我的一节旧文。

> 写到这里，我又想起去年（或者已是前年了）《大公晚报》的副刊上曾经刊载过几首“涉江近词”，是《成都秋词》和《成渝纪闻》。照我看来，其中关涉到美国兵的地方很不少，先抄两首《减字木兰花》：
>
> 弦歌未了，忍信狂风摧蔓（蕙）草，小队戎装，更逐啼莺过粉墙。罗衣染遍，双脸燕支输血艳，碧海冤深，伤尽人间父母心。
>
> 秋灯罢读，伴舞嘉宾人似玉。一曲霓裳，领队谁家窈窕娘。红楼遥指，路上行人知姓氏，细数清流，夫婿还应在上头。
>
> 这两首都是《成渝纪闻》，大概都有典故可寻，可惜作者不曾把它写将下来，然而细绎词意，则嘉宾的骄横与豪门的无耻，已经明明白白不必研究了。其余的几首，还有不少妙句，稍摘如下：
>
> 酒楼歌榭消长夜，休日还多暇；文书针线尽休攻，

只恨鲜卑学语未能工！

休夸妙手，憎命文章供覆瓿；细步纤纤，一夕翩蹮值万钱。

这是词人的吟咏，我觉得很有意义。至少留下了这么一段事实，再过多少年就会是可珍贵的历史。……

现在真的又过了三十多年，《涉江词》也真的成为历史文献。我今天也依旧不想改变我过去的意见。有趣的是，十多年前，一些可怜的吧儿指责我那本《关于美国兵》是洋奴文学；今天，中美两国人民又恢复了传统的友谊，也许那些旧日的吧儿，会又觉得这些话依旧是该死的吧。其实问题是清清楚楚的。任何时代，在吧儿们的手下，是出现不了各国人民之间真正的纯洁友谊的。

随着时局急遽的发展变化，词人笔下日益减去了纤细轻柔的韵致，终于出现了“眦裂空余泪数行，填膺孤愤欲成狂”这样的声音，这是在抗日战争胜利之后那段日子写下的。她回到珞珈山后，有《鹧鸪天》词：

惊见戈矛逼讲筵，青山碧血夜如年。何须文字方成狱，始信头颅不直钱。　　愁偶语，泣残编。难从故纸觅桃源。无端留命供刀俎，真悔憯腾盼凯旋。

这自然是对国民党反动派在解放战争中倒行逆施的愤怒控诉。女词人拍案而起，大学的研究室不是桃源，再也坐不住了。《涉江词》的至此戛然而止，应该是必然的结局吧。

这样的作品，是应该存留下去的。

一九八〇年四月廿六日

善本的标准

我有一个习惯，每买到一册新书，往往要在书前书后写一些字。按习惯，这是应该称之为题跋的。我所写的一些，离真正题跋的要求很远，但另外又想不出什么合适的名称，现在姑且也称之为跋吧。我在新买的一册《鲁迅图片集》前面跋曰：

> 此册为“四人帮”叭儿所编，出版之日，“四人帮”已近末日。此折价新书，中有拆换贴补多处，然不能救其总倾向也，因可觇石一歌之流伎俩之一般，遂买之归，立此存照。此十年间所刊“奇书”多矣，惜多未留存，补牢无及。盖囿于偏见，必好书始藏之，遂有此失。所谓“善本”之定义，殆非重加论定不可。漫记所感如此。

这里使用了文言，也还是“积习”所致。但因水平所限，与传统的题跋之古色古香者，距离甚大，也许读者还是能够谅解的吧。我在这里提出的是我久已蕴藏于胸的一点感想，那就是“善本”的标准问题。

“什么是善本?”数千年来，人们提出了无数答案，各不相同。其所以有如此的差异，大抵是由于标准不同之故。富翁买书，是为了保存财富，装点门面，附庸风雅，那当然以“贵”为标准。一分钱一分货，价钱大的，当然就是善本了。学者意在研究，也买不起大价的书，他们就以实用为标准，只要有识见，少错字，内容丰富完整的书就算做善本了。还有一般的读书人，那标准就要更低一些，只要使他们得到满足的书，也就是他们的善本。此外还有许多说法，但大抵逃不出这个范围。

另外还有一个事实，也是值得注意的。那就是为市场风气所左右的善本标准的升降。即以近数十年而论，宋元版当然一直是善本，但在过去，四部里的“经部”是最受重视的。科举废后，“经”就从宝座上跌落下来了。有一个时候，重视起“集部”来。到了清末民初，禁书大红，这自然是受了民族革命的影响。后来好运就轮到戏曲、小说和地方志。小说的走运是因为“五四”以后重视了俗文学。至于地方志价格飞涨，那原因就更能发人深省，因为帝国主义十分“关心”“地大物博”的中国，想收集资料，掌握中国的风俗、地理、物产、矿藏之类的情报了。

以上这些分析，十分粗略。但我觉得，上层建筑的作用与反作用，从中是可以看得清清楚楚的。十年以来，“四人帮”为了他们罪恶图谋的需要，制造了大量的书册，真是看了使人眼花缭乱，读了使人义愤填膺。但扔到茅厕坑去，却不是一个好办法。还是完整地留下一份来，加以分析研究，好好进行总结。那无论为今日，为明天，都是一件大功德事。何况这些书册本身，就已经是一种可珍的“历史文物”了。

岳飞的集子，虽然只是薄薄的一本，但是流传下来的。但秦桧的文集呢？没有了对立面，要研究历史，就会感到困难。这道理长久以来是很少有人理解的，真是可惜得很。我自己曾经收藏过阮胡子（大铖）的三种原刻诗集。几年前就被正人君子指责为“立场反动”，随即抢去了。他们的理论根据是：阮大铖是历史上著名的坏人，收藏他的诗集，那立场自然就错了。至于为何还要抢去呢？也很易解。因为这些差不多已经是“孤本”的诗集，能卖出大价来。总之，他们所尊奉的还是善本的“旧标准”，因而不免总要做出可笑的事情。

一九七八年十月

诸葛的锦囊

好久不读《三国演义》了，不过印象还在的。特别是诸葛亮，不时要想到，觉得他委实是一位有代表性的聪明人的典型。

刘备应孙权之邀，过江招亲。诸葛派了赵子龙将军随行，承担保卫之责，临行之时，交给赵三通锦囊，其中各藏妙计一条。遇到极大困难时，扯开一观，就会得到解脱困境的妙法。这是大家都知道的故事。

我现在只记得那第二次。刘备招亲之后，十分开心。蜜月持续得太久了，不但全然忘却了荆州，连赵将军也轻易不肯接见。刘备的这种坏脾气，好像也传给了阿斗，“乐不思蜀”的那一幕，就是乃父东吴招亲的翻版。这是值得历史生物遗传学者加以注意、研究的。

刘备这种坏脾气的确给赵将军带来了绝大的困惑。他不得已，从怀中摸出了锦囊。扯开一看，“呵，呵，是了!”马上进宫，谎报曹操大军进攻荆州。果然有效，刘备终于从粉红色的梦境中惊觉，头脑清醒起来。

千百年来人们都十分佩服诸葛亮，当作神仙，这是上了

《三国演义》的当。即以此事而论，诸葛料到东吴招亲必然会产生这样的后果，是他长久对刘备进行观察、分析以后获得的结论，是从感性到理性的过程。他据此做出决策，封入锦囊，交给赵子龙去执行，至于这决策是否正确，他其实也拿不定，还得由实践来检验一番。后来事态的发展，果然不出所料，证明诸葛的判断与决策是完全正确的，算得是一条个别的客观真理。

同样的事例还有“空城计”。那全过程中的诸葛亮都是心旌摇摇，强作镇静的。因为他的此“计”正在接受着实践的检验。直到司马懿大军后撤四十里，他才叫出了一声“惭愧”！这说明，实践的检验完成、通过了。但这条“空城计”的真理性可真短暂得很，司马发现上当之后，马上又杀回来。这时诸葛如果抱着旧经验不放，照旧坐在城楼上面，无疑就要束手就擒。只是赵老将军的一支人马的出现，将司马挡了回去。诸葛亮可实在不是一个教条主义者。

诸葛亮有丰富的知识。在高卧隆中的日子里，他很读了不少书。也并不像梁效所说，专攻法家著作，他倒是博览的。他一切从实际出发，绝不搞“本本主义”。当疑难不决时，也决不从袋里摸出什么鬼谷先生的小册子，寻章摘句，他只是装作出神似的盯住他那把鹅毛扇只是看（据舞台演出），其实只不过是在考虑问题，一般观众却偏偏相信扇子上有什么花样，那又是上了当了。

他也并非一贯正确，有时也会失算的。人尽皆知的是他误用了典型的“本本主义者”马谡，失守了街亭。马谡的肚子里装满了兵书，背得滚瓜烂熟，随时能够选出一句来，活学活用。不幸的是他见了鬼，偏偏选了“置之死地而后生”这一条，结果在“死地”上一败涂地了。韩信的幽灵也不曾给他以援救。

诸葛亮是实事求是的。他犯了错误，马上给阿斗上疏检讨，“臣明不知人，恤事多暗，春秋责帅，臣职是当。请自贬三等，以督厥咎。”他总结经验，严于律己，承担责任，请求处分，同时又斩了“本本主义者”的马谡。看来好像很触了一次大霉头，失尽了面子。然而不然。他的威信反而更高了，古今一切看官、读者，从未由此得出结论，说他是个大傻瓜。

如果他反其道而行之，兵败之后，死不认账，“空城计”不带“斩谡”，却搬出图书馆里收藏的各种兵家典籍，咬文嚼字，曲解附会，千方百计证明自己依旧是正确的，那他早就被观众赶下台去了。

千百年来，人们承认诸葛亮是一位可爱敬的典型的聪明人，并非相信了他的自我宣传。他的集子早就散佚了，经过历代学者的搜集，也只剩下了薄薄的一本，而且还不尽可信。人们是从他的毕生实践中得出结论的。

据说过去有些将军都是爱读《三国演义》的，把它当作战争教科书。我倒有些相信。我也颇想找一本来重读一过，但并非为了学书不成要去改行学剑，我觉得这本小说里很有些值得注意的思想材料，应该好好学习。

一九七八年九月二十六日

怕鬼的故事

很多人都知道，何其芳曾经编过一本《不怕鬼的故事》，前面还写了长序。编这书的用意是激励中国人民破除迷信，解放思想，敢想敢做，发愤图强，蔑视古今中外一切鬼物。好得很，好极了。这本书里收集了许多从旧小说、笔记中找来的不怕鬼的故事，它说明，中国人民从古代起，就是有不怕鬼的传统的，即使是长期在严重的封建、迷信的压迫之下，也没有能熄灭这一盏思想之灯。

这本书出版以后不久，江青就指使她的同伙借批判鬼戏为名，抛出了批评“有鬼无害”论的名文。那主要论点之一就是，人们看了鬼戏，就会相信人世间真正有鬼，就会使迷信思想泛滥……害处真是大极了。在这里简单地归纳一下，大约可以称之为“怕鬼论”，是和《不怕鬼的故事》唱对台戏的。

那结果是不分青红皂白，一切沾点鬼字边的戏曲都不得上演了，发展下去，就“打倒”、封禁了一切古今中外的文学艺术作品。我这样说，并非夸大其词，因为江青之流的“理论”与“推理方法”本来就是这样的。她们最善于抓住

“起于青蘋之末”的微风，一吹一扇，就能卷起漫天的狂风恶浪，可惜的是不能持久。就算是十二级以上的台风吧，寿命也短暂得很。

奇怪的是，前两年重印了鲁迅先生的作品，《无常》、《女吊》这两篇文章却依然在的，不曾遭到“抽毁”的命运。总算这位“女皇”的皇恩浩荡。

这样，在那几年几乎无书可读的时候，我就经常翻翻《无常》和《女吊》，少说也各看了十多遍了，而至今不厌。记得我每次读到“大概是明末的王思任说的吧，‘会稽乃报仇雪耻之乡，……’”就会感到热血沸腾，精神振奋，坚定了和一切魑魅魍魉血战到底的决心。那效果，恰与江青的“理论”正好相反。后来我渐渐悟出，这就正是使她胆战心惊、切齿痛恨的主要原因。

《女吊》里歌颂的是绍兴戏台上的一个女性的吊死鬼，被鲁迅先生称之为“一个带复仇性的，比别的一切鬼魂更美、更强的鬼魂”。这真可谓大笔特书，在《鲁迅全集》中，还少有同样的例子。

那几年，对江青之流的高论，又哪里有说半个“不”字的自由！不要紧，还是关起门来读鲁迅先生的文章。原来早在四十年前，先生就为我们预先做出精确的批判了。他说：

> 自然，自杀是卑怯的行为，鬼魂报仇更不合于科学，但那些都是愚妇人，连字也不认识，敢请“前进”的文学家和“战斗”的勇士们不要十分生气吧。我真怕你们

要变呆鸟。

鲁迅不是算命先生，然而他竟看得这么远，这样准。真称得起是英明预见，不能不使我深深佩服了。自然，即使是鲁迅，也没有能够料到四十年后上演的这一火炽的阶级搏斗大剧的性质。鲁迅还是太忠厚了，“呆鸟”这个字眼使用得不那么恰切，“低估”了这群反革命野心家。

我想，问题本来是十分清楚的。从鲁迅先生开始，没有谁赞成或鼓励过自杀，也没有谁提倡反科学的迷信。就是“鬼戏”（这个词，就是存心不良的。全世界有谁把《哈姆雷特》叫作“鬼戏”呢?）人们也只是肯定那些“带复仇性的”和带有其他积极意义的作品，决未照单全收，一切皆好。江青之流的攻击不过是诬陷。江青一伙在前些年害死了不知多少革命者与无辜的人，她们心里又哪能不怕，怕化为厉鬼的冤魂向她们索命！反动派发了狂，就会一脚把科学踢开，求神拜佛，画符念咒，无论什么事都是干得出的。

且看他们怎样对待那些在他们的淫威之下死去的人们吧。最早被称为“畏罪自杀”，后来改良了，改称为“不明政策”。“四人帮”又有什么“政策”，还不是把一切不是他们一伙的都赶尽杀绝吗？把人搞死以后，连死尸也不放过。她们绝不吝惜自己身上涌流出来的脓水，就向死难者身上无情地浇去。

陈毅元帅的名句：“此去泉台招旧部，旌旗十万斩阎罗！”在江青看来，真也无非是“鬼戏”一路货色。然而它说明的却正是，中国的英雄儿女即使战斗至死也还是不怕鬼的。实践证明，这不是迷信，而是科学。愤怒起来的中国人民只一脚就将这批鬼物踏得无影无踪了。

一九七八年九月

西太后与现代化

写下这个题目，自己也不免觉得有些古怪。

孟心史的《明清史论著集刊》中有一篇《记陶兰泉谈清孝钦时事二则》，是很有趣的文章。它报道了早在一九〇三年、整整七十五年前的光绪癸卯，中国铁路史上的两项新工程。那时芦汉铁路北段已经工竣，又增修了由京至芦、和由高碑店至易县的两节。当时芦汉路的督办是鼎鼎大名的“会办商务大臣”盛宣怀，北洋大臣则是袁世凯。陶兰泉（名湘，是有名的藏书家）则是盛宣怀委派办理颐和园装电灯和芦汉路北京事务局的大员，算得上极时髦的洋务好手。

那是七十五年前，修铁路和装电灯都是地道的现代化新事物。这两项新建设都是在西太后关怀之下进行的。我们不能不承认这位皇太后对现代化的兴趣与关心，但也不能不注意她的特别动机。装电灯是为了在颐和园里更酣畅地享乐，白天玩不够，晚上再来玩，这时候电灯比起蜡烛之类可就显出非凡的优越性来了。修铁路则是为了上坟——恭谒西陵。总之，西太后的“洋为中用”和我们今天的理解是天差地远的。

孟心史记述道：

> 兰泉承宣怀旨，车中备铁床，茵褥枕被。花车原有卧榻置不用，计吸鸦片烟非此不适故耳。床横置，面车窗，以巾幔围之。……床侧一门，启之即如意桶。如意桶者，便溺器也。底贮黄沙，上注水银。粪落水银中，没入无迹。外施宫锦绒缎为套，成为绣墩。

看看这些办法，实在也不能不佩服陶兰泉的干练，确有一些创造发明的真功夫。花车的卧榻无论怎样讲究，抽起鸦片来总显得逼仄，转动不便。现在换为铁床，难怪总管太监李莲英事先审查时，要连呼“晓事”了。不过这一点，是常人也还可以想到的。出色的是用水银铺底的如意桶。那构思之奇妙，真是常人所不能了。中国的水银矿开采，历史不能说不久。但除了用来做防腐剂，使尸体不坏（通称“水银葬”）外，只有这一用法最为别致，是连洋人也不曾想到的。

西太后重视现代化的事例当然远不只此。去过颐和园的人，大抵都看到过一处十分高大的楼阁式的戏台，这也是当年西太后试验现代化手段的地方。这座戏台是有转台的装置的，而且在高空还有种种特别设备。不但舞台场面可以快速转换，避免了落幕换景等等麻烦；连天兵天将的从空而降，也毫不费力。这自然是机械化的结果。可惜这座戏台久已废弃不用，我虽多次参观，都不曾见过那实际应用。只是从老太监之流的口中，听到“老佛爷”在这儿看戏看得如何开心之类的回忆而已。

总之，西太后的关心现代化，重视现代化，是无疑的。而现代化又是要从洋人那里学来的。而从辛酉以还，她对洋人的态度就有了确实的变化。她深知“外患固宜亟平，内忧尤当早虑”的道理，而“海疆不靖”，则是由于“在事王大臣筹画乖方所致”。她看出，花了大笔银子去建设海军，不是个好办法；还不如用这笔钱来造颐和园，就在这园里搞“现代化”玩玩来得稳当、实惠。

为什么要关起园门来搞“现代化”呢？那是因为她认识到，现代化是万万不可公开推广的。一旦公开，蚁民们就会睁开眼睛，看到新事物，想到新问题，心也就会活起来。那可是对她的江山十分不利的。在戊戌一役，她是得到过切实的教训的了。因此，尽管她自己玩得起劲，但对蚁民们还是不停地痛斥“奇技淫巧”。连如意桶那样的好东西，也不肯推广。这就是用一张“洋、名、古”“封、资、修”的大封条企图把一切外来的现代化新事物统统挡之于国门之外的“妙策”的先河。

西太后往矣。这位“慈禧……（共十六字）皇太后”的手腕，今天看来虽然并不怎样高明，但她到底昏天黑地地搞了五十年，给中国人民带来了大灾难；六十年后她的私淑弟子江青给人民带来的是比她的前辈更为深重的特大灾难。就这一点论，是青出于蓝的。在对待现代化的问题上，江青也有了重要的发展，虽然终于跳不出西太后的掌心。但人民到底也大大进步了，江青费尽心机，也不过只捣乱了十年光景，连西太后的五分之一还不到。这样看来，那可是一蟹不如一蟹了。

九七八年十月十八日

慈禧太后吃饭

作家姚雪垠的《李自成》里有描写崇祯帝在宫里生活的内容。有的读者读了很有兴趣，说写得好；也有人怀疑那真实性，觉得靠不住。这种议论都不怎么经得起推敲。三百年前电影还没有发明，无法留下照相或纪录片来；崇祯帝也来不及写自传。因此，这一切都是死无对证的，只好听任小说家来编排。而小说家又并非历史学者，不负绝对真实的责任的。

不过姚雪垠在有的文章里又曾谈到，他曾如何广搜史料，详加考证，表示他的作品里虽有艺术的想象、夸张，但基本上却是不无根据的，看来，这里是出现了矛盾了。而这矛盾又不只出现在历史小说上，举凡历史剧、历史电影……大抵都会遇到同样的问题。

我也读过一些晚明野史，就不记得曾看到过记述明朝皇帝怎样在宫里吃饭、消遣……的作品。太监刘若愚的《酌中志》里好像也不曾记。当然，我的见闻寡陋，这是不能作为定说的。可是记载大官、贵戚生活的笔记就很有一些可作为借鉴之用。如著名的吴三桂“冲冠一怒为红颜”的那一幕，就被陆次云（?）描写得活灵活现。但那也不过是小说，随意想象得之也说不定的。

看来，只能采取“折中主义”，从事历史题材写作的作家，当然要以想象为主，但要尽可能有所依据，至少要采取谨严的态度，不要信口开河，闹出笑话是要紧的。

因此，我对一些历史题材的电影有时就会感到有些不满足。好像有一条不成文的规定，凡是“古装电影”，演员大抵穿了京戏或越剧的服装登场，上起春秋战国，下迄明代，（清朝的服饰，大家倒还多少有些印象，因此较为谨慎）一律乌纱、蟒袍，……古人固然比较“淳朴”，不像今人那样常常举行时装展览，在服装上掉花样，但一套衣服两千年不变，那是谁都不会相信的。类似的问题还多，风俗习惯，家具、用品……都是难题。因此，写历史小说，拍历史电影，都不是轻松的工作，不能完全采取以意为之的态度的。不过又不能太迂。现在出土文物日见其多了，可以考证确凿的事物也很有一些了。如果事事照办，那就不得了。例如，桌子的出现晚得很，至少在战国时代还没有，那么拍起屈原的电影来，如果死抱住历史的真实，屈原和婵娟就只能在地上爬来爬去，要进行表演是困难的，摄影师也会感到头痛。

这确实是一个复杂的问题，当然也并不是不可解决的。

事情还有另外一面。有时我们确实掌握了千真万确的历史实况，但如果写进了作品，有些读者是会说你造谣的，或谓之恶毒的讽刺。

例如孟心史记陶兰泉回忆所见慈禧太后在火车上吃饭的

场景：

> 太后在车中，停车进膳。皇上同桌，侍食于下，后妃立侍于后。传菜从东南门进，即撤一菜从西北门出，如是川流不息，至膳毕止。太后下箸，皇上亦下箸；太后以空碗分赐后妃，但见后妃就碗食之不已，不知其果否下咽。太后箸止亦止。自皇上以下，侍太后食，手口若机械之相应。想宫中无日不然，难乎其为日用饮食矣！

这里描写得极为生动，也是完全真实的。陶兰泉亲眼看见，都有些难以相信。他怀疑，天天在宫里吃饭，难道都是这个样儿不成——嘴巴和手丝毫不得背离太后的动作，要求完全合拍，堪称绝对服从的典范，令希特勒见之，也必自愧弗如的。

这材料出于著名清史学者的著作，大约人们总是会相信的。但如有某个作者，将这场面写入小说，那就非被当作“讽刺作家”不可，然而，岂不冤哉！

上好的讽刺作品，往往不在讽刺作家的文集里，倒往往藏在历史记载中间，近来我是愈发相信了这种意见。

一九七八年十月十八日

韩信的哲学

昨天晚上偶然翻阅吴江计默的诗集。计默是计东的儿子，也是清初的著名文士，也是继承了父辈的遗民思想的。他的《菉村诗集》开首的三首《述古》诗，就是明证。这是三首五古，述说的是张耳、陈余、韩信与田横的故事。我们只要想想作者所处的时代，这些古人的经历，和当时的社会、民族之间的种种现实矛盾，就能清楚地知道，这些古诗不只是借古喻今，简直就是坦白地声明了他自己的态度，自然也希望朋友们和他一样，采取同样态度的了。

这样立意明确的诗篇，而且就在开卷之首，清初那些奉命锻炼文字狱的吧儿们竟自视而不见，轻轻放过了。可见乾隆皇帝所任用的是怎样一批无用的狗才。

《述古》的第一首是：

陈余并张耳，于魏称名士。
如何耳独王，余顾死泜水。
吾闻监门时，吏笞余欲起。
耳也蹑之受，小辱无逮死。

两人事成败，只此识臧否。
不见圯上翁，留侯为纳履。

张耳和陈余是好朋友，又同为魏国很有声望的人士。秦灭魏，悬赏捉拿他们。他俩改变姓名到了陈，充当一名“里监门”的小卒过活。管他们的吏因为一件小事要打陈余的屁股，陈余忍不住想站起来反抗，“张耳蹑之，使受笞。吏去，张耳乃引陈余之桑下，数之曰，‘始吾与公言何如？今见小辱而欲死一吏乎！’陈余谢之”。

这是很有名的故事，就见于《通鉴》卷七。诗人的意思很明白，他认为有许多“小事”，是不值得用死的代价来计较的，因为这对整个的斗争事业无益。其实这也不是什么新鲜的见解，“小不忍则乱大谋”，说的也不过是同样的意思。

“小辱无遽死”，这虽然只是简单平淡的一句诗，给我的印象却极深。特别是在经过了十年动乱之后。怎样才算是“小辱”呢？超越了怎样的限度才算是“大辱”？十多年来，那么多革命老干部、革命知识分子以至几乎全体中国人民，受的都是怎样的“辱”呢？许多人因为不懂这个“道理”，站起来反抗，被迫害而死了。今天，在痛定思痛的时候，我们不能不保持清醒的头脑，在看清过去的种种之后，不去纠缠某些个人恩怨，求得全国的安定团结。那标准，我看也还是在于分清“辱”之大小。

在林彪、“四人帮”尽力推行他们的反革命政策时，有些人执行了甚至是创造性地卖力地推行了这种“政策”。被迫害者所遭到的凌辱，就不只是个人精神肉体上的，而且是有关党和国家的尊严的。有些可以“忍受”，也应该忍受，张良给黄石公拾鞋子，韩信还乖乖地从流氓的胯下钻过去，都是可以理解的。难怪计默要称赞他说“淮阴真国士”。绛侯周勃下狱以后，日子也不好过，后来他不能不感叹地说：“今天我才知道狱吏的尊贵!”太史公也只是用了这么一句话，就将老将军所受的全部凌辱写出来了，周勃也正是忍受了这一切，才有可能建立后日的奇功。也是太史公所写过的那位李将军（广）就差得远了，他也受过小吏的侮辱，一朝重掌兵权，首先就将这小吏调到帐下，杀掉。因此，李广终于算不了一位真正的英雄。

无论什么时代、什么阶级，是都要讲究斗争的策略的。鲁迅在三十年代就反对过赤膊上阵、有勇无谋的许褚、李逵式战法，难道我们会因此而责怪鲁迅的斗争性不强么!

不论是张耳，还是韩信，他们都是旧时代的人物，他们判断是非的标准也完全是另外的一套。韩信是很聪明的，但终于还是在长信钟室里完成了他自己的悲剧。

今天，当我们努力讲求斗争的艺术时，切不可忘却一条明确的判断大是大非的标准。前面这些话也绝非意在替软骨头们辩解。为什么我们在考虑这样的问题时总是会想到张志新烈士，也就因为她是最懂得并能以生命保卫这一标准的真正的时代的英雄。

“蠹鱼”的悲与喜

《文物》一九七九年第十二期发表了一篇介绍《虬峰文集》的文章，解决了长期以来争论不休的石涛生卒年问题，应该说是很重要的一个发现。说是新发现，其实是应该使人感到惭愧的。《虬峰文集》这书，早在一九三六年就由孙殿起著录在《贩书偶记》里了。北京图书馆也早已藏有此书，当然说不清是何时入藏的。但多年以来，没有人去读却是事实。在这中间，有关石涛的研究著作却发表了不少，热闹得很。其实激烈争辩的问题就明白地记在睡在北京图书馆的藏书中间。

这使我不禁联想起许多事情。

过去，善本书多半藏在个人手里，广大的研究者不能方便地利用，这自然是很不合理的。不过今天国家图书馆里的藏书又怎样呢？情况似乎也并不使人满意。至少对收藏和利用这两个方面的关系就一直没有安排妥当过。好像图书馆的唯一任务就是“藏”，千方百计地“藏”起来。自然，也不能忽视图书馆工作者在这方面表现出的工作热情与积极性，不过也不能否认，这还是藏书家的旧传统，也是一种旧框框或禁区吧，要打破还是很困难的。

同时，也不能只责怪图书馆。读者一方也是有责任的。没有人有足够的勇气去打开这个禁区的门，也是一个重要原因。

不久以前在南京遇到一位研究《红楼梦》的朋友。我说，住在南京，有好些藏书丰富的图书馆，又有不少并未消灭净尽的清代遗迹，更重要的是有人民，世代居住在这里的人民。曹雪芹和他的家庭成员在这个城市生活了几十年，这里肯定还有不少有关《红楼梦》及其作者的材料未被发掘出来。我建议，把清初直至嘉、道出版的地方文献、诗文集、笔记……仔细地翻检一过，再结合实地调查，人物访问，肯定会有丰富的收获，能为《红楼梦》的研究打开一个新局面的。

朋友很赞成这个提议，但叹息这工作不是个人的力量所能完成。那么何妨发动学校、研究机关、社会力量呢？有在很好指导下工作的几十、几百位研究生、研究员，就能不困难地展开这工作。同时，研究专题还可以开辟得更广泛些。注意目标不一定局限在一个方面，可以同时有许多专题。这样搞下去，一年、两年，三年、五年，是必然可以出成果的，这是百年大业的基础，应该尽快列入日程的。

《老残游记》的作者曾经描写了他到海源阁访书吃了闭门羹的故事，并作诗一首，那最后一句是“深锁琅嬛饱蠹鱼”。这是一百多年以前发出的叹息。我们希望，在今天向四个现代化进军的日子里，不再继续听到这样的叹息了。

关于陈端生二三事

（一）《绘声阁续稿》

关于《再生缘》作者陈端生的生平，郭沫若同志写过好几篇长文加以考订，最后写定了“陈端生年谱”。所据资料，最可信据的是作者在《再生缘》每卷的开首和煞尾的自叙；其次就是作者的妹子陈长生的诗集《绘声阁初稿》。这都应该说是属于第一手资料。至于陈文述的《西泠闺咏》，虽说是以同时、同里、同族人记近时事，却并非全可信赖，虽然他记下了可珍贵的《再生缘》的作者和她的身世的一些线索。

《绘声阁初稿》，收入“织云楼合刻”中，初刊于乾隆五十六年辛亥（1791），慎余书屋藏版。这是归安叶氏女史的家集。最后一种即叶绍楏的妻子陈长生的《绘声阁初稿》。更后二十六年，嘉庆二十二年丁丑（1817）在广西续刻了长生的《绘声阁续稿》，合原刻四种重印，前增海盐朱方增的骈文序一篇。由于刻板于西南，这个本子的流传就更少了。就在这个《续稿》里，保留了长生诗三十八题。其中涉及陈端生的有三题。

（二）陈端生的卒年及其他

《绘声阁续稿》第十一叶，有“哭春田大姊”诗两首：

捧到乡书意转惊，尚疑恶耗未分明。
牵萝不厌茹荼苦，咏絮真同嚼雪清。
久任劬劳难撒手，重亲膏沐倍伤情。
残编未了凭谁续，那得奇缘说再生。

素食频年礼辟支，玉关人返鬓先丝。
可堪宝镜重圆日，已是瑶钗欲折时。
机畔尚余新织素，箧中应贮旧吟诗。
河干分袂成千古，泪洒西风酒一卮。

这两首诗，提出了不少事实的铁证。首先，由陈端生的妹妹肯定了她的《再生缘》十七卷残稿的著作权。其次，证实了春田确是端生的字，与长生字秋谷取迳正同。证明了郭老论断的精确。

其次，两诗对陈文述不负责任的记载，做了有力的驳正。陈文述“绘影阁咏家春田”诗小序里说的“婿遇赦归，未至家而春田死”。现在证明是不确的。陈文述不过是为了把端生身世弄得愈发哀感顽艳而信笔挥洒，和《文章游戏》《妆楼摘艳》之类的编者玩的是同一性质的把戏。

端生在夫婿遇赦归来以后，还生存了一段日子，虽然这时日是很短促的。因此，长生才说她“重亲膏沐倍伤情”，那时她已病重，所以才说“瑶钗欲折”。

两诗对端生的晚年生活，也做了如实的反映。丈夫遣戍以后，范家的家境是很艰苦的。端生像杜甫笔下的“佳人”一样，过着“牵萝补茅屋”的艰苦日子，支撑着这个家庭。一女夭逝以后，还剩下了一子，抚育的劬劳使她不忍撒手抛撇以去。同时，她在晚年是信佛的，而且频年素食，这正是封建社会里像陈端生这样的女作家不得不走上的一条悲剧的道路。

两诗还涉及了郭老和陈寅恪先生同样注意到的“织素人”问题。这个“织素人”，的确是“舍陈端生莫属”的。

就在这两首挽诗之后，隔了一诗就又出现了《喜蓉洲甥至京有怀亡姊感赋》的七律：

> 轻装匹马□游燕，话到乡关倍黯然。
> 忆尔垂髫如昨日，感余薄鬓已中年。
> 辛勤负笈轻千里，检点缝衣痛九泉。
> 莫向天涯悲旅况，三余努力课陈编。
> (□蠹蚀不可辨)

这位蓉洲甥，无疑就是陈端生的遗息。“年谱”，“生子一，名丁郎”条当据改。因为丁郎见之于陈云贞《寄外书》，是《文章游戏》编者的创作，不足据的。

这个年纪不满二十岁的少年，在丧母以后不久就远道来京，相依姑母。长生的诗里也只及亡姊，不提姊夫，固然由于避忌，而端生身后范家境况的衰落，也从而可知了。

（三）“忆旧”十章

《绘声阁续稿》有“忆旧诗十章”，前有小序。这一组诗是长生的自叙身世之作，但在她出嫁之前，是和姐姐生活在一起的。因之其中有一部分也正是陈端生前期生活的写照。小序是骈文，概括甚密，抄之如下：

> 屏烛销红，惊回昔梦；砚花写绿，吟入新秋。长生家本西泠（杭州），生依北阙（北京）。忆自探奇蜃海（登州），低鬟而甫胜金钗；索句鱼城（苏州），转扇而始调绿绮。既则维扬听月，白下看山，历齐晋之关河，绘潇湘之烟雨。或慈闱问字，痴争咏絮之名；或官阁奉觞，轻试调羹之手。固已花间翠阁，处处妆楼，水上红旌，年年画舫矣。迨夫虎林遄返，问寝依然；雁里言归，承欢不再。遂乃重辞乡国，三上京华。结庐于红杏坊头，贳酒于绿杨市上。琴书四座，细熏郎署之香，刀尺三更，代听金门之漏。今者班清玉笋，君换头衔；座拂菱花，侬惊鬓影。金堤尘土，认他马迹重重；锦瑟华年，数到鱼鳞六六。抚今追昔，似露如烟；写我清襟，借兹彩笔云尔。

写这十首诗的时候，叶绍棆在北京作翰林院的冷官，长生随任，年三十六岁。所谓“三上京华”，第一次是指在北京出生；第二次是指癸卯（乾隆四十八年1783）绍棆举京兆（见崔龙见“合刻诗”序）而言。按《续稿》时序排列的序次，此十诗作于端生死前两年。那么端生逝世时长生三十八岁。与郭老《年谱》中所推相去不远。

现在选有关涉的几首诗，抄在下面：

髫年何处认芳闺，回首蓬莱梦已迷。
海气凉侵衣袂润，岛云浓压画楼低。
花间泻露红犹渍，镜里梳鬟绿未齐。
镇日牵衣随阿母，幽吟只在曲廊西。
（右“忆登州官署”）

这是第一首。按《年谱》，乾隆三十四年己丑（1769），八月，端生、长生父玉敦改官山东登州府同知。姊妹都随任，端生这时已撰《再生缘》九至十二卷，而长生则仍是垂髫少女，牵母衣而问字，初学作诗。第二首是“忆姑苏官署”，有“银烛光中促理妆”之句，殆是初嫁之日。第三首是“忆扬州官署”，有句云，“花下琴书供索句，樽前姊妹惜离群”。是嫁后怀念端生之作。这时长生初婚，虽已离开母家，但仍在江南，下面“忆金陵官署”一首中有“伶俜始作辞家女”之句，这以后她就随任到翁姑蒲州官署去了，也有诗。下面是忆济南、长沙官署的两首。其次是《忆钱塘故居》：

碧窗曾记绾双鬟，行遍天涯又重还。裙衩绿湔沿岸水，镜台青借隔江山。开奁姊觅吟余稿，掠鬓亲怜病后颜。底事牵衣愁远别，罗襟犹染泪痕斑。

长生这一次回到杭州，又得与端生重聚。诗里真切地抒写了她们姊妹俩浓挚的感情和这一段愉快的日子。不久，她就“重辞乡国，三上京华”，江干一别，竟判人天了。下面还有“忆吴兴故居”和“都门旧寓”两首。无可记。只从诗里知道所谓“织云楼”，是吴兴叶家故居里的一境而已。

（四）其他

《绘声阁续稿》不知道是否是编年的集子。如果按照时序排比，则这三十八题是在四年（或三年）中间写成的。而从“喜蓉洲甥至京”一首以后的一首起，就开始了从北京到云南的纪行诗。路上走了大约半年左右，在“初至滇南学使署（在昆明）感赋”两首里，有附注说：“先君子（指陈玉敦）于乙巳岁（乾隆五十年）摄云南府篆，旋乞病归，今隔十八寒暑矣。抚今思昔，曷禁泫然。”这是长生此次入滇在嘉庆八年癸亥（1803）的铁证。如果《续稿》中诗没有太多的刊落，而诗的编排是按照时代序次的话，则《年谱》里有许多关键性事件发生的时日，就有重新考虑的必要了。

一九六一年

放翁诗

（一）杏花、春雨、江南

对陆放翁的诗，一直不大有好感。想来可能是受了林黛玉议论的影响。《红楼梦》第四十八回，写香菱学诗，向黛玉请教，香菱说：

> 我只爱陆放翁的“垂帘不卷留香久，古砚微凹聚墨多。”说的真切有趣。

这番议论被林姑娘狠狠地批评了一通：

> 断不可看这样的诗。你们因不知诗，所以见了这浅近的就爱，一入了这个格局，再学不出来的。

想想也可笑，印象里似乎是林黛玉把陆放翁一笔抹杀了，但这回找出《红楼梦》来看，才知道并非如此。林姑娘所批评的只是“这样的”“浅近的”诗，并非专指陆放翁，也没有说他的诗全是“浅近的”。香菱所举的那两句的确不算好诗，陆放翁也的确做过不少这种并不高明的诗，这都是事实。林姑娘的议论，看来还是有道理、有分寸的。真不知道自己怎么会留下那样的印象。可能是对林黛玉过于迷信，而理解问题又十分片面之故。

放翁的诗后来也陆续读了一些。不过他的《剑南诗稿》太丰富了，实在没有通读的勇气。我也只是通过选本领略了一些剑南名作。最近无意之中抽出钱钟书的《宋诗选注》来翻阅，就又接触到剑南诗。最引起兴趣的自然是那首《临安春雨初霁》：

世味年来薄似纱，谁令骑马客京华。
小楼一夜听春雨，深巷明朝卖杏花。
矮纸斜行闲作草，晴窗细乳戏分茶。
素衣莫起风尘叹，犹及清明可到家。

这真是老相识，从小就熟读、爱读的名作。而且这诗也的确很“浅近”，没有什么江西诗派的艰涩、古奥。但谁能否认它是好诗呢？

说真的，从前喜欢它也只是喜欢全诗中的“小楼”一联。这也不能说错，这写得实在是好。江南春的神魄被这十四个字描绘尽了。不是十多年前还出现过一个剧本取名为“杏花春雨江南”吗？眼前书桌上有一块同治旧墨，前面一枝杏花，细书填绿也是这六个字。看来这和邱迟的“暮春三月，……”十六个字同样成为描写江南的千古不朽名句。如果不联系全诗、全文，可以说这是典型的写景名句。

钱氏的注里提到陈与义的句子，“杏花消息雨声中”，王季夷词“小窗人静，春在卖花声里”都是好句，但也都比不上放翁的名句。

也许是年纪大了几岁，近来对这首诗的理解也更深了几分。陆游写这诗时是淳熙十三年，诗人六十二岁了。被任命为从六品的知严州府事的地方官，皇帝在他去陛辞请示时指示他“可以多作诗文”。这在念念不忘中原的诗人听来是多么大的讽刺！分明已经被看作一个只能弄弄笔头的“作家”，而在当时，这也正是“废物”的别名。陆游自然是不可能理解他的爱国诗篇会带给人民多少鼓舞的。

他真的响应了皇帝的意旨，写了这样一首诗。申述他对于世事，看得像纱一样的淡薄了。他只能过那种“闲适”的生活，天下真有不得已而作“雅人”者，睡在床上听雨，这说明他的睡眠并不怎样恬适，他写字，写那种很费时间的“草书”；他分茶，这也是很困难的一种技术，作《茶经》的陆羽就把这列为“茶有九难”的第二难。他用了一个“戏”字，可见并非内行，只是聊做“雅人状”而已。

说起草书，还可以举出最近影印的《陆游自书诗》真迹。这是一卷道地的草书，也正好是矮纸长卷，若论书法，也未能算作如何的精能。但确有草法，不过那已经是八十岁时所作，笔意更为颓唐了。

诗的结尾两句，用了一个典故，揭露了当时临安的不可一朝居。那里多的是官僚、地主，虽然“钱唐日日雨如春”，但没有一个人心中还有中原，还有沦于异族铁蹄下的人民。

能说这是一首“闲适”的诗吗？它不像陆游一些别的作品，并没有直接写出抗敌的字样。而且写来写去都是些封建士大夫的“雅人韵事”。写字、吃茶、听雨、卖花声……但不能说这就是一首“闲适”的诗。

这首诗确实流露了颓唐的意绪，玩世的态度，这都是事实，但我觉得也还有它值得体会的另外的一面。放翁诗其实并不“浅近”，倒往往是人们理解得“浅近”了。看来，我的这点浅薄的体会，也还得感谢林姑娘的启示。

（二）陆放翁与柳如是

就在写“小楼一夜听春雨”那首诗的前一年，淳熙十二年的春天，六十一岁的老诗人写过另一首著名的七律《病起》：

山村病起帽围宽，春尽江南尚薄寒。
志士凄凉闲处老，名花零落雨中看。
断香漠漠便支枕，芳草离离悔倚阑。
收拾吟笺停酒碗，年来触事动忧端。

和“小楼”一诗一样，这诗里透露的是相同的感情。同样，这不是全然颓废的感情。我甚至觉得比起他在诗里明写忧国壮志的还要来得动人。虽然在这里他只提起生病、春寒、惜花、焚香、吟笺、酒碗……这些封建士大夫的生活琐事和凄凉、零落的情怀，但重要的是判断他在这些细节后面表现的是怎样的心情。

这首诗也是属于无待诠释一类的。钱默存这本选注是很用功力的名作，但我还是不能不表示一点意见，那就是有些地方不免失之于凿。如他说“芳草”一联，另引了三处放翁诗，仿佛这芳草就是指的旧京的春草，这样来坐实放翁的忧国之思。其实这不一定。照我简单的想法，诗人看到春草绿，就不免想到流光如驶，想到“闲”与“老”，于是“悔”了。他悔的是虚度年光，而不在“倚阑”本身。而这草，也正不一定非要生在哪里才能算美的。

另外使我感兴趣的是，明末柳如是有一首“春日我闻室”诗，用的韵脚和放翁此诗全同，更奇的是风神也十分逼肖，甚至用字遣词都能看出放翁的影响。

裁红晕碧泪漫漫，南国春来正薄寒。
此去柳花如梦里，向来烟月是愁端。
画堂消息何人晓，翠帐容颜独自看。
珍重君家兰桂室，东风取次一凭阑。

柳如是的作此诗是在下嫁钱牧斋第二年的春天。牧斋为她造了一座房子，取名“我闻室”。出典是佛经里的“如是我闻”字样。《牧斋遗事》在引此诗后评曰：“盖就新去故，喜极而悲。验裙之恨方殷，解珮之情愈切矣。”这不能说没有说到一些真相。这正好说明了一个住进了金丝鸟笼里的女人的心情。她不无依恋地向过去的生活告别，那种生活是愁苦的，但却还是比较“自由”的。“何人晓”、“独自看”，着实写出了这种寂寞的情怀。

柳如是和陆放翁似乎是牵扯不到一起去的，但奇怪的是诗人爱国的情怀，竟引起了这个小女人的苦闷。于是就用了原诗的韵脚，而且把一些用字遣词的方式也借用过来了。但这两首诗都是好诗，都写出了他们具体的真实的感情。

可能人们会说我这种说法牵强附会，但我却坚信，这中间肯定有一种因缘。

（三）诗人与驴子

钱钟书先生在注放翁《剑门道中遇微雨》诗时，提出了一个很有趣的看法。那就是诗人和驴子的关系。钱先生引了李白在华阴县骑驴，杜甫诗“骑驴三十载”，郑綮的“诗思在灞桥驴子背上”……证明驴子似乎成了诗人特有的坐骑。我想佐证还不只此，从记忆里搜索，一些古画上的诗人韵士，也往往骑的是一头驴子，而很少有骑马的。这是什么缘故呢？

我想总不能说诗人都是胆小鬼，怕从马背上跌下来。何况骑驴也并不安全，它发起脾气来，照样也会后脚乱踢，把人扔下背来，而且骑驴也并不舒服，坐久了屁股往往疼得可以。想来这恐怕还是与“吟诗”有关。诗人要推敲、要细细地思索、酝酿，驴子走起路来慢腾腾地，一颠一顿，有节奏，有韵律，大约对作诗是很有好处的吧？放翁诗的本身，似乎也提供了一种解释：

衣上征尘杂酒痕，远游无处不消魂。

此身合是诗人未？细雨骑驴入剑门。

到过剑门的人都知道，那种险峻的处所，栈道似的山岩小径，何况还下着小雨，骑马奔驰是不可想象的。还是骑驴来得稳当一些。

此外，我想这和古代的经济生活也是有关系的。马，是大牲畜，是作战和耕作所不可缺少的。恐怕只有阔人才乘得起。请想，“虢国夫人承主恩，平明骑马入宫门”。这是何等郑重的写法！李白被皇帝“召见”，才派了马去接他入宫；杜甫大小也是个官儿，又住在首都，但却骑了三十年的驴，……可见在当时马并不是一般人都能乘得起的。正像今天的诗人，并不见得认为公共汽车比小汽车更风雅些，或者坐在小汽车里诗买就会逃走。难道像沙丁鱼似的挤在公共汽车里就保险能诗兴勃发么？

这样看来，上面的那句似乎应该修改一下，“驴子仿佛是古代社会地位并不太高的诗人特有的坐骑”。这样，似乎比较合乎实际些。

剑门，我是曾经走过的。那已经是二十多年以前的事了。比陆游幸运得多，不必骑驴，我是作为“黄鱼”搭在一部木炭汽车上入蜀的。但一经过那里，不由得立即想起了放翁的这一首诗。那山水真是奇绝，汽车路想来总比宋代的山路宽得多了，但依旧狭得使人吃惊，路边就是“下临无地”的深渊，那“剑门”，正在一条山路转折的地方，远望正如两把锋利的剑，孤峭地插在山堆里。中间露出一条缝，透出青青的天色。我们还在剑门的小店里过了一夜，在昏昏的灯火下面听一个老头儿说“渔鼓”的印象，至今还十分清晰。

剑门过去就是剑阁。这又是个有名的地方，记得当时我以极大的兴奋跳下汽车奔到一座碑亭前面，定睛一看，不禁失笑，随之也嗒然意尽了。原来那石碑上工整地刻着六个大字：

唐明皇闻铃处。

一九六五年

后记

将这两年所作的杂文选编成集，取了“榆下说书”这样一个名字。榆，说的是我家后面的一棵参天的老榆树，它的树梢比四层楼还高。到了夏天，就像一把绿色的大阳伞。“说书”，意思是说，这些文字大抵说的是与书有些关联的事情；同时也是说，这只不过是一些漫谈。取书本中一点因由，随意说些感想，和说书艺人的借一点传说敷演成为故事的有些相像。既无系统，又少深度，就连材料也是零碎的。

我的只能写点这样的文字，主要的原因是缺乏必要的知识和素养。在学校里学习的和走进社会以后经历的，都是全不相干的另外的事物。这就使我不可能得到必要的系统的训练。一点零碎的常识，也大抵是多年随便买书、胡乱翻书中得来的。好像摆着一个寒伧的地摊，只有几件破破烂烂的货色。心中有数，绝不敢叫卖百货商店里的高档商品。地摊上的旧货又大半陈旧残破，不过有些目前还可以将就使用，也有这样那样的买主选中买去。仔细想想，这本小书差不多就是这样子，实在是非常可笑的。

另外还有一种原因是大家心里都明白的。“地摊”在若千年前就理所当然地被“砸烂”了。想恢复起来是困难的。有很长一个时期我作的就是没有本钱、没有货色的生意。全靠头脑里残留的一点记忆。而记忆近来又大大衰退，零零落落。有些真切，有些就模糊。因此记得实在的就多说一点，拿不准的就避开不谈。在这种情况下，小本经营或无本经营的结果是可想而知的。空话多而实例少。虽然尽量避免，总免不了出现事实上的错误和悠谬的意见。这就不只希望读者予以鉴亮，还要加以纠正了。

近十年前，康生曾经给过我“以伪乱真”的四字评语。也许是八个字，记不真切了。至今也还是不明白，怎么会荣幸地得到了这位“理论权威”的关心。有人说这是康生看到我在藏书上的题记以后的“批示”。我有一个坏脾气，买到一本书，翻过以后总要写下一点题记来。有时也说一点有关版本的意见。我的鉴定力并不高明，上当受骗的事是常有的，我也从不失悔，只是将那付了学费取得的经验写进题记里。至于是否曾经出于某种动机，把明刻说成宋板，把残本说成全书……那就要请“专家”、“学者”和大小“英雄”们来判断。他们遵照康生的意见，把我的藏书全部“没收”以后，经过长年累月的鉴定、编目、研究，我写的题记自然也都全部看过，他们是应该有发言权的。

至于康生以及一些“专家”、“学者”的版本鉴定学力，我也并不盲目崇拜。例如，有一部原刻的萧云从《楚辞图》，我在题记里指出是“乙酉刻本”，也就是南明弘光刻本。而“专家”所制定的目录里则说是乾隆刻本。那书的字体刻工确也有些与乾隆本相近，但到底并不是。这书到今天还被扣在那里，也许是被当作以清刻冒充明刻、“以伪乱真”的标本了吧。

这也真是算不了什么的小事。

康生只不过是批了几个字，也许只不过说了一句话，有人就得意地、神秘地辗转传说了。在那时候，谁能知道一半句“顾问”的说话，可是了不起的、真正值得夸耀的财富。没有一点关系，能知道吗？康生说了某人是“坏人”，传述了康生这句话的，就自然成为与“坏人”不同的“好人”，这也是明明白白的。

从这时开始，一直到宣布依“法”全部没收，很有一些人表现了非凡的“革命热情”。不过就在当时我也多少看透了这些“英雄”的心。他们肚皮里盘算的和嘴里叫喊的，看得出是完全不同的东西。这正是那个时候流行的风气。从康生那一伙开始，到大小“众路英雄”，他们的终极理想或有大小高下的不同，但在思想方法，具体手段上则并无多少质的差异。仔细想来，他们接受的也不过是几千年世代相传的过去了的“英雄”们的衣钵。几乎同样或相类的事迹，就大量地记在例如《资治通鉴》这样的书里。也许当代的“英雄”们并不人人读过《通鉴》，但竟全部无师自通地熟练掌握了那一整套法门。这才真是一种严酷的现实。想改变这种现实是要花很大的力气的，绝不是“没收”或“销毁”这种手段所能奏效。在这本小书里有时就说的是这样的意思。

我是主张不可忘记过去的。不论这过去的是几千百年或几天。不然就还是不可避免地要吃大苦头。

时时记住过去就会使人悲观失望、意志消沉么？我看也不一定。我相信今天我们伟大的祖国没有一天不在前进，虽然对进步速度的判断是有争议的。有时我向嫌进展小、慢的心急朋友建议，不妨取一张去年今日的日报，拿来和当天的报纸相比，看那重大新闻、批评或表扬的事物，……很容易看出今昔之异。是不是真的有了进步，也是易于判断的。当然，对前进步子的大小、迟速，免不了还会有不同意见。但进步总是不能否认。这里用的其实还是回顾过去的方法。

譬如过去我们只能称之为“那个理论权威”、“那个顾问”的康生，今天说起来就不必转弯抹角了。这就是一个很大的进步。在这本书里也还留下了一些这类的“谜语”，我也不一一加以改正，因为这反映的也正是一种历史现象。

一九八〇年十一月廿八日

银鱼集

《银鱼集》，读书记，1985年2月生活·读书·新知三联书店初版。

据初版本编入。

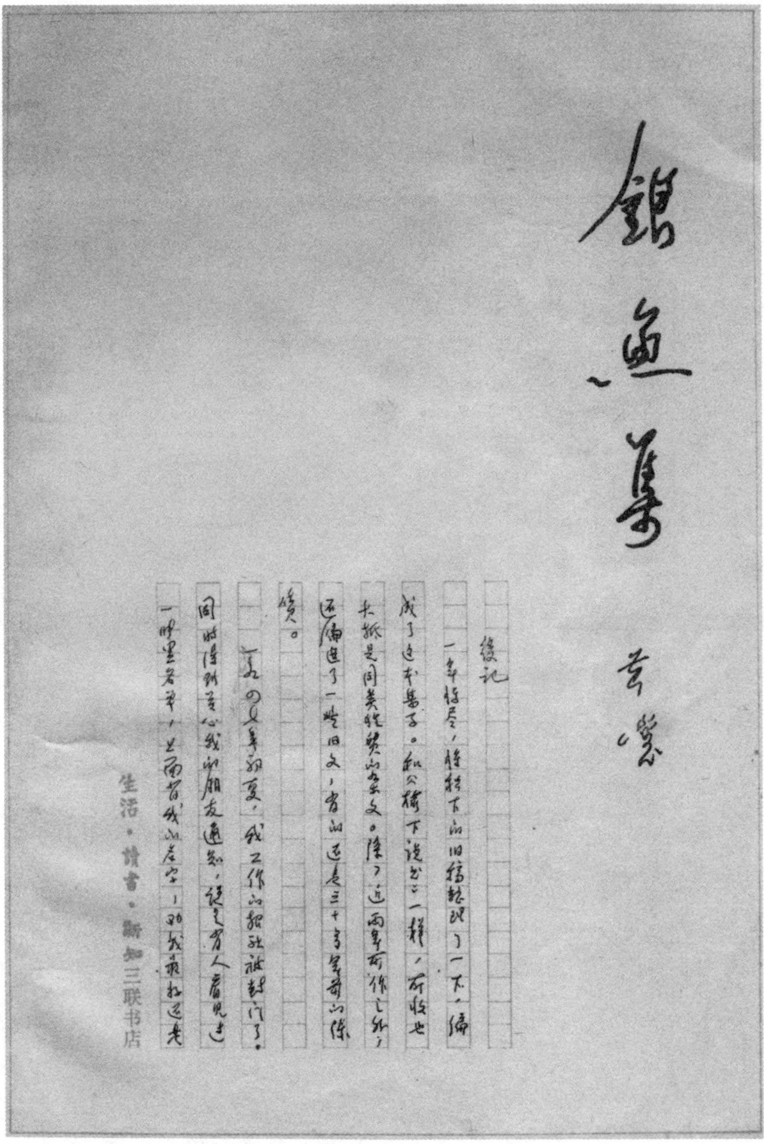
銀魚集
黄裳
後記
生活·讀書·新知三联书店

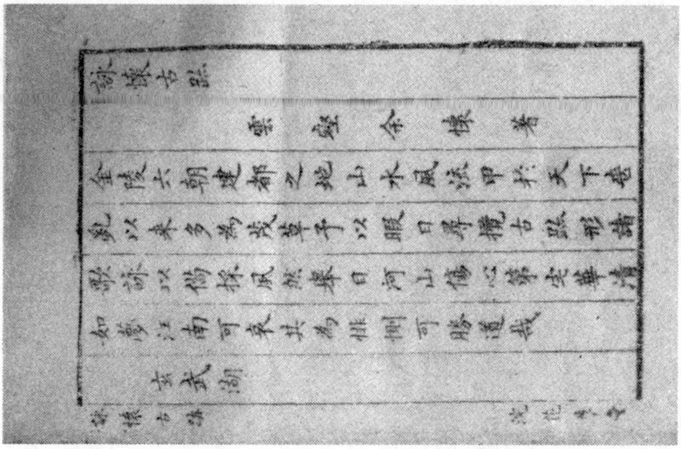

余怀《咏怀古迹》——清初浣花草堂刻本

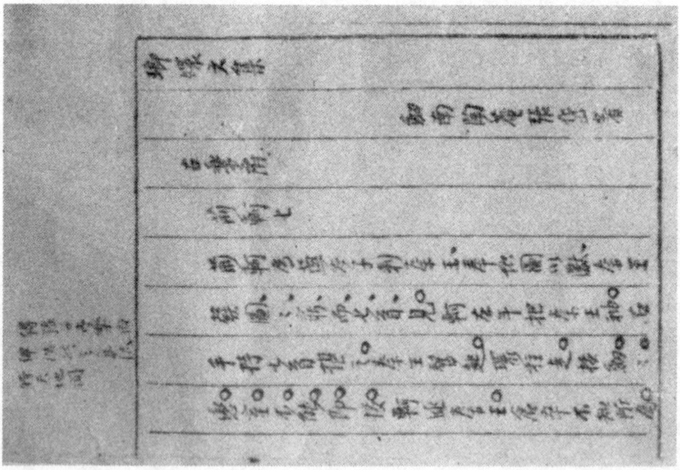

张岱《琅環文集》稿本

吴伟业制《南湖春雨图》

绝代的散文家——张宗子

生于明末的山阴张岱（宗子），是一位历史学家、市井诗人，又是一位绝代的散文家，是我平素非常佩服的作者。很久以前就写下这样一个题目了，可是一直踌躇着没有动笔。我总是担心“绝代”两个字是不是有点说“绝”了。后来又想，在他生活的那个时代里，论他在散文上的成就与特色，这样说也许还是可以的。他当然不是空前绝后的，也不可能概括、代表了整整一个时代，这些都用不着多说。

严又陵曾为翻译提出过“信、达、雅”的三字标准，很久以来，人们对文学批评也提出过“才、学、识”三个字，作为衡量的尺度。我觉得直到今天这也还不失为一种比较全面、科学的看法，而且也不只在文学批评中才适用。“才”，包括了才能、文采、写作的本领……，这大约是没有什么争论的。“学”就不同，通常只是狭窄地理解为读的书多，其实这是一种误解。“学”不只包含了书本上的知识，还有更重要的生活知识的内容。社会上的一切事物与它们之间的内在联系，这是比起书本来更为丰富、深刻、生动的。“读万卷书，行万里路”，其实司马迁早已说得清清楚楚了。“识”当然是识见，即立场、观点和也受到前面两个条件制约的见解、看法，也不是什么孤立的东西。有了这样三条标准，似乎就要好得多。因为它注意到了生活、实践这两个重要方面，并使三者有机地结合了起来。

如果用这样的标准来衡量一下张岱，就将发现，他最突出的特点还是写作上的才能，他的主要成就也正在这里。他的学问并不怎样了不得，就文化素养来说，大约也不过是封建社会中等文士的水平；不过他的兴趣是很广泛的，平时非常注意社会上的各种人物、动态、人民生活、风俗习惯，以至食物、蔬果等许多方面，而且有加以欣赏、纪录的兴趣与勇气。这许多，往往正是旧时代的正宗文士所不屑一顾的。说到“识”，恐怕要算最差。只是在生活态度、美学思想等方面多少突破了封建文化的某些习惯势力。至于他的主导思想还不能不是传统的。三百年前发生的那一场翻天覆地的大变化，那一次猛烈的冲击，确曾给像张岱这样的封建知识分子以巨大的震撼，但到底未能给他带来怎样根本性的改变。

张岱出生于一个封建社会的“世家”。看他所写的“家传”，在官僚地主群中，张家还算不得是最阔气的，但他到底是世家子弟，是一位大少爷。他的曾祖张元汴是隆庆辛未科的状元。我曾得到过他所作的《不二斋文选》，不曾细读，只记得前面附有一张小像，是穿了官服的一个精瘦的老头儿。不知怎的，我总想张宗子一定也是这模样。张岱写过一篇《自为墓志铭》，非常坦率地承认他“少为纨绔子弟，极爱繁华。好精舍，好美婢，好娈童，好鲜衣，好美食，好骏马，好华灯，好烟火，好梨园，好鼓吹，好古董，好花鸟。兼以茶淫桔虐，书蠹诗魔，劳碌半生，皆成梦幻”。这简直是极精确地勾勒出了醉生梦死地生活在那个封建末世的一切地主阶级大少爷的形象和他们的精神世界，可以作为我们了解这批高级寄生虫的一把有用的钥匙。曾经作过如此坦率自白的人，在晚明，我还没有看到过第二个。

他的这些“生活经验”，全部写在他的两部著名的回忆录中了。《（陶庵）梦忆》与《西湖梦寻》。在五十四年前，《梦忆》就曾由俞平伯先生重印，是为“朴社重刊”本，根据的大约是伍崇曜的丛书本，是据乾隆甲寅仁和王文诰刻本重雕的。这原本我在傅惜华家中曾见到过，好像也流传得非常少了。我后来得到的则是道光二年王文诰重刻巾箱本，却也刻得很精。在二十八年之后，王氏又重刻此书，可以看出他对《梦忆》的赏识与珍重。

《梦忆》的主要内容，也就是张岱在《自为墓志铭》中所说的那些内容，是一个地主阶级大少爷的“忏悔录”。它的价值所在，是给后世的读者留下了晚明社会生活一个侧面的真实而生动的速写、纪录。这无论是《武林旧事》，还是《东京梦华录》都无法与之相比的。张岱后来写下了《石匮书》，成为有名的历史学家，但他在写《梦忆》时，却没有写历史或地志的“雄心壮志”，因而挣脱了那些传统的束缚。张岱实在是三百年前一位出色的“新闻记者”。他写的那些速写、通讯、报告，都是很短的。少者几十百字，比较长的如《扬州瘦马》，也不过六七百字，却已将明末扬州的人肉市场的形形色色统统写了出来。他写出了那么一批特意赶到扬州来“娶妾”的大老倌，因而产生了一大批等待选购的“货物”——“瘦马”，这名目在唐诗中就早已出现，可见是一种有长远历史传统的风习了。随之产生的是一大批“牙婆驵侩”，“日饮食于瘦马之身者数十百人”。他细写了从挑选、付费、送“货”上门的全过程。从全篇中我们看不出张岱是反对这种人肉买卖的，他似乎并不反对纳妾；但他对这种种的厌恶还是鲜明的。有时候忠实的“客观报道”，就会产生这样的力量。他细写了挑选货色的全过程，用的是白描的方法，还记下了当时所用的口语。

> 至瘦马家，坐定，进茶。牙婆扶瘦马出，曰：“姑娘拜客”，下拜。曰：“姑娘往上走”，走。曰：“姑娘转身”，转身向明立，面出。曰：“姑娘借手睄睄”，尽褫其袂，手出，臂出，肤亦出。曰：“姑娘睄相公”，转眼偷觑，眼出。曰：“姑娘几岁了?”曰：“几岁”，声出。曰：“姑娘再走走”，以手拉其裙，趾出。然看趾有法。凡出门裙幅先响者，必大；高系其裙，人未出而趾先出者，必小。曰：“姑娘请回”，一人进，一人又出。……

这不但介绍了过程，还写出了声口、动作。牙婆录音机似的指挥，“瘦马”宛转顺从的姿态，买主虽不曾正面写，作为背景人物，这一切就全都像活的一样。同样的情形，不是直到解放前夕还在全国许多地方大同小异地存在着吗？张岱还特别介绍了鉴定小脚的“经验”，不只说明他是“内行”，也暴露了他的立场与低级趣味。

晚明出现了一种新的文学流派。在表现形式上是尽量采用新的句法结构，奇奇怪怪的形容词，……作者们企图闯出一条新路的努力是值得注意的，但有时就不免流于怪诞、艰涩，如《帝京景物略》中的有些写景文就是一例。但在张宗子这里却并不如此。他力图简洁，但显得平易；苦心铸辞，却不失自然。特别是他用这样短的篇幅，写出如此丰富、生动的内容，是值得佩服的。

同是写伎家生活的还有一篇是写出身于南京低级妓院的“朱市妓”王月生。她虽然出身于“曲中羞与为伍”的朱市，连同辈也看不起，但因品格容貌的出群，终于成为头等的红倌人。张岱写这个女人，只抓住“矜贵寡言笑”这一特点，用两三件小事，就把人物写活了。全篇三百二十字。

这是一位无论费尽了姐妹、帮闲们怎样的心思、手段也无法使之一笑的少女。但她却喜欢吃茶，天天都要到闵老子（一位著名的茶道专家）家“啜茶数壶”，并在那里与知心朋友会晤。如此看来，王月生的“矜贵寡言笑”就并非生来的怪癖。文章结尾说有一位“公子”，和她鬼混了半月之久，“不得其一言。一日，口嗫嚅动。闲客惊喜，走报公子曰：‘月生开言矣。’哄然以为祥瑞。急走伺之。面赪，寻又止。公子力请再三，噻涩出二字曰：‘家去。’”寥寥五十几个字，公子之恶俗庸愚，帮闲的无聊凑趣，一场果戈理笔下才会出现的闹剧，一霎时开场，一霎时又收了梢。而王月生这人物，却活生生地站在读者面前了。她终于开了口，但只说了“家去”两个字，可这中间包含了多少内容啊！王月生怎么说，又能向谁去说呢？

张岱是秦淮河上的常客，他对这种生活是非常熟习的。但也只有他能在热闹中看出闲静，喧笑中发现眼泪。他有一双与众不同的敏锐的眼睛。

南京雨花台附近的报恩寺塔久已焚毁了。三十多年前我还看到过扔在废墟上的一角琉璃瓦残余构件，现在恐怕连废墟也将无从寻觅。但张宗子看到的却是完整的原物，他称之为“中国之大古董，永乐之大窑器”。这确是惊人但异常贴切的定义。永乐窑的瓷器现在已经成为宝贝，这塔却正是永乐时烧出的特号琉璃窑器，一座不折不扣的“大”古董。象高明的漫画家一样，他一下子就抓住了事物的本质。从中得出怎样的结论，则是读者自己的事。

有时候他也爽性地说出结论来。《二十四桥风月》篇说扬州夜晚的景色，涂脂抹粉在茶馆酒肆之前“站关”的可怜的卖春妇。“灯前月下，人无正色。所谓‘一白能遮百丑’者，粉之力也。”这些可怜的终于找不到主顾的女人，挨到很晚了，“夜分，不得不去。悄然暗摸如鬼，见老鸨，受饿受笞俱不可知矣”。

张岱有许多写西湖的名篇。他的看西湖，也绝不与别人相同。《湖心亭看雪》一文说：

崇祯五年十二月，余住西湖。大雪三日，湖中人鸟声俱绝。是日，更定矣，余拿一小舟，拥毳衣炉火，独往湖心亭看雪。雾凇沆砀，天与云、与山、与水，上下一白。湖上影子，惟长堤一痕，湖心亭一点，与余舟一芥，舟中人两三粒而已。

湖心亭是许多人都去玩过的，可是有多少人看到过张岱这里描写的景色呢？描写西湖风景的人也可谓多矣。可是谁又曾用精炼至极的笔墨如此凸现地勾画出山水的精英？

张岱从不花费大量笔墨写风景，他写的风景又总是充满了动态生机的。《闰中秋》篇写他在绍兴与许多朋友夜里在蕺山亭吃酒看戏，直到四鼓方散。“月光泼地如水，人在月中，濯濯如新出浴。夜半白云冉冉起脚下，前山俱失。香炉、鹅鼻、天柱诸峰，仅露髻尖而已。”

张岱说过两句话，他自己非常得意，曾屡次提起。“人无癖不可与交，以其无深情也；人无疵不可与交，以其无真气也。”这话初看似乎有些偏激，但细想却颇有意思。那下半句简直就否定了所谓“足赤”的“完人”，即“伪君子”，可谓“伤心悟道”之言。其实这些也无非是平平常常的道理，谁又没有或多或少一点个人癖好呢？张岱自己是个爱玩的人，已在为自己写的《墓志铭》里做过老实的交代。他喜欢玩的事物真是非常广泛，在这些领域内他是个真正的内行，有很高的欣赏水平。从不同的角度看，这些事物既是封建地主阶级荒唐享乐的表现，同时也是通过劳动者的双手创造出来的封建文化的精华。

张岱喜欢看戏，也深通戏剧艺术的每个方面。他家从祖辈起就养着戏班子，他的亲戚祁彪佳也是爱看戏并收藏了丰富剧本的戏剧评论家。《梦忆》中谈到演剧的文字不下十篇之多，中间有许多珍贵的戏剧史料，奇怪的是一直没有受到研究戏剧史的学者应有的重视。

他记崇祯二年夜半在镇江金山寺演出“韩蕲王金山及长江大战诸剧，锣鼓喧阗，一寺人皆起看”。记一个老地主朱云崃训练家蓄女乐的方式方法。记他祖父自己创建的私家戏班，先后有“可餐班”等六个之多。其中“吴郡班”中演员有王畹生，是与柳如是同时有名的人物，王玉烟的妹妹，李因有赠畹生诗在《竹笑轩吟草》中。《刘晖吉女戏》篇则记录了明末即已出现的舞台布景切末。

> 如唐明皇游月宫，叶法善作（场）。场上一时黑魆地暗。手起剑落，霹雳一声，黑幔忽收，露出一月，其圆如规。四下以羊角染五色云气，中坐常仪，桂树吴刚，白兔捣药。轻纱幔之，内燃赛月明数株，光焰青黎，色如初曙。撒布成梁，遂蹑月窟。境界神奇，忘其为戏也。

这是非常珍贵的早期舞台装置的精确记录。三四十年前我们在舞台上看到的《天香庆节》等戏，大致也不过就是如此，也许还没有这里所写的精妙。而场上多重幕的使用，在明末也早已开始了。

张岱记女演员朱楚生与姚益城“讲究关节、妙入情理”，演出《江天暮雪》、《霄光剑》、《画中人》等剧，“虽昆山老教师，细细摹拟，断不能加其毫末也”。虽然没有举出具体实例，但艺人进行舞台创造的艰苦，读者是可以领略到的。

《过剑门》篇写他以戏曲行家的身份，在演员中拥有的威望；《冰山记》记魏忠贤败后，他删改重排了一时涌现的“十数本”反映同一斗争题材的剧本，并取得成功的故事。不只显示了当时运用戏剧艺术进行政治斗争的热潮，也说明他自己对上演这种“现代戏”的饱满热情。张岱和阮大铖是朋友，他说：“阮圆海大有才华，恨居心勿静。”这和《续幸存录》的说法有些相近，是带有回护意味的恕词。他对阮大铖训练的“家优”给予了很高的评价。着眼点不只放在剧本上，更着重的是场上的功夫。“讲关目，讲情理，讲筋节”，“余在其家看《十错认》、《摩尼珠》、《燕子笺》三剧，其串架斗笋、插科打诨，意色眼目，主人细细与之讲明，知其义味，知其指归，故咬嚼吞吐，寻味不尽”。还指出在每本戏中安排了“龙灯”、“紫姑”、“走解”、“猴戏”等不同关目的创造性，实在应该算是一篇有内容、有深度、在戏剧史上有重要史料价值的评论。

这里只是约略触及了张岱有关戏剧的记述与见解，此外还有许多方面，他都观察得细致，领会得深刻，传达得巧妙。他是个市井诗人，他的回忆录不愧是晚明社会文化风俗史的出色评述，同时又是一束绝美的散文。

人们有时会误解张岱只是一位小品文作者，这是不确的。他晚年写下的《石匮书》，是具有一代国史规模的大著作，不必说了。他还有一部《史阙》，皇皇六大册稿本，也不能说是小品。在序文中他说明了自己的史学见解和文艺见解。他认为流传的正史是不完备的，于是“为之上下古今搜集异书，每于正史世纪之外，拾遗补阙。得一语焉，则全传为之生动；得一事焉，则全史为之活现”。他这种为正史“剔牙缝”的工作，是有效的。不只往往能揭出历史真相，也提高了文学感染力。他举出两例说明这种见解：

> 苏子瞻灯下自顾，见其颊影。使人就壁摸（摩）之，不作眉目。见者皆失笑，知其为东坡。盖传神正在阿堵耳。余又尝读唐正史，太宗之敬礼魏征，备极形至。使后世之拙笔为之，累千百言不能尽者，只以“鹞死怀中”四字尽之。则是千百阙而四字不阙也。

这是很高明的文艺评论见解，他也在自己的创作中努力付诸实践了。这样做需要写作才能，是不待说的；但更重要的是对生活的深刻认识和反映现实的忠实态度。这些张岱也是做得好的。

一九八一年十二月二十六日

张岱《琅嬛文集》跋

书友郭石麒向曾以虞山沈氏旧藏书介以归余，颇有佳本。大抵皆爱日精庐张氏、旧山楼赵氏故物。近又以数种来，却少佳册。前又遇之市中，怀中出原单见示。知别有钞本《塔影园集》、《琅嬛文集》，已为范某取去，即嘱其取归。前日过市，见此《琅嬛文集》，系八千卷楼故物，宗子手稿，不禁狂喜。今春，余于“传薪”获宗子《史阙》手稿六帙，尚为待刻之本，剪贴毛订，所用纸与此册全同，写手亦出一人。是同为手迹，可无疑义。《史阙》六帙，出于会稽山中，深藏密锁，几三百年。此册则不知何时，流入武林，入泉唐丁氏。八千卷楼书散，又未随楼书俱入盋山，流至常熟，有翁同龢观印。今又散入市肆，并归余斋。书缘之美，何可言耶?《北平图书馆目》中有《张子文秕》若干卷，亦称稿本。不知与此书异同何若。他日凤城观书，当一决此疑也。余旧好宗子文，然所获无佳本。今春偶得《史阙》稿本，又得康熙凤嬉堂原刊本《西湖梦寻》，王见大刊巾箱本《梦忆》，今更得此，是所藏可谓富矣。辛卯六月半记。

右凡五卷。自古乐府至五言律，通得诗三百又五章，宗子手稿本也。尚有散叶，夹于卷中。用黑格纸，与所藏《史阙》手稿六帙，用纸全同，手迹如一，手稿确无可疑。原订一册，止于五言律，疑非全书。归八千卷楼时，即已如是。丁氏亦未甚重之。书面题“集”字，又“别集”“国朝”字样，皆楼中藏书旧式，末钤“八千卷楼”楷书小朱印，亦不入《善本书志》，惟丁氏全目中有之，杂厕于清初人别集中，只著“钞本”字样，盖不知其为手稿也。卷端亦只“曾藏八千卷楼”一印，皆以通常写本视之之证。丁氏杭人，于乡贤著述，茫昧如此，是不可解。光绪中《琅嬛文集》曾有刻本，有文无诗。只古乐府曾刊入之。所据当是别一钞本。丁氏书光绪中由端午桥购归江南图书馆，由杭州载之江宁，入龙蟠里。名书重器具无恙，惟词曲类及其他零星小册，颇有流失。当是端方幕府中人，择取精本，据为己有；或端午桥以之赠当国大老，皆不可知。此种书余得经眼或入藏者，凡六七种。如清初内府写本《麒麟阁》四册，开花纸精抄。有红色小纸题扮演角色名字于人物表下，曾在安乐堂之书也。又清初竹纸黑格精抄本《曲谱》二函，亦内府写本。又淡生堂抄本《对床夜话》，有祁旷翁手跋及吕晚村、张宗楠藏印。是皆铭心佳品，虽曾得之，然终不能守。又尝见明初黑口本吕岩集，为九峰旧庐物，未之收也。又于石麒许得崇祯刻阮大铖三集，原刻精绝。与此册皆有翁常熟观印，颇疑即当日端方持赠翁相之书。诸书皆曾有传抄之本，流在人间，实为八千卷楼中精骑，余得见而收之，书缘墨福，何可言耶？得此书前六月，于“传薪”得《史阙》稿本六巨帙，用纸与此全同，然皆经剪贴作账簿状，当为宗子手稿长编原式，手迹与此正同。后得道光中刻《史阙》六卷，跋云所据为蝇头细字书，亦不言抄本抑稿本也。宗子著书，明末付刻者未见，《西湖梦寻》刻于康熙末年，余亦收一原刻，板心有“凤嬉堂”三字。张氏子孙家贫，不能刻先人遗稿，《梦寻》之刻，亦赖友人之助。然遗稿颇有传抄副本，其蝇头细字本，当即此类。传世亦非仅一二本。昔日尝于诸家藏目中搜宗子稿本得七八种，皆可踪迹。其原稿之确然无疑者，只此册及《史阙》六册耳。此册中诗之有纪年者，断手于康熙九年；又知宗子当生于万历二十五年丁酉，得年必在七十四岁以上。集中数及《石匮书》撰作事，又方物之咏多至数十章，老饕习性如见。家破之后窘迫种种亦时见之诗中。“舂米”、“担粪”两章所写，最见性情。遗民心事，更处处流露。此集即子孙力能刊刻，亦不敢也。宗子散文第一，《梦忆》、《梦寻》无与抗手，诗实未佳，然可征故实。《石匮书》有盛名，然实不足与他家私史比肩。此集中有诗及《名山藏》，以为秘册，石匮一书多据之，可知当日所见，亦不广也。余藏此书逾十年，前四年始通读一过，曾撰长跋，后亦迷失。今为补目，聊记一二。多凭记忆，未能详也。时戊申中秋前七日，试尺木堂造研经校史之墨书。

以上是我写在《琅嬛文集》卷前的两通旧跋。原书竹纸黑格，半叶八行，行十八字。白口单边。以诗体分卷，每卷前有大题，不书卷数。次行属“古剑陶庵张岱著”。卷中校改甚多。有圈点，有评语，出别一人手。又有钩乙删削之迹，书眉有书“选”字“删”字者，有题“诗砾”二字者，这应该是宗子拟编未就的另一诗集或选集的名目。收藏有“曾藏八千卷楼”白文方印，“翁同龢观”朱文长印，“左翁寓目”白文方印。

这个诗集稿本收“古乐府”、“四言古”、“五言古”、“七言古”、“五言律”诸体诗，可能是个残本，以下应该还有“七言律”、“五言绝”、“七言绝”诸体。只有“古乐府”部分曾刻入《琅嬛文集》。鲁迅在《且介亭杂文二集》的《“题未定”草（六）》中曾提到的一九三五年上海杂志公司出版的“中国文学珍本丛书”本《琅嬛文集》，就是据光绪刻本标点排印的。标点者刘大杰。鲁迅指出，在《景清刺》里，“有了难懂的句子”：

“……佩铅刀。藏膝髁。太史奏。机谋破。不称王向前。坐对御衣含血唾。……”

琅琅可诵，韵也押的，不过“不称王向前”这一句总有些费解。看看原序，有云：“清知事不成。跃而询上。大怒曰。毋谓我王。即王敢尔耶。清曰。今日之号。尚称王哉。命抉其齿。王且询。则含血前。淰御衣。上益怒。剥其肤。……”（标点悉遵原本）那么，诗该是“不称王，向前坐”了，“不称王”者，“尚称王哉”也；“向前坐”者，“则含血前”也。而序文的“跃而询上。

大怒曰”，恐怕也该是“趺而诟。上大怒曰”才合式，据作文之初阶，观下文之“上益怒”，可知也矣。

鲁迅在这里所批评的乱点古书，自误误人的事例，是极确的。恰巧作者张岱的手稿就在这里，不但有改句，而且有作者自己的圈点、断句，都在证明着鲁迅说得不错。此外，用原稿对照排印本，就还有一些错误。

“清旦伏铅刀以朝”句，“旦”原稿作“坦”。

“有顷，默然而前”句，“默”原稿作“黮”。

在叙罢景清被剥皮之后，张岱写道，“械系长安门。上寝梦清环殿追劫之。”标点本在“上”字下断句，也大错了。这样一来，不但将景清的尸体移到了“长安门上”，同时也使我们糊里糊涂，不知道睡觉和做梦的到底是谁。

“赤其族。掘夷其先冢籍里。”这一句也是莫明其妙的。查原稿，原来漏去一个“其”字。应该是“掘夷其先冢。籍其里。”才对。

此外，还有两处排印本并不错，而新版的《且介亭杂文二集》却印错了。那就是“趺而询”、“立且询”的两个“询”字，都应该是“诟”。“诟”者骂也。原稿里写得清清楚楚。

由此可见，版本校勘之学还是不可不讲的。粗制滥造的标点书的出现，重要的原因固然是标点者的工作态度与学力都不够理想，底本的质量也是至关重要的。有些原书充满了错简、误漏的句子，标点者即使用尽心机也无能为力，不作任何声明也不加任何标点符号，留下了使读者猜不透的古怪的长句，这当然是不负责任的做法。如果尽量作了校勘的努力还不能解决，那就应该注明疑有误漏，使读者明白。

自从考证学被不分青红皂白加上了“繁琐”的徽号以来，许多人不敢作考证了。版本学就更不必说，好像只是一群“雅人”或“遗老”、“遗少”酒足饭饱后所干的无聊营生，这实在是一种极大的误解。这一切都是进行科学研究必不可少的条件与前提，正与不可想象把钢铁联合企业建筑在沙滩上一样。

关于张宗子的著作，多年来一直留心查考，只是见闻寡陋，只知道有这样一些：

《四书遇》，不分卷，六册，明山阴张岱撰。明抄稿本。末附寿王白鹤诗手稿二纸，有马浮题识。

《古今义烈传》，八卷，四册。明山阴张岱撰。旧抄本。首有祁彪佳序。以上两种见《浙江图书馆特藏书目甲编》，按此书有天启刻本。

《陶庵梦忆》，八卷，二册。有乾隆五十九年仁和王文诰刻本，大板。又有道光王见大（文诰）刻巾箱本，题《梦忆》。

《琯朗乞巧录》，稿本。（《鄞县通志·文献志》著录四明张氏约园藏书）

《石匮书》，未分卷，八册。稿本。

《夜航船》，二十卷，观术堂抄本。

《陶庵对偶故事》，二卷，稿本。

《琅嬛文集》，不分卷，四册，稿本。与刻本不同。（以上四种见《鄞县通志·文献志》著录朱氏别宥斋藏书）

《石匮书》，二百二十一卷，五十一册，明张岱撰，钞本。《上海市文物保管委员会善本书日》著录。

《石匮书后集》，六十三卷，张岱撰。传抄本。原缺九卷，最后附“别传”阙。见《贩书偶记》。

《史阙》，十五卷，道光甲申刻。

《琅嬛文集》，六卷，光绪丁丑刻。

《有明越人三不朽图赞》，不分卷，乾隆刻。

《快园道古》，原刻《西湖梦寻》“凡例”中著录。又吕善报《六红诗话》卷三曾摘录九则。

《西湖梦寻》，五卷，康熙丁酉凤嬉堂刻本。

《张子文秕》，十八卷，抄稿本。竹纸，黑格。版心上有“琅嬛文集卷□”，下有“凤嬉堂”，皆刻板。书眉上有评语，与《梦寻》格式正同。大题下三行云：陶庵张岱著，白岳王雨谦评，雪瓢祁豸佳校。卷前有“年家社弟曲辕王雨谦撰并书”之序，“同学弟雪瓢祁豸佳撰并书”之《琅嬛文集序》，次目录。半叶八行，行十八字。白口，四周双边。

《张子诗秕》，五卷，板式同前。前有“庚子夏五潞溪识字田夫雨谦撰”序；“己丑重九日小弟弘顿首题”序；“甲午八月望日陶庵老人张岱书于快园之渴旦庐”自序。

《文秕》、《诗秕》诸序后皆有撰者朱印。此书为平妖堂旧藏，有“鄞马廉字隅卿所藏图书”朱文长印。

以上根据手头保存的笔记少加整理，粗陋在所不免。诸书只记抄稿及最早刻本。凡展转重印之本都未记录，但其中也有重要的本子，如《陶庵梦忆》有一九二七年北平朴社的重刊本，俞平伯校点。这是近代流行最广的一个本子，许多人是通过它开始接触《梦忆》的。

张岱是出现于明末清初那个时代里的一个很有特色的作者。在当时地主阶级知识分子群中，他既有遗民的共性，也有他自己独特的个性。他的散文写得好，在晚明诸家中是非常突出、有着自己风格的作者。他有非常敏锐的感觉，观察事物也有自己特有的方法。从他的作品中，我们可以感到明显的近代气息。他的生平、身世、遭遇是形成这种特色的根据，我觉得很有加以研究的必要。通过研究，将使我们对那个时代及文学获得进一步的了解。

一九八一年一月七日

关于张宗子

张宗子著作以《梦忆》流布最广，文集至光绪中始墨板，传世亦稀。十余年前先后得《史阙》、《琅嬛文集》二种，皆张氏手稿。前者出于越东山中，后者则丁氏八千卷楼旧物。叹为双美。

宗子平生著述甚夥，其曾于生前墨板者，只天启中刻《古今义烈传》八卷一种。他书不传。甲乙之际，国破家亡。遗稿藏于家，子孙无力刊刻，亦不敢刻也。康熙季年始刊《西湖梦寻》五卷于粤东，是为家刊最早之本。（宗子他种著述，略见《琅嬛文集》跋，今略。）又有汉阳朱氏乾隆中抄《评东坡和陶诗》一册，后附宗子补和二十四首（见会稽周氏《旧书回想记》）。又《快园道古》一种，则见于《梦寻》原刻《凡例》。年来流览所及，仅乃得此。今《琅嬛文集》卷一存自撰诸书序文，尚十余种。（《自为墓志铭》所著录自撰诸书，尚有《张氏家谱》、《明易》、《大易用》、《说铃》、《昌谷解》、《傒囊十集》《一卷冰雪文》等。）恐皆无从踪迹矣。

光绪丁丑刻《琅嬛文集》，为湘潭黎培敬刻，所据则会稽王惠藏本。王氏跋云："余束发时，读书于山阴余浣公侍御家。检其藏书，有《琅嬛文集》一帙。蚊脚细草，蟫蠹褵褷，盖张陶庵后裔世传而尚未付雕者也。余见而攫之，五十年来，藏之敝簏。"跋作于道光戊戌，知其得书于余氏大观楼，当在乾隆末。而郑刻《史阙》跋文亦言所据原底为蚊脚细草之本，意此皆当日清钞底本，余所藏二种则草稿也。独怪大观楼本，何以无诗？宗子曾有《琅嬛诗集序》，意必已另编，只纳《古乐府》一种入《文集》中耳。

宗子撰著最显者为《梦忆》、《梦寻》二种，皆作于甲申以后，以遗民而追忆前朝盛事。时家已陵替，窘辱之余，缅怀少年贵盛往迹，文字悲凉，可方《武林旧事》，《东京梦华》，然其晚年生涯，人多不知。此诗稿所存此类资料甚富，尤以记清初江南变乱情状为有史料价值。集中有甲申以前诗，而大半为国变后所制。最晚之作为庚戌十月诗。庚戌为康熙九年，宗子年七十四矣。(《绍兴府志·宗子传》云宗子卒年九十三。)

宗子《自为墓志铭》，自论平生，极痛切率真，文字亦佳。我国文人之能为《忏悔录》如法兰西之卢骚者，乃更无第二人。其略云："蜀人张岱，陶庵其号也。少为纨绔子弟，极爱繁华。好精舍，好美婢，好娈童，好鲜衣，好美食，好骏马，好华灯，好烟火，好梨园，好鼓吹，好古董，好花鸟。兼以茶淫桔虐，书蠹诗魔，劳碌半生，皆成梦幻。年至五十，国破家亡，避迹山居，所存者破床碎几，折鼎病琴，与残书数帙、缺砚一方而已。布衣蔬食，常至断炊。回首二十年前，真如隔世。……学书不成，学剑不成，学节义不成，学文章不成，学仙学佛、学农学圃俱不成。任世人呼之为败子、为废物、为顽民、为钝秀才、为瞌睡汉、为死老魅也已矣。甲申以后，悠悠忽忽，既不能觅死，又不能聊生。白发婆娑，犹视息人世，……”因自为墓铭，其忏悔心情，与遗民心事，俱跃然纸上。《琅嬛》一集，大抵皆可为此两事做注脚。此集幸而未刻，亦幸而深藏密锁几三百年，遂得逸出禁网。岂非不幸中之大幸。宗子自叙其诗，言少喜徐文长、袁中郎、钟伯敬、谭友夏之作，亦尝学之，然终当自具面目。今观此集，则诚非徐、袁、钟、谭之诗也。其诗之所抒写，大略为如下数事。记乱后生活，记撰朱明国史，记诸方美物。贯串其中者，遗民之心事也。甲申以前作多不佳，然亦有数端可采。五律有《阮圆海祖堂留宿》二首，有句云：“无生释子话，孰杀郑人歌。”（原注，“时圆海被谤山居，故为解嘲。”）是可见当日清流议论初非一律，盖不仅夏氏《幸存录》于圆海有恕词也。又七言古诗之《寓山士女游春曲》、《闵汶水茶》、《曲中妓王月生》、《祁奕远鲜云小伶歌》、《柳麻子说书》等，皆可为《梦忆》注脚。五律有《咏方物》三十六题，皆以老饕而作诸物董狐者。

宗子为山阴祁氏姻娅。宗子仲叔联芳，字尔葆，号二酉生。祁彪佳于日记中称为“母姨”。乙酉彪佳自沉死。子理孙、班孙谋兴复故国，终以破家。祁、张皆山阴大族。祁氏家败以此；张氏之陵替，其故事不得甚详。然国变兵燹固覆败之一主因也。集中多有避兵之作。最早在丙戌，乙酉后一年也。其《避兵越王峥留谢远明上人》五古云：

> 避兵走层峦，苍茫履荆棘。住趾越王峥，意欲少歇息。谁知方外人，乃有孙宾硕。僧房幽且深，藏我同复壁。焦饣及酸虀，遂与数晨夕。一子又一奴，竟夺三僧食。萧然昼掩门，十日九不出。寺僧百余人，谋面俱不识。一住过三春，两月生明日。山窗静且闲，因得专著述。再订石匮书，留此龙门笔。上人日不来，携灯话促膝。与之商古今，侃侃具绳尺。开士有心人，偶尔隐缁笠。一日缘山行，乃为人物色。姓氏落人间，不复能隐匿。剥啄叩僧寮，来往如络绎。仓卒去庐山，康乐逃莲席。不及别远公，时时在胸臆。戎索政自苛，搜罗遍荒僻。恐以累檀那，风起不留革。何日得升平，扶筇到山泽。再过虎谿头，笑言常哑哑。

宗子诗以五古最富，亦最佳。语言冲淡，意则深挚。读此，可知于密迩越城山中，尚有百余僧众聚居之大寺，乃得闲窗著史。然避居亦大不易。宗子偶山行，遂为逻者所见，搜索日至，遂不能不更避居他所。临行慌促，竟不及与远公一别，留诗以谢，其词甚苦。当日网罗之密，遗民之不遑宁处，即方外丛林亦非净土也。

其后更有《和贫士》诗七首，小序云："丙戌九月九日，避兵西白山中，风雨凄然，午炊不继。乃和靖节贫士诗七首，以寄划中诸弟子。"其句有云："清飙当晚至，岂不寒与饥。

悄然思故苑，禾黍忽生悲。”“腹饥徒煮字，樽空耻自斟。岂无长安米，苟得非所钦。丹压与白石，彼或谅吾心。”“天柱既已折，杞人复何忧。行吟在泽畔，吾将见吾俦。幸不惭死友，此心何所求。”此诸诗大抵作于离萧寺别居之后，即酸齑焦饭亦不可更得，诗境乃益凄苦，禾黍之思亦益炽。死友者，祁虎子辈也。其后更有《和〈述酒〉》诗、《和〈挽歌辞〉》诗，遗民悲愤，洋溢行间。《和〈述酒〉》云：“空山堆落叶，夜寂声不闻。攀条临绝巘，人过荆莽分。行到悬崖下，伫立看飞云。生前一杯酒，未必到荒坟。中夜常堕泪，伏枕听司晨。愤惋从中出，意气不得驯。天宇尽寥阔，谁能容吾身。余生有几日，著书敢不勤。手勒大明（胸抱万古）字，悲凄思故君（凉失所群）。易水声变征，断琴奏南薰。竹简书日月，石鼓发奇文。王通抱空策，默塞老河汾。灌圃南山下，愿言解世纷。得与豺虎远（所之不合宜），自来（与）鱼鸟亲。若说陶弘景，拟我非其伦。”此诗上有评语，句中有改字，俱出另一人手。其所改字（在括弧中）皆意在避忌也。常见清初人集之当时刻本或后来翻本，句句恭谨，毫无触碍，然其人实为遗民，其事颇不可解。见此遂恍然悟。苟此书而刻，原稿不存，则张陶庵亦不过一通常失意之文士耳。更何由见其时代精神？此稿本之可贵也。

《和〈挽歌辞〉》句云，“张子自觅死，不受人鬼促。义不帝强秦，微功何足录。”“身虽（既）死泉下，心犹念本（千岁如一）朝。目睹两京失（岁月除），中兴事（心竟）若何。匈奴尚未灭（平生不得志），魂亦不归家。”所改字更大失本意，虽意在避祸，然甚非君子爱人以德之道也。

其下更有长古《孝陵磨剑歌》（题下小注，“丁亥七月十六日项里记梦”），撰于顺治四年。词更慷慨。此诗托言纪梦，实为遗民心事之真实写照。即当日陶庵确有此梦，其造梦之因亦彰彰明甚。孝陵为朱明帝王陵寝之在江南者，贰臣如陈之遴且曾献计清廷，掘之以泄王气；而遗民故老则以瞻拜孝陵为不忘故君。清初人集，往往见有此作。于此，故国故君乃于遗民心目中混而为一。

宗子诗中喜道其著明史事，屡屡言之不倦，有《借董伯音〈名山藏〉，送还致谢》诗，何乔远书非为其僻，称为奇书，可见当日得书之艰。董氏避乱，惟携此一书与俱，“身外无长物，一书实空囊。囊重仆且痛，暴客睨其旁。探囊皆失笑，酸子溷我行。”离乱之际尚以破书为性命，为暴客所笑。其事可笑，实更可悲。又有《读查伊璜三说》诗。继佐撰《罪惟录》，宗子实曾见之，颇致钦敬。其言曰：“古来作史有几个？字字皆拾龙门唾。自出手眼惟君能，廿一史中参一座。”亦推挹甚至矣，结句云：“折简殷勤招及余，他年留作褚先生。”似继佐曾邀宗子共订其书者，惜不能详也。其《毅儒弟作石匮书歌答之》诗则于嗟老伤贫之外更殿以壮语，“白水真人在海隅，中兴有日定还车。班彪只许完《前汉》，范晔还成《后汉书》。”白水真人谓刘秀，其指残明诸帝，彰彰明甚。其《石匮书》之作意，则具见《读郑所南〈心史〉》诗中，诗后半曰：“此书无他奇，止是骂獯鬻。藏匿不使知，此骂有谁暴。直至今日开，骂毒亦不毒。余与三外老（所南别号——原注），抱痛同在腹。余今著明书，手到不为缩。书法凛冰霜，皦皦如初旭。论余及所南，疏密真不邀。余遇胜祥兴（帝昺年号——原注），昆阳自当伏。愿为《前汉书》，《后汉》尚有续。”结句亦以班、范二书为言，盖言明祚必不当斩，更有中兴之日也。

集中诸诗所记晚年家破后种种情事极详。向只能于《梦忆》、《梦寻》序中知其梗概者，今乃能进而得有更多了解。有《甲午儿辈赴省试不归走笔招之》诗：“我年未至耆，落魄亦不久。奄忽数年间，居然成老叟。自经丧乱余，家亡徒赤手。恨我儿女多，中年又丧偶。七女嫁其三，六儿两有妇。四孙又一笄，计口十八九。三餐尚二粥，日食米一斗。昔有负郭田，今不存半亩。败屋两三楹，阶前一株柳。二妾老如猿，仅可操井臼。呼米又呼柴，日作狮子吼。日出不得晡，未明先起走。如是十一年，言之只自丑。稍欲出门交，辄恐丧所守。宁使断其炊，取予不敢苟。……儿辈慕功名，撇我如敝帚。……阿堵与荐剡，均非尔所有。不若且归来，父子得聚首。挈瓶往灌畦，捕鱼编竹笱。四儿肯努力，储粟自盈缶。酌酒满匏尊，进为老人寿。温饱得一年，一生亦不负。胜以五鼎烹，哭我荒山阜。”此诗至佳。向之为田舍翁者，今并半亩亦无之。十一年来，惨淡偷活。老人慎操守，不欲出而营求；诸儿乃不堪清贫，思入麟凤之薮，宗子乃谆谆劝谕，使之归来，言婉而情深，一片家常话，却说得如此恳挚，所以难也。惟不知诸儿果曾徇老人意否？此诗之次即有《仲儿分爨暴》诗。所写贫状更甚于前。

至甲辰（康熙三年），遂有《甲辰初度，是日饿》诗。困窘之余，乃不得不躬亲农事，集中有《舂米》、《担粪》二诗，描绘甚详。非若世之所谓田园诗人以“躬耕”为口实者，乃真有所历而知其中甘苦也。更能作忏悔语，回首少年纨绔生活，但有愧怍。其《舂米》诗云：“……余生钟鼎家，向不知稼穑。米在囷廪中，百口丛我食。婢仆数十人，殷勤伺我侧。举安进饔飧，庖人望颜色。喜则各欣然，怒则长戚戚。今皆辞我去，在百不存一。诸儿走四方，膝下皆哇泣。市米得数升，儿饥催煮急。老人负臿来，𤚩米敢迟刻。连下数十舂，气喘不能吸。自恨少年时，杵臼全不识。因念犬马齿，今年六十七。在世为废人，赁舂非吾职，膂力讵能加，举杵惟于邑。回顾小儿曹，劳苦政当习。”此诗而出之三百年前张宗子手，不能不叹为难得。然无一番天翻地覆之历练，亦必不能作此等语。此有关宗子思想转变之重要资料。《梦忆》、《梦寻》时，虽有家国之感，尚多流连景光。至此，乃能更进一解。可与《自为墓铭》并观。

宗子于奇贫至窘之余，尚不减其诙谐之态。有一诗曰《种鱼》，因贫而读致富书。得种鱼之法，买鲩千尾，畜之水滁，典衣买舟，募一老人打草，并致牲醪赛神，已罄所储，未得寸息，终乃彻悟曰：“我昔无陂泽，鱼税不到余。高斋只听雁，一卧自于徐。谁信陶朱术，烦我多起居。夜半陡然省，开围纵所如。”

又一诗题曰：《见日铸佳茶，不能买，嗅之而已。》《梦忆》卷三有《兰雪茶》一条，即道此名茶。日铸者，越王铸剑地，其茶以欧阳永叔品题而有名。宗子精心焙制，锡以嘉名，未几，一哄如市。至是，竟无钱买，只能嗅之。诗作于顺治七年，其后半云："今经丧乱余，断饮已四祀。庚寅三月间，不图复见此。瀹水辨枪旂，色香一何似。盈斤索千钱，囊涩止空纸。转展更筹踊，攘臂走阶址。意殊不能割，嗅之而已矣。嗟余家已亡，虽生亦如死。前身爱清华，事事求其美。今乃对佳茶，见猎又心喜。象箸而玉杯，长此安穷已。学取蔡君谟，此心不得侈。"

以上所揭数事，皆此集中特色。亦关心近古文学史者所不可不知也。

甲辰大暑重校记

关于余淡心

我的知道余淡心（怀），是在很早以前读了《板桥杂记》的时候，恐怕比接触《桃花扇》还要早一些。开始对他发生更多的兴趣，则是三十多年前无意中从无锡孙氏“小绿天”买到他三种著作以后的事。三种著作中的两种是和南京有关的，还有附在后面的淡心儿子宾硕的《金陵览古》，更是纪录南京旧迹的专著。高兴之余也不禁觉得可惜，如果早些见到此书，那么在游览南京和写《金陵杂记》时，就将有更多的知识，也更有趣味了。我在这本书的扉页上写下的跋文中说：

“去岁（一九四九）余游金陵，宴胡小石先生于秦淮。酒酣，谈白下旧事甚悉，《板桥杂记》中故实，历历可数。《东山谈苑》稿本藏其家，为清抄底本而淡心手校者。于避清帝讳处浓朱满之，遗民心事可见也。又尝见有山水一幅，中杂坐名士闺流，一少年坐太湖石上，风神绝世，裘葛都丽。襟袖之侧小字书余怀二字，知是渠小影也。事关作者，因更为补记于此。”

这是极可珍重的知识。小石先生久住南京，他是诗人，书法家，又对历史文物有浓厚的兴趣，他的腹笥实在渊博得很，他所知道有关南京的故实真是太丰富了，可惜没有写下来，也没有人想到加以纪录。“抢救材料”的说法是十年动乱之后才开始风行起来的，在当时，似乎谁都没有注意到这一点。

这以后，我就开始留心有关余怀的故事，搜求他的作品，辑录他的诗文。收获不多，但终于也有了一本小册子。可惜后来“迷失”了，想重新写起很不容易。现在姑且搜寻记忆，描下一点简单的轮廓来，当然是极不完备的。因为目前也还没有翻检群书那样的余裕与可能。

我所知道最早注意余淡心著作的是蒋生沐，他在《东湖丛记》卷五有《余淡心著作》一文，他说：

“余淡心（怀）《江山集》，今所见者凡四种。一、《平生萧瑟诗》，有虞山某某（按当是钱谦益）序，吴郡叶（襄）序，及余自序；一、《三吴游览志》，则吴骏公（伟业）序之；一、《枫江酒船诗》，则姜如须（垓）序之；一、《梅花诗》，亦自序。”

《江山集》是总名，不分卷，收小集若干种。这里的四种是蒋生沐见过刻本的；此外还有就是“马二槎上舍藏有澹心手抄《玉琴斋词》”，就是澹心手写、吴梅村手跋、曹楝亭收藏的所谓“三绝”本，后来归八千卷楼，曾由盋山精舍影印。蒋生沐又说：“澹心著有《味外轩稿》、《板桥杂记》、《茶史》；曹倦圃侍郎（溶）《静惕堂文集》中有《题澹心杂录序》一首，则其所著当不止此。”连同《秋雪词》，全是蒋生沐没有见过的。这中间《味外轩集》（不作“稿”）也是一个总名，其下也有许多名目。

《秋雪词》收入聂先、曾王孙的《百名家词钞》中，有康熙金阊绿荫堂刻本，大题下属“下邳余怀曼翁”，收词四十三阙。中有《玉琴斋词》未收之作，也有不少异字。后附吴伟业、龚鼎孳评语，吴评其实就是《玉琴斋词》的前序。

《板桥杂记》异本最多，但我始终没有见过清初刻本；《茶史》及《补》我曾有康熙刻本，后来失落了。

此外，余淡心的著作还应该有：

《妇人鞋袜考》（法式善《陶庐杂录》著录，在王晫《檀几丛书》中）。

《砚林》（在《昭代丛书》中）。

《集翠裘》（戏曲，周亮工《复余淡心书》说“读广霞君《集翠裘》，觉马致远乔梦符一灯犹未灭也”）。

《余子说诗》（康熙刻钱岳《锦树堂诗鉴》前有余淡心序，有“余方弱冠，著余子说诗，……”语）。

《鸳鸯湖》传奇，陈其年为撰序，在《湖海楼集》中。

《东山谈苑》，稿本，有盋山精舍影印本。

《汗青余语》（刘继庄《广阳杂记》卷四，“邻初言，余淡心所著有《汗青余语》，部帙甚广，皆记明末党局事。此书当极力求之”）。

钱谦益顺治十三年作金陵绝句三十首，有两首是赠余怀的，诗后小注有“淡心方有采诗之役”语，知道余怀选过诗，不过不知名目，也不知曾否付刻。

去年在北京图书馆，得见余怀著作的原刻数种，非常高兴。这真是人间未见之书，淡心诗集的清初旧刻，不但未见藏家著录，连禁书目都不载的。书刻得也极精，可以毫不迟疑地断定，是汲古阁的开板，虽然没有留下刻书牌记也不妨事。可以作为旁证的是，我所藏的淡心《七歌》，也是《江山集》之一，小字写刻，卷尾就有“琴川毛氏汲古阁镂”牌记一行。可见《江山集》诸种，都是托毛子晋代为付雕的。人们习知汲古阁刻的大部头书，如《十七史》、《津逮秘书》、《六十家词》、《六十种曲》等等，却很少知道毛子晋还常代朋友刻行著作，分量虽都不大，数量却很不少。这当然不是为了营利而刻，有些种甚至还要承担不小的干系。这往往都是明遗民的作品，在新朝当局看来都是大逆不道的东西。这种代刻的书，有一些写样与汲古阁的通常风格不同，别有一种韵味，如姜埰的《敬亭集》、杨补的《怀古堂诗选》等即是，凡有所见，都是可贵的异书。这些书不但毛斧季，就是陶湘的《汲古阁刊书目》中也不著录。我想毛氏刻这类书的时间也并不长，只在甲申前后数年之间，文字之禁还未盛行之际。毛子晋一死，他的儿子就不再有这种魄力，也没有此种雅兴了。

北京图书馆所藏的几种是：

《五湖游稿》三卷（疑不全，佚后二卷）。八行、十八字。板心上有“江山集”三字，中跨边题“鸳湖卷之一”字样，下叶数，最下是“五湖游稿”四字。现存“鸳湖”、“石湖”、“泖湖”三卷。卷端的题属是“江表余怀淡心氏著”，

“鸳湖”一卷的自序题“寒铁余怀澹心氏识”，这“寒铁道人”的别属，此外只见于钱谦益《金陵留别诗》的诗注中。目次最后下角有“老树庵藏书”五字。每卷前有门人吴炳台等和“男玄霸鸿客编次”两行。从这里可以知道余鸿客原名玄霸，后改宾硕。

《甲申集》八种。汲古阁刻。八行、十九字。板心下有“海幢偶编”四字。八种分别是：

《茂苑诗》，有自序。

《武塘诗》，有自序。集中武塘十友，人各一诗。“十友”是钱尔玉、钱尔斐、钱彦林、沈文火、曹子顾、钱仲芳、曹子闲、倪曼青、钱漱广、钱不识。

《西陵诗》，有与潘嘉客《湖堤夜步》诗，嘉客是著名墨人。

《山阴诗》，自序中说，“余以五月一日闻国变，五月五日渡浙江，山阴道上，又以夜卧竹舱而过之。”有《经徐文长故里》一题，小注，“文长宅今为土谷祠。”

《明月庵稿》，有自序，有《遥望燕都洒泪而作》诗。

《拟古诗》，有自序。

《拟〈古诗十九首〉》。

《律髯》，有自序，有《呈黄石斋先生》二首。

《甲申集》是一六四四年所作。余怀五月初一听到北京传来的消息，立即动身逃难，渡钱塘江到了越中，大约不久就又回到南京或苏州来了。那时弘光小朝廷已经袍笏登场，他又有许多老朋友参加了政府，秦淮河上又恢复也许还更超过了旧日的繁荣。此时他也许觉得这难逃得似乎有点太快了。不料没有好久，清师进逼，小朝廷立即崩溃，这次他就只有再逃难。好像这中间曾很吃过一些苦头。但不要好久，慢慢地一切好象又恢复了正常。所谓《五湖游稿》就是他在“避地”中所作。在《鸳湖中秋诗》前有一篇小叙，他说：

“辛卯（顺治八年，一六五一）八月，寄居萧寺，木樨满院，风气高寒。……忆己丑（一六四九）中秋，遁迹海陵之隅，庚寅（一六五〇）中秋，飘泊虞山之下，……余亦五年四处见中秋矣。”

这是甲申以后五六年中他逃来逃去的纪录。不过我们也不该过于天真，把他的逃难生活想象得如何困苦，就在《江山集》前同里林佳玑所撰的序中就说：

“……今淡心所至，车马溢闾巷，征歌选妓，画舫留连。乐事既多，篇什遂众。岂江南之人好事异于古耶？抑淡心之才过于数子耶？不然，淡心故布衣，何所艳若是。……”

这就是当年余淡心“逃难”的真相，他是把秦淮河上的生活照样搬到了嘉兴、苏州、青浦……的。当然，这一切也许比不上南京，而流离迁徙的生活也是不安定的。正如吴梅村在哀悼董小宛的诗中所描写，种种不如意是无法完全避免的。于是就产生了今昔之感，也就是作诗的材料。这中间自然也有家国之感的成分在。不过当我们读诗的时候，必须先打一个大大的折扣在这里，才可望透过雾障，获得较为真实的理解的吧。

余怀是一个“布衣”，但却并不寒素，我怀疑他的家庭可能是因经商从老家福建迁往南京（当时的留都）的，而且已经不只一代了。方文《涂山集》卷六有《余先生六十》一诗，题下小注“澹心尊人”，诗作于辛巳（崇祯十四年），前面的四句是“瑶岛移来自八闽，却依京国寄闲身。书藏万卷儿能读，酒泛千锺家不贫”。淡心的父亲看来也是一个“布衣”，同时也是个风雅的富翁。甲乙之际，遭到了一定的损失，但淡心还是维持着放歌纵酒的生活，他在南京苏州好像都有庄园住宅，又有许多朋友，都是有名的文士，其中大半是遗民，但也有新朝的显宦。关于他晚年的生活态度，前引林佳玑序中也有所描述：

“今淡心豪情逸韵，能与人往来，所游领略辄去，不以衣食累诸公，焉往而不得志哉！”

这就是余淡心晚岁适意生活的写真。也是他得以周旋于草茅野老与大人先生之间无不如意的秘密。这就需要有必要的、个人赖以生存的经济基础。虽然经过铁蹄的践踏，但到底还没有落到赤贫的地步，不过比起甲申以前的好日子，到底是差得多了。《板桥杂记》和大量的诗篇的产生和所持的基调，大概就是如此。

余怀大约生于万历四十四年（作于康熙七年戊申的看花诗中有“唤回五十三年梦”之句）。甲申时二十九岁。《甲申集》和《江山集》应该算是早期的作品。我得到的《七歌》也是《江山集》中的一种。只两叶。大题是《效杜甫七歌在长洲县作》，可以看作淡心的代表作品。它的不能得到流传，是一些都不奇怪的。现在就抄在这里：

“有客有客字船子，平生赤脚踏海水。身经战斗少睡眠，功名富贵徒为尔。自比稷契何其愚，非薄汤武良有以。呜呼一歌兮歌激昂，日月惨淡无晶光。”（其一）

“我生之初遇神祖，四海苍生守环堵。旌旗杳杳，十年，金铜仙人泪如雨。皇天剥蚀国运徂，况我无家更愁苦。沟壑未填骨髓枯，河山已异安所取。胡雁翅湿犹高飞，百尺蛟龙堕网罟。呜呼二歌兮歌声寒，林木飒飒风漫漫。”（其二）

“小人有母生我晚，幼多疾病长屯蹇。生不成名老何益，蚩尤夜扫兵满眼。吁嗟亡国甲申年，二竖沉沉婴圣善。呜呼三歌兮歌思绝，鹜鸽昼叫泪成血。”（其三）

“有妻有妻珮璘玖，十年为我闺中友。两男一女未长成，索梨觅栗堂前走。汝病数载事姑嫜，伶仃憔额供箕帚。岂知豺狼入我户，使汝惊悸遂不寿。呜呼四歌兮歌转悲，饥乌夜夜啼孤儿。”（其四）

“我有敝庐东门侧，后种梧桐前挂席。数椽风雨门长闭，四壁清静苔藓碧。自从戎马生疆场，使我苍黄丧家室。我行去此安所之，渔樵无地鸡犬迫。旧雨今雨花不红，新人故人头尽白。呜呼五歌兮声乌乌，浮云为我停斯须。”（其五）

“有友有友在远方，或称少年或老苍。遭乱化作长黄虬，碧血潇洒盈八荒。王室风尘此亦得，明明落月满屋梁。呜呼六歌兮歌最苦，春兰秋菊长终古。”（其六）

“有弓救日矢救月，帝阍未开晨星没。词客哀时双泪垂，饥寒老丑空皮骨。何时东海翻波澜，暂向西园采薇蕨。呜呼七歌兮声啾啾，吞声忍恨归山丘。”（其七）

这样的作品，不但在晚明，就是在中国诗史上，也是可以占得一角地位的吧。这一组诗大约作于甲申以后不久，感情的发抒似乎不曾受到任何束缚与抑制。一个在明朝最后的三十年度过了少年时光的知识分子，在一场美梦惊醒以后，投入了战斗。虽然我们不知道那详情，但从陈其年为余鸿客《金陵览古》写的序中，也多少可以知道他们父子在这场巨变里的心情和行事（顺便可以指出的是，陈其年写的是他所拿手的骈体文，全篇之中几乎全用金陵的历史故事组成，但事事都切合着现实，起了很不平常的效果。这是表达一种难言之隐的特定巧妙方式，不应当作一篇美丽的四六文空空放过）。受尽了苦难，也干脆否定了自己空疏不切实际的抱负与梦想。他在诗里直白地写出了“亡国”的字样，提出了恢复朱明的口号与希望，透露了遗民的心愿。他哀悼、怀念老母爱妻亡友，他们都是为“王事”而直接间接牺牲的。他的感情是真挚的、痛切的。

清初魏耕、朱士稚、钱缵曾合选的《吴越诗选》卷七中收入余怀的一首《醉时歌》，可能也是同时的作品：

“一月二十九日醉，醉时不觉天地碎。神仙烟舄逶空江，天姥轩皇悉狐媚。昨夜扁舟下洞庭，枇杷晚黄草麦青。故人留我南窗卧，脱衣露肘嗟飘零。传来直北旌旗赤，千山万山血凝碧。野哭邻鸡有好音，起舞有谁同今夕。忆昔皇舆败绩年，吞声忍死不敢前。乡里小儿皆得势，白头老翁无一钱。陵树苍苍云气深，侧身西望泪沾襟。流离每恨草间活，去住彼此伤人心。”

此诗大约与《七歌》同作于南都倾覆以后，淡心避地苏州之际。魏雪窦对此诗的评论有“荡胸割眦”的字样，是说得对的。

清初抱经楼刻《十五国风删》，姚佺、张明弼、姜埰选定的《诗源》初集“越二”卷中有俞汝言《远游》一诗，诗后淡心附注说，“《远游》，为予作也。雨雪之情，努力之怀，沨沨翼翼，俨然未散。”此诗为淡心游嘉兴时汝言送别之作，看诗语，《江山集》中的《平生萧瑟诗》此时大约已经写定了。

“余生足着远游屐，踏遍吴越苍苔山。丝竹常携安石妓，鸣弦激管岩萝间。有时独往万峰顶，搔首扪天痛哭还。我怀十年未相见，何意车驱循海甸。倾囊诗句谢玄晖，平生萧瑟同卑贱。鸳湖秋水如碧玉，山楼清眺散晴旭，醉眠携手此一时，尧祠单父追前躅，沉吟三月别我旋，雪花片片风扬天。乾坤黯惨忽无色，鼋鼍歕浪鱼龙颠。熟视不测造化意，离合出入关重玄。余生欲前不得前，白门景物还凄然。楼头鸣筝小妇怨，香篝绣被寒无眠。棹头挂席独西去，梦到支机锦石边。”

这诗和林佳玑的序文都为我们提供了余淡心“逃难”生活的某些真相。这与《七歌》中所写看似矛盾，其实是并不奇怪的。生活于晚明的文士，他们自己就是一个复杂矛盾统一的存在。

方文《涂山集》卷七有《寄怀余淡心》一诗：

“西华桥畔昔为邻，一日花间醉几巡。别去凤台三岁客，忘归虾菜五湖人。兰芳过雨谁同臭，竹箭经霜始见筠。回首蒋山云物变，青袍无数泪痕新。”

此诗作于甲申以后第三年（丙戌），时淡心已离开南京，别居苏州，因有颈联两句。诗中回忆过去在金陵结邻时看花饮酒的旧事，感叹沧桑之后的变化，称赞了故人的峥嵘晚节。

淡心住在苏州的时间似乎很久，曾与杜于皇、龚孝绪等同祭三原韩诗，时在康熙初年。见张贲《韩圣秋先生哀辞》。（《白云集》卷五）又曾游嘉定，参加侯大年等欢迎宋荔裳举行的诗会，刻有《明月诗筒》二卷。康熙二十一年又曾到海盐去访汪森，《裘杼楼诗稿》卷五有《壬戌秋余淡心访予武原》诗，后附原倡。淡心与汪森、汪文柏兄弟都有交往，在海盐还曾与涉园主人倡和。淡心诗有“吴门忽遇周笃谷，说道相思已十年”句。笃谷是周篔（青士），是汪森华及堂中的上客，淡心就是由他的绍介来访的。在苏州时还为钱岳的《锦树堂诗鉴》、为震泽许振兴的《得闲草》撰序。到了康熙二十九年（1690），淡心还在苏州两次参加了尤侗招集的揖青亭诗会，座中的贵客是苏州织造曹寅。这时淡心已是七十四岁的老人。行辈最尊。大约就在这时曹寅请他为《楝亭图》卷作画题诗，淡心草草应命，连上款都没有留，属名是“旧京余怀”四字。诗写得也颇诙诡，“赏心亭子说秦淮，今日风流让署斋。”这是说今日“旧京”“风流”已为曹氏父子这些新贵占尽了“谁咏君家华屋句，白杨风起恸西州。”也不是什么好话。这使我们今天也还能想见这个老头儿落落的姿态。曹寅不是白痴，但却表现了恢宏的气度。在他看来，能得到余淡心一幅诗画，其实就是很高的成就了。这以后我就没有再发现过有关淡心的诗文记事，也不能知道他终于何年。

新出版的《艺风堂友朋书札》中收入瞿鸿禨《余谈心先生巾箱图，图为恽、杨合作》一诗，有这样的句子，“……持示巾箱图，淡心淡于菊。言从武夷顶，栖隐青溪曲。过江风景异，山带前朝绿。怀古立苍茫，诗成唾寒玉。幽情建业钟，独寐槃阿轴。椎髻与蓬头，妻儿从耕牧。西亭为写真，南田为画屋，孤标夐三绝，仙骨无由俗。出处各薰莸，骥尾惭芝麓。……”可知这是杨晋、恽格合作的一幅画，当是淡心中年以后的画像，不晚于一六七三年。画中人还有龚孝升，他与淡心是“眉楼”中的旧识，应该说是老朋友了。不过却被瞿子玖奚落了一通，这是作诗时在“遗民”这一点上发现了与余淡心的一致性，顺便大发其遗老感慨的结果。

一九八一年十一月二十九日

附记：

偶读陈援庵论吴渔山生平文，知道余怀曾为《墨井诗集》作序，因找出康熙飞霞阁刻《墨井诗钞》翻阅，果然在卷首看见，“壶山外史余怀题于松陵道上风雨舟中”的《〈写忧集〉序》。陈先生说：“康熙元年渔山丧母后，频客吴兴，有《写忧集》，即余怀所序者是也。”可知此序当作于康熙初元，也就是余怀与墨井频相过往的时期。余《序》说：

“今年五月，同游霅溪。观其《写忧》一集。襟情闲放，气调苍凉。拊掌吟咏，想见其解衣盘礴，放笔写直干时也。诗曰，驾言出游，以写我忧。噫，忧从中来，其何以写之哉！”

淡心比墨井早生几二十年，视之如小友。援庵先生说：

“渔山明之遗民也。生瞿式耜之乡；永历之亡，渔山年三十矣。《墨井诗钞》托始于无端曰‘十年萍迹总无端，痛哭西台泪未干。到处荒凉新第宅，几人惆怅旧衣冠。’渔山盖有隐痛也。”

从这里可以知道《写忧集》所写与淡心序中所说的“忧”的内容实质，也就是他们之间友情的基础。

一九八一年十二月十二日补记

余淡心与金陵

三十多年前（一九四六）在南京作记者，曾经写过一卷《金陵杂记》。那正是“和谈”紧张之际，每天晚上发专电总要弄到两点钟左右才能入睡，第二天一早起来，就出去乱跑。手里只有一本《金陵古迹图考》。居然还想做考证，写文章。朋友们不但佩服我的精力旺盛，也惊叹我的胆大妄为。今天看来，这些批评都是正确的。后来见书渐多，也愈益失悔当时下笔的鲁莽，总想好好聚集资料，重新改写，不料三十年过去了，一个字也不曾写出，现在是连那本《金陵杂记》也失落了。

就在写《金陵杂记》的四年之后，在上海买得了一册书。是四种著作的合订本。前三种是余淡心（怀）所作，后一种则是淡心的儿子余宾硕的作品。都是清初雕版，而板式各各不同。其中三种都是与金陵有关的，而且从来没有著录过。谈金陵遗事，恐怕没有比余淡心更出色的了罢？一卷《板桥杂记》从小就是我的爱读书，常与孔尚任的《桃花扇》一起翻阅。真的很难描画我买得此书时的欣喜之情。

这是孙毓修“小绿天”的藏书。孙氏书散，陈列在一个古董商人的住宅里。我去看过几次。摆满两间房子的藏书，使我望洋兴叹了。多谢书友郭石麒，他在书丛中找到了这本书送来给我。在旧版如林的情况下，能赏识这不起眼的清刻本，拔而出之，是非有特异的识解不办的。

余怀，字淡心，莆田人。别号有“广霞”、“无怀”“寒铁道人”等。流寓江南甚久，看他的著作的题属，或曰“江东”，或曰“江表”，或题“云壑”，或属“旧京”，已经不再提起故乡的福建，这与越人的张宗子却自属“古剑”，使人疑其为蜀人的情况是相似的。他的身世一直不大清楚。他在明末的南京，是很活跃的人物，至少是在文酒、狭邪场中是如此。有他著名的《板桥杂记》为证。但他不像“四公子”那样出身高门巨族，也不怎样热心参加政治活动。如著名的“南都防乱公揭”好像就没有他的签名。他好像也没有什么功名。他在《戊申看花诗》中有一句“唤回五十三年梦”，戊申是康熙七年，上推生年当在万历四十四年。

余淡心是一个典型的明遗民，有浓烈的故国之思，身世之感。

他的“七歌”是一束非常重要的组诗。不仅透露了作者生平的某些侧面，诗中散发的极浓重的家国之痛，在同时作者中也是十分突出的。甲乙之际产生的诗歌不为不多，但又有哪些篇章能与之相比呢？

这一组诗的写作当在甲申、乙酉之后不久，正在清师南下以后。看“身经战斗”之语，似乎余怀也曾参加过抗清的活动，但详情已不可知。在经过“天崩地陷”的大变动以后，旧有的一整套“理想”破灭了，信心丧失了。因而痛感前人非薄汤武，也未始不可理解，成为千载以上嵇阮的知己。这是封建士大夫阶层非常特异的幻灭心情。“我生之初遇神祖”，说明他出生在明神宗万历时。他是余氏的幼子，幼年体弱，他生有二男一女，此时尚在童幼之年，他一家都流寓江南。结缡十载的爱妻死于战乱之中，是受到敌兵或乱兵的惊吓成疾死去的。他在江南曾有田宅，此宅当在金陵。诗作于长洲，可能是逃难中的客居。“其六”悼死友，无疑是在甲乙之际以生命献给故国的战士。看他说“碧血”，说“王室风尘此亦得”可证。诗人对他们的感情是炽烈沉挚的，“其七”，“有弓救日矢救月”，明显地说出了恢复故明的心愿。虽然遭到极惨重的家国之变，但并没有失去恢复之望。他希望“何时东海翻波澜”，而今天的采薇生活，也只是“暂时”的。果然，在这以后不久，郑成功、张煌言、张名振舟师纵横海上，直抵京口。他的愿望似乎要实现了，但不幸这只是昙花一现，诗人的幻想最终还是破灭了。

《咏怀古迹》一卷，清初刻本。七行十七字，白口单边。板心上记书名，下有“浣花草堂”四字。题“云壑余怀著”。前有目次，末附《钟山纪略》，卷尾有大字篆书牌记一行：“浣华草堂藏书”。虽然没有汲古阁的字样，极可能也是毛氏代刻。全书淡心手写上板，风姿与《玉琴斋词》正同。卷首大题下有小序四行：

“金陵六朝建都之地，山水风流，甲于天下。丧乱以来，多为茂草。予以暇日，寻揽古迹，形诸歌咏，以备采风。然举目河山，伤心第宅，华清如梦，江南可哀。其为悱恻，可胜道哉!”

全书共二十九题：“玄武湖、石头城、谢公墩、冶城、新亭、邀笛步、麾扇渡、木末亭、孙楚酒楼、乌衣巷、胭脂井、凤凰台、桃叶渡、二十四航、周处台、青溪栅、台城、朱雀航、临春阁、雨花台、劳劳亭、景阳楼、帝王庙、功臣庙、白鹭洲、莫愁湖、陈三品石、羊昙别墅、马粪巷。”每题下有小记并七绝诗一。往往平仄两用韵。如《乌衣巷》诗：

“年年花发旧乌衣，燕子于今归未归。南渡衣冠犹自可，荆棘铜驼愁杀我。”

小记多记故事，也间有考证，如《石头城》条引唐人诗“一片降旗出石头，潮打空城寂寞回”句，然后说“则当时城滨大江，今已变为平陆矣”。《新亭》条记，“吴城西南十五里。……宋孝武人讨元劭，柳元景筑垒新亭，今石子冈是其处。”《木末亭》云，“在雨花台东最高处。上有方正学先生祠，祠祀先生及景公清像，下有宋忠襄杨公墓。”《乌衣巷》云，巷“去长干寺北不远”。《周处台》云，“台在城南鹿苑寺后”。《青溪栅》云，“青溪即今珍珠桥河一带。”《劳劳亭》云，“在城南十五里新亭陇上。古人送别，皆在此亭。李白云，天下伤心处，劳劳送客亭。”《帝王庙》云，“在鸡笼山之阳，中祀伏羲、神农至宋太祖十四帝。从祀风后，力牧至岳飞等三十二臣。旧传塑元世祖像，像堕泪，遂撤之。”《功臣庙》云，“在钦天山侧。祀开国功臣中山王徐达等六王及都指挥冯国用等十五人。”《陈三品石》云，“台城千福院在县东北六里。院前有丑石四，各高丈余，即陈朝三品石也。”凡此所记，大抵都是明末清初的情景。三十年前我曾去过其中一些地方，大抵也只是保留了一个名目罢了。淡心所著也往往有徒立　名，旧迹无存，作诗以寄感慨的。如结末一题《马粪巷》：

“王僧虔世家此巷，人多宽恕，至王志尤厚重，不录人过。东坡云，人称马粪诸王为长者，而视胡广赵戒如粪土。

簇簇人闻马粪香，江东风俗美诸王。莫言此巷无寻处，处处皆成马粪场”。

这条马粪巷显然是找不到的了。但不妨仍记下一段故事。“处处皆成马粪场”，所写正是清兵南下之后，金陵城内，处处战马，遍地狼藉的情景，这不禁使人想起杜甫的名句“黄昏胡骑尘满城”，所写景界虽有动静的不同，意境则是一致的。对待历史遗迹，有时不宜过于执着，持比较超然的态度较为恰当。淡心是能理解此中消息的。

《咏怀古迹》大约写在南都倾覆后不久，比《七歌》少晚，淡心三十岁少过的当口。这以后，淡心的生活情况不太清楚，他家住金陵，但经常往来长洲三吴之间，在苏州好像也有园宅。十几年前，曾在清初人集中辑得淡心作品（包括为人所撰文集序文）不少，可惜都失落了。今天能记起的是钱牧斋《有学集》中《丙申春就医秦淮，寓丁家水阁，浃两月。临行作绝句三十首，留别留题，不复论次》组诗中有关于淡心的两首：

“钟山倒影浸南溪，静夜欣看紫翠齐。小妇妆成无个事，为怜明月坐花西。（原注）寒铁道人余怀居面南溪，钟山峰影下垂，杜诗云半陂已南纯浸山也。”

淡心《钟山纪略》小序说，“余所居南谿陂岸之东，有钟山影，峰峦倒垂，若石钟乳，余朝夕徘徊其上，不能舍去，盖不能不再拜稽首于钟山也。……”可以参看。为什么要再拜稽首，那是因为孝陵就在钟山脚下的原故。牧斋又一诗：

“河岳英灵运未徂，千金一字见吾徒。莫将抟黍人间饭，换取君家照夜珠。(淡心方有采诗之役)”。

钱谦益这一组诗，作于顺治十三年。他自乙酉在金陵迎降，成为二臣，不久就回家闲住。这以后，曾银铛北上一次；逮系江宁一次（顺治五年)。出于投机取巧的本性，他和远在桂林的瞿式耜与近在江浙的张煌言、张名振、郑成功都有联系。当时的许多明遗民与钱的关系是颇为微妙的。大抵是形迹上有过从而实际上有界限，可能是认为他虽老而无耻，但还有可以利用之处吧。钱余之间，有过过往，但我们看不到淡心赠钱的诗，想来他是不肯使这个名字留在自己的诗文集中。

但这两诗使我们知道，淡心丧偶之后又曾别娶。此外，他又在干着“采诗”的工作。这也是当日盛行的风气。今日所知，清初出现的诗选、词选总集之类就有数十种之多。但淡心所选则未见，也不知曾墨板否？事实上这是借诗筒往还取得联系的一种手段，所选的作品也以抒写时世之感、亡国之痛为标的。

当时另一个有名的二臣，久居金陵而又是文坛老宿的周亮工，也与淡心父子有相当密切的交往。《赖古堂集》卷六有《从余鸿客乞竹，淡心躬送至，甫种值雨》诗，又有《复余淡心书》（在卷二十），略云：

“读广霞君《集翠裘》，觉马致远乔梦符一灯犹未灭也。纯用本色，绝去纤巧。广霞君不屑与世人斗巧争能，只欲以本色二字，挽回风气耳。”

于此，我们又知道淡心曾有传奇曲本《集翠裘》之作，不但传本，就连那名目，今天也几乎无人知道了。

过了二十年之后，淡心又有《看花诗》之作。

《味外轩集戊申看花诗》一卷，康熙刻本。题“江东余怀无怀氏著”，九行，二十字，板心上题“味外轩集”，下侧书《看花诗》。前有自序，略云：

“余以戊申二月，从吴郡返金陵。日偕二三老友，乘兴寻花，城南城北，江山佳丽，凡有花之地无不到，种花之人无不访，养花之天无不出。以及僧房野店，废圃荒村，一花一树，无不载酒携筇或乘小车，坐卧其下，徘徊不忍去。凡两阅月，得诗百首。……古人不得志于时必寓意于一物，……予之于花，亦寓意耳。已耗壮心，遗余年，兴之所至，凡淋漓倾倒，颠狂跌宕之处，又一寓之于诗。迩年以来，颓焉自放，深恶排比饾饤之学。而最爱白香山、苏东坡、陆放翁，出入必以自随，谓之岁寒三友。……少陵云，别裁伪体亲风雅，放翁云，俗人犹爱未为诗，诚不敢不三复斯语。”

写这一卷《看花诗》时，是甲申以后的二十四年，淡心已经五十三岁。此时南明永历帝已经被杀，恢复朱明的最后希望灭绝了。“文字狱”的暗影已经袭来，庄氏史狱就发生在一年以前。淡心的“颓然自放”，就是在这种政治气候下面的一种态度。尽管是看花吃酒，也依旧掩盖不住遗民的心事。不过比起《七歌》来，那到底是颓唐得多了。这一百首当中，确有不少可读的诗，现在介绍几首如下：

“三年不见白门花，今日重过处士家。弱柳疏篁相间处，晚风吹鬓一枝斜。”（二月四日，同杨炯伯、胡致果。）（第一）

“赢得春晴几日闲，南山游遍又西山。吉祥寺里花如雪，笑我归来两鬓斑。”（第九）

“黄芽白笋酒三升，古木丛中露塔灯。痛饮狂歌今日事，最销魂处是金陵。”（第十二）

“遥思邓尉千株雪，梦里瑶台第一人。老气苍茫压桃李，十年三度秣陵春。”（第十六）

“五十年来老病愁，江山佳处几回头。齐梁旧事风吹去，柳叶梨花恨未休。”（第二十三）

“尽捐尘累学长生，湖海元龙气已平。此地好修杨许业，洞霄提举是功名。”（古乌龙潭）（第二十八）

“我已胸中一事无，只因花鸟费功夫。江山风月闲为主，不学知章乞鉴湖。”（第三十）

“且住为佳是故乡，鸭头新绿柳初黄。花村犬吠无人到，曳杖敲门看海棠。”（第三十一）

“云台麟阁总成灰，惟有春花岁岁开。此是野人真受用，不妨明日抱琴来。”（第三十二）

“台城草荒连覆舟，猘儿不留留仲谋。此恨漫漫似江水，十年空白老僧头。”（观象台）（第三十五）

“江天如画可怜春，发兴看花有几人。一片红云落杯酒，六朝佳丽总伤神。”（二月二十一日）（第三十七）

“侥幸今春不负春，同游同赏绝风尘。唤回五十三年梦，长作羲皇以上人。”（第五十八）

“棠花开尽又梨花，燕子春波蹴尾斜。何处绣帘弹锦瑟，美人寒食又天涯。”（第六十六）

“白头老伴卧花茵，芍药栏前少一人（忆炯伯也）。不是怜花不痛饮，杨花扑面不成春。”（第九十）

如果排比一下这一组诗的诗注，可以大致看出金陵一地的游赏处所，大似以赏花为经的一份金陵导游。又可以知道当日同游者的姓氏。

从戊申二月四日起，作者的游程从“城南”开始。这里有永兴僧舍，南冈、宝林寺。其次是“城西”，有吉祥寺、张园、虎踞关。其次是“友人园亭”，《青溪》一绝云：

“尊前绛雪舞冰绡，海上仙云堕砌娇。欲问先生旧游处，青溪栅口赤阑桥。”

这是与《板桥杂记》有明显关涉的一诗。悬想当日秦淮河畔，长板桥边，旧日曲中，已有成为私家园宅者矣。其次为杏花村，有瓦官阁、凤凰台、万竹园。其次为从霄道院，古乌龙潭。

又其次为“城中”，有驯象门、芙蓉山、“致果书斋”，其次为观象台。按余宾硕所记，“鸡笼山高二十丈，后临玄武湖，晋元、明、成、哀四帝陵并在山阳。明洪武中更名饮天山，山麓建十庙，朱垣缭之，连绵一里。山巅作观象台。”可以为淡心诗作注。

“桃李纷纷白下门，一湖碑水泣东昏。斜阳不照齐梁树，只送飞花入破垣。”（第三十四）下面，即前面所录“台城草荒连覆舟”一首。其次为清凉山。诗题有《饮汪翁家杂花下》，又莫愁湖、冶城山。其次为“马园”。其次为南冈。有雨花台、松风阁、“前山松下”、“陈原舒山居”、木隐园、“周豫石池亭”等境，皆“城南”也。其次“北山”，张宗特园海棠。其次“金陵寺”，“朱本固园”。第五十五诗诗题是《一路看花到祖堂，憩石谿精舍》。看花的游程至此结束，盖已在三月底了。

同游者则有杨炯伯、胡致果、钱季水、应子山、陈徙侯、万餐云、淡心的长子位、顾徐公，陈原舒、周豫石、张宗特，张敦玉、唐祖命，钱湘灵、黄子中、邓木上、朱本固。其中胡致果，名其毅，是十竹斋主人胡正言的次子，也是著名的印人。胡正言的“印存玄览”里也收有淡心名印。手头无书，除钱陆灿（湘灵）外，其他诸人一时无法考索，但我怀疑其中可能有几位是画人。淡心往来的就是这样一些不为人所熟知的人物，几乎一个达官贵人都没有。

余淡心著作与金陵的关系，始于《板桥杂记》，终于《戊申看花诗》，以后不知还写过什么。也不知道他卒于何年。康熙三十一年二月二十八日，他还和曹寅等人过苏州尤侗的揖青亭看菜花（见《艮斋倦稿》），其时淡心已经是七十七岁高龄了。淡心曾为曹寅题《楝亭图》，属名是“旧京余怀”四字。并无上款，表现了很巧妙的不即不离姿态。所谓“旧京”，可以是指朱元璋时代的金陵，也可以是指南明弘光时代的金陵。仅此两字，也可见淡心遗民的风骨。他就这样满不在乎地写在江宁织造大人为先人求题的卷子上。这是我们今日所知他在笔墨上和金陵最后发生的关涉。

一九七八年

关于吴梅村

三百年来，吴伟业（梅村）是曾为许多人所喜爱的诗人，也留下了颇为深远的影响。在清初的诗坛上，他的成就是突出的。与他并列为“江左三家”的钱谦益、龚鼎孳就都比不上他的烜赫，更无论稍后的王士禛辈了。这原因是值得认真思索的。梅村在诗歌创作上是有新的创造的，表现得尤为鲜明的是他的七言古诗。他尝试引进了一种更新鲜、更接近读者的方法。音调的转折，色泽的艳丽，咏叹的低徊，都不是过去古诗中常见的。似乎可以说，这是《长恨歌》与《春江花月夜》综合、熔铸以后产生的新体。如果只用这方法表现传统的平庸感情，那无疑就将成为一种新的“宫体”，一种格调不高的东西。可是现实生活拯救了诗人。他生活的那个天翻地覆的时代，他自己的平生际遇与充满胸中的啼笑不敢之情，吸引、迫使他写了许多记人、记事的历史长篇，给他的作品带来了“史诗”的色彩，同时也使他得免陷入“宫体”的陷阱。这不能不说是他的幸运。

在许多评说吴诗的议论中，我总是不能忘记龚自珍的话：“莫从文体问高卑，生就灯前儿女诗。一种春声忘不得，长安放学夜归时。”

这是龚自珍的“三别好诗”之一。诗前有小序，他说：“以三者皆于慈母帐外灯前诵之。吴诗出口授，故尤缠绵于心。”从这里我们可以知道，清代中叶，梅村诗在士大夫人家中的地位与受到欢迎的程度，已经成为代替《唐诗三百首》、《千家诗》的“高级通俗读物”了。龚自珍说，他活了三十二岁，“自揆造述，绝不出三君”，并说这些他都“明知非文章之极”，并称吴诗为“儿女诗”，但终于不能不说“自髫年好之，至于冠益好之”。龚自珍坦率地说出了他对梅村诗所持的矛盾的态度，明知不是“上品”但还是不能不喜欢的心情，我想同样的矛盾也会普遍存在于许多读者心中。但他并没有进一步分析那原因。

传统的文学批评几乎将全部力量都花在艺术分析上了，用“政治标准”来衡量作品、作家的颇不多见。但在吴梅村身上，我们却看到了反常的现象。包括他自己在内，他的同时朋辈、晚辈都从政治上对他说过许多话。而真正说到吴诗艺术地位的好像并不多，龚自珍是很有见识的一例。这种反常情况的出现是与时代历史分不开的。这似乎正是一个好例，可以说明任何时代、任何作者，都不可能脱离时代政治而生活在真空里。因此在论文论人时，就不能孤零零地只看一个方面。那是无论有怎样良好的意愿、努力都得不出应有的结论的。对吴梅村当然不应该是“例外”。

三十年前我曾自不量力做过一件艰难的工作，为梅村的《鸳湖曲》写过一篇“笺证”，文章的副题是“吴昌时事辑”。

我用的是笨办法，把耳目所及能够搜罗到手的有关材料都聚集拢来，按时序、事件安排在原诗章节之下，试图阐述作者的作意，并寻绎掩盖在迷离惝恍的诗句后面的史实真相。郑西谛、吴辰伯都曾给过我热情的鼓励并借给我许多史料。就在这一次我开始明白了晚明史籍的浩瀚；尤感困难的是因当时党社的纷纭复杂，出于不同集团成员之手的记录论述的难于爬梳、判断。也正是这时候，开始对吴梅村这个具体人物发生兴趣，觉得三百年来人们对他的某些传统的、习惯的看法并不那么可靠了。这以后，见书较多，时时发现旧作的缺失不完，想重加订补，还不曾得到这样的余闲。不过有一种印象却也日渐明晰。对吴梅村的认识与理解，同时人比起后代人往往更为清楚而明白，梅村为了替自己辩解所作的种种姿态，都瞒不过当时人的眼目。但随了时代的迁移，旧闻的零落，这些却大抵成为论世知人的依据。这实在是值得憾惜的。

六十年代初，我又偶然看到一幅过云楼旧藏、吴梅村所画的《南湖春雨图》。作为“画中九友”之一的吴梅村的画迹流传得极少，偶有所见也往往只是一二笺扇。像这样精心绘制的巨幛是极少见的。尤为难得的是在画幅上端梅村还亲手写下了原诗的全文，与传世吴诗颇有异字。诗后有记：“右《鸳湖曲》。壬辰三月下浣补此图。”壬辰是顺治九年（一六五二），当时他正住在嘉兴的万寿宫，编写《绥寇纪略》。《鸳湖曲》有“十年此地扁舟住”语，约略算来，梅村与吴昌时在鸳湖游宴大抵是在他改官南京国子监司业之后。下推十年，顺治庚寅梅村又来到嘉兴，以盟主身份参加了十郡大社。“连舟数百艘，集于嘉兴南湖。”（毛奇龄：《骆明府墓志》）可能就在这时写成了此诗。这一年清兵入桂林，瞿式耜和张同敞同时死难。后两年，梅村又来到鸳湖，补作此图。转年春天，九郡人士在苏州虎丘举行声势浩大的大会。“慎交”、“同声”两社同“奉梅村先生为宗主”。这是一个“团结”的大会，一些分散的社盟都表示了捐弃前嫌，统一步调的愿望。就在这年秋天，梅村“应召入都”了。“实非本愿，而士论多窃议之，未能谅其心也。”（王撰《自订年谱》）

一首《鸳湖曲》，一幅《南湖春雨图》，正好都创作于这段时期。当时南明的残余势力即将消灭，陈之遴正在北京得意，这时梅村并不曾心灰意冷，还卖力地主持在野社盟集团的大规模政治集会，这是为了什么呢？不到半年他应召出山了。难怪许多人都不能谅解，窃窃私议，因为他们确实隐约地感到是被利用、出卖了。

在这段不平常的日子里接连创作了这样的一首诗和一幅画，很难简单地说成是偶然触发了怀旧之情。在这十年中间，梅村的故人先后有许多人死去，其中绝大部分都死得远较吴昌时来得光彩，他们并不曾得到诗人一一的哀挽。可是偏偏不能忘情的却是身败名裂的故友，这又是为什么呢？梅村的七古歌行中不少激昂慷慨之作，表现的是浓郁的家国之感，表彰忠义、指斥奸邪，态度异常鲜明。如《圆圆曲》就是一个好例。但只有这首《鸳湖曲》和另一首《咏拙政园山茶花》，则是哀怨凄迷，低回宛转，好像有许多话都难以说出来似的。对这两诗所歌咏的对象，也绝无一字讥评，有的只是悲哀的忆念。这又是为了什么呢？

要想寻找这中间的隐曲，我以为只求助于正史、官书是无效的，也不能天真地完全相信作者本人的声述。听听同时人的不同意见是有好处的，它可以使我们头脑清醒。吴梅村是很会替自己辩解的。他写了不少诗词，作检讨、表心迹，但多半不彻底，有保留。即如赢得无数老实人同情的《病中有感》一词，一向都认作他的“绝笔”，《年谱》的作者也把它编在临终之顷。可是在谈迁的《北游录》的“纪闻上”中，就早已记下了此词（崔青蚓条）。《北游录》是谈迁在顺治十一年顷入都期间著作的汇集，有许多与梅村往还的记事。梅村有不少名篇都是他首先看到手稿后加以抄录的。如果《北游录》是可以信赖的著作，旧抄也没有错落舛误的话，那么这一阕《贺新郎》就不会如俗传那样是梅村的“绝笔”。中国人大抵都是相信“人之将死，其言也善”的，看来这就是它的化为“绝笔”的原因。

山阴沈梅史撰《重麟玉册》，是一部大型的晚明人物传记。在《李暎碧传》后面有一条附记，“当时钱牧斋、吴梅村、龚芝麓、陈素庵、曹倦圃为江浙五不肖，皆蒙面灌将人也”。这是一条很重要的记事，记下了的是当时有代表性的“公论”。也许有细心的考据家会指出，龚鼎孳是安徽人，不当列入江浙，不过不要紧，这并不妨碍这一情况的“基本属实”。

濠梁徐麟吉（日驭）有《黄园陪李银台公凯先生话吴梅

村故事》七绝四首（康熙刻《北山诗钞》卷十一），其中的两首是：

> 太白承恩第一班，那知有诏放还山。
> 沉香供奉无消息，自按霓裳教舞鬟。
> 讲幄晨趋近至尊，犀庭日表梦犹存。
> 山中曾记山僧语，赢得袈裟满泪痕。

长洲陈叶筠廷望《含翠轩诗钞》有题《秣陵春乐府》四首，其前二首云：

> 凝碧池荒衰草深，开元词客动哀吟。
> 鼎湖一去龙髯远，南内犹歌夜雨淋。
> 荆棘铜驼废寝园，澄心烟冷欲黄昏。
> 春花秋月潺湲泪，怨入声声杜宇魂。

陈廷望的遗集是康熙中“孝慈堂”主人王闻远所刻。徐、陈都是清初人，和梅村没有什么交谊，他们本身也都是名姓不彰的人物，著作从来无人称引。他们的话是可以代表不存任何偏见的“公论”的，虽然比起“五不肖”来已经温婉得多了。可惜的是他们口中的“故事”我们已经无法听到，只化为难以捉摸的韵语，但感慨所寄，还是清楚的。

这情形到了清代中叶，就已起了相当的变化。在遗民故老中间传说着的“故事”逐渐泯灭，人物的形象也逐渐定型。这里举昭文孙原湘的《题吴梅村集》诗作例，在《天真阁集》中：

麦秀蕲蕲四月寒，著书只分老江干。
龚生故里方持节，江令新朝已拜官。
东海生桑春烂漫，西山采蕨兴阑珊。
彦回不肯中书死，脱屣妻孥事本难。

幕府征书取次催，春风重上郭隗台。
露霈天仗新池柳，花落宫衣旧井槐。
故友半为袁粲死，内人犹识沈郎来。
苦收金粉归诗笔，抵得兰成一赋哀。

孙原湘作了大量的诗，他的集子有一尺多厚。一般说来，见解还是明正通达的。如他写的《媚香楼歌》结尾说："气节何论男与女，楼中如花霜可拒。君不见，天津二月桃花开，又见侯生应举来。"这样的见识，在他所处的那个时代是难得的，好像比起今天的有些人也还要清醒些。不过到底时间隔得久了，真相逐渐模糊。他责怪吴梅村的只是不该作了"二臣"，但却将那原因主要归之于"幕府征书"。这样的意见一直到今天，还统治着许多人的头脑，正是又奇怪又不奇怪的事。

我曾经介绍过仁和王曾祥的一则《书梅村集后》，他说："其出也，以陈海昌之援。既而陈以权败，遂置不任用。"王曾祥是厉樊榭、杭堇浦、吴尺凫、赵谷林的熟朋友，有深厚的文学、史学素养，熟于明清易代之际的乡里旧闻。他的这些话是不能忽视的。在我看来，怕要比官书里的官话以及梅村自己的有些话都更值得重视。同样的话，陈廷敬所撰梅村的《墓表》中也说起过，作为《墓表》，是经过家属的同意的，不可能是随意的猜测、诬陷。梅村有一篇《与子璟等疏》，是相当于遗嘱的文字。历数生平经历的重大事件和种种艰危困苦的处境，写得哀恻动人。结尾说："岁月日更，儿子又小，恐无人识吾前事者，故书其大略，明吾为天下大苦人，俾诸儿知之而已。"此疏写于逝世前一月，可以说是他为自己的一生所作的"总结"。话虽如此，其实是写了给天下后世人看的，并不只是留给家属的遗言。在这里梅村回避了两件大事。其一是复社筹划周延儒再相，其二是他应召出山的真实情况。为什么要回避，原因也很清楚。因为这两次都是政治投机，而遭到了同样惨重的失败。要进行政治投机，那就绝不可能是个人的行动。这两次政治活动，所凭借的基本力量是复社，重要的关系人是吴昌时与陈之遴。梅村还写过一篇《复社纪略》，同样也是态度暧昧的，也不曾透露他自己在活动中所起的作用，在发表的当时就引来过计甫草的批评。王曾祥的另一节"书后"说：

> 人臣不幸，运遘阳九，事艰任巨，盖有刺心不足以自明，刎颈不足以称责者。若乃金门诸彦，兰台群英，靡柱石之倚，罔爪牙之托。而燕失故垒，欲傍谁飞；龙

去鼎湖，相从不反。非志之易遂、节之易完者欤？梅村当英妙之年，陟清华之地。论所蒙被，可云渥矣。曾无独固，更事圣朝。所作诗文，颇多哀怨。感禾黍于秋风，述沧桑于世变。羁縻煎迫，重有所拂。然而失贞之妇，擗标故夫；二心之仆，号咷旧主。徒增戮笑，谁为信之！嗟呼，孤忠日月，已表层楼；故国衣冠，空怀死友。鲁连蹈海之辞，介子焚山之语，眡其生平，何相戾也。或言梅村老亲在堂，未宜引决。夫求生害仁，匪移孝之旨；见危授命，实教忠之义。苟其不然，隐黄冠于故乡，受缁衣于宿老，身脱维絷，色养晨夕。惜哉，梅村迹乍回而心染也。

王曾祥这些话，今天看来，可能过于陈腐了。但这也不好责怪生活在二百多年前的封建文士。在他们看来，民族气节与忠于皇帝原来就是一回事，忠君与爱国也是不能分开的。王曾祥对吴梅村的批判是严厉的，但也是实事求是的。在当时，吴梅村真的想保持自己的“名节”，并不是没有可能的。他作的是闲官，不为皇帝殉葬也不会受到苛求；去当和尚道士，也不是怎样困难的事，许多遗民都已这样做了。重要的关键是梅村的言行不一，所以一切慷慨激昂的正面言辞，在明眼人看来就都成了笑柄。特别是最后提出的“心染”一点，我觉得确是抓住了问题的实质，王曾祥指出了吴梅村实在是个在政治上不甘寂寞的人物。

吴梅村是复社党魁张溥的入室弟子，其实两人年龄相差不过七岁，他一开始就是复社有威望的骨干成员，天如门下“十哲”之一。崇祯三年，与张溥、吴昌时同举乡试。四年又得会试第一、殿试一甲二名，成为周延儒的得意门生。在复社中的地位声望急遽升高，是五年虎丘大会中的风云人物。张溥与梅村同年成进士，授庶吉士。第二年，就回到家乡，全力经营社事，不再回到北京，把颇有“政治才能”的吴昌时送到首都，在政治舞台上安下了一只棋子。从此京师掀起的一场场风云变幻的政治斗争，吴昌时不但参加了，而且起了不容忽视的作用，这都与复社和张溥紧密相关。几年中间所发生的种种曲折离奇的故事是说不尽的。

崇祯十二年己卯，梅村转官南京国子监司业。不久黄石斋予杖信至，梅村又冒险援救。这事是写在《与子璟等疏》里的。这时，复社的处境已经陷入岌岌可危的地步。陈子龙《自撰年谱》记，崇祯十年周之夔到北京告密，说张溥等谋反：“则以黄纸大书石斋师及予与彝仲、骏公数人之名，云二张挚金数万，数人者为之囊橐投之东厂。又负书于背，蹩躠行长安街，见贵人舆马过，则举以愬之。……”这是从敌对者眼中看到的梅村与张溥的关系以及他在复社中地位的旁证。负责情报与政治活动的吴昌时从北京向党魁张溥发来了火急的建议，要求采取紧急措施。以张溥为首的决策核心一直都留在江南，梅村正好参预了机密，这从他在《复社纪事》中透露了吴昌时密札的内容可以得到证实：

吴来之昌时为礼部郎，移书先生（张溥）曰，“虞山（钱谦益）毁不用，（文）湛持相不三月被逐，东南党狱日闻。非阳羡（周延儒）复出，不足弭祸。……”

接下来就是周延儒再相与吴昌时一起事败赐死的一幕。梅村在《纪事》中也有所记述。不过拿来与大量野史记事加以比较，可就简单而轻描淡写得多了，最后只以“事具国史”四字了之。梅村不是不知道这一切，不过他不想说，和他在写《鸳湖曲》时的态度是一致的。同样的情形也见于他的《咏拙政园山茶花》。这比起吴昌时一案是更新的、当今皇帝所定的“钦案”，他又哪里敢说、肯说呢？不过他还是留下了山茶花诗和《赠辽左故人》等诗，他写下的“生儿真悔作公卿”、“摩挲老眼千行泪，望断寒云冻不开”这样的诗句，是从心底感到绝望以后产生的愧悔，比《贺新郎》里表现的感情真挚得多。他没有责难吴昌时、陈之遴辈政治道德的败坏，只是惋惜他们的政治投机没有幸而成功。

正常的政治活动与不择手段的投机行为是有原则区别的。只要举出“宜兴（周延儒）再召”的二三内容就可以看出当时复社核心人物采取了怎样的手段。这一切，梅村都是参预了决策，知道其底细，并未表示反对，并在回忆录中加以回避的事实。

周延儒其实也并非什么“正人君子”，他参预执行过迫害东林、复社的勾当。再次捧他出山，完全是形势的需要而非政治上的契合。参加决策的重要人物有钱谦益；给吴昌时的指示和密札七封是教人熟读以后，割成碎片，藏在败絮中间，混进北京以后再用"蓑衣裱法"连缀成篇，送达权要的（《社事始末》）。活动经费是用招股的办法筹集的，出资者竟包括了阉党骨干分子冯铨、阮大铖。"涿州冯铨、河南侯恂（方域父）、桐城阮大铖等分任一股，每股银万金，共费六万两，始得再召。"（《烈皇小识》）据《谈往》记："宜兴再召，通内而贽币帛者，别有大力出资而任支费。霞城贺氏与虞城侯氏两家。"他们对周延儒也提出了一旦复相后就要采取怎样的实际行动的条件。例如阮大铖就提出起用马士英，为自己出山铺平道路。党魁张溥就更为严格，《霜猨集》有诗云：

二册书成注复删，莫防灯下鬼神环。
西铭夫子酆都主，生死枯荣一笔间。

附注："张溥字天如，一字西铭。创举复社。门人七千，称'西铭夫子'。宜兴再召，溥欲尽用其党人，而杀异己者，乃书二册，以进延儒。"

"董事长"下达了这样的指令，"总经理"不免要感到极大的为难。矛盾总是要解决的，而且竟很快地解决了。"溥还娄东，一夕暴死。"据一种野史说，还是吴昌时下的毒。《霜猿集》：

月堕西江歌舞阑，中原一片血流丹。
故人昨夜魂游岱，相国方言好作官。

附注：

“张西铭死，让至，延儒谓座客曰：‘天如奈何遽死?’既而曰：‘天如死，吾方好作官。’客曰：‘庶常吾道干城，公何出此言?’延儒出二册示客曰：‘此皆天如所欲杀者，教我如何杀得尽!’见者骇然。”（孟心史校订补注本）

这是野史，不过我相信这些故事是不大可能编造出来的。这其实是极好的题材，可供诗人写出一篇出色的七古歌行，但梅村没有写。运用了这样的手法于政治斗争之中，搞“统一战线”连阉党余孽都包括了进来，称之为政治投机好像还不足以尽其极致。

自从开始接触晚明史以来，遇见了大量的野史笔记，真是浩如烟海，读了使人头脑发胀。不过读野史又是有趣的，它往往能在漆黑一团中闪出几道微光，引导人们走向并靠近历史真实。这样的启示在正史官书中是很难找到的。为了读一首诗花掉几个月的时间，也并不一定得不偿失。经过努力，得到的知识、启示与理解，也绝不仅仅局限于某一具体作品。人们会从中发现作者的才华与聪慧，凑巧还能窥见他们的“狡狯”。诗人在某些特定的情境下会写下一些“谜语”，好像决心不愿人读懂，但我想这也并非他们的本意。果真如此，又何必留下文字的痕迹呢?梅村苦心经营写下了“其词甚艳、其旨甚悲”的诗篇，说到底还是希望人们真正理解他的心事，也就是“旨”。如果反对寻求“诗旨”，徒赏其“悲”，那与称赞一盏新茶只是“热得好”有什么两样呢?看来这恐怕并不是一种好办法。

一九八二年四月二十日

《鸳湖曲》笺证

——吴昌时事辑

远在两年前，到嘉兴去玩了一次，回来写了一篇《鸳湖记》，投稿给一家杂志，不料这杂志关了门，我的一万多字的文章也就没有下落了。几次想重写，都因为没有时间、兴致而不果。去年吴辰伯先生南来，又提起此文，说写出来算了。半年来胡乱翻书，又收集了不少材料，而且读读晚明野史，也正是一件十分有趣的事情，看看那种腐败的政治，文人的丑态，社会的大变动，一件件都新鲜得很。因为《文艺复兴》的中国文学研究专号缺稿，想想索性就把这文章改成“笺证”写出来，虽然从来不曾写过考证的文章，自己预感着这篇《笺证》一定要离题不近，然而这些也都只好不去管了。

最初引起我写这篇文章的兴趣的，当然是吴梅村的这一首诗，这诗在梅村集中虽然没有《圆圆曲》那么出风头，不过我觉得是写得很好的。而且我还感到，《鸳湖曲》在情感上表现的浓挚与凄凉，都要比《圆圆曲》来得重。一个不过是“家国之感”，另一篇就更还夹杂了“身世之悲”。陈田在

《明诗记事》（辛签卷二十二朱隗诗里）注说："鸳湖主人，嘉兴吴昌时也。昌时名在复社，颇为东林效奔走，官吏部郎。通厂卫，赃私狼藉，电发不斥其名，梅村《鸳湖曲》亦多哀愍之词，盖诗人忠厚之遗也。"我很怀疑这所谓"诗人的忠厚"，中国的文人，有时候是颇不忠厚的，尤其在发生了"门户之见"的时候，要"忠厚"，也还是为了"门户之见"。

朱竹垞《静志居诗话》："诗流结社，自宋元以来代有之。迨明庆历间，白门再会，称极盛矣。至于文社，始天启甲子。合吴郡金沙槜李仅十有一人，张溥天如、张采丰章、杨廷枢维斗、杨彝子常、雇梦麟麟士、朱隗云子、王启荣惠常、周铨简臣，周锺介生、吴昌时来之、钱旃彦林，分主五经文字之选。而效奔走以襄厥事者，嘉兴府学生孙淳孟朴也。是曰应社。"

这个应社里，包括了二张、二周和吴来之。有的是儒林重望，也就是在野的党魁（后来的复社）；有的则走入仕途，作政治活动，成为一时的风云人物。晚明一局政治的幕后策动人物，几乎都在这里了。这个应社后来经张溥、周锺、吴昌时等的推广而变成了"广应社"，张溥《七录斋集》卷三存稿，《广应社再序》结尾说："是故介生发扬其大而予复兢兢焉。盖即来之彦林推广之意，而加详之，所以明有亲也。"

在这最初的应社里，那目的是在"尊经复古"，"五经选义"，根据张溥的《五经征文序》（《七录斋集》存稿卷三）张天如主《易》，而吴昌时则是主《书》的。

吴伟业（梅村）则比较晚一辈，是张天如的弟子，《梅村家藏稿》后面的年谱卷一里，天启二年，梅村才十四岁，就为张天如赏识了："见而叹曰，文章正印，在此子矣！"作了他的学生。过了两年张天如将应社推广合并而创举了"复社"，梅村也就入社，"为入室弟子"。这位先生比起学生来，大了才不过七岁。

到了崇祯三年，梅村年二十二岁，省试中式。他写的《复社纪事》里说："三年庚午省试，胥会于金陵，江淮宣歙之士咸在。主江南试为江西姜燕及（曰广）先生，榜发，维斗裒然为举首，自先生以下，若卧子及伟业辈凡一二十人列荐名。吴江吴来之昌时亦与焉，称得士。"

吴梅村写这段文章的时候是得意的。他自己和老师（张溥）都高中了，前辈吴昌时也是同榜，成了同年。还有不少社友也中了，于是就举行"金陵大会"。这样，我们可以知道《鸳湖曲》的作者和诗里主人的一段并不浅的渊源。

诗云：（根据董康刻的《梅村家藏稿》，有异字用靳荣藩《吴诗集览》本校）

> 鸳鸯湖畔草黏（粘）天，二月春深好放船。
> 柳叶乱飘千尺语（雨），桃花斜带一溪烟。
> 烟雨迷离不知处，旧堤却认门前树。
> 树上流莺三两声，十年此地扁舟住。

在这里，我想多少要提一下这个"鸳湖"。

三百年前的诗人的描写，和现在嘉兴的南湖光景大约相去不远，如果说少有变迁，我想也许是那湖更荒秽了，粘天的水草，更多了。简直使荡舟的人觉得不胜逼仄。那个“烟雨楼”却还好好的，不过也已经是后来重修过的了，我坐在楼上凭槛喝茶，看眼前的一片浓绿，阴森得很，那树真是很高大，总有几百年的寿命了。莺声不曾听到，却看见无数白鹭在树上飞起飞落，有时候也叫上一声两声。

《鸳湖曲》的诗题下面，吴梅村加了一个小标题是“为竹亭作”，这“竹亭”就指的是“吴昌时”，竹亭是他的花园的名字，至于这竹亭与烟雨楼的关系，现在也无法知道。

竹亭在当时是江南的名园，是有名的园亭塑手张南垣的杰作。吴梅村有《张南垣传》(《家藏稿》卷五十一)：“张南垣，名涟，南垣其字，华亭人，徙秀州，又为秀州人。……其垒石最工。……其所为园则李工部之横云、虞观察之预园、王奉常之乐郊、钱宗伯之拂水、吴吏部之竹亭为最著。”

阮葵生《茶余客话》里也有同样的记载。大抵都称赞他的假山叠得好。在烟雨楼的后面，现在还保留着好一片假山，十分曲折而灵巧，这种小品园艺，使我们可以想象旧时士大夫阶级的剥削的成果，是怎样侵夺了别人的产业，幸福，而造成一己的佚乐与享受的。吴昌时在没有做官以前是绅士，在做官以后则是乡宦，明朝的乡绅的豪纵是有名的了。像钱牧斋、董其昌、瞿式耜这一批人在乡下都是豪纵不法的。现在我们只看吴昌时。王肱枕作《蚓庵琐语》里说：“吴昌时官吏部，大营甲第，侵越比邻曾生基地以筑垣，曾生往争之，昌时漫应之，垣在尔基，即尔垣矣。何必争！竟不让还。”

李清撰《三垣笔记》，卷中有一则：

> 吴都谏麟征为余言，昌时居里时，凡公祖父毋皆执贽称门下士，彼峨冠博带，此方巾短袍。延送至中门止，盖以师道自居也。有强项不执贽者，即于上台处媒孽，故无不望风而靡。

对于地方官的态度，还是这样，更不必说什么老百姓了。这些“名士”们就在这种“湖山胜地”大作其“文酒之会”，梅村另外有一首悼吴昌时的诗，题目是《予曾过吴来之竹亭湖墅，出家乐张饮，后来之以事见法，重游感赋》。这一批“复社”同人，就是时常在这里听戏，饮酒，作诗的。《鸳湖曲》：

> 主人爱客锦筵开，水阁风吹笑语来。
> 画鼓队催桃叶伎，玉箫声出柘枝台。
> 轻靴窄袖娇妆束，脆管繁弦竞追逐。
> 云鬟子弟按霓裳，雪面参军舞鸜鹆。
> 酒尽移船曲树（榭）西，满湖灯火醉人归。
> 朝来别奏新翻曲，更出红妆向柳堤。

这一批文社的社友们就是这样地在作乐。吴昌时的好客，是可以看得清清楚楚的，在当时人的集子里面一定还留存了不少纪载，我却只能找到有限的一两篇，应社最初的发起人朱云子（隗），有《咫闻斋稿》。陈田的《明诗纪事》里，选录了他的一首诗却正可以拿来应用。

《鸳湖主人出家姬演〈牡丹亭〉记歌》：

鸳鸯湖头飒寒雨，竹户兰轩坐容与。主人不惯留俗宾，识曲知音有心许。徐徐邀入翠帘垂，扫地添香亦侍儿。默默愔愔灯欲炧，才看声影出参差。氍毹只隔纱屏绿，茗垆相对人如玉，不须粉项与檀妆，谢却哀弦及豪竹。萦盈澹荡未能名，歌舞场中别调清。态非作意方成艳，曲别无声始是情。幽明人鬼皆情宅，作记穷情醒清癖。当筵唤起老临川，玉茗堂中夜深魄。归时风露四更初，暗省从前倍起予。尊前此意堪生死，谁似琅琊王伯舆！

徐电发（轨）也有一首《鸳湖感旧》：

曾说荒台舞柘枝，而今空见柳丝丝。
不因重唱《鸳湖曲》，谁识南朝旧总持。

他在《本事诗》里记：

鸳湖主人，禾中某吏部也。吏部家居时，极声伎歌舞之乐。后以事见法，南湖花柳散作荒烟，东市朝衣变为蛱蝶，故吴祭酒梅村《鸳湖曲》有“芳草乍疑歌扇绿，落英错认舞衣鲜”之句，余亦赋《鸳湖感旧》云。

在张天如的《七录斋集》里面，也留下了几首诗。《诗稿》卷二：

《同孟宏、孟朴、君伟、来之登烟雨楼次韵》两首：

水气连空绿，晴洲高处幽。
无山飞鸟静，有佛古藓浮。
平满归群木，苍凉上一舟。
云生感慨出，此日荻芦游。

烟泽忞凭阁，高岩响带淙。
澌流趋壑缓，林月照人双。
鱼出春深草，钟声雨后牕。
问吴犹地接，门外即三江。

《七录斋集》卷二还有《同来之、孟宏、孟朴、君伟龙渊晚眺次韵》三首，看诗里面的景物和同游的人物，大抵也是在鸳湖所作，第三首：

白成一片暗千山，平地欺狂鱼鸟间。
群水合时渔艇乱，百花静处寺门闲。
月中荇藻人归夜，楼下笙歌酒上颜。
唱别不离高塔影，折来云树美人湾。

其余两首里的断句，像“鱼凫队里看娇舞，芦荻声中惜醉颜”、“萧萧非雨余空阁，切切新丝怯旧颜”，都可以看出这些名士纵情声色，醉态朦胧的影子。这正是吴昌时极盛的时代，“名士”不足过瘾，“选文”更不是目的所在，看到当时朝政的紊乱，又清楚地摸着崇祯皇帝的多疑心理，于是跃跃欲试，抓到一位政治舞台上的人物，来做一笔政治上的买卖了。

《鸳湖曲》第三节：

欢乐朝朝兼暮暮，七贵三公何足数。
十幅蒲帆几尺风，吹君直上长安路。
长安富贵玉骢骄，侍女薰香护早朝。
分付南湖旧花柳，好留烟月伴归桡。

崇祯一朝，宰相一共换了五十个人，这在过去的历史中，算是非常特别的例子。傅节子、李慈铭等都替这五十位宰相开过名单。皇帝既然如此多疑而不专，内阁如此频频更调，在政客看来这正是一个绝好的机会，可以买空卖空的。

思宗初立，把阉党清算了一下，不过并没有做得彻底，还留下不少地下潜伏的分子。当时，内阁里几乎是清一色东林党的天下，皇帝更怕手下的人抓住这个机会结党，所以想了一个“绝好”的办法，把官儿的名字写在纸条上放在金瓶里面，焚香肃拜，用手一抓，抓出谁来就是首揆。这方法虽然可笑，然而在皇帝看来，却是十分可靠的。不料第二次就出了毛病，没有再继续表演下去。

这时候东林的代表人物正是绰号唤作“天巧星浪子”的钱谦益，钱的作风是充分表现了过去中国士大夫的贪愚跋扈的弱点的。他想包办，弄点手法，在“抓采”以前把当时的礼部尚书温体仁、侍郎周延儒的名字都除去了。这自然使温、周大不高兴，看个机会，反咬一口，借考官受贿案的题目劾谦益，在皇帝面前对质时，又特别招出谦益以植党营私，正巧这是皇帝最怕的一点，于是，谦益一下给打了下去，黑了半辈子，在明朝灭亡以前再也不能起用。

内阁里只剩下了温体仁和周延儒，拼命和东林党人作对。

“复社”这时候就把一员大将，大家认为是有点“政治才能”的吴昌时送进北京，在政治舞台上安下一着棋子。张溥《七录斋集》诗稿卷三里有一首《送吴来之北发》的诗：

赋贡王门说采珠，江皋琴水意相须。
著书二万经方盛，买纻三千调更孤。
鸳掖句传倾坐客，日华声满在天衢。
典文精切邯郸步，应撤重围让汉儒。

虽然说的是“典文”，然而实际的意思却在末一句，想抓回内阁的大权，好好地干一下子。

这时候温体仁又弄下手法把周延儒排挤掉了，朝廷上掌权的只剩下他一个人，大权独揽，大刀阔斧地打击东林党人。文震孟、姚希孟都被挤掉，更把文震孟的亲信郑鄤害死。关于这案子，用出了政治上最阴险也最残酷的手段，说他杖母淫妹，弄得他不齿于“名教”，死了都“不得超生”。

这时候，吴梅村、吴昌时这一批复社小辈，只是隐忍地在北京等机会，敌党的铁腕还轮不到他们的头上。等到温体仁一失势，张至发一上台（张是体仁所荐），吴梅村马上就对他开了一炮，这是复社党人反攻的先声，在崇祯十年。张至发是一个庸庸碌碌的家伙，远不及温体仁的手段厉害，吴梅村这一疏简直是“打落水狗”。可是在年谱上却也留下了一句好听的话，“直声动朝右”了。

张至发既去，薛国观上台，薛也是温体仁所荐，是一系相承的人物。政治上的路线也还是老样子。不过这时候吴昌时已经慢慢立定了脚跟，跟薛作起对来，也初步显出了他在政治斗争上的“才能”。

昌时这时候是已经在官场中有了一点小名气的了。而且还得了一个非常漂亮的绰号，“摩登伽女”，李清《三垣笔记附识》卷中记：

“大僚及台谏以枚卜构竞不休，其不得于会推者遂造为二十四气之目，摇惑中外。……以吴铨曹昌时为妖气，下注摩登伽女。……吴谕德伟业为望气，下注啮人马。……”

吴昌时做官的“伎俩”是什么呢？“通内”——走宫里的内线，拉拢裙带关系，结宠于当时最得皇帝宠幸的田妃。“通珰”——这是很自然的步骤，为达到“通内”的目的，就非“通珰”不可，把“侍从室”里的线索打通了，从此朝廷内情都了如指掌，做起事来自然非常方便。“通厂卫”——结交特务，京官的一举一动，在当时，是无不在特务的监视之下的，特务一个报告，足以致达官贵人死命，抓住了特务，也就等于抓住了皇帝的耳目手足，要陷害起政敌来更是非常方便的事。

毛奇龄《彤史拾遗记》，记载田妃有一段故事：

“宫中凡令节，宫人以插带相饷。偶贵妃宫婢戴新样花，他宫皆无有，中宫宫婢向上叩头乞赐，上使中官出采办，越数百里不能得。上以问妃，妃曰，此象生花，出嘉兴，有吴吏部家人携来京，而妾买之，上不悦。”

吴梅村《永和宫词》，也是写田妃的故事，里边有几句话：

“贵妃明慧独承恩，宜笑宜愁慰玉尊。皓齿不呈微索问，蛾眉欲蹙又温存。本朝家法修清谦，房帷久绝珍奇荐。敕使惟追阳羡茶，内人数减昭阳膳。维扬服制擅江南，小阁炉烟沉水含。私买琼花新样锦，自修水递进黄柑。”

这“琼花新样锦”就正是说的是“象生花”，说“私买”，大概又是诗人的“温柔敦厚”罢。

《三垣笔记》，题“大理寺左寺丞臣李清恭记，中书科中书舍人臣王挺恭阅”，是李清在崇祯之间在北京作刑部吏部官的时候的笔记，记崇祯一朝的事最详悉，关于吴昌时的事迹尤多，关于昌时的通内，很有几条可以摘录：

兵科韩给谏纠曾都谏应遴，疏子递了上去以后：

“次日，上置红匣中，命一内官送阁拟票，阁批有该部参看等语，竟留中。或见应遴与吴铨部昌时同谒一大珰，疑其妙用也。”（《三垣笔记》卷中）

又记昌时通内事：

“吴铨曹昌时通内，每阁票一纸必先知。先是，以众论沸腾，具疏乞休，拟票云：吴昌时准回籍调理，病痊起用，闻周辅延儒票也。旨未下，昌时已宣言于人，谓已得温纶。及与蒋侍御拱宸质御前，拱宸几屈。惟所纠预闻旨一款，上取原票阅之，果是。故败。”（卷中）

东林党人，一向是以正人君子的面目出现的，后来怎么又突然会和特务勾结起来了呢？自然这是政治上的“权宜措施”，为了“政争”，手段是可以不顾的。照当时东林人物漂亮的解释，这就叫作“法门广大”，《三垣笔记》记：

“东林诸公素矜节义，以劾宦言为名高。后冯给谏元飏、孙给谏晋等倡为法门广大说。于是吴仪部昌时始与东厂比。一切行贿受贿，间被缉获，必托昌时以数千金往方免。昌时亦扬扬居功，不以为愧。予亲于徐都谏耀家见之。”

交通厂卫以后就要做做拉线的生意，凡是遇到给厂卫缉获的案子，走吴仪曹的门路，送进钱去，准保太平无事。《三垣笔记》又记一事：

“仙居过邑侯周谋乃熊铿曹文举同乡也，曾遣二仆入都求迁。宿娼家，酒后泄言，为厂役缉获。其予文举一禀云，所送尊翁宅内，乃五百年必有王者兴之数也。又云，敝座师首揆处业有善意。东厂以闻，薛辅国观甚不悦。时冯少常元飚奉差回籍，其保举邑令秦姓者亦以书礼馈，被厂缉获。吴仪曹昌时敛金亲来力解乃息。”

不料这事给薛国观知道了，报告了上去：“……国观密以闻，于是阁厂水火。而昌时自为大行，即树声气赤帜。及考选时，见上于部拟各衙，多所改定，诸阁臣颇得操拟，于是又托国观私人拜为门生。然国观疑其狡狯，弗信也。卒改科为部，仇隙日深。国观刚愎，夙与东林为难，但不闻贪秽声。数月前昌时忽语人曰，国观辈必败。吾已于厂卫处张四面网矣。国观等知之，然无如之何。不数月果败。予曾询钱主政位坤，云有之。但视吏部升一美官，昌时必以小纸报东厂云，国观得银若干，厂皆以闻。它日赐死追赃本此。”（《三垣笔记》）

这就造成了吴昌时与薛国观的第一次冲突。吴的想拜做国观的门生，绝不是想投降，而是别有企图的。薛当然不会接受，更加上为了考选一事，吴、薛之间的裂痕就更加深了一层。

吴昌时对薛国观的再度不满，是因为他考选吏部郎中的事。查东山《罪惟录》纪十七：

“考选吴昌时首拟吏部，上示不测，手更定主事礼部，昌时疑薛国观所为，大恨之。”

钱遵王述古堂钞本吴江戴笠撰《怀陵流寇始终录》最末的《将亡妖孽》中也提到此事，叙述较详：

“韩城薛国观官佥部，温体仁引之入阁，寻为首相。十一年行考选改授法，行人吴昌时已得吏部主事，上性好出奇御下，以破旧习，进士考选入台者，黎玉田岁贡、府同知许自表易位，如是者比比，昌时改祠祭司，谓是国观所为，深恨之。”

花村看行侍者《谈往》中《韩城赐死》条云：

“十一年举考选改授例，行人吴昌时于门户声气中称魁首，外定铨曹，会内旨别出手裁，多不依外拟，故为颠倒，以示不测，如进士考选，黎玉田以台易府同，岁贡教知许自表苏州人，以府同易台，不止一人，独昌时改祠祭司主事，憾极，谓韩城作祟，愠恨日深。京邸清议，薛或有之，必宣指之，或挑衅，或加诃，水火实甚。”

这样，吴昌时就设法挤去薛国观，同时更和张溥进行策画，把周延儒再度捧出台来。

薛国观的为人，《谈往》说他“性褊急，出词过刻……人谨畏之”。有一次崇祯帝在召对的时候，叹息大小官员无不贪污，无法可想，薛就顺口说出如果厂里面有得力的人，贪污是不会风行的，这正触着了宦寺而兼特务的王化民的大忌，昌时借这机会和王化民建立了联合阵线，打倒了薛国观。《谈往》：

“时帝尚严切，曾于平台召对，闲语间帝叹曰：目今朝臣通贿，外致东西糜饷，内致吏兵徇私，国事紊淆，生民涂炭，奈何！忧形于色。韩城聊为解嘲曰：使东厂得人，举朝何敢黩货！苞苴之来，或有所自！时厂臣王化民适蹲御座后，闻之汗出浃背，骇极恨极。昌时又与化民久结义盟，忧喜相商，于是内外耽目，专伺韩城之阴。”

薛国观很得皇帝的信任，对这一套不去理睬，可是结果到底给他们寻到了一个题目，这次是利用薛国观和皇族外戚的矛盾，因为薛曾经建议征收“豪门皇族资本”，解除财政困难，而这事正关系皇族戚畹的切身利害，于是反对阵线里又添上了一支新力量，薛国观就此倒台了。

杨士聪《玉堂荟记》卷上记：

“上尝与韩城言及财用匮乏，韩城对以：外则乡绅，内则戚畹。在乡绅者，臣等任之，在戚畹者，非出自独断不可。因以李武清为言。遂传密旨，借四十万金。冉万二驸马各一万，而周田等近亲不与焉。”

真是滑稽，而且是真确的事实，就是开刀也先从旁支远支动手，有最亲密的裙带关系的还是留下来不动。

“此旨间有抄传，复严禁之。李氏殊不在意。而督之日急。武清死，复及其子国安，提家人追比。久之，国安亦死，而追比未已。周嘉定乃其儿女亲也。上疏为言，又奉严旨。于是李氏尽鬻所有，其房无人售，则拆毁贸之。……是时戚畹人人自危。”

到了实在没有办法的时候，就抬出菩萨来。

“后因皇五子病亟，遂造为九莲菩萨下降之言。九莲菩萨者，孝定皇后梦中授经者也。觉而一字不遗。因录入佛大藏中。旋作慈寿寺，其后建九莲阁。内塑菩萨像，跨一凤而九首。乃孝定以梦中所见语塑工而为之，寺僧相传，菩萨为孝定前身，其来久矣。至是言皇五子见菩萨来，甚怪上之薄情，不念先世亲属云云。又言，如不从此改过，将来殇折不止一人，还都要唤去。大都上未至皇五子病所，皆诸人撰造节次，遣人传报。上大惧，于是传谕停止追比，复武清侯爵，而皇五子竟薨。乃心念此事皆繇韩城发端，欲诛韩城以谢孝定在

天之灵。"(《玉堂荟记》)

"内中情事，王化民知之最早，急闻于昌时，密令台省，遍耸毁斥，实指其行私，指其弄权。特参疏日且数上。"(《谈往》)

皇帝的糊涂，加上吴昌时手段的毒辣，到底使薛国观从首辅的位子上跌了下来，致仕回家了。

这时候复社的党魁张溥，正在江南"逍遥林下"，选文章，批经史，却忘记不了朝中的政事，更不能忘记他在北京安好的一着棋子——吴昌时。《七录斋集》诗稿卷二里有一首《寄吴来之》：

红叶从风溯远堤，春回烟阁静香提。
素心道路难为说，好事云屏待子题。
一诺久知千古重，三秋自此两峰齐。
平章梅雪看君子，赋有金声报紫霓。

这正像一个党魁训勉部属的话，勉励他好好地干，"千秋事业"，全寄托在政治斗争的成败上。谁说张溥是甘心终老林泉的呢？虽然他的朋友要为他辩解，不是他自动地要作政争，而是为了害怕自己被目为"党魁"，才不能不采取"以攻为守"的自卫手段。

杜登春《社事始末》说：

"是时乌程去位，杨、薛相继秉国钧。窥见主上崇儒扶正，深眷娄东，无吹求西铭之意。门下或有私附杨、薛以图显荣者，以故西铭得以消遥林下，批读经史为千秋事业，而中疚不安，唯恐朝端尚以党魁目之也。”

正巧周延儒（宜兴）因为受了温体仁的排挤而放归林下，周自己很后悔，做了一次傻瓜，陪旁人打击东林党人，自己却也被挤了下来。他心里想重回北京，却想不出一条路。两方面的利害既然已经一致，彼此利用当然是很自然的事。于是张溥就想：

“窃窃自疑，非起复宜兴，终是孤立之局。与钱牧斋、项水心、徐勿斋、马素修诸先生谋于虎丘之石佛寺。”（《社事始末》）

这种情势在吴梅村的《复社纪事》里分析得很详细，见《梅村家藏稿》第二十四卷。

“未几薛国观从庶僚得政，蔡弈琛与里豪吴中彦者交，私受其金为鬻狱，南御史成公勇发其事，以指纵疑先生（张溥），谋益急，吴来之昌时为礼部郎，移书先生曰：‘虞山毁不用，湛持相不三月被逐，東南党狱日闻，非阳羡复出不足弭祸，主上于用舍多独断，然不能无中援，惟丹阳盛顺伯可与谋。”顺伯时客先生所，故与介生姻旧，雅负权谲。见其书奋曰：‘来之筴诚善，顾非公言，莫足鼓动者。某请衔命矣！’先生嘿不应，来之以己意数申款问遗中贵人，卒不能得要领。间刺探一二禁密语疏中，数为人传说，沾沾自多，公卿固侧目。”

薛国观回家以后，还觉得不服气，上了一道谢恩疏，里面发了不少牢骚，皇帝就又把他抓进京来对质了。《谈往》记：

“（国观）十二月抵里后，谢恩奏辩云：臣之得保首领还故土，皆荷皇上之生成，但袁恺等讦奏，实出吴昌时指使。并诉昌时致憾之由，谓圣上操纵独裁，怨毒则归臣下，臣死亦无敢怨等语。奉有圣旨则严切殊甚，奏内事情，着赴京讯理。”

吴昌时在薛国观到京以后，就又布置了一着阴毒的棋子，让自己的外甥，薛的亲信的王陛彦去探视薛国观，再使厂卫去逮捕，关于王陛彦：

“陛彦孝廉，试中书，撰文者从无掌房之例，庚辰闱后，与梁维枢俱转尚宝丞，或欲依附韩城以就功名。……陛彦松江人，吴昌时之甥也。……”（《玉堂荟记》）

“十三年五月，韩城来京候审，有内阁举人中书松江人王陛彦向为韩城心腹，以旧日情谊，至寓问安，稽事密谈。厂役希旨，密伺薛邸。适遇彦，擒奏下狱，此化民昌时阴谋险筴，设阱构成，在韩城又别生一事，以供人指摘，按律议罪。”（《谈往》）

这结果是不难想象的：

“陛彦以职侍内阁，泄漏机密例，律拟大辟。八月国观赐缢。陛彦弃市。”（《谈往》）

这一位政敌（薛）和一个陪死的外甥在临刑的时候都大骂吴昌时：“韩城将死，曰，吴昌时杀我！”王陛彦：“赴市时语人曰：此家母舅为之，我若有言，便得罪于名教矣！”（俱见《玉堂荟记》）但是吴昌时对这件事反而表示得意，

“语上闻，来之不以为忧，顾色喜”。(《复社纪事》)

薛国观既赐死，工作已经完成了一半，剩下来的就是怎样再捧周延儒上台了。杜登春《社事始末》记张溥在虎丘和东林巨子钱谦益等密议以后就派人到北京去传递消息，指示行动，那描写是十分动人的：

“遣干仆王成贻七札入选君吴来之先生昌时邸中。吴先生者，一时手操朝柄，呼吸通帝座之人也。辇毂番子，密布内外，线索难通。王成以七札熟读，一字一割，杂败絮中，至吴帐为蓑衣裱法，得达群要，此得之王成口，最详确。时是辛巳二月事。”

运动起复，种种都由吴昌时在京策划，然而在这个贪污的局面下面，钱可少不来，出钱的是些什么人呢，不看野史的记载，真是怎样都猜不到的。《烈皇小识》卷七：

“召予告大学士周延儒于家。先是阁臣虽内外兼用，鲜有当圣意者。众推宜兴颇有机巧，或能仰副，而圣意亦及之。于是庶吉士张溥、礼部员外郎吴昌时为之经营，涿洲冯铨、河南侯恂、桐城阮大铖等分任一股，每股银万金，共费六万两，始得再召……”

连逆案里的阮胡子也是后台股东之一，“法门广大”得连敌人也包了进去。据《谈往》所记：“宜兴再召，通内而赀币帛者，别有大力出资，而任支费，霞城贺氏与虞城侯氏两家。”股东还有一位贺先生在。既然是股东，自然就有发言的权利，阮大铖请延儒设法起用，不过究竟因为身在逆案，无法公然出面，结果就推荐了马士英去作凤阳总督，这是当时非常重要的一个位置，是绾南北交通枢纽同时又是守朱家祖陵的重要军职。

在阮大铖的《咏怀堂辛巳诗》卷上中，有六首《送周相国挹斋入京》（原注："仲冬相国书招谢桥结夏"），一片颂祷之词，读了使人肉麻，末二首"不甘寂寞"之情如见：

"逋客冥冥息影深，宁忧缯缴到长林。所虞朝著多坚垒，勿恤神州有陆沉。随地孤寒为引手，何人吐握不归心。期公尽洗荆榛劫，剩得青山与向禽。"

"车笠平生约未违，萤光亦近太阳飞。公车长路冲冰雪，官舍西山礼翠微。衰鬓霜痕愁更满，晚年汐社去何依。遥知东阁簪裾会，应念岑牟老布衣。"

至于张天如，就更不用提，要用的，要杀的，索性开了两本册子交给了周延儒。广陵女冠李億（史道邻的遗妾）曾经作过一篇缠绵悱恻的序文的周同谷的《霜猿集》中，有一首诗：

"二册书成注复删，莫防镫下鬼神环。西铭夫子酆都主，生死枯荣一笔间。"注云："张溥字天如，一字西铭。创举复社，门人七千，称西铭夫子，宜兴再召，溥欲尽用其党人而杀异己者，乃书二册，以进延儒。"

而这时周延儒却正意外地得到一位漂亮的夫人，乐不思蜀，还是由张溥弄了一点手法，才弄他上路，谈来简直好像传奇一样的故事了。《霜猿集》：

"新来艳质可怜身，绣幕留香别作春。再召东山为国计，画船箫鼓闹江滨。"注云："洞庭山富家娶妇，少而美。夫死，妇独居。一日闻街头鼓乐声，谓侍儿曰，谁家娶亲，盍往观之。遂出门，坐花轿中，下太湖而去。富家讼之县，县申道，下檄缉捕甚急，娶亲者惧事泄，以其妇盛妆送宜兴周延儒，大见宠悦。无何，太仓张溥为门户计，鸠金赂要津，宜兴得再召。然无行意。曰，不如在家安乐，溥进见张道台，令以朱单捕妇，语侵相国。溥见宜兴，出单于袖中，宜兴大怒。薄曰，此小事不足介意，今高卧不起，将来祸有大于此者！宜兴悟，遂行。坐楼船，树大纛，上绣东山再召四字。乃赛江神，酣饮弥月，始进京。”

这样的“相国”，这样的“党魁”，实在是异常出色的。

“党魁”在这一月的酣饮箫鼓之余，当然要“指示”“相国”拿出一些“祥和”措置，像释放“政治犯”（东林人物）呀，开放言论、让御史自由讲话呀，改革经济（减税）呀，一班清流，也都以为宜兴再召以后的确可以好好地做一番事，而对在野的幕后操纵的“党魁”张天如更是寄以莫大的期望。不料，张溥却正在这时候死了。这死因也颇离奇，据正史张溥传和梅村的《复社纪事》都说他是病终，可是野史的说法就两样了。计六奇《明季北略》：

“宜兴再召，通内而赞币帛者，冯涿洲也。奔走而为线索者，太仓张溥嘉兴吴昌时也。擘画两年，纶綍始下，昌时于是事权在手，呼吸通天，为所欲为矣。昌时与张溥同为画策建功之人，淮安道上张溥破腹，昌时以一剂送入九泉，忌延儒密室有两人也，其忍心如此！”

“党魁”既死，叹息之声不少，吴梅村在《复社纪事》

里也提到张溥的救时十余事的“密疏”，如“蠲逋租，举废籍，撤中使……”等事，可惜张的身死，而不果行。可是也有说他死得好的。如《怀陵流寇始终录》：“周延儒辛未会试得张溥，援之入翰林。延儒罢归，溥令东林党人物力数十万缗，赂内侍，复起延儒，俄溥病死，大权归于吴昌时，竟成二人杀身之祸，人皆为溥幸之。”（《将亡妖孽》）

张溥的死信传到延儒耳内，他却表示高兴，《霜猿集》：

“日堕西江歌舞阑，中原一片血流丹，故人昨夜魂游岱，相国方言好作官”。注：“张西铭死，讣至。延儒谓座客曰：天如奈何遽死！既而曰：天如死，吾方好作官。客曰：庶常吾道干城，公何出此言？延儒出二册示客日：此皆天如所欲杀者，教我如何杀得尽！见者骇然。”这是《琳琅秘室丛书》本，又有申报馆《屑玉丛谈》本，小注多出数字，“溥还娄东，一夕暴死，亦天意也”。是说张溥该死。而且也说他是暴死，《明季北略》之语，盖不为无稽。

周延儒虽然摆脱了这一位幕后提线人，可以少少自由，不过在北京还有“秘室”中两人的另一人在，而吴昌时的花样，比起张溥要更难于应付。他不独要权位，而且还贪墨，更加心地狠毒、傲慢，延儒有了这样一位“助手”，就只有听他指挥，沉陷下去了。

昌时的贪，可以用两件事说明。

皇帝千方百计筹措军饷，用来戡平“流寇”，抵御满洲，想来想去，要出卖祖遗的家当了。《三垣笔记》卷上：

“上忧国用不足，发万历中所储辽参出外贸易予时市。其中者上有微孔，色坚而味永，与他参迥异。惟吴仪曹昌时所市最多，皆取其上者，闻此番贸参获可数万金。”

吴昌时就借此机会作一笔生意。此外卖官鬻爵，不但贪，而且还不讲贪污的信用，干没别人的贿金。《三垣笔记》卷中：

“予与吴都谏麟征同任吏垣，曾密询云，吴公正人自负，公何嫌？麟征曰：彼非独余同乡，且门人之门人也。然实鄙薄其所为。如嘉兴府王太守某，予公祖也，闻以二千金托，竟攫入私囊。及将挂察典，伊苍头惶急致贷金长安，为弥缝计。又海盐令刘某，予邑父母也，诱伊数万金入己，托言谋佳缺，然即其房师处亦不为通讯，今罹察典，束装无资，特为昌时贪耳。……初刘某入闱，昌时以其子密托之，刘某恐后为己累，以蓝笔重加圈点，而以墨笔抹，托言大主司吴翰林国华所为，已询之国华，非也。故恨。若王某则以五百金馈不称昌时意耳。此又何枢曹刚所言也。”

贪污又在官僚中引起倾轧，彼此利用御史互相弹劾。监察官竟成了他们政争的工具。

“杨给谏枝起与吴铨曹昌时儿女戚也。昌时纳仁和令吴培昌多金，以雁行呼。谋引至黄门，而枝起怒其贿不及己，遂唆宁侍御承勋纠之。即枝起所草疏也。昌时闻而大恨，知陈中书龙正与枝起交，故亦百计相倾。以闱事牵致，龙正坐谪。时枝起与廖给谏国遴曹侍御溶等皆以考选一事干周辅延儒不遂，怒欲反戈延儒，事寻泄，此孙侍御凤毛纠疏所自来也。闻泄国遴等谋于延儒者乃马给谏嘉植，而泄枝起言于昌时者，

又徐侍御殿臣。一时贪横变诈气习殊可想见。”（《三垣笔记》卷中）

同时他跟周延儒来往得极密，在这中间有多少文章，政治中枢不在皇帝宫中，而是在相府里面的。

“予一日与某同籍谒周辅延儒，自午至暮不得见。一长班耳语曰：有四人方巾便服径入后宅矣。予问之，其一铨曹，一仪曹，一兵曹，一同乡闲署也。予归而叹曰：吾师必败矣。他且弗论，安有以趋热铨曹夤夜入相君宅而不起物议者。不数日败。铨曹者吴选郎昌时也。”（《三垣笔记》卷中）

昌时替延儒拉拢“通内”，于是就有了“绣鞋”佳话。《霜猿集》：

“花为容貌玉为床，椒殿承恩卸却妆。三寸绣鞋金缕织，延儒恭进字单行。”注：“上昼幸妃，见妃（田妃）绣鞋精巧，举而视之，有细书一行曰，臣周延儒恭进。上不悦，由是薄延儒。”

昌时一心想做吏部官，《烈皇小识》说他“醉心吏部，诚得一日称吏部郎，虽死无恨”。于是就去缠住延儒，“必欲得而后已”。不过这是从来不曾有过的例子。“延儒查例，世宗时，文选病故，武库正郎调入；又天启朝，邹维琏匪石，以职方郎调稽勋，援两故事。”（均见《北略》）当时的吏部尚书是郑三俊，是有名的正直人，当然不肯，就“问乡人徐石麒，答曰，君子也。三俊遂荐于上。盖石麒畏昌时机深，故誉之，而三俊不知也”（《北略》）。对于吴昌时的利用郑三俊，当时一般的看法是这样的：

“郑庶常鄤吴铨曹昌时皆奸人也。一附黄翰林道周，一附郑冢宰三俊。人欲击鄤，恐累黄公；欲击昌时，恐累郑公。”(《三垣笔记》)

“旧例吏部由别部调者不过主政，天启时赵冢宰南星在部，始调兵部邹员外维琏于吏部，时犹大哄，若以礼部正郎调吏部文选司正郎，则又自吴昌时始。予邑吴辅甡与密，讽之曰：闻文选司一官必起家久任，后辈无先者，公或以稽勋验封带管文选如何？昌时正色曰：天子欲为天下得人，故特简一文选，况目前铨部诸君皆予手援，彼后辈也。未几竟败。”(《三垣笔记》)

一旦有了掌管全国官吏升黜的大权，第一件事就是想树威，使监察官的台省对他不敢批评，《玉堂荟记》记：

“年例每次不过科一道二，盖约略人数多寡，而斟酌其间，止合如此。通三年而计之，其人不为少矣。吴昌时为选郎，乃推至七八人，又皆庸软无能为者，其用意至深。此时郑元岳为太宰，从议郎调为文选，亟欲以特达之知，大伸其情执孤特之意，以见知于上。而昌时别有肺肠，特创此不畏强御之貌，以恐吓台省，为异日驱除榜样，又以劲敌太多，将致他变，故但取人数广众以劫之，方自喜其算无遗策，而不虞人之有烦言也。此一事也，皇上自皇上，太宰自太宰，昌时自昌时，各有主意，绝不相谋而事适相凑，在太宰不失为君子之疏，而昌时为狡猾，为无赖矣。”

这里写昌时利用皇帝和郑三俊的个性的地方很清楚。第一次发动，就和本省的言官们冲突起来。

“吴铨曹昌时既破格调，思以奇策坚上意，且箝制台省口。春季例转，皆自己出。吏科吴都谏麟征掌河南道祁侍御彪佳并未商也。科五道十，几两倍旧额，盖因上疑台省横，屡旨申饬，且恐他日有指摘，则以例转挟忿为言耳。时浙江同乡诸公集议，本省新吏部昌时，麟征、彪佳皆往，咸努目视。惟向侍御北诟谇尤力，几饱以拳。”（《三垣笔记》）

《烈皇小识》也有同样的记载，但末一段却较详：“及是日，科道齐集，援集例相责，昌时怙过，绝无引咎意，御史某不胜其愤，提所坐杌搏之，昌时仓皇而出，且曰，若奚为待我如此，我当尽例出诸御史，诸御史闻之咸怒发上指，与昌时有不两立之势矣。”

昌时驱除言官的企图，还要推给郑三俊：“吴铨曹昌时欲破格外转科道，谓吴辅甡曰：惟此一着，可为郑太宰三俊结知主上。甡曰，不然，大臣以休容为度，当保全言路，予甫入而破格行之，若此端一开，后此不肖者驱逐言官，必借郑公为口实，恐忠良之士，皆为寒心。昌时不从，甡复言之郑冢宰三俊，三俊然之。后以昌时意坚，仅留二人，余皆外转。然昌时计甚巧，皆择其平平者充之，中情怯耳。恶伤其类，人有同情，故一时众口交沸。识者皆曰：昌时之祸，从此始矣。”（《三垣笔记》）

到这时，昌时的气焰真是不可一世，正如《明季北略》所说，“事权在手，呼吸通天”了。

《鸳湖曲》第四节：

那知转眼浮生梦，萧萧日影悲风动。
中散弹琴竟未终，山公启事成何用。
东市朝衣一旦休，北邙坏土亦难留。
白杨尚作他人树，红粉知非旧日楼。
烽火名园窜狐兔，画阁偷窥老兵怒。
宁使当时没县官，不堪朝市都非故。

吴昌时周延儒失败的原因很复杂也很简单。大家都说昌时“贪墨”，“贪墨”自然也是他失败的一个主要的原因，不过还不是致命伤，“弄火的人总要被火烧死”，吴昌时凭借特务太监的关系，玩弄皇帝，摆布同官，结果却仍旧是失败在特务太监的手里。

关于贪墨的一点，我想不能不叙述一位在当时颇为特别的人物，是官僚政治发展到近代化的一个好例。这个人就是周延儒、吴昌时的经纪人董心葵。

关于此人，《谈往》有专章记载，还有佚名氏所作的小册子《董心葵事记》，也详细地叙述了他的行述。

董心葵是无赖出身，“武进人，农无力，商无本，工无艺，士无学”。还好赌，平生有一句“名言”：“你见吾有银百万，与天子坐讲金华殿也。”到北京流浪，跟一个刘篦头合住在一起，这位刘篦头从前侍候过魏忠贤，借机会发了财，后来又给魏忠贤弄死，董就占了刘家，发地得到三千两藏金，就此发迹。买了一院大宅，整治一新，结交宦官戚畹厂司珰卫，设赌局，买卖试题，挽回厂审，简直成为一个贪污代理事务所。后来又包办内廷衣饰买办。周延儒更把一切卖官卖法的生意托他经理，赃银也寄放在他那里，成为道地的“官僚资本”。孟心史先生记董心葵和周延儒合作的事说：

“延儒之贪，何所不至……武进董廷献为延儒客，为之开三市，卖金卖珠卖人参，于京师各张一铺。又以大珠三十颗，畀董为识，以当牙筹。凡士大夫进千金者，董以一珠归之。竟三十珠，再发再进，周而复始，一月中不知凡几。”

这事见刘銮《五石瓠》，刘也是东林人物，这话应是可信。董心葵这时已经成为道地的半官半商的“社会贤达”了。于是在边患紧急之际，皇帝召百姓陈言，董也就遂了他几十年前所许下的大愿。《谈往》：

“十五年十月初十日，烽火照京。崇祯帝御文华殿，敕凡献策陈言，直入无禁。布衣董廷献亦得亲承圣语。”又记：“赐坐赐点，问修练储备四事外，州县有司果否实效，作何堵御，趣勤王兵？心葵虽无奇策奏进，亦称臣拜飏，曲尽温和。”着实出了一次风头。

延儒昌时虽然声势赫赫，可是言官们说闲话，还是免不了。“廿四气”之说本来是市井流言，后来连谏议章奏里面也出现了。行人司副熊鱼山（开元）也出来弹劾周延儒，而且还是皇帝授意的。昌时却硬要让他删改奏章，几乎弄巧成拙：

“熊司副开元请对。意在攻周辅延儒。故请屏人。诸臣请退，皆允之。惟延儒等请退则谕止之。故开元不能畅所欲言。上命开元具本，盖欲其直发延儒之过，延儒心疑，托吴铨曹

昌时至开元寓，故开元疏中所言，半为昌时勒删。上怒，谓其阴阳两可，几欲置之死。”（《三垣笔记》）

“……已再讯，开元遂尽举阁臣私语以对，大约皆指周辅延儒守不洁，而吴铨曹昌时所言亦併入疏内。疏上，发阁使延儒知之，其意可知矣。此他日所以死也。……”（《三垣笔记》）

为了让谏官们少说话，把吴麟征调了来作掌垣，不料吴却鲠直得很，并不肯听延儒的指挥。《罪惟录》传九上：

“……以麟征代章正宸为掌垣……时朝廷稍厌严苛，欲试宽大，以责近效，不次用人，麟征独以为不可。……于是相君遣所亲信部郎吴昌时邀密语，麟征不应。相君曰，举之适自厄矣。……已而疏劾垣臣廖国遴杨枝起，亦连昌时……

当时的特务头子缇帅骆养性，延儒是抓住了他的阴私以后加以利用的：

“缇帅骆养性有阴事，宜兴刺得之，以挟制骆使为己用。往来传递者昌时也。养性时有厚馈，宜兴不受，昌时竟隐匿焉。养性以此饮恨刺骨。”（《烈皇小识》卷八）同时吴昌时更因特务内部矛盾斗争而和骆养性加深了怨毒。《三垣笔记》：

“吴铨曹昌时与吴金吾孟明密。及骆金吾养性以楚人继，尽革孟明诸厂役与昌时相通者。昌时怒，欲除养性，以己心腹代。适朱侍御国昌疏纠养性，养性所费几及十万方解，或云周皇亲奎力，周辅延儒亦有易养性意。故养性并怒焉。”

内监们看见延儒的气焰，心里也不痛快，有一次皇帝召对，赐给延儒座位，大珰跪而进茶，延儒公然受之，这就使太监们大不高兴。《烈皇小识》卷八：

“内奄王之心颇不乐宜兴，曾向宜兴云：我们才力有限，还求老先生包容。闻者危之，而宜兴不以介意。”

后来要叙军功，王之心想安插两个私人进“叙功疏”，延儒不答应，王于是就揭发了他。

最后发难的是御史蒋拱宸。《三垣笔记》记这事的经过颇详：“上召对知推，俱以圈点为高下。蒋侍御拱宸初得圈，自负必科。然上以巡方任重，欲概置御史。会有觊科者，谋之吴铨曹昌时，时北兵新入，昌时言于周辅延儒，示意张司马国维，于是荐候考知推十二人察视诸郡城守，谓已有巡按，非科不可，皆借题也。拱宸以不得科，有怨言。昌时复嗾当路以拱宸监赵督光忭军，时范督志完尽调重兵堵所守口，而光忭诸守口甚疏，拱宸惧获罪，促光忭战，战辄大败。昌时又致书光忭，劝以催战罪拱宸，光忭不从，以书示拱宸，合疏上闻，谓往日以不战挫，今以战小挫，未可深罪也。会昌平内官以大挫报，上怒，时拱宸疑昌时嗾之，故冒险发通内诸款，昌时激之也。”

蒋拱宸知道这是生死关头，不给敌人以致命一击是会全部失败的。于是就找皇帝所最忌讳的事来作题目。果然，猜疑的崇祯帝紧张起来了：

“蒋侍御拱宸劾吴铨曹昌时有通内数款，闻上日置案前亲阅，阅讫纳袖中，不令内官见。及旨下，乃御票也。往御票诸疏真草相半，此独楷书，止一画带草耳。黄侍御耳鼎亦有疏纠，在拱宸先，独不下。”

皇帝一起疑心，不信任了。于是大家就都起来讲话，正好像一个拖日子的病人，一旦有点外感，就百病俱发。《烈皇小识》卷八：

“先是，御史祁彪佳、贺登选各疏参吴昌时紊制弄权，给事中郝纲疏劾吴昌时、周仲琏窃权附势，纳贿行私。内阁票拟机密，每事先知。总之，延儒天下之罪人，昌时、仲琏又延儒之罪人。至是，御史蒋拱宸疏论昌时入延儒之幕，与董廷献表里为奸，无所不至，赃证累累，万目共见。即如南场一榜，非其亲戚即以贿赂，皆昌时为之过付。……末又指通内一事，时缇帅骆养性细刺昌时与延儒通贿诸款，具事件上闻。诸奄亦尽发延儒蒙蔽状，复遣缇骑逮延儒对勘，而三俊以举用昌时，引罪回籍。”

皇帝这一次真是怒极了。据《明季北略》所说，审讯吴昌时的时候，连案桌都推倒了。这正是明朝覆亡之前最后一幕政治高潮，在薛国观以后又杀了第二个大臣。《三垣笔记》：

“上御中左门，召蒋侍御拱宸与吴铨曹昌时对质，命锦衣卫备刑具。昌时初诋拱宸监军时，匿失机不奏。上诘之，拱宸对多支饰，命拿送朝房候旨。又诘昌时通内各款，昌时坚执不认。命锦衣卫加刑，吏科吴都谏麟征奏曰，臣闻祖宗朝刑人不于朝廷，昌时罪无所逃，宜下司寇治，以明国体。上曰，吾患刑部多所瞻顾，不能尽法耳。时昌时足夹几折，不胜痛，嗷嗷曰，臣俱承认便是。遂下狱。……”

《烈皇小识》又记当时审讯的详细情形：

“七月二十五日，召府部九卿科道廷鞫。上角素，率太子与定王同讯。呼昌时前，诘其通内。上声色俱厉，昌时辨祖宗之制，交结内侍者斩，法极森严，臣不才安能犯此。上呼蒋拱宸面质，拱宸战栗匍伏不能措一语。上愈怒，叱退拱宸。然上意已有成局，不待拱宸之对质也。昌时始终不为屈，曰：皇上必欲以是坐臣，臣何敢抗违圣意。自应承受，若欲屈招，则实不能。上即命内侍用刑。阁臣蒋德璟、魏藻德出班奏曰，殿陛之间，无用刑之例，伏乞将昌时付法司究问。上曰，此辈奸党，神通澈天，若离此三尺地，谁敢据法从公勘问者！二阁臣奏：殿陛用刑，实三百年未有之事。上曰，吴昌时这厮亦三百年未有之人。二阁臣口塞，叩头而退。内侍遂进用夹，两胫皆绝，昏迷不省人事。乃命下锦衣卫狱。昌时已不能行，卫役负之以出。进见卫帅骆养性曰：请受刑！养性曰：汝甫受刑，尚不省人事，且俟后审。越数日，卫审一如廷鞫，语不稍屈。乃刑其两家人，亦终无所招。后有旨送法司，咸谓有生机矣。不数日而斩决之旨下。”（卷八）

其实皇帝的意思是早已决定的了。

“上召雷演祚、方拱乾，此宜兴得罪之始也。迨吴昌时廷鞫后，始令催来候旨，明乎罪因昌时。故诸臣言昌时么麿小吏，上曰，昌时是么麿，难道周某也是么麿？厥后刑部拟罪，舍昌时而专言封疆，明系逢迎上意而致之死。夫封疆则有之矣，岂宜兴一人之罪？且视师不过末一段事，始终封疆者，自有其人，与宜兴何与！及至旨出，则又不言封疆而言机械。

机械者，罢内操，撤厂卫，皆机械也。此内珰所日夜文致于上前者，至此亦不觉流出笔端矣。”（《玉堂荟记》）

所谓机械，《崇祯长编》中所抄的上谕里是有的：

“帝言：周延儒机械欺蔽，比匿容私，……”

那位出过风头的董廷献，在这次廷鞫里也串演过一次好戏。

“又问董心葵，延儒得银起用为几人？曰，不记也。时御案有搢绅一部，自上掷下，则福建道施元征一叶向上，启奏曰，福宁道施元征是也。”（《北略》）

皇帝发怒到了什么程度，真是跃然如见。蒋拱宸说的话莫明其妙，皇帝喝打，“司刑者将拱宸当头一下，纱帽为裂。帝愤恨，推倒案桌，迅尔回宫”。（俱见《北略·审吴昌时》条）

现在看了这位狷急的皇帝的举动，不但愚蠢，而且简直有点好笑了。

吴昌时斩决之前狱中的种种，活埋庵道人徐树丕有记述，见所著《识小录》卷四《癸未大狱》条：

“吴昌时吴江人，号来之。以礼部郎调吏部郎。郎之不调久矣。此举实骇人观听。初为宜兴幕宾，前相薛国观之死，昌时实构之。……宜兴再召，昌时以风影之说吓人财甚伙。一手握定朝局，恣睢淫佚，无所不至。其系狱也，知上无宽宥意，写字付家求金屑，屑字乃作薛字，其神乱耶，抑鬼使之耶。……”

《鸳湖曲》第五节：

我来倚棹向湖边，烟雨台空倍惘然。芳草乍疑歌扇绿，落英错认舞衣鲜。人生苦乐皆陈迹，年去年来堪痛惜。闻笛休嗟石季伦，衔杯且效陶彭泽。君不见，白浪掀天一叶危，收竿还怕转船迟。世人无限风波苦，输与江湖钓叟知。

这位复社的重要分子，晚明崇祯一朝党争政变的幕后操纵者的结末是够凄凉的。崇祯皇帝的下一步当然是“抄家”：

“帝谕……周延儒、吴昌时赃银，炤敕谕内数日勒催呈解。”（《崇祯长编》卷二）

好像这也并非太坏的理财法门，先让官儿贪污，然后抄家入内。恶名是人家的，积聚所得却总跑不了，入了“国库”。昌时身后，没有儿子，只有两个女儿，还被别人包占了。《霜猿集》：

“吏部茶箱玉琢卮，青鬟小事各分司。一棺归葬松陵后，风雨楼中幼女思。”注：“延儒引吴昌时为文选司，卖官鬻爵，赃私百万，昌时疾，各官入卧内，有青鬟五人司茶，皆绝妙姿也。茶卮皆羊脂玉琢成，受以乌金盘。昌时伏法后，有得其二女，皆绝色。”

孟心史先生据顺治十一年三月东华蒋录宁完我参折，说：“昌时女后为陈名夏之子掖臣所包占。……王录更详其奸逃执讯，掖臣属上司释放为尼，因而包占。”不过《明诗记事》辛签中录胡山《烟雨楼》一首，里面却说昌时还有儿子，不过因为避祸改名亡命了：

“……独有贤豪负时彦，七省五侯交托偏，遥持启事致山公，共羡人伦归水鉴。……转向回天咳唾间，翻云覆雨须臾变，卿相趋朝尽过门，监司候宅稀留燕。……势去朱门惟坠吻，邸封青岸有垂杨，孤儿亡命移名氏，槁葬归魂送夕阳。……”

一般人对他身后的批评，更是刻毒无情，姑举一例。李清记：“予差竣返扬州，适吴辅性以遣戍归。与同郡郑进士元勋、乔侍御可聘就饮。予先至，首言昌时反复状。谓近读锦衣卫招，见昌时口供，云公称蒋侍御拱宸贤，夫拱宸以纠昌时通内故忤内，称其贤者似与谋焉。以此下石拱宸，并下石公耳。甡正色曰，不然，此骆养性憾予，肆行捏砌，昌时岂至此！语毕元勋至，不知予先有言，又言昌时媕阿状，往得罪周辅，委跎蒲伏，顿头不起。甡又正色曰，不然，此嗔昌时者所砌，昌时岂至此！语毕，可聘至，又不知予与元勋有言，复备言昌时贪横状，某处纳贿若干，某事纳贿若干，言尤力。甡讶曰：乃尔！宴罢，甡先行，予述予言告郑，又述予与郑言告乔，笑曰，三至投杼矣。”(《三垣笔记》)

只有他的老朋友吴梅村念念不忘，在集子里还留下一首《鸳湖感旧》：

“落日晴湖放棹回，故人曾此共登台。风流顿尽溪山改，富贵何常箫管哀。燕去妓堂荒蔓合，雨侵铃阁野棠开。停桡却望烟深处，记得当年载酒来。”

梅村集没有编年，此诗不知作于何时。查《年谱》顺治八年壬辰，梅村在嘉兴万寿宫住了一些时候，草完了他的

《绥寇纪略》，也许是这时重游鸳湖所作的。距离吴来之被杀，已经十年了。复社同人，死的死，投降的投降，做和尚的也有（熊鱼山），梅村痛定思痛，写下了《复社记事》，痛切地检讨了一下，可是我们在他的诗文中间，所能发现的斥责实在远不及惋惜来得多。他大概还是以为如果张溥不死，局面一定会大大两样，而不致糟到这种样子的。

我不懂诗，然而喜欢读《鸳湖曲》；觉得它的确包含着浓挚的情感，不仅只是哀悼逝者，而且还夹杂了作者的身世之痛，确是“诗史”。虽然为了种种原因，写得十分晦涩，让我说了这些话来解释。至于我自己，结束了这两年来悬在心上的一件工作，把乱书一推，也真好像赶开了这一批三百年前丑恶的政客、恶魔，使它们无法再来纠缠我的清梦，自己觉得也真是十分痛快的事。

一九四九年三月一日夜十二时

补记：

《鸳湖曲笺证》发表（一九四九）后，历年读书，又常遇到有关吴昌时的记事，随手摘录为一卷。几次想补充改写《笺证》，都没有能完稿，后来竟连摘录的材料也失去了。现在根据模糊的记忆，检阅手头的存书，少加梳理，联缀成文，算是一则“补记”。

(一)吴昌时与祁彪佳

在明朝覆亡前夕发生的那场政治斗争中，和吴昌时处于对立地位的重要人物中有祁彪佳。王思任撰《祁忠敏公年谱》在崇祯十六年癸未条下记之：

“吏部吴昌时，依附正人，窃声气。时方营入选司。适帝命台省敭历藩臬后始入卿寺，昌时即借以耆耆台省。旧例，外转者二，昌时顿增至八。先生（彪佳）曰，‘上意在练材，非外之也。余首篆，请身先之，可破重内轻外积见。然行之宜渐不宜骤，恐骇观听、伤国体。’昌时阳唯唯应之。故事，台员升转，必由掌道牒送。昌时竟疏推六员。先生曰，‘本朝掌故，自此隳矣。’遇昌时于朝，面叱其招权骫法。昌时又阳谢之。先生遂连疏言昌时奸邪状。举朝素慑昌时，见先生廷叱，皆咋舌走。时先生方以疏留掌院刘公，为帝所忌。及闻累疏参驳，愈危之。然帝之疑昌时，亦自此始。”

在祁彪佳的日记《癸未日历》里记载这次斗争的始末更是详尽。三月十六日条记：

“时铨司过索衙门例转，欲立岸崖。予乃邀蔡培自、甘慰萱请吴来之力言于端门之下。……值吴来之至，以会推南大司农少司马、新设江督、沅抚、楚抚、秦抚五缺来商，予又与力争。衙门之外转，请以身当之。其言甚厉。”

开始的时候，关于外转的事，昌时还是和彪佳商量的。因为说不通，就独断独行起来，连招呼也不打了。六天之后：

“毛禹老于绝早邀晤。乃知先一晚于首揆处以推转台员，与吴昌时力争，甚觉愤愤。且以为来之不关白吾衙门，行且具名推矣。”（《癸未日历》三月廿二日）又两天后：

“最后吴来之至。予因早从毛禹翁座上见太宰书，允科道陆续推升。以为出来之之调停，方语谢之。而不知其反覆变幻，绝不闻之。予衙门竟已推至六员也。……晚饭后至冯邺仙寓，则同乡先后共集矣。……适来之至，余乃面折之，直叱其立威招权之状，渠唯唯谢罪耳。”（三月廿四日）

两天以后，彪佳就草就了疏草：

“归又作一疏，言升转咨送之因，与吴来之反复把持状。”（三月廿六日）

《还朝疏草》（壬午・癸未）一册，祁彪佳撰。远山光绿格写本，彪佳手定。其第十四至十六三疏都是参吴昌时的。第十四疏：

“掌河南道事福建道监察御史降俸一级臣祁彪佳谨题，为优升圣谕当遵，院臣职守宜辩，据事直陈，仰乞裁鉴事：

窃照迩者时艰日甚，干济需人。我皇上特涣明编，令科道官酌量才品，升授监司。仰见圣明甄植臣工，先资扬历，与以展布之地，不阻优崇之阶。澄叙流品，即所以长养人材。睿虑至深且远。臣奉谕之后，欣跃祗遵，两具堂具请外补。盖欲尽破内外之见，共矢效力于疆圉耳。顷闻文选司郎中吴昌时扬言于外，谓衙门御史，顿有外转六员。内惟二员经堂官毛士龙与臣商酌谘送，其他四员则绝不知也。部院职掌相关，凡有处分大案，皆得会同着议。未有升本衙门之御史，不关会于本衙门之堂官者。自此职掌废矣。夫衙门之职掌，乃朝廷之纪纲。职掌废则纪纲亦紊。使守法者有旷官之辱，必致旁挠者弄排陷之权。臣等虽欲不争执之不可。且国家设立六部，各有司存。而又设立言官，得以纠参六部。乃关系之重大，弊窦之滋多，莫诠司若也。今言官之升除，使台长不得操权衡，掌道不得商可否，惟听司铨者一手握定，百端把持。嗣后言官将胁息俯仰，嗫嚅趋附，惟诠司之命是听。铨司即奸弊杂出，尚谁敢言之！此他日乱政之阶也。盖昌时之为人也，反复多态，机变无穷。明偷寒送暖之情怀，作造械推波之行径。惟是依附正人，猎有虚誉。一旦窃身要地，深恐发其隐私。以故汲汲皇皇，图钳固言官之策。初则到处招摇，云欲为内转者复功升劳升，是借皇上之爵赏以欣动言官也。继则逢人恐喝云，必使外转者有十人八人，是又借皇上之磨砺以怵吓言官也。其意使冀内转者昵于欣动之求；使惧外转者胁于休吓之威。便可钳口结舌，恣其惟所欲为矣。如此招权恬势，必将纳贿行私。在家臣秉破格引用之公心，在铨司逞巧借牢笼之故智。臣甚为铨席惜之。敢因申明衙门之执掌，并以直抉昌时之肺肠。伏候圣明裁鉴。若臣才智庸暗，职业不修，以致激扬之署，数百年相沿法体，自臣掌道而顿隳，另当具疏认罪，恭听俯赐罢斥。臣无任激切待命之至。崇祯十六年三月二十六日具题。”

这是一通很重要的奏疏。它将揭开这场斗争序幕的背景与矛盾的焦点都全部揭露了。当时复社捧周延儒出山的种种手法与内幕，当然在奏疏中不便点穿。御史虽然可以风闻入奏，但小道流言是不能写进奏疏的。祁彪佳处处抬出皇帝的招牌，而且注意不去碰伤首辅（周延儒），他运用合法的武器进行斗争。但他指出了吴昌时的全部企图，都是为了恐吓、打击言官，这一条却真的击中了皇帝的要害。崇祯是个察察为明、猜疑成性的皇帝，他最怕的是受骗。打击言官就是企图闭塞他的耳目聪明，这是他绝不能容忍的。果然，奏疏递上去以后四天，就在“四月初一日奉圣旨，‘已有旨了。本内招摇恐吓，果否确情，着吴昌时自行回奏。该部知道’”。

其实吴昌时这样做，当然并不是出于他个人的意愿，这是全部计划的一个重要步骤，必然是和周延儒一起商定的。周延儒被捧上台，原有事先协议的条件，那就是在政府中搞清洗，换上复社中的夹袋人物。要进行这样的大换班，必将引起各派政治力量的大矛盾、冲突。而御史衙门的叽叽喳喳，将会造成很大的麻烦与阻力。吴昌时之所以干冒破坏祖宗成法的危险取得文选司郎中，就是为了进一步控制言官，为大换班铺平道路。所以才恩威并用，使出种种手段来。还可以看出的是，封建中央集权的政府中监察权与行政权的互相制约与矛盾，是一直存在着的，是不同政治派系进行斗争的有力工具。矛盾有时缓和有时激化，全依政治形势的变化而转移，也要看皇帝的权威与作用在政治上的比重，并不总是一成不变的。

祁彪佳在这以后为同一问题还上过两道奏疏。三月廿八日的第二疏是前一疏的补充，列举了吴昌时挟持挑构的实证，还向皇帝揭发了吴昌时的言论。“其对臣言，‘我初入铨部，若不做此篇文字，此后便行不将去。’是明明欲立威于言官，以逞其险心辣手。”祁彪佳还要求：“臣可与之誓心沥血，共质于圣明之前。”这第二疏（三月二十八日）也在四月初二日批了下来，“奉圣旨，已有旨了。该部知道。”第三疏是与第二疏在同一天送上去的。这是一件公疏，“为铨司紊制弄权，臣等旷官废职，合辞引罪，恭请圣明处分，以重台纲事”。他和毛士龙等一起请求罢斥，以掼纱帽要胁。崇祯也有点生气了，说：“宪臣具疏，奉旨已明。祁彪佳等不必合词陈奏，该院知道。”至此，崇祯已经下了决心，要对吴昌时（还有站在他背后的周延儒）开刀了。

在祁彪佳日记《癸未日历》里还有几条有关的记事：

“知吴来之已奉部院着议之旨矣。”（六月二十九日）

“邀王掌道会议，勘吴来之事。”（七月初五日）

初七、初九两天又记“商撰吴来之勘议稿”。到了七月廿四日，“上御中左门，讯吴昌时案，别有纪”。可惜这篇纪不可见，这一幕是真正的戏剧冲突高潮，也是崇祯的个性与心情充分的、淋漓尽致的大暴露。在野史中有些记载，但只寥寥数语，得之传闻，比起祁彪佳的现场观察差得远了。

祁彪佳在同年八月十六日出京，九月二十三日抵清江浦，正好碰上“周挹斋（延儒）被逮抵此”，“却不便通一刺”。祁彪佳到嘉兴是十月初十日，“从南湖行。经烟雨楼及吴来之园，但遥望而已”。这就是不久前被自己打倒，接着又被处死了的政敌的故宅，它就在烟雨楼的左近。短短的五个字所表现的心事真能抵得上一篇《鸳湖曲》，虽然两位作者持有的是截然相对的立场。

祁彪佳在嘉兴停了几天，走访了为吴昌时起造花园的张南垣，不遇。又找到他的家里。终于把张南垣的儿子请到绍兴，替自己布置了“寓山园”。在造园这一点上，祁彪佳与吴昌时是没有分歧的。

（二）吴昌时与钱谦益

《恸余杂记》一卷，题“天壤孤臣史惇”作。中有“钱谦益”一条。论晚明党局政争，有些分析是相当深刻的。他指出薛国观之死的来龙去脉是：“韩城（薛国观）故凶手，又黩货。既不能如乌程（温体仁）之矫廉，即主眷亦不固。故吴来之（昌时）挥金十万，打透内中线索，欲为牧斋翻局，而卒不能。乃说司礼曹化淳，以构杀韩城勾帐。”

这是不见于其他野史的记载。说明东林（其实也就包括了当时的复社）最初的计划是想请钱谦益出山，只是办不成，才用杀薛国观“勾帐”。三百多年前的这笔政治交易，简直就和近代政治斗争中使用的手段一般无二，读了是使人吃惊的。不知道这能不能算是晚明资本主义萌芽的一条例证，我看也不妨这样看。过去好像只有手工业、工商业中的事例才能被引用，我想是不免有些狭窄与简单化了。史惇又说：

“牧斋既百计不能，涿州（冯铨）又断断不可，求其两可而软美者，宜兴（周延儒）乎。东林以宜兴为决不敢拗南党，亦以宜兴为决不敢背。故宜兴再召，天下之人谓是‘两边抬出’云。”

这一节也是分析得极好的。周延儒不过是矛盾调和的产物，是一名傀儡。他的命运是紧紧捏在复社手里的。扮演着有如敌伪政权中日本皇军顾问那样角色的人物就是吴昌时。

这样，钱牧斋的双重身份，政治活动经费的主要投资者、内定了但未得实现的未来“首揆”，是进一步明确了。这对我们深入理解晚明政局的这场大斗争很有帮助，同时也明白了钱谦益与吴昌时的关系。

钱牧斋《有学集》有《西湖杂感》诗二十首，作于顺治七年庚寅（1650）。其中就有为吴昌时而作的：

“林木池鱼灰烬寒，鸳湖恨水去漫漫。西华葛帔仍梁代（自注：‘南史，任昉子西华，流离不能自振，冬月着葛帔练裙’），东市朝衣尚汉官。白鹤遄归无石表，金鸡旋放少纶竿。旧棋解覆惟王粲，东阁西园一罫看（自注：‘过南湖，望勺园，悼延陵君而作。其子贫薄，故有任西华之叹’）。”

不曾在政治上有过深深的结纳，像吴昌时这样的“黑人”，牧斋是不会为他写下这样一首悼诗的。虽然他不敢直书姓氏，只称之为“延陵君”。“东市朝衣”的用语，在梅村《鸳湖曲》里也是出现过的。在重按这一局已覆的残局时，钱吴之间大抵也没有多少距离。

牧斋写得更为沉痛的是紧接着的一首《感叹勺园再作》：

“曲池高馆望中赊，灯火迎门笑语哗。今旧人情都论雨，暮朝天意总如霞。园荒金谷花无主，巷改乌衣燕少家。惆怅夷门老宾客，停舟应不是天涯。”

牧斋以夷门宾客自喻，可以看出两人间关系之深，也使人想起梅村“死生已负侯嬴诺”之句。这都是带有政治色彩的典故，他们写的也都是政治诗。

有趣的是陈寅恪教授在《柳如是别传》中论及此诗，还指出了其中含有另外的内容：

“牧斋此行过嘉兴，感叹勺园，一再赋诗，兼寓朝政得失，民族兴亡之感，不待赘论。其实牧斋之征旨，尚不止此。盖勺园者，即河东君（柳如是）于崇祯十三年春由杭至禾（嘉兴）养疴之地。是年冬牧斋至嘉兴遇惠香（当即下玉京）。河东君之访半野堂，亦预定于此时。职是之由，勺园一地，乃钱柳因缘得以成就之枢纽。牧斋不惮一再赋诗，殊非偶然。今梅村集中关于勺园之诗，《鸳湖曲》一首，最为世所传诵。读者谓其追伤旧朝亡友而已，但不知其中实隐藏与卞玉京之关系。其微旨可从原诗辞句中揣知之也。特记于此，以告世之读骏公诗者。”（一〇二九页）

陈寅恪先生衰年病目，抛十年精力写成《柳如是别传》八十万言，那精神首先就是令人钦敬的。草草读过一遍，深感此书的特色与价值，除了种种题中应有之义外，其极为重要的一点就在于，他在从或一视角、一定程度上钩出了明清之际政治生活、社会风俗史的轮廓。当然这还是一幅粉本，是未完成的画稿。其中有待论定加工、经营敷彩的地方还很不少。由于条件的限制，有些缺陷也是难以避免、克服的。但到底给了我们一幅神彩跃然的草图，使人们有可能大致窥见那个时代的面影。我常想，历史上有一些突出的人物、著作，因其特有的代表性与广泛的联系性，如能在广阔的基础上进行深入的研究，写出结实的传记或研究著作，那将是无比的历史著作。其丰满、深刻与生动将非任何现有的史学著作类型所能达到。人物不一定是帝王将相，著作也不必属于正经正史。柳如是不过是个妓女，但她就完全有资格成为这样的传记的主人。吴昌时，应该说也是有资格的。从陈先生的著作中，使我得知，陈子龙《平露堂集》中诗有“欲问故人新奉使，朔云边月近如何”（自注：时吴来之使山右初归”）句，又证以柳如是约略同时诗“同向秋风摇白羽，愁闻战马待单于”。陈先生于是说，陈子龙诗注“盖指与吴昌时共谈当日边事也”。至于柳诗，“岂谓吴来之昌时，由山西归松江后，便先访问卧子，因至河东君（柳）处耶？俟考”。又在论柳如是致汪然明尺牍之第二十五通时说：“至河东君此次在禾（嘉兴）养痾之处，颇疑即吴来之昌时之勺园。……盖河东君至迟已于崇祯八年乙亥秋间在松江陈卧子处得识吴氏。”这许多，就是我过去所不知道也从未想到过的。而这些又正是我们了解钱牧斋在吴昌时“见法”六年以后，路过嘉兴还一再写诗追念亡友的心情的重要依据。即使陈先生的有些讨论连他自己也承认并不是确说，还应该“俟考”，还是不能忽视其参考价值。

钱牧斋崇祯十三年十月曾游嘉兴，有一诗《题南湖勺园》。《别传》说，“（寅恪案，光绪修嘉兴府志壹伍古迹门贰秀水县‘勺园’条云，‘一名竹亭。在滮湖滨。吴吏部昌时别业。’牧斋此诗结语云，‘楼上何人看烟雨，为君扶策上溪桥。’当更有所指，不仅谓烟雨楼也。）”这时昌时正在北京，筹了巨款为牧斋的再度出山积极活动不成，以薛国观赐死

（在六月）“勾帐”，转而计划抬出周延儒之际，牧斋的心情自然是复杂的。

陈子龙刻行的巨制《皇明经世文编》，据陈寅恪先生的评论：“此书乃当时江左文社之政见，诸文士一旦得志，则此书不但托之空言，即可付之实施矣。”这是说得不错的。它其实是一种理论建设和鼓舆论、造声势的重型武器。宋征璧在书前“凡例”中提到素材搜集时就说：“张讱叟、吴来之、朱闻玄邮遗集于齐鲁燕赵。”可见昌时在北京不只从事政治活动（这是他的主要任务），也不放松理论宣传资料的收集、输送。卓人月《蟾台集》卷二，有一篇《吴来之行卷序》，是为昌时中式的八股文刻本而作的。略云：“居无何则友人吴来之者已裒然得志于旧京而来过我。叩其所自出，盖黄元公先生也。……时来之复为余述，先生之门自维斗以下，凡为名士者累累。且曰，元公师非俗吏也，愿见子久矣，盍见之。……”简单的几句话，就活画出吴昌时拉拢名士联结声气的手段。

计东《敬亭集》有《上太仓吴祭酒书》（卷十），对梅村的《复社纪略》不客气地提出了尖锐的批评。计东的意见是说复社诸君子都是老老实实的读书人，不应负党祸、亡国的责任。非常不满于梅村在《纪略》中提到了周延儒一案，“似党人亡国罪状与复社相终始者”。不论出于何种动机，这种闭起眼睛只图为党社洗刷的意见是徒劳而可笑的。但他也不能不提到吴昌时：“且首劾宜兴大罪者，即熊鱼山先生。鱼山即复社盟主也。宜兴（周）平日之不留意社事可知矣。被劾鱼山之后，不得已，以吴来之为鱼山门人，使求补牍中不胪列其大罪，以摇惑主听。于社事何与哉！于党祸何与哉!”正是欲盖弥彰，越描越黑，终于否认不了吴昌时这位“复社表率”“周门四君子之冠”的地位与作用。（张鉴《冬青馆集》乙集卷六《书复社姓名录后四》）

吴昌时有一个儿子，而且是一个争气的儿子。陈寅恪引据徐闇公、张苍水等五家著作指出“来之有子名祖锡，字佩远”。但未引全谢山的《吴职方传》（《鲒埼亭集外编》卷十二），其实这是一篇详尽而又写得声情并茂的佳传。

“吴职方祖锡，字佩远，别号稽田。晚年亡命，更名钽。浙之嘉兴县人也。吏部文选郎昌时子，而为世父贵州按察使昌期后。职方既贵公子，妇翁则少詹事徐汧也。”谢山说他在崇祯末年就揽结剑客士豪，讲求出奇应变之学，又准备勤王之旅。就在这时，吴昌时被杀了。在说到昌时一案始末时，谢山只是说，“吏部故东林复社中眉目，而首揆周延儒门下士也。居吏部要地，时昕夕出入首揆门。颇任喜怒。以持铨事，遂为祁公彪佳所纠”。这是论及吴昌时的难得看见的平恕之词，可以看出谢山对吴昌时的同情，好像也不只是因为有了一个好儿子也就因而原谅了做父亲的过恶。昌时被杀以后，“资产入官”。但南都陷后，“时职方资产四万在嘉兴库中”，还并没有落到精穷的地步。但吴祖锡上了降将陈洪范的当，把四万两银子完交给他作为反清复明的军饷。结果只落得逃来逃去，先后到过云南与东南沿海，依旧“如醉如魔，总求一得当以自慰”。祖锡有一个儿子，瘐死在狱中。妻子和自己只能四处逃亡。但得到人们的掩护，没有被捕。他还动员过郧阳十三营出师救滇，无效。又曾想到缅甸，没有去成。最后死在山东。

从全谢山论吴氏父子事可以看出，历史学家在百年之后考虑这些历史旧事时，态度更冷静也更客观了，有可能站得更高点，看得更远些。从全局论定人物的功过，也多少能摆脱同时人不可避免的强烈的爱憎感情，达到更为平实的结论。这并不能说明全谢山缺乏家国之感，正相反，他的这种感情是非常强烈的，表现得也非常大胆。只能说，他的思想、考虑历史问题的方法，更冷静也更成熟了。

一九八三年一月三日

吴梅村《南湖春雨图》

十七年前因事避地鸳湖，登烟雨楼，呼茗独坐。时方首夏，楼外巨树参天，绿荫如幕，不见日色，即湖光亦不可见。时有白鸟结群而飞，作长唳，益增空寂寥阔之致。瞑坐间偶忆梅村《鸳湖曲》中“鸳鸯湖畔草粘天，二月春深好放船，柳叶乱飘千尺雨，桃花斜带一溪烟”之句，感叹久之。历三百年，景色固依然如昨也。归沪即检《家藏稿》读之，苦不能尽知诗指。靳荣藩注及吴翌凤注，亦只言为吴昌时作，余未详也。乃搜群书，为作《笺证》。后无意中得见梅村《南湖春雨图》轴真迹，为之狂喜。此过云楼顾氏物，今在上海博物馆。纸墨明净，焕如新图。尤难得者，梅村于画幅上方手录《鸳湖曲》全诗，行楷端丽，如此长题，殆未易见。字句与通行本间有微异，向余仅能据《家藏稿》与《集览》诸本校字者，今乃更得一作者手写本。是可喜之又一事也。

梅村撰《画中九友歌》，首揭《华亭相国》，知其服膺董思白甚至。梅村能画，但不常作，亦无意以此名世。然此图则极用心，一树一石，皆董法也。如掩去题识，以为董思白合作，必有信之者矣。

此图所写为吴吏部竹亭无疑。惟亦不必以实景视之。江山平远，烟渚依稀，此皆江南一隅实境。岸上横一短桥，精室二，其后缭以短垣，丛竹茂密。更起一小冈，有阁翼然。其制颇丽，有飞檐，有阑槛窗槅，有帷幔，高树蔽之，即此草草点染，亦可见当年昌时园林亭榭之胜。虽时移世换，陵谷变迁，固犹依稀在梅村心目中。更右折，林木中隐见一塔，其后又有殿阁。南湖多塔，此不知何指，竹亭故址，今亦不知其处。祁彪佳《癸未日历》（崇祯十六年）十月初十日记："从南湖行经烟雨楼及吴来之园，但遥望而已。过陆宣公桥北，观项氏园，……暂泊于三塔湾。"时昌时弃市已两月，彪佳方自北京南归，途过嘉兴也。（按癸未三月，彪佳疏控昌时，后终奉旨看议，彪佳更与会勘之役。此日行经吴之故园，遥望而已。知当日心情亦甚复杂也。）以祁氏经行诸处推之，则竹亭必在南湖之畔，密迩烟雨楼，而位于去三塔寺道上。画幅右侧有冈阜，上有一亭，后亦有竹。或即所谓竹亭。吴氏园为明末叠石名家张南垣所构，上引彪佳日记，其前一日有访南垣于西马桥，晤其子张铁凡记事。祁氏寓山园，即倩铁凡为布置之。画幅右下方有高树双耸，特秀挺，为全图眼目，位置恰在门首泊舟之处。则"旧堤却认门前树"也。图中烟峦云树，都含雨意，远山之上，更有重云。极有层次，间用浓墨点染，精神俱出，景物繁复，而不伤壅塞，佳制也。

梅村于诗后题"右《鸳湖曲》，壬辰三月下浣补此图，吴伟业"，下铃二印，"骏公"（朱文），"吴伟业印"（白文）。右上方有押角朱文长印"灌隐"，则梅村别号也。按壬辰为顺治九年，去昌时见法恰十年。而诗云“十年此地扁舟住”，则《鸳湖曲》之撰，亦必在此年（或少前），诗成更补以图，则此处所题者当是初稿，而《家藏稿》则为最后订正之本。

梅村于顺治九年寓嘉兴万寿宫，撰《绥寇纪略》。第二年癸巳春，禊饮虎丘，九郡人士至者几千人，奉梅村为宗主。同声、慎交两社合盟，山塘画舫鳞集，冠盖如云，其盛殊不亚于于崇祯五年张西铭虎邱之会。是年九月，即“奉召”入都。士论多窃议之，虽有“实非本愿”之说，亦未能为人所谅，且有“江浙五不肖”之目，然三百年来，论者多倡为“原心略迹”之说，盖既爱赏其才华，复昧于个中委曲，遂生此矛盾之论，苟以当日情隐，钩稽发复，则不可解者或非终不可解也。

梅村之“应召”也，出之儿女亲家陈之遴之推挽（乾隆中杭人王茨檐说）。之遴固无耻之尤，早事新朝，而得贵显。梅村之出，何必迟之九年？是必有故。弘光覆灭，江南余烬犹有余燕。义师亦彼伏此起，清流正论，尚彰彰在人耳目。此时而出，非颜甲千重如钱牧斋者不办。梅村固尚不至此，且欲姑待以观世变。乃顺治七年，瞿式耜、张同敞死难桂林，南天一脉，岌岌垂绝。俟河之清，人寿几何？而之遴方结党擅权，欲以南人集团排去涿州冯铨徒党，亟欲借梅村文社宗主之声望以为招徕，而梅村亦跃跃欲试，失之于崇祯者安知不收之于顺治？所以毅然而出，更无反顾，孰意入朝未几，之遴即以结交内侍，遣戍辽左，梅村旋亦铩羽南归。其事与崇祯一局，如出一辙。吴昌时、陈之遴亦后先“辉映”。梅村则各赠之一诗，前者有《鸳湖曲》，后者有《拙政园山茶花歌》，事之相类，宁有甚于此者！

夫然后可以读《鸳湖曲》而探其微意矣。

梅村之撰《绥寇纪略》，其意殆以朱明实亡于农民之起义，必综其始末，知其教训，以为它日鉴诫。其于此际撰《鸳湖曲》，岂未能忘情于吴来之，抑复社一局之旧梦，徘徊胸臆，未能尽去耳。

方张溥之居林下也，谋起复周延儒以攫中枢政柄。其居间奔走者，吴昌时也。昌时固复社健者，居铨曹，号“摩登伽女”，有“妖气”之目。已先杀薛国观，更谋起周延儒，集巨赀以为活动之费，每股万金，阮大铖、冯铨、侯恂（方域父）皆“股东”也。手眼通天，其法门为通内、通珰、通厂。通内者结田妃也。尝于江南采“象生花”进之妃，为崇祯帝所知，大不怿，梅村《永和宫词》所谓“私买琼花新样锦”即指此。通珰所以通内，通东厂锦衣卫，则并皇室之特务机构亦操纵随心，然其败亦在此。终致中左门亲鞫，用夹棍，两胫皆绝。不数日斩决旨下。延儒亦赐死。至此复社一局乃全败。

梅村之论此案也，有二语：“君不见，白浪掀天一叶危，收竿还怕转船迟。”无一言及昌时恶行，但归之于操纵乏术耳。于此知其“应召”再出，且先之以社盟大会，踵昌时故迹而不悔者，非无故矣。

梅村尚有《鸳湖感旧》一律，小序云：“予曾过吴来之竹亭湖墅，出家乐张饮。后来之以事见法，重游感赋此诗”，疑亦作于壬辰。有句云：“风流顿尽溪山改，富贵何常箫管哀。”亦“人生快乐终安极，年去年来增叹息”意。

陈之遴《素庵诗抄》末附诗余，有《江城子》，题《鸳鸯湖感旧》，其词云：“鸳鸯湖上水如天，泛春船，此留连。急盏哀筝催月下长川。满座贤豪零落尽，屈指算，不多年。重来孤棹拨塞烟，罢调弦，懒匀笺。交割一场春梦与啼鹃。不是甘抛年少乐，才发兴，已萧然。”此词不知作于何年。起句与《鸳湖曲》只异数字，其间必有关涉，感慨亦正同。岂与梅村同游所赋耶？“交割一场春梦”云云，陈、吴对十年前一局之看法也。

昌时身后，《霜猿集》有记，云：“一棺归葬松陵后，风雨楼中二女思。”（注：昌时伏法后，有得其二女，皆绝色。）顺治十一年三月《东华录》录宁完我参折：“昌时女后为陈名夏之子掖臣所包占。”《王录》更详其奸逃执讯，掖臣属上司释放为尼，因而包占。《明诗纪事》辛签录胡山《烟雨楼》诗，有云：“势去朱门惟坠吻，邸封青岸有垂杨。孤儿亡命移名氏，稾葬归魂送夕阳。”则昌时尚有子，避祸亡命。故邸封闭。至清初，此园似仍籍没入官，更无新主。“烽火名园窜狐兔，画阁犹存老兵坐”，殆是当日实况。《家藏稿》作“画阁偷窥老兵怒”，意梅村重游此园，尝拟重登旧游画阁，而上坐老兵，怒不许窥。“燕去妓堂荒蔓合，雨侵铃阁野棠开。停桡却望烟深处，记得当年载酒来。”（《鸳湖感旧》）既不许入而窥园，遂亦只堪于画舫中遥望而已。

梅村手写《鸳湖曲》，与《家藏稿》校，颇有异字："草（粘）天"、"千尺（雨）"、"队（摧）"、"云鬟（弟子）"、"曲（榭）西"、"七贵（五侯）"、"玉聪（骄）"、"（待）归桡"、"（成）何用"、"（犹存）老兵（坐）"、"人生（快）乐（终安极），年去年来（增叹息）"。（凡有括号处均是异字。）其中有初稿本字，后经改订者；亦有董刻误字者。余每喜取清初旧刻集部单本或总集与后来刊本对校，种种异字，或可知文心之细，或可见避忌之状……大堪吟味。因跋此图，并记之。癸卯残腊。

咏怀堂诗

一九四六年的秋天，我在南京作记者。记者生涯是忙碌杂乱的，不过有时也有难得的空闲。一天下午在城里闲走，晃到了清凉山脚下的龙蟠里。有名的国学图书馆就在这里。走进去看时，只见“逃难”归来的大批藏书，都一叠叠用麻绳捆起，堆在地上，还没有上架。馆长柳翼谋老先生和一些馆员正在忙着整理。他给我看了许多宋元旧本，顾校黄跋，告诉了我八年抗战中间这许多善本辗转舟车、流离颠沛的故事。后来我向他打听丁氏八千卷楼旧藏的阮大铖《咏怀堂诗集》，柳先生叹息着说，馆藏旧书中，宋元本缺佚倒很少，但明本却损失严重。这阮髯的诗集已经不知下落了。就连馆中新印的本子也已被人偷出去当作还魂纸卖掉，没有多余的可供出售了。

我当时住在离秦淮不远的地方，每次经过总免不了要想起《桃花扇》的故事；后来还在城南偶然发现了一条“库司坊”的小巷，据说就是当年曾被老百姓呼为“裤子裆”的阮大铖的故居所在。那么，咏怀堂的故址应该也在这里了。因此想找一部阮胡子的诗集看看。这个愿望，在六年之后无意中实现了，在上海买到了阮诗三集。

这是徐乃昌的旧藏本。计《咏怀堂诗集》四卷；《外集》甲乙部；《丙子诗》二卷。都是崇祯中原刻。《诗集》前有扉页，题“吴门毛恒所梓行”。叶灿序第一页版心下有“白下毛升梓”五字，与《外集》版式如一，当系同时所刻，时在崇祯八年乙亥（一六三五年）。《丙子诗》是十年丁丑（一六三七年）刻，《自序》说：“其称诗，遂自崇祯乙亥后，系曰《咏怀堂某年诗》，而后仿此焉。”《丙子诗》后尚有《戊寅诗》（只下卷）、《辛巳诗》各二卷，有新排印本。

奇怪的是我得到的《丙子诗》二卷也是八千卷楼的旧物，卷前有“钱载”、“箨石”二印；“嘉惠堂丁氏藏书之记”印；“翁同龢观”印。此本没有随楼书一起运往南京，我估计是被人抽下作为“礼品”送给翁常熟了。图书馆排印所据则是丁氏旧藏的另一残本，只存卷上；后来又据丁初我的传抄本下卷补印，作为补遗。丁初我是常熟人，他的传抄本根据的大抵就是翁同龢见过的这个本子。

现存的阮大铖诗，还有一种《和箫集》，二十年前在宁波发现，是明刻白棉纸印本。《外集》乙部有《别退思》诗，诗后小注说“和箫予寅黄诗稿，为退思所题”。看来这个集子刻成尚早于诗集四卷。《丙子诗》卷前属“齐安退思杜祝进较”，就是此人。

三十多年前在龙蟠里，只匆匆将《咏怀堂诗》的新印本翻了一下，记下了几联断句和卷前影印的名人评语，回来写了一篇《金陵杂记》。因为文中引了无想居士（王伯沆）的话，“乃知小人无不多才也”曾招来过一通斥责。二十多年以后听到《和箫集》发现的消息，又曾设法去买下或传抄。这次的后果更为严重了。终于被揭发，判定为对一个历史上的大坏蛋寄予了爱慕与同情。可见二十年来，人们的意见其实并无多少变化。当某人被判定为坏种之后，他的著作，言行……就不必也不许再去深究，只要记住贴在他头上的标签就好了。这是很方便的办法，又能避免由于读了坏种的诗文自己也会随之变坏的危险。似乎也正是中国人的一种传统老脾气。不过我看办法并不高明，采取了这种对策，坏种并不会少下去，而且还会多起来。老花样会不断照样搬用，连改头换面的手脚都可以省掉。人们只能在重新吃了一通苦头之后，最后省悟身边又出现了新的、其实是和陈年旧货并无明显区别的“新坏种”。

为什么会经常不断地出现这样的悲剧，我想可能就为了人们激于义愤或别的什么原因，把历来一切坏种的著作和言行录都毁弃、封存，不再过问，终于淡忘，没有吸取必要教训的缘故。

没有矛盾冲突就没有戏，这道理是大家都承认的。把坏种统统赶下舞台，或只留下几个贴着标签并无血肉的对立面，这有利于剧情的展开、结束，是无疑的。但这样一来，正面人物就无论如何也演不成戏，即使勉强演出也不是戏了。这个简单的、明白无误的道理，十分遗憾，恰恰正是人们多年来争论不休的。

鲁迅先生晚年手订文集，总要写一篇“后记”，有时这后记还是颇长的。好像当年就曾有人讥笑过，鲁迅的编印文集其实不过是为了一条尾巴。可见这办法一实行就立即为论敌所注意并引起了痛恨。鲁迅的“后记”就是着重介绍评论所及的事件、人物的言行和社会背景，“立此存照”，并进一步阐明了自己的作意的。今天看来，这办法的好处是显然的，它免去了后来的研究者许多考订与争论，也堵死了恶意曲解、诬蔑的途径。试想，如果看不到这些反面材料，那么“两间余一卒”的鲁迅，不就和唐·吉诃德有些相像了么？

这就是我一向主张不可忽视反面教材的理由。

细想一下，“小人无不多才”这话是确有语病的。因为这并不是事实。应该更正为凡是不平常的坏种，总有一定作恶的本领与能量，没有这条件，就不可能闯出大大的乱子来。也许这里所说的“才”，只是指文采而言。那么这种例子历史上也很不少。唐诗人中的沈佺期、宋之问；宋代的孙觌、方回；明代的严嵩、赵文华就都是好例。每逢社会发生疾遽变革的时代，这种“才子”往往就较多地出现，因为这时考验往往是更为严酷的。

方虚谷（回）的选本《奎瀛律髓》是很有名的，不过并不高明。这是一部作律诗的教科书，评选的方法则是恶俗的、教条主义的。首先，他认为诗人和别的人才一样，可以用某种机械的方法培养出来，这就是荒谬的。不过这并不妨碍方回曾写过一些好诗。大抵也因为名声太臭了，方回的诗集一直只有极少的抄本流传。我第一次接触此公的作品，是在抗战中间的重庆。那时学校有一些存书，受了水湿，在运动场上摊开了吹风。这中间有一大批商务印书馆版的《四库珍本》，其中就有方回的《桐江续集》。在那下不完秋雨的长江边上，读了“每重九日例凄苦，垂七十年更乱离”这样的句子，真是使人不易忘记。后来读周密的《癸辛杂识》，才进一步得知这位“诗人”的真面目。

“方回为庶官时，尝赋《梅花百咏》以谀贾相（似道），遂得朝除。及贾之贬，方时为安吉倅，虑祸及己，反锋上十可斩之疏，以掩其迹，遂得知严州，时贾已死矣。识者薄其为人，有士人尝和其韵云：‘百诗已被梅花笑，十斩空余谏草存。’未几，北军至。回倡言死封疆之说甚壮，忽不知其所在。人皆以为践言死矣，乃迎降于三十里外，鞑帽毡裘，跨马而还，有自得之色。”（《别集》上）

真是没有法子想。方回是“诗人”，同时又是一个完全失去了羞耻概念的奴才。这事实不可能有任何争议。阮大铖饱读诗书，大概也熟知并佩服方回的手段，在数百年后几乎全同的时会依前法照办不误了，还有了新的发展。也确是没有争议的事实。看来这里似乎也是有着一种传统的，正如韩愈所说的“道统”一般，传来传去，连绵不绝，是否这以后就“无传焉”了呢？实在也难说得很。

陈寅恪的遗作《柳如是别传》中曾有一节论及阮大铖：

> 圆海人品，史有定评，不待多论。往岁读咏怀堂集，颇喜之，以为可与严惟中之钤山，王修微之樾馆两集，同是有明一代诗什之佼佼者。至所著诸剧本中，《燕子

笺》、《春灯谜》二曲，尤推佳作。其痛陈错认之意，情辞可悯。此固文人文过饰非之伎俩，但东林少年似亦持之太急，杜绝其悔改自新之路，竟以“防乱”为言，遂酿成仇怨报复之举动，国事大局，益不可收拾矣。夫天启乱政，应以朱由校魏忠贤为魁首，集之（阮）不过趋势群小中之一人。揆以分别主附，轻重定罪之律，阮氏之罪，当从末减。黄梨洲乃明清之际博雅通儒之巨擘，然囿于传统之教训，不敢作怨怼司马氏之王伟元，而斤斤计较，集矢于圆海，斯殆时代限人之一例欤？……

寅恪先生的意见是有代表性的。他承认阮大铖是坏种，但却欣赏他的才华。同时还提出东林人物在南明一局中的斗争策略问题，叹息他们没有采取正确的统战政策，给阮胡子留一条改过自新之路。贤如黄梨洲也未能突破当时清议的局限，给了阮大铖以过分的斥责。这些意见，其实也并不新鲜，寅恪先生又曾引及并认为“颇为公允”的夏完淳在《续幸存录》中的话，就代表了当时清流人物中的另一种看法。夏存古说：

圆海原有小人之才，且阿珰亦无实指，持论太苛，酿成奇祸，不可谓非君子之过。……

照夏完淳的说法，连阮大铖的党于崔魏，也是冤枉的了。阮大铖虽然以魏党余孽，终崇祯一朝十七年废置不用，在安徽故乡和南京一带闲住，但从他的诗集中看，交往之中也颇有东林中的人物，有些还是抗敌殉难的名臣与未来的遗民义士。范景文、史可法、文震孟、杜浚、方文、王思任、葛一龙、茅元仪、杨补、纪映钟、顾与治……都是曾与游宴倡和的诗友。他们中间，就颇有发出同情阮大铖言论的人物。如以发表宣言痛斥马士英有名的王思任，就说他“时命偶谬，丁遇人疴，触忌招訾，渭泾倒置，遂放意归田，白眼寄傲。只于桃花扇影之下，顾曲辩挝”（《春灯谜》序）。这甚至是说魏阉一案也“渭泾倒置”了。张宗子（岱）是《石匮书》的作者，是对晚明政局党争经过深思熟虑形成了自己见解的史家。他的《与李砚翁》一书，鲁迅曾经引用过。张岱主张具体分析，不能把东林说得毫无缺点，这当然是不错的。不过鲁迅指出：“古今来无纯一不杂的君子群，于是凡有党社，必为自谓中立者所不满，就大体而言，是好人多还是坏人多，他就置之不论了。”（《〈题未定〉草》）这是直到今天，也还有着深刻现实意义的见解。张宗子也是阮大铖的朋友，曾称赞过“阮圆海之灵奇”的。《咏怀堂戊寅诗》有《张宗子、吕吉士、姚简叔、嵇仲举入山相访》诗，张岱《琅嬛文集》稿本也有《阮圆海祖堂留宿》诗，这是崇祯九年阮大铖避居南京城外的祖堂山时，宗子往访彼此投赠之作。张岱的诗是：

牛首同天姥，生平梦寐深。
山穷忽出寺，路断复穿林。
得意难为画，移情何必琴。

高贤一榻在，鸡黍故人心。

剧谈中夜渴，瀹茗试松萝。
泉汲虎跑井，书雠豕渡河。
无生释子话，孰杀郑人歌。
（原注：时圆海被谤山居，故为解嘲）
边警终萦虑，尊前费揣摩。

阮诗中也有“亦有同心侣，遥遥问薜萝”、“我法尊龙性，时情忌凤歌”之句，可以约略知道他们在献花岩畔夜谈的内容，他们谈到了政局斗争，而张宗子的同情是在阮大铖这一边的。张、王（思任）都是越人，他们的意见可以部分反映浙党的政治见解。

称赞阮大铖诗的人是不少的。寅恪先生的父亲、名诗人陈散原在《咏怀堂诗集》书衣上写下的评语是：“芳絜深微，妙绪纷披。具体储韦，追踪陶谢。不以人废言，吾当标为五百年作者。丙辰（一九一六）惊蛰，散原。”章太炎的评语是：“大铖五言古诗，以王孟意趣，而兼谢客之精练。律诗微不逮，七言又次之。然榷论明代诗人，如大铖者少矣。潘岳宋之问险诐不后于大铖，其诗至今存。君子不以人废言也。戊辰（一九二六）孟春，太炎。”胡先骕在长跋中甚至称之为“有明一代唯一之诗人”。这些评论主要都是从艺术角度着眼的，而且一致提出了“不以人废言”的意见。《中国大百科全书》的《中国文学分卷》的拟目里也列入了阮大铖的名字，不过是列入“清传奇杂剧作家”，没有注意到他的诗。

《咏怀堂诗》的风貌也确是与王孟储韦相近，阮大铖自己也时时道出了他对陶谢的崇敬。奇怪的是，此外他还佩服着一个谢翱羽。有的评论说他的成就高出严分宜，也应是事实。其实严嵩诗学的功力又何尝低于大铖，不过他们的处境是不同的。一个是盘踞政府几十年的权相；一个则是十七年（崇祯一朝）窜身草莽。这样他们虽然同样披着一件悠闲澹远的外衣，但面目到底不一样。内心委曲是很难掩盖的，即使有绝大的本领也困难。

《咏怀堂诗外集》乙部有十四首“还山诗”，作于天启甲子。“还山”就是“归隐”，这是几千年来士大夫十分钟爱的题目。他们都熟练地掌握了祖传的两套本领，“独善其身”与“兼善天下”，应付“穷”、“达”两种不同处境。认真考虑一下，就会明白这似乎是矛盾着的两面其实不过是相辅相成的手段，目的却只有一个。实在混不下去了就“归隐”，其实不过是避风头，是为出山做准备。历史上大约是有真正的隐士的吧，不过并不多。写这样的“还山诗”，照例还可以发一点小小的牢骚，如“不才明主弃”之类，但文章的结穴总要声述自己对皇帝恩情的感激，好像皇帝一直是死活拉住不放要他帮忙似的，现在终于放手了，使“遂初之愿”终于得到满足，又哪能不感激。这是这类诗的一般规格，是完全符合温柔敦厚的诗教的。

阮大铖苦心经营写下的这十四首诗，确是文采斐然，不愧佳作。太炎说他最长五古，律诗少逊，七言尤次。这十四首全是七言律，却写得着实不差。像“拂袖行吟归去来，草堂猿鹤莫相猜。云霄自愧无修翮，雨露谁为弃不材。”“十年小草溷风尘，五斗于人太苦辛。削木为鸢应是幻，以蕉覆鹿定何真。”“腐草为萤难自照，长霄与鸟幸高飞。人生岂必皆朱毂，下泽乌犍策亦肥。”这些句子，确是深合还山诗的要求的。虽有怨气，但却不多。又如：“星占处士山中卧，影弄婴儿世上名。但使榆关销战斗，何妨花坞有深耕。”就是在说，虽已解组归来，也还惦记着东方的边患，立意也是极好的。不过要想完全掩却胸中的心事，到底不容易。“圣世何尝分蜀洛，野心长此托巢由。”“宦海惊涛迷象马，名场孤注夺枭卢。”“任有网罗及鸿渚，谁将柯斧指龟山。”这些，就并不隐讳地揭出了当时的政治斗争形势和“还山”的真正原因。阮大铖万历丙辰科中会试，不久居忧还里。同乡左光斗是一位说直敢言的御史，一直是大铖倚以自重的朋友，也是他接近东林的关系人。天启甲子，吏科都给事中出缺，左光斗通知大铖来京递补。但因东林人物意见不一而未能如愿。这时阮大铖立即转而投靠魏忠贤，终于达到了目的。但只一月，就告归“还山”了。这是他背叛东林投奔阉党的开始。

明白了这背景，再来读“还山诗”时就可以领会得另一番滋味。他“还山”之时，曾对亲近的朋友咬牙切齿地说：“我犹善归，未知左氏何如耳。”果然，第二年左光斗就和高攀龙、杨涟等一起下狱论死了。他们都是反对大铖出任吏科都给事中的。

阮大铖这时又回到北京任太常少卿。但几个月以后，又自请“还山”了。这回告退的原因是看出魏忠贤的日子不长了。他每次到忠贤那里去献殷勤，总要用“重赂”向门房买回名刺。这样后来追查阉党余孽时，并抓不到他任何白纸黑字的把柄，这一手实在“高明”，是古今同类“英雄”万万不及的。

崇祯改元，大铖在家里准备了两本奏章。一通专劾崔、魏；另一通则分前后两个阶段指出东林、阉党各有应负的政治责任，一并送到北京杨维垣处，请他看准气候选一本上奏。这一手也是新鲜的创造，为前史所未有。大铖以光禄卿三上京华，大约也只几个月，又被劾罢官。第二年定了“逆案”，十七年中一直不得翻身。

十七年中，阮大铖先是住在故乡安徽，后来农民起义军打了过来，就逃往南京。游山玩水，作诗，娶妾，拍曲，演戏，同和尚相与，集子里留下的是晚明士绅“风雅”生活的写照。来往得最多的是会试同年此刻丢了官在金陵闲住的马士英，此外还有许多名士、贵官。阮大铖在诗里有不少“谈兵夜雨青油幕，买笑春风锦瑟房”一类的句子，说明他念念不忘以“边才”起用。当时边患、“内乱”如火燎原，许多人都以此“起废”了，这就是他忽然热衷于谈兵说剑的真正原因。《丙子诗》下有《岁晏柬南高冏卿》诗：

离居何必赋招魂，农圃如今道亦尊。
鸡肋久捐尘外梦，鸱夷况有眼前樽。
一林明月碧如此，六代寒山青不言。

多少军烽连野哭，牛衣飒沓亦君恩。

诗确是写得漂亮，也并不脱离现实，但什么是作者的真实思想呢？另一首《张金吾以书见讯赋答》就说得明白多了：

人事已如此，安危仗有天。
谁移元祐碣，一为勒燕然。
谣诼皋夔窘，凭陵蜀洛坚。
不然边徼火，何以烛甘泉。

在无可奈何之中，阮大铖将国事之坏完全归罪于东林的门户之见。他想翻案，想“立功”。十七年中，几乎没有片刻放弃过这种意念。可以说，“南都防乱公揭”就是在这样背景下产生的。

阮大铖和周延儒是旧友，《戊寅诗》下有《寿周相国挹斋五十》诗两律。《辛巳诗》上又有《送周相国挹斋入京》六律，都是逢迎拍马之作，读了会使人肌肤起粟的，不过这中间自有一段故事。

崇祯十四年，在籍的周延儒被召再度出任首辅。许多晚明野史都说这是复社党魁张溥活动的结果。花村看行侍者《谈往·宜兴再召》说：“宜兴再召，通内而赀币帛者，别有大力出资而任支费，霞城贺氏与虞氏侯氏两家，又奔走而灵线索，庶常张溥天如、祠祭主事吴昌时来之也。擘画两年，征召之綍始下。”《霜猿集》诗注说：“无何，太仓张溥为门户计，鸠金赂要津，宜兴得再召。”孟心史校记云，一本“鸠金下有二十万两四字”。又说：“所谓要津，宦官宫妾而已。假吴昌时以通内，遂得奄人为内主，而绣鞋得附田妃之足矣。”这二十万两活动费，采用的是股份有限公司的筹款法，有的野史说股东之一就正是阮大铖。大铖送延儒入京诗第五首说：

> 逋客冥冥息影深，宁忧增缴到长林。
> 所虞朝著多坚垒，勿恤神州有陆沉。
> 随地孤寒为引手，何人吐握不归心。
> 期公尽洗荆榛劫，剩得青山与向禽。

这里盼望延儒为自己翻案并起废的意思是刻露的。《阮大铖本末小记》说：

> 宜兴相公周延儒，为髫年昵友。既回籍，大铖时过其家。延儒与约曰，“倘得再出，必起君”。崇祯十四年，延儒再召。大铖遣候，以金杯为寿曰，“息壤在彼”。延儒召其使前，举杯釂者三，仍令持归，语使曰：“饮此如与尔主面谈矣。旧约不忘。但今兹之出，实由东林，先与我约法三章，第一义即尔主也。归语尔主，倘意中有所为一人交者，当用为督抚，俟其以边才转荐，我相几图之，必得当以报耳。”使归，大铖以为无踰马士英者，遂以士英请。延儒入，即拔士英为凤督。

这就是马士英起用的经过，自然也就是弘光一局马阮合作的张本。

阉党冯铨也是阮大铖的密友。张岱《石匮书后集》《马阮列传》说：

> （大铖）与涿州冯铨称莫逆，醵多金力图翻案。特以先帝蓄怒党人，坚执不允。家居以诗酒自娱，多作传奇，寓言解嘲。

利用戏剧进行政治宣传，应该说也是阮大铖的一种“创造”，他是早于康生三百多年，就发现了这个秘密的。据吴瞿庵跋大铖《双金榜》说：

> 按圆海曾列籍东林，为高攀龙弟子。后附魏党，为刘蕺山（宗周）所劾。魏败，坐逆案削职。此词当是坐废时作。记中皇甫敦又名黄辅登，攀附登龙（义取暗射，即指高攀龙）。孝标隐刘字，即指蕺山。孝绪为阮，即以自指。以东洛喻东林，以东粤喻东厂，入粤后屡言番鬼，番鬼者魏也。佽飞窃珠，亦窥窃神器之意。“迕讦”一折，意谓己与蕺山同属攀龙门下，不宜相煎太急。通番一案，即言逆案。总不外自表无罪，乞怜清流之意。

这里所说颇有些“索隐派”的气味，不过也并非毫无影响。因为在晚明运用戏曲进行政治斗争甚至私人攻讦的风气是颇盛的，张秋水所说《绿牡丹》（不是“粲花轩”本）的故事就是好例。阮大铖的另一本传奇《牟尼合》，董康曾据明本复刻行世。后来王孝慈又收得明末刻本，发现《伶调》一折两本内容不同。董本的内容是程咬金、秦叔宝庆贺尉迟敬德生辰；王本则是内官牛承恩等庆贺旧内史裴寂生日。王氏的判断是：

> 是时南都久忘国耻，每耽戏剧。阮制诸曲，固以之自娱，亦兼以媚诸貂珰。……当时即刊有两种曲本，故此本独为白皮纸精印，所以媚宦官者至矣。其程秦本则以之宴清流及诸士人，显有不同。

这不只是版本学上的一种故实，也说明阮大铖在以戏曲为政治服务时会玩出怎样奇特的花样。这是过去的戏曲史研究者所没有注意到的。王渔洋说阮大铖曾用绫绢朱丝阑精写《燕子笺》送给弘光帝，野史又曾记阮大铖降清后在营中为清军将领唱曲：“即起执板，顿足而唱，以侑诸公酒。诸公北人，不省吴音，乃改唱弋阳腔，始点头称善。皆叹曰，‘阮公真才子也’。”从新主子口中获得“才子”的称赞，大概是曾使阮胡子为之欢欣鼓舞的吧。

现存阮大铖的编年诗集，只到崇祯十四年辛巳为止。这以后的几年正是他大显身手的时期，忙是比过去忙得多了，但诗总还是作的吧。也许不等编好、付雕，清兵就已渡江，终于来不及出版。果真如此，那可是太可惜了。

我们虽然不能读到阮大铖辛巳以后的诗，却能从野史中知道他的许多故事。应该说，用行动为自己勾勒出的脸谱，其真实、生动就绝非没有“达诂”的诗所能及。在弘光一局中阮大铖的种种表演是人们熟知的；后来摇身一变，以“才子”的身份，归顺大清，直至“为王前驱”，死于仙霞岭上。这许多，钱秉镫曾据当年目击者的口述，写入《阮大铖本末小纪》，附于《所知录》之末。这是极有益的野史，能找到原书的读者都应该好好读一下。

四十五年前鲁迅说过：“要论中国人，必须不被搽在表面的自欺欺人的脂粉所诓骗，却看看他的筋骨和脊梁。”这里不但指出了鉴别古今一切人物的好方法，也是坚定信心鼓舞斗志的有效手段。这是我们应该牢牢记住的。

一九八一年三月十二日

海滨消夏记

一九五九—一九六一这两年，我是在乡下度过的。先是在奉贤，后来又移居宝山，都是上海市郊滨海的地方。下乡的目的并非避暑或休养，一肩行李之外，只能背一只小小的旅行包，因为要徒步好几十里才能走到住处，所以随身带些什么是必须仔细斟酌的。除了两套换洗衣服之外，首先考虑的就是食物，如面包、饼干之类。此外，似乎就再也没有什么可带了。不过每次我总要忍痛塞进一本书去。这就更需要仔细斟酌。小说是不合适的，本子厚，可是一下子就读完了。大部头的著作也不行，这必须只是一小本，但却耐读的书才好。我先后带去过两本书，一本钱钟书的《宋诗选注》，另一本陈垣的《通鉴胡注表微》。效果很好。这两本书都需要细嚼慢咽；因之就耐读；同时，这又是像青果似的很有余味的读物，能引起许多思索。当时曾在卷尾书眉写过一些笔记，记下了一些感受，也附带记一些琐事。时间虽然已经过去了二十多年，重新翻翻也还是很有趣的。

我在《宋诗选注》的卷尾写了一段题记：

一九五九年八月五日，携此册来海滨。得数日闲，读毕之，颇除岑寂。此书颇佳，如一《宋诗话》，其妙在此。书初出版，攻之者纷纷而起，皆以为资产阶级思想白旗，必拔之而后快。然作者自有识见，援引之富更非纷纷论者所能尽知。今日见夏承焘文，乃盛称之，颇得其中辛苦。才八月耳，风向乃逆转如是，真只能“说与江湖钓叟知”耳。为之慨然。己亥六月廿九日午后记。

我想，这种奇怪现象，在当时，怕不只是我一个人感到莫名其妙的。

在柳永的《煮海歌》后面，我也写了一点题记：

今夏来奉贤海滨，常见盐民劳作。于海滩上聚土为墩，中有深穴，下复瓦缶。海潮涌溢，辄浸墩旁土，乃层层刮之，作圆形，以水牛曳具，层层削去，复之墩上。更取水冲之，别于墩侧洞中取卤。以竹木为小床，卤水即灌注床上。曝日既久，盐粒晶晶出矣。异于煮海者，不须烧耳。盐民挑巨桶，奔驰烈日中十数里，始运一担归，辛苦如此。以视柳诗，则赵宋迄今，盐法固少变也。定海余亦曾往游，却未访盐场，不知今作何状矣。非此古志仅存，谁知柳三变固尝留心民间疾苦者耶？己亥立秋后一日，晨起读书钱家桥畔，危坐胡床，驱蝇作记。

我当时的工作是在海边筑堤。住处在钱桥镇外，在农民家里借了一间堂屋，安了四只床。每天四时半起床，赶到镇上早饭，然后挑了粪箕，扛着铁锴向海边工地出发。要走半小时才能到达。这地方是白茫茫一望无际的盐滩，看不到一棵树木，连小草也没有。地面是一片雪白的盐花，和像龟背一样崩裂的纹。附近只有一些疏疏落落的盐墩子，像烽火台似的插在那里。我们不停地用铁锴装满了泥土，挑到面前逐渐高起来的大堤上去。工作四小时后午饭，饭后有半小时的休息。饭是从镇上挑了来的，我们就坐在炎炎烈日之下进餐。饭后，到哪里去休息呢？上下四方都是火辣辣的阳光，简直是无所逃于天地之间。只有盐墩四周有一圈一尺来宽狭狭的阴凉。睡下去时头部还是遮不住。不过不要紧，可以用草帽盖在脸上。就这样躺在那里，睡是睡不着的。于是就有机会仔细观察这盐墩，觉得很有意思。“年年春夏潮盈浦，潮退刮泥成岛屿；风干日曝盐味加，始灌潮波塯成卤。”柳永写的正是这样的操作方式，是直到今天还活着的古老生产方式，这是不能不引起我的感慨的。就是这感慨，十年后曾被当作对社会主义农村的诬蔑而受到了批判。这是当时所始料不及的。其实，当时我们担心的却是另外的事情。有一天，将近收工了，正是“日之夕矣，牛羊下来”的时候，忽地不知从哪里来了漫山遍野放牧归来的一大群水牛，它们欢快地、放肆地从我们好不容易叠起的大堤上走过，一下子就把堤面踏得七零八落了。

柳永此诗收于厉鹗的《宋诗纪事》卷十三，选者是查引了原书的。我觉得这正是《选注》的一个特色。不只是靠了几部通行的宋诗选本、总集，就来下手。编成小小一本《选注》，事先要读大量的素材。这样就产生了与过去的选本面貌迥异的新的著作。但很少读者能察觉因此付出的劳动。柳永，过去我们几乎不知道他还能作诗，更不知道他除了整天和女伎鬼混之外还曾留心人民的疾苦。真是很不公平的事。在《宋诗纪事》中，此诗原题是《鬻海歌》，不作《煮海歌》，虽只一字之差，但却包含了另外的、也许更为深刻的含意。此外还有一个副题，《为晓峰盐场官作》，好像也可以加一点校记。

回忆我的题记是坐在胡床上写下的。钱桥夏天的苍蝇真是厉害，简直毫无顾忌的一群，不停向人袭击，没有办法，大白天也要把帐子放下，躲进去才能得到片刻的安静。自然，这样一来，是更加闷热了。

《选注》收孔平仲《禾熟》一诗，是写水牛的。

万里西风禾黍香，鸣泉落窦谷登场。
老牛粗了耕耘债，啮草坡头卧夕阳。

那两年在乡下，有很多机会看到水牛，秋收的场面也不只经历过一次，因此觉得这诗实在写得好，我曾作题记说：

此诗佳甚。近来多见水牛，种种姿态，皆可入画，亦可入诗，然无此新意亦不能警策也。历来画人书家集最易混入前人之作，《瓯香馆集》别下斋本尤繁富，多出《毗陵六逸》本几倍，误收之诗必不在少。近人赵尧生集中亦误收前人诗，患其为人作书录旧诗而不著姓氏也。

下面的话是因钱先生指出南田集中曾收入此诗只少有异字一点而发的。

在陈简斋的《早行》诗后，我写道：

在钱桥时，每归沪，辄昧爽即起。行三官道中，炊许天尚未晓也。一路稻田弥望，曲水石桥，都从朦胧中过。此早行诗，真能写出其中意境。己亥立秋晨坐后圃塘边记。

在乡下时，每两星期有一天休假，可以回沪。加上来往“路程假”，也只有两天。因此每逢休假前夕，不到半夜就睡不着了。小包是隔夜整理好的，摸黑下了床，推门出去大抵仍是满天星斗。走过镇上，看到茶馆里的服务员也只刚爬起来，披了件衣服睡眼蒙眬地在灶前出灰。暗黑中走在村边田里的小径上，软软的，草上满是露水，没好久鞋子就全湿了。走过三官时天刚发亮，这里有大大小小许多石牌坊，有些还雕得异常精致，大约是些节孝坊，我是一回也不曾停下读过牌坊上的刻字。虽然是在赶路，但下意识里似乎还在作梦。这样，读了陈简斋的“寂寞小桥和梦过，稻田深处草虫鸣”，是不能不为之叫绝的。

在杨诚斋的《插秧歌》下，我说："此诗作于八百年前，恍如写目前景物。诗之伟绝乎？抑人事之恒久而不变也。"

我曾坐在脚盆里或小凳上拔过秧；也挑过一担担湿漉漉的秧束来到滑得像浇了油似的田埂上，将秧束一把把扔在弯了腰倒退着插秧人屁股后面的水田里；也听说过抛秧的种种规矩与禁忌。插秧时节，遇到雨天，下面赤了脚，上身却"随例"披着一件旧棉衣，"雨从头上湿到胛"这样的滋味是多次尝到过的。奇怪的是从来不曾觉得是在吃苦，相反感到的是非凡的兴奋、有趣。我想，能赶上参加这种古老的田间操作是幸运的，因为这一切迟早都将成为过去。

《宋诗选注》里也收入了不少我极感兴趣的"儿时读本，老大重逢，如遇故人，别有情味"的诗。这些曾收入《后村千家诗》中的作品，如"绿遍山原白满川"，"黄梅时节家家雨"，在村居的煤油灯下重读，会感到一种说不出的温暖。诗人说"乡村四月闲人少"，刻画的正是一种繁忙的农村生产风景，就是移来描写今天的农村，也没有什么不合适。不过这意见在前些年却说不得，"英雄"们指责我这是混淆了封建与社会主义两种不同的社会现实，想判我以"反革命"的大罪。这确曾是毫不夸张的事实。

在读《选注》中陆游的《病起》一诗时，我曾突然悟到，柳如是有名的《春日我闻室作》一诗，正无疑是受了放翁此诗的影响，连韵脚也几乎全同。这一点，仔细研究了柳如是的身世与作品的陈寅恪教授也没有提到。现在据顺治冠山堂刻《名媛诗》把柳如是的原作写在下面：

裁红晕碧泪漫漫，南国春来正薄寒。
此去柳花如梦里，向来烟月是愁端。
画堂消息何人晓，翠帐容颜独自看。
珍重君家兰桂室，东风取次一凭栏。

放翁的“春尽江南尚薄寒”，“年来触事动忧端”，和柳诗之间的隐约承继关系是明显的。“名花零落雨中看”化为“翠帐容颜独自看”，而“志士凄凉闲处老”也正是“画堂消息何人晓”的同义语，分别只在作者身份的不同。

一九六一年春暮，我从奉贤移居宝山乡下。这地方在“一·二八”抗日战争时期曾是著名的战场，附近的小镇上还遗留着当年战后未曾清理净尽的断瓦颓垣。我们仍旧借住了一间农家的堂屋，门外就是小河，后面还有杂植的花木，环境比住在奉贤时好些。在这里，我读了陈援庵先生的《通鉴胡注表微》。从每卷后面所写的题记中，还可以约略记起当时乡居的影子。

辛丑端阳前四日，坐雨读竟此卷。时积雨连朝，屋前小溪几将溢出，雷雨犹不止。田畴一望弥白。麦黄梅竟延至七日之久，居城市人不能知也。莳溪寓客漫记。

那一年不知为什么多雨。下雨天不能在大田里作生活，这在我们则是难得的休息。可以坐下来看看书。晚上窗外是一片此起彼落的“蛙鼓”，显得环境分外的幽静。有时提了铅桶和电筒随了小孩子去河边摸螃蜞，不一会就能捉得满满的一桶。隔壁的农民一次在住处附近的河边潭里捉到一条四五斤重的黑鱼，他并不走开，说，黑鱼总是成对的，这里一定还有一条雌鱼。果然，没过半小时，他又捉起了另一条，一起拎回家去了。有时候雨少停，我们就去摊田。这活路是要赤了脚，肩了铁搭，来到刚耕过放了水的田里，把翻起的土块摆弄平整。我写下的另一条题记是：

辛丑四月二十七日，晨窗讫此卷。时方摊水田归，泥浆满衣，天又微雨矣。

这是从水田里回来，没有换衣服也没有洗脚，在等候吃饭时写下的。这时腿上的泥浆逐渐干却，引起了一阵阵痒，一搔，泥块就一片片脱落下来了。

这中间，我又接受过一件新任务。收下的三麦，因为一直下雨来不及脱粒，就一起藏在鸭棚里面。这是很长的一排地下室似的窝棚。白天夜里都要人看守，还得留心麦子的变化，防备它发霉或出芽。到了晚上，我就带了这本《表微》睡在鸭棚里，借着手电筒的光翻读。

辛丑芒种后二日，守麦于鸭棚。中夜大雨，雷电时作。倦极思睡，而蚊扰不已，蛙声鼓噪，漫记。

辛丑五月初二日，午后暴蒸热，飘风细雨，自鸭棚归，芒刺满身，读至此。

就是这时的纪事。这实在非常狼狈，不彻底洗浴并换上干净衣服，就无论如何也摆脱不掉那种“芒刺在背”的可恶感觉，但在当时，也只好算了。

援庵先生这本《表微》撰于抗战中（一九四五年）的北平。这是一部历史学名著，不过我几次翻阅总不能不醉心于他的文章之美。援庵先生使用的是文言文，造句又极其简练，似乎毫无铺陈文彩，但他写下的正是成就极高的散文。我一直有一种感觉，按照今天的通常概念，散文的范围已经狭到难以想象的程度。仿佛只有某一种讲究词藻、近于散文诗似的抒情写景之作，才可以称为散文。其实按照过去的传统，无论中外，散文的门类和风格都非常繁复，并不如此单一。即以史学著作而论，我们就曾有不同风格、色调的散文名篇在。记事、论议……即使是科学性很强的著作，也完全不妨碍它成为美文。《表微》卷前有一篇一九四五年的《小引》，卷后有一九五七年用语体写的《重印后记》。两者都是在说明著书的本旨，但写法不同。那篇《小引》一直是我爱读的一篇美文。

“频年变乱，藏书渐以易粟。惟胡氏复刻元本《通鉴》，尚是少时读本，不忍弃去；且喜其字大，虽夹注亦与近代三号字型无异，颇便老眼。杜门无事，辄以此自遣。”开头这一节，闲闲写来，似乎是与全篇很少关系的“闲文”，又明白如话，没有任何搔首弄姿之意。但正是这一节，将一位爱国的老学者闭户索居，看来寂寞，其实非常炽热的内心世界与现实的艰窘生活写尽了。下面写他读《通鉴》的感受，对胡三省的评价，著此书的用意，虽然隐曲，其实已经异常明白。《小引》的结尾是：

> 《鉴注》成于临安陷后之八年，为至元二十二年乙酉；《表微》之成，相距六百六十年，亦在乙酉，此则偶合者耳！

这也是一条闲闲的尾巴，也完全是史学家的习惯口气，但添上这么两句之后，正如王静安所说："境界全出矣！"

今天我们读此文，还不能不佩服援庵先生在一九四五年的北平，写下这本书和这篇《小引》的勇敢。

《表微》共二十篇，作者几乎用了将近一半的篇幅集中阐发了有关民族气节的问题。《本朝》、《感慨》、《臣节》、《出处》、《边事》、《夷夏》、《民心》、《生死》这些篇都是与此直接相关的，其他诸篇也时时不忘此义。在墨板的当时，这书确不愧是战斗的檄文。一九五七年重印时，作者谦逊地说："书中有不少幼稚及迂阔的言论。"这在一九六一年我初读此书时，好像也同意并接受了作者这些意见。事过境迁，讲气节，特别是充满了封建臭味的《臣节》，似乎也确是有些"迂阔"了。不过后来我又逐渐省悟，这种理解，其实倒是显示了自己的迂阔与机械。在饱看了五花八门的卖论取官，出卖同志向上爬……的丑恶现象之后，不能不幡然憬悟，时代前进了，"气节"却并不因之而跌价报废，还是着实应该讲下去的。自然，内容是会有所不同了。不然的话，恶性发展下去，是连民族、国家、正义这一切都会一股脑儿被败类们卖掉的。即使这样的败类终于是少数，也大意不得。

援庵先生所辑的“精语”之中，有许多曾给我留下了深刻的印象。如《通鉴》：“元和十二年，先是吴少阳父子阻兵，禁人偶语于涂，夜不燃烛，有以酒食相过从者罪死。裴度既视事，下令惟禁盗贼，馀皆不问，蔡人始知有生民之乐。”胡注：“解人之束缚，使得舒展四体，长欠大伸，岂不快哉！”陈先生说：“以‘解人束缚’写生民之乐，其言似肆。然‘犹解倒悬’，已见于孟子。身之（胡）当时之处境，概可见矣。”这里说的就是“解放”的古义。后来在《治术篇》里，又引徐温的话：“吾与公辈，当力行善政，使人解衣而寝耳。”这说明封建社会的某些人也多少明白安定局面的重要和取得的方法。他又引《通鉴》所记晋穆帝永和二年，“石虎立私论朝政之法，听吏告其君，奴告其主。公卿以下朝觐，以目相顾，不敢复相过从谈语”。胡三省把这看作比周厉王监谤，秦始皇禁耦语还要凶残的办法。援庵先生则以宋事加以说明，“秦桧之持和议，忠臣良将，诛除殆尽。又兴文字之狱，许人告讦，凡私论朝政，皆贬窜之。察事之卒，布满京城，少涉讥议即捕治，以塞士夫之口。桧之法，石虎之法也。”他在这里指出的，正是三四十年代旧中国的现实，还点明他们使用的是衣钵相承的祖传老法。这和他在《出处篇》的结尾引用司空表圣诗“汉儿尽作胡儿语，却向城头骂汉人”痛斥汉奸，读了都使人捏一把汗，他竟逃过了敌伪的“捕治”，真是一种奇迹。

在论唐代理财家刘晏、李巽的优劣时，援庵先生指出胡三省在这里指斥的就是元初的卢世荣之辈，并引当时人的话，“今世荣欲以一岁之期，致十年之积，危万民之命，易一世之荣，广邀增羡之功，不恤颠连之患。将见民间由此凋耗，天下由此空虚，安危利害之机，殆有不可胜言者”，加以说明。援庵先生不过是一介书生，但他关心民族存亡、人民疾苦的心是天下所共见的。不能不说，这里表现的正是中国知识分子传统的优美品质，就在今天也应该花大力气继承，恢复，发扬，看来也并非“迂阔”之论吧。

在那难忘的，不平凡的两个夏天，我读了这两种书，至今难以忘记，因作《海滨消夏记》。

一九八一年三月十九日

不是抬杠

去年读了姚雪垠同志论《圆圆曲》的文章，曾写过一篇小文，记下了自己的一些读后感。不久，又读到姚雪垠同志的新作《评〈甲申三百年祭〉》，在最后三节里，顺便回答了我所提出的一些问题。除了声明他的“论点难免有不周密和不完善之处”以外，从所列举的有关“陈圆圆传说”的九条“矛盾”看，是依旧坚持着前说的，同时也并没有提出什么新的论据。我想，这大约是不能勉强的。许多意见既然过去都已说过，也用不着再重复了。最近看到经过作者校订、补充，重新发表在《新华文摘》（一九八一年五期）上的《评〈甲申三百年祭〉》，果然有了新的发展。例如，他说，

“黄裳同志在反驳我的文章中，不同意我说吴三桂在崇祯末年不可能到北京，所说的都是抬杠的话，看来很俏皮，但是他并不能就历史科学说出一句有价值的话。历史是科学，靠证据说话，不是抬杠。”

这里所指责的真是义正词严，使我不能不惊醒，检查自己。我尤其同感的是他的结论。是的，历史是科学，要靠证据说话，不应该是也不能容忍抬杠的情况出现。

当然我也想说明，在我的文字中，虽然时有“俏皮话”出现，但这并不等同于开玩笑。不只在上述那个具体问题上，在《陈圆圆》全文中，也没有任何不经过慎重思考、不负责任的话。我非常希望读者不因此而发生误解，使严肃的讨论化为一场打诨与趣谈。

我是不会做考证文章的。平常看书，也很少做笔记。遇到一个问题，只能临时求助于头脑中存留的印象。近来记忆力又大大衰退，看过的书几乎立即成了朦胧的影子。讨论历史问题时也只能采取“有啥吃啥”的方法。那就是说，手头有什么书就利用什么书。这实在是很不可取的不认真的态度。例如，讨论陈圆圆的问题，谈迁的《国榷》应该是重要的参考文献。不幸旧有的一部已被抄没，又懒于跑图书馆，因此就没有能利用此书。如果我当时设法找到了《国榷》，那么在吴三桂是否曾在崇祯末年到过北京的问题上，就用不着说什么“俏皮话”，立即有了姚雪垠同志所要求的“史料证据”。

给了我这知识的是北京大学同学朱则杰，他的文章发表在半年前出版的《文史知识》上。他指出，《国榷》卷九十九，崇祯十六年五月，就有“丁未，宴入援总兵吴三桂、刘泽清、马科等于武英殿”的记载，与《崇祯实录》的记载全同。这真是一句顶得上若干句的“史料证据”，无论“俏皮话”或别的什么话在它面前都将不起作用了。

朱则杰同志说：“《国榷》一书，也是姚先生十分熟悉的，不知为什么偏偏没有注意到这条材料。”是的，对我说来，这也是不好理解的疑团。尤其不可解的是，时间过了半年，姚雪垠同志在修订、补充，重新发表他的论文时，依旧坚持说“这是不可能的”，“也同样不可能”，并再度郑重要求提出“史料证据”来。

为了改正过去的不认真，昨天总算设法借来了一本《国榷》，亲眼看到了上面引用的那条材料，这才放了心。不料，却又发现了另外的怪事。姚雪垠同志说：“我认为下面的史料所云陈圆圆到了宁远，比较合乎情理。”下面引用的是《国榷》卷一百中的一节话：“先是，十六年春，……襄具言遣送宁远，已死。宗敏坚疑不信，拷之酷。”这一节话在《国榷》卷一百的结尾处，从“又外戚左都督田宏遇前岁游南京”开始到“拷之酷”为止，一起不过九十余字，并无姚引的二百余字之多，也不曾说什么陈圆圆遣送宁远“已死”的话。

这实在是奇怪的事。我们现在可以利用的《国榷》，是中华书局用张宗祥的校本排印的。张氏根据的则是蒋氏衍芬草堂、丁氏八千卷楼、四明卢氏抱经楼等几个旧抄本汇校写定。应该说是比较完备的足本。姚雪垠同志所据，不知是否更好的旧抄足本，不好贸然断定。在没有得到解释之前，我始终觉得这也是一件怪事。

姚雪垠同志说：“我在《论〈圆圆曲〉》的文章中，考证《圆圆》写作的时间，陈圆圆故事从开始出现到传奇化的过程，以及陈圆圆故事的本身矛盾，我的论点可能不够严密，但我的治学态度是严肃的，方法是科学的。希望反驳我的文章时不要忽略我所提出的核心问题。”

“核心问题”是什么呢？姚雪垠同志没有具体指出。他又说：“不管陈圆圆是否病死宁远，或随吴进关而死于昆明，我都不相信陈圆圆同大顺军有关系，也不相信吴三桂是因为陈圆圆而投降清朝。”也许“核心”在这里，但不知道可的确。

回忆我写那篇《陈圆圆》，最早的契机恰恰是因姚雪垠同志的治学态度与方法而引起的。我曾举出过一些例证，说明姚雪垠同志对史料的运用，不能不使人怀疑颇有实用主义的倾向。他先是有了一种见解，然后就去寻找能够证明这种见解的“史料”。包括错误百出的《甲申传信录》那样的书在内。看到“已死”两个字，就干脆而彻底地宣称陈圆圆在一切矛盾尚未展开之前就已死掉了。至于大量的有关陈圆圆的文献，好像是并不存在的。这方法自然简单而痛快，但却很难说是“严肃”与“科学”。

姚雪垠同志在引用同一条史料、同一人的声述时，有时就出现了奇怪的只取一部分而抛弃另一部分的现象。至于为什么这样做，却并不声明。现在经过驳难，总算是有了一点解释。说过杨宛陈沅曾同时见系于刘宗敏的全谢山，被指为“得自辗转传闻，不应作为信史看待”。那么《甲申传信录》是作者亲身经历、亲自调查的报告书么？作者有没有在宁远看到死去的陈沅的尸体？为什么姚雪垠同志对这书要寄以如此的信任呢？“某一塘报稿”不被注意的“简单回答”是“我目前还认为那些史料不是确凿可靠的”。没有理由，只有结论。“塘报”是三百多年前的一种情况汇报的公文形式，是一种文献实物，不同于“传闻”，也不是因三百年后的讨论预制出来的证件。为什么不可靠？也许今后我们会听到更为充分的理由。

类似的情况绝不是偶然的。甚至连并不艰深的吴梅村诗，也往往作了古怪的解释。我们决不应怀疑姚雪垠同志读诗的功力，但要注意他何以作出与众不同解释的原因。

总的情况似乎是如此的。三百多年前出现过大量的史料，其中有确凿无疑的“实录”，也有“传闻”，还有“文学创作”。姚雪垠同志就是用上述的种种方法，和这些白纸黑字的“史料”抬杠。九条“矛盾”，很少不是定为“不合情理”而引申出来的推论。这算不算是就历史科学说出了有价值的话呢？

照我简单的头脑看来，研究历史问题，结论应该从大量充分的史料的马克思主义分析批判中获得，而不应该是先验的。有利、不利的史料都应受到重视，只有经过分析、研究才能决定取舍。“不相信”、“不认为”这一类充满主观色彩的词句出现在严肃的论文中是不合适的。判断一个人的治学态度与方法的唯一标准也只能是实践而不是宣言。

姚雪垠同志正面阐述的许多治史应取的态度与方法，看来都是非常正确、无可非议的。奇怪的是他在实践中又往往忘记了它们。

例如，姚雪垠同志曾在讨论李岩的问题时强调说明，“过分强调个人的作用”是不行的。不过在谈到刘宗敏与陈圆圆的关系时，就把陈圆圆这个有名的女人看成是比硝镪水还要可怕的东西，无论如何也不能沾惹，不惜想尽一切办法为刘将军辩诬。但据野史所记，曾为刘宗敏所掠的还有名妓杨宛和美艳的国公家媳妇等一大批别的女人，姚雪垠同志就都置而不论了。这就是说，名气小或无名的女人，可以放心大胆地掠取，但陈圆圆则不行。从这里我们不是可以看出，在姚雪垠同志看来，女人中间是分着等级的。有的能旋转乾坤，有的就只能与草木同腐；有的“艳名”昭著，有的默默无闻；有的不妨随意玩弄，有的就该“敬而远之”。总之，不只她们的“个人作用”天差地远；在同样受到污辱、迫害时，她们应得的同情也是有等差的。这是一种怎样的历史观呢？这和姚雪垠同志声明坚持的不相信吴三桂降清是为了陈圆圆的观点怎样合拍得起来呢？

历史论文与历史小说是两种不同的东西，但同样要受到作者历史观的制约。在论文中为刘宗敏洗刷辩诬，目的也是为了创作小说的方便。刘宗敏是大顺农民军中的一位重要将领，是一个英雄。在历史记载中如有强加于他的诬蔑不实之词，是必须推倒的。但他终究不是一位毫无缺点错误的“高大全”的“英雄”，也是事实。无论大顺军的迅速失败的主要原因何在，作为一位军中主将，进城以后，如此对待妇女总不能说是不必重视的“小节”。我不想推论姚雪垠同志的作品曾否受到“三突出”那一套创作方法的影响和这种影响有多深。但从他为刘宗敏“辩诬”的热情与手法看，提出这个问题不是完全没有依据的。至于这种创作“方法”与“理论”的得失，实践早已提供了结论，用不着多说了。姚雪垠同志曾义愤填膺地说，许多“谣言”的动机，“既是鞭挞吴三桂，同时也诬蔑刘宗敏。诬蔑刘宗敏也就是诬蔑大顺军”。这几句话说得非常明白，同时也表达了一种可爱的“素朴的革命感情”。凡是对刘宗敏（也就是大顺军。在这里我们又一次领会了刘宗敏“个人”在姚雪垠同志头脑中的“作用”与分量）的“诬蔑”我们就要反对，就要洗刷，应该用怎样的方法则是次要的，不必多费心思。这确是一种“可爱”的素朴的感情，可惜并不科学，也得不出理想的果实。

姚雪垠同志责怪我在《陈圆圆》一文中有些话说过了头。这是一个很好的意见，值得慎重考虑，也应该加以说明。提起《甲申三百年祭》，我总是立刻记起文章发表之后在重庆立即引起的反响。当时那些反对此文的论客大概认为国民党反动派的政权就和崇祯领导下的覆亡前夕的明朝一样吧。这和姚雪垠同志发表于一九八〇年的文章是怎么说都牵不到一起去的。我的意思只是说，一篇重要的、有深远影响的文章出现以后，往往会受到来自不同方面的赞赏或反对。反对者也不一定都是站在同一立场上的。例如，不赞成给革命者脸上抹黑的意见就是来自截然相反的阵营中的一种反对意见。这种观点及论据直到今天依旧是有势力的。他们不赞成“灭自己的威风”，理由是怕“长他人志气”。应该说确是单纯到了可爱的程度。历史真实是无情的，难道一床锦被就能遮盖得了么？遮盖的结果往往是加快了发霉变臭的速度。

姚雪垠同志又说：“关于郭沫若同志应该不应该‘摸’

李自成和刘宗敏的‘屁股’，像‘文化大革命’期间红卫兵口口声声要摸‘走资派’的屁股那样，以及郭沫若同志在一九四四年就预见到全国解放那么快，以及解放后我国的问题发展得如此严重，这都不是对待学术问题的话，我不想与黄裳同志讨论。我只谈我对历史著作和政治宣传的基本看法。”

姚雪垠同志虽然说他不想讨论这种够不上“学术”资格的问题，但他的意思是明明白白的，“不该‘摸’”。这次在重新发表前进行修订时，加上的“像‘文化大革命’……那样”一句，就使意思变得更为清楚。那就是说，时代虽然隔了二十多年，郭沫若因为曾有此一“摸”就使自己化为“红卫兵”；李自成、刘宗敏因曾被“摸”过也变为“走资派”。而我因为说了一句“摸屁股”的“俏皮话”，也就变为“四人帮”论客那样的角色了。这都是清楚的。

由此可见，在姚雪垠同志看来，一九四四年郭沫若写《甲申三百年祭》，与“文化大革命”中红卫兵贴打倒“走资派”的大字报的性质是一样的。

我是主张应该“摸”的，理由俱如前述。也不想再多说什么废话，因为这种“辩论”确也没有什么学术气息。

我反复想过而终于没有想通的是，为什么一位作家不能对政治形势的发展作出自己的估计，而这种估计又不允许是正确的呢？难道只有算命先生才有这种权利么？

任何时候社会上属于不同政治集团的个人，是随时随地都在估计政治形势的。譬如，对于抗战能不能胜利，抗战初期有过一个“低调俱乐部”，其成员的估计就和绝大多数中国老百姓全然不同。姚雪垠同志抗战中到过重庆，辗转于后方，我看就是相信抗战必胜的一种表现。低调俱乐部的主要成员，后来不是逐渐跑到南京去了么。至于抗战胜利到来的迟早，人民和反人民力量的对比、消长——这些问题人们都是关心的，也都有自己的估计。对人民的军队，是希望她永远不脱离群众，保持优良的革命传统作风；还是盼望她腐化变质，失败崩溃，人们也都有自己鲜明的立场。我真不懂，为什么就不能允许在这些重大的政治形势估计上，有人可能作出基本正确的判断。有什么理由剥夺他们这种权利？事实上，当时中国共产党中央就已对这些重大问题作出了正确的估计。将《甲申三百年祭》一文推荐给人民，自然不是为了引导群众都来钻研晚明史，进行学术研究，而是因为文章提出了对人民斗争至关重要的历史经验。我说："在这个问题上沫若同志是看得远、说得对的。"就是指此而言。

预见这事物，恐怕是有的吧。坚定的信念，加上科学的判断，就会形成正确的预见。在这里，信念也是科学的产物，和求神拜佛得来的迷信完全不同。一个人如果没有信念，没有对前途的估计，他还活着做什么呢？在这里，对不许人们有正确预见的这种见解，我无论如何也想不通，因而也没有办法同意。

姚雪垠同志说，"要推翻我的判断必须从整体上推倒"，又说，"希望反驳我的文章时不要忽略我所提出的核心问题"。读了这些话使我感到异常惭愧。晚明史籍浩如烟海，我只是读过其中的几本，有的不过是一点零碎、片段的知识。

因此只能写下一些枝节的意见，没有动摇什么完整体系的野心，也说不清“核心问题”到底是什么。特别使我感到不安的是，我所说的往往都是姚雪垠同志不愿讨论的算不得“学术”的问题，因为在我看来，核心问题其实倒应该在这里。

最后，不能不对郭沫若同志的评价问题说几句话。因为姚雪垠同志有“黄裳同志的文章中所明确表白观点和态度，与我们今后应如何对待《甲申三百年祭》很有影响”这样的话。我在《陈圆圆》一文中提到《甲申三百年祭》，是因为姚雪垠同志在《论〈圆圆曲〉》中为刘宗敏辩护而批判了郭老对刘宗敏的看法。我明确地表示了我的观点和态度。不过我不想被指定为郭沫若的辩护人，更不想反对人们指出郭老的缺点、错误。我想不管是谁，就如被视为“偶像”的郭沫若同志，说了错话，办了错事，也要受到公正的批评，没有任何理由为之回护。郭老的治学是有缺点的，有时甚至有很大的缺点，因而导致不小的错误。如《李白与杜甫》那样的作品，就是一个最好的例证。这些近来在学术界已经形成比较一致的看法。最有力量的批判，无过于摆出颠扑不破的论据，并加以清楚有力的说明，而不在于重复大量的斥责。郭老已经逝世，这就要求我们对他的失误更审慎地作出公平的判断，因为被批评者已经没有为自己辩护的可能了。姚雪垠同志在《评〈甲申三百年祭〉》一文中对郭老的指控，粗略的估计有近三十处，而事无巨细，在每一条后面都有一段“小结”，指出他犯了什么性质的错误。从“轻于相信……草率论断”、“捕风捉影”、“穿凿附会”、“凭‘假使’空发议论”、“全是空话”、“舍本逐末”、“读书粗心、即兴命笔”……到“抛弃了历史唯物主义的起码原则”，“为‘以论代史’、‘以论带史’开了风气”，“和严肃的历史科学家们所持的态度和治学方法背道而驰”，“离开实事求是，单凭主观随意的抽象假设”……看了这些“结论”，人们难免产生一种印象，郭老已经完全失去了研究历史的起码条件。姚雪垠同志在文末又说，“我们批评《甲申三百年祭》，丝毫不减低对郭老另外一些著作的高度评价”。这怎么可能呢？有着那么严重的缺点毛病的人，能写出另外一些值得“高度评价”的著作来么？真能出现这样的奇迹么？

我觉得学术争鸣最好的办法是明确地说明自己的意见，指出对方的失误，尽量避免使用尖刻的词句。自然，这样作是不容易的，但不可不努力以赴。“结论”性的话最好少说，结论由读者来作效果会更好些。在每一个问题上都要给对方“定性”，不但异常吃力，效果也是不理想的。这只是一连串尺寸不同的“帽子”，要求每顶都尺码合适几乎是不可能的。在帽子满天飞的情况下，很可能发生这样的“喜剧”，难保没有几顶飞回来落在自己头上。例如，姚雪垠同志指出郭老运用《明季北略》时引书卷数有问题，下结论道：“倒是可以证明郭沫若同志读书不细心，连卷数和题目都未看清，当然谈不上辨别史料的真伪了。”这不能说没有道理，但不也有些失之空泛、不够准确，因之也就减低了科学性么？姚雪垠同志自己就曾误将沈榜的《宛署杂记》算在孙承泽的名下，难道我们可以据此就下结论说他没有起码的历史常识么？像这样的例子，可以举出的并不只一件两件。

郭老是个有浓重诗人气质的人，表现在学术研究上格外触目，犯的错误也很不少。诗人并没有犯错误的特权，凡有谬误都应一一指出，以正视听，这是没有丝毫疑义的。不过在批评时，慎重一些，设身处地为对方想一想，也是必要的。姚雪垠同志责难郭老没有掌握足够的史料就进行研究，只靠一本《明季北略》就发议论。在今天看来，这确是有点荒唐的。不过也要想想抗战中在内地的得书之难。当然可以辗转借阅，不过也并不容易也不可能求得大致的完备。从抗战中住在内地的一些学人的论著，可以看出这个普遍的缺陷。即以今天的条件论，我们研究晚明史到底掌握了现有史料的百分之几，也很难说。在这方面，谦虚一点没有坏处。对前人未能摆脱历史条件的局限，我们应该寄以同情，在指出他们的错误不足的同时，不一定表现出可笑的优越感来。我相信世间一切事物，总是后起者超越前人，将来超过过去与现在。今天我们所讨论的一些问题，在未来的青年学人看来，很可能是荒唐可笑的。如果他们不予体谅，毫不假借，他们将说出使今天的学者、作家无地自容的话，这是想想都有些可怕的。但我相信，未来的青年一代必不如此。

一九八一年六月二十三日

姑苏访书记

最近应朋友之约到苏州去住了两天。苏州过去我是常去的，照我旧有的经验，苏州的可爱，第一是那里的旧书多，每次去都能看到一些别致的书，偶然也能得到几种。其次是那里的饮食好，可以吃到价廉物美的小吃。如元大昌酒店里各种下酒的零吃、包子和面。至于园林之美倒还在其次。荏苒若干年，情况发生了很大的变化，上面所说的两种特色基本上已不存在了。

住在大井巷，出门走上大街不远就是怡园，现存唯一的一家旧书店就在对面。我每次来苏州总要去坐一坐。这里有些店员还是过去的老相识，承他们的好意，每次都被让到楼上去坐一下，我也总是要求他们拿出几种书来看看。这种享受，在全国说来也是不易获得的了。记得去年，我还在这里得到过一本乾隆原刻的《冬心先生画竹题记》，总共不过十来叶，可是用的是旧纸，大字仿宋写刻，墨光如漆，前面还有一张高翔画的金农的小像，用的是雍正中刻《冬心先生诗集》前小像的旧版，不过后面的题赞却换了方辅题、杨谦写的篆书。关于冬心自刻书的纸墨之精，徐康在《前尘梦影录》里曾经讲起过。他说，这种自刻书用的是宋纸，印刷用墨取的是捣碎了的晚明清初佳墨碎块。在中国雕版印刷史上可以算得是非常突出的精制品，这就从一个侧面反映了清初经过百十年安定休息，经济上升，文化繁荣的面貌。《画竹题记》的用纸，是一种深黄色极厚实的竹纸，帘纹很细，还夹杂着一些未能融解的植物纤维，是一种较粗的古纸。我不敢断定这是否宋纸，但和宋代印刷佛经的用纸是相近的。去年在北京图书馆看到《冬心先生续集自序》，用的也是同样的旧纸，可见徐康的话不是没有根据的。

金冬心以画著名。不过他的文字写得也是很好的。写在画帧上面的小诗、自度曲、题记，刻在砚石后面的铭文……都有一种突出的特色。中间往往吐露了诗人画家的思想、感情。我常常感到这也应该算是一种特殊规格的杂文。金农是生活在封建社会的文士，他也只能发发那种特定的牢骚。不过时时反映了社会现实给他带来的刺激也是事实。在《画竹题记》中随便摘取一条：

> 比日不出。非不出也，避城狐社鼠之相窥也。既不出矣，招剡溪之人来，画老竹数竿，在大石罅。石作飞白者一，作黳黑者一。下有败棘，有恶草。不意幽林绵谷中伏处此辈也。画毕掷笔太息，自解不得。吾当搔首问青天耳。

这些话说得也够露骨的了。因为是题在竹石的画幅上面，看画的人也大抵随口称赞一句"高雅，高雅"，没有引起注意，遭到迫害，实在要算他运气。

冬心的作品曾有过多种翻刻，算不得孤本秘籍。不过能偶然得到作者自己刻印的原刻本，还是使人高兴的。除了雕版印刷史、美术工艺史上的价值以外，还有一种特殊的亲切之感。譬如《北平笺谱》，有鲁迅、西谛签名的初版本和只有编号的再版本带给读者的感受就大不同。这是往往要被人们说成是"玩物丧志"或"古董家数"的。当然，这里一个重要的前提是，国家安定，经济繁荣，才能有随之而来的绚烂文化。在这里，我是赞成"衣食足而后知荣辱"这句话的。

这次他们也取出了几种书，不过非常失望，没有什么有趣的东西，只有两本旧拓的"兰亭"，有程瑶田的题跋，是旧山楼的旧藏。闲谈中间，知道他们现在是以经营新版古籍为主的了。下面的门市部里确也陈列了大量的新书，这中间，不必说是有着不少各种版本的《三侠五义》、《七侠五义》、《好逑传》、《捉鬼传》、《儿女英雄传》……的。这后一种，有一家书店的版本还题作《侠女奇缘》。这几种书，在全国各地的新华书店里都大量地供应着；如果不是专营"古籍"的地方，就还有各种翻译、创作的"奇案"、"女尸"、"推理小说"、惊险样式之类的作品！老实说，这种"繁荣"的景象，看了是只能使人感到单调与寂寞的，就像在沙漠上看到一丛丛仙人球、仙人掌之类的多肉类植物一样。

至于线装书的货源，那确是少得多了。这自然是他们改营新书为主的基本原因。不过情况也不是绝对的，三吴一带到底还是有悠久历史的文化之乡，遗存虽已不多，但并非绝无仅有。苏州市图书馆仅有的两部宋刻书就是近年来他们收集的。附近地区请他们去收购藏书的人家也还不少，不过因为经营方向、人手……以及其他一些意想不到的原因，已经使他们长久以来放弃了这方面的业务了。

闲谈中听到了很多故事，都是不易忘记的。他们有一次在乡下发现了一屋线装旧书，已经邻于霉坏了，里面很有些善本。向县机关提出来，进行了整理。但不许由新华书店收购，当作宝贝又堆在另一间房子里。后来再去看时，许多书都残失不全了。一部孙星衍手校的明刻白皮纸《白虎通》，只剩下了两本。另外两本说是院子里的谁煮饭没有引火的东西，抽去当了柴。

多年来遇到过不少经营旧书业的人，他们都有相当丰富的经验，见识广博，记忆力很强，装了满肚子的关于旧书流转的故事和知识。我总是劝他们抽空回忆记一点下来。不过效果很小。他们不是推说文化水平不高，就是根本当作笑话来听。有许多人，如上海、北京的郭石麒、杨寿祺、孙实君、孙助廉……，他们如果肯做这个工作，是可以拿出不下于孙殿起的《贩书偶记》这样的著作来的。至少写出像李南涧的《瑠璃厂书肆记》、徐康的《前尘梦影录》那样的作品是毫不困难的。可是一本也没有，这些人都已先后死去了。闲谈中我出了一个题目，苏州一隅几十年中某些藏书家，其中有些是小藏家，他们藏书的主要内容，流散始末……现在记录一下还不是很困难的。这一类地方性的文献史料都是值得搜集保存的，全国每一个重要的文化中心都应该来做这个工作。

抢救、收集古旧书籍文献是一项重要的工作。由于历史原因，过去这工作是通过旧书行业的渠道进行的。目前，就很自然地划归新华书店系统经管。他们虽然同样要与书打交道，但业务的内容、性质是完全不同的。至少用新华书店现行的经营方针进行一刀切的管理是不妥当的。正如世医、儒医、兽医……虽然都有一个医字，却万不可误会他们干的是同一行当。望文生义在这里只能引起误会，造成损失。

在我们这样一个伟大的国家里，有那么一些从事古旧文献搜集、整理、流通的专业工作者，是完全必要的，绝不能说是浪费。照我的粗略估计，在北京、上海、天津、苏州、杭州……，现在还在岗位上有一定鉴定水平的古旧书工作者，一起怕也不满几十个人。这真是一种岌岌可危的局面。接班人的情况好像也不乐观。不要好久，人们把家藏的宋版书送到店里，也无人能加以辨识、处理的情况必将出现。更不必说散落在全国各个角落的古典文献了。当然，宋版书送到书店里的事现在是很少了。但也不能说今后就完全没有可能。宋刻宋印的苏诗，就是由藏书者的后人送到苏州书店里的。当然，这是极罕见的情况。书店因此而得到的利润也很少，与经营《三侠五义》所得完全不能相比。不过文化事业毕竟不是一般的营利事业，这里不好用一把唯一的尺子来加以衡量。

一九八一年七月十五日《人民日报》的“读者来信”中

发表了一封读者呼吁“从废纸堆中抢救古书画”的来信，就报告着一种触目惊心的现象。一个县的文化馆里有四千多册古书画（这句话有语病，照例画是不能论册的），管理的人员说：“这些书画是从县公安局收集来的。前段时间，县公安局的同志把古书画当废物烧掉，不知毁了多少。他们不是故意毁书画，而是不知古书画的重要。”当地另一位在法院的同志说：“这些残缺不全的东西有啥用?！我们机关里还有一堆。你若是要，到我们单位去拿。”

这事发生在湖北竹溪县。可以证明我从苏州听来的故事并不是仅见的，倒有着一定的普遍意义。公安局和法院严格说来不能算文化机关，在那里工作的同志缺少必要的文化修养也是不宜过分责难的。不过我们必须设法从速改变这种状况，则是无疑的。

一九八一年七月十六日

西南访书记

得到一本《一氓题跋》，翻阅一过，看到有两处涉及与云南有关的著作，很感兴趣。牵连想到了一九五六年的西南之行和一路上访书的种种往事。时间已经过去了二十五年，当时所见的一些旧书不知今天是否依旧无恙地藏在图书馆里。访书中也曾引起过一些零碎感想，当时没有来得及写下，似乎也还可以补记一点下来。

那次的旅行是从重庆开始的，后来到了成都，又去了昆明和大理、芒市等一些地方。每到一处总要去找找旧书店、看看图书馆，如果是有这样的地方的话。西南一隅的古文化遗存比起江南和中原地区来相对地要少一些，特别是书籍，在过去公私藏书的目录里著录得很少，因此也显得特别名贵。例如以收藏明刻方志著名的天一阁，按早期的书目，浙江一省的省、府、县志几乎没有什么遗漏，但四川、云南、贵州、广东、广西这些省份的方志，就只各有寥寥的几种。不用说，像宋刻《临安志》、《四明志》那样的古本更是没有看见过。按照明代的规制与习惯，地方官都有纂修刻印当地方志的责任或风气。刻好以后版片就藏在衙门里。书并不发售，只是存档并送给上司或同官。如果自备纸墨，通过关系，也可以请求刷印。祁承㸁在家书中就讲到过他托人刷印了某几省志书的事。范钦是兵部右侍郎，搜集起来自然更为方便。天一阁中的方志，绝大多数都是嘉靖一朝所刻，这也正是范钦在兵部作官的时期，有些书直到今天还没有装订过，依旧保留着印刷初毕的形态，就都是明证。顺便说一下，像这种保留着散叶或仅只用绳捻订起，或保留着明代包背装、原装的书，如非过于敝坏，是不可轻易破坏原式、重加装裱的。周叔弢先生在跋述古堂抄本《李公文集》时说："余尝谓书之精神在纸光墨采中，非极渝敝，不可轻付装潢，况世之能手如钱半岩者又不可多得邪?"说得是极对的。有些蠢人，一书到手，不问情由，一律重新装裱，还自命为作了极大的好事，其实正是没有文化的表现。

范钦利用职务便利搜集了大量全国各地方志，自然是做了一件好事，比起同为大官却不肯做这种"蠢事"的人来说，他算得是一位了不起的文化名人。

北京图书馆编著《中国版刻图录》一书，序言和说明，多出赵万里先生手，是一部有相当学术水平、印制得也精美的图谱。我觉得其特色之一。也超越了过去的同类著作的是，开始注意到刻书的地域性。过去的版本研究，只是注意到时代前后的一面；到了王国维作《两浙古刊本考》，才开始把过去笼统地称为"浙本"、"赣本"、"建本"……的方法进一步精密化。不过他研究的还限于"古刊本"，明本就不予论列，更不必说清刻和近代的出版物了。但这只有在今天的条件下，才可能作进一步更广泛、深入的研究。想认识我国雕版印刷历史的、完整的面貌，只了解纵的历史演变是不够的，还必须作横的了解与研究。而研究明代雕版地域性的绝好素材，我以为要推方志为第一，它所提供的是可靠的资料。限于体例，《版刻图录》所收的方志不多，而在其他许多刻本地域性的推断上，就不可避免地会出现一些疑点。

例如张岱的《西湖梦寻》，刊刻地区《图录》在说明中定为“山阴”，想来这是根据张宗子的籍贯和“凤嬉堂”的家刻样式确定的。但在原书的“凡例”（张岱的孙子张礼）中却说：“是集为从弟潆携来岭南，而韶州太守胡公见而称赏，令付剞劂，……爰授之梓人，锓以问世。”那么这书可能是粤中刻本了。但到底还是不好下结论，这里最好还要有雕版风气、纸墨等方面的旁证。

《图录》说明在宋刻本《春秋经传》下说：“（刻工）吴孚又补刻耿秉本《史记》。耿本《史记》刻于广德郡斋，而刻版皆出杭工，因推知此书当亦杭州地区刻本。”利用宋本书多有的刻工姓名来推证刊刻时代、地区，也是一种科学的好方法，不过这也会带来困难。杭州的工匠怎么会跑到江南东路的广德去做工的呢？所以还是把它算作了杭州地区的刻本。雕版工人当印刷业有了进一步的商业性发展时是会增加流动性的。杭州离开广德又很近，他们是完全有可能临时被招请来工作的。像这种不易明确解释的问题，到了商业性的出版事业有了更大发展的明清，就更为普遍地存在着了，我们就必须寻找更多、更有说服力的证据来加以说明。

《一氓题跋》著录了明刻丽江土知府木氏所撰诗四种，确是非常难得的佳本。一九五六年的冬天，我在昆明翠湖图书馆古色古香的小楼上看到从丽江木家收集来的几种木氏著作时，曾经引起了非常的激动，不只因为这是我在云南看到过的最旧的雕版书，还为它雕印之精美而惊叹。同时也感到这是边疆与中原兄弟民族中间文化往来、融合的实证，是重要的文献资料，远远超过了它本身的文学价值。这些书是：

《雪山诗选》上、中、下三卷，嘉靖写刻本。前有杨慎序，后有杨跋。序撰于嘉靖己酉。共分《雪山始音》、《隐园春兴》、《庚子稿》、《万松吟卷》、《玉湖游录》、《仙楼琼华》等六个部分。八行十六字。这是用一种黄粗皮纸印成的最初印本。《云南丛书》所收的《雪山诗选》应该就是根据了此本。卷前有赵藩的印记，估计是较早从丽江木家流出的。

《万松吟卷》，中宪大夫木公撰。嘉靖刻，九行十五字。有嘉靖癸卯杨慎序，后有同年自跋。刻印精美与前书全同，也有赵藩印。

《玉湖游录》，丽江木公恕卿著。嘉靖刻，八行十五字。有贾文元嘉靖乙巳序，张含序，后有自跋。太和李元阳批点，雕印同前。

《仙楼琼华》，丽江木公著。嘉靖刻，八行十五字。杨慎序。

《雪山始音》上、下卷，丽江木公恕卿著。张志淳序（嘉靖二年），嘉靖刻，八行十五字。这也是写刻本，但字体古拙而较小。

《隐园春兴》，雪山野人著。嘉靖刻，八行十五字。前有嘉靖元年自序，后有嘉靖六年自跋。书前有“隐园春兴班”两页，刻工古朴，文字在似可解似不可解之间，后面还有“子张子译而毕之……”的话，看来似乎原本用的是本民族的文字，是纳西族还是白族或别的什么文字，就不知道了。

《雪山庚子稿》，丽江木公著。嘉靖刻，八行十六字。李元阳序，张含志。大字写刻。

《万松吟卷》，中宪大夫木公撰。万历以后宋体字重刻本。八行十五字。前序则是原版的后印本。

《芝山云薖集》四卷，“丽水解脱道人木增生白父著”。崇祯刻，八行十八字。周延儒序（天启癸亥），张邦纪序，傅宗龙序。几篇序文的作者属名之前都列有长得吓人的全部官衔，卷前在作者之后写着“华亭董其昌玄宰父改阅批点；毗陵周延儒挹斋父、燕山张邦纪瑞石父参订；昆明傅宗龙括苍父校正。”这是晚明流行的刻书风气，请全国、本省的名人来参预校订。丽江虽然远在滇南，也受到了这种风气的感染，可见木氏家族这时又进一步接受了更深的汉文化。但坦率地承认诗篇曾经过董其昌的“改阅”，倒还是保存了可贵的质朴的。

《明丽江知府木氏雪山端峰文岩玉龙松鹤生白六公传》（卷上），冯时可撰。《云南木大夫生白先生忠孝记》

(卷下),蔡毅中撰。崇祯刻,竹纸蓝印。崇祯十三年的“敕谕”则是朱印的。这里记下了木氏的世系和木增的全部作品名目。

《云莛淡墨》存卷三之六,木增辑。崇祯刻,八行十八字。这是一个残本。书前还留下了几行题记,“书得自丽江木家,不全。存三、四、五、六四本。似明末清初版。不忍留在乱纸堆中,故亦检出。祝又祥十一月十三日。(章)”

这就是我在翠湖的图书馆中看到的全部木氏家集,共十一种。这最后一种是类似读书笔记之类的东西,卷三是记花草的,所引书有丘文庄《群书抄方》、《养生诀录》、《云仙杂记》等。也抄了许多史传中因果报应的故事。卷六则是“释庄义”,是高头讲章式的读本。水平不高,但可以看出木家受到汉族文士的影响之深,他的府第里也应该有着一个相当丰富的图书馆。如果保留到今天,将是不下于天一阁的一座藏书楼。早在正德前后,木家就已经收集汉文书籍了。

按照通常的习惯,这一批木氏家集无疑是要定为明嘉靖至崇祯中云南的丽江刻本的。其中有一两种写手、刀工也确是非常古拙。不过就绝大部分刻本看来,可以毫无疑问地断言,这是出于最纯熟的苏州地区的写样、雕版工人之手的。例如吴曜、黄周贤这样的写手、雕工所刊印的书籍,与木氏家集所显示的正是完全一致的嘉靖中吴开版的典型风格。尤为奇怪的是,木氏家集印刷用纸是一种特制的黄皮纸,这种纸只有正德嘉靖前后苏州地区的出版物偶有使用，如华氏、安氏的铜活字本书十九就都是用的这类纸，它与典型的云南皮纸则是完全不同的。《一氓题跋》又著录有《张愈光诗文选》，这书的嘉靖刻十卷本用的就是一种典型的云南棉纸，胡应麟《少室山房笔丛》说：“惟滇中纸最坚。家君宦滇，得张愈光、杨用修等集，其坚乃与绢素敌。而色理疏慢苍杂，远不如越中。”这里所说的云南产的皮纸的特点是极突出的。它比不上“越中”所产的白皮纸的细净漂亮、颜色雪白，纸色是微黄的，映光看去，没有淘净的楮木碎屑还往往存在，但它的坚实也不是江南的棉纸所能比拟。这部《张愈光诗文选》是曹倦圃的旧藏书，后归明善堂，八行十七字。赵维垣序。这才是典型的滇刻滇印本，与木氏家集诸种完全不同。

看来，要科学地断定书籍的雕版时代和地域，是还可以借助印刷用纸这样的辅助条件的；有时，辅助条件也可以化为主要条件，如这里的情况就是如此。木家是土司，又世代好客，结交中原文士。他们自然也可以不远万里从江苏请来写手、雕工，运来印刷用纸，在丽江刻印。但我总觉得不大像，还是把文稿寄到苏州刻印来得方便些。云南自然也有刻工的，但比起苏州地区来，就粗率得多。在土知府看来，是不够理想的。木家祖孙的这种心理状态，就与现在有些人的看待“洋货”相类，这是不难理解的。可以作为旁证的是，陈垣《明季滇黔佛教考》，木增条下说：“又尝于叶榆崇圣寺得《华严忏仪》四十二卷，延僧赍付苏州雕版，置嘉兴楞严寺。”这就说明木家确曾派人到江南刻书，可知所刻必不只佛经一类。

其实照我看来，明代中吴地区的雕版水平固然已经达到甚高的境地，一些精致的写刻本，确也美妙非常，可以当作书法范本了，但它代表的正是江南的水软山温的那种风调，并不足以压倒、取代滇中刻本雄健恣肆的风格。有一种嘉靖刻的《杨升庵诗》，就是阮元在《天一阁书目》中所说的“书用六行　字俱行草”的那一本，刻工极为朴茂，我怀疑这是用杨慎手写的诗稿上版的。笔画的锋棱转折处依旧保留着刀痕，这似乎不如中吴刻本的细腻圆转，但却极好地传达了行草书的气势、风貌。在明中叶以后的雕版中，这是突出的有代表性的作品。除了少数继承了元刻风气的明初精椠外，正嘉以还已经极难看到这样的刻本了。至于所用的皮纸，正是扯也扯不断的“与绢素敌”的那一种。此外还有一种《高峣十二景诗》，也是杨升庵作，嘉靖滇中刻本，七行十五字。全书只有四叶，是近于颜体的写刻本，也刻得极为浑朴。这可能是升庵当时刻了投赠朋友的“诗筒”，他也寄给了木公索和，那和诗就保存在《雪山诗选》里，但原倡的五言六句却改为五绝了。

现在转录杨升庵原作第一首《翠岩晚霭》和木公的和诗，也许可以看出这位木知府在大诗人影响之下掌握汉文化所达到的水平。

“金碧染峰端，岚沉暮霭宽。趁虚穿翡翠，刻竹坐琅玕。海气如圆窒，分明入画难。”（杨慎：《高峣十二景诗·翠岩晚霭》）

“日暮翠屏开，俄看触石来。海光分缥渺，林影共徘徊。”（木公：《雪山诗选》。原题是《升老简来，命作高峣十二景诗，续书于后》。杨慎在这第一首诗后的批语是：“此首绝佳，绘出翠岩景也。”）

明清以来，版本目录学者在鉴定版刻中已经走过了长长的一段路程。最早也最习见的一种办法是全凭个人经验的“目验”。有名的藏书家或老书贾，一书到手，往往一眼就能断定这是何时何地何人所刻……，自然也有许多失误，但一般说大抵是正确的。不过他们赖以作出判断的根据却说不出，他们凭的仅只是经验，并不曾加以分析、总结，上升为理论。后来人们逐渐试图摸索带有规律性的东西，宋元本的行格表出现了，刻工姓名也有人进行统计了，还出现了“留真谱”、书影之类的参考图录。这就多少有了一点科学性，不过限于条件，见书不多，粗陋是难免的，因而科学性也就不高。也有人注意到古书的用纸，他们说，宋版书“纸白如玉”，不能算错，但也不免过于笼统了；他们也注意到宋纸的帘纹，说有“×指阔”，或者说“宋纸于明望之无帘痕”（沈子培引张丑说）。当然也都是粗略的说法，但这总的趋向是正确的，是从实际、实物出发的。可惜进步不快，闲言闲语也不少，什么“古董家数”，“玩物丧志”之类的话常常能听见。即如章实斋那样的学者也不能免。其实版本学是一种科学，是不能忽视的。不讲版本的学者很难说是完全的唯物主义者，至少他的唯物主义是不彻底的。

近来研究古纸的人多起来了。关于灞桥纸到底是纸还是布？造纸术是不是蔡伦发明的？……争论颇为激烈。这当然是很好的。传世晋唐书画的纸质也经过了初步的鉴定，“澄心堂纸”、“剡藤纸”这些名目也有人进行推测了。这许多都是很好也很必要的工作。不过迄今仍有大量实物存世的古书画、图籍，使用的都是用全国各地生产的纸张，从宋代开始，也有了千年上下的历史，却还没有引起研究者的重视。如果将这些资料加以系统的比较、分析、测定，那就不只能对书籍、书画的鉴定提供科学的依据，对造纸史的研究也是极有意义的基础工作。有许多精妙的古纸，我们现在已经不能制作了，甚至连名色都说不清楚，实在是值得遗憾的事。我们曾经有过洁白如玉的宋纸，也有染了各种美丽颜色的古纸；有罗纹旧笺，也有绝无帘纹的桃花纸；明代盛行的棉纸，细分起来，该有多少个品种，恐怕至今没有谁能说得清楚；被视为印书低级品的竹纸，花样就更多了，其精粗美恶也大不相同。大量的实物可以供研究者利用，甚至为了化学分析而取样，也没有多少困难，不比古书画，只能靠眼睛观察。谁能从《平复帖》或《伯远帖》上撕下一块纸角来进行科学测定呢？

有时候弄清了较近事物的状况，会有助于认识更早的同类现象。像造纸手工业的发展就是如此。我们今天看起明刻本来，以经历的年岁论，差不多就和黄荛圃的看待宋版书一样。可是我们还多少保留着黄荛圃的观点，认为明清以来的出版物是不值得重视的，主要是因为它们还不够古。老实说是一种时代的错误。

西南访书续记

坐落在昆明翠湖公园中的图书馆，是一个很幽静、很可爱的地方。抗战中住在昆明的时候，曾经到这里来过，至今还依稀记得那小小的庭院，进门处由群花组成的篱落，和几楹古老的木结构楼厅，这一切过了十多年似乎完全没有变化。小院中的山茶正在盛开，艳丽、火红，在只有昆明才有的阳光底下，是一片三月的阳春，事实上却是一九五六年的岁暮了。

在书楼上，我花了两三个下午，读过了百来种馆藏的善本。在我，这真是一种享受。“善本”，是有着种种不同的涵义或理解的。这里并没有也不该有一把绝对的尺。在这里，没有宋元刻，没有明抄或旧活字本，也没有时髦的词曲或插图书。最旧的本子也许是“思溪藏”和元明刻的零本经卷，中有三宝太监的“发愿文”，是他印了送给五华寺的。不过这里的一些有关滇南的图籍，则是别处找不到的，有些则是孤本。来到一处地方，能看到这许多带有浓重乡土色彩的藏书，真是使人高兴的事。

这里有两种康熙刻的担当的诗集。《翛园集》八卷，题

“滇中唐泰大来著”，收自万历丙午起诗。前有李维桢、陈继儒、董其昌序引。八行十八字，刻得极为拙劣，用皮纸印，确是滇中刻本，这里收的是他还不曾出家以前的作品。另一种名《橛庵草》七卷，题“鸡山僧通荷担当著”，康熙刻，行款同前。卷一诗起崇祯壬午，有自为序跋，时担当七十六岁。

《云南丛书》中收有《担当遗诗》，不但不全，刻得也太坏了。担当是明清之际著名逃禅的遗民，是诗人也是画家。抗战中在重庆看到过胡小石先生手写的一副诗轴，那是一首自作的六言诗：“总角簪花旧院，白头泼墨橛庵。鸡山烟霞绝世，归来何必江南。”印象极为深刻，到今天不忘。在那个时代，读到这样的诗，是不能不使人激动的。诗人来自江南，来自担当和尚少年时曾盘桓过的秦淮河畔；在诗里却夸说云南鸡足山的风景，简直可以代替魂梦里的江南故乡。但诗人知道，读诗的人也明白，这其实是替代不了的。

关于“簪花旧院”的故事，就在《翛园集》里。

云鬓恼新霜，不分娇花放。
伴羞采嫩枝，插在儿头上。

（诗题：《余年十三，在金陵。湘兰老马姬采花为余簪鬓，戏呈》）

集中还有一首《西湖怀古》，却是能写出少年唐大来的心事的。

春去犹闻春酒香，湖山千古想钱唐。
西泠倩女情楼小，南渡忠魂墓草长。
枉把十年教歌舞，难将一棹载兴亡。
渔家不改游人老，桃柳含愁对夕阳。

馆中又有旧抄稿本《孙髯翁先生诗集》，这是昆明大观楼著名长联作者的诗集，未见刻本。集中有《咏担当》诗："剩水残山聊尔尔，那有闲情称画史。但将白眼送浮云，也似黄鸡归故里。六朝新样秣陵秋，百尺鹅溪一段愁。寄与江南阮司马，庞家居士自风流。"

又有《吊担当上人》诗：

"黑水青天外，苍山古雪边。儒生而墨者，酒客亦诗仙。杖锡来鸡足，春花叫杜鹃。画中三两笔，仿佛义熙年。"都是珍贵的有关担当的资料。

一般认为，明刻书以崇祯刻本为最晚。又有所谓弘光刻本，那是指甲申乙酉之际刻于江南一带的书，算是颇为名贵的东西，原因是时间短促，出版不多。但永历刻本却还不是绝无仅有的。此外还有"吴"纪年刻本、洪化刻本，则是吴三桂反清以后所刻书；秦王刻本，是永历中所刻。这些云南地区刻印的书，过去几乎没有受到藏书家的注意，更不曾见过实物。这次却在翠湖的图书馆里见到了。

《升庵年谱》一卷，周四年刻本。刻甚精，八行二十字，完全是典型的康熙刻本风格。板心下有"高峣藏版"四字，前有升庵小像。周四年即康熙十六年丁巳，时在三藩反清起事之后四年，战事在江西湖南一带进行，昆明是后方，依旧歌舞升平，为杨升庵建祠，祠成又刻年谱序里详列倡议、捐资的同官姓氏，有云南按察使来度、左布政宗彝、右布政丁浴初等若干人。三藩定后，这书必不能免于焚毁的命运；如按册查拿，“从逆余党”将一个也逃不脱。这样，可以知道这仅存的小册之可贵了，实在要比书虽不存仍留记载于禁书目录者还要可贵。再过了两年，就又有《三教经》一卷之刻，《三教经》者，《孝经》、《四十二章经》、《道德经》也，刻版极类万历刊本，颇精，七行十六字，皮纸精印，前有“洪化己未岁长至日灵武夏惟修序”，应该称之为洪化刻本了。〔按：吴三桂于康熙十二年（一六七三）称帝，国号周。戊午（一六七八）死，孙世璠立，改元洪化。凡四年，己未为一六七九年。〕这是三藩变后在纸墨上仅存的余迹。记吴藩事的野史则有《胜国遗臣藏否传》二卷，皮纸黑格旧抄本，版式狭长，有如账簿。前有作者史淮序（康熙四十七年）。这是以吴三桂事为终始的晚明野史，近于“剿闯小说”，应该也是可珍的史料。三十多年前我访问翠湖图书馆，目的是想搜集有关吴三桂在云南的历史记录，没有什么收获，也许这些书当时还不曾入藏。今天人们又开始议论吴三桂，也对有关云南史地种种发生了浓厚兴趣。这就不能不希望地方上的出版机构，有计划、有步骤地重印一批重要史料。这些珍本，确是不应让它以孤本仅存的方式酣睡在图书馆里了。

可以与丽江木氏媲美的是清初姚安土知府高奣映（白族），他的名著《妙香国草》的康熙原刻本也收藏在图书馆里。只要看他的题属，“古庐陵高奣映雪君父著”，就能知道他的汉化之深，并对汉文化有怎样的兴趣了。同校门人也仿效了师傅，在题属上用“古坪”代替“石屏”、“螳川”代替“安宁”。这书采用的是诗话的形式，大量地介绍了大理一带的古迹、风俗、传说……，是时代较早网罗较备的重要地方风土志。像“武侯水南战处”、“唐天宝战士冢”“上关花”、“风孔”、“雨铜观音”、“蝴蝶树”，就都是当地著名的风物、旧迹。

云南远处西南边陲，中原文士极少来游的可能，他们过去不肯放过这样难得的机会，总是尽量把见闻记录在自己的诗文著作里。早期的著作如《云南行记》《炎徼纪闻》等留存的虽不多，但却无例外地显露了猎奇的倾向，也反映了当地社会文化与中原地区的差异。从明代中叶算起，有关云南的著作有几个时期是比较丰富的。首先是杨升庵，他是个大知识分子，因获罪远谪云南，居住了很久，给当地带来中原文化的影响是不容忽视的。以杨慎为中心，形成了一个文士集团，其中有不少是兄弟民族的文士。他们之间的交游和倡酬，使当地的文化面貌迅速与中原地区靠拢，风气发生了很大的变化，这影响一直延续到十六世纪中叶，前后有一百五十年之久。南明永历在滇黔之间一直维持到一六六一年，有相当数量的明朝臣民随同南来。永历覆亡以后，有的人就流寓当地，有的作了和尚。他们带来的是更为完整的汉文化体系，从政治设施到军旅、文事、宗教……，都是中朝的仿效、模拟。这是云南进一步向中原接近的另一重要时期。三藩乱后，清朝并未放松对边疆的控制，云南与内地的往来也更为密切。从晚明直到乾、嘉，重要的著作如徐霞客的《游记》、王昶的《春融堂杂记》，一直到桂未谷的《札朴》，都是很有特色的作品。至于清初人的诗文集中有关云南风物、民俗的记载更是所在多有，有关永历的野史也留下了许多种。这几乎全是中原文士的著作，而像《妙香国草》这样白族文士对乡邦风土的记述与吟咏，就是十分少见而可珍的了。

《金刚般若波罗蜜经》，经折本。棉纸，朱印。后有草书跋语，题“永历乙未冬秦王书”。有“秦国之章”朱文大方印。这是永历时秦王孙可望的刻本，也是滇刻中一种别格。

孙可望旧是张献忠的部将，绰号“一堵墙”，是永历一朝后期的支柱人物之一。但因与同是献忠余部的李定国发生矛盾，导致内部力量分化，最后叛降了清朝。翦伯赞旧作《论南明第三个政府的斗争》，成于一九四〇年。慨于当时的政治形势，在论文中指出永历一朝是寒族与缙绅的混合政府，后者执行的是分化“闯贼”余孽的政策，因而导致败亡。这自然是一种分析。但孙可望的种种行事，见之于晚明野史中的，也是不可忽略的历史真实。鲁迅曾据屈大均的《安龙逸史》介绍过孙可望的剥皮法，是大家所熟知的。他的千方百计要永历帝封自己做秦王的经过，也是有名的故事。他还拒绝接受“平辽王”的封号，理由是“二字王”没有“一字王”来得风光。乙未是永历九年，是他已经杀了陈邦传父子、剥了李如月的皮之后三年，秦王已经做定做稳了，这是他极重视也极得意的事，于是刻佛经时就以秦王名义写跋、钤印，规格与明代诸王的藩府刻书一般无二。这虽然只不过是一册释典的小册子，其意义却是别有所在的。

图书馆藏书以旧刻集部书最多，陈垣《明季滇黔佛教考》中所记滇僧的著作，有不少这里还保存着原刻本，可能都是援庵先生未见之书。有一种《何蔚文年谱、诗话》，后附传奇三种。书为康熙抄本，每种传奇都有作者的题词。三种传奇的名目是《缅瓦十四片》、《插一脚》、《摄身光》，这都是研究戏曲史者未之前见的。《缅瓦十四片》一种应该是写近事的历史剧，题词云："缅事目击，乃日久亦恍亦忽。错舛且忘，如忆往梦。偶填词得《缅瓦十四片》，真长歌当哭也。若以漏多瓦少，又略补益。然猿听三声，已不禁泪下，那得再。"何蔚文生于乙丑（天启五年），康熙三十八年卒，是崇祯、永历、康熙三朝和三藩事变的亲历者。

《云南矿厂工器图略》不分卷，道光刻本。九行二十四字，全书共五十叶，前有图十一叶。刊刻极精。题"赐进士及第兵部侍郎巡抚云南等处地方吴其浚集，东川府知府徐金生绘梓"。又前人所著《滇南矿厂舆程图略》二卷，图也极精，不下于芥子园诸种。这是非常重要的有关云南矿产、冶炼工艺、地方经济、科学技术的资料。所见科学技术图籍的旧刻本中，这要算是极精的一种，可以看出清代后期所达到的水平。书极罕见，未曾著录。《贩书偶记续编》有同一作者的底稿本《弹谱》一卷，《弹弓新编》一卷，有道光辛丑序，可见他对图谱之类是很有兴趣的。

一九五六年冬昆明市上还有零零落落的几家旧书店，比起成都和重庆还多少热闹一些。在五华山下的马路上，所谓“逼死坡”那块石碣的对面，就有一家小小的旧书店。每天从旅馆出来都要经过，走进去看看，和书店主人谈谈，知道了一些昆明书市的情况。据说一九五三年左右，昆明市上还有很多旧书，经他的手卖出的明刻本就有万把册，被一位刘某买去最多。其中有一种《腾越厅志》，万历刻，白棉纸印本。像这样的“善本”是看不见了，不过我也买到了一册康熙时人的诗稿，前有名印曰李含和，号金沙，和著名诗人阚祯兆是朋友，诗集保存了大量吟咏云南风土的篇章。这自然是不见著录的地方文献，后来送给了翠湖图书馆使它与同时的许多诗人的作品作伴。

光华街上也有一家旧书店，书很整齐，但没有什么别致的东西。最名贵的也只是清初写刻本如《渔洋精华录》之类。书店主人还介绍我到另外一处地方去看书。这并不是书店，在一个大院落里的几间屋子里装满了旧书，我觉得仿佛走进了一位学者的书斋。据说书都是抗战后期联大教授们卖掉的，有的是生活所迫，有的则是复员时带不走，才留下来的。书都很整齐，当然并没有什么版本书，不过有关社会科学的古代典籍参考用书是相当完备的。这不是一两个人的东西，是许多老年、中年的知识分子，间关万里，辛苦从北京搬了来的。最后却不能随主人一起北归，留在了滇南。我望着满箱满架的这些旧书，不禁惆怅了许久。

一九五六年昆明市上最有意思的书店，大约要算近日楼附近，云瑞西路的一家了。在广场一边有一排双层的木屋，这里是一排小店，店堂内部几乎转不过身来，他们的货色就都摆在门口木板架起的摊子上。这里也有一家旧书摊。木板上胡乱放着最破最烂的旧书，特点是大半是皮纸印本，又几乎全部蛀过，书页前后蛀得蚊帐似的透明了。门口摆着的不过是样品。店里阁楼上还顶天立地地塞满了这样的破书。

可以猜测小店里的货色不是来自昆明市上，极可能是从外县运来的“废纸”；它们也不是从藏书家手里流出，或外省读书人带来，全部是地道的云南刻本，我想上楼去看书，主人慷慨地答应了。他说只要不怕脏就行。

我在阁楼上看了半天，走下扶梯时两手墨黑了。选出的书中间记得有一厚本皮纸旧抄的“杜诗”，后来寄给了成都的草堂；又一本是雍正刻的《云龙州志》残本，皮纸印本，翠湖图书馆没有此书，就留给了他们。此外《云南通志稿》和《云南备征志》的残册，也都是原刻皮纸印本。

关于云南的旧本方志，现存最古的也许是《景泰云南图经》了，原本旧藏丁氏八千卷楼。此后有正德《云南志》、万历中谢在杭的《滇略》，都不是本地人的著作。由本地学者纂修的地志名著是大理李元阳的《万历云南通志》。据图书馆里的同志见告，这书的原刻本三十年代发现于北平，当时索价二千二百元，后为天津任凤苞买去。龙云向任要来了一部晒蓝本，托商务印书馆排印了五百部，送掉了一些，剩下的都堆在五华山上，经过火烧，剩下来没有几部了。此书原刻在日本的尊经阁和早稻田大学都各有一本。

我想，全国的地方图书馆和出版社，实在应该把认真收集、保管、流传当地地方志的任务担当起来。这是责无旁贷的光荣任务，也是为子孙后代设想的迫切任务，也是纂修新的方志的重要基础工作。翠湖图书馆印过一本馆藏全省方志目录，虽然旧本不多，残本不少，但他们殷勤访求的心情是值得钦佩的，他们作的是寂寞但却重要的工作，人们将越来越深刻地领会这工作的重要意义。

来云南之前经过重庆成都，也都到图书馆和书店去访问过，看到过一些很有特色的好书，这里来不及一一记下了。我只想说一点有关西谛藏书的故事。

一九四八年顷，我偶然在上海一家旧书店里看到一本郑西谛手写的《纫秋山馆行箧书目》，用荣宝斋格子纸写成，大约收入二千种上下线装书。后面还有长跋，历数收集这批书的艰难经过。书店的人告诉我，郑先生托他们卖掉这批书，价钱并不太贵，已经有一位在四川经商的客人想要了。我知道郑西谛当时的经济情况不好，他正在印几种大部头的图谱，又买了许多唐俑和参考书，天天为还债发愁。政治压迫又日益严重，他已经开始为离沪远行作准备。在这种情境中卖书是不奇怪的。这批书中有一大批明刻本，虽然并非孤本秘籍，但治学的人被迫卖掉藏书，总是使人难过的事。不久前为了给吴梅村的《鸳湖曲》作笺证，我向他借得张天如的《七录斋集》、陈子龙的《几社壬申合稿》，刚刚用毕还掉，不料也见于这本目录中间。这就使我很不舒服，总想能设法为他保存下这批书才好。取得西谛的同意之后就东奔西走，凑借书款。最后凑齐的那天下午，因为其中有一部分是银元，还跑到河南路的马路市场上去向摊贩换成纸币。等我提了一袋“金元券”赶到书店，已经上灯了。店主人笑嘻嘻地对我说，币值猛跌，原来议定的价钱不算数了。这真使我一下子陷入了进退维谷的尴尬境地，如果提了钞票去换回银元，那就连一半也捞不回来，同时实在也失去了奔波的兴趣，在不得已中下了决心，用这笔已经不算钱的钞票选购了十来种旧书，嘉业堂寄存在店里的旧书。这笔书债直到十年以后才最后还清。那本西谛手写的“书目”也押在债权人那里。这样，当一九五六年我在重庆枇杷山上的图书馆里发现了这批曾想赎买而终于未成的“纫秋山馆行箧书”时，是不能不感到意外与激动的。《西谛书目》早已印行，我想，这批书目如作为“外编”增附其后，就像《天一阁书目》之有内外编一样，好像也是可以的吧。

一九八一年八月二十五日写毕

读《一氓题跋》

这是一本非常美丽的小书，拿到手上引起由衷的欢喜。无论版式、装帧、印刷都是出色的。翻开目录，果然发现了许多极有兴味的旧本书题跋，而且立即读完了。说读完，其实也并不是很仔细的，不过是泛览一过而已。吴翌凤有一块藏书印刻着“枚庵流览所及”六个字，我一直很喜欢，觉得他确实说出了一种读书的方式。当然这不是普遍的方式，更不是最好的方式，但却是我自己一贯采用的方式。得到一部文集，总是先挑选“书后”、“跋尾”这一部分看，至于放在卷首的那些大文章，十之八九倒没有通读。这是我的一种坏习惯，多年来一直如此，很难改变。

《一氓题跋》也收入了一些序文，有些过去也曾读过。序比跋一般要长些，内容也不同，因此要放慢一点来读。后来在读这些序文时，心情逐步沉静下来了，最后是肃然地掩卷，读旧书题跋时那种轻松的情绪消失了。这时，我觉得自己最初的印象改变了，这并不是一本“小书”，其实应该如实地说是一本“大书”。

这些写于不同时期，为不同对象所作的序跋，当然并非有意组织的系统论文。不过作者所接触的方面是广阔的，同时对每一方面都认真地说出了自己的意见。意见大致可以分作两个部分。一种是实在的、扎实的探讨与评论，看似平易，其实是积多少年探索玩味所得，因而符合实际，有说服力；另一类则是一些新鲜、独特的意见，与对时弊和某些不良倾向的针砭。而无论是哪一类，都毫无例外地饱含了对人民、国族的挚爱与激情。有些则是美丽的诗，如为《江山如此多娇摄影集》所写的序，就是一篇壮美的诗。

作者讨论的对象，包括了治印、书法、绘画、素描、插图、木刻、摄影、造园、版本、女工、交子等许多方面。不只反映了兴趣之广，也说明了爱恋之深。大革命失败之后，作者曾一度从事左翼文学、社会科学活动，是这方面最早的领导人之一。后来转徙于不同的战斗岗位，但始终没有忘情于此。在国外工作时，曾搜集革命文献；在初解放的东北，还留意收集旧书；对成都的杜甫草堂，也时时关心并为之罗致了许多文献藏品。……这一切都是业余的工作，照老话就是“好事者”的行径了。可是我们今天多么希望有更多这样的“好事者”，社会主义新文化的建立，也决不仅仅是文化领导部门的事情。

作者在《后记》中说，他一九七九年后写的几篇序文，“实在没有多大意思。借此发点议论是有的，自以为好处还不至有‘应酬气’”。这是一个发誓不搞唯心论、“违心论”，严格遵守存在是第一性的作者所达到的境界，这其实倒也是很有意思的。写于《江山如此多娇摄影集序》后十四年的《阿英文集序》依然是一篇壮美的诗。不同的是从壮丽的河山转向了风流的人物，文字也更为深厚、激越，这是增添了十多年新的实践经验的结果。在回顾故友的生平经历时，没有回避什么，但也绝不忽视历经奋斗、牺牲所取得的胜利。“未来不再是作者经历的苦难和忧郁的时代，将只能是绚烂多姿，光华夺目的时代。”这是真实的、科学的因而也是极有说服力的结论与展望，是我们必须十分珍惜并力争得到的。这是一个很突出的特色，出现于作者的许多篇章之中，形成了一种基调。《重读总司令的诗》，实在是一篇重要的新诗话，精确地表述了诗和诗人的关系。既说明了有怎样的作者才能有怎样的诗篇；也说明了读者在读诗的时候往往也正是在读人。同样的主题在过去的诗话中也不是没有人触及，但有谁曾用存在第一的原则把问题讲得这么使人信服、这么好呢？

过去在《花间集校》卷前读过作者对《花间集》版本源流的研究，知道他在这方面下过怎样的功夫，得到了怎样的成果，同时也领略了一种崭新的研究作风。第一，在没有看到实物之前，不下任何疑似的论断；第二，在作者眼中，宋本与明本，甚至是晚期的坊本都是研究的对象，毫不存在重古轻今的势利观点。这是与旧时的版本学者截然不同的，显示的也正是老老实实的实事求是的作风。《邓拓书法选序》中关于中国书法的流变、特点、与它的成为一种艺术的美学分析，几乎全是作者自己的见解。路是自己走出来的，极少借助于大量的旧有的书法艺术理论，那中间有许多简直是邻于玄妙而不可知的东西。创见并不一定就成为定论，但远远胜过重复神秘的套话则是无疑的。

作者很喜欢在文字中随时发一点议论，也许这些正是最能引人入胜的所在。例如在论工笔画时提出的“提倡工笔，反对烦琐”的意见就是极对的。明朝的家具浑朴而清新，到了清朝，雕了又雕，刻了又刻，就成为讨厌的事物。这情形在晚明版画向清初宫廷版画转化的过程中也是存在的。据说翁方纲到了七八十岁，春节中还能在一粒米上写下工整的“天下太平”四个小字，算作一件“美谈”。可是碰到能刻出整篇《赤壁赋》的名手，也只能一败涂地了。不过实在也不能理解这种东西的艺术性到底在哪里？

作者慨叹“可惜的是这些年（在美术上）都不讲基本功了”，这意见曾在几处反复提到，又说“这些年学风不好，要么懒散，要么乱窜，踏实下苦功的学风还没有普遍起来”。这都不是仅只存在于美术上的问题。我们仿佛可以清晰地听到老人焦虑希冀的声音。

从明代前后七子、公安竟陵派在诗坛上的消长变化看出了“事充于极，则适成其反”的迹象；由《瑶华集》而论及清初词风的特色与重要性，以及清中叶、晚季词风的变化脉络，都是很有特色的议论。扩充、深入下去，都将是很好的研究课题。说陈毅同志“写了不少风景诗，但绝不是田园诗”；从齐燕铭同志的遭遇总结出“气数就是脱离轨道的历史”。这些深刻、富于哲理的话都不是随便说出来的。作者在《避暑山庄图序》里更痛切地指出了几乎已成为普遍事物了的风景、文物破坏现象，“我们一方面一口一个劳动人民，但对于劳动人民在建筑上的勤劳和智慧所创造的东西，却不给以应有的尊重。……不能把眼面前的事也完全推到历史上的社会动乱了事。爱护我国过去劳动人民所创造的民族历史的艺术财产，正是社会主义之所以为社会主义。什么封、资、修，说不上。”这些充满激情掷地作金石声的语言，是非常动人的。当然，作者也在一些地方表现了他的幽默、调侃与欢欣。在跋《玉簪记》时他说：

> 川剧《秋江》一出，驰誉京华，京剧仿之，列入海外演出节目，遂大为欧陆观众所欢迎。《玉簪记》以此翻身，岂不怪哉！

一九七六年下半年，他在用明活字本校嘉靖本的《陈思王集》，大概也和鲁迅当年在绍兴会馆里抄古碑差不多吧。可是在寂寞校书中间，天大的喜事发生了。于是在跋文中写道：“校读中北军已收产、禄，欣喜无量。”我想无论是谁，读到这里都会为之开颜一笑吧。

中国古版画的逐渐变成“宝贝”，大约始于三十年代前后。这以前，当然是公认为不登大雅之堂的东西，不为文人学士所看重。不过，真正的杰作自有其不可淹没的光芒。纯正的版本学者如缪荃荪，也破例在藏书记中著录了一两种明刻的小说，而且特别指出那图绘的精工。可见学者们嘴里不说心里却实在喜欢的情景，已经存在了许久。版画身价的逐渐抬高终于成为旧书市场中头等的热门货，是由于郑振铎、马隅卿、王孝慈、傅惜华诸位的大力提倡与搜求。价钱飞涨了，仅存的遗物也借此多少逃脱了毁灭的命运，这也是有一弊也有一利的一例吧，归根结底，还应该算是利多弊少的。掌握了实物就要开始研究，在这方面，鲁迅和郑振铎实在是开山与奠基的重要先行者。他们合作编印了《北平笺谱》，翻刻了《十竹斋笺谱》，鲁迅逝世后西谛主编的《中国版画史图录》，从立意、设计起，鲁迅都有过重要的贡献。《鲁迅书简》中寄给郑振铎的许多通信，就颇为完备地说明了先生关于中国古版画的许多重要意见。这些意见在《一氓题跋》中《陈老莲水浒叶子跋》中作了归纳。三十年来关于古版画的资料流布和研究工作，也断断续续地作了一些，但论规模、论深度都还没有更多超过西谛先生四十年前达到的水平，这是应该使后继者感到惭愧的。结合实际需要，选择重印一些有代表性的版画名作，认真撰写序文，就原作的版本源流、艺术成就进行探索、分析，这样的工作，是重要的，是填补中国美术史空白的必不可少的工作。

收集资料的工作是辛勤而艰难的，研究、勘对起来也决不轻松。特别是版画艺术风格的分析，画家刻工分工合作关系的探讨，不同流派的形成与发展的追寻，从社会发展的背景中对一系列问题的解释。……这许多，在《一氓题跋》的有关篇章中都已涉及并提示了相应的方法、途径。这一切都将是新的研究的可靠基础。工作必须是踏踏实实的工作，来不得半点空疏。最近看到一篇论文，引用鲁迅、西谛通信，介绍鲁迅有关复印《十竹斋笺谱》的意见，把先生有关《雕版画集》的话也一并抄入，仿佛《笺谱》中曾出现过《浣纱》、《焚香》、《柳枝》等图像似的了。这样的疏失却是应该力求避免的。

《题跋》中说到的书，以杜诗、词集、版画为多。作者在书前书后随手写下的小跋，读来特有兴味。正如《后记》中所说，这些小跋对作者说是成果，对读者说是参考资料，也不一定每条都要细读。但偶遇自己曾经接触过的品种，就更觉得有趣，也随手在书眉记下一点读后感。现在就按原书次序写下，作为一点余兴。

明刻有关西湖的插图书，还有一种《西湖志摘粹补遗奚囊便览》，万历刻本。原书十二卷，我只得残本一册，存卷七之十二，图已不存。但日本的薄井恭一曾藏有全书，在《明清插图本图录》中选印过二叶。《昭庆大佛图》与《岳王坟庙图》，都是风格别具的版画，不知其余诸幅有无十景在内。据说在《湖山一览图》左下方有“武林吴熹写，新安黄尚中镌”字样。因知此亦新安诸黄所刻，尚是早期作品，没有后来的那么繁缛工丽。

《杜诗通》条谈到张綖，其所著《诗余图谱》三卷，我曾有正德嘉靖间刻一本，刻极古朴。署名作“高邮张綖世文”。又有万历刻一本，赠郑西谛。

丽江木氏所著家集，我在昆明图书馆曾见原刻多种，已在另文中加以记录。据原本，《芝山云苢集》不作《云迈》。

聂先、曾王孙辑，康熙金阊绿荫堂刻的《百名家词钞》，我曾先后买得残本三种，最后始得叶玉虎旧藏全书，共一百家。残本亦存总目，溢出全书外者尚有米汉雯等若干家，估计当日所刻当超出百二十家以上。尤可异者，有一人词而集名内容完全不同者。如吴秉元词，一本题《摄闲词》，一本则作《慎庵词》，内容全异。

武塘柯氏刻《绝妙好词》，箧中有两本。一康熙乙丑柯氏原刻；一吴枚庵校清吟堂刻。对比之下，二书同是一版。高江村得柯氏旧版，铲去“小幔亭重订”一行改题“清吟堂”，抽去柯崇朴大字序，自增一序，吞吞吐吐，书就算是他刻的了。

《弹指词》有乾隆家刻二卷本。初印，扉页尚存，题“曾孙顾图河、宗海、安淮、倬汉重镌”，钤“积书岩藏版”朱记。又有雍正姚平山刻三卷本，狭行细字，十行，二十一字。遗经堂藏版，有雍正甲辰杜诏、姚廷谦两序。其先当尚有杜氏所刻一本，未见。乾隆本可能是据贞观定稿上板，曾取校清初词选总集诸本，发现改动极多，有全阙只存一句者。

《栖香阁词》二卷，梁谿顾氏文婉著，道光四年山阳李氏闻妙香室校刊。文婉是梁汾的姊姊，嫁侯晋。卷末有无锡孙燮跋。文婉诗已先刊入《梁谿诗钞》，词为家藏抄本，由李宗防刻成于江西。前有宗昉妹文媛序。此与顾贞立《栖香词》不知是否一书。

《帝京景物略》，崇祯七年刘侗大字序刻本，卷中缺失所见诸本并同。于奕正尚有《天下金石志》，崇祯壬申刻，早于《景物略》两年，亦八行十九字，版式全同，当是一时所刻。前有金铉、于奕正二序，又刘侗“略述”。这是他们合作撰述的第一种，至于继“帝京”之后的金陵一略则因于氏病逝终于未能完成。三十年前曾于嘉业堂得《天下金石志》一本，孙国敉藏书，朱笔校补几满。孙氏于扉页题“同社于司直送，伯观”一行。卷后有葛正笏二跋，翁方纲亦有跋并以绿笔批记数条，甚精。

一九八一年九月十六日

生小说红楼

五十年前在天津的南开中学读书。关于这学校，历来就有不同的看法，这里不想过细研究。我只是想说，它留给我的印象是很不错的，特别是那自由的学习空气，至今想起来也还使人感到温暖亲切而不易忘记。完全没有以投考名牌大学为唯一目标而进行的填鸭式教育；舍监的面孔虽然严肃，但其实也还是宽容的。正规教学之外，课外活动是多种多样的。体育、演戏、编印校刊、假日旅行、听演讲、学做陶器、养花……真是花样繁多，不过一切任听学生自由参加，并不作硬性的规定。图书馆里有着不算寒伧的藏书，学校附近有三家书店，出售新刊的书报杂志。学生有很好的机会接触新的思潮和新的文化。我知道学校当局曾经没收过北新书局出版的《结婚的爱》，因此受到《语丝》的批评，不过这是我入学以前发生的事了。对我的宿舍床头小书架上排满的新书，舍监查房时确曾多次有兴趣地注意过，但并不没收其中的任何一册。《水星》出版后，校园里出现了几张小小的征订广告，通信地址就在教员宿舍，那是由李林先生代理的。在这《水星》上，我第一次读到卞之琳、何其芳的诗。国文班上孟志孙先生给我们讲古典文学和考证。这当然有些失之艰深，但他用天津腔曼声长吟《桃花扇》“余韵”的神情实在是引人入胜的。他指定的课本之一是戴东原的《屈原赋注》，这书我们就不知道到哪里去买。可是第二天同学周杲良带了一本宣纸印非常阔气的木刻本来，却使我真的开了眼界。这是他的父亲周叔弢付雕的、有名的“建德周氏刻本”。这应该说是我对版本学最早的启蒙读物。

我在这里提起这些琐细的旧事，只是想表示我对这种教育方法的感谢。老师并不给学生规定某些未来的学习目标，只是像“抓周儿”似的在盘子里安放许多好玩的事物，任凭孩子自己选取。选择的机会倒是越广越多越好。当然像贾宝玉那样一下手就抓来了口红也没有引起紧张的必要，可能这正是一种最好的抉择也说不定。后来我发现，许多同学的未来事业都是最初从这里开始的。

人们真的选择了五花八门各自未来的胜业。

因为同级同组的关系，汝昌和我住在一间寝室里。他是天津咸水沽人，比我大两岁，平常总是缄默地不大开口。细长的身材，清疏的眉眼，说起话来也是细声细气的。他从高中一才插班进来，一开始好像不大容易接近，看来他已不再是小孩，而是一个成熟的青年了。他从不参加体育活动，只是爱听戏，京戏昆曲都喜欢。他还偶尔粉墨登场。记得后来他送给我一张《春秋配》里李春发的戏装照片，就是在燕京大学读书客串演出时拍的。这种共同的兴趣使我们找到了第一个共同点。

不久我又发现他喜欢并曾熟读《红楼梦》。这就在我们中间出现了新的、更有兴趣的共同点了。这时我们的谈话开始多起来，谈论的主题也集中在《红楼梦》上。有很长一段时间，每天晚饭以后，走出校门，经过南楼、体育场、女中宿舍楼，到墙子河边散步时，谈论的就多半是这个。那真是兴致盎然，杂以激辩，回到宿舍还往往不能停止。以我当时的年纪、水平，对《红楼梦》的欣赏怕还停留在《菊花诗》和《螃蟹咏》上面。汝昌当然比我高明得多，好像已经在注意曹家的故事和作者的生平了。可以说，这就是《红楼梦新证》的最初的发轫。当时的谈话内容今天几乎一点都记不起了。但汝昌的研究《红楼梦》早在五十年前即已开始，这一节我想是可以作证的。

《红楼梦》的研究达到了今天的规模与水平，不用说，在五十年前是梦想不到的。汝昌也一直坚持着他的研究，在《新证》之后又写出了不少专著与散篇论文。多少年来我一直以一个普通读者、“槛外人”的身份偶尔注意着他的工作。现在他的一本新的论文集将编成问世，来信希望我写几句话在前面，这是推辞不掉的。可是又完全没有发言的资格，只能简单地说几句空话。当然，在说着空话的时候，也不免要带出一些零碎的感想，看来比起五十年前的水平也高不了多少，但不也说明了有些设想已经坚持了那么久还没有改变的事实么？如果有谁指出这就是“僵化”，那也没有什么法子想。

好像也是汝昌曾经提出过的，《红楼梦》研究应有内外学之分。看来这好像是一句笑话，不过却正是符合实际情况的。换一种说法，目前的“红学”大致似乎可以分为两大流派，一支是从文学评论的角度出发，一支是从历史学的角度着眼。事实上情形也正是如此。照我的看法，这两支研究大军是应该齐头并进的。而前者的工作应以后者的成果为基础。倒不是说，要等彻底弄清了康乾之际政治、社会经济的情况之后再来进行《红楼梦》的艺术探索，这是不切实际的可笑的想法。但前一步工作做得愈深入、踏实，后面的工作才有可能得到更大的收获。这一“存在第一”的真理，是已由过去的研究经验充分证明了。想根除一切空论，舍此并无他法。

我一直在想，有许多重要的古典名著，如李杜元白诗，如《东京梦华录》、《梦溪笔谈》、《辍耕录》，是都应该进行全面的整理、笺注、研究的。这工作做得好，我们就往往有了一部具体的断代的社会史、科技史、经济史……有了一部《玉溪生年谱会笺》，即使非常不能令人满意，不也使我们对唐代后期文武宣三朝的政治生活看到一点依稀的轮廓了么？而在这一意义上，恐怕没有另一部书能比得上《红楼梦》，那简直是无比的明清之际下迄康乾“盛世”的一部极丰富的社会史。值得写出百来篇重要论文，在这基础上从而写出一部活生生的社会风俗史来。文学评论如能建筑在这样的基石上，可以断言开出来的必非徒炫人目的“唐花”。

《红楼梦新证》所表现的这一特色，汝昌曾经坚持了几十年，我觉得应该更自觉地坚持下去。这中间可能出现过偏离，出现过枝节性的迷惑，但只要大的趋向不错就用不着逡巡。

传记要围绕着传主来写，人们是不会有异议的。《红楼梦》研究围绕着曹雪芹来做，也应该是题中应有之义。人们说“红学”已经变成了“曹学”，这批评是尖锐的，但也只有在研究已经对著作与作者本身毫无意义时才是如此。人们也曾对“曹雪芹卒年”这样的讨论表示不耐。其实对这么一位伟大的作者连生卒年都弄不清楚，也并非什么光彩的事！不弄清雪芹的生卒年，又怎能确知他的生活时代，家族与社会政治生活的变化，又怎能具体分析作品产生等种种微妙因素呢？

繁琐也是一种相对的观念。在某些人从某一角度看来是“繁琐”的，换一副眼光，采取更广阔的视界，结论恐怕就两样。不能要求广大读者都具有如此深广的兴趣，但在文学批评家，是应该知道这界限的。

细琐、隐曲的研究倾向是确实存在的。我想主要原因之一怕是缺乏较为高远的眼光，又没有向广阔的历史“荒原”进军的勇气，因而只能陷于枝节的探索、追寻，浸渐形成一种泛滥无归的状态。这倒是值得注意的。

即以清初下迄乾隆这一历史阶段而论，目前就依然是一片未经开垦的“荒原”。遗存下来的实物、文献资料，虽然历经劫火，还是十分丰富的。现在仅就地志、文集、笔记……这一角落而论，恐怕就没有人能报得出一笔总账，更不用说泛览一过了。我相信，这中间是包含着大量直接间接与《红楼梦》有关的资料的。《红楼梦》是一部百科全书式的作品，这就要求我们以百科全书式的研究方法对待。说“红学”是“曹学”，是目光过于褊浅了。大规模的开垦发掘，能带来怎样的收获，是无法悬揣的。正如开采一座包含了多种稀有金属的共生矿，经过筛选、分离，无一不是有用的资材。这种规模的研究工作，过去是无法想象的，这不是一二学人用“白首穷经”的方法所能做到的。在今天，就不只是可能，而且是必要的了。可能有人会怀疑，这样一来，岂非更将泛滥而不可收拾？其实这是用不着担心的，不会出现不可收拾的局面，我们得到的将是一部灿烂的文化史、社会史，它将帮助我们更全面深刻地理解《红楼梦》和它的作者曹雪芹。照我看，这只能是唯一的途径。

有一件事，记得是五十年前汝昌和我就采取了相同的立场的，那就是对高鹗为《红楼梦》添加的狗尾的态度。而这立场直到今天也还没有变。小说以一百二十回本传世，是二百年来的既成事实。高鹗给了小说一个悲剧的结局，姑不论“兰桂齐芳”那些混账话，也应该说是难得的。不过这里有一个科学态度与真实性的问题。假的总是假的，不论挂着羊头的狗肉行销了若干年，它到底不是羊肉。因此，每逢读到某些论《红楼梦》的洋洋洒洒的论文，一旦发现它引用了后四十回的文字作为分析论断的依据，就废书不观了。因为首先在科学态度上作者就已陷入了进退失据的地位，这样得出的结论，到底要由曹雪芹还是高鹗来承当？或按三与一之比计算份额？除了流行的百二十回本就还有《红楼圆梦》、《续梦》等不计其数的续作，这些作者似乎也有要求评论家予以考虑的权利。在这个问题上，我认为俞平伯先生写定“八十回校本”，将高续四十回作为附录放在后面的办法是合适的，也是通情达理的。尽管许多人为高鹗提出过许多辩护的理由，但到底改变不了事物的本质。研究者不首先分清真伪的界限，终将无法得出符合实际的科学结论。

司马迁说过，“文王囚而演《周易》，仲尼厄而作《春秋》……”这可能是我国最早涉及生活与创作关系的有名见解，真不能不使我们佩服。可是比起文王、孔丘、屈原……韩非来，曹雪芹的生活经历可是丰富复杂得多了。他有幸比他的前辈们迟两千年出世，社会已经大大地向前发展了。他看到的是一个五彩缤纷的封建末世，经历的是变幻多彩、寒温异态的世相人情。这许多都不是他的前辈所能比拟的。曹雪芹和屈原一样，也发出了他的无数“天问”，不过他没有把回答写成诗，而是一部《红楼梦》。研究者的重要任务是追寻曹雪芹作出了一系列怎样的答案，和他为什么要作出这样而不是那样的答案。研究工作的前提应该是首先设法弄清在曹雪芹的头脑里到底存在着怎样的问题。至于他怎样将答案通过形象、故事表达出来，那是文学评论家的事情了。

以上所说，看来无非也还是一堆空话。五十年匆匆过去了。回想当年热烈讨论、争辩的光景，还依稀如昨。可是汝昌经过了长期艰难的跋涉，却已很跨出了几步。自然不能说他是笔直地前进的，人间又哪能有这等事。但终于走出了一段路，基本的方向也没有大错。这是值得高兴的，也是我虽然惭愧到底还是说出了这一堆空话的原因。

一九八二年二月二十八日

沈从文和他的新书

——读《中国古代服饰研究》

眼前放着一本很大很厚很漂亮的书，沈从文的《中国古代服饰研究》。我很喜欢这本书。对它的学术成就进行全面的评价，不是我的能力所能做到的，不过可以说说我喜欢这本书的理由。

一九五〇年一月底，在北京的中国历史博物馆我第一次看到沈从文。在这以前，我托朋友请他给我写过几张字，通过一两次信。他寄来的与杨金甫、张充和在一张很长的纸上写的章草现在还在手边，那是一九四六年夏天他们住在颐和园霁清轩时写的。在另一张属名上官碧的字幅后面，他写了一段小跋：

> 黄裳先生远道邮佳纸索书，为用李福寿笔涂抹，竟成墨冻蝇。复检旧纸经意一书，拙陋益增，始知婢学夫人，大不容易，仍只宜用起码价钱小绿颖笔，在公文纸上胡画，转有斌媚处也。因检习字一纸相寄。从文。

这多少可以看出《边城》、《湘行散记》的作者在抗战胜利回到北平后的生活情趣痕迹。但两年以后又在北京相见时，情况却有了很大的变化。记得那是一个风沙满天的严冬，已经快吃午饭了，我在午门右侧旧“朝房”（?）改成的办公室里看见了他。房子很大、很冷，里面放了许多张办公桌，他就坐在其中一只的后面。桌子上堆放着很多书、纸片、碎瓷块、破泥人……，正像一个荒货摊。他从椅子上站起，听我报出了名字，又转达了住在上海的一位老朋友对他的问候，他激动起来了。搓着手，不知说什么好，但说了许多。接着就一定要拖我到他家去吃炸酱面，而且反复说着炸酱面如何好吃，就像在小说里进行细致的描写似的。他穿得很单薄，围上一条围巾，我们就一齐走出了午门、天安门，跳上了叮叮当当的电车，好半天，才来到交道口。他住着两间小屋子，开门进去，家里没有人。他自己动手，烧开水、下面，搬出碗筷，请我吃炸酱面。吃完后立即动身依旧乘了叮叮当当的电车回到天安门去上班。在这整个匆忙的过程中他一直不停地说话，内容现在已经完全忘记了，但那好像好久没有了谈天对手似的印象是非常深刻的。此外，我觉得放心了。一个习惯于描写世态人情的小说家一下子来到午门楼上，整天与古物打交道，能行么？我发现他行。他不但习惯了新的生活与工作，而且立即发生了浓厚的兴趣。我发现他是个对一切留下生活印记的事物都有兴趣，都会执着地进行观察、思索、记录的人。他写小说，写不是小说的文章，都持相同的态度，一种老实、认真，几乎达到可笑程度的态度。我相信他会很好地生活工作下去，并且会做出成绩来。

沈从文是著名的小说家。在读中学时就已经读过他的许多作品了。我特别喜欢他的并非小说的作品《湘西》。这本蓝皮小书，我先后买过三次。现在手中留下的一本是一九四四年湘桂战局紧张时在已经变成危城的桂林街头买到的。书里的《常德的船》……都是我非常喜欢、反复读过的。七年前我给作者写信时还提到我喜欢这本小书的心情。这是一本地理书，或曰地方志，但与旧地方志可完全不同。我常想，全国各地都有这样一本“方志”才好。这是一本风俗画册，人物像册，它不是小说，但作者运用的还是那种方法，和写《湘行散记》差不多的方法。

我读《中国古代服饰研究》时，感觉就和读《湘西》一样，得到的也是差不多相似的满足与悦乐。

这不是一本结构完整的中国历代服装史，不是先有了一个严密的理论体系精细的大纲，再来搜集资料，论证成书的。它是从大量的具体的历史实物出发，进行先是个别的、然后是比较的研究，终于得到了某些带有规律性的认识。完整的、严密的体系的形成也许还是将来的事。但现已露出地表的林立的桩脚都是结实的，多数是经得起考验的，而且也已初步显示出宏伟建筑的规模。这本书最大的特点是它所体现的唯物的、从实际出发的精神。

像这样的著作，过去的学人是常常称之为“札记”的，水平高的就会成为小型论文的集合体。其间发生了有机的联系，得到贯通，就自然形成完整论著的雏形。读者欢迎这种新鲜的、丰富的、结实的论文合集，而厌弃一切只有大架子，内容却陈陈相因或空虚无物的“豪华建筑”。

这是一本开山之作，尽管还不完备，有待丰富补充，但到底有了第一本民族服饰史的研究著作了，过去我们是没有的。

这是一本充满了爱国主义精神与民族自豪感的著作，我们的先民创造了惊人繁富、丰美、灿烂的文化，作者为我们掀开了这座伟大殿堂的小小一角帷幕，使人们得以多少窥见其神光陆离、气象万千的巨丽面影，这必将激发人们热爱祖国的激情。

祖国的文化遗产如此丰富。但经过多少年帝国主义者的侵略掠夺，不肖子孙的破坏毁弃，愚妄者的排斥贬抑，已经濒于危险的境地。作者辛勤拂拭，叹赏摩挲，追溯本源，旁及支系，试探着摸出了一条路，总结出某些经验。他的工作不是孤寂的，得到了有远见卓识的领导者和同志的支持帮助，终于作出了成绩。这一切本身就是值得欣喜咏叹的。一切都证明：我们的社会主义祖国是非常有希望的，经得起无论是什么样的风雨，我们有强盛的生命的力。

读《中国古代服饰研究》，时时会感受一种“左右逢源”之乐，它会诱使你翻出另外许多本书，对读、思索，并享受“左图右史”的愉快。三十年前我们有了郑振铎编著的几种历史图谱；更早些我们有过《读史方舆纪要》，近来又有了新的《历史地图集》。这许多著作都是为了同样的目的而编写的。它们都是开创性的著作，但也无法使读者完全满足。

这本《研究》则是从前人的踪迹上所迈出不小的一步。如试将每章的研究内容各拟一题，那就将有《半臂考》、《幞头考》、《关于“啼妆”》、《哈巴狗的起源》、《足球古史征》、《唐代时妆的衍变》等许多小论文。小，指的是篇幅，不是指内容含量。

温庭筠的名句“小山重叠金明灭，鬓云欲度香腮雪”，历代注家纷纷猜测，“小山”是“眉山”，也许是“屏山”，都不能使人满意。《研究》说，“唐代妇女喜于发髻上插几把小小梳子，当成装饰，讲究的用金、银、犀、玉或牙等材料，露出半月形梳背，有多到十来把的（经常有实物出土），……温庭筠词有‘小山重叠金明灭’，即对于当时妇女发间金背小梳而咏。”“也正是当时妇女头上金银牙玉小梳背在头发间重叠闪烁情形。”作者据唐人诗词、文献、《捣练图》、《宫乐图》、出土实物，作出这样的论证，是可以使人信服的，也许是可以“破千古之惑”的。

杜牧诗“轻罗小扇扑流萤”，写七夕夜晚闺中生活小景，人们一直以为这大概是写团扇那样的东西，历来的画家也大抵都这样画。但不免还是怀疑，这未免太大了一些，扑蝶（如宝钗）还可以，扑萤怕将劳而无功。作者就指出，在《宫乐图》和《唐李爽墓壁画》中都画有这种“轻罗小扇”，其实是有些像苍蝇拍子一样的东西。

唐代大诗人白居易作品中有大量历史、风俗资料，一向受到历史学家重视。陈寅恪著《元白诗笺证稿》，是其显例。但在《研究》中接触尤多，且多据实物及形象材料加以论证，更为亲切。白诗："平头鞋履窄衣裳，青黛点眉眉细长，世人不见见应笑，天宝末年时世装。"作者根据近年大量出土材料和诗文形容结合互证，说明世人发笑的原因。作者的研究还能通观整个时代不同阶段的发展变化，指出唐代社会善于吸收融合西北各民族文化及外来文化给予妇女服装的影响，又怎样从前期的活泼健康变为后期病态的过程。元和时的"蛮鬟椎髻，乌膏注唇，赭黄涂脸，眉作细细的八字式低颦"，大约就是"啼装"的本意了。白居易并不是头脑僵化的诗人，但他是看不惯这种"出自城中传四方，时世流行无远近"的"时世妆"的，说这是"非华风"的。这就说明，应该怎样正确对待外来文化影响的问题，在唐代就曾经出现过了。

怎样将见于《舆服志》一类文献记载中的大量名色，与图画实物、陶俑……中的形象材料，一一拼合，避免差误，是非常细致繁难的工作。作者做到了胆大心细。他勇敢地判断，坚决地认定。不能想象这中间就必无差误，条条都是定论，但我们将为有了这样的初步的轮廓而高兴，这是走向更为完密准确的基础。作者在《研究》中写下许多篇独立的小论文，随时发表研究的心得，见解，但没有综合考虑，加以总结。其实他提出的问题是很多的。例如应如何正确估价实物、图像反映历史真实的程度；如何看待文学艺术作品中必然会有的夸张失实可能；如何判定文物产生时代的上限与下限；……这些都是会引起热烈讨论的有趣问题。

例如陶俑和石刻表现衣服飘带或马匹鞍饰，为了制作和保存的方便，对实物原貌是有所改变的，有时就和绘画中的描写有所差异。又如艺人在创作中，是容许也可能有所夸张、删略的。怎样理解、利用他们现实主义的作品的真实性呢?又如，时代较晚的艺术家在表现早于他们时代很久的现实生活时，忠实性是会有程度的差异的。正如今天的戏曲舞台上的人物衣冠依旧基本是明代的一样，明代刻书中出现的大量插图，不论表现的是哪个时代也基本上是作品产生当时的面貌。但这并不排斥有袭用前代画稿、纹样的可能。这一类的情况是纷纭复杂的，也是必须慎重对待的。作者在碰到这些问题时都有相应的讨论和判断，是值得深入探讨议论的课题。

作者研究的对象是服饰，这就要求将形态万方、彩色斑斓的实物用文字再现在纸上。需要散文家的出色才能，不只是忠实的再现，还得写出事物活泼泼的情趣。这是常规的科学研究著作所不易得的特色，全书有大量美丽的插图，而文字之美，却使读者感到姿媚转胜。

现存的大量文物，都以不同情况出土或发现于全国不同地区。在研究过程中作者对种种复杂情况都作了认真的对比判断。他论敦煌、论南唐、论西蜀各章，都显示了这种特色。如他说到前蜀王建墓的石棺座浮雕时有一节分析：

这个石刻，虽完成于五代前蜀四川成都，但由于唐封建主玄宗和僖宗两次逃亡四川，中原艺术家先后避难入蜀的极多，蜀中历来特别富庶，手工业十分发达，并且是生产锦绣地区，受战事破坏较小，所以画面反映的

> 和墓中其他出土文物花纹图案，还多保留唐代中原格局。劳动人民工艺成就，健康饱满，活泼生动，不像稍后孟蜀文人流行《花间集》体词中表现的萎靡纤细，颓废病态。

这种平实的、鲜明的分析在《研究》中到处可见。作者在感叹劳动人民的惊人艺术创造之余，总是同时见到封建主的荒淫无耻。在分析研究上层人物的服饰之外也尽力反映农民、猎户、船夫、手工业工人、兵士、奴仆等下层群众的衣著与生活面貌。由于文献遗存的限制，份量上容有参差，但作者并没有把书写成一部贵族服饰史。

作者希望致力于奠定新文物学的基础，希望打破过去以文献为主的史部学研究方法，这方向无疑是正确的。全书实际上也以这部分创见最多，估计展开不同意见争论的机会也必然最多。作者在表述自己的见解时是勇敢的、痛快的，毫不吞吞吐吐，支支吾吾。但应存疑时还是存疑，因而也少有霸气。这样的学风，也是值得欣赏的。

书画鉴定，也有悠久的历史了。人们一直承袭着的是传统的方法。到了六十年代，张珩、谢稚柳等专家开始总结传统的经验，并有意识地摆脱以文献为主的偏颇，企图运用多种手段进行综合的鉴定。这是一个明显的进步。书画是形象的艺术，通过笔墨的表现手段形成不同的风格，同时也对客观现实做不同反映。两者都无法摆脱时代历史的痕迹，因之也应该成为鉴定的主要依据。服饰、器物、风习……都是应加郑重考虑的因素，但过去注意得是不够的。《研究》则集中注意于此，对一系列传世名画的作者和时代都提出了有分量的新看法。这就使研究的范围扩展得更开，不是“服饰”一端所能局限的了。

相传为唐阎立本的《步辇图》，作者认为“或系北宋摹唐旧稿”，“原作即便出于唐人，时代也应比阎立本晚些”。对《职贡图》，认为“或宋人拟作”。旧传张萱作《唐后行从图》，作者认为“原画最早也是宋而不是唐。”“盗出国外传世本，时代且更晚。定为张萱名迹，实赏玩家以耳代目，人云亦云，殊不足信。”在讨论《虢国夫人游春图》时，提出当时贵重马具的“金银闹装鞍”，详做说明，并用以证明旧传北宋宫素然《明妃出塞图》就因全不懂得“五鞘孔制”，因而造成错误。又说：“元初画马名家赵子昂父子所画诸马，鞍具还采用五鞘孔制。事实上元代早已废除，画中反映，恰好证明传世诸作均临摹唐人旧稿，而非写实。”这是很精当并带普遍意义的意见。

传为唐周昉所作的《簪花仕女图》是研究鉴定家注意集中的著名作品，出现过不少论文。《研究》后出，但讨论最为详密，援据更为丰富。提出的两点看法也是新颖而有说服力的。著名的《韩熙载夜宴图》，作者认为“必成于宋初南唐投降以后，可能即成于降宋以后顾闳中辈，但不可能成于李煜未降以前”。举出的论据包括了画中人物的宋代特定礼节——杈手示敬；与南唐降宋官吏初期一律服绿这样的细节，可见作者心细如发，思考细密。如集合论许多名画时代的片段，即可看作一卷出色论文。

> 历来鉴定画迹时代的专家，多习惯于以帝王题跋，流传有绪，名家收藏三大原则作为尺度，当然未可厚非。可最易忽略事物制度的时代特征。……古人说“谈言微中，或可以排难解纷”。但从画迹本身和其他材料互证，或其他器物作旁证的研究方法，能得专家通人点头认可，或当有待于他日。

这是作者在引言中所说的话，表示了他对新方法的信心，也清醒地看到，在这方面一时恐不易取得一致，还有待于更长时间的讨论与辩难。这其实正是《研究》的整体精神。

进行这一类的研究工作，通常感到困难的是，时代远的，材料苦少；时代近的，又惟患其多。因此在比例上就难免呈现一种头重脚轻状态。如明清部分就显得过于缺略了，也是许多人感到不满足的重要意见。希望这一状况能于不久将来得到弥补。文献遗存的丰俭是相对的。明清两代遗物看似丰富，但具体使用起来，也不一定就能够用。时日既迁，今天视为丰赡的，可能明日也会化为窘乏。这是不能不要求研究工作加紧进行的。不应使人发出“后之视今亦犹今之视昔”的慨叹。作者论及《红楼梦》中所举各种衣着式样，丝绸名目，如“凫靥裘”、“雀金泥”等，因所见当时实物多，体会深，说得就极有意思，远非仅凭文献作考证者可及。作者又说：

《红楼梦》一书中王府大宅布局，虽为北京所常见，但叙述到妇女衣着如何配套成分，都显明是江南苏州扬州习惯。据故宫藏另一雍正十二妃子图绘衣着，可知这时期宫廷里嫔妃便装已完全采用南方式样。这十二个图像还可作《红楼梦》一书金陵十二钗中角色衣着看待，远比后来费晓（原作“小”）楼、改琦、王小梅等画的形象接近真实。而一切动用器物背景也符合当时的情形。

这个问题就提得极好，也是至今未能引起多数《红楼梦》研究者注意的。其实故宫就是一个研究《红楼梦》的伟大实物仓库，可惜至今未作有效的发掘。

作者半年前有一信，还谈到这方面的问题：

近常在故宫博物院出版之《紫禁城》，见尊文谈旧戏。其实故宫尚保存得有十七八世纪戏衣数千件，一说八千件，在世界上真可称“洋洋大观”。又康熙乾隆南巡图卷中有几万种演戏场面，均值得设法一一看出，若依据此等世界稀有材料，用一二年时间写一部大书，印十来本图像，在世界上亦必成一种伟大无比工作。

信是用毛笔写的，写成后又用铅笔在信纸旁边作注：

似以康熙三十五年第五次南巡图为最重要。燕子矶场面极壮观。

且注明某某机关地区班子。还有江宁织造署图像十分重要。

一说到文物，就“如同小孩穿新鞋，过新年的一般”，立即激动起来，即使是活到了八十岁也依然如此。他就是这样的一个人。

这本大书实在应该重排出版，以普及面貌出现。即使附图简单些也好，这样必将在学术界、文学界、戏剧电影界……引起更大的反响，推动我们的事业前进。顺便也可加以增补，并改正少量错字。如《重屏会棋图》的说明，“南唐李煜”，但历代著录都指中坐者是中主李璟，是名句“小楼吹彻玉笙寒”的作者，李煜的父亲。像这类小小误排，还有一些，都应该改正。

祝愿从文先生身体健康，工作如意，在创作和研究中作出更新更大的成绩。

一九八二年八月十八日

关于“提要”

《四库全书总目提要》是在学术上有高名的著作。虽然“成书仓猝，纰缪百出”（陈垣），但在有清一代却没有谁敢直率地指出它的错误。偶有议论，也大半转弯抹角，吞吞吐吐。因为书是“钦定”的，不好随便说长道短。但错误到底是错误，总有一天要暴露出来。余嘉锡的《四库提要辨证》煌煌数巨册，就是有代表性的发复之作。余先生所不曾指出的错误，还不知道有多少。

《四库提要》还有应该指出的更为重要的一面。因为是“钦定”的，它的编写就必然要以封建道德为最高指导思想，以统治者的利益为评判准绳。因此而产生的编写思想上的问题，恐怕比学术性的错误还要更严重若干倍。对此，人们也早已有所觉察并作过一些批判了，但至今没有进行过系统、彻底的清算。

不过《四库提要》到底不失为一部空前巨著。在它以前，虽然也有过《郡斋读书志》之类的著作，但论规模，论深广，都是远远不及的。过了二百年也还没有能代替它的新著。因此到今天为止，人们还是不得不利用它。过去有许多号称“博古通今”的学者，其所以使人惊佩的原因，就是熟读了《提要》，好像真的读过那许多书了似的。当然，这是经不起认真盘查的。但如果不是拿来炫耀自己，作为打开知识面的泛读，那还是有好处的。何况今天的读者也大抵不再相信它的“定千载之是非，决百家之疑似”的权威性了，真的不过是“仅供参考”而已，那么这确也到底不无好处。

“提要”是紧跟着目录而产生的。读者不满足于只有一张书单，还希望多少知道这些书的大致内容、写作水平与正确程度。这是文化发展繁荣以后必然提上日程的要求。人们关心的是各种书籍所传播不同知识的科学性，在思想上和内容上的可信赖性。在研究者看来，这要求就更为迫切。他们希望知道知识海洋的粗略蓝图。过去作学问的办法是写札记，后来进步了，改为作卡片。但以个人的努力，工作是异常艰难的。在这里，乾隆皇帝也有他的贡献，也许比他更早的先朝皇帝们早已创造了这种集体创作的方法了。但他的组织工作做得规模更大也更细密。他组成了一个庞大的编辑班子，动员了国家的政治、经济力量，在皇帝的直接领导下，通力协作，定期完成。这种动员集体力量进行的协作，不能不说是文化建设上的一种重要先例。即使是封建皇朝的皇帝，也明白这种方法的必要性。

好的“提要”应该就是好的书评。但要求比书评更为完密、谨严。在今天，好像还不容易提供一种理想的模式，一切还处于摸索之中。这里需要百花齐放的方法，由不同作者根据不同需要，写出各有特色的提要来。理想的模式，应该从大量同类著作中比较、鉴定而最后产生。过去也不是没有人做过这种工作，也有过出色的成果，都是很好的参考资料。

陈垣的《中国佛教史籍概论》是这方面突出的著作。陈先生是史学家，他写这书是站在史学家的立场来说佛教史籍的。此书撰于抗日战争中沦陷的北平，“故其中论断，多有为而发”，这是两条基本前提。这又是为课堂讲授而写的讲义，因此所选皆习见之书。以上都是使作品具有特色的重要原因。这不是为佛教徒写的，而是使普通读者获得必要文化史常识的入门书。但作者以非凡的学养、功力做这个工作，他用“牛刀”来“割鸡”，如此灵巧，真是擘画分明，完全没有空话、废话，同时随宜纠正了前人许多错误，包括《四库提要》的错误。学术水平是很高的。

陈先生的方法大致是对每一书先后讨论其版本源流，体制内容、特色与优缺点，作者略历，本书之流行与在史学上的利用，纠正前人有关的错误缺失等等。这中间有些内容是过去的著作也曾注意到的，但往往失之于轻忽，远不及“概论”之谨严。《四库提要》也常常指出书中的失误与缺点，但多半是枝节的、随感式的。作为学术著作就缺乏必要的分量。陈先生又指出《四库提要》的一种根本上的弱点，“非按目求书，而惟因书著目”。也是发人深思的。《四库全书》是在收缴天下藏书的基础上编纂完成的，实在并没有从根本上进行系统的访求，要求它反映历史的源流与完整面貌是困难的。这一点很值得引起注意。在过去的研究著作中，有时会出现一种缺点。他们援引的历史文献是繁富的，僻书秘典是多的，但往往忽略了通常习见的基本史料，常常漏掉了属于常识范围内的内容。这是一个时期以来重视异书孤本但忽略基本读物的风气带来的偏差，是应该引起注意的。

邓之诚的《清诗纪事初编》是值得注意的另一部重重著作。作者据所藏所见清初别集六百家，就作者生平、著作内容，写成《书衣杂识》。这实际上也就是“提要”，不过没有陈援庵书的眉目分明而已。邓先生也是史学家，所以他的书也是史学著作，并非文学史的专著。他选诗的目的也是“端资纪事”，并声明“但以证史，不敢论诗”。这书也是“因书著目”的，这六百家还不能显示清初作者的全貌，但主要的诗人大抵网罗在内了，经过融会贯通，作者对这一时代的社会生活、人民疾苦、政治斗争以及知识界的思想变化获得了一种较为全面的认识，和他的史学见解结合起来，就形成了相当完整的体系。但作者来不及将这些见解写成完整的论文，只以“提要”的形式孤立地出现于各家之前。细心的读者是可以摸索出其中的脉络的。

作者有许多“发挥”，都是对明清易代之际纷纭复杂历史现象的观察所得，正是本书的精华所在。但这许多也并非定论，有一些，还不免带有陈旧迂腐的遗痕，多半表现在文学评论上，有许多套话与不着边际的议论，限于篇幅、体例，他所选的诗也往往不尽确当。

学术研究与文艺创作都是根据客观实际的研究获得的产物，不同之处只在表现形式。两者都必须忠于客观现实，对主观分析也应有必要的自信。不能任意涂改客观事物，也不能为了迎合某种需要而修饰甚至改变自己的见解。这样做的结果必然产生虚假，在科学上没有存在的价值也不会有欣赏价值。

例如邓之诚先生论金圣叹时，引据甚详，对这个世界观异常复杂的人物作了多方面的探索，也并未下什么结论，凡有所见，都采取商量口吻，我以为是写得很好的一篇“提要”。在六才子书的问题上，既指出了金圣叹可能受到李卓吾的影响，又指出他的评点的影响似乎更超过了李卓吾，这都是很平实的看法，说不上是什么“资产阶级学术观点”。在学术研究上，坦率地说出哪怕并不完整甚至错误的见解，比起照抄照搬通行的“定论”来要好得多。错误可以通过讨论纠正，而“定论”的重复却只能扼杀生机。

邓之诚先生还有一本小册子《桑园读书记》，则是一本别有特色也更正规的“提要”著作。作者在一九四一年被日本侵略军逮捕，关了半年。以后就过着“罢讲闲居”、“闲门忍饥，不与人事”的日子。这小册子里所收四十五篇读书记，就是这时的作品。他读的书很杂乱，除了经部以外，史、子、集都有一些。比起《纪事初编》中的“小传”部分，这里的札记就更详细，有时还摘抄了作者认为重要的材料。作者在自序中说：

解题之作，始于晁陈。至《四库提要》，辨体例，纠谬误，而愈精矣。其荟萃事目，以备遗忘者，则为“类事”。二者各有藩篱，若不可合。妄意以为若为叙录，当撮其内容，使未读是书者，稍明涂径，且知某事见某书，为较切实用也。

这里所说的意见是很对的。“提要”的重要性，说得也非常明白。总之是为了节省读者的时间，帮助读者尽可能广泛地掌握知识，同时还提示研究的门径、材料的来源，是使浩如烟海的书本活起来的有效办法。李时珍作《本草纲目》，使人们知道我们有多少中草药，它们的性能、疗效、产地，……便于人民加以利用，从而造福人类。同时不致使珍贵的药物埋在山谷间，烂在田野里。“提要”之于书籍，也是可以起相似的作用的。

《桑园读书记》的特色，照作者的话来说，是“几几乎合提要札记而为一矣”。这是一种方法，与之相对，成为两个极端的，好像可以举出鲁迅为许世瑛开的书单。鲁迅只举出了十二种书，有的附有简单的说明，往往只一句，可谓要言不繁，但也不是随便说的。这是繁简两个极端。在这中间还可能有许多不同形式。但主要的是不要说空话。至于表示的意见是否正确，举出的实例是否确当，这都是可以商量、修改，逐步使之完善的。

张舜徽有《清人文集别录》二十四卷，收书六百家。不局限于清初，更不限于诗集，应该是更有价值的提要著作。不过由于作者的兴趣所在，是“文字、故训、声韵”之学，因而注意之处遂多偏重于朴学一端。作者虽然同意张之洞在《輶轩语》中的意见，承认清人别集在考史、版本等方面内容之重要，但还是往往略而不论，遂使提要的必要作用难于体现。如对周亮工集中杂文部分，认为“尺牍皆言凌杂，题跋但品书画，皆非亮工撰述之精华”；论徐乾学集中讲纂修书史例考、购书故事等内容，说“则皆当日随手掇录、未加润色之作，乃亦采以入集，颇嫌其滥”。都反映了作者所持传统观点。在论及纳兰性德与徐乾学的关系时，作者看不到当时政局党争等复杂历史情况，只就纳兰上乾学书执弟子礼甚恭谨，就下结论说“宜乾学哀其早夭……又为刊布其遗文，百计以传之”。这种只接触表面现象的研究方法，是很难达到知人论世的要求的。

邓之诚说：“有人每得一事出处，自诩发明；而薄之者则谓‘固在书中，俯拾即是’。皆不免过甚。书贵细读，尤贵慎思，始不遗不漏也。”

这些话也说得很好。如果我们把提要的工作做好了，就可以消灭那种可笑的拌嘴，这其实正是过去文人相轻的典型事例。而要作好这工作，细读、慎思又是必不可少的。

“提要”似乎也可以有高低两种标准。能在技术上完成各项为读者提供方便的任务就可以说是达到了最低标准了。如果要更理想，就必须要求对不同著作作出确当的评判，从思想上作出评判。这在学术上是更高的要求，也是过去这类著作普遍存在的缺点，陈垣的《中国佛教史籍概论》曾有意识在这方面进行努力，但分量不多，而且偏于提倡爱国主义的方面，这是作者著书之日时代环境所提出的要求，今天看来也还是很可贵的。如在《景德传灯录》条下，引晁氏读书志原文后又加以发挥说："晁氏之意，谓政治混乱之时，有气节之人，做事固不易，说话亦不易，只可出家，做和尚去，此禅宗所以盛于五代也。一部《景德传灯录》，不啻一部唐末五代高逸传，惜乎欧、宋二公，皆不喜佛，故《新唐书》及《五代史》皆阙失此等绝好资料焉。"

这一节议论的出发点当然在于提倡民族气节，但确是说出了很好的史学见解。

又如论《历代三宝记》，指出在《通鉴》出现之前，南北朝的宋齐梁陈还被普遍看作是"偏霸"、"闰位"而非正统。《三宝记》则不然，它的纪年是"尊齐梁而黜北魏"的。同时指出："清人勇于辨伪，而四库编年类特著录《元经》，即以其进元魏为中国，可以悦时主耳。"

这里议论的出发点也是宣传爱国主义，作者在后记中也有"看法与今不尽同"的话。但他所指出的事实，与揭露四库馆臣的动机，却是尖锐的。

另外的一点，版本问题在过去的提要中还没有受到应有的重视。其实这是必须说到的重要内容，张之洞的《书目答问》的学术价值在很大程度上就表现在这里。我们当然不是为版本而版本，目的依旧在于向读者专家提示最佳的资料来源。邓之诚很重视古籍的搜求，但他的书在这方面也还不够谨严。有许多清初人的诗集，他所据的并不是原刻，往往是选本或后来的翻刻，但不加以说明，因此就减低了学术价值。陈垣是重视版本的，这也为他提供了极大的研究方便。他论《弘明集》的版本说："以今本与《出三藏记集》所载目录互校，原本十卷，皆梁以前文，后所增入，多梁代文。今本第九、第十卷之梁武帝，高丽本作‘大梁皇帝’，当是僧祐原文，称武帝者，后人追改也。”这话是不错的。我所见《弘明集》明人皮纸黑格写本，有会稽钮氏世学楼藏印，是早于明代嘉兴藏、吴惟明两刻的写本，就正作“大梁皇帝”。梁释僧祐所编的佛教文选，在提到当时的统治者时是不会径称之为“梁武帝”的。

中华民族有极丰富光辉的文化遗产，虽然历经种种灾难残毁，迄今仍旧有大量的遗存。我们不能听任其继续遭到毁弃，也不能依旧冷落相待，必须尽快使之为社会主义建设发挥有益作用。文献也不只是书籍，档案、金石……也都应包括在内。这一切都应该系统地全面地摸一下底，使我们的人民、读者、研究家心中有数。首先得有一本账，一本目录；接下去就应有一本好的“提要”。只有索引是不够的，有许多文字只看题目作者是完全不能猜到那内容的。提要的编纂当然是比编写目录更为艰难繁重的工作，但在我们国家里，动员集体的力量，有领导有计划地进行，任务是完全有可能完成的。我们的先行者曾提供了一些样品，也提供了有益的经验，显示了某些缺点。这就是基础。相信我们必能在已有的基础上建成辉煌的大厦。

一九八二年九月七日

阿英与书

《阿英文集》在作者逝世四年以后问世了。这本七十万字的文集收入了散文、随笔、回忆、序跋等部分单篇作品，篇幅较巨的创作与论著都没有选入。尽管如此，文集还是清晰地反映了作者五十年来走过的道路；一展卷，作者的言笑，在革命道路上仆仆前行，伏案研究，南北访书的种种，都如在目前了。作者的文学工作涉及了非常广阔的方面，但他所作的一切都没有离开为中华民族的生存与解放而战斗的轨道。作者是文学家，但首先是革命者。

我认识作者很晚，已在全国解放之后。虽然从三十年代起已经耽读他的许多著作和编著的大量书册了。第一次见面就使我确认了在心目中存在了很久的印象，他应该就是这样一个而不可能是别一个人。他是前辈，是有威望的革命前辈和名作家，但在后辈面前却没有那种常见的架子。他有一种一下子就能把人们的心拉近的魅力，能立即给人一种安定感，只会有这一种而不可能是多种面貌的安定感。这真是一种罕见的可贵品质。

第一次看见阿英记得是在梅兰芳护国寺街的寓所里。他好像已经是梅家的常客了，非常随便地坐在缀玉轩的客厅里谈天，后来又一起去恩成居晚饭。就在那一次我见到了一种奇异的场面。在我们就餐的小房间外面，饭店的走廊、门口，一下子就聚集了那么多普通的北京市民，以至后来离开时都发生了很大的困难。这些自动聚集起来的都是梅先生热心的观众，他们脸上都堆着欣喜、兴奋、幸福的笑。当我们跟着梅先生挤出饭店时，阿英轻轻地对我说："这就是人民的艺术家。"

后来我从梅先生和梅家友人口中常常听到阿英的名字。要安排演出节目了，写好了什么文章和发言稿了，要修改剧本了，还有许多几乎是琐碎的小事，人们总不会忘记问问阿英的意见或请阿英来谈谈。这种尊重与信任给我留下了很深的印象。

阿英还约我到他的寓所里去看过书。

他取出了一些明刻白棉纸印本来给我看。书的名目记不起了，反正并非什么罕见的秘本。但对其中的一部他特加说明，说是抗战中在苏北敌后抢救出来的，我却翻阅了许久。我想，作为藏书家，他也是有自己的特色的。记得我曾告诉他，两年前在上海的书市地摊上曾发现了他所藏的大量新文学书籍，可惜没有可能为他买下。他也只是少少表示了一下惋惜的心情，接下去就说，书还是要继续买下去的。我想，他在买书上的锲而不舍、再接再厉的精神也是不寻常的。

后来是断续的通讯，最早是商量印行古版画的事情。从《第一次文代会日记》中知道，他曾几次到傅惜华家里去看过碧蕖馆收藏的大量明代版画，这中间有郑振铎的《中国版画史》没有收入的许多重要作品。他想到的第一件事是设法尽快地印行、流布，于是就起劲地筹画编纂，并答应写一篇有份量的长序。这件事经过长久的努力终于没有成功。开始时我们都曾意识到这中间可能有人事的牵制，但终于过于天真地作了乐观的估计，认为在今天这一切都不应成为问题。但事实证明并不如此。从这件事可以看出阿英对人对事的基本态度和他的纯朴的心。他是从人民的事业出发进行考虑的。这样一批珍贵的古版画，是应该尽快介绍给读者，还是加以抑制使之不见天日，还是像康生那样，索性掠归己有呢？这是三种截然不同的立场、态度、方式。上海人民美术出版社后来出版了《中国古典文学版画选集》，是一九六四年傅惜华编订的。基本轮廓还是当日拟议的面貌，但解题，选材，时代地域区划，历史、艺术分析的设想，木刻画发展的研究……这些方面，都不是原来设计的样子了。最可惜的当然是阿英没有写出的那篇总序，至于制版印刷，为了保持原作面目的一些设想和努力的没有完成，就更不用说了。

一九五五年上海出版公司出版了阿英编的《红楼梦版画集》，则是这一次努力留下的仅有的小小纪念。

这以后在信里常常要我为他留心找书。关于汉画像石刻的，戏曲、小说、版画的，晚清的诗文集是他后期重点收集的对象。有一次还指定要找一些清末石印小说附插图的精本，老同文和点石斋的出版物。

从这里可以看到他视野的广阔和眼光的敏锐。他不跟在别人后面跑，采取了一条“人弃我取”的途径。他注意的是那些寂寞的、受到不应有冷落的区域。他尽自己微薄的力量在书市上进行“抢救”。书籍到手以后并不束之高阁或装饰书房，而是抓紧阅读、研究、选录、纂集，把三十年代开始编著的《近百年来国难文学大系》扩展、丰富，完成了鸦片战争、中法战争、甲午中日战争、庚子事变、反美华工禁约等《中国近代反侵略文学集》。同时又完成了规模庞大的多卷本《晚清文学丛钞》。

这一大批文献汇编在近代史、近代文学史上的重要意义用不着多说。开辟了这个重要研究领域的阿英的眼光和魄力真应该受到后辈的尊敬。《文集》中收有好几篇记述在上海买书的文字，是非常优美的散文，也是可以与李南硐、缪荃荪的《琉璃厂书肆记》（前后记）并存的珍贵书林史料。文章中也记下过他收集晚明文集的故事，但更多的是他搜集当代、近代革命、文学史料的故事。他写出了访书的辛苦和得书后的欣喜心情。这种心情记述在藏书家的题跋中并不少见，可是阿英的抒写却不同。同样是激动、欢喜，但买得被禁毁追查的革命书报的心情到底和得到宋板明抄的意趣是两样的。

新文学史料的开始成为搜集研究对象，新文学出版物被当作版本书籍而受到重视，好像都是近年来才出现的热闹现象。人们看到这种研究工作在国外已经开展了许多年，并有了不少成果时，就更产生了不能再继续漠视不顾，必须加紧建设的迫切要求。我们必须有自己的文学资料收集保管机构，这对作家、研究家、出版者和广大读者都是不可缺少的。不能让我们的研究工作者到域外去寻找资料，这种“史在他邦、文归海外”的现象不能再在今天出现了。在建设社会主义精神文明的伟大事业中，这绝不应被放在可有可无、无足轻重的地位。阿英在五十年前，就已经把这当作头等重要的大事来做，在一九三六年出版的《中国新文学大系》中，以个人的努力编成了《史料、索引》一卷，这是何等的气魄与见识！在中国新文学运动开展了十六年的当时，阿英就看到人们对之产生了“三代以上”的生疏感，他对《新文学大系》的发刊的估价是“超过于翻印一切的古籍”之上的大事。他在一九三五年写《版本小言》，就将“新书”的版本价值拿来与旧书相提并论，在当时可能是惊世骇俗，在今天，则正是高明的预见。在鲁迅逝世周年时，他写了《鲁迅书话》，谈到《河南》和东京印的《域外小说集》。作为新的“书话”，阿英也是最早的先行者。

《文集》中的几篇访书记，写的是他在上海城隍庙、西门、浙东、苏常等地访书的故事，不但有文献价值，也是优美的散文。如果说这一切还不过是出于个人的爱好，表现得也依旧近于“冷摊负手对残书”那样的情趣；那么在《敌后日记》中所记在苏北新四军中的访书活动，意义就截然不同了。在烽火遍地、民族战争的战场上，那种迁徙无常、战斗频繁的艰苦环境中，在陈毅同志的直接关心下，阿英展开了困难的抢救、收集、保护书籍文物的工作。对祖国文化遗产炽热的爱，精神文明建设在整个革命事业中所占的地位，在这些重大问题上他们的见解与行动直到今天还值得引为骄傲。

在一九四九年写的《第一次文代会日记》中，显示了新生的人民共和国在文化建设上雄伟壮阔的草图。规模的广阔，人才的众多，工作的气势……都使人为之神往。就在这群峰耸峙、万壑争流的情景中，阿英又和郑振铎等一起研究了有关文物管理组织等问题的设想，并很快向周恩来同志作了汇报。新中国的文物工作就在这时奠定了基础。从旧社会的个人访书到新时代人民的文化事业，这是怎样的一种飞跃啊！

从《文集》的篇目中，我们会惊异地看到作者的兴趣是如此广泛，视野是何等开阔，他从新文学的创作研究开始，写下了许多闪烁着战斗锋芒的文学评论；在连续的战斗中尝试使用话剧、电影等多种艺术形式；在抗战烽火中开始注意通俗文艺的运用，从而打开了更广阔的视野。画片、西湖景、年画、相声、窗花……都受到注意。这种生气勃勃的研究兴致，一直保持到六十年代中期，从不少衰。作者在文化园地上辛勤耕耘了五十年，经历了风风雨雨、胼手胝足的艰难历程，有自己的辛酸与愉悦，可是从不想到放弃自己的劳动，他实在是个不知道疲倦的人。

阿英同志逝世已经四年了。有时想，他实在离开得太匆促，留下了那么多重要的工作来不及做完，这是非常可惜的。但又时时觉得他好像还走在我们前面，迈着稳重而坚实的步子。“闻鼓鼙而思将帅”是一句老话了，但我觉得放在阿英同志身上是很合适的，特别是当光荣而艰巨的任务放在面前的时候。

一九八二年九月十七日

澹生堂二三事

明代浙东著名的藏书家，有宁波范氏天一阁与山阴祁氏澹生堂。两家都有藏书目录传世，但有一个共同的缺点，就是没有版本说明（天一阁目有略记版本者，但已是后出之作）。说这是缺点，但同时也正好是特点。因为这恰是与常熟派藏书家的毛氏汲古阁、钱氏绛云楼截然不同的所在。汲古阁有“秘本书目”，不但注明版本，同时还说明当时买价若干，抄费几何，那已经有些近于广告了。但我们自然也看重这种广告式的书目，因为它记得详细，便于参考研究。

范、祁两家书目没有版本说明，除了他们本来就无意于作广告之外，沿袭了过去的传统则是主要的原因。自宋人书目开始，大抵就是只记书籍名目，不记版本的。那时雕版虽然已经盛行，但到底历史不长，异本有限，不必详细说明，人们就会明白那是何地何人所刻。此外，宋版书在宋代，是新书而非古董，没有商业性的广告宣传的必要；而当时流传的书籍，不外抄、刻两者，不必记版本了。

范、祁两家藏书，也的确与毛、钱不同。他们不重视宋元版（祁氏所藏宋版，只见盋山精舍所存一种；范氏藏书中也很少宋元旧刻），也从不以书籍雕版之旧夸示于人，他们是从实用的角度收书的。看天一阁至今还保存了那许多明刻方志和登科录，就可以知道。“方志”，在明代以至清初，是不为藏书者所重视的，黄梨洲就视之为“弃货”，但收集起来却极困难，要千方百计向全国各地去搜求。在当时的交通情况下，天一阁能收集到全国各地的方志，大致完备，是极不容易的；登科录就更麻烦，真不知道范钦花了多大力气收集了那么一大批。这一类书在毛子晋和钱牧斋看来，是完全没有收藏的价值的，远不如他们所藏的那些古董性质的旧刻、名钞为有趣。这是常熟派与浙东藏书家的明显不同之处。

我并不想贬低常熟派藏书家的身价，那是完全不能抹煞的；浙东故家藏书的特色与其价值，同样也是值得佩服的。浙东的学风一向重视史学，他们从实用的角度出发收集资料，不能不说是很高的识解。清初文化统制严酷起来以后，读书人不敢再做史论，研究历史的也大抵钻进牛角尖里，考证细小的问题，不再敢于放眼看古今天下事了。三吴说经的学者盛极一时，浙派学人相比之下黯然无色。但就在这时，也还出现了像全谢山、章实斋那样的人物。我觉得这正表现了浙东人的那种风格，鲁迅所称引的明末王思任所说“吾越乃复仇雪耻之邦，非藏垢纳污之地”，看来就是这种作风的重要的出发点。范、祁两家藏书的特色，也正是表现了这同一趋向的。

二十年前，我曾就山阴祁氏澹生堂的藏书故实，搜集过一些资料，加以说明，但偏重于祁氏藏书流散的经过，对澹生堂藏书本身很少触及。原因是资料不多，研究困难。不像天一阁的幸运，虽然历经劫火、攘夺、盗窃，至今还保存了藏书楼和不少藏书；祁氏则自经家难以来，没有好久，藏书就都荡为云烟。我从公私书藏的目录里，仔细捃集，现存的澹生堂所抄、所藏的书，还不到百种，可见损失之巨。祁氏还留下一部书目，这是仅有可资依据的资料了。但二十多年前曾经得到过一些祁承㸁写给诸子的家书原迹，其中却还保存了一些资料，虽已零落不全，但少加辑录，也还可以提供一些研究的线索。

关于澹生堂和藏书的一些史料

祁承㸁在家书里谈到藏书的地方颇不少，其中有一通是专谈此事的。这是天启三年承㸁在河南作官时所寄：

手启一通

藏书事宜书付二郎、四郎奉行

我一生功名富贵，皆不能如人。而独于藏书一事，颇不忝七八代之簪缨。此番在中州所录书，皆京内藏书家所少，不但坊间所无者也，而内中有极珍极重大之书，今俱收备。即海内之藏书者不可知，若以两浙论，恐定无逾于我者。以此称文献世家，似为不愧。只是藏书第一在好儿孙，第二在好屋宇。必须另构一楼，迥然与住房书室不相接联，自为一境方好。但地僻且远，则照管又难。只可在密园之内外，裁度其地。汝辈可从长酌定一处来。我意若起楼五间，便觉太费。而三间又不能容蓄。今欲分作两层。下一层离基地二尺许，用阁栅地板，湿蒸或不能上。只三间便有六间之用矣。前面只用透地风窗，以便受日色之晒，惟后用翻轩一带，可为别室检书之处。然亦永不许在此歇宿，恐有灯烛之入也。楼上用七架，又后一退居。退居之中，即肖我一像。每月朔日，子孙瞻礼我像，即可周视藏书之封锁何如。而此楼之制，既欲其坚固，又欲其透风。须我与匠人自以巧心成之。但汝辈定此一处，可分付筑基也。发回书共八夹。内有河南全省志书二夹，不甚贵重，此外皆好书也。有一夹特于陕西三十八叔印来者。若我近所抄录之书，约一百三四十种，共两大卷箱，此是至宝，自家随身携之回也。我仕途宦况，遗汝辈者虽少，而积书已在二千余金之外，汝辈不知耳。只如十余年来所抄录之书，约以二千余本。每本只约用工食纸张二三钱，亦便是五六百金矣。又况大半非坊间书，即有银亦无可买处。故汝辈不但以体父之心，所当珍重谨守，即以物力计，非竭我二十年之心力，捐二十年之余赀，不易致也。今暂将发回之书，俱且放在大楼上，或东间、正间皆可，待我回，亲手入架，不可乱动一本。仍照我大楼两面厨式，共做六个。只用一面开，一面做定，不必两面皆门。高、大、阔皆与旧厨一样，可以合式摆放。惟止安一本书，即深止二尺可矣。如有寻干燥木料，即可动工做，盖做完又须加漆，待我回日可以整书也。此事全委在四郎料理。即动我新置五八舅内田租可也。要紧要紧！其后面新造侧楼，并船坊上楼板，皆须盘钉。而新门台及门柱之类，皆用灰布重油，使其焕然可观。而东西两面披水窗门，皆用两度黑油。此二事委在二郎专任之。其应用工料，四郎于自置田租内支用可也。此二项，俱须在十一月之内完。倘旦暮得幸转，急欲为收拾书籍之务。今各书安顿未得其所，真令人梦寐不能忘怀耳。俱毋得迟误，切嘱，切嘱！

八月十一日　父手示

书橱定用在十一月以前做完漆好，俟一回便要整书。其木料必须坚而干，切嘱，切嘱。

祁承㸁写过一册《澹生堂藏书约》，是有名的系统论述典籍收藏的专著。这封家书里的一些要点，在那里也大致接触到了。不过一是公开发表的著作，一是写给儿子的家书，在家书里，他的话要说得更真实些，更少装腔作势，也使我们更容易接触这位著名藏书家的心。

祁承㸁以“文献世家”自豪，自命为两浙首屈一指的藏书家。他认为，要使藏书“世守”下去，一要好儿孙，二要好屋宇。他还亲自订定了保管藏书的规章制度，又再三提醒儿子，特别指出这些书得来不易，价值若干，以引起重视。这一切，在今天看来，是难免不使人发笑的。这是封建社会地主阶级的常态。虽然，山阴祁氏还算不上地主阶级的上层。从其他一些家书所涉及的田产经营材料来看，他只不过是一个中小官僚地主，比起铃山堂那种“收藏家”来，是差得远了。

他在家书里表现出来的对书籍的感情，是浓挚的，远远超过了登徒子的对于女人和守财奴的对于财货。祁承㸁曾官宿州知州、磁州兵道，前后在河南住过不少时候，因此他有可能收集河南全省的志书，但这比起他在河南借抄的书，就又算不了什么。他没有细说借书于谁家，猜想起来有可能是明宗室的朱睦㮮万卷堂所储，这批书后来全部被毁，幸而由祁氏传得一些副本，不幸的是这些澹生堂钞本也十不一存了。祁承㸁是目录学者，他的抄书是有选择的，他认为极珍贵、重大之书，也不是漫为夸示。从今存的澹生堂抄本中，我们可以发现有远胜于流行本、保存了不见于他本的佚文的情况，可见其所据底本之佳。在陕西的三十八叔是祁承勋，是一位选贡，时任陕西布政司都事（见《戊辰浙江恩贡齿录》）。从家书中我们知道他在十多年中间，抄了二千余册书。这都是在当时没有刻本或流传极少的书。这对我们估计澹生堂抄本的总数是个重要的根据，即使总数较此数少多，大致当不出这个范围。当时抄书，每本的工食纸张，不过二三钱，但比起当时的物价水平，却也不能算是怎样低廉。这可以与汲古阁抄本的工价加以比较。不过澹生堂抄本中也有相当草率、出于“抄胥”又未经校对的本子，比起“毛抄”来，是有云泥之别的。抄书工价的差异，应当与这些因素有关，并不说明江南与中州生活水平有多大的不同。

这封信中所精心设计的藏书楼，应该就是澹生堂。也可能就是“东书堂”。我买得明刻《楚辞》祁氏藏本，书根题字就有“东书堂”字样。赵一清记乾隆二十年曾到山阴梅市，访祁氏故居大楼，为其先祖就婚之所，这就是东书堂。毛奇龄小时候也曾到过东书堂，从商夫人论诗。赵谷林（一清父）则在诗注中说：“先君（东白）尝假馆澹生堂，其时祁五先生尚存，藏书充五楹之楼，望若琅嬛秘府云。”（《爱日堂吟稿》）谷林《春草园小景分记》则说：“澹生堂藏书十万卷，悉人间罕觏秘册。又东书堂为五六两舅父诗坛酒社、名流往复之所。”这样，澹生堂是藏书的五楹大楼，而东书堂则是楼前的大厅。

就在这通家书之后，承㸁尚有一信，更详细地安排了澹生堂的兴造。他对起造日期、时辰，以及动土平基、定磉、放阶沿、竖柱、上梁、穿架、开柱眼等都仔细斟酌。许多迷信程式，在他看来都是“第一要紧”的事。

下面一节说：

门台之前，须留余地，此是正理，汝言甚可从。但厅屋前决无不用仪门之理，如面前无一墙，则两边皆不可用墙。近来宅子有如此散而不收者乎？造仪门而不用木椽，只如人家用石柱砖椽，此不过一墙耳。岂得以作层数算乎？若门台之必用两柱，大屋之止用五架梁，一皆如汝所言。但大厅在翻轩外，用十八扇透地风窗门装过，则仍用老廊六尺，决不用腰槛栏杆也。东边临河一门，不过为便于登舟上下，只小小二扇足矣。此皆临期可斟酌者也。

这一节所说，大约就是澹生堂大楼前东书堂大厅的原始设计了。

后面还有谈到买料的记事：

买建杉，已再三与何姊夫说了。须买三大船，作大小中三等买之。大约下价六七百金之间，发到家则八百余矣。又须买油杉与里溪百二十者三四甲，方足椽料之用。其树实可一期买，不可于柯桥零买也。

大料是第一紧要事，其砖瓦及石料，若发在百金之上，每人须再付数十金，总于寄回之内支用。

当时营造，已经有专营土木包工的商人，而且有经营十余年之久的，商人彼此之间又有颇激烈的竞争。承爜在信中说：

徐作我用之十余年，未尝有一毫坏我事。安可却之？即汝欲用马作，必须两家同起，决无专用素不效劳之人。潘作可专令起门台，但与他说过，不好则前功俱不准，不如只安心专管西边侧楼一带及祠堂未了之事为妥。

我在这里抄了许多，并非发思古幽情，想给早已毁灭了的澹生堂考实、复原；实在是因为它保留了上好的经济史料。像起造澹生堂这样的楼厅，在当时大约需要一千二三百两银了。杉木要从福建买，而且要买山树。而当时的柯桥，是有木行这样的店铺的。木材砖瓦石料的比价，也说得清楚。土木营造包工商人的存在，作为封建社会后期资本主义经营的内容，也为我们增添了新的知识。凡此都是一六二三年间浙东一带的情况。

就在这之后，承爜又曾多次在家书中提到澹生堂书籍事：

> 去年所发回书夹，可将毡条俱解去了，仍用油纸包好。决不可动我一本。今次发来夹板，亦可收好。盖以带毡则易蛀也。其澹生堂书橱中书，两年来不曾日晒，汝可略一看，或不甚浥湿，则不必开他；如蒸湿不堪，则须用心晒曝，然不可失一册一卷也。书橱可照大楼上样式，一体做六个，止用一面开门，后面做定不动。可于三月间买木做，须木干燥乃好。其阔大高低，俱照楼上橱。但只放一本书，可少浅三分之一耳。
>
> 我即回家，不过一月便行。城中亦不去交际。只有澹生堂中书籍，须用收拾一番。我书到，汝可即拣一好日，将新侧楼楼板俱细钉。仍买楮木数根，锯开令干，将一边壁橱移□侧楼处□截长补短之用，一时恐不凑手也，速速为之（十一月初九日付大郎、四郎）。
>
> 前者初转之后，本意必欲一归家，带家眷同赴任。

且欲将澹生堂书籍收拾在侧楼，以免蒸湿之虑（十一月十九日付大郎、四郎、五侄）。

这里说的大郎是祁麟佳，廪监，有《太室山房四剧》及诗稿《问天遗草》，早卒。彪佳为作序授梓。四郎是祁骏佳，甲辰年生，绍兴府学生，山阴县匠籍，崇祯戊辰恩贡。骏佳字季超，于祁氏兄弟中最为老寿。直到康熙二十年，还在祁承㸁手抄校本《老子全抄》书前写下了题记："此先夷度府君手自点阅之书也。计其时尚为诸生，先人手泽，子孙当世珍焉。不肖男骏佳谨识，时辛亥孟春，已七十八岁矣。"有二印记曰"祁印骏佳"（白文方印）、"季超氏印"（白文方印）。这里的"辛亥"应为"辛酉"，可见老而善忘。季超后来学佛，写过《禅悦内外合集》，曾见稿本。黄梨洲说："祁氏藏书，自季超学佛，一切视为土苴，多半为云门沙门持去卖钱。"可见在黄、吕大担论斤、捆载而去之前，澹生堂藏书早已零落地散出了。他还有一种笔记曾为赵之谦刻入丛书中。

祁承㸁在《藏书约》中有下面一节话：

然而聚散自是恒理，即余三十年来，聚而散，散而复聚，亦已再见轮回矣。今能期尔辈之有聚无散哉。要以尔辈目击尔翁一生精力，耽耽简编，肘敝目昏，虑衡心困。艰险不避，讥诃不辞，节缩饔飧，变易寒暑，时复典衣销带，犹所不顾，则尔辈又安忍不竭力以守哉！

看这话，他是懂得聚散无常的道理的。不过终于摆脱不下，还是不能不寄希望于子孙，至于大诉苦，想借此获得儿辈的哀怜，但终于无效。吕晚村在买得澹生堂藏书三千余本之后写诗示儿子人人：

阿翁铭识墨犹新，大担论斤换直银。说与痴儿休笑倒，难寻几世好书人。

宣绫包角藏经笺，不抵当时装钉钱。岂是父书渠不惜，只缘参透达摩禅（祁氏参临济宗）。

诗写得颇为波俏，也显露了得意的神色。然而曾几何时，南阳讲习堂的藏书也灰飞烟灭了。吕留良父子的结末比祁家还更为惨酷。封建社会这些地主阶级知识分子的努力挣扎，在阶级斗争的浪潮中显得十分微弱无力，碰上小小的浪花，就一败涂地了。

关于三百年前的一次矿工起义

祁承㸁是明代后期著名的藏书家，他的澹生堂藏书是与范氏天一阁齐名的。不幸的是，他的藏书在身后不久就几乎全部散佚了。这是在他的家族因参加抗清斗争而遭到残酷镇压以后的事。在他的故乡山阴梅市，有聚族而居的祁氏子孙。他们还珍重保藏着一部分先世遗书。这主要是祁承㸁本人和诸子若孙辈的稿本、文件，以及先世著作、家塾读本等等。

这些书册，在清代都是干犯新朝大忌的东西，保存了三百年，是冒了很大的风险的。大约在四五十年前，《祁忠敏公日记》用活字印行了，那后面附有一份《祁氏遗书记》，就大略记下了这些遗书的草目，但也并不完整。

我在三十年前曾接触过部分遗书，同时还看到祁承爜给他的家属的一些信件。信件是在不同时期寄给他的几个儿子的。祁承爜本人一直在各地做地方官，家信里反映明代后期政治情况、人民生活、社会问题的部分，是有参考价值的资料。其中较为完整的是他记述宿州矿工起事经过的部分。

一六二二年，也就是明天启二年壬戌，祁承爜钟爱的幼子彪佳中了进士。承爜这时正在宿州知州任上，彪佳留在北京等候考馆。五月十五日，承离开宿州，六月十五日返抵故乡绍兴。七月初四日寄给彪佳一封长信。

> 我于五月十五日自宿州起行，至六月十五日抵家。经年之别，幸家中俱平安可喜，而祖寿伶俐尤可爱、可喜。但自四月廿二差陈宪文同徐元进京，至今尚不得回信。且自四月间得福建承差带书之后，又三月有余，不见京中家报矣。悬念何可胜言。我离任至徐州，而始闻曹州郓城之白莲教为乱。然亦止闻其端倪，未闻猖獗也。及至淮安而又闻邹、滕两县之乱，亦未闻如此其甚也。今自北来者，皆言邹、滕两县残毁之后，夏镇又遭焚僇之事，道路为梗。每念汝同姊丈、郑九华在京，真是食

不下咽矣。汝之行止不知何据？即考馆一事，至今尚无消息。看此世界，几若鼎沸。何敢望华要之地，惟得汝安稳到家，便是如天之福矣。……且今年又值苏息驿递之时，一概新科，俱无邮符。则汝之人从行李颇多，自雇夫马，恐劳费不浅。且此际道涂扰攘之时，决用慎重斟酌。宁可在京再看事势，以为迟速。倘考馆之期，果在八月间，则九月终旬，我定到京。汝待我入都，则处置邮符与汝，亦不为难。倘果在目下要行，必须由河南路为稳妥。但目下遥传，宿州亦岌岌酿乱，则由河南者必由宿州，恐又不便矣。前二月间，宿州有煤徒三四千，几至倡乱。若此时我不以镇定处之，计策散之，万一率兵去擒剿，则其铤而走险，岂在邹、滕之后哉！数千人团聚不散之流民，只以二三白牌，密地晓谕，阴为解散，不动寸兵尺刃，所全流民及地方之生命亦多。此自入睢阳一段惬心之事。但恐人情未必尽知其中委曲，而近恐此辈又复啸聚，或都中有人说起我在宿州煤徒之事，汝可将颠末说明。特录事定之后，将人犯申详正法，以示惩创后来之意。其招审定案，付汝一看，则自知其详悉矣。（下略）

这封家信里透露的晚明封建统治阶级内部惶惶不可终日的心情，是十分真实、逼露的。在国内此起彼伏的农民起义、辽东后金大举入侵的“内忧外患”的夹击之下，京师已经变成边塞，山东、河南一带也是一片起义的烽火。什么考馆、作官，都已放在第二位，但求平安无事逃回老家，就是上上大吉。大厦将倾，树倒猢狲散，朱明王朝不可避免的覆亡命运，已经无情地由它的臣民公然宣布了。

信中提到的邹、滕民变，是当时的一件大事，谈迁《国榷》卷八十五，壬戌，天启二年五月条记：

> 山东巡抚赵彦报："妖贼"徐鸿儒倡乱。鸿儒巨野人，以白莲教惑众，与深州王好贤、景州于弘志通密约，八月望日，三下同起。而鸿儒以他事先发，在卞家屯刑牲誓众。寄家梁山泊，据梁家楼为巢，攻郓城，知县余子翼遁，遂据之。曹濮骚动。……

《国榷》又记六月庚午，起义军进攻邹县，后又攻滕县："时括饷俱尽，至是无饷可给，鲁王捐资保城。"

"七月戊申，'妖贼'据夏镇，掠粮船阻运。总河陈道亨告急，把总姚文庆集乡勇败之，运道复通。"

这和承爣在家书中反映的情况，是完全一致的。家书里所提到的"苏息驿递"，同样也是当时一件严重的社会问题。那时甚至有人认为，明朝之亡就是亡于驿递，这当然是片面、肤浅的看法，但也可见问题之严重。

王季重有写给周延儒的三封"简周玉绳"（见《文饭小品》），也提到这个问题。周延儒是崇祯末年的首辅，后来终于被皇帝赐死了。王季重说：

不佞得南膳郎且去，无以留别。此时海内第一急务，在安顿穷人。若驿递不复，则换班之小二哥、扯纤之花二姐，皆无所得馍馍，其势必抢夺，抢夺不可，其势必争杀。祸且人乱。刘懋、毛羽健之内不足食也。相公速速主持，存不佞此语。

又说：

刘掌科（懋）因父作马头，被县令苦责。其言罢驿递犹可；若毛御史在京置妾，因其妻忽到，以公祖轻与勘合，而怒室色朝，突发此议，则因戏起乱矣。驿递乃穷人大养济院，穷人无归，乱矣。再语之相公。

毛羽健的故事又见于《秋灯录》(《昭代丛书》)：

御史毛羽健娶妾甚嬖。其妻乘传至，立遣之。来速不及预防。羽健恚极，迁怒于驿递，倡为裁驿夫之说。

刘、毛的故事当时大概在士大夫中间流传甚广，也应是可信的。但将明朝的裁减驿递，归因于这种偶然因素，却只能是历史唯心主义者的见识。裁了驿递，也的确给士大夫们带来了很大的不便，他们失去了由政府提供的免费交通工具及服务，不能不自己筹划，并付出可观的旅费，他们当然要加以反对。王季重不惮烦地两次向首相上书，他是看出了这种尖锐社会问题的存在的，并从而指出“安顿穷人”是对付当前社会主要矛盾的对策。应该说是有见解的。他对被压迫、被迫害的劳动人民也有他的同情。不过他终于不可能懂得，农民为什么要离开土地而投向驿递这样的“大养济院”；他的建议也不过是要使小二哥、花二姐们暂时保住安稳的奴隶地位与生活，不铤而走险而已。这当然又是王季重这样的封建士大夫的阶级局限所在了。

裁驿递大约是崇祯末年的事。祁承㸁所说的“苏息驿递”，是为了地方上供给过往官员夫马的负担太重，采取的改良措施。

祁承㸁对他处理宿州煤徒斗争一事，似乎颇为得意。在给儿子彪佳的信中，曾多次提起。他在信里说：“此我自觉宿州潜散煤徒一事，颇谓平生一惬意事耳。”大约就在这一年，他把这事的前后始末，写成记事，刻入《澹生堂外集》。

《澹生堂外集》，今存三种。万历、天启递刻本。题“山阴密士祁承㸁著”。九行、十八字。三种的大题分别是：（一）《琅琊过眼录》，前有己未（万历四十七年）菊月自序。（二）《符离弭变纪事》。（三）《两游苏门山记》。收藏印记有“槜李曹溶”、“萧山王端履年四十岁后所见书”、“节子辛酉以后所得书”。卷尾有王端履手跋：

> 《澹生堂外集》，吾不知共有几种，所见者只此一册而已。此吾乡前辈遗书，子孙其宝诸。时道光乙巳夏六

月望日，王端履敬识于重论文斋，年已七十矣。

三种之后，又有傅以礼（节子）手抄的《藏书约》一卷。卷末跋云："己卯（光绪五年）端阳后一日据知不足斋丛书本手录，浃旬甫毕。庚辰中秋前二日覆校一过，计改正二十余字。"

傅节子不知道《藏书约》也有原刻本。八千卷楼和郑西谛都曾藏有此书，保存了不少同时人的题序，这在鲍本中都删去了。

《符离弭变纪事》说：

宿、故汉甬上地，亦称符离。春秋为宿沙子封国。幅员颇辽旷。入国朝，为中都北门，绾毂九省。轩盖如云，轮蹄如雨点。民疲而惰，土礅而硗。无山林薮泽之利。民之艰薪更甚于艰食。故民间多并日而炊。去州之东北三十里为徐溪，由徐溪而入为宋疃。宋疃有山一带，土人所呼为白塔山者也。山中多石炭，不减燕市，州民向不知采也。万历乙卯丙辰间，二东大饥，流民载道，而宿与东郡不甚远，故流民往往十百成群，为谋生计，有至白塔山握（掘）草根者。土中得煤少许，试凿之，遍山皆煤也。流民则大喜，因取煤以献于有山者。州民方苦薪桂，一旦得煤，以济晨夕，州民亦大喜。于是有山者称窑户，采凿称煤工，两相济也。当此时，取煤者仅数十人耳。仰衣食于山主，听役使于山主，供采办于山主，莫敢抗也。为日久，则行煤之地益广，取煤之利益多，而凿煤之人亦益众。其间黠有力者稍稍欲自雄，每事与山主相颉颃，而其隙遂开。久之，隙益深。山主乃相约，不以粒米升酒资煤徒，而复令市贩不得相贸易，流民始大窘。初犹就山主贷升米。贷弗与，则拥众而强索。因而遍及村落，即山主亦不能自由矣。夫强索与抢掠也，相去有几？州民遂哄然指煤徒为作乱，而赴余告变者无虚日。此正月二十六日事也。余默筹之，数千群逞之辈，临事一不当机，流祸地方者不浅。今欲制之于群逞之时，必须开之以谋生之路。姑外示驾驭，以安其心，而徐为散之策，此当机之着也。因择里老中为此辈平日所信服者二人，捧示谕之。谕意谓，宿方乏薪，赖煤以济。流民出力，土民出财，事固相须；但人众则嚣，众嚣则乱，必有法制，始为永图。今令窑户于流民中，每窑择窑长一人，十人为甲，甲长一人。每五窑则择居民之信实者为牙侩，以便贸易。一人犯法，州以飞檄责之，窑长如期捕解，少有阻格，即与同罪，此二月初六日事也。流民得谕皆心动，愿自相推择，列名以报。会居民吴应宾持钱向窑户宗楼市煤，以争价相竞。宗撒其钱于窑中，弗与煤也。又适有外商策一骑入山中，群恶少复烹其驴食之，于是州民与外商复绝迹不至，而流民益大窘。且自知与州民之衅不可解，益备臂棍、铁圈诸物以自卫，而州民更危其词以激予，此二月十一日事也。予知此辈敢于群逞，皆二三豪民与州民相挟仇者为之耳目，密布余左右，即案头一小吏，其父戴朝儒尤其巨孽也。倘予出一言，即顷刻密驰，故每遇父老于公庭赴诉，辄佯笑叱之出，且故为大言曰，鼠辈安敢尔！果若是，吾当以骑缚之来，不必良怖。时缙绅父老及僚属与卫弁，无不力言当率民壮乡兵扑灭及早者。余笑问曰，公知此辈为众几何？吾尝谛视之，其开采一窑，有用力而操槌凿者，有辘轳引煤而上者，有荷担而出之水次者，非得四十余人则不能以回环而举事。今开窑已至七十有余，计众当不下三千人。而州中民壮仅五十，即乡兵可荷梃者，亦不过百余，若以法制之常论，则一老卒怀尺符，数百人可摄也。若以事变叵测论，督数百勉强承命之役，捕三千畏刑逃死之人，彼将束手就擒乎，抑铤而走险乎？万一我有损伤，亵威裂法，固不可言；即能捕斩此辈，将筑京观以示威乎？抑上首功以希赏乎？夫纵而养乱与激而酿变，皆守吏之所必不为。余日来默默为调剂驾驭者，不遗余力而让能，特无奈利之所在，人为贲诸，流民惟有走死地如骛耳。余料此辈断不能为乱，诸君无惶惑以摇人心，但道路流传，讹言蜂起，不可不白之当道。然余不欲张皇其事，具文以请，惟退而手自削牍，条三策上之。大概以开煤之衅，匪伊朝夕，法当擒治，事贵潜消。以职所见，群逞之流民，多方解散，使各还故乡，一意禁山，毋再令窥利。如此则既弭目前之衅，且杜后日之忧，是为上策。即不然而借天地自然之利，托宿民樵采之艰，听其开凿，而立以窑长，联以保甲，渐择其勤事者，量授牛种，使开垦荒地，令其有土著之思，此为中策。更不然而乞院道一旅之师，环而扑之，诘戎首而慑乱萌，此州民之所深快，然于此辈有锋镝之惨，而地方有玉石之焚，是为下策。而下策既有所戕戮，则事干题请，恐于上台亦有所未便。因缄付飞骑上之。不数日皆次第得报可。自各台以及道府，一以解散为得策。而督抚漕台李公尤倦倦以奸人鼓煽为虑。若按台之意，则主于开采而榷其税，谓可以惠宿民也。惟操台以道远恐事难逆料，竟委州以便宜。云，事不可解，即令征兵于寿州。余藏其檄不以示左右，惟更令耆老申之以保甲，惕之以生死，又选民壮稍习事者，各率乡兵数人，但于邻近村落，往来巡缉，以防其四出为乡民毒。但勿令迫近，与之搏击，布置颇周。此二月十七日事也。然州民固惟恐流民之出而焚掠，流民亦惟恐州民之入而擒捕也，誓相团结，如蜂屯蚁聚，相持益坚。乃一二奸民，又日相鼓煽，正如督抚所虑。妖言四布，州民日揭匿名帖送州。余即公庭前立取火焚之。一切不以视。余心知其不能为大逆，而特无可散之机，因乘谒按院之行，出境数日，以宽此一线地。因严谕捕官并握卫篆者，此辈吾已有驾驭笼络之术，此行正急而示之以缓，迫而示之以宽。俟吾回日，定当贴首弭尾矣。断不可听州民言，轻捕一人，捕必有变。途中又更示以手札，谆谆为嘱。此二月二十一日事也。比余至泗上，由泗上复趋郡，而捕官与卫弁之飞报一日而三至矣。盖以流民乘余出，有入城探视者，为州役所物色。而乡民亦陆续捕送十余人，遂有浪传流民欲率众夺狱者。人情汹汹，四门皆昼闭，使客尽从城外度，而道路纷纷，谓宿州煤徒乱矣。此二月二十八日事也。余心知其不然，然不可不速回以镇定人心。遂一昼夜驰三百里，至州则东方已曙。即令尽开城门，听人骑出入。余乃退卧，至日中方徐徐出。随取诸人环列庭下，令州民皆得纵视。才一鞫状，皆叩头曰，死罪有之，然实不敢为乱。煤久不售，困饿弥甚。贷米而人不与，反为所擒。余因问，若煤今何在？皆曰，煤置各水次，露积，可验也。余因转一机曰，强抢法自当死，然使遵法者坐视露积之煤而枵腹就死，非情也。今民既不售，吾官为鬻之。汝辈即以此为路赀归乡可也。即不然，一遵前示，立窑长，联保甲，与土著为一体，亦无不可。但久聚而不散，情形涉于抗上，吾即以若辈数人枭诸市曹矣。即于案间取木牌四面用朱笔书之。大意谓犯法无可生之路，有煤无坐饿之理。今使里老诚实者四人，赍钱百余贯。某人见在煤若干石，给钱若干文。鳞次听给。愿归者即去，欲留者报名在官，分派各里中，酌与荒地，量授牛种，成熟之后，一体征租。见擒十余人，分别情罪正法，不以蔓延。即呼前所擒者遍视之，度其稍朴实者四人，命荷牌以往。复令小吏备诵牌中之语，令之记熟，流民中不识字者，即以所记熟者诵之。且戒之曰，斛煤若搀越，领钱若喧哗，即持归，一钱不发也。汝四人持牌，可遍传吾意，仍执牌以复我，我贷尔罪。若不来，吾有法擒汝。倘众人俱尽散，独留汝四人无益。即与之俱往，吾不问也。四人皆感激垂涕而去。余复戒里老传语居民，倘煤徒取道还乡，而敢逞忿擅捕一人者，罪弗宥。仍令执牌者先往，赍钱者稍后，将及山，流民望见牌来，皆色变惊起，已乃见四人其同夥也，色稍定，竞问牌中何语。四人各传余所命，皆欢呼，喜出望外。因问，赍钱者何在？四人指后来以柜舁者钱也。则又欢呼，益喜出望外。间有一二人指煤度多寡为授钱计。而其中稍黠者互相计曰，吾向者恐州主之不我宥，而又知居民之不我容，故宁聚而图生，毋散而就死。今日即吾辈再生之会，且居民之意不可测，不如乘散钱之际，可以脱身。初时二三人相率下山，众犹恐为地方所捕，徐之，知其无阻也，又百余人继之。稍间，复千余人继之。未及哺，而流民之散已尽矣。此三月初一日事也。

以下承爜记他处理此事前后，对形势的估计和决策过程。并从轻处分了被捕诸人。他最后指出：

惟何兴、宗楼业以土著乃为煤窝，饮食寝处，皆其图利之资，一方不宁，两人之肉，腥臊不足食也。而事发远逃，又为无法。必欲严捕，以正常刑。其所积之煤，斛有二千余石，流民既弃之以逃生，安可听土民攘之以为利。当责牙行变价输官，以抵睢阳驿新增夫马之费，不必更征之民间，亦足少纾宿民之困。……时余已有职方之命，而当道属以为地方善后计，绸缪相度，至蒲月方得离州。北至淮阴，则已闻滕县钜野“妖民”之变矣。追忆当日，流民聚而不散，声势响应，必至震惊陵寝。即使锋镝之余，抱恨而匿草野，亦必构“妖民”以煽乱，宿之为祸，可胜言哉！语云，痛定思痛，余回首并州，益不能不怦怦心动矣。遂略识梗概于广陵舟中，盖壬戌五月之二十二日也。

《符离弭变纪事》所记天启二年宿州采煤工人聚众闹事的经过，在晚明民变史料中，是相当突出的；在有关明代资本主义萌芽的史料中，也同样是较为突出的。过去的研究者所引据的史料，从徐一夔的《织工对》开始，占绝大比例的往往是有关纺织业的记载。从商人活动的角度进行观察，农产品的米、棉、茶、糖……，手工业品的铁器、瓷器、造纸、漆器……都是转贩营利的对象，在封建经济发展繁荣的过程中，这些行当的发展、壮大，也必然会伴随出现某些资本主义经营方式的雏形，但这方面的资料很不充分。至于采矿方面的材料，也同样缺乏。

明代官私文书、史料有关矿冶的记载，较多集中于铁、铜、铅、锡、金、银、水银等类，只是到了后期，才较多出现了煤矿开采的记录，多半集中于山西、河南一带。在冶炼业中，燃料占有重要的地位，但煤炭在燃料中所占比重，却一直较低，官营矿业也少有煤炭的经营。它主要是民营矿业的一种，而且是分散的、微弱的。祁承爜所记的也不过是在宿州符离集地方煤矿的初步采掘；所谓矿工，也只是被灾荒驱赶离开家乡的“流民”——农村无产者。作为矿工对立面的也只是一些据有山地的地主。爆发斗争的时间也很短，前后不过数月。但是原始的资本主义经营手段的各种形态，阶级斗争的种种表现，在这里已具体而微地显示出来了。封建统治阶级对付矿工斗争所采取的种种对策，也有详尽的说明。文字细致、生动，作为三百五十年前的一篇“社会调查报告”，虽然出于封建官僚之手，也还是有参考价值的。作者是亲临其事的地方官，他站在封建统治阶级的立场看待一切，但作为史料，出自第一手的原始纪录的价值，是无疑的。

作者的观察仔细，他记下了当时采煤的操作过程。有在井下操作的采掘工，有提升工具（辘轳），有运煤工。一口窑要四十多人合作进行操作。

煤矿最早发现在万历四十三、四十四年。初期采煤者不过几十人，过了五六年就发展到三千人左右。这说明纳入了商品经济之后，民营矿业得到的迅速发展——“行煤之地益广，取煤之利益多”。这时窑数也增加到了七十多个。这发展速度是值得注意的。矿工与有山的窑户之间的关系，虽然原始，但也无疑是资本家与工人之间的关系。没有提到工资，但“仰衣食于山主”，实质上是一样的。劳资双方的矛盾积累起来而且逐渐扩大了，也必然出现了矿工中的领袖人物，就是所谓“欲自雄”的“黠有力者”。许多山主之间也采取了压制矿工的联合行动，他们所采取的手段是断绝生活资料的供应，同时还切断了商人采办煤斤的活动。矿工的“聚众闹事”，就是这样引起的。

斗争过程写得也很清晰。矿工之间的团结是紧密的。虽然在祁承㸁看来，“此辈唯团结如蜂蚁，且臂棍与铁圈，亦非临阵之物”。但统治阶级还是怕得不得了。宿州只有民壮五十人，乡兵百余人，如何对付得了三千名矿工？祁承㸁自己写出了他故作镇静、色厉内荏的精神状态，反映了他的上峰督抚漕台等人的张皇失措，议论纷纷。这一切正是农民起义风起云涌、摇摇欲坠的朱明王朝的生动写照。

从祁承㸁提出的上中下三种对策，更可看出统治阶级的思想状态。他们唯一希望的是流民能各归故乡，矛盾暂时缓和，就算上上大吉。至于因势利导，发展生产，只是不得已而采取的中策。那位按台大人，从开辟税源的目的出发，居然也赞同此议，但寡不敌众，“自各台以及道府，一以解散为得策”，终于放弃了。他们最怕的是组织起来的农村无产者，为了这个，是会放弃任何有利于繁荣发展的新措施的。这是长期来明朝中央政府争论不休的议题。他们总是担心这些“棍徒”“奸细”“矿夫冗役”难以控制，宁愿关闭矿山，以免生事。中国封建社会资本主义萌芽的现象绝不是孤立的存在，也不是等到封建社会晚期才出现的。不过由于生产力水平的限制，不能为新生的生产关系幼芽提供成长的条件；也由于统治者的种种考虑而受到阻碍。从祁承㸁的叙述里，是可以看出中国封建社会长期延续的一些因素的。而最早的无产者没有经验，比较软弱，在统治者的摆布之下，斗争被窒息，团结被瓦解，那更是无足深怪的了。

从祁承爜的叙述中还可以看出，最使他头痛、要花大力气对付的，是所谓“州民”，也就是地主豪绅的别名。他们中间与“煤徒”相结的二三土豪在衙门中安排了爪牙、耳目、“内线”；“缙绅父老”们则造舆论，起事端，施加压力，惟恐州官不采取镇压的“下策”。他们和那些山主串通一气，或竟是一伙。特别是“以土著乃为煤窝，饮食寝处皆其图利之资”的那些人，才是矿工们的直接的对立面。他们千方百计要州司马执行维护他们切身利益的政策，这正是当然的。这正说明了统治阶级运用国家机器的手法。而虽然也是封建统治阶级一员的祁承爜，并未使他们得到完全的满足，这也许就是他还不失为封建社会较好的官吏的原因。

《符离弭变纪事》也曾收入《澹生堂全集》，原书“迷失”了，无从对校。史贵初文，还是这初刻单行的别集比较更接近于历史真实，也更可作为研究依据。

附记：

春秋时宿国，在今山东省东平附近，与宿州之宿，并无关涉，疑祁氏误为一地。唐时宿州附近有甬桥，即埇桥，在宿州南，跨古汴水，为交通要道。“甬上”当指此。符离，秦时即置县，治所在今宿县东北；唐初迁治所于今宿县北之符离集；元和中再迁至今宿县县城，且于同城并设宿州。符离县废于蒙古时，独留宿州，今改宿县。徐溪，不见于今地图中。同治中胡林翼、严树森合刊《皇朝中外一统舆图》中于宿州西北有徐溪名，云是宿州州同驻地。其地实即今之濉溪口，亦即安徽濉溪县。地在州之西北而非东北，且不只三十里。疑祁氏误记。今濉溪县少北设淮北市，有淮北煤矿，当即天启中采煤之地。宋疃、白塔山，今地图中俱无之，只有宋町一名，或即一地。以上皆得丹枫老师指教，特附说于此。

《远山堂明曲品剧品校录》后记

在距今三百十年以前，明崇祯甲申以后一年，南明弘光的小朝廷抵制不住南下的清军，金陵陷落了。福王北去，潞王监国。江南一隅陷入了非常混乱的局面。吴越一带的人民，纷纷起来组织义师，向侵略者进行反击。特别在浙东，明遗民的活动就来得更为频繁而有力。这之间，一些具有民族意识的士大夫的倡导与鼓动，是有着一定的意义的。

清军的统帅索罗（又称贝勒）在渡江以后，就进行收买、利用明朝旧臣的活动。想借他们的声望来收拾残局，巩固清朝的统治。有不少人就在这种局面下出来作了“二臣”，尽了替异族统治者铺平道路的作用。人民对这些人是仇恨、鄙视的。相反，对另外一些坚贞不屈的人则表示了最大的敬意，始终尊重、纪念着他们，把他们当作民族斗争的旗帜。

甲申、乙酉以还，在浙东一隅就出现了不少出色的人物。像张苍水就是毕生坚持了斗争，一直战斗到死的；另一些人则拒绝了清军的聘请，用自杀的方式表示了自己对明朝的忠诚，更重要的是表现了对民族的忠诚。山阴祁彪佳就是殉节明臣当中一个重要的人物。隆武在福建，追祭他和刘念台

（宗周），予谥“忠敏”，鲁王监国以后，赠谥“忠毅”，就连异族统治者也不能不顾及人民的意愿，对他进行了并非出自本心的表扬，乾隆中给了他一个专谥“忠惠”。这是后来有许多分歧称谥的原因。就连究心晚明史籍，想替彪佳重编遗集的傅节子，也还称他为祁忠惠公。这不用说是极不妥当的。他用死拒绝了敌人的征聘，却不料在身后却被迫接受了清朝的封赠，自己则完全失去了抗议的资格，真是比鲁迅先生所说“与其被混蛋所称赞不如战死在他的手里”更为严重的悲剧。

祁彪佳字虎子，一字幼文，又字宏吉，号世培，是明代山阴名藏书家祁承㸁的儿子。生于万历三十年壬寅，十七岁中了举人，二十一岁成进士。以后在福建做过推官，在北京做过御史，在苏松做过巡按。在明朝覆亡以前不久又到了北京，参加了当时最激烈的政争，冒了极大的危险疏参吴昌时。北都倾覆的时候他正好在南方，就又参加了南都拥立的大计。又在危难之中重新抚按江南一带。弘光乙酉卸职家居，南京为清军攻陷，他在家乡和友人计划恢复的大计，黄石斋向潞王建议，让他出来做苏松总督，组织对清军的抵抗，还没有来得及上任，北骑即已掩至。家人朋友都劝他到杭州去见清军的统帅贝勒，保全一家的生命财产。可是他自己不肯，在经过两天的思想斗争以后，终于在乙酉闰六月初六日五鼓，自沉于寓山花园的池水中了。临命以前手写遗书，词句安详而立场（民族立场）坚定，安排后事，劝导家人都入情入理，实在是值得佩服的。[1][2]

他死后不到一月，东江就起兵了。他的弟弟、儿子都参加了抗敌的斗争。[3][4]对殉国遗臣特赐祭葬。[5]这些抗争虽然都被清军镇压了下去，可是并不曾彻底扑灭了仇恨的火种。山阴梅市祁家成了大批志在恢复故国的人们的逋逃薮。他们不但在浙东一带策动起义，而且和海外的义师也有着联系。这中间就有彪佳生前极为赏识的慈谿人魏耕，成了祁班孙极好的朋友。[6][7]

祁理孙字奕庆，祁班孙字奕喜，是彪佳的两个儿子。因为大排行的关系，被称为祁五、祁六两公子。父亲的殉国激起了他们为君父复仇的激情，和魏耕一起计划恢复的大计。活动失败了，不听长辈的劝告，依旧坚持下去，毁家纾难，毫不吝惜地呈献出了家族的财产。他们对异族统治者的一切措施，都抱着反对的态度，不承认新朝的正朔，不参加新朝的考试，认为这也是一种抵抗的方式。对不顾名节热心利禄、死抱着时文不放的知识分子，是深恶而痛绝的。[8]

到了康熙壬寅、癸卯之间，祁氏终于被叛徒出卖遭到了破家的惨祸。详细的经过今天已经不能知道，只在全谢山的集子里还保存了大略的记载。[9]祁氏姻戚杭州小山堂赵氏也有过一些记述。[10][11][12]那结果是极为悲惨的。班孙被遣戍辽左，哥哥理孙纳了贿，得被放免，家里也完全破产了。[13]

由于当时“禁网尚疏”，班孙在康熙丁未逃回江南，却不敢回家，在吴之尧峰祝发出家。后来又主持毗陵的马鞍山寺，称呪林明大师。还不时与哥哥家族往返，不过这也只能

在极秘密的方式下进行。因为家破虽已数年，但流言到底也还不少的缘故。[14][15][16]

祁家是有名的藏书旧家。澹生堂的藏书，在明代的浙江是和会稽钮氏世学楼、四明范氏天一阁齐名的。祁彪佳生前又做了不少增益，祁理孙也是喜欢藏书的，祁家三世藏书的数量和范围，都是远远超过了其他的藏家的。

乙酉乱后，祁家的藏书先搬到了化鹿寺。[17]直到康熙丙午之前，还没有大批的散佚，不过祁理孙因为佞佛的关系，晚年不大注重，书籍零碎地被沙门赚去了不少。[18]大批的流散，是始于黄梨洲和吕晚村的大担捆载、论秤而出的那一次。[19][20]甚至为此还引起了黄吕的争执，成为清初儒林的一段有名的公案。[21]吕黄两位是道学家，所注重的大抵是经部和子部儒家之类的书，后来朱竹垞又到山里去看了一次劫余的藏书，就发现了为黄吕所不取的元明以来传奇八百余部。这是我们所知有史以来私人收藏中最大的一个曲藏。[22]

祁承㸁《澹生堂书目》十二著录戏曲只有《古今杂剧》二十册，《名家杂剧》十六册，可是在祁理孙的《奕庆藏书楼目录》里却著录了"《名剧汇》七十二本（凡二百七十种，有详目）；《杂剧》十四本（无目）；未订杂剧二帙（无目）；抄本《杂剧》十二本（无目）"（据郑振铎先生引文）。这虽然赶不上朱竹垞所见的八百余部之多，到底也比祁承㸁的收藏多了不知道多少倍了。这些新增的曲本，可以断定都是祁彪佳历年买进的。

祁彪佳对戏曲有着浓厚的兴趣，并不是偶然的事。

他出生在一个有浓重文学艺术气氛的官僚地主的大家庭里。父亲是爱书如性命的藏书家，妻子儿女都喜欢作诗，对文学有着非凡的爱好[23]。从兄祁止祥更是一个有天才的艺术家，特别精于戏曲[24]。中表张宗子也是讲究演戏的。彪佳自己更喜欢看戏，平日所看的戏，都详细记在《日记》里[25]。他的弟兄中间，祁麟佳作有《太室山房四剧》（《救精忠》、《红粉禅》、《庆长生》、《错转轮》），祁豸佳作有《眉头眼角》、《玉犀记》，祁骏佳作有《鸳鸯锦》。彪佳本人也作有《全节记》、《玉节记》[26][27]，和一些散曲。他不但喜欢看戏，作曲，而且历年还大批搜购曲本，在北京时曾经计划收买徐迎庆家藏的一批词曲，在苏州的时候，又和当时俗文学的大作家冯梦龙来往，访求当地曲家的著作[28]。历年收集，收藏了大批的戏曲作品[29]，朱竹垞在云门山寺里看到的，一定就是彪佳的曲藏。

这一批曲藏的散失，是极可惜的。可是彪佳的两本稿本《远山堂明曲品明剧品》却保留下来了，它替这个曲藏保留了一个粗略的面目。两品所著录剧曲，共六百七十七种。这是一个值得重视的发现，拿来和明代的吕天成、清中叶的姚梅伯和近人王静安的著录比较一下，保留了未经著录的剧曲达三百七十六种。《也是园旧藏古今元明杂剧》的发现，为元明杂剧（主要是元人）增添了一百三十五种孤本，那么《远山堂曲吕剧品》的发现，就为明人剧曲增添了更多的著录，虽然那原本大抵是失传了的。

祁氏《曲品》编录的方法和精神，都见《凡例》中。值得注意的，有这么几点：

他是很有文学素养的人，特别看重俗文学作品。这不只说明他为什么能够有这样的著作，更足以说明他能够保留当时不为人重，因而作品散佚的俗文学作者的大量作品著录的原因。同时，他不但自己能够度曲，对曲律有很高的素养，更因为家里就有着演员，自己是也能导演的。所以他的批评，就不只是站在作家的立场上，而且也是站在导演和演员的立场上的。

其次，他的著录尺度，要比吕天成宽得多，只要是少有可取，就不肯埋没作者的劳绩，这就保证了著录出色的丰富。

剧曲作者，在旧时代是一向不受重视的。在这两本著录里，却多少保留了撰人姓氏和一些零星的记事，这在我们也都是值得珍重的史料。

《剧品》是清录稿本，《曲品》则经过作者蓝笔墨笔两三次修改。我们可以看到有的戏被作者抽去，又安排在另外的地方，虽然同在一品之中，次序先后也是几费斟酌的。这就完全可以说明作者选择品隲态度的严肃。

我开始看到明山阴祁氏澹生堂遗书是一九五一年冬天的事。

有一天，一位旧书估人告诉我说，在杭州看到一部不全的澹生堂抄本书，价钱很贵，问我可要看看。我就请他把样本寄来。过了一个星期，书果然寄来了，是远山堂黑格抄本的尺牍底册，当时并没有重视，还了一个价钱，就把书寄回去了。

第二年的春天，还是那个旧书估人又来告诉我说，几月前所看到的抄本，现在还在杭州。那是杭州旧书业联营组织从绍兴买来的。绍兴的书商则是直接从梅市祁家论斤称出的，的确是澹生堂的藏书。书不止一部，目前因为营业不好，那个联营组织要拆伙了，希望能把这批书卖掉，价钱则可以商量云云。

同时他还带来了一部活字本的《祁忠敏公日记》，翻开后面的《祁氏遗书记》来给我看。原来远山堂就是祁彪佳的寓山堂名，而那些尺牍底册也都记载在那里。这下子引起了我很浓厚的兴趣，就陆续买了一些，这里面有“聊尔编”格子的写本《易测》和《老子全抄》，是祁承㸁的手批阅本。有祁骏佳手订的《重编澹生堂文集》八卷底本，和一些别的残本。

从这时开始，澹生堂遗书就开始在上海大量出现了。绍兴的书商也直接陆续把书运到了上海。这时期曾经出现了澹生堂旧藏的万历以后的《乡试录》若干册，明刻精图的戏曲总集《柳枝集》、《酹江集》等，我却没有机会看到。原因是这些书很容易脱手，一般人都肯定它是善本的原故。

这个时期我所见到的是一些不大为人所知的祁氏藏书，如万历本的《指月录》是祁理孙（奕庆）的手批本；祁骏佳的《禅悦合集》残稿等，我也都陆续留下了。

同时，旧书估人也到绍兴去买书，回来以后就通知我去看书。我则往往每次都几乎全部买下的。因为只有这样，才能破除估人的顾虑，不致把认为“无用之物”的书册送进还魂纸厂。这样买来的书，自然祁氏藏本所占的分量是很少的，而且也包含了大量的普通书和残本。但是这中间也往往有一二好书，如祁承㸁手批的《通鉴前编》，祁班孙（奕喜）手批的《唐宋文抄》，残本《吴越诗选》（魏耕、朱士稚、钱缵曾选，顺治中冠山堂刻），后者包含了大量的明清易代之际诗人的作品，如吴梅村诗即有全集削去的作品，而祁氏群从的诗作，从商夫人景兰以下，所收也最多。

这以后，澹生堂遗书的价钱逐渐高起来了。注意的人也更多了。在一九五二年底，古董铺的估人拿来了祁彪佳《救荒全书》稿本十数册，毛订原装，手迹累累，而且每卷都有三次校读的年月题名，是见著录于《祁忠敏公日记》的名书；此外就是启元社黑格抄本的《曲品》和《远山堂文稚》，还有祁承㸁致诸子手札原迹的卷子，明人画绢本江苏北部的《地域图》，以及远山堂抄本的《尺牍》等。索价甚高而且要合售。这批书在我手边放了两三个月，终于买不起。只草草抄下了《曲品》的大略，收进我自己一本《西厢记与白蛇传》，作为附录发表了。

到了一九五三年的冬天，我又从第一次告诉我澹生堂遗书消息的旧书估人那里买到了《明曲品》的稿本和另外一本《明剧品》，这真是使我大喜逾望的事。不料在已经残失了的抄稿本外，还有原稿本；而且不只记录了明人传奇也同样记录了明人杂剧。这就有可能使我从事校录的工作，稍有余闲就用吕天成的《曲品》，高奕的《新传奇品》，姚梅伯的《今乐考证》和王国维的《曲录》加以排比、校录。陆陆续续，时做时辍，直到今年冬天，才初步草完。同时因为发现了更完整的新资料，也就把《西厢记与白蛇传》的附录在再版时抽去了。一些朋友写信来问《曲品》全稿的，也没有一一答复，总希望早日将这不成熟的校录本公之于世，满足读者的期望。这中间也曾经有些朋友劝我不必出版这书，他们的好意是值得感谢的，可是我还是把它印出来了。由于学养的荒落，掌握资料的贫乏，这个初步的校录工作也只能做到目前的样子。为了提供学术研究的新资料，使这部湮沉了三百年，由于时代因素而“畏祸避仇不敢刻”、“遭难破家不能刻”的重要作品，在人民的时代里重见天日，因此也就放下了一切的顾虑。

以上是澹生堂遗书和《曲品》、《剧品》发现的经过。在这里也附带说明一下，不是想仰攀荛圃，做赏鉴家的藏书跋尾，有时为了说明事实，这原来也还有一些用处的。因此也就希望读者宽恕这里的饶舌了。

一九五五年一月五日记

注释：

①张岱《琅嬛文集》稿本，《和祁世培〈绝命词〉》：

臣志欲补天，到手石自碎。麦秀在故宫，见之裂五内。

岂无松柏心，岁寒奄忽至。烈女与忠臣，事一不事二。掩袭知不久，而有破竹势。余曾细细思，一死诚不易。太上不辱身，其次不降志。十五年后死，迟早应不异。愿为田子春，臣节亦罔替。但得留发肤，家园总勿计。奉侯入徐无，别自有天地。

按：徐芳烈《浙东纪略》记：

闰六月初五日（乙酉），原任苏松巡抚山阴祁彪佳养病里居，北兵至浙，以书来聘。公处分家政，作《绝命词》别宗亲曰：时事至此，论臣子大义，自应一死。凡较量于缓急轻重者，犹是后念，未免杂于私意耳。若提起本心，试观今日是谁家天下，尚可浪贪余生！况生死旦暮耳，贪旦暮之生，致名节扫地，何见之不广也。虽然，一死于十五年之前，一死于十五年之后，皆不失为赵氏忠臣。予硁硁小儒，惟知守节而已。前此却聘一书，自愧多此委曲。然虽不敢比踪信国，亦庶几叠山之后尘矣。临终有暇，再书此数语，且系以一诗，质之有道。

运会厄阳九，君迁国破碎。鼙鼓杂江涛，干戈遍海内。我生何不辰，聘书乃迫至。委贽为人臣，之死谊无二。予家世簪缨，臣节皆罔赘。幸不辱祖宗，岂为儿女计。含笑入九原，浩然留天地。

欢然饮宴，无异平时。肃衣冠，投于寓园放生池柳树之阴，夫人子弟不知也。笑容可掬，颜色如生。

查继佐稿本《罪惟录·致命诸臣传》卷十二下，《祁彪佳传》引彪佳遗书曰：

“臣子大义，自应一死。十五年前后，皆不失为赵氏忠臣。深心达识者，或不在沟壑自经。若余硁硁小儒，惟知守节而已。”

遗诗一章曰：

“运会厄阳九，君迁国破碎。我生胡不辰，聘书乃迫至。委贽为人臣，之死谊无二。光复或有时，图功当时势。图功何其难，殉节何其易。我为其易者，聊尽洁身志。含笑入九泉，浩然留天地。”

按：遗诗当不只七韵，故书所引，各有缺略，当比观之。

②商景兰《锦囊集》收《悼亡》诗二律：

公自垂千古，吾犹恋一生。君臣原大节，儿女亦人情。折栏生前事，遗碑死后名。存亡虽异路，贞白本相成。凤凰何处散，琴断楚江声。自古悲荀息，于今吊屈平。皂囊百岁恨，青简一朝名。碧血终难化，长号拟堕城。

③《鲒埼亭集·祁六公子墓碣铭》：“忠敏死未二旬，东江起兵，恩恤诸忠，而忠敏赠兵部尚书，理孙赐任。祁氏群从之长曰鸿孙者，故尝与忠敏同讲学于蕺山，至是将兵江上，思以申忠敏之志。而公子兄弟，罄家饷之。事去，公子之妇翁戒之曰，勿更从事于焦原矣，不听。”

④明山阴王茂远稿本《柳潭遗集·条陈浙西事宜疏（代）》（乙酉）：“……臣熟思三月，每有端倪，辄以他挠。昨与镇臣郑遵谦、张名振，部臣钱肃乐，科臣祁熊佳细酌熟筹，业有头讫。……”

⑤明山阴王茂远《柳潭遗集·为义兴军祭殉难祁中丞公

彪佳文》:“呜呼,当天地屯邅之日,属宗枋板荡之秋。洫血无戈,盟心有剑。留千秋之高碣,轻一死于清流。名岂不成,人其可惜。故自先生致命从容之日,即为吾党呼天莫助之时。大信国未亡,呼声南剑,绛侯尚在,左袒北军。假公遁志深山,留身今日,投戈奋袂,必不逾时。此逆虏之所魂消,而同盟借其袖领者也。乃夫天祐将来,叠山告殁,身归日月之傍,气有河山之壮。遂使缙绅之所未为,布衣于焉独任。呜呼,祖鞭未着,中流之楫影何追,宗泪频挥,渡河之呼声未远。”

⑥《鲒埼亭集·祁六公子墓碣铭》:“祁氏自夷度先生以来,藏书甲于大江以南,其诸子尤豪。喜结客,讲求食经,四方簪履,望以为膏粱之极选,不胫而集。及公子兄弟,自任以故国之乔木,而屠沽市贩之流,亦兼收并蓄。家居山阴之梅墅,其园亭在寓山,柳车踵至,登其堂,复壁大隧,莫能诘也。慈谿布衣魏耕者,狂走四方,思得一当,以为亳社之桑榆。公子兄弟,则与之誓天称莫逆。魏耕之谈兵也,有奇癖。非酒不甘,非妓不饮,礼法之士莫许也。公子兄弟,独以忠义故,曲奉之。时其至,则盛陈越酒,呼若耶谿娃以荐之,又发淡生堂壬遁剑术之书以示之,又约同里诸遗民如朱士稚、张宗道辈以疏附之。”

⑦《鲒埼亭集外编·奉万西郭问魏白衣息贤堂集书》:“按白衣原名璧,字曰楚白,世籍慈水。以赘婿侨归安,遂充归安学弟子。后改名耕,别字白衣。又改名更,称雪窦山人。白衣少负异才,性轶荡,傲然自得,不就尺幅。山阴祁忠敏

公器之，为遍注名诸社中。……既丁国难，麻鞵草屦，落魄江湖，遍走诸义旅中。当是时，江南已隶版图，所有游魂余烬，出没山寨海槎之间，而白衣为之声息。复壁飞书，空坑仗策，荼毒备至，顾白衣气益厉。方张司马败北时，延平出海，大江路断。司马踯躅，计无所之。白衣遮道上书，犹陈金陵形势，招集散亡，入焦湖为再举计。语在司马《北征纪略》、屈翁山《成仁录》。司马既遁，当道颇闻白衣前策，游骑四出，刊章名捕。白衣亡命潜行，望门投止。家大父《怀所知》诗有‘廿年热血埋鸳井，万里桑田寄柳车’之句，即白衣也。癸卯，以海上降卒至，语连白衣。白衣遁至山阴，入梅里祁氏园。时忠敏子班孙谋募死士为卫，间道浮海。卒为踪迹所得，缚到军门，抗词不屈，死于会城菜市。同时与班孙匿白衣者，山阴李达、杨迁，并戍边外。”

⑧明刊《唐宋八大家文抄》二十八册，祁班孙手批阅本。有藏印曰“道僧”，“五云头陀”，“班孙印”，“班孙”，“奕喜印”等。朱墨笔圈点，每文后有评语，间附记事，题属作“剩国子”，“剩国主人”，“喜道人”。《韩文》卷十有记云：“夏孟尽阅于平原楼，仲初因乱至梅市。”后题一诗云：“竹光楼转月来初，弃印虞卿漫著书。潦倒原因胡市异，复堪白马遍闲居。”下题：“无空子记四月晦日事。”《欧文·与荆南乐秀才书》后记：“宋时文尚近古，今之时文直废却一篇浑厚正大议论，方为合作。为功名者无可奈何，今日正可做一种有用文章，乃有一辈口说忠义，而以为废却时文无可言文理者，可羞可耻可恶之极。顺时二字，乐子受教多矣，

吾辈亦受教多矣。”《欧文·答陕西安抚使范龙图辞辟命书》后题：“一味慷慨孤愤，真是范公幕下士。欧公以四六得进士，及第后即不屑为之。今人以时文得进士，则恋恋不舍，犹如贫儿得食，以为至宝。而不知世间止有一种人受用处也。况宋欧公犹是学时之际，今日处变革之时，已有欲翻然改图者，而反以言语惑之，真是道学中一罪人矣。余初颇有志作戒制举文说，奈卑不可以敌尊，贱不可以语贵。奈何，奈何。且今之虏秀才，必非不能时文者为之。使世间人尽不学时文，则虏庭无一文士，亦可为先朝争气。是当劝止之不暇，而反惑动者何也。不作时文，是其志必不欲为秀才矣。此亦一明睹也。”《欧文·集古录自序》后题：“予家自夷度公至于先忠敏，虽不能如欧阳公、王廷尉，然亦不为之下。阅聚而必散之语，使人惕然。祖父所遗而失之于子若孙，可不惧哉！至于兵火所加，亦将尽心于是，力竭而不足，则天之命乎。”

按：商景兰《锦囊集》有《坐剩国咏菊》诗，祁德琼《未焚集》有《坐剩国书室》诗，《锦囊集》更有《忆秦娥》词，题《初春剩国忆子》：

“莺声咽，柳梢烟月梅梢月。梅梢月，谁家玉笛，十分凄切。迢迢子去伤离别，空亭寂寞愁心结。愁心结，黎花飞碎，香飘尘绝。”

按：此商景兰忆次子班孙词。剩国书室或简称剩国，班孙读书处。

⑨《鲒埼亭集·祁六公子墓碣铭》：“壬寅，或告变于浙之幕府，刊章四道捕魏耕。有首者日，苕上乃其妇家，而山

阴之梅墅，乃其死友所啸聚。大帅亟发兵，果得之。缚公子兄弟去。既谳，兄弟交争承，祁氏之客谋曰，二人并命，不更惨欤！乃纳赂而有其兄，公子遣戍辽左。其后理孙竟以痛弟，郁郁而死。而祁氏为之衰破。然君子则曰，是固忠敏之子也。”

⑩赵东潜《九方集·旷亭读书图歌》：“山阴祁氏华族良，蓬莱清浅驹隙忙。翩翩公子年少郎，自许忠义酬先皇。一朝运去势难挽，弟兄争坐甘戕。竟遣其季戍辽阳，从此林亭日益荒旷亭无复曩时望。……”

⑪赵一清《东潜文稿·重书旷亭记》：“旷亭者，山阴祁氏旷园之亭也。王百谷为夷度使君书。使君讳承㸁，世所称澹生堂主人者也。再传而为忠敏都院，是余王母朱太君之外祖。又传而为理孙、班孙，世所称祁五、祁六两先生者也。班孙字奕喜，小字季郎。忠敏殉节，六先生遣戍辽阳，已而毁服为僧。”

⑫赵一清《东潜文稿·外氏世次记》：“浙东朱氏，有明望族。少师尚书，余王母曾大父也。公之孙子升公，余王母所自出，娶同邑忠敏祁公女。故余王母实为祁氏甥。朱氏自少师以勋伐起家，名垂竹帛。而祁氏之先参政公讳承㸁者，构澹生堂，藏书甲海内。忠敏公以儒雅饬吏治，婚姻是缔，阀阅侔高。公子理孙、班孙，文章世德，号称学者。王母尝为某辈言，少时见诸姑伯姊，岁时过从，笺题酬唱，娴令有则。风规礼法，彬彬盛矣。暨乎忠敏殉节，六先生又坐事遣

戍出关。向所谓寓山园者，已舍之佛徒。荒尘凝坐，遗像长悬。梵呗斋钟，空山答响。”

⑬旧抄本钱塘张槎云《琴楼遗稿》，四明卢氏抱经楼藏书，卷前有山阴商景兰撰序：“余七十二岁嫠妇也。频死者数矣。乙酉大中承公殉节，余不从死，以儿女子皆幼也。辛丑岁次儿以才受祸，破家亡身，余不即死者，恐以不孝名贻儿子也。未亡人且老，乌能文；又乌能以文文人耶？但平生性喜柔翰，长妇张氏德蕙，次妇朱氏德蓉，女修嫣、湘君，又俱解读书。每于女红之余，或拈题分韵，推敲风雅，或尚溯古昔，衡论当世。遇才妇淑媛，辄流连不能去。……”

又山阴朱德蓉赵璧氏撰《张槎云诗集后序》：“……因念余生不辰，罹十六年颠沛过邅，极人世所未有，今且茕茕称未亡人。昔日之触景增悲，间或托于词章以志慨者，虽未敢以诗自名，然亦余志之所在也。……”

按：此两序撰于康熙丙辰，辛丑后十五年，乙酉后三十年，景兰年七十二，与《明诗综》所记适合。班孙生崇祯壬申，辛丑年廿九岁，遣戍出关。下推丙辰，正十六年，张序所谓十六年颠沛过邅者亦正合。据全祖望记，班孙逝于癸丑，朱氏撰此序时，已在四年以后，因有“茕茕称未亡人”之语。

⑭《鲒埼亭集·祁六公子墓碣铭》：“当是时，禁网尚疏，宁古塔将军，得赂则弛约束。丁巳（?），公子脱身逃归，已而里社中渐物色之，乃祝发于吴之尧峰。寻主毗陵马鞍山寺，所称呪林明大师者也。荐绅先生皆相传曰，是何浮

屠，但喜议论古今，不谈佛法。每及先朝，则揜面哭。然终莫有知之者。尝偶于曲簏座上，摩其足而叹曰，使我因此间者汝也。癸丑十一月十一日，忽沐浴，曳杖绕堂曰，我将西归。入暮跏趺垂眉，久之，既又张目，久之始卒。发其箧，所著有《东竹风俗记》，《紫芝轩集》，且得其遗教欲归祔，乃知为山阴祁公子，自关外来者。于是得归葬。”

按：丁巳当作丁未。

⑮《水月斋指月录》三十二卷，万历辛丑严澂刻本。祁理孙奕庆朱墨蓝三色笔批注几满。藏印有“藏书楼经籍记子孙世守”（白文大方印）、“智昙”（白文扁方印）、“钵公”（朱文扁方印）、“奕庆藏书”（朱文方印）、“法名智昙”（白文方印）。卷二十五“东京天宁芙蓉道楷禅师”条上朱笔眉批云：“读楷师章不禁潸然泪下。忆我昼林林，遭无妄，远流绝域，事虽不同，非其罪一如楷师。得法开堂后，隐居之所亦名芙蓉湖。四众问道听法，不期而至者日益众，亦一如楷师。第法语应机，较楷师更觉隽永耳。湖四面皆水，非隔水呼舟不能渡。中唯小屋三间，供佛一亭在右，可容五六十人。故来学者多露处。晚则仍以舟渡彼岸，寄宿村民，次日又至，以为常。林自题其亭柱曰，本是潇湘钓客，自谓羲皇上人。盖取师子端自西自东自南北渔父词中意也。噫，其心固了彻旷达，其言则怆然可痛也。”

⑯祁理孙手批本《水月斋指月录》卷九，“邓州丹霞天然禅师”条上朱笔批曰：“壬子夏在夫山，偶与昼林和尚阅《五灯》，昼公忽掩卷问曰，丹霞烧木佛一则，阿兄作么看？

予口占一偈曰，木佛一时烧却，千秋庆快非常。管取院主须眉，莫乱时人眼光。昼公曰，美则美矣，忒煞明破。予曰，某只如是，和尚作么生看？昼公亦口占一偈曰：丹霞烧木佛，天阴赤脚行。院主须眉堕，土铁变黄金。彼时互相酬唱，不以为乐，今乃不可复得矣，能不悲夫。”

⑰化鹿山，祁氏茔墓所在地。有寺名化鹿寺。承㸁既逝，彪佳守制家居读书，每于卷耑有“读于化鹿寺墓舍”纪事。

⑱赵昱《春草园小记》：“吾母见之，复凄然曰，六舅父坐事遣戍沈阳，旋出家为僧，终于戍所。五舅父暮齿颓龄，嗜书弥笃。焚香讲读，守而不失。惜晚岁以佞佛视同土苴，多为沙门赚去。”赵东潜《九方集·旷亭读书图歌》：“五先生者实家督，守兹群典侔琳琅。学佛成仙学道死，鸾骖霍驭双翱翔。桀黠窥伺谋夺之，儒林欢咋滋纷争。”

祁班孙《紫芝轩逸稿》有《奉和雪窦顾五兄藏书楼（时兄专攻禅诵，精辨梵文）》一题。又《祁忠惠公遗集》沈复粲跋引魏雪窦《今诗粹》中语：“雪窦尝曰，予每至梅市，与奕喜读书紫芝轩，而奕庆不一省顾。作画之外，唯焚香誓佛。向作诗千余篇；悉毁弃之。不欲堕文士习，盖沉冥不返者，宜其流传较少也。”

⑲黄宗羲《天一阁藏书记》：“祁氏旷园之书，初庋家中，不甚发视。余每借观，惟德公知其首尾。按目录而取之，俄顷即得。乱后迁至化鹿寺。往往散见市肆。丙午余与书贾入山，翻阅三昼夜，余载十捆而出。经学近百种，稗官百十册。而宋元文集已无存者。途中又为书贾窃去卫湜《礼记集

说》、《东都事略》，山中所存惟举业讲章各省志书尚二大厨也。”

⑳康熙吕氏南阳讲习堂按真迹抚刻本《晚村家训》卷四有诗帖一幅。题“得山阴祁氏澹生堂藏书三千余本示大火”：

“呵翁铭识墨犹新，大担论斤换直银。说与痴儿休笑倒，难寻几世好书人。”

“宣绫包角藏经笺，不抵当时装订钱。岂是父书渠不惜，只缘参透达摩禅。(祁氏参临济宗)”

㉑《鲒埼亭集外编·小山堂祁氏遗书记》：“吾闻澹生堂书之初出也，其启争端多矣。初南雷黄公讲学于石门，其时用晦父子俱北面执经。已而以三千金求购澹生堂书，南雷亦以束脩之入参焉。交易既毕，用晦之使者中途窃南雷所取卫湜《礼记集说》、王偁《东都事略》以去，则用晦所授意也。南雷大怒，绝其通门之籍。用晦亦遂反而操戈，而妄自托于建安之徒，力攻新建，并削去《蕺山学案》私淑，为南雷也。近者石门之学固已一败涂地，然坊社学究尚有推奉之，谓足以接建安之统者。弟子之称，狺狺于时文批尾之间。潦水则尽矣，而潭未清。时文之陷溺人心一至于此。岂知其滥觞之始，特因淡生堂数种而起，是可为之一笑者也。然用晦所借以购书之金，又不出自己，而出之同里吴君孟举。及购至，取其精者，以其余归之孟举。于是孟举亦与之绝。”

㉒朱彝尊《静志居诗话》二：“参政（承㸁）藏书，将乱，其家悉载至云门山寺。惟遗元明来传奇多至八百余部，而《叶儿乐府》不与焉。余犹及见之。其手录群书目八册，

今存古林曹氏。寺中所储，已尽流转于姚江御儿乡矣。”

㉓《明诗综》：“商景兰字媚生，会稽人。吏部尚书周祚女，祁公彪佳之配。祁、商作配，乡里有金童玉女之目，伉俪相重，未尝有妾媵也。公怀沙日，夫人年仅四十有二，教其二子理孙、班孙，三女德茝、德渊、德琼及子妇张德蕙、朱德蓉，葡萄之树，芍药之花，题咏几遍，经梅市者，望若十二瑶台焉。”

《吴越诗选》二十二卷，顺治中冠山堂刻。题慈谿魏耕雪窦、山阴朱士稚朗诣、归安钱缵曾允武仝选。卷二十二为“名媛诗”，选商夫人景兰（彪佳室）、祁德茝（字湘君，彪佳女）、张德蕙（字楚纕，祁理孙室，彪佳冢妇）、朱德蓉（字赵璧，祁班孙室）、祁德琼（字修嫣，彪佳女）诗。

《两浙辅轩录》卷三祁鸿孙下引孙度云：“梅市祁忠敏一门，为才子之薮。忠敏群从则骏佳、豸佳、熊佳，公子则班孙、理孙、鸿孙，公孙耀征；才女则商夫人以下，子妇楚纕、赵璧，女卞容、湘君。闺门内外，隔绝人事，以吟咏相尚。青衣家婢，无不能诗。越中传为美谈云。”

㉔周亮工《读画录》卷一有《祁止祥》一条：

“祁止祥豸佳，山阴人。行五，世培中丞之从兄，予同门文载之胞兄也。丁卯举于乡，数入春明不得志，常自为新剧。按红牙，教诸童子。或自度曲，或令客度曲，自倚洞箫和之。借以抒其愤郁。甲午冬，送予北上，过金陵，留予家一月。至维扬始返。舟中为予作山水花卉四十叶，又别为数小页，留一诗别余。曹顾庵曰：止祥书不在董文敏右，尽则入荆关之室，诗文填词皆有致。能歌能奕，能图章，以至奕钱蹴踘之戏，无不各尽其致。以名孝廉隐于梅市，盖异人也。”

张岱《陶庵梦忆》卷四，《祁止祥癖》：“人无癖不可与交，以其无深情也。人无疵不可与交，以其无真气也。余友祁止祥有书画癖，有蹴踘癖，有鼓钹癖，有鬼戏癖，有梨园癖。壬午至南都，止祥出阿宝示余。余谓此西方迦陵鸟，何处得来？阿宝妖冶如蕊女，而娇痴无赖，故作溢勒，不肯着人。如食橄榄，咽涩无味而韵有回甘，如吃烟酒，鲠餶无奈而软同沾醉。初如可厌，而过即思之。止祥精音律，咬钉嚼铁，一字百磨，口口亲授。阿宝辈皆能曲通主意。乙酉南都失守，止祥奔归。遇土贼，刀剑加颈，性命可倾，至宝是宝。丙戌以监军驻台州，乱民卤掠，止祥囊箧都尽，阿宝沿途唱曲，以膳主人。及归，刚半月，又挟之远去。止祥去妻子如脱蹝耳，独以变童崽子为性命，其癖如此。”

祁彪佳《归南快录》，崇祯乙亥八月十一日条：“止祥兄于灯下作鬼戏，眉面生动，亦一奇也。”

祁彪佳《甲申日历》正月十三日条：“举酌四负堂，观止祥兄小优演戏，诸友亦演数出。”

祁彪佳《乙酉日历》六月初一日条：“薄暮抵寓山，知止祥兄已从南都避难归。亟至旧宅看之。止祥兄尚有歌者携归。时文载弟留酌，遂欲演戏，予力阻而罢。”

张岱《琅嬛文集》，祁奕远《鲜云小伶歌》：“世间何事堪搤擘，好月一轮茶一碗。更有清讴妙入神，三事虽佳难落款。鲜云小傒真奇异，日日不同是其戏。揣摩已到骨节灵，场中解得主人意。主人赏鉴无一错，小傒唤来将手摸。无劳甄别费多词，小者必佳大者恶。昔日余曾教小伶，有其工致无其精。老腔既改白字换，谁能练熟更还生，出口字字能丢下，不配笙箫配弦索。曲中穿渡甚轻微，细心静气方领略。伯骈串戏噪江南，技艺精时惯作态。铜雀妙音今学得，这回真好杀罗二。”

㉕《祁忠敏公日记》中，有关戏曲纪事，汇录如次：

《涉北程言》（崇祯辛未，在北京）

十一月初十日：“步至前门，买《历朝捷录》及传奇二种。”

十一月十四日：“予方危坐，阅《犀轴记》，有感于沈公青霞事。”

十一月二十六日：“晚炉坐有感，因与圣鉴、安然言，古人有以爱妾换马者，予昨得王觉斯诗，不忍释手。倘挟艳姬，便当易此。安然以题极佳，不可无词，乃刻烛共搆《渔灯儿》一套。漏下三商，已可歌矣。安然次成之，圣鉴又次成之。”

闰十一月初五日：“沽酒御寒，觉余兴未已，乃忆予初度之日，郊游颇畅，作《字字锦》一套记其事。韵险而调复涩，成半即就榻。”

闰十一月初六日：“灯下始理前曲，不一鼓卒成之。”

闰十一月十七日：“姜仁超来访。姜言其乡有徐君迎庆，徐相国之孙，善词曲，其所蓄甚富，当为予构之。”

闰十一月十八日：“怂恿圣鉴、安然两兄作北剧，以资谐笑。盖两兄以能词啧有声也。偶阅蔡文姬传，因以《胡笳十八拍》令安然谱之。”

闰十一月廿九日：“圣鉴思作剧，苦无佳题。乃就陈伯武借《艳异编》阅一过，皆儿女子态。圣鉴以其非英雄本色也，乃别为《桐江老》一传。”

闰十一月二十日：“拥炉谱牛秀才《周秦行纪》一事未成。”

十二月二十五日：“柳白屿至，出《乘槎》剧示余，读未竟。”

《栖北冗言》（崇祯壬申，在北京）

正月初八日：“欲观灯市，乃从长安门并辔行，至则市物尚未集，惟买《洪武正韵》及《雍熙乐府》二书。”

正月十二日：“晚与子木阅《雍熙乐府》。”

二月十二日：“王云莱以《离魂》剧见示，随手复之。”

三月十四日：“门役云，叔度在邻家，遂邀之，方与评陈自誉新作剧。”

四月十六日：“余与（黄）王屋独酌，观韦南康剧。”

四月二十六日：“阅《珍珠衫》剧。”

五月十二日：“赴刘曰都席，观官花剧。”

五月二十日：“至酒馆邀冯弓间……观半班杂剧。”

六月二十一日至七月十六日所观剧：

《紫钗剧》、《琵琶记》、《玉盒剧》、《回文剧》、《彩笺半记》、《一文钱剧》、《西楼记》、《异梦记》、《宝剑记》、《蕉帕记》。

七月十九日："即赴朱佩南招，在净业寺之左，同席为何象岗、张三峨、张尔唯，观小戏如《弄瓦》等，技皆绝神，为之解顾。"

八月初三日至十二月廿五日所观剧：

《教子剧》、《双珠传奇》、《教子传奇》、《拜月记》、《异梦记》、《祝发记》、《明珠记》、《散剧》、《春芜记》、《明珠记》、《香囊记》、《百花记》、《连环记》、《檀扇记》、《红拂记》、《彩楼记》、《八义记》、《石榴花记》、《拜月记》、《牡丹亭记》、《牡丹亭记》、《合纱记》、《玉合记》、《百花记》、《桃符记》、《绣襦记》、杂戏、杂戏、《马陵道》剧。

《役南琐记》(崇祯癸酉)

正月初八日至二月十六日在北京所观剧：

《红拂记》、《花筵赚》、《西楼记》、《灌园记》、《唾红记》、《弄珠楼记》、《衣珠记》、《彩楼记》、《西楼记》、《红拂记》、《梦磊记》、《石榴花记》、《鹣钗记》、《狮吼记》、《百顺记》、《雄辩记》、《香囊记》、《红梅记》。

五月二十日在绍兴所观：

《望湖记》。

《归南快录》(崇祯乙亥)

四月十五日：抵天津，吴期生相邀，乘别舟往彼命酌，观《白梅记》，内有《东坡梦剧》，别时已二鼓矣。

五月十七日至二十七日在杭城观：

《双串记》、《梅花记》、《秋箫记》、《宵光记》、《南柯记》。

五月二十八日："微雨，汪彦旻携酌相饷，同王百朋观《黄孝子记》，优人搬演生动，能使观者出涕。"

六月初八日："下午施淡宁邀酌于玉莲亭，观女梨园演《江天暮雪》数出。"

六月十六日观《题塔记》，以上俱在杭城观。

七月十九日至十二月十九日在绍兴观：

《鹊桥记》、《千祥记》、《绣龙记》（祀神所演）、《麒麟记》、《牧羊记》、《画中人记》、《望云记》、《双红记》、《水浒记》、《千金记》。

《居林适笔》（崇祯丙子）

正月初七日："薄暮始归，观童子演仙戏。"

正月初十日至十月初三日在绍兴观：

《投梭记》、《幽闺记》、《水浒记》、《九锡记》、《鸳鸯棒记》、《翠屏山记》、《西楼记》、《花筵赚记》、《五桂记》、《拜月记》、《白兔记》。

《山居拙录》（崇祯丁丑）

二月二十四日至十一月初三日在绍兴观：

《鹣钗记》、《荷花荡记》、《鹣钗记》、《双红记》、《红丝记》、《玉麟记》、《浣纱记》、《惊鸿记》、《千金记》、《四元记》、《双飞神记》、《绿袍记》。

《自鉴录》（崇祯戊寅）

正月初十日至十二月廿一日在绍兴观：

《万寿记》、《金雀记》、《黄孝子记》、《连环记》、《彩楼记》、《石榴花记》、《香囊记》、《红丝记》、《望湖亭记》、

《绣獳记》、《孝悌记》、《寻亲记》、《牧羊记》、《浣纱记》、《摩尼珠戏》、《银牌记》、《霞笺记》、《鞭琴记》、《白梅记》。

《弃录》（崇祯己卯）

正月二十二日至二十八日在绍兴观：

《孝悌记》、《双忠记》、《摩尼珠记》、《鸾钗记》、《红叶记》。

五月三十日："是晚柯村又演《目连戏》，竟夜不能寐。"

七月初二日至十月十一日在绍兴观：

《金印记》、《荆钗记》、《绣獳记》。

十月十四日："赴钱德舆席。同席为王遂东、张芝亭、王莪云、姜玉舟、倪鸿宝，德舆尽出家乐合作《浣纱》之《采莲剧》而别。"

十月十八日至十九日在绍兴观：

《双红记》、《钗钏记》。

十月二十日："举五簋于四负堂，遵鸿宝约也。演杂戏，尽优人之所长，子夜乃别。"

《壬午日历》（崇祯壬午）

三月三十日（在绍兴）："携眉儿拜张燕客，即同燕客至外父，观《西梅记》。"

十月十六日在武林："至段桥赴元祥之酌，同席为吴弘文及闵、赵、任、胡、罗、石诸友，席半听胡、任二友北调，听石友南曲。"

十月十七日："刘雪涛公祖见招，赴酌于湖舫，观《红梨花记》。"

《癸未日历》

九月二十九日在维扬："永年邀酌，观《疗妒羹》，即小青事。但以死为生耳。"

十月初五日在吴中："及舟则李子木张宴待矣，举酌，观《一捧雪记》。"

《甲申日历》

正月十五日："抵家拜先像。至山，有村中人来演杂剧为乐。"

二月二十四日："奉关神及金龙神，还戏愿，演《鸾钗》、《绣襦》二记。"

二月二十五日："又演《连环》、《浣纱》二记奉关圣与金龙神。"

《乙酉日历》

三月二十七日："午饭罢，潘楚张设酌，托蒋安然治馔。诸友如程尔瞻、张轶凡、王云岫皆至，听弦索数调，朱纯宇又唱南曲，极欢而散。"

四月十三日："看优人演《永团圆剧》。"

四月十四日："予还戏愿，王子屿、子树昆仲，王玄趾舅张季方皆来观。午后又还戏愿，奕远侄以纠资设酌，优人演《绣佛阁剧》，不能终，又演《永团圆剧》。"

四月二十日："雨，予家还戏愿，观《衣珠阁记》。闻南都以左帅退兵解严。闽中林圣桢、郑季公来谒，午后与游寓山，仍归家观《绣佛阁剧》。"

㉖清渊王介锡美申纂，男王九游龙甫校《明才子传》二

卷，补二卷，温故斋皮纸黑格旧抄本。有“雪香书屋”、“雕虫书屋储藏之印”二印，补传卷下收“祁彪佳”一条：

世培天纵之才，文章经济，无不敏妙。司理闽中，断狱如神。自作《玉节》传奇。擢御史，巡按苏松，击豪殆尽。墨吏望风引去。以苏松巡抚致仕，寻以节称。

㉗道光刻《祁忠惠公遗集》杜春生后序：

“（彪佳）司理莆中，有《玉节》传奇，倪公《鸿宝应本》有序。”

按：《玉节记》当为彪佳在莆阳时撰。惜今不传。《鸿宝应本》流转尚多，倪序不更录。《玉节记》和《全节记》可能是一部书的异名。

㉘《重定南词九宫词谱》，又题《重定南词全谱》，吴江词隐先生原编，鞠通先生删补。《凡例续记》中有：

“先是甲申冬抄，子犹送安抚祁公至江城。（祁公前来巡按时，托子犹遍索先词隐传奇及余拙刻，并吾家诸弟侄辈诸词殆尽。向以知音，特善子犹，是日送及平川而别。）……时丁亥秋七月既望，吴江沈自晋重书于越溪小隐。”

按：子犹，冯梦龙也。丁亥为甲申后三年。鞠通先生即沈自晋别属。

㉙祁彪佳《日记·归南快录》（崇祯乙亥）十一月初四日条：

“予坐书室竟日不出户，整向日所蓄词曲，汇而成帙，然顾误之癖，于此已解，终不喜观之矣。”

祁彪佳《庚午元旦勖语》：“乃假归一载，多为音律所误。”

《天一阁被劫书目》前记

宁波天一阁藏书的编目，可能明嘉靖中范钦自己就已有手订的草目了。焦竑的《国史经籍志》所著录的二卷本《四明范氏书目》应该就是此本。稍后就有《澹生堂书目》所著录的二册、四卷本。这是一个万历中的写本。从祁承㸁《澹生堂集》卷十三的《戊午历》（万历四十六年，公元一六一八年）中，可以看到这样的记载：

> 四月十五日。得范元辰年兄寄示天一阁书目，并见贻司马文正公稽古录。

可见这个四卷本书目也是从范家流传出来的。其时阁书陆续有所增益，内容当比二卷本更为丰富。当时祁承㸁正在进行《两浙古今著述考》的编写工作，这四卷书目应该是他的重要参考书之一。再少后，黄氏《千顷堂书目》也著录过一本，内容不详。黄宗羲在康熙十二年癸丑（1673）登楼观书，曾“取其流通未广者，钞为书目”（黄宗羲《天一阁藏书记》。这只不过是一个简目，“凡经史地志类书、坊间易得者，及时人之集，三式之书，皆不在此列”。黄宗羲的这几句话，很能代表历来正统派藏书家的看法，他实在很不能理解范钦的收书原则。这个简目很快就流传开去了，只是徐乾学就誊去了好几本。后来范家又据这个简目增补重定，写为一目，请黄宗羲在前面写了一篇《藏书记》。这是范氏自己所订的第三个书目。

以上四五种书目，今天都无法看到了。《玉简斋丛书》二集有一个不分卷的《四明天一阁藏书目录》，底本是个旧抄本。内容近于按厨登记的书帐，但所收颇富。《西谛书目》又有清宋氏漫堂抄本《天一阁书目》一册，应该也是康熙中的抄本。看来它们都和黄宗羲的《简目》和据以丰富补充的范左垣重编本有着一定的关系。这个玉简斋本是我们今天所能见到的第一个阁藏重要目录。再往后就更有：

（一）嘉庆十三年（1808）阮元文选楼刻十卷本（附碑目一卷）

（二）刘喜海编十二卷本（有稿本和传抄本）

（三）赵万里藏无名氏编，内容介于阮、薛之间的一本

（四）光绪十五年（1889）薛福成刻《见存书目》四卷本

这四个本子中间有两个刻本，是流通最广的。刘京海本未见，据说是：

此目纂辑在阮薛二目之间，与二目多有异同，且足

补薛目之阙。系刘喜海服官浙中时，登阁览书，所辑成者。(《文澜学报》第二卷，第三、四期，三八〇页。)

刘喜海是著名的金石家、藏书家，平生很喜欢传写书目，他的主要活动时期是嘉庆道光之际，约略与阮元同时。如果试取以上几种本子比勘一下，就可以看出，在几个不同时期，随着时间的推移，阁书一直在那里减少、亡失下去。近两百年中间，那损失是惊人的。而其流散的原因，则是多种多样的。据赵万里先生在《重整范氏天一阁藏书记略》一文(《国立北平图书馆馆刊》八卷一号）里所说，有这么几种原因：

“（一）由于修《四库全书》奉命进呈而散落的。清乾隆三十八年浙江巡抚三宝，从范懋柱手里，提去了不少的书，据《四库提要》及《浙江采集遗书总录》计算起来，共有六百三十八部。……《四库全书》完成后，库本所据之底本，并未发还范氏，仍旧藏在翰林院里。日久为翰林学士拿还家去的，为数不少。前有法梧门，后有钱犀盦，都是不告而取的健者。转辗流入厂肆，为公私藏家收得，我见过的此类天一阁书，约有五十余种。”

“（二）由于乾隆后当地散落出去的……卢氏抱经楼，为前清一代四明藏书家后起之秀。他的藏书里最著名的一批抄本《明实录》，就是天一阁的旧物。此外宁波二三等的藏书家，如徐时栋、姚梅伯之流，以及到过宁波做过官的，如吴引孙《有福读书斋》，沈德寿《抱经楼》，都有天一阁的细胞在他们藏书里称霸着。……”

看来这第二种因素的破坏性是更严重的。封建地主阶级，以皇帝为首，都一直觊觎着这个重要的书藏。他们用明暗种种手段，对阁书进行着掠夺。在这种大规模延续的进攻之下，范钦手订的极为严厉之封建的藏书规条，显然失去了作用。

“薛目”后面有范彭寿的一篇跋文，透露了一个值得注意的新情况。伴随着中国社会的半封建半殖民地化，天一阁藏书也陷入了新的不幸。掠夺者已不只是封建地主阶级，更挤进了凶恶百倍的帝国主义势力。范彭寿虽然用仇恨的心情想把责任推在太平天国革命者的身上，但仍然不能掩盖事实的真相：

> 咸丰辛酉，“粤匪”踞郡城。阁既残破，书亦散亡。于时先府君（讳邦绥，咸丰丙辰进士，四川即用知县）方避地山中，得讯大惊。即间关至江北岸。闻书为洋人传教者所得，或卖诸奉化唐岙造纸者之家，急借资赎回。……

事情十分清楚。“洋人传教者”不像封建地主的学究们那样冬烘，只着眼于正经正史，他们是特别看中了天一阁收藏的丰富史料、地志……的。他们没有错过这个机会，狠狠地插进手来。

这个新加入的掠夺者的“气派”越来越大，手段也愈来愈“巧妙”了。他们后来并不亲自出面，自有一批为之服务的代理人应运而生。他们的掠夺面之广阔也绝不局限于古籍，掠夺对象也不仅限于天一阁。天一阁新的不幸命运，就和这些“洋人”分不开来。

且看“薛目”以后出现的另几种目录。

（一）《目睹天一阁书录》四卷，林集虚编。一九二八年木活字本。

（二）《重编宁波范氏天一阁图书目录》，杨铁夫等编，一九三二年油印本。

（三）冯贞群编的《鄞范氏天一阁书目内编十卷》，一九四〇年铅印本。

如果用“冯目”和“薛目”对比一下，那损失是十分可惊的。那原因，赵万里先生说：

“（三）由于民国初年为巨盗薛某窃去的，这一次是天一阁空前的损失，至少总有一千种书散落到阁外。阁中集部书，无论宋元明，损失最多。即明季杂史一项，所失亦不在少。《登科录》和地方志，去了约有一百余部。辗转由上海几个旧书店，陆续售归南方藏书家。……”

这次的损失是空前惨重的。偷窃转售经过也有种种传说，曲折离奇。据说得到这批书的书店，本来是专门作日本人生意的，这批书的目录也已编好，准备寄出了。不料事情败露，只好就地卖给上海的几位著名的藏书家。这就说明，在当时某些书商看来，洋人才是第一流的好主顾，本国大地主大资产阶级已经降至次要的地位。卖书给他们，是“不得已而求其次”了。

在“薛目”和“冯目”之间，照例也应该有一个“桥梁”，那应该就是这次的被盗书目。

《西谛书目》著录《天一阁失窃书目》一种，缪荃孙撰，抄本，二册。前有缪序：

> 天一阁藏书，自明嘉靖间至今，几四百年。吾国藏书家当以此阁为最久矣。民国三年，有贼雇木工数人，夜登阁顶，去瓦与椽。缒而下，潜入阁中，为大规模之盗书。将书藏入皮箱中，至夜间运出。如是者数十日。将阁中藏书盗出约十分之八，售于上海各藏书家。其后范氏子孙获窃书贼根究，各书贾之买此书者，涉讼经年，一无所得。兹将调查此次天一阁所失各书，存其目录于左，以备参考。亦藏书家之一掌故也。艺风老人志。

粗略地分析了一下这个书目以后就可以看出，它首尾完整，共收书一千三百余种。但真实性却是值得怀疑的。缪荃孙并不曾仔细说明他的“调查”经过。但照那目录的编制、内容，可以看出是以“薛目”为底本，把当时阁中劫余存书一一涂去，再加清抄而成。体例、小注，无一不与“薛目”吻合，甚至连每一类后面的“右××类××部，全×部，××卷，内×部无卷数……”也都照抄无误，并未清点已经去了几条，尚余几部。因而往往出现书目只存寥寥几种而结账还是“薛目”原数的情况。这个看来相当完整的“失窃书目”，竟是不大靠得住的。

原来缪荃孙就是给窃贼和书贾带来了“麻烦”，使他们的罪恶勾当未能顺利进行的人物。

据说当时缪荃孙听见阁书被盗的消息，兴冲冲地赶到书店里去要求看书，却遭到了拒绝。他大怒了，写信通知了范家，这就引起了一连串的查问、追究。这样，缪荃孙自然不可能从书商那里获得任何真实情况，他只能间接的采用上述办法进行“调查”，结果就是那两本“失窃书目”。

好几年前，偶然看到来青阁书店清理积年旧书堆时发现的一包有关文件。这是一大包书账，有写在红格账簿上的，有写在白折上的，也有有光纸的单篇零页。有的内容较详，记下了版本情况，完整与否，以至书价。但大半仅是简单的一个名目。此外，记得还有当时因为涉讼请律师的委托书照片。曾匆匆抄下了一份草稿。

经过研究，这一批书单上记的确是从天一阁楼上弄出来的东西。有些见于账单上的书，曾经看到过实物，账上所记的名目、完缺……，无一不与实物一致。有的书则见于各家目录。前引赵万里先生文，谈到这批书的下落时说：

> 当时以吴兴蒋氏收得最多，号称孤本的明抄《宋刑统》，就在里头。现在蒋氏书散，整批明别集，流归北平图书馆。其他登科录及明季史料书，则归商务印书馆，在一·二八沪战起时，作了日本飞机队的牺牲品。此外我们认识的上海苏州几位藏书家，也都有少数天一阁的遗藏分布着。在我日记簿里载下来的，此类书已经超过了五百种。

赵先生所说的《宋刑统》，虽不见于这批账单，但先为吴兴蒋氏所得后归北平图书馆的大批明人别集，却十九在账单中。取校两家原目，正是若合符节。而赵万里先生在《从天一阁说到东方图书馆》和《云烟过眼新录》两文中所记诸书，也都能在这里得其踪迹。这就证明这批旧书账确是当年匆匆留下的草目。自然，这些书帐里记下的并非全豹。因为来青阁并非首先也不是惟一收买这批赃物的书店。同时，各种书账并非抄于一时，其中重复的情况也是有的。但天一阁藏书往往有复本，有的甚至多至十许部。这种情况在这里也有所反映。我就曾前后看到两部嘉靖蒋孝移斋刻本陶集，一完一缺，却都是绝阔大初印的白皮纸本，验其书根款式，无疑都是阁中旧藏。鉴于这种种复杂情况，就根据这些书账陆续整理写成一个清目，稍加排比。大致以类相从。内容全照原样，其有校注或增益，别加〔〕号以别之，册数、书价，也照样保留。因为这是进行鉴别时的重要依据，同时也能看出当时的古书价格和收藏风尚。不无史料价值。

这个书目虽然很不完备，但从中可以看出天一阁藏书的特色和被盗劫损失的严重。明季的史料和明人别集——也就是范钦生存时期的当代史料和文学资料——特别丰富。这种特色，确是天一阁所独有的。在当时，甚至以后一个很长时期中的藏书家中很少看到。赵万里先生在《记略》一文中曾经说起：

当年范东明选书的标准，与同时苏州派藏书家，完全采用两个不同的方式，他是“取法乎下”的。明以前刊本书籍，很少受他收容，除了吴兴张氏藏的宋小字本《欧阳文忠公集》是天一阁旧藏外，很少有此例外。惟其如此，明人著述和明代所刊的明以前古籍，因他保存了不少。换言之，天一阁之所以伟大，就在能保存朱明一代的直接史料。

其实不只是苏州派的藏书家，就用明代浙江著名藏书家祁承爜的看法来对照一下，也就很容易看出范钦收书的特色了。

祁承爜《澹生堂集》卷十八《尺牍》中有《与潘昭度》一札，谈自己的收藏旨趣极详尽。他说：

所以每遇古人书，便须穷究其来历。大约以文献通考及艺文志所载者为第一格；次之则前代名贤之著述；再次之则近代名贤之著述。然著述之中，以表章九经为第一格；次之则记载前代治乱得失事；再次之则考证古今闻见所未及事。若只以诗文鸣于时，无论近时，虽前代亦不足甚珍。

这里所说的收藏标准是很明确的。它其实也代表了漫长的封建时代藏书家的普遍意见。就是说，首先要选取有来历、见于著录的；是前代名贤而非时人的著作；得到特别重视的是经部书，其次才轮到史，而且还是古史。至于文集，则看作十分次要的东西。对汉唐宋元人的集子尺度还较宽，至于当代人的文集简直就很少收藏的价值。祁承㸁在这封信中有几句话说得很不客气，他说：

> 盖文集一事，若如今人所刻，即以大地为书架，亦无可安顿处，惟听宇宙之所自为销磨，则经几百年而不销磨者，自有一段精彩，不可埋没者也。弟颇窥其深矣。

祁承㸁的话有他正确的一面，他指出了明人刻书之滥（但这也正好反映了当时雕版事业的兴盛，已经达到了空前的情况），也指出了只有经得起读者选择和时间考验的著作才有可能流传下来。但他还是以传统的政治和艺术标准来判断文集的价值的。他没有看到有许多政治、经济、思想史的重要资料，却正保存在浩如烟海而并不“精彩”的别集之中。如果用天一阁、澹生堂两家书目试加比勘，就显然可见范氏收藏当代人撰著的丰富是突出的，虽然范东明未必就完全认识他辛苦收藏可贵的特色。

祁承㸁还在一封写给儿子的家书中，谈起他从河南任上寄回的书籍：

> 发回书共八夹。内有河南全省志书二夹，不甚贵重，此外皆好书也。有一夹特于陕西三十八叔印来者。若我

近所抄录之书，约一百三四十种，共两大卷箱。此是至宝，自家随身携之回也。

关于这些“澹生堂抄本”书，在此信开头他也曾说起：

此番在中州所录书，皆京内藏书家所少，不但坊间所无者也。而内中有极珍贵重大之书，今俱收备。即海内之藏书者不可知，若以两浙论，恐定无逾于我者。

从祁承㸁这些话里，可以看出一些情况。地方志，在他看来远不及他自己从人家（这里所指很可能是大梁朱睦㮮的万卷堂藏书）那里借抄来的抄本书珍贵。这和前引他给潘昭度信中的意见是一致的。八十年后黄宗羲和吕留良到化鹿山中捆载澹生堂遗书，最后弃而不顾的“下驷”，也正是这些。“山中所存，惟举业讲章，各省志书，尚二大厨也。”（《天一阁藏书记》）

其次，祁承㸁的话也为另一种疑问提供了解释。天一阁中那么完备的各省方志的搜集经过，也是可以推知的了。

看来，明代由于雕版事业的兴盛和地方人士锐意纂修的蔚为风气，方志的刊行数量是很大的。除了向中央政府机关呈缴和经常作为书帕进行馈赠借以流通外，需要者也可以通过种种关系，请求刷印。祁承㸁在河南作官，就不费力地搜到了全省的方志。范东明的搜集，很可能也是出于类似的方式。边远省份还可以通过朋友关系进行搜集。从版本上看，天一阁所藏大量的方志，绝大部分是正德、嘉靖时所刻。这在当时正是最新的版本。范钦并不是个古本方志的收藏者，那些新刻方志的版片大抵都藏在各地的官署里，可以随时刷印。不像古本，只能从书肆和藏家手里陆续收买。这恐怕就是他的收藏十分完备的重要原因。

天一阁同样收集得十分完备的历朝考试文献，也可以从祁承㸁给潘昭度信里的另一段话得到解释：

> 我朝会试廷试二录，自开科至今，其板俱存礼部。此昭代大典，藏书家不可不存。知兄亦须办此，并为弟刷印一部。但一科不可使缺，所刷者即留之都门，弟自差人来领，至嘱。

原来这种登科录的版片就存在礼部衙门里，同样可以请求全套刷印，而且手续并不十分困难。这些登科录，大抵都是半页十行，有一定的款式，因为这是官刻的规定格式。

明代中叶以后，编修私史之风甚盛。有些书还是坊间编刻的。像陈建的《皇明资治通纪》，许重熙的《五朝注略》，沈国元的《两朝从信录》等都是。这是值得重视的一种现象。涂山的《明政统宗》也是一种坊刻的当代史通俗读物，书前刊有《参考书目》，共收书一百七十八种。自《皇明玉牒》起，举凡官私史料、笔记小说、九边、海运诸考、奏议别集，无所不收。其中极大部分都已不能看到。但拿来和天一阁所藏的史料对比，也还是很贫乏的。这个传统一直发展到晚明，野史撰著更是层见叠出。直至清初，也还余风未泯，有谈迁的《国榷》、查继佐的《罪惟录》、张岱的《石匮书》，一直到庄史之狱，才告一结束。从此，知识界开始钻进古书堆里去“逃避现实”，学风为之一变。在那个八股文势力弥漫天下的时代，知识界这种着眼当代政治，研究实际问题的学风，是不容忽视的。自然，封建地主阶级知识分子所关注的是怎样维护本阶级的统治，他们探索、总结的也是封建地主阶级专政的历史经验。但比起埋头于八股文或致力于烦琐考据，还是远胜之的。这种学风从天一阁藏书的内容上，也是充分反映出来了的。

上面约略地就天一阁的藏书特色，进行了一些简单说明。在封建时代的藏书家中，天一阁是独树一帜的。但范钦到底是封建地主阶级的上层人物，他只是比起同辈来较少偏见，因之眼界和收藏尺度比较宽；崇古的思想不是那么浓重，因之注意力有可能比较集中于当代的文献。但他必然不可能摆脱封建士大夫的思想局限，对更接近下层人民和市民阶层并为之服务的出版物，是采取漠视的态度的。一般通俗实用书和大量出版的书坊本，就很少收集。这些大抵是被视为“陋书”而舍弃了。天一阁抄本《录鬼簿》是著名的，但大抵是从史料角度出发而抄存的，与《登科录》之类看作同样的东西，而并非为了它是戏曲作者的史料。元曲和明初戏曲，所藏就极少。小说更是绝无仅有。天一阁藏有明初黑口本的《鸣鹤余音》，但着眼点并不在它是散曲，只是因为它是道家之书；一些明人散曲和词集，也是作为别集收藏，而并非为了它是文学作品。如此种种，无一不鲜明地显示了时代和阶级的印记，不可能超出当时统治阶级的思想体系。前面所说天一阁藏书的重要特色，是基于今天的认识提出的，决不可能是当日范钦收书的初意。整个书藏之足资今用的成分也是有限度的，更大量的却是封建性的糟粕，颇如祁承㸁所慨叹，是“以大地为书架亦无可安顿”的东西，它们具有的也只是历史文献上的价值而已。

这个目录里所著录的书籍，很大部分已经流散毁失了。它作为“薛目”和“冯目”的一个“桥梁”，而有其存在的价值，可以帮助我们窥见那个时代所产生的封建文化的一个片段的侧影。过去曾经有过不少艺文志之类的著作，仅就明代而论，就有焦氏《国史经籍志》、黄氏《千顷堂书目》……，这些都是我们据以编制一代艺文总目的重要依据。但有些著作的科学性是不强的，有些书籍名目只是得之传闻或据传状而征引，真实性很值得怀疑。祁承㸁撰《两浙古今著述考》，收罗宏富。但那主要的缺点也在这里。比较起来，天一阁书目，包括书账形式的几种在内，就有更重要的参考价值，因为这些书都是确实存在过的，虽然有许多今天不可见了。

一九六四年七月十二日重改

梅花墅

一

一九五〇年顷，江南故家的藏书一时大量流散。这是祖国典籍聚散史上的一个重要时刻。“（藏书）聚散本是恒理”，这个事实，旧时代的知识分子本来也是知道的，这种现象在漫长的封建社会里一直在不断地发生，并没有什么奇怪。它不过是地主阶级内部财产和权力再分配的一个侧面。但在社会剧烈变革的时期，这种“再分配”的规模就远非过去可比。

古代典籍，由于它本身也具有的经济价值，在二十世纪上半，本来已经逐步由地主阶级转入了半殖民地的新兴资产者的手中，流散、转移的过程也大大加快了。这中间还有帝国主义的插手与掠夺。但地主阶级藏书家的残余也不是没有。例如铁琴铜剑楼瞿氏、结一庐朱氏、旧山楼赵氏，就可以作为大小藏家的代表。但这些藏书家的历史都并不久，至多是太平天国前后兴起的，他们的兴起和衰败，都大致符合“君子之泽，五世而斩”的规律。

在一般规律之中往往有特例。如山阴祁氏澹生堂的藏书，固然早在清初就流散了，但还有一部分精粹（多半是祁承㸁和祁彪佳的著述稿本）却由祁氏子孙深藏密锁保存了三百多年。经过清初文字狱和禁毁的巨浪，保留这些遗书是要冒杀头灭门的风险的，然而却保存下来了。并于一九五〇年左右流散入市。此外，就还有甫里许氏世守的遗书，也是保守了三四百年的，也在这前后流出。知道的就很少。许氏遗书内容数量都远远比不上澹生堂祁氏，它的保存也没有那样的政治意义，但作为特例，还是值得注意、记述的。

许自昌是明万历时期苏州地区重要的刻书家，他很刻过一些书，如《太平广记》、李杜集、《唐诗十二家》、皮日休和陆龟蒙的集子以及佛经等等。他也喜欢藏书。叶昌炽《藏书纪事诗》中自然应该提到他。但奇怪的是叶昌炽对这位近同乡先辈的事迹知道得很少，就是在极简略的记述中也错误累累。许自昌还是个重要的作曲家。《橘浦记》（演柳毅事）和《水浒记》都有名于时。他还改订、刻行了王无功的《水浒记》、《保主记》（演赵子龙事）、《灵犀配》、《弄珠楼》、《种玉记》和《节侠记》（一题许三阶撰），有些著录或径题许自昌撰，或题“梅花墅改订”。近几十年他的受到重视，就是为了这个。郑西谛买到他的诗集一种，非常得意。《西谛书目》的前序中特予指出，这是不无原因的。收罗广博的《千顷堂书目》就不曾著录过他的一种著作。这样一个人，在万历时期生活活动于长洲甫里一带，有不小的影响，往来交游几乎网罗了当时著名的文士，可是他的生平却极少为人所知，确是有些奇怪的。

近三十年前我偶然在上海一家旧书店里买到一册书，是两种诗集的合订本，万历刻，分别用白棉纸黄棉纸印。卷中朱墨累累，校跋极多。这是我第一次买到许自昌的集子。

《咏情草》一卷，“茂苑许自昌玄祐父”撰。九行十八字，白口左右双边。前有辛丑九月太原王穉登序，辛丑八月安国钱希言题辞，皆手书上板。后卧云居士许自昌自识。

《卧云稿》一卷，许自昌撰。八行十八字，白口单边。前有万历壬寅季秋之望娑罗道人屠隆序；万历壬寅季冬望后友人陈继儒序；万历壬寅季秋既望郡人钱允治题，皆手书上板。

这两册书中有许氏四世藏书印记：“许印自昌”、“许印元方”、“许虬私印”、“许印心扆”。此外还有“霏玉轩”（自昌斋名）、“万山楼”（许虬斋名）、“竹隐”（虬）、“丹臣”（心扆）、“高阳葵园藏书”（心扆印）、“东吴”、“结缘”、“美人兮天一方”、“吟诗一夜东方白”、“半亩梅花”等印。

《咏情草》中有许元方崇祯乙亥跋一通，许心扆跋二通。《卧云稿》中有许心扆手跋五通。

就在买到这两种诗集以后不久，我又在上海徐家汇一家旧纸铺中得到明末抄本的《百花杂咏》，《霏玉轩草》也是许自昌作，有许心扆图记。据说这是船上装来的，此外还有一大堆破烂书，其中就有许自昌所刻的《皮陆倡和集》等，卷前都有许自昌的名印。

这以后不久，苏州文学山房给我送来许自昌诗三种，却不肯说出书的来路。它们是：

《唾余草》一卷，万历刻，八行十八字，白口单边，写刻。前有万历庚申中秋残月下朗道人沈颢小引，手书上板。

《秋水亭诗草》二卷，万历刻，八行十八字，白口单边。前有邢侗序，王穉登序，万历壬寅屠隆序。此书卷首有“玄祐”、“许自昌印”二印。

《樗斋诗草》二卷，万历刻，八行十八字，白口单边，前有邢侗序（沈永昌隶书上版）、陈继儒序。

这无疑也是同出一源的甫里许氏世守之书。这以后，文学山房又给我送来了万历刻的许氏墓志传状一册：

《明故四川龙安府照磨怡泉许公墓志铭》（陈继儒撰）、《行状》（长洲钱允治撰）、《先考怡泉府君行略》（许自昌撰）、《许公元配沈孺人墓志铭》（董其昌撰，赵宧光篆盖）、《行状》（陈继儒撰）、《先母沈太孺人行略》（许自昌撰）。

最后买到的是《甫里许氏家乘》十卷二册，也是文学山房送来的。题“三叟斋藏本”，“长洲甫里许之先人华甫手辑、兄许王俨孝酌甫同较、侄孙许时乘龙友氏增订”，有许时乘印记，又“高阳许氏藏书”印。家乘有刻有抄，都在康熙中，板心下或刻“梅花墅”或题“笑读轩”。最后的“世系”还没有写完。有许心扆跋，于康熙三十八年重新抄写整理。最晚的纪年是康熙四十六年丁亥。

以上是我在两三年中间，在不同场合买到的许自昌家的遗书。可以断定，这些书是从一个地方流散出来的，而且都是作为废纸论斤称出的。

这批书藏的数量是很可观的。但保护得很不好。水湿虫蛀，比比皆是。好像没有什么较旧的版本，但下限则在康乾之际，更新的版本是没有的。这个结论是我偶然在上海的地摊上发现了另一批书以后得到的。那真是一堆破烂书，但却很有特色，一看就知道是同一书藏之物。水湿虫蛀的样子宛然如一。一打听，知道是昆山叶家的东西。再问是否还有什么较完整的书、回答是已经秤光了。过了几天，又找来了几本，只记得其中有明刻残本《词林逸向》一册，康熙刻《红萼轩词牌》一册而已。

这样我才知道这批书并不出自甫里，而是从昆山叶家流出的。许心扆妻是昆山叶国华的孙女。“高阳葵园藏书”就是他们的藏书印。他们所藏的善本，早就流散了。缪荃荪编《京师图书馆善本书目》中曾经著录过不少。许氏遗书后来是由心扆寄藏在昆山外家的。叶九来的半茧园，可能就是藏书之所。这是我的推测，以后也没有进一步调查研究。

就在这前后，我从上海修文堂孙氏还得到过两册书，名目十分特别，是《烟花小史》，共八种。其中有澹云王路的《花史》，但并非曾见著录的《花史左编》又有秦淮四孅的诗集，唐薛涛的诗集，……是万历刻本，卷中有收藏印记不少，其中也有“高阳葵园藏书”印。修文堂见告这书是从苏州文学山房得来的，索价极昂，我用艺芸精舍旧藏的元刻《伤寒论》四册换得。

遍查所有的目录，都不见《烟花小史》这名目。八种书的行款，版式也不尽同，但可以确定，是同时所刻。《秦淮四嬺集》收郑如英、朱映玉、马湘兰等四人之作，每人不过寥寥数叶。她们是秦淮名妓中的前辈。“四嬺”这种名色，大抵在万历中就出现了，曾一代代地传下去，“江山代有才人出”，原非某四位女士的专用头衔。而加以品评，搜罗诗作，刊刻行世的则是当时的才子，和后来上海的才子们评选“花榜”的把戏是一样的。鲁迅先生在《上海文艺之一瞥》（《二心集》）中曾经讲过清末上海滩上才子们的业绩，正是澹云王路等人的嫡派，一些都不错的。八种之中就收有某明代才子（可惜我已忘却他的名字）缠绵悱恻的情诗和情书之类，确是“多愁多病，要闻鸡生气，见月伤心”的人物。一个是明末，一个是清末，每逢“世纪末”，大抵总要产生这样的事物。我看这就是《烟花小史》这样的书的价值所在，因为它的确生动而真实地反映了某一时代社会的面貌，虽然只不过一个侧面。

也是文学山房送来的一册《枝山先生柔情小集》，同样是值得珍重的作品。不过时代更早，作者也更有名。这也是明刻本，看样子是刻于万历以后的了。开版是草率的，是所谓“坊刻”，和家刻的《祝氏集略》不可同日而语。书只四种，名目是《窥帘集》、《醉红集》……每集都各属一个笔名，如《异香仙椽》，绝不见祝允明三字，这也难怪。书中所收全是狭邪投赠之作。封建社会的士大夫是少有如此勇气坦率承认曾经写过这种不正经的文字的。在这一点上，祝允明就比不上他的晚辈。其中有诗有词，有文章，有小曲……就艺术水平而论，比起王路之流是高明得远了。祝枝山相与的都是苏州的妓女，他的“风流事迹”几百年来是与唐寅齐名的，过去只能从《三笑》中得其涯略的，现在就能直接接触他自己的文字记录，不能不说是十分难得的。而且这也绝非伪作，在《千顷堂书目》中是有著录的，不过全书应该有七种，而现在则只剩下了四种。

当我陆续买到许自昌的多种遗书以后，才恍然大悟，文学山房的这些书原来同样出于许氏。不过原本大抵都已残缺不完，书店则剔去了序目或残断的痕迹，重新装潢。为了说明是全书，还各刻了一张“扉页”，什么《烟花小史》、《枝山先生柔情小集》，全是新刻的，但字体仿照明刻体式；纸也用了旧纸，一时不易辨识而已。《小集》的扉页，还特别刻上四种名目，下面加上一个葫芦形的牌记，中题“四全”二字，这就直截了当地露出了作伪的马脚，同样的书我还见过一部《陈大声三种》，是万历刻的陈大声的散曲，那扉页也同样是新刻的。这书没有能买得，因为已经预先卖给北京碧蕖馆傅氏了。据说郑西谛还因没有能得到此书而极不高兴。凡此种种都可以列入《书林逸话》，但我看也并非全无意义，它确曾使我增长了一些知识。书坊的这些把戏也的确有些可恶的，特别是因为它为了作伪，破坏了文献资料的完整与真实。但估人能从甫里许氏这种旧家论秤而出的“废纸”中间，拣选保存了可贵的资料，也还不能不说是做了好事。

二

虽然买到过许自昌的六七种诗集，但我却不想研究他的诗。坦率地说，那不是很高明的。这只要看《咏情草》和《卧云稿》两种卷中都有许虬（竹隐，自昌孙）朱墨笔大量的批抹改定就可知道。许竹隐自己的诗也同样的不高明，他的删改也不见得就胜于原作。他的儿子许心扆在题跋里就表示了意见。“丙申年七月十六日，紫逊弟申刻来霏玉轩诵之，云照原稿刊。”许自昌的曲本，原刻未见，《古本戏曲丛刊》中有影印本，可惜不在手头了，也无从研读。只记得一直流传在昆曲场上的《借茶》、《活捉》就出于《水浒记》，可见其影响之深远。此外他还有一种笔记《樗斋漫录》，应该是值得一读的，不过我没有见过。翻阅《家乘》，大量出之于同时名辈的传状诗文却提供了许多珍贵材料，可以从中认识许自昌和他的家族的概貌，这倒是十分值得注意的。

许自昌是一个很阔绰的地主。他的祖辈“以积箸起家”，后来曾一度中落，到了自昌的父亲朝相，“用计然策，家渐振”，终于成为吴中巨富。“吴役最巨者，增郡城，修郡学，豪有力者皆逊谢不敢当，……公锐身骈剧，役竣而损帑不赀，公无几微见颜色。”能经办修葺城池、郡学这样的工程，没有雄厚财力是不行的。朝相自然是一个极精明的商人，“握算不假筹籍，能腹贮之。即日月锱铢无爽。”朝相加意培养自昌，希望能改换门楣，说：“是当亢我宗。乃延大儒课督之。”鼓励他和名人来往，“公倚屏幕间听其议论……私心且喜且语曰，‘儿不意倾天下士如此’”。对自昌的“广募剞劂氏”刻书，非常高兴，说：“捐数千金藏书万卷，何如扃金穴中，散之六博格五，而更付于展转不可知之子孙乎！”自昌四上公车都失败了，归家请罪，朝相毫不犹豫让他进京纳资，“拜中书舍人”。（以上俱见陈继儒《怡泉许公墓志铭》）

从这些记叙中，可以看出许自昌是生长在一个大商人兼地主的家庭里，他有一个一心摆脱商人地位、挤入上层统治圈子的“雄心壮志”的精明的父亲，十分醉心于地主阶级的文化，尽力培养儿子这方面的兴趣并予以赞助。

关于许自昌，陈继儒为他写的行状里说：“玄祐不屑问家人生产，而部署家政，会计内外上下吉凶出入之数，皆犁然且有案检。”可见也是一个有心计的人，他继承并经营着父亲的事业，这是主要的一面。自然，他也十分“风雅”，这是许多名人尽力称说渲染的。举陈眉公的话为例：

> 玄祐好闲适，治梅花墅于宅址之南。广池曲廊，亭台阁道，石十之一，花竹十之三，水十之七。弦索歌舞称之。而又撰乐府新声，度曲以奉上客。客过甫里不访玄祐不名游；游而不与玄祐唱和不名子墨卿；玄祐亦以榻不下、辖不投，不十日平原饮不名主人；主人能具主礼，而不登骚坛，则主客皆伧父，不名天下士。

许自昌的生活面貌，这里已经写得十分清楚。《梅墅诗》中有蒋铉所作一律，诗题云：《癸亥上元前四日，许中翰张灯梅花墅，岩阿竹树，庭榭廊庑，悬缀皆满。檄两部奏剧，昼宴夜游，极声伎灯火之盛。予适归里中得与斯会。腊月先闯剧场，并及之》。癸亥是天启三年，自昌即于是年卒。这一诗题所透露的地主生活豪侈之状，实在是可惊的。其时距朱明覆亡，不过二十年。

梅花墅是许自昌精心建造的私家园林。陈继儒撰有《许秘书园记》，钟惺撰有《梅花墅记》，祁承爜撰有《书许中秘梅花墅记后》，描写极为细致生动。钟伯敬说："园于水而稍异于三吴之水者，则友人许玄祐之梅花墅也。"祁承爜更就吴越造园的区别加以论列：

> 要以越之构园，与吴稍异。吾乡所饶者，万壑千岩，妙在收之于眉睫；吴中所饶者，清泉怪石，妙在引之于庭除。故吾乡之构园，如芥子之纳须弥，以容受为奇；而吴中之构园，如壶公之幻日月，以变化为胜。

祁承爜不只揭出了许氏家园的特色，也说出了一些造园的意匠。林云凤有《梅花墅二十二咏》，历记园中诸境：梅花墅（董玄宰书）、杞菊斋、映阁（林乐善书）、浣香洞、小西洞、招爽亭（李长蘅书）、锦淙滩、在涧亭（文震孟八分书）、转翠亭（李流芳书）、流影廊（陈继儒书）、碧落亭（娄坚书）、维摩庵（钱允治八分书曰"三止庵"）、漾月梁（严澄书）、得闲堂（赵宧光篆书）、竟观居、浮红渡、鹤簴、蝶寝、涤砚亭（文震孟书）、湛华阁、莲沼、滴秋庵（王穉登书）。

得闲堂是此园的主要建筑，陈眉公记云："闳爽弘敞，槛外石台，广可一亩余，虚白不受纤尘，清凉不受暑气。每有四方名胜客来集此堂，歌舞递进，觞咏间作。酒香墨彩，淋漓跌宕，红绡于锦瑟之傍，鼓五挝，鸡三号，主不听客出，客亦不忍拂袖归也。"许自昌的家乐演出自作传奇，也就在这里。

《梅墅诗》一卷，收陈继儒、钱允治、钟惺、管珍、庄严、僧大止、蒋铉、朱之藩、薛寀、（以下皆自昌晚辈）侯峒曾、陈子龙、徐汧、张采、郑敷教、陆坦等人作。薛谐孟以下四人所作都是题《梅花墅图》的诗，其时自昌已逝，名园也已渐露衰象了。侯广成诗有"浮白奏来天上曲（先生有家乐，善度新声），杀青搜尽世间书（先生雅好刻书，行世甚多）"的句子。薛谐孟（寀）一诗写得最有感慨：

展卷犹疑捧杖余，锦霞队里驻柴车。
家风剩有名园记，水榭惟藏国士书。
地僻昔曾罗竹肉，时艰今暂注虫鱼。
钓船茶具寻常供，斗鸭疏狂尚未除。

三

许元溥字孟宏，号鸿公，是自昌的长子，崇祯庚午应天举人。出熊开元门下。是个书呆子，"多收辑遗书，每过市井，辄命奚奴囊贮青蚨以随，见则随收。然缥缃璀璨非所好，每于残缺废简中留意搜阅，是以往往得奇书，蓄储既富，多世人所未见也，遂自号曰千卷生”（卢宏撰墓志）。他又是应社、复社的重要成员，和徐勿斋、杨维斗、张西铭、张受先都是知友。他立“高阳社”，选辑《古文佚》，张采、张溥作序。对经营商业田产则全然外行，“视河干偃室、仰面折腰，一切户屦外事，若凾鳌堤溃，力窒远趋，虑不及也”（桐庵郑敷教撰《小传》）。许氏的衰败，就从他手里开始并完成，先后不过二十年左右。郑桐庵说：“时四宇不靖，吾地议募兵，议蓄丁。群喙如猬，公独无语，退与余私付成败，无不悉中。”说他料中了成败，不过是事后的夸饰。事实上是书呆子遇到了非常的事变，束手无策，呆若木鸡，比起他的祖父的担任修城的气魄、才干来，相去真是不可以道里计。雄踞一方的富豪乡宦的政治和经济地位一齐崩坏了。最后，“世变后，以梅墅作灵隐下院，名海藏庵”。卢绘说得更为详尽：

> 甲申值鼎革，乙酉南中尚未竣，师旅旁午，所居迁徙不常，赀悉耗散，妇若子茕茕失所依。先生惟挈图书数箧，随所至无少离。……从此家业益落。或劝曰，梅花墅去而复还，已见君志。今若再售，尚可支朝夕。何乃坐而食贫耶？先生曰，吾先人一生心力悉注于此，何忍弃之。爰仿虎丘短簿例，施园为寺，肖先人象祀之，延有行僧为主持。铃铎声彻四外，以最胜闻。今甫里之海藏庵，即梅花墅旧址也。

看这光景，和山阴祁氏后人的将寓山园舍为寺，肖彪佳像祀之的办法如出一辙，正是甲乙之际南中旧家巨族的典型出路。所不同者，祁氏子孙还曾做过最后挣扎，受祸也更烈。许孟宏则是默然地接受了必然的命运而已。不过他到底还是不忘故明的，归元恭（庄）作《许孟宏先生六十寿序》说：

> 先生先朝所取士。……顷遭世故，惨澹悲凉，殆不可言。高天厚地，无所容足。此其情宜何如者，而颂大年，介眉寿，亦何心哉。或以先生怀才积学，老不得一试，比多无妄之灾，家业日圮，是以忽忽不乐，为此言者浅之为丈夫耳。……昔年与先生同时之友，有擢巍科受异数，回翔馆阁十余年而不难，一旦反面，居然高位，方以为荣，而不知耻。先生未尝立朝，乃能不忘故国，虽享高年，而不以为乐。悬弧之日，不召客，不设宴。嗟乎，贤不肖之相去，岂不远哉！

归元恭不愧是明遗民中的佼佼者。他用民族意识这个当时的最高标准衡量了士大夫的不同表现，痛斥一大群新贵，表彰了许孟宏。此文收入《家乘》，是抄本。大概是许丹臣在整理时所校改的吧，有些字眼如“而不知耻”、“反面”都涂去了，“故国”两字则在一侧画了方框，可能是拟改而没有想出适当的字眼。三百年后，看到这些去而未尽的遗痕，犹凛然感到文字狱的阴寒气息。大概这也是“板本”之学不可不讲的理由之一吧。

归元恭文中还提到“无妄之灾”，那详细已经无从考索，总之不外乎在清师铁蹄之下的种种苦难。凡可讲的，大抵也都讲了，如许孟宏在离乱之中，遇到散兵，藏书尽失之类。此外，更多的则是不可讲的，就包括在“无妄之灾”四字之中，我们应该感到它的分量。

《家乘》中还刻有郑敷教给许孟宏拟的《许孝文先生谥议》，时在“皇清顺治十四年丁酉”，有趣的是“公谥姓氏”。首列“年家眷弟”钱谦益、王时敏等四人；次“年眷弟”吴伟业、杨廷鉴、杨枝起、蒋棻等八人；“年眷侄”宋德伊等四人；“年家眷侄”宋实颖、尤侗、徐乾学、徐枋、计东、侯玄访、叶方恒、钱陆灿、盛符升等二十八人：“门下晚生”八人。这是一张合二而一的名单，收罗了当时三吴的一大批名人，连归元恭所痛斥的一些“两截人”也一起收了进去，而元恭却没有列名。自然，这也是一张很有参考价值的文献。

《家乘》共十卷，计分碑记、三节文诗、著述刻书序、梅墅诗文、黄杨诗、寿祭文、尺牍、投赠诗文、敕辞祠碑等部。这些文献起于万历中叶，讫于康熙中，共一百年左右。文献作者除前文已引者外，我还想抄下一份名单来：

李维桢、焦竑、管珑、范允临、袁之熊、夏禹锡、张大复、夏之鼎、黄汝亨、曹文衡、王志坚、钟震阳、尹珩、钱希言、张献翼、胡汝谆、陆培、王志长、顾有孝、李宜之、张崃、顾于玉、颜茂猷、曾文饶、陆运昌、黎遂球、余日登、陆符、刘曙、朱隗、萧大亨、诸寿贤、陈仁锡、沈几、姚希孟、刘锡玄、张立廉、马万、姜元衡、张埙、宁云鹏、陈履端、申时行、马玉麟、钱朗、邓云霄、冯时可、陈旃。

这张名单可以帮助我们了解在这一百年中间，许自昌家族社会接触面之广。陈眉公说，自昌“凡可为不朽亲行者，捐橐无所悔”，他为了请名人给父母写寿序、祭文、墓志、行状……是花了大量的“稿费”的。照黄宗羲的说法，钱牧斋身后的丧葬……费用，就靠了他为人写的三篇文字的稿费。大致可以估计许自昌和诸子在这上面花了多少钱。此外，在梅花墅中，得闲堂上，日夜大排筵宴，演戏招待了无数达官贵人、山人名士，他们的名字也在这张名单中出现，当然不可能是全部。

四

在《且介亭杂文二集》中有一篇《隐士》，鲁迅先生尖锐地指出了古今隐士的实质、真相，并提到陈眉公，作为标本。和许自昌关系最为密切的名人，要算是眉公了。他为梅花墅所写的记，为自昌父子所写的墓志碑版，都是非比一般的“力作”。自昌死后，他和许元恭仲谦（自昌次子）来往很密。《家乘》尺牍一卷中就保存了陈继儒给自昌、元恭的十六通手札。这中间，就很透露了一些隐士的秘密。眉公是广交天下士的。这中间有达官贵人，地主乡宦，骚人墨客，女史缁流。在众多对象中间，必然更有重点。像许自昌父子这样富而好风雅的人物，无疑是重点的对象，道理是明明白白的。

《家乘》所收的陈眉公的十来封信里，最值得注意的是他与许自昌在刻书中的关系。从许多迹象看来，许自昌刻了许多书，而陈眉公则是他的顾问。此外，许自昌大量刻书，是纯属风雅好事，抑或另有目的，这事实也得到了很好的解释。

> 吾兄既居甫里，何不刻《陆鲁望集》？集不下数卷。并其传刻之。又得觅《皮日休集》附于后。曾读皮陆唱和诗，二公真劲斗，晚唐之奇思险字，不逊玉川子也。此集若行，发幽阐秘，犹胜为李杜拈一瓣香耳。吾兄谓何？

这说明，许自昌的刻皮陆集，是出于眉公的建议。出发点则是表彰乡贤遗著。后来谈到有关刊刻《唐类函》的问题时，着眼点就不同了。

> 其书局促不甚利益，弟半置之高阁。即使纂续，雅俗参半，前后糅杂，操翰之人，反多掊击，不如姑止之。即刻不行，即行不广。

这就非常清楚地说明，编书、刻书必须顾到读者的趣味、需要，以及能否畅销。因而也就解除了人们的一大误会，以为陈眉公大刻其《宝颜堂秘籍》，许自昌大刻其李杜集……，都是雅人韵事，捐了家赀来流传文化的。其实《秘籍》云云就带有浓重的广告宣传气味。《秘籍》中所收，多数并非罕秘，倒往往是无卿之作，而校刻草草，底本欠佳，为了节省刻资而割裂删削，更是所在多有。过去不能理解，以为陈眉公所以刻了坏书，无非是由于“山人好名”之过，现在明白，还是经济因素，起了决定作用的。

中国的雕版印刷事业，一开始就带有明显的商业性质。五代时刻历本，就因为它是广大人民需要的日用书。北宋南宋都有专营出版的书铺，到了明代，营业性的出版商就更大量地出现，人们所熟知的建安余氏就是规模甚大、历史悠久的书坊。但对一些藏书家或山人名士的刻书，却总是另眼相看，不列入书商一类，现在看来这看法是错误的。著名如毛子晋，人们看到汲古阁刻行的书，知道那是营业性的，但遇到毛氏的“珍藏秘本”，就充满敬意地尊为藏书家。其实藏书家的毛子晋，同时也就是出版商毛子晋。他搜求了那许多善本，其目的是翻版。正与商务印书馆和涵芬楼都属于同一个老板的情况相同。

自昌逝世之后，次子许元恭仲谦继承了父亲开创的刻书事业，和陈眉公交往更密（元恭次女，嫁眉公孙陈仙觉，陈许遂为亲家）。提供素材，指点门径，眉公着实出了不少主意。

> 小孙经书已完，今读《化书》。字字皆灵，句句皆有益于身心家国。此学士大夫未尝教儿读者，节短转快，此举业之径路，容寄老亲家刻之。盖出于道藏，不甚流通也。

《国策选》觉是举业书，非好古者所贪购也。叙文亦同请政，惜此书并惜此序，一笑。

承惠《读书后》，又得闲仲重校跋之，妙甚。但目录须列在前，使读者一览，见所未见，生歆艳心，千万即易之。

久望《读书后》，得教，刻板极精，当走天下。第多刷数千，一日而发之，纸贵无疑。目录悉列于前，观者艳其多，寻者乐其易，跋语姑置后可也。有装订成书者，乞惠二十册，以便寄远，且长其声价耳。

《读书后》以校正差落数次者奉览，乞编前后刻之。……尚可抽其论经论史者共为一部，则远可行、久可传，只恐翻板耳。

如非旧抄仅存，人们是很难想象这些信札是出自山人隐士陈眉公之手的。为了吸引买主，连目录如何安排都考虑周到，千叮万嘱。陈眉公对读者的心理摸得十分清楚。所谓《读书后》，其实是从王世贞的遗稿中凑集成书的。还不满足，更进一步计划抽出弇州其他著作论点，更编一书。已经十拿九稳，书必畅销，只怕翻版了。连出版界的用语也和晚近一般无二，实在是极好的史料。晚明此种书一版可以刷印数千部，这也是不见旧记，绝难想象的。许自昌的成为巨富，和经营出版事业必有关系。

陈眉公披着山人的华衮，是讳言其留心举业的。连写一篇叙也痛感是一种牺牲，惟恐玷污了“山人”的招牌。但在教孙儿读书时，却又极精明地选择了《化书》这样的课本，并认为无妨一刻，理由是罕见流传，可以吸引买客。

看了这些手札，使人恍然如见三百多年前一个出版商人的精心算计，简直和旧日上海滩上的书商毫无二致。剽窃名人著述，改头换面，大作广告，意图骗取读者的金钱，还提防着同业的翻板竞争。不仅贩卖古人的名著，也不放过当时的“教科书”（所谓“举业书”）的生意，因为这到底是畅销的货色。对长期销行和应时品种，都有全盘周密的考虑。如此看来，陈眉公不仅是马二先生之流的先辈，而且手面、眼光都要好得远。特别是能拉住许自昌这样的豪有力者作为经济支柱，那手腕就更非马二先生所及了。

“山人”行当之见于书札中者，还有为人撰写志状、序文……这也是一大笔收入来源。

> 弟一病百余日，今虽强起食啖，犹人腊耳。且客履笔砚相踵而至，未免力疾应，气啜啜无静时。承远使捧币，名药代医，非义敦金石者，何以有此岁寒之书问哉。感切。(致自昌书)。

此外，就又有官方临时委托的编纂任务，《与仲谦书》云：“写尊公状，日夜在心。缘两日有当路见咨荒政，因入山简考古今可行之事，条缕而折衷之，渐已成帙，非荒唐迂腐之谈，得谕正合鄙心，读之真一卷流民图也。”可见所谓山人，有时正是统治者的“智囊”。眉公在这里发表了他的政治见解：

> 旧水未消，新水复横。正如旧赋未足，新赋复征。东南民力之苦，未有甚于今日者，若枵腹之莩与横目之徒，相挟而起，且将莫知所竟。巧妇无米，廉吏甑尘，须破格接救一番，于拯溺救焚之中，寓防微杜渐之意。大约饥民必济，乱民必斩，八字以外，无荒政矣。

山人是并不超然于政治的。眉公入山数日，鉴古按今，为荒政作出了八个字的总结，实在说尽了漫长封建时代统治者治术的精髓，其实也还是“王霸之道杂之”的老谱。对所谓“翩然一只云中鹤，飞去飞来宰相衙”的山人多少有了进一步的了解，则不能说不是意外的收获。

一九七六年

后记

一年将尽，将积下的旧稿整理了一下，编成了这本集子。和《榆下说书》一样，所收也大抵是同类性质的杂文。除了近两年所作之外，还编进了一些旧文，有的还是三十多年前的陈货。

一九四七年初夏，我工作的报社被封门了。同时得到关心我的朋友通知，说是有人看见过一张黑名单，上面有我的名字，劝我最好还是避一避。避到哪里去呢？先是躲到在大学里工作的一位朋友的宿舍里去住了两夜。朋友比我低两班，这时留校在当助教。这大学是我的母校，但这校舍我却从来不曾进去过。这回算是第一次真正领略了大学校园的气息与风光。晚上在校园里漫步，望着亮着灯火的图书馆的窗子，曾着实产生过一种羡慕的心情。总住下去也不是事。于是商量好，拉了另一位同学一起出门去。远处去不成，于是就选定了嘉兴。到了嘉兴免不了要游南湖，到了烟雨楼上去喝茶。这就是《鸳湖曲笺证》最初的写作契机。

今天想来也不能不惊异于当时的大胆、狂妄，竟自要动手写这样的考证文章。感谢吴晗和郑振铎两位前辈，他们都极力劝我动手。不只是口头上鼓励，还借给了必要的参考书。在郑西谛庙弄灯光昏暗的书斋里，他从四周的“书山”中抽出了明刻的张溥文集和几社文选塞到我的手里，吴晗则从北平寄来了《霜猿集》。

文章写成后在《文艺复兴》上发表。自己很不满意。这是必然的。后来见书渐多，时时碰到过去没有发现的新材料，就觉得更不满意了。曾几次下决心重写，但几次起了个头就住手了。这使我懂得改写旧文并不是一件容易事，它会破坏尽执笔当时的一切兴会与情怀。也许改作科学论文是不会遇到这种困难的吧，可我写的又并不是科学论文。有人主张写论文要保持纯洁的“科学性”，要像科学家在恒温消毒密封的试验室里工作一样，避免与外界一切接触。不许说“题外”的话，无论“以论带史”或“以论代史”都不行。这是很难很高的标准，可惜我做不到。无论做题目如何正经的文章，总还是不能不时时夹杂了大量世俗感情。这就证明我是不会也不能写“论文”的。《鸳湖曲笺证》也不是正宗的论文，因此也就不好改，只能以原来的模样呈现在读者面前。

把几篇有些关联的旧文安排在新作之后，目的只是想提供多一些材料，并使读者知道自己许多年来考虑这些问题时曾有过哪些想法。

在六十年代初，曾经有过一种野心，想关起门来研究几个有兴趣的历史问题。记得曾开过一张目录，寄给吴晗请教。他又热情地给予鼓励。记得其中就有这样一些题目。清初明遗民的生活与思想，他们与新朝统治者的微妙关系，以及通过像曹寅这样的人物体现出来的清初文化政策……通过毛晋、许自昌这些地主兼“出版家”的活动，反映出来的明清之际资本主义萌芽的消息；通过他们与一些“大知识分子”如钱牧斋、陈眉公之间的关系，看党社集团与山人名士的真相。又如“扬州八怪”、“西泠八家”这些画家诗人的社会经济地位，掩盖在“高雅”表象底下他们的真实面影，“清词丽句”背后的愤慨牢愁。还有在扬州盐商马氏兄弟、天津水西庄查氏周围聚集着的以厉鹗为首的一大群文士的踪迹。这许多，都是想了解三百年来文化史的人所必须认真弄懂的。研究这许多饶有兴味的重大课题，不是我的知识、素养所能承担的。开始时只不过是读些书、作点笔记，写一点简单的札记。没有好久就来了史无前例的“文化大革命”，这些计划、设想、材料理所当然地都在“扫荡”之列，无从说起了。但也还剩下了一点零章断简，现在就一并收在这里。

因为买旧书，有机会接触像四明天一阁范氏、山阴澹生堂祁氏、甫里梅花墅许氏这些藏书旧家的藏书。这就引起了对他们的兴趣，因而写下了有关的一组文字。这些都不是正宗的藏书史论文，与《藏书纪事诗》、《书林清话》这样的著作着眼不同，多的是“题外”的话，在版本目录学家看来恐怕是不合规范的。

近几年来，读书的风气确是空前地盛起来了。这是非常值得高兴的。以论书为题的作品出版得也很不少。我曾写信给一位喜欢读书的朋友说，能够想出来的嵌进一个“书”字的书名恐怕已为他人用尽了。就像大观园里的诗人做菊花诗，

“访菊”、“咏菊”、“问菊”、“簪菊”……一直到“菊梦”，许多诗题都被快手的林姑娘拿起笔来一下子勾掉了，简直使后来者无从措手。因此想书名也成了一件困难的事。这里用了一个《银鱼集》的名目，也无非是偷懒讨巧的办法。古时读书人对蛀食书籍的小虫抱着复杂的感情。一方面是痛恨，但另一面也很羡慕。据说有的虫三次吃掉了书叶里的“神仙”字样，自己也就化为神仙，这就是“脉望”。真是值得羡慕的虫子。明赵清常就把他的书斋名为“脉望馆”。但这名目太冷僻了，要查字典才能知道，对读者很不方便，现在就使之化为“银鱼”。这并非“学名”，想查也查不到。但前人是用过的，记得在什么人的题跋里就看到过“银鱼乱走”的句子。这“乱走”的实况我也常常见到。有时打开一本旧书，会忽地发现一条两三分长的银灰色的细长小虫，一下子就钻到不知道什么地方去了。幸而捉住，用手指一捻，就成了粉。书虫有许多种，它们能干出种种花样来。有的能打一个细眼，笔直到底，和钻探队打探井一样；有的能把书叶吃得像蛛网；有的在书口、书根结一个壳，像小孩子捉来喂鸟的“皮虫”……这当中，这“银鱼”恐怕要算是最“可爱”的了。

一九八三年元旦写毕

图书在版编目（CIP）数据

榆下说书；银鱼集：汇编本/黄裳著.--济南：
山东人民出版社，2022.1
（黄裳集.创作卷.Ⅴ）
ISBN 978-7-209-13328-9

Ⅰ.①榆… Ⅱ.①黄… Ⅲ.①散文集—中国—当代
Ⅳ.①I267

中国版本图书馆 CIP 数据核字(2021)第 116304 号

榆下说书　银鱼集
YUXIASHUOSHU　YINYUJI
黄裳　著

主管单位　山东出版传媒股份有限公司
出版发行　山东人民出版社
出 版 人　胡长青
社　　址　济南市市中区舜耕路 517 号
邮　　编　250003
电　　话　总编室（0531）82098914
　　　　　市场部（0531）82098027
网　　址　http://www.sd-book.com.cn
印　　装　天津图文方嘉印刷有限公司
经　　销　新华书店

规　　格　16 开（160mm×230mm）
印　　张　43
字　　数　390 千字
版　　次　2022 年 1 月第 1 版
印　　次　2022 年 1 月第 1 次
ISBN　978-7-209-13328-9
定　　价　92.00 元